〔宋〕洪邁撰
何卓點校

夷堅志

第二册

中華書局

夷堅丙志卷第七十七事

大儀古驛

右侍禁姜迪，蔡州新息人，爲天長縣大儀鎮巡檢。寨去縣六十里，迪嘗趨縣回，遇雨，弛擔道上古驛，遣從者具食。迪被酒如厠，見婦人高髻長裙，類唐時裝束，持朱柄銅戟來，直前刺迪，迪盡力拒之，且大叫。從吏繼集，始捨去。索室中，無所見。是夕不克行，但徙於西序小閤，而戒數卒守門。迪欲寢，婦人已先在，曰：「適相戲爾，何至是？」挽使就枕，迪不得已與同衾。問其姓名，不答。未曉，趨去。及迪起行，又執戟前導，至寨前乃反。自是每詣驛，必出共寢。其出也，輒導至邑門外，及還，又送之，而左右無一見者。迪浸惑焉，率以旬日間假職事一往來。同僚稍聞其異，迪亦無所隱。一夕方寢，又有二小手扼其喉甚急，迪驚呼，外人至，已失矣。即撤帳明燭，環以僕從。少頃，皆睡熟，燭亦滅，婦人復來曰：「曩亦妹子相戲爾。」便有小婦一人，尤美色，參寢榻上。明日歸寨，兩婦皆戟而前。如是歲餘，氣力枯悴，漸不能食。會供奉官孫古者來攝天長税官，古嘗受上清籙，持天心法甚驗，迪家人邀治之。設壇考召，佩以靈符。迪明日出，雙戟不至，行數十步，始見於道旁。大婦怒曰：「吾姊妹於君無負，豈有心害君，乃以法遣我耶？」憤悒之氣，形於顏色。幼者從旁解之曰：「此人無情若木石然，離合皆定數，何必戚戚於此？」遂瞥然而逝。古戒之曰：「百日內勿再經是驛。」迪以疾故，亦解官還鄉，沉緜累月，乃得脫。王翰之時爲天長宰，日嚴內翰伯父也。

安氏冤

京師安氏女，嫁李維能觀察之子，爲祟所憑，呼道士治之，乃白馬大王廟中小鬼也。用驅邪院法結正斬其首，安氏遂甦。越旬日復作，又治之。祟憑附語曰：「前人罪不至殊葉本作「誅」。死，法師太不恕。」上三字明鈔本作「大怒」。須臾考問，亦廟鬼也，復斬之。後半月，病勢愈熾。道士至，安氏作鬼語曰：「前兩祟乃鬼爾，法師可以誅。吾爲正神，非師所得治。且師既用極刑損葉本作「殞」。二鬼矣，吾何畏之有？今將與師較勝負。」道士度力不能勝，潛遁去。李訪諸姻舊，擇善法者拯之。纔至，安氏曰：「勿治我，我所訴者，隔世冤也。我本蜀人，以商賈爲業。安氏，吾妻也。乘吾之出，與外人宣淫，伺吾歸，陰以計見殺。冤魄棲棲，行求四方，二十有五年不獲。近詣白馬廟，始見二鬼，言其詳，知前妻乃在此。今得命相償，則可去，師無見苦也。」道士曰：「汝既有冤，吾不汝治。但曩事歲月已久，冤冤相報，寧有窮期？吾今令李宅作善緣薦汝，俾汝盡釋前憤，以得生天，上十二字葉本作「拔薦與汝解釋，得生人天」。如何？」安氏自牀趨下，作蜀音聲喏，爲男子拜以謝。李公卽命載錢二百千，送天慶觀，爲設九幽醮。安氏又再拜謝，欻然而蘇。李舉家齋素，將以某日葉本多一「設」字。醮。前一夕，又病如初。李大怒，自詣其室譙責之。拱而言曰：「諸事蒙盡力，冥塗豈不知感？但明日醮指，當與何州何人，安氏前生爲何姓，葉本多一「名」字。前日失於稟白，今如不言，則功德失所付矣。」李大驚異，悉令道所以然。上四字葉本作「具言」。又曰：「有舍弟某，亦同行，乞併賜薦拔，庶幾皆得往生。」李從其請，安氏遂無恙。安氏之姊嫁趙伯儀，伯儀居湖州武康，爲王盼說。

揚州雷鬼

上官彥衡侍郎，家居揚州。夫人楊氏白晝在堂中與兒女聚坐，忽雷雨大作，奇鬼從空隕於地，長僅三尺許，面及肉色皆青，首上加幘，如世間幞頭，乃肉爲之，與額相連。顧見人，掩面如笑。既而觀者漸衆，笑亦不止。頃之，大霆激於屋表，雲霾晦冥，不辨人物，倏爾乘空而去。

新城桐郎

練師中爲臨安新城丞，丞廨有樓，樓外古桐一株，其大合抱，蔽蔭甚廣。師中女及笄，嘗登樓外顧，忽若與人語笑者。自是日事塗澤而處樓上，雖風雨寒暑不輟。師中頗怪之，呼巫訪藥治之，不少衰。家人但見其對桐笑語，疑其爲祟，命伐之。女驚嗟號慟，連呼「桐郎」數聲，怪乃絶，女後亦無恙。詢其前事，蓋恍然無所覺也。

壽昌縣君

朝散大夫池州通判丁餗妻壽昌縣君施氏病卒於官舍。越十四日，子愉夢母如存，且曰：「我將往生於淮南，然猶爲女人，壽復不永，所以然者，以宿負未償也。汝與汝父言，亟營勝事，使我得轉爲男子。」愉覺，以告父。後數日，孫百朋又夢經官府，衞卒羅陳，方趨而過，或呼於後曰：「縣君在此，安得不省謁？」遽回，入府門，至東廡簾下，果見之。言曰：「吾於此蕭然無親舊，而且暮有趨府之勞，幸以命婦得乘車，不然，則徒行嬰拘縶之苦矣。」語未畢，簾外明鈔本多一「二」字。吏曰：「可疾去，判司知之，不可也。」施氏亦曰：「可去矣。」既出門，又有呼者曰：「判司召。」乃由西廡進，見緑衣人據案，熟視之，則故潭州通判李綱承議也。百朋憶其與乃祖同年進士，升堂再拜曰：「公與祖父同年，世契不薄，願毋答拜。」綱受之。既坐，詢大夫安否甚悉。少頃，吏引施氏就訊，百朋離席。綱曰：「施縣君與子親歟？」曰：「新亡祖母。」綱曰：「天屬也。」百朋曰：「如聞已有往生之緣，而未脱女身，信否？」曰：「然。昨日符已至。」百朋泣曰：「祖父昔從公游，今祖母生緣在公謦欬，苟得轉爲男，存没被厚德矣。」綱曰：「奈事已定何？」百朋哀祈數四，綱曰：「子少俟，當試爲圖之。」於是綱出，循廡而上，迤邐升殿中，若無影響。須臾復下，則左右翼扶，步武詳緩。笑曰：「已遂所請，然須歸誦佛説《月上女經》及《不增不減經》，以助度葉本作「往」。生，可也。」百朋拜謝而退，視祖母，猶立階下，大言曰：「二經多致之，勿忘也。」遂寤，盡記其説。餗且驚且疑曰：「二經之名，所未嘗聞。」使訪諸乾明院，果得之。乃月上女以辨才聞道，如來授記，轉女身爲男，及慧命舍利弗問佛以三界輪迴，有無增減之義，餗始歎異。擇僧之賢，上三字葉本作「戒行僧」。及令家人女子皆齋絜上二字葉本作「齋戒潔淨」。持誦，數至千上二字葉本作「千百」。卷，設冥陽水陸齋以侑之。迨百日，餗夢妻來曰：「佛葉本多一「經」字。功德不可思議，蒙君追薦恩，今生於廬州霍家爲葉本多一「男」字。子矣。」謝訣而去。

利國圩工

政和中，太平州修利國圩，工徒甚衆。忽有鴉千數，噪集於別埂之傍。主役者異之，使人驗視，乃一役夫已斃，而鴉銜土以覆之，蔽瘞幾半。又令啓土，於死者胸臆間得小卷軸，乃《金剛經》也。衆莫不敬歎，爲徙諸高原，殮而葬之。舊事多有此比者。

錢大夫妻

錢令望大夫之妻陳氏，天性殘忍，婢妾雖微過，必箠之，數有死於杖下者。其後卧疾，有發語於冥暗中，自言爲亡妾某人，具道欲殺陳之意。錢君具衣冠，焚香拜之，且許誦佛飯僧，助其超生，以贖妻過。妾答曰：「妾賤隸爾，何敢當官人之拜？但已訴於陰官，必得縣君一往乃可。功德雖多，無益也。」陳竟死。

蔡十九郎

紹興二十一年，秀州當湖人魯璞赴省試。第一場出，憶賦中第七韻忘押官韻，顧無術可取。葉本作「改」。次日，彷徨於案間，惘然如失。葉本多「忽見」二字。皁衣吏問知其故，言曰：「我能爲君盜此卷。然吾家甚貧，當有以報我。」丁寧至三四，璞許謝錢二百千，乃去。猶疑其不然。上二字葉本作「無益」。未幾，果取至，即塗乙葉本作「改」。以付之。詢其姓氏，曰：「某爲蔡十九郎，居於暗門裏某巷第幾家。差在貢院，未能出。」且以批字倩璞達其家。璞試罷，持所許錢及書葉本作「字」。訪其家。妻見之，泣曰：「吾夫亡於院中，今兩舉矣，尚能念家貧邪？」是年璞登第，復厚恤之，仍攜其子以爲奴。二十六年考試湖州，以此奴行，因爲人言之。此事與唐人所載郭承嘏事相類，而近年士大夫所傳或小誤云。

子夏蹴酒

湖州學，每歲四仲月，堂試諸生，三場謄録封彌，與常試等。其中選首者，郡餉酒五尊，第二、第三人三尊，第四、第五人兩尊。紹興二十一年，唐嘉猷堯封爲教授，既試，將揭榜，游學進士福州人陳炎夢登大成殿，夫子賜之酒五尊。子夏怒形於色，舉足蹴其二。覺而異之，以語同舍生。及榜出，名在第二。嘉猷告之曰：「君本居魁選，坐誤引子夏事，故少貶。」始驗所夢。

周莊仲

周莊仲，建炎二年登科。夢至殿廷下，一人持文字令書押，視其文，若世間願狀，云：「當作閻羅王。」辭以母老，初入仕，不肯從。使者強之，再三令押字，不得已從之，覺而殊不樂。明日，遂改花書。至夜，夢昨夕人復來云：「汝已書押，豈可更改？但事猶在二十年後。」紹興十七年，爲司農寺主簿，又夢人持黄牒來，請受閻王敕：「更二年當復來。」愈惡之，祕不語人。逮十九年七月，恰及二年，方爲户部郎官，自謂必無事，始爲家人話前夢。其夜，夢門神土地之屬來拜辭，若有金鼓騎從相送迎者。翌旦，在部中欲飯，覺頭昏不清，急歸，不及治藥而卒。

陰司判官

紹興二十三年七月，湖州教授趙，原注：失其名。夜夢人投刺來謁，曰莫仔。既入坐，起而言曰：「仔，城南人。適聞天符下，除教授爲陰司判官，仔副之。方有聯事之幸，不敢不修謁。」趙大駭，扣其何人，答曰：「仔，郡之富民也，行第七十一，嘗以入粟得助教。」趙覺而惡之。明日詣學，具以所見語諸生。諸生言，果有此人，名族排行皆不妄，然已墮鬼籍二年矣。趙意色愴然，退即感疾，不藥而死。

沈押録

紹興二十七年冬，湖州長興縣沈押録，因公事追赴郡獄，繫兩月乃得釋。時已逼冬至，沈晚出門，欲通夕步歸，雖天氣昏暝不暇止。行四十餘里，夜過半，逢一民居，駐立户外。須臾，女童開門，問何人，告之故。女曰：「村落近多盜，緩急或生事，不若入門内宿。」沈亦念不可前進，乃從之。女又曰：「娘子今夜獨宿後房，君試入，當有好事。」沈不答，又言之。沈曰：「恰打官方了來，那敢作此罪過？」女曰：「無妨也。」强邀至數四。沈求湯洗足，女童即入，以大盆盛湯付沈。沈洗足已，取腰間小書刀削爪，刀纔出鞘，宅與人及盆皆不見，身正坐一冢上。急捨去，乃免。

馬述尹

馬述尹年十八，隨父肅夫調官京師，抱疾而終。有姊嫁常州税官秉義郎李樞，母留姊家，不知子之亡。李氏婢忽如狂，作男子聲曰：「我即馬述尹也，某月某日以疾死，今幾月矣。欲一見吾母與大姊，故附舟來，欲丐佛果，以助超生。」母與姊始聞之，悲駭，扣之而信，遂許其請。婢乃不言。即召太平寺僧誦經具饌，寫疏以薦。明日，婢復語云：「荷吾母與姊姊如此，但某僧看經至某處止，某僧至某處止，功德不圓，爲可惜爾。」其母未深信，試呼僧責之，皆慚謝而退，亟更誦焉。

馬先覺

馬肅夫次子先覺，嘗與其友游神祠，見壁間所繪執樂妓女中姝麗者，心悦之，戲指曰：「得此人爲室家，素願足矣。」是夕，婦人見於夢寐，耽溺既久，視以爲常。始猶畏人知，祕不敢言，後亦無復忌憚，每切切然私語於室中。外人或入，遇之，則曰：「家人在此。」蓋荒惑之甚，不悟其爲非也。

父母以爲憂，百方禳治，弗少衰，竟至不起。

雷火爍金

姑蘇人徐簡叔之祖，居鄉里日，震雷發於房宇間，煙火蔽塞，移時始散，棟柱破裂，龍跡存焉。其後，啓木櫝欲取白金器皿，乃類多穿蝕，皆成珠顆，流散於下。櫝之扃鐍元不動，而内自融液，蓋神龍之火，尤工於敗金石也。

大瀆尤生

長洲人尤二十三者，富民也，居於大瀆村。紹興三年，感疾死。初無它異，既而鄰邑崑山之東，農家牛生白犢，脅下黑毛成七字，曰「尤廿三曾作牢子」，蓋尤始貧時，曾爲縣獄吏，有隱惡云。尤氏子欲贖以二萬錢，其家不許。

蠅虎報

秉義郎李樞妻之乳媪，好以消夜圖爲博戲。每於彩繪時，多捕蠅虎，取血和筆塗之，蓋俗厭勝術，欲使己多勝也，習以爲常。後老疾將終，語人曰：「無數蠅虎兒咬殺我，爲我捕去！」而旁人略無所見，知其不永，久之乃死。此卷皆王日嚴所傳，日嚴多得於其弟盼。

夷堅丙志卷第八十二事

無足婦人

闞子東說，其兄博士演在京師，見婦人丐於市，衣敝體垢，無兩足，但以手行，而容貌絶冶。有朝士見而悦之，駐馬問曰：「汝有父母乎？」曰：「無。」「有姻戚乎？」曰：「無。」「能縫袵乎？」曰：「頗亦能之。」朝士曰：「與其行乞悽悽，孰若爲人妾？」斂眉歎曰：「形骸若此，不能自料理。若爲婢子，則役於人者也，安能使人爲己役乎？且誰肯用之？」士歸語其妻，妻亦惻然。取致其家，爲之沐浴更衣，調視其飲食，授以針指，敏捷工緻，一家憐愛焉，士亦稍與之昵。居一年許，出游相國寺，遇道人，駭曰：「子妖氣甚盛，奈何？」士以爲誑已，怒不應。異日，再見，曰：「祟急矣！子其實語我，我無求於子也。家豈有古器若折足鐺鼎之屬乎？」曰：「無之。」問不已。士不能掩，始以妾告。曰：「是矣，是矣。亟避之！明日宜馳往百里外，藉使不能及，姑隨日力所至。託宿，深闗固拒，中夜聞扣户者，無得開，或可以免。捨是無策也。」士始怖，不謀於家，假良馬，盡日極行。逼暮，舍於逆旅。歇未定，道上塵起，旗幟前驅，一偉丈夫乘黑馬亦詣焉，長揖而坐，指一房相對宿，略不交談。士愈懼，閉户不敢寢。夜艾，外間疾呼曰：「君家忽值喪禍，令我持書來。」時燈火尚存，自隙窺覘，乃無足婦人，負兩肉翼，翼色正青，士駭汗如雨。偉人遽撤關出，揮劍擊之，婦人長嘯而去。明旦，士起見偉人，拜而謝之曰：「微尊官，吾不知死所矣。敢問公爲誰？」曰：「子識我乎？乃相國寺道人也。曩固告子矣。我卽子之本命神，以子平生虔心奉我，故來救護。」言訖，與車馬皆不見。

胡秀才

姜補之師仲在太學，與胡秀才同舍。胡指上病贅疣，欲灼艾去之。或告曰：「今日人神在指，當俟他日。」胡不以爲信，遂灸焉。七日而創發，皮剥去一重，見人面在中，如鏡所照。惡之，亟覆以膏。又七日，稍瘉，痒甚，因爬搔，皮起，人面如故。歷四十餘日，創益大，且痛，竟不起。

趙士遏

武功大夫閤門宣贊舍人黄某爲江東兵馬鈐轄。紹興二十二年正月秩滿，將歸弋陽，過池州，值雪小留，郡守假以教授廨舍，遇舊同官趙士遏。趙訝其顔色青黑而欬不已，語言動作，非復如疇昔時，從容問所苦。黄愀然久之，曰：「吾家不幸，祖傳瘵疾，緣是殞命者，世世有之。自半年來，此證已萌芽，吾次子沆亦然，殆將死矣。」遂悲傷出涕。趙曰：「每聞此疾可畏，間亦有愈者，而不能絶其本根。吾能以太上法籙治之，但慮人不知道，因循喪軀。公果生信心，試爲公驗。」於是焚香書符，以授黄及沆，使呑之。呑未久，遍手指内外皆生黄毛，長寸餘。趙曰：「疾深矣，稍復遷延當生黑毛，則不能救療。今猶可爲也。」於是擇日別書符，牒城隍，申東嶽，奏上帝。訖，令黃君汎掃寓舍之西偏小室，紙糊其中，置石灰於壁下，設大油鼎一枚，父子著白衣，閉門對牀坐。吞符訖，命數童男秉燭注視。有頃，兩人身中飛出黑花蟬蛾四五，壁間別有蟲，作聲而出，或如蜣蜋，如蜘蛛，大小凡三十六，悉投沸鼎中，臭不可聞，啾啾猶未止。繼一蟲細如絲髮，蜿蜒而行，入於童袖間，急捕得，亦投鼎中，便覺四體泰然，了無患苦。黃氏舉室歎異，知其靈驗，默禱於天，願爲先世因此疾致死者，作九幽大醮，拔度之。未醮數日，黃之妻夢先亡十餘人，內有衣皁小團花衫者，持素黃籙白簡來拜謝曰：「汝救我則我救汝。」妻覺，以告夫。黃泣曰：「衣小花衫者，吾父也。吾父死於兵戈中，衣服不備，但得一衫以殮。夢中所見者，真是矣。」遂以二月朔設醮於天慶觀。是夕，陰雲四垂，雨意欲作，中夜隱隱聞雷聲，所供聖位，茶皆白如乳。道衆恐雨作不能焚詞，既而至五鼓，醮事畢，雨乃大至。黃氏歷世惡疾，自此而絕。士遏字進臣，時右朝請大夫魏彦良通判池州，爲作記。

謝七嫂

信州玉山縣塘南七里店民謝七妻，不孝於姑，每飯以麥，又不得飽，而自食白秔飯。葉本作「稻」。紹興三十年七月七日，婦與夫皆出，獨留姑守舍。葉本多一「有」字。游僧過門，從姑乞食，笑曰：「我自不曾飽，安得有餘？」上二字葉本作「濟爾」。僧指盆中秔葉本多一「稻」字。飯曰：「以此施我。」

姑搖手曰：「白飯是七嫂者，我不敢動，歸葉本作「婦」。來必遭罵辱。」僧堅求不已，終不敢與。俄而婦來，僧徑就求飯，婦大怒，且毁叱之。僧哀求愈切，婦咄葉本作「唾」。曰：「脱爾身上袈裟來，乃可换。」僧即脱衣授之，婦反復細葉本作「玩」。視，戲披於身，僧忽不見，袈裟變爲牛皮，牢不可脱。胸閒先葉本作「遂」。生毛一片，漸遍四體，頭面□成牛。上九字明鈔本作「身體頭面稍成牛形」。上五字葉本作「頭目稍成牛」。其夫走報婦家，父母遽葉本無「遽」字。至，則儼然全牛矣。今不知存亡。右四事亦得於王日嚴。

白石大王

福州人陳祖安之父，待兗州通判闕，夢黄衣吏持符至，曰：「帝命公爲白石大王。」問所在，曰：「今未也。俟公見巨石玷一角，乃當去。及期，復來迎矣。」覺而大惡之。後赴官兩月，謁泰山，宿山下一寺，適見庭下大石，其一角正缺，悵然不樂。還郡未久，而黄衣至，遂以其日卒。

莫東得官

吴興莫伯甄爲奉議郎時，三子皆未官。嘗夢以恩澤補第二孫東，寤而喜曰：「東於子孫數爲第五，吾得以延賞恩及之，足矣。」至紹興三十二年，以朝請郎爲潼川轉運判官，遇登極恩，當遣子弟奉表入賀。時長子澄已登科，仲季以母服不可往，乃命吏持函，空其名，令至吴興以授澄，使自處之。澄長子果，次子東，果讀書頗有聲，謂必能繼取名第，乃以官與東。伯甄聞之，念前夢，憮然不樂。是年以覃恩及磨勘，進秩朝散大夫，不及拜而卒。生前所蒙，但一孫得官爾。右二事倪文舉說。

黃十翁

黃十翁者，名大言，浦城人，寓居廣德軍。紹興二十七年十一月四日，因病久心悸，爲黃衣童呼出門。行大衢路，雨嚴校：「兩」誤爲「雨」。葉本作「兩」。旁植垂柳，池水清澈可愛，荷花如盛夏時。經十餘里，更無居民。望樓觀嵯峨，金碧相照，童引入門，罪人萬數立廷下。殿上四人，冠通天冠，衣縷金袍，分席而坐。一吏喚黃大言云：「汝數未盡，誤追汝來。」命青衣童引出東門。回顧餘人，已驅之北去。東門外如陽間市肆，往來闐闐。行未遠，別見宫闕甚麗，内外多牛頭阿旁，王者旒冕秉圭坐，威嚴肅然。紫衣吏問曰：「汝住世作何因果？」對曰：「頃歲兵亂時，曾爲二寇掠財物，徐就擒捕，保伍欲戮之，大言愍焉，以錢二十千贖其死。」及平生戒殺持經造像數十事。俄持巨鏡下照，了無寃業，即令詣總管司照對。總管司之長稱舍人，其副乃廣德出攝吏王珣，與大言素厚，謂之曰：「汝當再還人世，若見世人，但勸修善，敬畏天地，孝養父母，歸向三寶，行平等心。莫殺生命，莫愛非己財物，莫貪女色，莫懷疾妬，莫謗良善，莫損他人。造惡在身，一朝數盡，墮大地獄，永無出期。受業報竟，方得生於餓鬼畜生道中。佛經百種勸戒，的非虛語。」又囑曰：「爲吾口達信於我家，我在公門，豈能無過？但曾出死罪三十一人，有此陰德，故得爲神。可造衣服一襲，多誦經文，化錢萬七千貫，具疏奏城隍司，以達我要贖餘過。」且言：「世人以功德薦亡，須憑城隍證明，方得獲福。若歲時殺物葉本多一「一」字。命祭祀，亦祖先不享。此二事不可不知。後二日，陰府會善男女於無憂閣下，隨其善行，俾證道果。至於地獄囚人，亦驅至彼，如州郡囚聽赦罪，輕者亦脱苦受生，宜往觀之。」至則睹所謂無憂閣者，衆寶所成，高出雲表，祥光徹原本「徹」字形不全，從葉本補。天，男女皆在其下。其善者衣服盛麗，持香花經卷，徜徉采雲之間，玉砌金階之上。而地獄之葉本作「中」衆，皆鎖梏囚執，尪劣憔悴，跪伏門外，喜懼相半。方顧視感歎，忽蕩無所睹。王總管云：「已憑今日佛蔭脱地獄苦，然皆失人身矣。」回至總管司，見對事者亦衆，其相識者，託爲囑子孫，丐功德。所付之語，皆生平閨門隱祕，非外人所得知。事畢，童導之歸，望一鐵山，烈火熾然燒炙，羣囚號叫不絶。又一山，有樹無葉，垂植刀劍，因扳援而上，受剸割之苦，積屍無數。大言合掌誦觀世音、地藏二菩薩，忽震雷一聲，二山皆不見。前行過一巖洞，臭河不可近。童子云：「世人棄殘飲食酒茗於溝渠，皆爲地神收貯於此，俟其命終，則令食之。」又行數里，再至王所，王敕云：「汝還世五年，傳吾語於人間，作善者即生人世，受安樂福；作惡者萬劫不回，受無間葉本作「限」。苦。令聞此者口口相傳。」遂别。命一青衣童引出長春門，有葉本作「荷」。花如初，過橋，葉本多一「次」字。失足而寤，已初八日矣。黄翁時年八十五，崇仁縣主簿秦絳爲作記。

衡山民

乾道初元，衡山民以社日祀神，飲酒大醉。至暮獨歸，跌於田坎水中，恍忽如狂，急緣田塍行。至其家，已閉門矣，扣之不應，身自從隙中能入。妻在牀績麻，二子戲於前，妻時時咄罵其夫暮夜不還舍。民叫曰：「我在此。」妻殊不聞，繼以怒罵，亦不答。民驚曰：「得非已死乎？」遽趨出，經家先香火位過，望父祖列坐其所，泣拜以告。父曰：「勿恐，吾爲汝懇土地。」卽起。俄土地神至，布衫草屨，全如田夫狀，具問所以，顧小童令隨民去。童禿髮赤脚，類牧牛兒，相從出門。尋元路，復至坎下，教民自抱其身，大呼數聲，蹶然而寤。時妻以夫深夜在外，倩鄰人持火炬求索之，適至其處，遂與俱歸。予婦姪張寅說。

頂山回客

平江常熟縣僧慈悦，結庵於縣北頂山絶巘白龍廟之傍，凡三十餘年。以至誠事龍，得其歡心，有禱必應，邑人甚重之。紹興三十二年，年七十八矣，忽得蠱病，水浮膚革間，累月不瘳，朝夕呻吟，殆無生意，棺衾皆治辦，待盡而已。一客不知從何來，戴碧紗方頂巾，著白苧袍，眉宇軒昂，與常人異。自山下至龍祠禮謁，因歷僧舍，見慈悦病，問之曰：「病幾何時矣？此乃水腫，吾有藥能療。」悦欣然請其術。命解衣正卧，以爪甲畫其腹并臍下，應手水流，溢於榻下，宿腫卽消。又探藥一餅，如彈丸大，色正黑，戒曰：「宜取商陸根與菉豆同水十椀，煮至沸，去其滓，任意飲之，藥盡則病愈矣。兼師壽可至八十五歲。」悦愧謝數四，且詢其姓氏鄉里，曰：「我回客也，臨安人。」又曰：「和尚，如今世上人，識假不識真。」語訖，揖而去。悦如言飲藥，味殊甘美，越兩日乃盡，病如失去，亦不復知客爲何人。後兩月，別一客言，來從都下，因觀補陀山觀音至此。出一卷畫贈悦曰：「此我所爲者。」即去。既而展視之，乃畫薜荔纏結，中覆吕真人象，始知所謂回客者，此云。縣主簿趙彦清爲作記。

粉縣主

宗室郇康孝王仲御孫女曰粉縣主者，年十四五時，與家人會飲于堂。忽大風從庭起，雷雨繼至，火光如毬，縱横飛掣，煙霧四合，對面不相睹。男子號哭乞命，婦人掩耳仆卓上，或有墮地者，移時方止，天晴如初。點檢坐中人，獨不見縣主。久之，但得雙目睛於庭砌下，屍失所在矣。縣主之父曰士驪。

耿愚侍婢

大觀中，京師醫官耿愚買一侍婢，麗而黠。踰年矣，嘗立於門外，小兒過焉，認以爲母，眷戀不忍去。婢亦拊憐之，兒歸告其父曰：「吾母乃在某家。」時其母死既祥矣，父未以爲信，試往殯所視之，似爲盜所發，不見屍。還家，攜兒謁耿氏之鄰，密訪婢姓氏，真厥妻也。即佯爲販鬻者，徘徊道上，伺其出而見之。妻呼使前，與敍別意，繼以泣，語人曰：「此爲吾夫，小者吾子也。」耿聞之，怒，詬責之曰：「去年買汝時，汝本無夫，有契約牙儈可驗，何敢爾？」夫訴諸開封，迹所從來。婢昏然不省憶，但云：「因行至一橋，迷失路，爲牙媪引去。」迫於飢餒，故自鬻。」牙媪亦言：「實遇之於廣備橋，求歸就食，遂鬻以償欠。」京尹不暇究始末，命夫以餘直償耿氏而取其妻。耿氏不伏，夫又訴於御史臺，整會未竟，復失婦人，訟乃已。不一年，耿愚死，家亦衰替。

江氏白鶉

江遐舉邈宣和中爲虹縣令，長子自嚴州奉其母往官下。有白鶉白雀各一，皆瑩潔可觀，共一籠，置諸舟背。入汴數十里，過靈惠二郎祠，舟人入白曰：「神素愛此等物，願收祕之。」即攜入卧處。一婢從庖所來，至籠畔，無故失足，觸籠墜，視之，鶉死矣。鳴玉說。

夷堅丙志卷第九十四事

上竺觀音

紹興二年，兩浙進士類試於臨安。湖州談誼與鄉友七人，謁上天竺觀音祈夢。誼夢人以二棵貯六茄爲餽，惡之。惟徐揚夢食巨蟹甚美。迨旦，同舍聚坐，一客語及海物黃甲者，揚問其狀，曰：「視蝤蛑差小，而比螃蟹爲大。」揚竊喜，乃以夢告人，以爲必中黃甲之兆。洎牓出，六人皆不利，揚獨登科。後二年，誼復與周元特操赴漕司舉，又同詣寺。前一夕，周夢與諸人同登殿，誼先抽籤，三反而三不吉。餘以次請禱。周立於後曰：「所以〔「以」字原空格，據陸本補〕來，唯欲求夢爾，何以籤爲？」衆強之。方詣筒下，遇婦人披髮如新沐者，從佛背趨出，謂其貴家人，急避之，遂寤。明晨入寺，誼所啓三籤果不吉，餘或吉或否。周但焚香再拜，願得夢。是夜，夢鄉人徐廣之持省牓至，凡列三等，己爲中等第一人。已而賀客四集，有道士在焉。明年七月，省試罷，□□與待牓。他日閱市，聞呼於後曰：「元特，奉賀！奉賀！」回顧，乃徐廣之也。云：「適過郡門，見□□□司牓內一人，與君姓名同，聊相戲耳。」周方誚責之，則又有言曰：「省牓自南門入矣。」遂相與散，□及家而報至。次日，數客來賀，一道士儼然其中。周曰：「與君不相識，何以辱顧我？」

道士笑曰：「君豈忘之邪？去年君過我□，陸本作「卜」。我推君五行，知今年必及第。今而實然，故來賀，以印吾術，非有所求也。」遽辭去。沉思其人，乃開元寺賣卜者，始驗昨夢，無□原本字形不全，似「少」字，缺末筆。不合。周果居中等，雖非首選，而於吳興爲第一人。夫廣之之戲談，黄冠之旅賀，皆偶然細事也。而夢寐魄兆，已先見於旬月之前。人生萬事，不素定乎！元特説。

酆都宫使

林乂，字材臣，姑蘇人，剛正尚誼，鄉里目爲林無差，以其名近叉字也。晚以貢士特奏名得官，調嘉興主簿。任滿還家，夢吏士來迎，入官府，升堂正坐。掾屬數十輩，或衣金紫銀章，列拜廷下，出文牘，摘紙尾使書。視官階，乃印銜闊徑三寸，不可辨，但識其下文五字，曰「酆都宫使林」。如是凡數紙。乂平生讀道書，頗慕神仙事，顧謂吏曰：「學道之人，皆當爲仙官，此乃冥司主掌，非命也，安得拒？恐得罪於天，將降充下列，雖此官不復可得矣。」乂不得已，乃書名，遂寤。知其命不得長，以告所善道士吕山友。乂弟乂之婦虞氏，尚書策女也，不食豬肉。乂誚之曰：「吾家寒素，非汝家比，安得常有羊肉？盍隨家豐儉勉食之。」婦謝曰：「何敢爾！但新婦自少小時，聞燒豬氣輒頭痛不可忍，今見則畏之，非有所擇也。」乂曰：「我若真爲酆都官，必使汝食。」婦笑曰：「幸蒙伯力，爲增此食料，新婦大願也。」久之，乂調官京師，還，及泗上，卒於舟中。初，乂父挈家過泗，謁普照王寺，其母生乂於舟中，及其死也亦然。訃未至吴，家人臛豬明鈔本多一「肉」字。爲麪，弟婦問曰：「何物盛饌，芬香如此？」家人曰：「豬肉也。」婦曰：「試以與我。」取食之，立盡一器，自是遂能食。時乂卒已半月云。自山□□（上四字葉本作「吕山友説」）□宅編作記，□一□（上七字原本皆闕，據陸本補）□不甚詳。又□以「乂」爲「毅」。

二郎廟

政和七年，京師市中一小兒騎獵犬揚言於衆曰：「哥哥遣我來，昨日申時，灌口廟爲火所焚，欲於此地建立。」兒方七歲，問其鄉里及姓名，皆不答。至晚，神降於都門，憑人以言，如兒所欲者。有司以聞，遂爲修神保觀，都人素畏事之。自春及夏，傾城男女，負土助役，名曰「獻土」。至飾爲鬼使巡門，催納土者之物二字陸本作「往來」。憧憧，或旁於通衢曰：「某人獻土。」識者以爲不祥，旋有旨禁絶。既而蜀中奏，永康神廟火，其日正同。此兒後養於廟祝家，頑然常質也。

宣和龍

宣和元年五月，京師大雨連日。及霽，開封縣前茶肆家，未明起，拂拭案榻，見若犬蹲其旁，至旦視之，龍也，有聲如牛，驚而仆。茶肆與軍器作坊鄰，諸卒適赴役，見之，殺而分其肉。街吏懼不敢□，葉本作「奏」。都人圖玩葉本無「玩」字。其形，長六七尺，鱗色蒼黑。首如□，葉本作「驢」。兩頰如魚頭，色正緑。頂有角，坐明鈔本作「生」。極長，於其際始分兩歧，與世間所繪龍相類。後十餘日，忽大水犯都城，高出十丈，自西北牟駝岡至萬勝門外馬監，民居盡没。時以爲大河決溢，然水色清澄，河又未嘗決，終莫知所從來。居數日，水已入汴渠，達曉將溢，上二字葉本作「水未平定」。朝廷募人乘風水之勢，決其下流，乃由城北入五丈河，下注梁山濼，首尾幾月乃已。故俗傳爲龍復讎云。見蔡條《後史補》。

温州貫宅

温州城中一宅，素凶怪。先是仲監税居之，一家盡死。後數年，吕監税者自福州黄崎鎮罷官來，亦居之，常見仲君露首秃髮往來西舍間。女子年十二三，最惱人，伺客至，輒映壁窺之而笑，翻弄什器，塗涴窗几，不可搏逐。唯一嫗頗恭謹，每女子出，必叱去。吕妻病，數日不愈，嫗教之曰：「縣君無它疾，但煎五苓散，下半硫丸，足矣。」吕以其言有理，亟從之，一服而愈。然人鬼雜處，家之百物，震動無時，或空轎自行於廳上，舉室殊以爲憂。他日，嫗又告曰：「我輩相與共議，欲迎君作主，約用後月某日。此計若成，君必不免，宜急徙以避禍。」吕以告胡季皋襄。季皋爲福州幹官時識之，亦勸使去。去之日，西舍男女數十輩駢肩出觀，相顧嗟惜，似恨謀之不早也。後無復有敢僦舍者。經一月□□，葉本作「未畢」。邑胥挈家來，或告其故，胥笑曰：「我乃人中鬼也。彼罔兩爾，何足畏？」處之不疑，羣鬼亦掃跡。

應夢石人

席大光帥蜀，丁母朱夫人憂，將葬於青城山。議已定，夢兩人入謁，行步重遲，遍體瘡痍可憎，告曰：「太夫人葬地，蓋在温州，地名徐家上奧，庚山甲向者是也，公必往求之。異時畢事，幸爲我療吾嚴校：「吾」字疑「誤」。瘡。」席公嘗寓居永嘉，心亦欲還，顧憚遠未決。覺而異之，書其事於策。即具舟東下，并奉其父中丞柩歸於温。窆日已迫，而宅兆殊未定，招蕭山人張藻卜之，偕止山寺中。其姪七郎，適買食於田舍，主人翁問所往，告之故。翁曰：「去此一里許，名徐家上奧，有一穴庚山甲向者，人多以爲吉地，用善價求之者甚衆，徐氏皆不許，君試往觀之。」會日暮，不克往。歸而言之，語未竟，席曰：「得非庚山甲向者乎？」取所書夢驗焉，無少異。明日，親訪其處。一媪出言曰：「吾徐翁妻也。昔吾夫嘗欲用此地以葬父，夢金甲大神持梃見逐，指蘆席上坐者一人曰：『此席相公家地，汝安得輒爾？』自是以來四十年，今以與公，不取錢。吾兒方爲里正，得爲白邑大夫免其役足矣。」席大喜過望，但不曉夢中所見爲何人。既葬二親，又自爲壽塋於左次。役夫劚土，有聲丁丁然，視之，乃兩石人卧其下，埋没既久，身皆穿穴。席祭之以酒，舁出外，命和泥補治，而爲立祠，牓曰「應夢石人」云。張大猷説。

老僧入夢

乾道三年，武經郎王瓘幹辦蔣參政府。其弟琮，以冬至日游天竺，先一日，從瓘假馬，瓘令廄□陸本作「卒」。以省院大黑馬給之。是夜琮夢老僧來謁，前致辭曰：「老去乏筋力，或得從君，願少寬鞭箠之罰。」琮驚謝而寤。明日馬至，即乘之以行。既出都門，跪踢不肯進，方舉鞭擊之，忽悟曰：「曏昔之夢，豈非此乎？」亟以付馭者歸，而步入寺。蔣府聞之，亦不復留，命反諸故處。璀說。

聶貢遠詩

聶貢遠昌，靖康元年冬以同知樞密院爲和議使，割河東之地以賂北虜。閏十一月十二日至絳州，州門已閉，郡人登諸城上，抉其目而臠之。時其父用之尚無恙。紹興十一年，張銖自北方南歸，過絳驛，見壁間有染血書詩一章，絳人言聶之靈所作也。其詞曰：「星流一箭五心摧，電徹雙眸兩脅開。車馬踐時頭似粉，烏鳶啄處骨如灰。父兄有感空垂念，子弟無知不舉哀。回首臨川歸不得，冥中虛築望鄉臺。」銖録之以示其子昂，載於行狀。

沈先生

沈先生者，和州道士也，不知始所以得道。常時默默，不深與人往來。值其從容時，肆意談説未來休咎事，無不中的，然不可問也。人與之食，受之不辭。居無事，或至經月不食。宣和間，有言其名於朝者，召入禁中，偃蹇不下拜。扣其所學，亦泛然無言，不合旨。猶以爲正素大夫，遣歸故郡。建炎元年秋，忽著衰麻，立於譙門外，拊膺大哭。良久，回首望門內而笑，三日乃止。未幾，劇賊張遇攻破城，郡守率州兵保子城，賊不能下，遂去。凡居民在外者皆被害。後二年，徧詣廛市，與人相別，且告之曰：「有米莫做粥，有錢莫做屋。」人不能領其意，自是不知所如往。

是歲，虜犯淮西，和州受禍最酷云。

李吉爊雞

范寅賓自長沙調官於臨安，與客買酒昇陽樓上。有賣爊雞者，向范再拜，盡以所攜爲獻。視其人，蓋舊僕李吉也，死數年矣。驚問之曰：「汝非李吉乎？」曰：「然。」「汝既死爲鬼，葉本無「爲鬼」二字。安得復在？」笑曰：「世間如吉輩不少，但人不能識。」指樓上坐者某人及道間往來者曰：「此皆我輩也，與人雜處，商販傭作，而未嘗爲害，豈特此有之？公家所常使浣濯婦人趙婆者，亦鬼耳，公歸，試問之，渠必諱拒。」乃探腰間二小石以授范曰：「示以此物，當令渠本形立見。」范曰：「汝所烹雞，可食否？」曰：「使不可食，豈敢以獻乎？」上句，葉本作「豈宜賣，亦豈敢獻公耶？」良久乃去。范藏其石，還家，以告其妻韓氏。韓曰：「趙婆出入吾家二十年矣，奈何以鬼待之？」他日，趙至，范戲語之曰：「吾聞汝乃鬼，上句葉本作「吾聞人説汝是鬼」。果否？」趙愠曰：「與公家周旋久，無相戲。」范曰：「李吉告我如此。」此句，葉本作「李吉言也」。下句「示」字前多一「乃」字。示以石，趙色變，忽一聲如裂帛，遂不見。此事與小説中所載者多同，蓋鬼技等耳。右二事皆唐少劉説。

吴江九幽醮

吴松江石塘，西連太湖，舟楫去來，多風濤之虞，或致覆溺。乾道三年，趙伯虚爲吴江宰，念幽冥間滯魄無所訴，集道士設九幽醮於縣治以拔度之。汴人薛山爲館客，因以故友黄昇司理并其子溺水之由白之，就設二位以祀。既罷三日，伯虛被提舉常平，符按所部營田，與山共載，絕湖抵九里寺。夜過半，夢黃君來訪如平生，斂襟肅容，若特有所謂者。山猶意其赴官而告別也，徐問之，則曰：「向自吳門分袂，狼狽於此久矣。比蒙縣尹大賜周旋，其行方從是脫去。」山曰：「何不一謁之以謝此意？」曰：「固屢往矣，而門庭甚峻，非復可入，敢以諉吾故人。」既而告退，就階登馬。廷下立者數百人，山戲之曰：「車騎一何都邪？」黃曰：「不然，此皆平時留滯，同荷趙君恩而去者也。」已別，山驚寤，以語伯虛，乃知昨朝所絕湖，正黃父子沒處也。

鄭氏犬

福州人奉議郎鄭某，宣和中知樂平縣，自鄉里攜一犬來，常時馴擾不噬人。邑有販婦，以賣花粉之屬爲業，出入縣舍，鄭氏甚重之。嘗白晝入堂，犬迎齧其乳，仆地幾死。鄭叱家童縛犬，念其遠至，不忍殺，持以與報本寺僧。是夜鄭被盜，後半月捕得，鞫之，乃此婦爲囊橐導賊至，始悟犬之靈識，復呼以歸。僧德滔說。

后土祠夢

撫州后土祠，靈響昭著。宜黃士人鄒極葉本作「拯」。未第時，致禱求夢，夢入廟詹敬畢，轉眄東壁，有大書一詩，睨而讀之，既覺，歷歷可記。詩曰：「天道本無成，明從公下生。温黃前後並，黑闇裏頭行。大十口止各，常常啼哭聲。兩箇齊六十，只此是前程。」鄒玩其語多不佳，懼或死於疫。

後以治平三年鄉薦，賦題曰《天道無爲而物成》。次年省試，賦題曰《公生明》。列坐之次，温州人居前，黄州人居後。時亮陰罷廷對，始驗前詩二聯之意。鄒仕終江西提刑，蓋大十口止各，「本路」字也。常常啼哭聲，刑獄象也。與其妻並年六十五而卒。夫四十字之微，而場屋二題，坐次先後，朝家之變故，官壽之終極，與妻室之年，靡不先見。上二字葉本作「詳盡」。吁！其異矣。

泰山府君

臨川雷度，字世則，性剛介，好讀書，雖登名鄉貢，而不肯赴省試。其甥蔡直夫爲永康軍通判，既之官。是年九月晦，蔡妻徐氏夢人持尺書類漕臺檄，徐讀之竟。迨寤，但憶紙尾大書云「泰山府君雷度押」，畏其不祥，且未知度之安否。不旬日，蔡卒，妻孥護柩以歸。明年至鄉里，始知度以故歲八月卒矣。泰山之夢，其然乎！右二事皆臨川吳□說。

夷堅丙志卷第十十一事

方氏女

婺州浦江方氏女，未適人，爲魅所惑。每日過午，則盛飾插花就枕，移兩時乃寤，必酒色著面，喜氣津津然。女兄問其故，曰：「不可言，人世無此樂也。」道士百法治之，反遭困辱，或發其隱慝曰：「汝與某家婦人往來，道行如此，安得敢治我？」或爲批頰抵冠，狼狽而出。近縣巫術聞之，皆莫敢至。其家掃室焚香，具爲訴牒，遣僕如貴溪，告於龍虎山張天師。僕至彼之日，女在堂上，見兩黄衣卒來追己，初猶不肯行，卒曰：「娘子無所苦，纔對事畢即歸矣。」遂隨以去。凡所經途，皆平日所識，俄至東嶽行祠，引入小殿下，殿正北向。主者命呼女升殿，女竊視其服，紫袍紅鞓帶佩魚，全如今侍從之服。戒之曰：「汝爲山魈繳繞，曲折吾已盡知，但當直述，將釋汝。」初，女被祟時，實其亡叔爲媒妁，是日先在庭下，瞬目招女，使勿言。女竟隱其事，但説魅情狀及所與飲狎者。主者判云：「元惡及其黨十人皆杖脊遠配，永不放還而不刺面。餘五六十人亦杖臀編管。」傳囚決遣，與世間不少異。又敕兩卒送女還。時家人見女仆地，踰兩時，口眼皆閉，抉齒灌藥，施鍼灼艾，俱不省，但四體不冷，知其非死也。僕歸云：「既投狀，天師判送東嶽，限一時内結絶，故神速如此。」自是女平安如常。踰年而嫁，則猶處子云。

高教授

鄉人高遹，字廣聲，爲秦昌時壻，居於會稽外邑，與詹道子亢宗友善。紹興辛巳，淮上受兵，遹入城，舍於詹氏，與館客陳確日同處，相得甚歡。隆興二年，遹爲太學録，確夫婦同夢遹來，而身絶短小。確語妻曰：「不見高廣聲才數月，一何短如此？」俄相隨入卧内，妻愠曰：「高教授當識道理，何爲至吾牀闥間？」逐之，不見，遂驚寤。明日以告道子，時遹已病困，道子方以爲憂，聞其事，良不懌，是夕而訃至。明年，確妻復夢人舁柩入門，問之，曰：「高官人也。」覺而語確，確心知遹之來爲己子，□陸本作「預」。戒産具，卽日得一男。右二事皆詹道子説。

掠剩大夫

揚州節度推官沈君，原注：失其名及鄉里。居官頗強直，通判饒惠卿尤知之。惠卿受代歸臨川，一府僚屬出祖於瓜洲。前一夕，沈聞書窗外人語曰：「君明日禄盡馬絶。」爲妻子言，愀然不樂。明日，將上馬，厥子牽衣止之，沈曰：「饒通判相與甚厚，方爲千里別，安得不送？」策馬徑行。所乘馬蓋借於軍中者，惡甚。始出城，奔而墜，足絓鐙間，不可脱，馳四十里，及瓜洲方止。駁吏追及之，則面目俱敗，血肉模糊，不可辨識。舁歸舍，氣息殜殜，經一日而絶。惠卿憐其以己死，賻錢二十萬。郡遣夫力十餘輩護柩歸，諸人在道相顧，如體挾冰霜，或時稍怠，則頭輒痛，類有物擊之。兩旁行者皆見一綠袍官人坐柩上，執梃而左右顧，至家乃已。後歲餘，其妻閻氏白晝見旗幟奄冉行空中，一人跨白馬跕躞而下，至則沈也，相慰拊良久。又徧呼諸子，誨以讀書耕稼之務，曰：「吾今爲掠剩大夫，□葉本作「職」。陸本作「勳」。業雄盛，無憶我。」翩然而去，自是不復來。閻氏之弟榕傳其事。

生肉勸酒

南豐曾氏爲臨川李氏壻，初親迎時，舅母張氏送之，逼歲求歸，李氏置酒餞別。張歸而慍曰：「我在李家十數日，蒙渠主禮不爲薄，但臨行時，忽以生肉勸酒，使我心惡不可堪。」人問其狀，曰：「羊一槃，豬一槃，鴨、雞各一槃，凡四品槃，各四巨楪，皆生物也。釘餖雖豐，豈復可食？」家人亦皆咄咄曰：「不謂李官人家野陋乃如此。」村婦鄧八嫂，實從張爲客，私語人曰：「安得是事，縣君豈別有所睹乎？」張之夫先爲光化軍司理，不挈家行。久之，得訃云死矣。後其子歸，乃言以去臘未盡三日死，死之日，同僚隨土俗具祭，用生物四大槃，其器皿名物，悉與張所見同。蓋張從李氏歸時，司理君始死受奠。千里影響，符契若是，異哉！異哉！右二事皆李德遠說。

黃法師醮

魏道弼參政夫人趙氏，紹興二十一年十月十六日以病亡。至四七日，女壻胡長文元質延洞真法師黃在中設九幽醮，影響所接，報應殊偉，魏公敬異之。及五七日，復命主黃籙醮。先三日，招魂入浴。幼子叔介，年十二歲，以念母之切，願自入室持幡伺視。既入，慟哭，云：「母自白幡下，坐椅上，垂足入浴盆，左右挂所著衣。正舉首相顧，忽焉不見，所以哀泣。」已而迎魂至東偏靈位。黄師見夫人在坐，叔介至前，卽仆地曰：「媽媽在此，家婢小奴先因病腫死，亦從而至。」語言甚久。黄慮鬼氣傷兒神，乃布氣吹其面，取湯一杯令飲。卽醒，云：「適往市門下看迎仙女，見數十人衣金錦袍，擁一轎，四角皆金鳳，口銜金絲毬，二仙童行前，捧金香爐唾壺。到吾家門，仙女出轎，見先生再拜請符。才得符，收置袖間，却乘金毛羚羊，二童導而去，遂覺。」蓋所見者，乃是夕壇上所供神虎堂追召魂魄者也。時已五鼓，方就睡，又夢入大門，將軍長丈許，金甲青鞾，引而行。殿上人服青服，戴青冠，執青圭，坐龍椅上，云太一救苦天尊也，閽呼第二曹請九天司命第□葉本作「一」。主者同坐。俄空中青雲起，玉女數百，捧紅葉本作「黄」。幡幢，迎上清宮第六位至，共食仙果。叔介前觀之，爲異鬼如師子形者逼逐令去，將軍叱曰：「救苦天尊請來對罪，葉本作「事」。安得輒逐！」命獄卒碎葉本無「碎」字。斫之。左右天仙無數，嬉戲自如。或戴碎玉花冠，動摇有聲，云是狼茫冠，上天真宰下降檢察地獄。將軍曰：「三界各有體：天界逍遥自在，故多快樂；人世務禮法，故尚恭敬謙遜；地府治人罪，故尚威猛。正自不同。」又聞呼都案判官追在獄囚列廷下，約萬人，皆荷鐵校。傳呼引第十人，直符使乘雲持牒下取，牒闊可二尺，長袤丈，徑至地，挾此人同上雲去。其餘火輪銅柱、銅狗鐵蛇，鍛治於前，楚毒備極。三人著公服在其中，將軍曰：「一爲臨政酷虐，二爲事父不孝，三爲作監官不廉。監官乃吾弟，曾任潭州稅官，盜用公家錢而逃，至今在獄。而酷虐者獲罪尤重。」叔介問：「如何可救？」曰：「除是轉九天生神章一萬遍，卽可救拔。」又引至鑊湯、碚石、喬律等獄縱觀諸囚。叔介言：「敢問將軍何姓？」曰：「舊在人間姓王，此間無姓。每見世人設水陸，請地府諸司，稱崔判官、李判官之類，皆不肯赴，不若只稱第幾司、第幾案判官便了。」又曰：「吾得一幕次甚窄，身却不在彼，常在壇上聽指揮，不敢離一步，便一兩字亦從吾手中過，然後奏上。吾一看三清，二看法師至誠，便是喫一盞白湯，也奏去。只爲排得幕次不是，左右多有穢觸。又黃衣人炷香，衣服不潔，負水人身體腥穢，一青衫小兒抱嬰孩來天尊位前戲狎，天尊怒，皆追來枷了。青詞甚好，宜開地獄，赦亦至誠，特以判官聲雄，道字不真，有一字讀作『潭』字，數人猜不出，天尊、主者皆怒。已而辨之，乃『濤』字也。主者白：『請放六人。』判官密言赦文不明白，再墮其四，只赦兩人，其一則趙氏也。」將軍曰：「汝父常誚汝懶惰不讀書，我教汝聰明。」呪云：「無礙無遮廣聰明，喬律莎訶無緊揭。」又聰明偈云：「大廣天地無礙遮，三界遲奇比江海。一磨二磨轉不覺，才管一覺無礙空。」戒令勿泄，每遇節序，焚香默誦百過。且謂人心如鏡，須管常磨，勿令塵染汙，自然聰明。又言：「吾一身五職：第一，三天門下引進主者；第二，黃先生主掌文字；第三，自然山主；第四，監灰河主；第五，職事微，不可說。」遂引叔介至灰河。無罪者過橋，業重者解其下服，著度河褌，由河中過。

岸上大枯木數株，鬼卒以所脱衣挂於上，續以車載從橋行，衣上各書姓名，窺其一標云「屠氏十娘」。叔介臨欲歸，拜將軍曰：「自到冥間，荷將軍慈顧。」答曰：「汝何所謝，吾實當謝汝。憶昔嘗與汝同官，曾緣公累，賴汝調護得免，至今不忘。今歸時，凡此中所見所説，盡爲人道之，使知省戒，無得隱情。」揖别而行，望其家已近，母在一室塗澤畢，令引至壇，對曰：「黄先生不許孝子登壇。」母乃獨登（上二字葉本作「強」。）之，徧禮列位，詣黄君幕前，焚香拜曰：「謝救苦黄法師。」便冉冉翔空，回首言：「宿世寃家皆得解脱，汝勿復悲惱。」令從者取盂水噀叔介面，仍叱之，遂寤。天方明，自寢至覺僅數刻，而所經歷聞見連日言之不能盡。魏公以其事物色之，蓋醮筵置龍虎堂於四廂，偪近外庖，往來暄雜，炷香者乃老卒，而汲水一兵患疥癆，圃中兒每敖戲聖位前，皆符其語。乃告白龍虎神，徙位於静處，而易執事者，禁兒勿得至。又考所謂「潭」字之誤，蓋詞文舊語内云：「或死於水濤之中。」道童書「濤」爲「淘」，以唾潤指，揩作「濤」字，不甚明了，故讀者誤焉。魏公自作記五千言，今摭取其大要如此。

朱新仲夢

朱新仲待制（翌），紹興二十八年守嚴州，夢至大山下，左右指云：「崑山也。」未幾，徙宣州。宣城獻地圖，有鄉名「崑山」者，謂前夢已應。又一歲，徙平江，崑山正其屬縣。在平江日，夢典謁報洪内翰來，亟出迎，則予仲兄也，時自翰林學士奉祠居鄉里。既坐，乃居東道，覺而異之。不兩月，新仲罷□，陸本作「去」。仲兄實踵其後云。

常熟圬者

中大夫吴温彦，德州人，累爲郡守，後居平江之常熟縣。建第方成，每夕必夢七人，衣白衣，自屋脊而下。以告家人，莫曉何祥也。未幾，得疾不起。其子欲驗物怪，命役夫升屋，撤瓦遍觀，得紙人七枚於其中，乃圬者以傭直不滿志，故爲厭勝之術，以禍主人。時王顯道㬇爲郡守，聞之，盡捕羣匠送獄，皆杖脊配遠州。吴人之俗，每覆瓦時，雖盛暑，亦遣子弟親登其上臨視，蓋懼此也。吴君北人，不知此，故墮其邪計。

茶肆民子

乾道五年六月，平江茶肆民家失其十歲兒，父母連日出求訪，但留幼女守舍。一黄衣卒來啜茶，告云：「爾家幾郎使我寄語，早晚當附木桃還家。」女喜，祈客少駐，以俟父母歸，堅不可，臨去又云：「明日幾郎自別寄信來。」遂去。迨暮，父母歸，女具道其故，莫測所以然，而憂其非吉語也。明旦，外傳有浮屍在升平橋河岸木桃側，奔往視之，乃所失子。傍人言，頃年一急足溺於此，則民女所見，殆其鬼乎！

樂橋妖

平江樂橋民家女，既嫁，每夕爲妖物所擾，母念之切，乃與同榻卧，將伺察之。財日暮，則一人從地踴起，垂兩髻於背，紅繻奕然，大聲如疾雷，地亦隨合，凡數夕如是。以告其夫，夫穿地覓之，僅二尺許，得一銅鈴，以紅帶繫其鼻。始憶數年前朝廷申嚴銅禁，故瘞鈴土中，久而忘之矣。即擊碎棄之，女疾遂愈。右四事皆朱似叔召說。

劉景文

承議郎任隨成，劉景文季孫甥也。言景文知忻州時，每數日輒一謁晉文公祠，至必與神偶語移時乃出。神亦時時入郡，郡吏見景文閉閤與客語，則神至也。他日，於廣坐中謂一曹掾曰：「天帝當來召君，君卽去，吾且繼往。」坐客相視失色。未幾，掾果無疾而逝，景文亦相繼亡。經夕，蹶然復甦，索筆作三詩，詩成，語家人曰：「吾今掌事雷部中，不復爲世間人矣。」瞑目竟死。其一章云：「中宮在天半，其上乃吾家。紛紛鸞鳳舞，往往芝朮華。揮手謝世人，竦身入雲霞。公暇詠天海，我非世人譁。」二章云：「仙都非世間，天神繞樓殿。高低霞霧匀，左右虬龍徧。雲車山岳聳，風轝天地擅。原本字形不全，今從陸本補。從茲得舊渥，萬動毫端變。」其三云：「從來英傑□葉本作「自」。消磨，好笑人□事更多。艮上巽中爲進發，□陸本作「一」。車安穩渡銀河。」其語皆不可曉。予案《東坡集》，景文爲隰州守以沒，此云忻州，恐非。何薳《春渚紀聞》云：「景文夢爲文公之代而卒。」其說不同。坡公稱景文詩句云：「四海共知霜鬢滿，重陽曾插菊花無。」其清警如此。今三詩乃爾，生死之隔，一至是乎？

雍熙婦人詞

姑蘇雍熙寺，每月夜向半，常有婦人往來廊廡間，歌小詞，且笑且歎，聞者就之，輒不見。其詞云：「滿目江山憶舊游，汀洲花草弄春柔，長亭檥住木蘭舟。好夢易隨流水去，芳心空逐曉雲愁，行人莫上望京樓。」好事者往往録藏之。士子慕容嵓卿見而驚曰：「此予亡妻所爲，外人無知者，君何從得之？」客告之故，嵓卿悲歎。此寺蓋其旅櫬所在也。右二事皆見周紫芝少隱《竹坡詩話》。

夷堅丙志卷第十一　十六事

李鐵笛

饒州道士曹與善，政和中以道學上舍貢於京師，與河北李陶真道人相識。李好吹鐵笛，蓋放浪不羈之士也。曹後歸鄉里，宣和三年爲神霄宮副，李從京師來見之，有一馬置于四十里店民家，時以薦福寺爲宮，每吹笛宮門，則馬不煩僕御而自至。往來月餘，一旦告别，會曹入城。李來不相值，彷徨良久，顧道童周永真索筆硯，題詩壁間云：「一别仙標歷四春，神霄今復又相親。爐中氣候丹初熟，匣裏光芒劍有神。未駕鸞輿朝碧落，且將蹤跡傲紅塵。乘風暫過羌廬去，異日相期拜紫宸。」書其後曰：「瀟真散人瀟湘訪曹副宮不遇留題。」方擲筆，曹適歸，永真以告，而李已不知所在矣。明年，一客白袍皂絛，貌甚古，入曹之室，視壁間字，問誰所書，永真言：「李陶真先生也。」客笑曰：「九百漢。」亦索筆書對壁，自稱「道人李抱一」，云：「一粒金丹續命基，算來由我更由誰。神龜移入雲端去，彩鳳摶歸地母騎。溟涬浪中求白雪，崑崙山裏采瓊枝。只消千日工夫足，養個長稜八角兒。」書畢即去。後三年，又有姓崔者來，讀二詩大笑。時永真亦在傍。崔瞪視移時，咄曰：「汝師曾食肉乎？」曰：「然。」曰：「非汝買與之耶，安得如是？」連捽其耳，復摑之仆地，徑趨出。初，永真性蒙鈍，及是覺聰明頗開，後易名彥昭，爲道士。二李之詩嘗刻石于宮。靖康中，神霄廢，復爲薦福，石爲僧所毀。曹與善至八十五歲，乾道四年方卒。周說。

朱氏乳媪

鄉人朱漢臣，宣和中爲太學官。其乳母死，稾殯於僧菴，及還鄉里，不暇焚其骨。朱妻弟李元崇景山，入京舍客館，夢老婦人彷徨室中，明夜又夢，且泣訴曰：「我朱家乳母也，不幸客死，今寄某坊某菴中，甚不便，願舅挈我歸。」李曰：「菴中菆柩不少，何以爲誌？」曰：「在菴之西偏，冢上植竹兩竿，南者長而北者短，柩上所題字尚存，索之當可得。」李既覺，不復寢，急取紙筆書之。遲明往訪，尋至其處，如所言。以告守僧，出柩而焚之，裹遺燼付一僕。僧因言：「此中瘞者以百數，初來時，每夜聞歌叫嘻謔聲，終則多歎泣，至明，所供器或東西易位，月夕尤甚，殆不安寢。今久矣，亦不復畏也。」李歸番陽，未至之三日，朱氏夢媪來，有喜色，曰：「久處異鄉，殊寂寞，賴李二舅挾我歸，將至矣。」一家皆爲哀歎，遣人迎諸塗，盛僧具以葬焉。

華嚴井鬼

劉彥適登第歸，與其弟設水陸齋於永寧寺泗州院，會散，宿院中。闍黎僧繼登督其徒收拾供具，見客户不閉，責問僮奴，皆云二劉掩關寢久矣。秉燭巡視，室空無人，衾裯亦不見，疑爲它往，而三門又已扃鑰。登咤曰：「必華嚴鬼也。」□陸本作「亟」。命取鈴杵往訪焉。先是西廊華嚴院一行者合縊於院後井旁栗樹上，時出爲物怪。繼登過西邊得遺被，及華嚴牆畔又得一履。院僧熟睡，排闥而入，徑趨井所，二劉果對坐井上，互舉手推挹爲遜讓之狀，卽扶以歸。既醒，扣其故，曰：「終夕倦局，恰登床欲寢，而行者來傳闍黎之意，云夜尚早，正煎湯相待，幸可欵語。遂隨以行，了不知牆壁之留礙。俄聞婦人歌笑聲，朱門華屋，赫然煥耀。或導使入門，念兄弟同行，義難先後，方相撝避，忽冥然無所睹。非師見救，皆墮井死矣。」彥適，字立道。

施三嫂

州民張元中所居通逵，與董梧州宅相對。董氏設水陸，張夢女儈施三嫂來，曰：「久不到君家，今日蒙董知郡招喚，以衆客未集，願假館爲須臾留。」張記其已死，不肯答。又曰：「曩與君買婢，君約謝我錢五千，至今未得。我懷之久矣，非時不得至此，幸見償。」張寤而惡之。明日，買紙錢一束，焚于澮津湖橋下。夜復夢曰：「所負五千而償不□〔陸本作「用」。〕百，儻弗吾與，將投牒訟君，是時勿悔也。」張不得已，如其所須之數，舉以付寺僧使誦經。既而歎曰：「數與鬼語，更督無名之債，吾豈不久於世乎！」然其後八年乃死。

胡匠賽神

番陽民俗，殺牲以事神，貧不能辦全體者，買豬頭及四蹄享之，謂之頭足願。木工胡六病，其妻用歲除日具禱賽，置五物釜中俟巫者。會節序多祀事，巫至昏乃來，妻遣女取饌。奔而還，告母曰：「母自往取之，兒欲視吾父。」色殊怖沮。母至廚發羃舉肉，亡其一蹄矣。倉黃不暇究，但別買肉以補之。既罷，女始言：「適欲入廚，見黑物貿貿，徹屋上下，了不能辨其狀，故驚而出。」後數日，胡匠死。

趙哲得解

鄱陽縣吏李某，乾道四年七月，夢出城過東嶽行宮，道上見故同列抱文牘從中出，告曰：「此本州今秋解試牓，來書按：「書」字疑誤。嶽帝。」李問：「吾所親及鄉里何人預薦？」曰：「但有君巷内趙哲一人耳。」夢中思之，無此子，以爲疑。其人曰：「趙醫秉德之子也。」李曰：「此吾近鄉，熟識之。渠名中興，非哲也。」曰：「吾言不妄，君當自知之。」送「送」字疑誤。去。時此吏死數年矣。李異之，出詣趙，欲話其事。遇諸塗，趙曰：「吾已納保狀。夜夢人相勸云：『朝廷方崇太平之業，而子尚名中興，又與國姓同，不可，能易之乃佳。』吾甚惑此夢，今將謀之朋友。」李大笑，具道所見，使改名哲，且曰：「子若薦送，吾以女嫁子。」是歲，哲果登名於春官，李遂納爲壻。

白衣婦人

宣和中，鄉人董秀才在州學，因如廁，見白衣婦人徘徊於前，問其故，曰：「我菜圃中人也，良人已没，藐然無所歸。」董留與語，且告以齋舍所在。至夜遂來並寢。未幾得疾，同舍生或知之，以白教授。教授造其室責之曰：「士人而爲異類所馮，何至此！」扣其所有，曰：「但嘗遺一袙服。」取視之，穢而無縫；命投諸火，遣諸生蹤跡焉。一老圃曰：「向者小兒牧羊，一牝羊墜西廊井中，不可取。今白衣而出，豈其鬼歟？」呼道士行法，呪黑豆投於井，怪乃絕不至，然董亦死。

錦香囊

德興縣石田人汪蹈，紹興十六年，延上饒龔滂爲館客。書室元設兩榻，龔處其東，虛其西以待外客之至者。秋夜，龔已寢，燈未滅，覺西榻窸窣聲，俄有婦人揭帳出，寶冠珠翹，瑶環玉珥，奇衣袨服，儀狀瓌麗，圖畫中所未睹，徑前相就。龔喜懼交懷，肅容問之曰：「君何人，何自至此？」曰：「中丞不須問。」龔曰：「吾布衣也，安得蒙此稱？」曰：「君明年登名鄉書，即擢第，前程定矣。」遂留宿。雞初鳴，灑泣求去，解所佩錦香囊爲別，曰：「謹秘此物，無得妄示人，苟一人見，即不復香矣。過四十年，當復來取之。」戀戀良久，攜手出户，仰視天漢，指一大星曰：「此我也。」方諦觀次，有物如白練自星中起，下垂至地，婦人即登之。既去丈餘，回顧曰：「郎亟反室，脱有問者，勿得應；違吾言，將致大禍。」遂冉冉上騰而滅。龔凝竚瞻慕，不忍去，忽思向所戒，急歸閉關。未一息，聞人擊户，拒不答，怒罵而去。至明，視所遺囊，文錦爛然，非世間物。中貯一合如玳瑁，以香實之，芳氣酷烈，不可名狀。具以語汪翁。汪壻王慶老，屢求觀不得，乘醉發笥偷翫，香自此歇矣。龔果自此登科，所謂中丞之祥，未知信否。予族人紱代龔爲館，見汪翁道此。

牛疫鬼

紹興六年，餘干村民張氏家已寢，牧童在牛圈，聞有扣門者，急起視之。見壯夫數百輩，皆被五花甲，著紅兜鍪，突而入，既而隱不見。及明，圈中牛五十頭盡死。蓋疫鬼云。

牛媪夢

樂平縣杭橋市染工程氏，夢老媪來曰：「負君家錢若干，除已償還外猶欠若干，幸餘一屋可以充數，今别君去矣。」再拜而辭。既寤，聞一牝牛死於空屋中，剥貨得錢，如夢告之數。

程佛子

德興縣新建村居民程氏屋後二百步有溪，程翁每旦必攜漁具往，踞磻石而坐，施罔罟焉。年三十時，正月望夜，夢人告曰：「明日亟去釣所，當獲吞舟魚。」覺而異之。雞鳴便往，久無所睹，自念：「夢其欺我歟！」忽光從水面起，照石皆明，掬水濯面。澄心諦觀，但有大卵石，白如雪，光燿粲爛，一舉網卽得之。持以歸，婦子皆驚曰：「爾遍身安得火光？」取置佛卓上，一室如晝。妻窺之，乃如乾紅色，頃刻化爲帶，長三尺，無復石體，益驚異。炷香欲爇問，大已如楹，其長稱是。懼而出，率家人列拜。俄聞屋中膈膊聲，穴隙而望，如人拋擲散錢者。妻持竹畚入，漫貯十餘錢，方持行，已滿畚矣。小兒女用它器物拾取，莫不然。良久，遍其所居。或擲諸小塘，未移時亦滿。其物在室中連日，翁拜而禱曰：「貧賤如此，天賜之金已過所望，願神明亟還，無爲驚動鄉閭，使召大禍。」至暮，不復見，而柱下踊一牛頭，搖耳動目，儼然如生，明日乃寂然。程氏由此富贍，每歲必以正月十六日設齋飯緇黃，名曰龍會齋。翁頗能振施貧乏，里人目爲程佛子。紹興二十九年，壽八十三歲而卒，其孫亦讀書應舉。

芝山鬼

芝山在城北一里左右，前後皆墓域，僧寺兩廡葳柩相望，風雪陰雨輒聞啾啾之聲，蓋鬼區也。紹興十六年，通判任良臣伯顯喪子，入寺設水陸。夜未半，闔寺聞山下人戲笑往來，交相問勞。程祠部守墓僕自支徑黃泥路口歸，逢三人同行，厲聲曰：「吾輩以寺中會集，見召而往。汝何爲者，而敢至此？」追逐欲毆之。僕奔竄，適有篝火從寺出者，乃得脱。

葉伯益

浮梁程士廓宏遠，乾道三年自祕書丞罷歸。妻有娠臨月。其弟宏父如景德鎮，十二月十五夜，夢葉伯益謙亨舍人訪其居，求一室寄跡。宏父曰：「兄弟宴居處不甚潔，獨士廓新治書齋爲勝，君試觀之。」相隨而入，見供張華潔如宿辦者，喜曰：「此中便可久留，吾得之足矣。」共坐索飯，且求火肉。火肉，鄉饌也，伯益生時固嗜此。索之諸房，又得於士廓位。既具饌，客飽食就枕。宏父夢覺，明日還家，道遇僕至，報士廓妻得子，因名之曰亨孫。時伯益物故恰三年矣。

李生虱瘤

浮梁李生得背癢疾，隱起如覆盂，無所痛苦，唯奇癢不可忍，飲食日以削，無能識其爲何病。醫者秦德立見之曰：「此虱瘤也，吾能治之。」取藥傅其上，又塗一綿帶繞其圍，經夕瘤破，葉本多一「涌」字。出虱斗許，皆蠢蠕能行動。卽日體輕，但一小竅如箸端不合，時時虱涌出，不勝計，竟死。予記唐小説載賈魏公鎮滑臺日，州民病此，魏公云：「世間無藥可療，唯千年木梳燒灰及黄龍浴水乃能治爾。」正與此同。

錢爲鼠鳴

吾鄉里昔有小民，樸鈍無它技，唯與人傭力葉本作「工」。受直。族祖家日以三十錢顧之舂穀，凡歲餘得錢十四千。置於牀隅，戒妻子不得輒用；每旦起詹翫二字葉本作「輒取玩弄」。摩拊乃出。一夕，寢不寐，羣鼠鳴於旁，拊牀逐之不止，吹燈照索，無物葉本作「有」。也。燈滅復然，葉本作「鳴」。擾擾通夕。蚤起，意悶葉本作「緒」。殊不樂。信步門外，正遇兩人相毆鬥，折齒流血，四旁無人，遂指以爲證。里胥捕送縣，皆入獄。民固愚，莫知其争端，不能答一辭，受杖而歸。凡道途與胥史之費，積鏹如洗矣。

張二子

番陽城中民張二以賣粥爲業，有子十九歲矣，嗜酒亡賴，每醉時，雖父母亦遭咄駡，鄰里皆惡之。

乾道七年二月，寢於乃祖榻上，夜半忽驚蹶，介介不能出聲，救療踰十刻方醒。久之能言，曰：「爲黄衫人呼去，逼入浴室中，四向皆烰火，熱不可向，啼叫展轉，覺有人在外相援，而身不得出。如是移時，歘然而寤。」謂爲夢魘，然境界歷歷可想也。俄頃雞唱，父詣廚作粥，牝貓適産五子於竈中，其一死矣，疑是兒所墮處云。自是始知悔懼，設誓不飲酒，盡改故態。此卷皆吾州事。

夷堅丙志卷第十二十五事

舒州刻工

紹興十六年，淮南轉運司刊《太平聖惠方》板，分其半於舒州。州募匠數十輩置局於學，日飲喧譁，士人以爲苦。教授林君以告郡守汪希旦，徙諸城南癸門樓上，命懷寧令甄倚監督之。七月十七日，門傍小佛塔，高丈五尺，無故傾摧。明旦，天色廓清，至午，黑雲倏起西邊，罩覆樓上，迅風暴雨隨之。時羣匠及市民賣物者百餘人，震雷一擊，其八十人隨聲而仆，餘亦驚慴失魄。良久，樓下飛灰四起，地上火珠迸流，皆有硫黄氣。經一時頃，仆者復甦。作頭胡天祐白于甄令，入按視，内五匠曰蘄州周亮，建州葉濬、楊通，福州鄭英，廬州李勝，同聲大叫，踣而死，遍體傷破。尋詢其罪，蓋此五人尤耆酒懶惰，急於板成，將字書點畫多及藥味分兩隨意更改以誤人，故受此譴。

紫竹園女

隆興二年，舒州懷寧縣主簿章裕之官。僕顧超夜宿書軒，見一女子著緑衣裳，訴云：「爲母叱逐，無所歸，知爾獨處，故來相就。」問所居，曰：「在城南紫竹園。」遂共寢。才數夕，超恍惚如癡，貌瘦力乏。裕怪而詰之，以實告。裕曰：「必妖物也，將害汝。俟今夜至此，宜執之而大呼，吾當往視。」及至，超持其袖，呼有鬼，女奮身絕袖而竄。舉燈照之，乃巴蕉葉也。先是，軒外紫竹滿園中，巴蕉一叢甚大，曩亦嘗爲怪。裕命芟除之，血津津然，并竹亦伐去，且逐超歸。超自此厭厭不樂，竟抱疾死。

吴旺訴寃

紹興十五年，陳祖安爲吴縣宰，甥女陸氏病困，明鈔本作「因」。爲鬼物所憑。陳欲邀道士禁治，鬼云：「無用治我，我抱寃恨於幽冥間，幾二十年不獲伸，是以欲展愬。」問其故，云：「我姓名曰吴旺，南京人，遭兵火南渡，家於府子城下，以貨絛自給。嘗與鄉人蔡生飲，沿河夜歸，蔡醉甚，誤溺水死。邏卒適見之，疑我擠之於河，執送府。下獄訊治，不勝痛，自引伏，有司處法，杖死於雍熙寺前石塔下。銜寃久矣，今日聊爲公言之。」陳曰：「當時之事，誰主此？」答曰：「獄官亦無心，其事盡出獄吏。蓋吏憚於推鞫，姑欲速成，不容辯析，而獄官不明，便以爲是，竟抵極法。」因歷道推吏、獄卒及行刑人姓名。陳曰：「審如是，何爲獨愬於我？」曰：「寺與縣爲鄰，乃本府禱祈之所，平時公入寺我必見之，故熟識公。今事已久，不能復直，弟欲世人一知之耳。」陳曰：「汝骨安在？吾爲汝尋瘞，使安於土，可乎？」曰：「遺骸零落，所存僅十一二，葬之亦無益。公幸哀我，願丐水陸一會，以資受生。」陳曰：「此費侈，吾貧不能辦。」曰：「然則但於水陸會中入一名，使人至石塔前密呼吳旺；俾知之，亦沾功德，可以託生矣。」陳曰：「何處最佳？」曰：「皆有功德，而楓橋者尤爲殊勝，幸就彼爲之。」陳許諾，鬼巽謝。陳問：「病者可痊否？」曰：「陸氏數盡，恐不能逃，醫藥祈禳皆無所用也。」上十三字葉本作「無生理，醫藥祈禱無益也」。後數日，女果死。明年，王葆彥光往楓橋作齋，陳以俸錢爲旺設位。

舒州雨米

乾道四年春，舒州大雨，城内外皆下黑米，其硬如鐵，嚼碎米粒，通心亦黑。人疑向來米綱舟覆於江，因龍取水行雨而捲至也。

朱二殺鬼

平江常熟民朱二，夜宿田塍守稻，有女子從外來，連三四夕寢昵，體冷如冰。知其非人，徧村落測之，了無蹤跡，密以布被縫作袋，欲貯之於中。女已知之，是夜至舍外悲泣。朱問故曰：「汝設意不善，我不復來矣。」朱曰：「恐此間風冷病汝，故欲與同卧其間，無他意也。」乃入宿袋中。過夜半，朱詐言内逼，遂起，負袋於肩以行。女號呼求出，朱不應。始時甚重，俄漸輕，到家舉火視之，已化爲杉板。取斧碎之，流血不止。明夜，扣門索命，久乃已。右五事皆新安胡偶說。

河北道士

宣和七年正月望夜，京師太一宫張燈，觀者塞道。二人墜於池，宫卒急拯之，不肯上，肆言如狂。

道衆施符勅百端，皆弗効。事聞禁中，詔寶籙宮主者往治，主者懼不勝，躬詣道堂，徧揖曰：「吾黨有高術者，願相與出力，不然，將爲教門之累。」堂中數百人皆不敢答。某道士從河北來，獨奮身起，誚之曰：「平時不肯力學，緩急乃殢人。」即仗劍以往。至池畔，二溺人皆拱手。某道士語衆曰：「此强鬼也，非先拔其骨不可。」衆固不曉爲何法。某道士繞池禹步誦咒良久，遣健卒入水掖溺者，已身軟如縣，洎至岸，則凝然塊肉也。叱問所自來，同辭對曰：「某等亦道士也，生時善法籙，坐罪受譴，雖幽明殊塗，而平生所習固在，度非都下同儕所能敵。不意神師一臨，茫無所措。今過惡昭著，執而囚諸無間獄亦唯命，以爲齏粉亦唯命。儻慈悲不殺，導以生路，使得免於下鬼，師之惠也。」許之。復默存食頃，悉起立如常，其家人扶以去。兩觀黃冠，合詞喜謝，扣其故，曰：「此鬼不易制，若與之角力，雖千人不能勝。吾嘗學拔鬼筋法，故一施之，筋骨既盡，無能爲矣。」皆歎曰：「非所及也。」撫州民宋善長，爲人傭，入京，得事此道士。宋狡而慧，頗窺見所嘗爲，又嘗竊發其笥，習讀要訣，私爲閭閻治小祟，輒驗。師亦喜之，將傳授祕旨，而宋詭譎無行，且懶惰，不肯竟其學。會靖康之變，西歸，後爲道士，居州之祥符觀。其治鬼魅亦如神，凡病瘧及疫者，以指畫其面中間，須臾，左熱如火而右冷如冰，隨其冷熱呼吸之，應手而愈。門人數十，皆得其緒餘。一人嘗至村民家，民家大小皆以疫卧，治之不愈，詣郡邀宋行。宋入道室，取神將前茅鞭三擊地，又取供餅裂其半授之，曰：「無庸我去，汝持此與食，自能起矣。」門人還至民家，病者皆已起，言曰：「賴宋法師三聲雷救我。」蓋其所習者五雷法也。

饒氏婦

撫州述陂，去城二十里，遍村皆甘林，大姓饒氏居之。家人嘗出游林間，見仆柳中空，函水可鑒。子婦戲窺之，應時得疾，歸家卽癡臥，不復知人。遂有物語於空中，與人酬酢往來，聞人歌聲輒能和，宛轉抑揚，韻有餘態，音律小誤，必蚩笑指摘，論文談詩，率亦中理，相去咫尺而莫見其形貌。妾有過，則對主人顯言，雖數十里外田疇出納爲欺亦卽日舉白，無一諱隱。上下積以厭苦，跋嚴校：「袚」誤「跋」。禳禱禬，百術備至，終無所益。凡數年，饒氏焚香拜禱曰：「荷尊神惠顧，爲日已久，人神異路，願不至媟慢以爲神羞。欲立新廟於山間，香火像設，與衆祗事，願神徙居之，各安其分，不亦善乎？」許諾，自是寂無影響。饒氏自喜其得計，營一廟，甚華麗，日迎以祠。越五日復至，言謔如初，饒翁責之曰：「既廟食矣，又爲吾祟，何也？」笑曰：「吾豈癡漢耶？如許高堂大屋捨之而去，乃顧一小廟哉！」饒氏愈益沮畏。訖子婦死，鬼始謝去，一家爲之衰替云。

徐世英兄弟

徐世英，撫州人，登進士第，爲建昌軍司户。官舍後有淫祠，欲去之，未果。忽得惑疾，兀兀如白癡，飲食言笑皆與人異趣。兄世傑聞其故，自鄉里往視之。既至，未及語，英迎唾其面，傑愕不知所爲，便覺恍惚，而英灑然如平常。傑抱疾以歸，喑不能言，日用所須，每書字以告。性嗜杜詩，雖屏棄人事，惟求觀此詩不輟。其後浸劇，每出必裸袒。家人閉在一室中，僅二十年，乃死。英仕至廣州教授，亦幸。嚴校：「卒」誤「幸」。〔陸本作「卒」。〕兄弟皆以文學推於臨川，而不幸如是，爲可怪也。

蛇犬䰠 按：目録「䰠」作「妖」。

林廷彦爲臨川守，之任未幾被疾。廷中人正晝見人坐於廳事椅上，以爲使君病間能出矣。或前視之，乃州宅犬母焉，又二蛇蟠於側。取杖欲擊之，蛇去不見，但䰠犬，貨於屠肆。是年林卒。又宜黄縣涂千里者，夏日與賓友坐於所居之燕堂，犬銜蛇徑至前，齧殺之，委於地而去。客以爲此楊震鸛雀銜鱣之瑞，千里愀然曰：「吾生於乙巳，今行巳運而有蛇禍，吾殆不免乎！」不一歲，果卒。

奉闍梨

宜黄縣疎山寺僧奉闍梨者，善加持水陸及工誦呪偈。年益老，患舉音不能清，每當入道場，輒飲雞汁數杯，云可以助聲氣。或得酬謝不滿意，輒肆言詈辱。暮年得疾，舌左右歧出，與元舌爲三，飲食語言皆不可。醫者爲傅藥割去之，楚痛不堪忍。纔旬日復然，則又施前術，凡至五六，竟不止，最後困劇。其徒於白晝見青面大鬼自窗入，捽之而去，就視死矣。

紅蜥蜴

豫章新建縣治，乾道四年七月，夜半大雷震，合廳屋瓦皆鳴。家人共聚一室，聞風聲洶洶，窗櫺戛然，疑卽有覆壓之患。五鼓乃定，及明視之，圃後拔出巨柳，其長三丈，大十圍，寸斷如截，徧滿丞主簿舍中。一蜥蜴，色如渥丹，長僅尺，僵死地上。人疑以爲異物云。右六事皆臨川劉名世說。

僧法恩

紹興十年，明州僧法恩坐不軌誅。恩初以持穢跡咒著驗，郡人頗神之。不逞之徒冀因是幸富貴，約某月某日奉以爲主，舉兵盡戕官吏及巨室，然後掃衆趨臨安，不得志則逃入海。時郡守仇待制念已去，通判高世定攝事。羣凶謂事必成，至聚飲酒家，舉杯勸酬，相呼爲太尉。未發一日，其黨書恩甲子，詣卜者包大常問休咎。方退，又一人來，迨午未間，至者益衆，而所問皆同，且曰：「欲圖一事，可成否？」包疑焉，紿最後者曰：「此非君五行，在吾術中有不可言之貴，視君狀貌不足以當之，其人安在？我當自與言，上三字葉本作「親告」。不敢泄諸人也。」問者喜，走白恩，與俱至包肆。包下帷對之再拜曰：「賤術何所取，而天賜之福，今乃遇非常之慶。上二字葉本作「貴人」。家有息女，不至醜陋，願得備姬嬪之列。」卽延入室，導妻子出拜，置酒歌舞，使女勸之飲。包敬葉本作「拱」。立良久，託爲買殽饌，亟出告之。世定趣呼兵官，卽日悉擒獲。獄成，恩及元惡斷於市，餘黨死者數十人，陳尸道上。是夜，路都監出徼巡，見一人展轉於衆屍中，乃杖死而復甦者，掖起詢之，云："初入市就刑，但知怖懼，不復記省。方杖脅一下，神從頂間出，坐屋簷上，觀此身受杖畢，乃冥冥如夢，不知今所以活也。"都監曰："汝既合死，那得活？"舉足蹴其傷，復死。世定用是得直秘閣，包生亦拜官，郡人合錢百萬與之。

青城丈人

相州人作千道齋薦亡，僧道乞匄皆預。凡坐中人各隨意誦經一卷，有道人但誦"太乙尋聲救苦天尊"一聲，遂就食。鄰坐僧戲之曰："只誦一聲，莫舌乾否？"道人曰："苟有益死者，奚用多爲？"齋罷徑出。漆盤楪内皆有朱書字如刻，曰"青城丈人"，以刀削之愈見。

李主簿

武昌李主簿，夢逮冥司。主者問："汝前身爲張氏子時，安得推妻墮水？"李夢中忽憶其事，對曰："妻自失足墮水死，非推也。"主者遣追本處山川之神供證，與李言同，遂放還。他日，在旅舍遇婦人，自言爲前生妻，相守不肯捨，綢繆如生，姻黨皆知之。數年乃謝去，李亦不娶。終身雖無它苦，但常病腰痛，以木爲兩椎，刳其中，每日扣擊數百下，痛則少解，蓋鬼氣染漬所致云。

吴德充

吴公才，字德充，弋陽人。入太學，年至五十無所成。欲罷舉歸，決夢於二相公廟，夢童子告曰："君明年甚佳，自此泰矣。"吴信之，勉爲留計。明年，上舍中選，自顧年益高，復起歸思。又夢曰：

「卽登科矣，無庸歸。」明年，果於嘉王牓擢第。既調官，臨出京，又夢前人來曰：「君仕宦不可作郡守，蓋以前生爲郡，治獄不明，誤斷一事，雖出於無心，然陰譴不薄，已令君損一目矣。切勿再居此官以招禍。」覺而思之曰：「吾五十二歲僅得一官，勢不能至二千石。且吾雙目瞭然，安有眇理？」不以爲信。後三歲，因病赤目，果偏失明。而仕於州縣，不甚待次，自虔州雩都罷，歷通判衡州、永州、建康府，紹興十二年至臨安，又求倅貳。時王慶曾次翁參知政事，與吳有同舍契，謂之曰：「君三任通判，資歷已高，當作州何疑？」薦於時相，以爲宜春守。吳不樂，纔至家而卒。

夷堅丙志卷第十三十五事

藍姐

紹興十二年，京東人王知軍者，寓居臨江新淦之青泥寺。寺去城邑遠，地迥多盜，而王以多貲聞。嘗與客飲，中夕乃散，夫婦皆醉眠。俄有盜入，幾三葉本作「二」。十輩，悉取諸子及羣婢縛之。婢呼曰：「主張家事獨藍姐一人，我輩何預也！」藍蓋王所嬖，卽從衆中出應曰：「主家上二字葉本作「實然」。凡物皆在我手，諸君欲之非敢惜。但主公葉本作「父」。主母方熟睡，願勿相驚恐。」秉席間大燭，引盜入西偏一室，指床上篋笥曰：「此爲酒器，此爲綵葉本作「縑」。帛，此爲衣衾。」付以鑰，使稱意自取。盜拆被爲大複，上二字葉本作「包袱」。取器皿蹴踏置於中。燭盡，又繼之，大喜過望，凡留十刻許乃去。去良久，王老亦醒，藍始告其故，且悉解衆縛。明旦訴於縣，縣達於郡。王老戚戚成疾，藍姐密白曰：「官上二字葉本作「官人」。何用憂？盜不難捕也。」王怒罵曰：「汝婦人何知！既盡以家貲與賊，乃言易捕，何邪？」對曰：「三葉本作「二」。十盜皆著白布袍，上二字葉本作「衣」。妾秉燭時，盡以炧葉本作「燭」。淚污其背，但以是驗之，其必敗。」王用其言以告逐捕者，不兩日，得七人於牛肆中，展轉求跡，不逸一人，所劫物皆在，初無所失。漢《張敞傳》所記偷長以赭汙羣偷裾而執之，此事與之暗合。婢妾忠於主人，正已不易得，至於遇難不慴怯，倉卒有奇智，雖編之《列女傳》不愧也。

長溪民

福州長溪民，爲贅壻於海上人家，以漁爲業。其母思而往見之，民殊不樂。母覺其意，明日卽告歸，民不肯留，而其婦獨留之，上二句葉本作「民已蓐食先出婦留之」。曰：「阿姑少留，俟得魚作杯羹。」少頃，上二字葉本作「以别」。民還至門，聞母語聲，上二字葉本作「未去」。急藏魚於舍後，復誑其母，且告之上七字明鈔本作「復由元徑來乃大言」。曰：「今日風惡，不獲一鱗。」母遂去。既行，民責妻曰：「吾適所得皆鰻魚，既多且大，常日不曾有葉本作「獲」。此，汝何苦留此媪邪？」妻往視，則滿籃皆蛇也。驚走報民，民不信，自往明鈔本多一「覩」字。焉。果見羣蛇蟠結，一最大者昂首出，徑咋其喉，卽死。蛇亦不見。

福州異猪

政和七年正月，福州北門賣豆乳人家，猪夜生七子，但一爲猪，餘皆人頭馬足，肌體悉類人，淨無一毛，初生時呱呱作兒啼。其家懼，亟瘞於厠後。鄰人聞啼聲，伺曉入視，猶及見其二，取以示里中，斯須聞嚴校：「間」誤「聞」。觀者如市。郡守知爲不祥，命亟殺之。時方尚祥瑞，不敢以聞於朝。

福州屠家兒

福州城中羊屠家兒，年十六歲，性柔善，惟嬉游市井間，不肯學父業。父母謂之曰：「汝已成長，當學世業爲活，爲養親之計，浪游何益？」對曰：「逐日眼見已熟，要殺便能，可嚴校：「何」誤「可」。以學爲！」父以羊一刀一付之，閉諸空屋，竊窺其所爲。自旦至午，但對羊默坐，忽握刀而起，指羊曰：「與汝相爲讎，豈復有窮極？」揮刀自斷其喉。父母急發壁救之，無及矣。

林翁要

福州南臺寺塑新佛像，而毁其舊，水上林翁要者，求得觀音歸事之。後數月，操舟入海，舟壞而溺，急呼觀音曰：「我嘗救汝，汝寧不救我？」語訖，身便自浮，得一板乘之。驚濤亘天，約行百餘里，隨流入小浦中，獲遺物一笥，頗有所資而歸。人以爲佛助。右四事皆福州太平寺僧蔣寶所傳。寶有一書曰《冥司報應》，記此事。

郭端友

饒州民郭端友，精意事佛。紹興乙亥之冬，募衆紙筆緣，自出力以清旦淨念書《華嚴經》，期滿六部乃止。癸未之夏五，染時疾，忽兩目失光，翳膜障蔽，醫巫救療皆無功，自念惟佛力可救。次年四月晦，誓心一日三時禮拜觀音，願於夢中賜藥或方書。五月六日，夢皂衣人告曰：「汝要眼明，用獺掌散、熊膽圓則可。」明日，遣詣市訪二藥，但得獺掌散，點之不効。二十七夜，夢赴薦福寺飯，飯罷歸，及天慶觀前，聞其中佛事鍾磬聲，入觀之。及門，見婦女三十餘人，中一人長八尺，著皂春羅衣，兩耳垂肩，青頭緑鬟，戴木香花冠如五斗器大。郭心知其異，欲候回面瞻禮。俄紫衣道士執笏前揖曰：「我乃都正也，專爲華嚴來迎，請歸舍啜茶。」郭隨以入，過西廊，兩殿垂長黄旛，一女跪爐禮觀音，簾外青布幕下，十六僧對鋪坐具而坐。道士下階取茶器，未及上，郭不告而退，徑趨法堂，似有所感遇，夜分乃覺。明日，告其妻黄氏云：「熊膽圓方，乃出道藏，可急往覓。」語未了，而甥朱彦明至，曰：「昨夜於觀中偶獲觀音治眼熊膽圓方。」舉室驚異，與夢脗合。即依方市藥，旬日乃成，服之二十餘日，藥盡眼明，至是年十月，平服如初。即日便書前藥方，靈應特異，增爲十部乃止，今眸子瞭然。外人病目疾者，服其藥多愈。藥用十七品，而熊膽一分爲主，黄連、密蒙花、羌活皆一兩半，防己二兩半，龍膽草、蛇蜕、地骨皮、大木賊、仙靈脂皆一兩，瞿麥、旋覆花、甘菊花皆半兩，蕤仁一錢半，麒麟竭一錢，蔓菁子一合，同爲細末，以羯羊肝一具煮其半，焙乾，雜於藥中，取其半生者，去膜乳爛，入上藥，杵而圓之，如桐子大，飯後用米飲下三十粒。諸藥修治無別法，唯木賊去節，蕤仁用肉，蔓菁水淘，蛇蜕炙去。嚴校：「去」字疑誤。《名醫類案》作「云」。郭生自記其本末，但所謂法堂感遇，不以語人。

洪州通判

鄉人李賓王利用，紹興二年知新淦縣，以宣撫使入境，躬至村墟督賦。其僕夢主人歸，劍檛傳呼曰：「洪州通判來！」且以告主母。李公至，妻言其事，李笑曰：「孤寒如是，方大軍絡繹過縣，幸不以乏興爲罪，得供給糧餉足矣，别乘非所望也。」明年八月滿秩，果爲洪州倅，卒如僕夢。

金君卿婦按：目録「婦」作「妻」。

荆南某太守之女，年十有八歲，既得婿，將擇日成禮，夢人告曰：「此非汝夫，汝之夫乃金君卿也。」既覺，不以語人，但於繡帶至每寸上四字葉本作「榻上每繡」。輒繡金君卿三字。母見而疑之，以告其父。父物色府中，至於胥史小吏，無有此人。詰其女，具以夢白。未幾，所議之葉本無「之」字。婿果死。後半歲，新峽州守入境，遣信至府，則金君卿也，始悟前事。至，别葉本作「則」。厚待之，留連累日，知其新失伉儷，以女夢告之。金曰：「君卿犬馬之齒四十有二矣，比於賢女，年長以倍，又加其六焉。且悼亡未久，義不忍也。」主人强之，且曰：「因緣定數，君安能辭？」不得已，竟成昏。後三十年，金乃卒。妻生數子。金官至度支郎中，番陽人也。右二事皆李賓王説。

鐵冠道士

鄭介夫俠，福州福清人。熙甯中，以直諫貶英州。元祐初，東坡公薦之復官。紹聖初，再謫英。時坡公貶惠州，始與相遇，一見如故交。政和戊戌，介夫在福清，夢客至，自通「鐵冠道士」，遺詩一章，視之，乃坡公也。坡在海上嘗自稱「鐵冠道人」，時下世十七年矣。其詩曰：「人間真實人，取次不離真。官爲憂君失，家因好禮貧。門闌多杞菊，亭檻盡松筠。我友迂踈者，相從恨不頻。」又曰：「介夫不久須當來。」寤而歎曰：「吾將逝矣。」時年七十八。明年秋被疾，語其孫嘉正曰：「人之一身，四大合成，四者若散，此身何有！」口占一詩曰：「似此平生只藉天，還如過鳥在雲邊。如今身畔渾無物，贏得虚堂一枕眠。」數日而卒。

張鬼子

洪州州學正張某，天性刻薄，老而益甚，雖生徒告假，亦靳固不與。學官給五日，則改爲三日；給三日，則改爲二日，它皆稱是，衆憾之。有張鬼子者，以形容似鬼得名，衆使爲明鈔本作「僞」。作陰府追吏以怖張老，鬼子欣然曰：「願奉命。然弄假須似真，要得一冥司牒乃可。」衆曰：「牒式當如何？」曰：「曾見人爲之。」乃索紙以白礬細書，而自押字於後。是夜，詣州學，學門已扃，鬼子入於隙間，衆駭愕。張老見之，怒曰：「畜産何敢然？必諸人使爾夜怖我。」笑曰：「奉閻王牒追君。」張老索牒，讀未竟，鬼子露其巾，有兩角横其首，張老驚號，即死。鬼子出，立於庭，言曰：「吾真牛頭獄卒，昨奉命追此老，偶渡水失符，至今二十年，懼不敢歸。賴諸秀才力，得以反命，今弄假似葉本作「成」。真矣。」拜謝而逝。陳正敏《遯齋閑覽》記李安世在太學爲同舍生戲以鬼符致死，與此頗同，然各一事也。

太平宰相

宣和中，艮嶽之觀游極其偉麗，既有絳霄樓、華胥殿諸離宫矣。其東偏接景龍門，巨竹千個，蔽蔚翠密，京師他苑囿亦罕比。宮嬪出入其間如仙宸帝所。徽宗命建樓以臨之，既成而未有名，夢金紫人言曰：「艮岳新樓，宜名爲『倚翠』，取唐杜甫詩所謂『天寒翠袖薄，日暮倚修竹』之句也。」夢中問：「汝何人？」對曰：「臣乃太平宰相。」寤而異之。明旦，翰林學士李邦彥入對，奏事畢，偶問曰：「近於苑中立小樓，下有修竹，當以何爲名？」邦彥了不經思，即以「倚翠」對。上驚喜，謂與夢協。時邦彥眷注已深，有意大用，自是數日間拜尚書右丞，遂爲次相。

路當可得法按：目錄無「得法」二字。

政和中，路君寶瓘知陳州商水縣，其子當可時中侍行，方十七歲，未授室，讀書於縣圃四照堂。時梁仲禮爲主簿，二子俊彥、敏彥皆十餘歲，相與游處。一夕，圃吏告失時中所在，君寶遣卒遍索於邑中不可得。閱五日乃出，謂其逸游，杖之，時中不敢自直，但常常吐鮮血，而私語梁主簿曰：「間者獨坐小室，有道人不知何許來，與某言久之，曰：『汝可教，吾付汝以符術，可制天下鬼神。然汝五藏間穢汙充積，非悉掃去不可。』初甚懼其說，笑曰：『無傷也。』命取生油、白蜜、生薑各一斤，合食之。遂與俱去，亦不知何地。凡數日，不思食，唯覺血液津津自口出，每夕以文書十餘策使誦讀，晝則無所見。臨別又言曰：『汝已位爲真官，階品絕高，但如吾術行之足矣。』」自是遂以法籙著。後數月，謂梁子曰：「吾比書一符錯誤，獲譴不小，當削階數級，仍有癰疽之害。」未幾，疽發於背，如盌大，痛楚備極，凡四十九日乃痊。右二事皆梁俊彥子正説。

長樂海寇

紹興八年，丹陽蘇文瓘爲福州長樂令，獲海寇二十六人。先是，廣州估客及部官綱者凡二十有八人，共僦一舟，舟中篙工、柁師人數略相敵，然皆勁悍不逞，見諸客所賫物厚，陰作意圖之。行七八日，相與飲酒，大醉，悉害客，反縛投海中，獨留兩僕使執爨。至長樂境上，雙櫓折，盜魁使二人往南臺市之，因泊浦中以待，時時登岸爲盜，且掠居人婦女入船，無日不醉。兩僕逸其一，徑詣縣告焉。尉入村未返，文瓘發巡檢兵，自將以往。行九十里與盜遇，會其醉，盡縛之。還至半道，逢小舟雙櫓橫前，叱問之，不敢對，又執以行，無一人漏網者。時張子戩給事致遠爲帥，命取舟檢索，覺柁尾百物縈繞，或入水視之，所殺羣屍並萃其下，僵而不腐，亦不爲魚鼈所傷。張公歎異，亟爲殮葬。盜所得物纔三日，元未之用也。張庭實德輝說。

蔡州禳災

吕安老尚書少時入蔡州學，同舍生七八人黄昏潛出游，中夕乃還。忽驟雨傾注，而無雨具。是時學制崇嚴，又未嘗謁告，不敢外宿。旋於酒家假單布衾，以竹揭其四角，負之而趨。將及學牆東，望巡邏者持火炬傳呼而來，大恐，相距二十餘步，未敢前，邏卒忽反走，不復回顧，於是得踰牆而入。終昔惴惴，以爲必彰露，且獲譴屏斥矣。明日，兵官申府云：「昨二更後，大雨正作，出巡至某處，忽異物從北來，其上四平如席，模糊不可辯，其下謖謖如人行，約有脚三二十隻，漸近學牆乃不見。」郡守以下莫能測爲何物。邦人口相傳，皆以爲巨怪。請於官，每坊各建禳災道場三晝夜，繪其狀祠而磔之。然則前史所謂席帽行籌之妖，殆此類也。尚書之子虛己説。

蟹治漆

乾道五年，襄陽有劫盜當死，特旨貸命黥配。州牧慮其復爲人害，既受刑，又以生漆塗其兩眼。囚行至荆門，盲不見物，寄禁長林縣獄，以待傳送。時里正適以事在獄中，憐而語之曰：「汝去時，倩防送者往蒙泉側，尋石蟹，搗碎之，濾汁滴眼内，漆當隨汁流散，瘡亦愈矣。」明日，賂送卒，得一小蟹，用其法，經二日目睛如初，略無少損。予妹壻朱晞顔時以當陽尉攝邑令，親見之。

夷堅丙志卷第十四 十三事

張五姑

外舅女弟五姑，名宗淑，自幼明慧知書，既笄，嫁襄陽人董二十八秀才。董懦而無立，淑性高亢，庸奴其夫，鬱鬱不滿，至於病瘵。靖康之冬，郭京潰卒犯襄鄧，董死於漢江。明年，淑從其母田夫人至南陽，飲酒笑嬉，了不悲戚。宿痾亦浸瘳。方自欣慶，一旦，無故嘔血，斗餘不止，心疑懼，使呼□□□□□□語曰：「和中不可再嫁，嫁當殺汝。」和中，蓋淑字，雖家人皆不知之。淑識其聲爲故夫，叱曰：「我平生爲汝累，今死矣，尚復繳繞我。使我再歸它人，何預汝事？」巫無語而甦，淑固自若。會外舅來南，挈與偕行，至揚州，謀壻，將以嫁王趯。淑曰：「一生坐文官所困，不願再見之，得一武弁足矣。」遂適閤門宣贊舍人席某。時二年五月，董氏喪制猶未終。其冬，席生又死於盜。淑隨母兄度江，寓溧陽。三年三月晦，夢席生自牖捽其頭，覺而項痛，丹瘤生左頰，卧病踰月，昏昏不能知人。二嫂往視之，笑曰：「姑夫恰在此，聞妗妗至，去矣。」問爲誰？曰：「二十八郎也。」自是但與董交語，以至於亡。明年，其母在達州，夢淑與人聚博於樓上，猶如在生時。母責之曰：「賭博從曉連夕，豈是女子所爲事？」淑忿怒，化爲旋風，逐母至牀，母驚號曰：

「鬼掣我！」子婦急起視，則身已半墮地，明日不能起，兩月而卒。

宜都宋仙

宣和中，外舅爲峽州宜都令，盛夏不雨，徧禱諸祀無所應。邑人云：「某山宋仙祠極著靈響。」乃具饌謁其廟。財下山，片雲已起於山腹。方烈日如焚，忽大雷雨，百里霑足。邑人戴神之賜，相與出錢葺其廟，而莫知仙之爲男爲女，攷諸圖志，問於父老，皆無所適從。外舅晝寢，夢大輿自外來，旛蓋麾旄，儀物頗盛，巍然高出於屋。私念言：「縣門卑陋，安能容此？」轉眄間已至庭中。跂而窺之，則婦人晬容褖飾坐其內，驚起欲致敬，倏然而寤。乃命塑爲女仙像，未及請廟額而移官去云。

劉媪故夫

唐州人張文吉，下世十餘年。妻劉氏，年且八十，白晝逢故夫，挽其衣使行，曰：「相與歸去，無爲久住此。」相持不解，劉遂仆地。其季子至前，掖張翁使去，曰：「困吾母如是，何也？」又扶媪起立，然後去。媪長子及婦孫輩，見老人乍仆乍起，趨視之，歷歷聞其言。時季子亦死久矣，咸憂懼，知其爲不祥。未幾，媪死。

錫盆冰花

外舅清河公，紹興六年，以中書門下省檢正官兼都督府諮議軍事往淮西撫諭張少保軍，留家於建康。十二月十五日生辰，家人取常用大錫盆洗滌，傾濁水未盡，盆内凝結成冰，如雕鏤者。細視之，一壽星坐磐石上，長松覆之，一龜一鶴分立左右，宛如世所圖畫然。外姑劉夫人命呼畫工寫其狀，工所居遠，比其至，已消釋矣。自是無日不融結，佳花美木，長林遠景，千情萬態，雖善巧者用意爲之，莫及也。迨春暄乃止，而外舅有兵部侍郎之命。《春渚紀聞》有葛□之〔按：《春渚紀聞》卷二作「萬延之」〕一事，甚相似。

王八郎

唐州比陽富人王八郎，歲至江淮爲大賈，因與一倡綢繆，每歸家必憎惡上二字葉本作「不悦」。其妻，銳欲逐之。妻，智人也，生四女，已嫁三人，幼者甫數歲，度未可去，則巽辭答曰：「與爾爲婦二十餘歲，女嫁，有孫矣，今逐我安歸？」王生又出行，遂携倡來，寓近巷客館。妻在家稍質賣器物，悉所有藏篋中，屋内空空如寠人。王復歸見之，愈怒曰：「吾與汝不可復合，今日當決之。」妻始奮然曰：「果如是，非告於官不可。」即執夫袂，走詣縣，縣聽仳離而中分其貲産。王欲取幼女，妻訴曰：「夫無狀，棄婦嬖倡，此女若隨之，必流落矣。」縣宰義之，遂得女而出居於别村，買缾罌之屬列門首，若販鬻者。故夫它日過門，猶以舊恩意與之語曰：「此物獲利幾何？胡不改圖？」妻叱逐之曰：「既已決絶，便如路人，安得預我家事？」自是不復相聞。女年及笄，以嫁方城田氏，時所蓄積已盈十萬緡，田氏盡得之。王生但與倡處，既而客死於淮南。後數年，妻亦死。既殯，將改葬，女念其父之未歸骨，上三字葉本作「骨未歸」。遣人迎喪，欲與母合祔。各洗滌衣斂，共臥一榻上，守視者稍怠，則兩骸已東西相背矣。以爲偶然爾，泣而移置元處，少頃又如前。乃知夫婦之情，死生契闊，猶爲怨偶如此。然竟同穴焉。

楊宣贊

唐州相公河楊氏子，娶於戚里陳氏，得官至宣贊舍人。平生喜食雞，所殺不勝計。晚年瘡發鬢間，未能爲甚害。家所養雞忽中夜長鳴，大惡之，明日殺而炙之，復以充饌。未下咽，瘡毒大作，瘇滿一面，久之稍愈，而潰汁流至喉下，齧肌成穴，殊與雞受刃處等，鮮血沾滴無休時，竟死。右六事皆聞於妻族。

忠孝節義判官

楊緯，字文叔，濟州任城人，爲廣州觀察推官，死官下，喪未還。其姪洵在鄉里，一日晡時，昏然如醉，欻見緯乘馬從徒而來，洵遽迎拜，既坐，神色脩然如平生。洵跪問曰：「叔父今何之？」曰：「吾今爲忠孝節義判官，所主人間忠臣、孝子、義夫、節婦事也。」從容竟夜。旁人但見洵拜且言，皆怪之。將行，二紫衣留語曰：「府君好范山下石臺，何不就彼立祠？」洵忽寤，告家人曰：適廣州叔父至云云如此。衆悲駭。因呼工造像。工技素拙，及像成，與緯不少異，始知其神。然以官不顯，又無蹟狀，故州縣不肯上其事，祠竟不克立。緯生爲善人，所居官專務以孝弟教民，正直好義，故没而爲神。考諸傳記，蓋未嘗有此陰官也。見《晁无咎集》。

龍可前知

東平龍可，字仲堪，邃於曆學，能逆知未來事。宣和末，趙九齡見之於京師。趙以父病急歸，遇可於門，可曰：「京師將有大變，吾亦從此去矣。」扣之，曰：「火龍其日，飛雪滿天。」明年，金虜犯都城，以丙辰日不守。時大雪連緜，皆符其語。

水月大師符

紹興二十一年，襄陽夏大雨，十日不止，漢江且溢，吏民以爲憂。襄陽知縣閻君謂同僚曰：「事急矣，吾有策可令立止，雖近巫怪，然不敢避此名也。」遂命駕出城，至江上，探懷中符投之，酌酒三祭而歸。是夜雨止，明日水平如故，一郡敬而神之。臨川李德遠時爲觀察推官，就扣其説，閻具以教之曰：「但如我法，人人可爲之，無他巧也。其法以方三寸紙，朱書一圈，而外繞九重，末如一字，書『水月大師』四字於其上。凡水旱、疾疫、刀兵、鬼神、山林、木石之怪，無所不治。遇凶宅妖穴，書而揭之，皆有奇效。」德遠歸臨川，其姪婦每至晡時，輒爲物所憑，新粧易衣，坐於榻以伺，少頃，則與人嬉笑謔浪，竟夜乃息。德遠密書符貼户限内，婦不知也。明日，在牀上見偉男子冠帶如常時而來，及房外若有所礙，戟手罵曰：「賤女子，忍遽忘我乎！」婦應曰：「我未嘗有此心，何爲發是語？」男子舉足欲入，終不能前，遂去。婦洒然如醉而醒，始爲人言之，蓋罔罔累旬，了不知身之所寄也。自是遂安。予爲禮部郎日，德遠爲太常主簿，同行事齋宫，爲予書之，然未之用也。

賈縣丞

李德遠，紹興二十七年調官臨安，館於白壁營，與福州姚知縣同邸。時方盛夏，每夕納涼於後軒。姚之舊友賈縣丞，來料理去陸本作「云」。失告身事，所居相去百步，早出暮還，必過姚話夜，李因得識之。賈丞，長安人，談驪山宫闕、故都井邑之盛，亹亹可聽。又嘗爲縉雲丞，説鬼仙英華事跡，尤有據依。姚李更買酒設果，與之接款，凡兩月，始各捨去。又二年，李爲勅令所删定官，局中從容與同僚唐信道語及怪神，唐具述英華之故，李應答如響。唐曰：「君何以知之？」以所聞告。唐駭曰：「得非長身多髯者乎？」曰：「然。」「陝西人乎？」曰：「然。」曰：「是人自縉雲罷即死，其兄葬之於某處，吾送之窆乃反，於今十年矣，安得如君所云者乎？」李方追懼，毛髮爲洒淅。徐思之，相從如是久，而未嘗白晝一來，雖同飲啄語笑，然其坐常去燈遠，元不熟審其面目，今知乃鬼爾。姚生別後歲餘而殂。

鄭道士

建昌王文卿既以道術著名，其徒鄭道士得其五雷法，往來筠、撫諸州，爲人請雨治祟，召呼雷霆，若響若答。紹興初來臨川，數客往謁，欲求見所謂雷神者，拒之不克，乃如常時誦咒書符，仗劍叱咤。良久，陰風肅然，煙霧蔚蔽，一神人峩冠持斧立於前，請曰：「弟子雷神也，蒙法師招喚，願聞其指。」鄭曰：「以諸人欲奉觀，故遣相召，無它事也。」神恚曰：「弟子每奉命，必奉上天乃敢至，迨事畢而歸，又具以白。今乃以資戲玩，將何辭反命於天？此斧不容虛行，法師宜當之。」即舉斧擊其首，坐者皆失聲驚仆，移時方甦，鄭已死矣。右三事皆李德遠說。

黄烏喬

邵武黄敦立少時游學校，讀書不成，但以勇膽戲笑優游閭里間。邑人以其色黑而狡譎，目之曰「烏喬」。所居十里外有大廟，鄉民事之謹，施物甚多，皆門外祝者掌之。黄欲取其縑帛以嫁女，祝知難以詞卻，姑語之曰：「君盍以盃珓卜，若神許君，無不可者。」黄再拜禱曰：「積帛廟中，頗爲無用，移此以惠人，神所樂也，而庸祝不解神意，尚復云云。大王果見賜，願示以聖珓。或得陰珓，則夫人垂憐，尤爲上願。若得陽珓，則闔廟明神皆相許矣。」祝不敢言，竟負帛以歸。它日與里人會，或戲之曰：「君名有膽，今能持百錢詣廟，每偶人手中置一錢，然後歸，當釃酒肉以犒君。」黄奮衣即行。二少年輕勇者陰迹其後，間道先入廟，雜於土偶間，窺其所爲。有頃，黄至，拜而入曰：「黄敦立來施錢，大王請知。」遂摸索偶像，各置其一，或手不可執，則置諸肩上。俄至少年所立處，突前執其臂，黄以爲鬼也，大呼曰：「大王不能鈐勒部曲，吾來俵葉本作「捨」。錢，而小鬼無禮如是。」又行如初，略無怯意，既畢事，扃廟門而出，其黨始歎服之。溪北舊有異物，好以夜至水濱，見徒涉者，必負之而南，或問其故，答曰：「吾發願如此，非有求也。」黄疑其必爲人害，詐爲它故，連夕往，是物如常態負而南。後三日，黄謂之曰：「禮尚往來，吾煩子多矣，願施微力以報。」物謝不可，黄强舉而抱之。先已戒家僕，束草然巨石，此句疑有誤字。財達岸，即擲於石上。其物哀鳴丐命，及燭至，化爲青面大玃矣。毆殺投火中，環數里皆聞其臭，怪自此絶。徐樽說。

綦叔厚

綦叔厚尚書崈禮登第後，僦馬出謁，道過一坊曲，適與賣藥翁相值。藥架甚華楚，上列白陶缶數十，陳熟藥其中，蓋新潔飾而出者。馬驚觸之，翁仆地，缶碎者幾半。綦下馬愧謝。翁，市井人也，輕而倨，不問所從來，捽其裾，數而責之曰：「君在此嘗見太師出入乎？從者唱呼以百數，街卒持杖前訶，兩岸坐者皆起立，行人望塵斂避。亦嘗見大尹出乎？武士獄卒，傳呼相銜，吾曹見其節，奔走不暇。今君獨跨敝馬，孑孑而來，使我何由相避？」凡侮誚數百言，惡少觀者如堵。綦素有謟辨，不爲動色，徐徐對之曰：「翁翁責我甚當，我罪多矣。爲馬所累，顧無可柰何。然人生富貴自有時，我豈不願爲宰相？豈不願爲大尹？但方得一官，何敢覬望？翁不見井子劉家藥肆乎？高門赫然，正面大屋七間，吾雖不善騎，必不至單馬撞入，誤觸器物也。」惡少皆大笑稱善，翁亦羞沮，以俚語謂綦曰：「也得，也得。」遂釋之。井子者，劉氏所居，京師大藥肆也，故綦用以爲答。趙恬季和說。

夷堅丙志卷第十五十五事。〔按：實祇十二事。〕自此至《魚肉道人》條「母愧謝曰家□」，宋本兩葉、嚴本於中縫均注「補」字。

黄師憲禱梨山

紹興戊午，黄師憲自莆田赴省試，與里中陳應求約同行，以事未辦，後數日乃登途。過建安，詣梨嶽李侯廟謁夢，夢神告曰：「不必吾言，只見陳俊卿已説者是已。」黄至臨安，方與陳會，詢其得失。陳蓋未嘗至彼廟也，辭以不能知。黄逼之不已，陳怒，大聲咄曰：「師憲做第一人，俊卿居其次，足矣。」黄喜其與夢合，乃以告之。暨揭榜，如其説。此條見支志戊卷第六。

周昌時孝行

臨江軍富人周十三郎，名昌時，事母鄭氏甚孝。鄭病腰足五年餘，行步絶費力，招數醫治藥，略無小效。紹熙二年中秋夜，周與妻侍母飲酒賞月，見母坐立艱辛，不覺墮淚。洎罷就寢，抽身潛起，妻謂其登厠耳。乃懷小刀下庭，向空朝北斗禱云：「老母染疾久，百藥並試，有加無減，今發願□陸本作「剖」。腹取肝啖母，以報産育乳養之恩，望上真慈□，□陸本作「悲俾」。獲感應。」焚香訖，將施刃，忽聞有聲自後叱喝，且以杖擊其背。驚而回顧，寂不見人。□□□陸本作「但有封」。貼在地，取視之，中有紙書云：「周昌時供奉母□，陸本作「病」。累歲孝行，此藥三粒，賜鄭氏八娘。」周捧泣拜謝。俟明旦，以進母，積痾頓瘳，方具所見告妻子。

虞孟文妾

衢州龍游人虞孟文，以錢十四萬買妾，頗有姿伎，蒙專房之愛。無何，孟文死。其從弟仲文，忍人也，强以元直畀嫂氏，領妾以歸。僅數月，妾夢故主君來責之曰：「汝在此處睡，莫未便。」寤而懼，以告仲文，仲文向曰：「彼已死，烏能畏我？」雞鳴起奏廁，方過堂下，兄持梃坐堂上，起逐之，擊之至再。走而免，遂得病亡。

魚肉道人

黃元道，本成都小家子，生於大觀□陸本作「丁」。亥，得風搐病，兩手攣縮不可展，膝上拄頤，面聾向後，又瘖不能啼。父母欲其死，置於室一隅，飢凍交切，然竟不死。獨祖母哀憐之，時時灌以粥飲。活至七歲，遇道人過門，從其母求施物。母愧謝曰：「家□陸本作「極」。此下原本錯入卷二十《時適及第》條後，今依陸本改正。貧，安得有餘力？」道人曰：「然則與我一兒亦可。」母以病者告。曰：「得此足矣。」以布囊盛之，負而出。乃父跡其所往，則至野外取兒置地上，掬白水洗濯，脫所披紙被蒙其體，□□□□一粒納兒口，旋繞行五六□□□。陸本作「十里步」。此下原本闕九行又十字。魚一頭，使生食，又溺□陸本作「於」。□□□□染指嘗之，甘芳如醴，捧鉢盡飲。有聲入腹錚錚然，忽若推墮崖下，所見猶元牧之處，牛在旁齕草，無少異。覺四體不佳，跳入山澗中坐，水深及肩，展轉酣暢。走原本字形不全。陸本作「越」。一夜乃出，則神氣灑落，方寸豁如，非復前日事，不知幾何時矣。牽牛還王家，主人訝曰：「小兒何所往，許久不歸？」自此日游廛市，能説□陸本作「人」。肺腑隱匿，或罵某人曰：「汝行負神明，且入鬼録。」又罵某人曰：「汝欺罔平民，將有官事。」已而果然。市人畏其發伏，相戒謹避之。王翁縛而閉諸室，尋縱去，入峩眉山累年。會張魏公爲宣撫使，奉母夫人來游山，見之，攜以出。後隨公出蜀，甫下峽，不辭而去。過武當山，孫旭先生告之曰：「羅浮山黄野人，五代時□惠州刺史，棄官學道，今仙品已高，宜往敬拜，以求延年度世之術。」欣然而行，至羅浮崇真觀問津，觀主曰：「山有三石樓，高處殆無路可上，須扳藤蘿援枯木，如猿猴以登。不幸隕墜，必糜碎於不測之淵，君不爲性命計，則可往。」黄曰：「若顧戀性命，安肯來此？」乃告以其處，杖策徑行，而下石樓始自崖而升，僅可容足，將及□陸本作「中」。樓，風雨驟至，急趨一石穴避之。迫暮留宿，夜聞林莽戛戛聲，大蚺蛇入穴，繼之者源源不已，蟠繞於旁。黄瞑目坐達旦，羣蛇以次去。復前行，崖路中絶，獨巨藤枝下垂，援之以上，時時得小徑，然財數十步即途窮，俯瞰江水，相望極目，但隨蔓勢高下以進。日力垂盡，始到上樓。一穴圓明通中，匍匐過之，達巖畔，望野人緑毛被體，踞石坐。肅容設拜，拱而立，其人殊不視。黄不敢喘息。久之，忽問曰：「汝爲誰？何自來此？亦何用見我？」具以對。曰：「料汝且飢且渴。」自起，揭所坐石，石下泉一泓，極清，指曰：「此可飲。」黄以槲葉杓酌之，可二升許。腹大痛，亟出，大泄二十餘行，始定。復入侍，方命之坐，始言曰：「浮世榮華富貴，疑若可樂，至人達觀，直與腐鼠等耳。人能處此地，與居富貴等，雖盡今生至來生不厭倦，儻一毫蔕芥，頃刻不可留。汝觀此間，別有佳處否？」對曰：「游先生之庭，尚不敢左右眄，焉知其他？」野人曰：「汝試觀吾受用處。」引手捫石壁，劃然洞開，相與入其中。其上正平，光采如鏡，其下清泉巧石、奇花異卉，從横布列，兩池相對。謂黄曰：「汝留此爲我治花圃，東池水可供飲，西池以溉灌，勿誤也。」遂先出，閉壁門。黄奉所教。地方七八丈而無所不有，牡丹五色，花皆徑尺，室中常明，不能辨晝夜，居之甚久，花葉常如春。一日，野人啟門入，甚喜，曰：「汝果能留意於此，真可教。汝姑去此，吾之學長生久視法也，與寂滅之道不同，當盡世間緣乃可。兼汝服珍泉，滌穢已盡，宜別有所食。」於鉢中取魚肉如故山所得者與之，指石竇宿溺使盡飲，遣下山，曰：「汝歸逢人與魚肉，任意噉之，直俟不欲食時，復來見我。」黄再拜辭去，從此能啖生肉至十斤，後稍減少。紹興二十八年，召入宫，賜名元道，封「達真先生」，戒令勿食魚。御製贊賜之曰：「不火而食，太古之民。不思而書，莫測其神。外示朴野，内含至真。白雲無迹，紫府常春。」周參政葵舊與之善，閑居宜興，黄過之，書「明月雙溪水，清風八詠樓」十字以獻。後二年，黄以口過逐居婺，周公適自當塗移守，所書始驗。凡此諸説，多得之於周。乾道二年，予見之鄱陽，食肉二斤，而飲水猶一斗。證其得道始末，與周説不差，故采著其大略。又一年，在九江爲郡守林栗黄中所劾治，杖而編隸之。

房梁公父墓

吕忠穆丞相，政和初葬其父於濟南之歷城。穿墉二丈得石椁，墓兆儼然，中空無所有，但存一石，曰「隨司隸刺史房彦謙之墓」，與吕氏所卜地窆穴無分寸不同，遂葬其處。彦謙即唐宰相梁公玄齡之父也。梁公爲太平賢相，而忠穆亦爲中興名宰，相去五百年而休證冥合如是，異哉。趙不𠌫說。

種茴香道人

政和末，林靈素開講於寶籙宫，道俗會者數千人皆擎跽致敬，獨一道人怒目在前立。林訝其不拜，叱曰：「汝有何能，敢如是？」曰：「無所能。」「何以在此？」道人曰：「先生無所不能，亦何以在此？」徽宗時在幕中聽，竊異之，宣問實有何能。拱而對曰：「臣能生養萬物。」即命下道院，取可以布種者，得茴香一匊以付之，俾二衛卒監視，種於艮嶽之趾，仍護宿於院中。及三鼓，失所在，明日視茴香，已蔚然成叢矣。

朱僕射

豫章豐城縣江邊寶氣亭，建炎三年，居民連數夕聞呼「朱僕射」，而不見其人。已而新□陸本作「虔」。州守馮季周詢修撰赴官，泊舟亭下，從行僕朱秀者溺死，八月四日也。右二事皆吴虎臣說。

燕子樓

潭州府舍後燕子樓，去宅堂頗遠，家人不能至。守帥某卿好游其上。卿晚得良家女爲妾，名之曰酥酥兒，嬖寵殊甚，一日亦登樓。問其所以來，答曰：「願見主翁，心不憚遠。」卿益喜，留連經時，使之去。薄晚，卿還，酥迎於堂。卿顧曰：「適歸無它否？」□□陸本作「妾愕」。然曰：「今日在房中，足跡未嘗出外，安有是耶？」卿怒曰：「汝來燕子樓視我，我與汝語，良久乃去，何諱之有？」酥面發赤曰：「素不識樓上路，何由敢獨行？公特戲我。」傍人盡證其不然，卿惘惘不樂，入燕寢徑卧，疑向者所見定鬼物也。少時，酥入室，拊其背，掖之使起坐，曰：「我真至公所，恐他人知之，故匿不言。亦因以惱公爾，何以戚戚爲？」卿意方自解。又與嬉笑，忽曰：「今以實告公，我非酥酥也，請細視我。」視之，則一大青黑面，極可憎怖。卿拊牀大叫，外人疾趨至，無所睹。卽抱病，遂卒。王嘉叟説，聞之張敬甫。

阮郴州婦

户部員外郎阮閲，江州人，宣和末爲郴州守。子婦以病卒，權殯於天寧寺。阮將受代，語其子曰：「吾老矣，幸得解印還。老人多忌諱，不暇挈婦喪以東，汝善囑寺僧守視，他日來取之可也。」子不敢違。是夜，阮夢婦至，拜泣曰：「妾寄殯寺中，是爲客鬼，爲伽藍神所拘。雖時得一還家，每晨昏鐘鳴必奔往聽命，極爲悲苦。今不獲同歸，則永無脱理。恐以櫬木爲累，乞就焚而以骨行，得早窆山丘，無所復恨。」阮寤而感動，命其子先護柩，此下至《金山設冥》條「是生天象也」，宋本一葉又十七行，嚴本於中縫均注「補」字。□陸本作「還」。江州營葬。是夜，夢子婦來謝云。

岳侍郎換骨

紹興十一年歲除之夕，岳少保以非命亡。其子商卿霖并弟震同妻女皆羈管惠州，郡拘置兵馬都監廳之後僧寺牆角土室內。兄弟對榻，僅足容身，飲食出入，唯都監是聽。秦檜死，朝廷伸岳公之冤，且詔存訪其家，還諸子與差遣。商卿未拜命間，一夕，聞寺鐘鳴，恍惚如夢，見青袍一卒，類親從快行，繫兩袖於腰，手挈竹籃，貯刀劍椎鑿之屬，鋒毛吹刃，頓於榻上，長揖一聲，大喝云：「奉上帝勅旨，爲官人換仙骨。」語畢升榻，商卿怖汗如雨，謹聽所爲。遂以所齎器具恣加割剔，然殊不覺痛。須臾訖事，收器而下，復唱云：「換骨訖。」揖而告去。商卿揭帳視之，髑髏一軀，自首至足卧於地，遂驚覺。日已亭午，震在傍言：「聞兄呻吟聲甚苦，呼撼之不應，念無策可爲，但堅坐守護，至今猶未盥櫛。」商卿具道所睹事，才絶□□□□轎來邀致，仍傳慶語，乃告命已至□□□□之意。淳熙間，持湖北漕節，鄱陽胡璟德藻監分司糧料院，與之談此。青袍傳旨時，以大官職稱之，不欲自言。後擢工部侍郎廣東經略而卒。

朱氏蠶異

湖州村落朱家頓民朱佛大者，遞年以蠶桑爲業，常日事佛甚謹，故以得名。紹熙五年，所育蠶至三眠，將老，其一忽變異，體如人，面如佛，其色如金，眉目皆具。朱取置小合，敬奉於香火堂中，鄰里悉往觀。李巨源在彼，亦借歸瞻視，誠與佛像無少異。經數日，因開合，已化爲蛾，即飛去。

金山設冥

太學博士莊安常子上，宜興人。因妻亡，爲於金山設水陸冥會資薦。深夜事畢，暫寄榻上，夢妻來，冠服新潔，有喜色，脱所著鞋在地，襪而登虚，漸騰入雲表，始没。驚覺，以白於僧及它人，皆云是生天象也。

夷堅丙志卷第十六十六事

陶象子

嘉興令陶象，有子得疾甚異，形色語笑非復平日。象患之，聘謁巫祝，厭勝百方，終莫能治。會天竺辯才法師元淨適以事至秀，淨傳天台教，特善呪水，疾病者飲之輒愈，吳人尊事之。象素聞其名，即詣謁，具狀告曰：「兒始得疾時，一女子自外來，相調笑，久之俱去，稍行至水濱，遺詩曰：『生爲木卯人，死作幽獨鬼。泉門長夜開，衾幬待君至。』自是屢來，且言曰：『仲冬之月，二七之間，月盈之夕，車馬來迎。』今去妖期逼矣，未知所處，願賜哀憐。」淨許諾，杖策從至其家，除地爲壇，設觀世音菩薩像，取楊枝霑水洒而呪之，三繞壇而去。是夜，兒寢安然。明日，淨結跏趺坐，引兒問曰：「汝居何地而來至此？」答曰：「會稽之東，卞山之陽，是吾之宅，古木蒼蒼。」又問：「姓誰氏？」答曰：「吳王山上無人處，幾度臨風學舞腰。」淨曰：「汝柳氏乎？」輾然而笑。淨曰：「汝無始以來，迷己逐物，爲物所縛，溺於淫邪，流浪千劫，不自解脫，入魔趣中，橫生災害，延及亡辜。汝今當知，魔即非魔，魔即法界。我今爲汝宣說首楞嚴祕密神呪，汝當諦聽，痛自悔恨，訟既往過愆，返本來清淨覺性。」於是號泣，不復有云。是夜謂兒曰：「辯才之功，汝父之虔，無以加，吾將去矣。」後二日復來曰：「久與子游，情不能遽捨，願一舉觴爲别。」因相對引滿。既罷，作詩曰：「仲冬二七是良時，江下無緣與子期。今日臨歧一杯酒，共君千里遠相離。」遂去不復見。

秦少游記此事。

太清宫道人

亳州蓋老君鄉里，故立太清宫崇事之。嘗有道人賣藥者，敝衣貧寠，而意氣揚揚甚倨，攜藥爐詣殿下燒藥，大言自尊，指聖像曰：「此吾之弟子也，吾爲老君師。」聚觀漸衆。須臾，火自爐出，灼其衣，焰發滿身，驚而走。左右以水沃之不滅。狂走庭中，火所經，他物不焚，獨焚厥身。已而北面像前若首伏者，遂斃，視其軀幹，皆灼爛矣。

王屋山

道士齊希莊，不知何許人，學養生，喜游名山。至王屋，樂之不忍去，架草堂，居于燕真人巖前。山多栗、黄精及諸果蔬可食者，以時收采給食。居三年，猴入其室，逐之不去，視人坐起百爲從傍効之。希莊大怪，憶初入山時，客教以逐猴法，取猴糞懸而擊之。試用之，猴舍去。甫數日，别有大猴如五六歲兒，垂毛至地，熟視希莊，做其動作如前。懼不敢復逐，意欲出山，未決。聞有呼之者，出户，見丫髻童子，黄單衣緑帶，目有光，貌不全類人。問曰：「麻籠山自何往？」指示之。疾去如飛，直度嶺壑，望之不可及。自是舍傍百物皆夜有聲。一夕大雪，晨起，見門外人迹無數。希莊發悸，不能復居，走山下，得暗疾，數歲方愈。右二事皆見《張文潛集》。

王少保

王德少保葬于建康數十里間，紹興三十一年，其妻李夫人以寒食上冢。先一夕宿城外，五鼓而行，至村民家少憩，天尚未明。民知爲少保家，言曰：「少保夜來方過此，今尚未遠。」夫人驚問其故，答曰：「昨夜過半，有馬軍數十過門，三貴人下馬叩户，以錢五千買穀秣馬，良久乃去，意貌殊不款曲。密詢後騎曰：『何處官人？欲往何地？』騎曰：『韓郡王、張郡王、王少保。以番賊欲作過，急領兵過淮北扞禦也。』」夫人命取所留錢，乃楮鏹耳，傷感不勝情。祀畢還家，得疾而卒。是年四月，予在臨安，聞之於媒嫗劉氏，不敢與人言，但密爲韓子温道之。及秋來，虜果入寇。

餘杭三夜叉

乾道五年，餘杭縣人余主簿妻趙産子，青面毛身，兩肉角獰惡可怖，卽日殺之。未幾，同邑文氏婦生子，絶與前類，而兩面相向，大非凡所聞見比，亦殺之。而賂乳醫錢三十千，使勿言，然外人悉知之矣。已而一圃人妻復生一物，亦然。三家之怪，相去不兩年，所居只一二里内，豈非一氣所沴乎？王三恕説。

張常先

張常先者，嵇仲樞密第三子，凶愎不遜。秦丞相以其父故，超資用之。紹興二十五年，除江西轉運判官，其居在信州。將行，從郡守林景度機假吏卒別墓，怒不設銀香爐，捽州指使吴成忠杖之，林不敢校。赴官三月，爲言者論罷。既又坐告訐張魏公生日詩事削籍，編管循州，刑部下信州差一使臣十卒護送。時常先方自豫章歸，未至信，信守遣人逆諸途。所謂吴成忠者偶當行，才被差，不復治裝，即日行。遇於三十里間，叱下車，褫其巾，使步於馬前。未半舍，困苦不可忍，適逢所善皇甫世通，泣言其情，世通爲祈吴生，賂以銀二百兩，乃得冠巾乘轎。且携二妾俱西，每至宿店，吴生令十卒監常先，同處一房，鎖其户，而自據二妾。凡兩月，乃至循。時疫癘大作，循民死者十四五。郡守張寧爲治城外台隱堂舍之，常先已病困，居數日愈甚，不暇入城而死。吴生亦繼焉，蓋復惡已甚矣。

華陽觀詩

紹興二十五年春，秦丞相在位。其子熺謁告來建康焚黄，因游茅山華陽觀，題詩曰："「家山福地古云魁，一日三峰秀氣回。會散寶珠何處去，碧嵒南洞白雲堆。」時宋此下疑有脱字。爲建康守，即日鐫諸板，揭於梁間。到晚，秦往觀之，見牌側隱約有白字，命舉梯就視，則和章也。曰："「富貴而驕是罪魁，朱顔緑鬢幾時回？榮華富貴三春夢，顔色馨香一土堆。」讀之大不懌。方秦氏權震天下，是行也，郡縣迎候趨走唯恐不至，無由有人敢譏切之如此者。窮詰其所自，了不可得，宋與道流皆懼，不知所爲。是歲冬，秦亡。

秦昌齡

秦昌齡寫真挂於書室，魚肉和尚見之，題曰：「動著萬丈懸崖，不動當處沉埋。彌勒八萬樓閣，擊著處處門開。會得紫羅帳裏事，不妨行處作徘徊。」時紹興二十三年也。至九月，昌齡調宣州簽判，歸，中塗感疾，至溧水，疾亟，寓於王季羔宗丞空宅中。忽覺寒甚，欲得夾帳，縣令薛某買紫羅製以遺之，遂死於其間。又是年春，在茅山觀前遇一人，目如鬼，著白布袍，擔草屨一雙，籠餅兩枚，原本字形不全，今從陸本補。歌而過曰：「四十三，四十三，一輪明月落清潭。」蓋昌齡正四十三歲也。右二事皆太平州醫湯三益說。

會稽儀曹廨

嚴陵江珪，紹興中權浙東安撫司屬官，居于會稽舊儀曹廨中。二子年皆十餘歲，早起至中堂小閤內，見婦人羅衫而粉裳，就其母裝梳處理髮，訝非本家人，走入房白父。珪亟起視之，尚見其背，入西舍一嫗榻旁而滅。呼嫗起語之，嫗曰：「今日天未明，婦人在窗外折桃花一枝，簪于冠，笑而入，恍惚間復睡，竟不知爲何人。」珪以問守舍老閽卒，曰：「二十年前，柳儀曹居此時，其子婦以産厄終室中。今出見者，其人也。」世傳鬼畏桃花，其説戾矣。江鳴玉說。

王氏二妾

靖康二年春，都城不守，虜指取官吏軍民無虚日，宗室婦女倡優多不免。朝士王某家早啓關，二婦人坐于外，徑趨入中堂泣拜曰：「妾等已發至軍前，竄身得歸，今不敢還故居，願爲公家婢以脱命。」二人皆美色，王納之。王無正室，嬖之甚至，與約不復娶。後爲中書舍人出奉祠，忽起伉儷之議。一日食罷，二人盛飾出拜，驚問之，對曰：「向者以當死之身，蒙主君力以得更生，且有天日之約。不謂君賜不終，中饋將有所屬，妾誼不得生，行當永訣，故告辭。」王方慰而止之，又泣曰：「業已如是，然妾不忍獨死，早來湯餅中輒已置藥，恐毒發須臾，願勉處後事，妾今先導入泉塗矣。」再拜而出。王大駭，起視之，則徑相攜赴水死。王無以爲計，呼家人語其故，急求藥解之，不及而卒。

王省元

臨江人王省元，失其名，居于村墅。未第時，家苦貧，入城就館，月得束脩二千。嘗有鄰人持其家信至，欲買市中物。時去俸日尚旬浹，葉本作「浹旬」。王君令學生白父母豫貸焉。生持錢出，值王暫出外，乃爲置諸席間，而未之告也。是夕，王夢二蛇往來蟠舞一榻上，驚覺，不復能寐。明日，鄰人欲歸，王又以語學生，生具以告，乃悟昨夢，喟然歎曰：「二千之入，至微矣，葉本作「二千之數至微」。先旬日得之，至於蛇妖入夢。陶朱猗頓上二字葉本作「公」。果何人哉！寧躡屩還家，茹藜飯糗，以終此身爾。功名富貴非吾事也。」即日棄館而行，不復有意於進取。科葉本作「後」。詔下，朋友交挽之，勉入舉場，遂薦送。明年，省闈中第一人，仕亦通顯。伯兄在館中聞同舍説。

廣州女

廣州番巷内民家女，父母甚愛之，納壻於家。女佷戾不孝，無日不悖其親。紹興二十五年七月，因晝飲過醉，復詈母，既又走出户以右手指畫，肆言穢惡不可聞。鄰人不能堪，至欲相率告官者。忽片雲頭上起，雷隨大震，女擊死於道上，其身不仆，手猶舉指如初。予時在南海，即聞之。

碓夢

靖康末，有達官原注：不欲書姓名。守郡於青齊間，以不幸死。後十餘年，其子夢行通逵中，夾道榆柳，寂無行人，聞大聲起於前，若數百鼓，隱隱然漸近，疑爲大兵來，趨避諸路旁土室而密窺於牖間。既至，乃數百鬼，負大磨，旋轉不已。有人頭出磨上，流血滂沲，諦視之，蓋乃翁也。方驚痛，則復有聲如前，近而睨之，又其母夫人。不覺大哭，遂寤。懼冥祥可怖，亟詣嚴州，以錢數百千作黄籙醮，延宗室兵馬監押子舉主醮事。是夕，衆人皆見浴室外一人，衣紫袍金帶，長尺許，眉目宛然可識，立於幡脚，少焉入浴間。醮事訖，子舉爲奏章請命，謂其子曰：「尊公事不忍宣言，當令君昆弟自觀之。」取一大合，布灰其内，周圍泥封，使經日而後發視。及發之，上有晝字如世間，書云：「某人蠹國害民，罪在不赦。」諸子慟哭而去。方達官在位，不聞有大過，既以非命死矣，而陰譴尚如是，豈非三世業乎？張晉彦祁適在彼，偶行壇下，遇男子作婦人泣曰：「我乃公親戚間女也，靖康中，從夫官河北，爲寇所害，旅魄無所歸，賴今夕醮力以得至此。」歷問諸家姻眷甚悉。晉彦亦以諸親不存者詢之，相與酬答，幾至曉，不可脱。迨旦，又升壇，立於法師之後，日光盛乃隱。王嘉叟説，聞之於晉彦。

異人癰疽方

歙縣丞胡權，遇異人都下，授以治癰疽内托散方，曰：「吾此藥能令未成者速散，已成者速潰。敗膿自出，無用手擠。惡肉自去，不假刀砭。服之之後，痛苦頓減。」其法用人參、當歸、黄芪各二兩，芎窮、防風、厚朴、桔梗、白芷、甘草各半之，皆細末爲粉，别入桂末一兩，令勻，每以三五錢投熱酒内服之，以多爲妙。不能飲者，煎木香湯代之，然要不若酒力之奇妙。京師人苦背瘍七十餘頭，衆醫竭其技弗驗。權示以此方，相目而笑曰：「未聞治癰疽惡瘡而用藥如是。」權固争之曰：「古人處方自有意義，觀此十種皆受性和平，大抵以通導血脈、補中益氣爲本，縱未能已疾，必不至爲害，何傷也？」乃親治藥與服，以熱酒半升，下□陸本作「六」。錢匕。少頃，痛減什七，數服之後，創大潰，膿血流迸，若有物托之於内，經月良愈。又一老人，瘇發於胸，毒氣浸淫上攻，如大瓠斜亙項右，不能動。□服藥一日瘇即散，餘小瘤如粟陸本作「栗」。許。明日平妥如常。又一翁發腦，不肯信此方，殞命醫手。明年，其子亦得疾，與父之狀不異。懲前之失，縱酒飲藥焉，遂大醉竟日，展轉地上，酒醒而病已去。其它效驗甚多，真神仙濟世之寶也。選藥皆貴精去粗，取淨秤之。予兩兄以刻於新安當塗郡。

王氏石銘

邵武人危氏者，大觀二年，葬其親於郡西塔院下路傍。踰月雨過，視墳側隱然有痕，掘之，得銀酒杯二、銅水缶及鏡各一。又得埋銘石，其文曰：「琅邪王氏女，江南熙載妻，丙申閏七月，葬在石城□。」陸本作「西」。諸器皆古，而制度精巧，非世工可及。

馮尚書

邵武士人黃豐、馮諤，一鄉佳士也。同謁本郡福□陸本作「華」。王廟求夢，夢有「黃三元、馮尚書」之語，皆喜自負。其後，豐以應武舉作解頭，又連魁文解，竟不第。所謂「三元」乃如此。諤試南省，名在第二，廷對中甲科，爲臨安府教授，攝國子正。與同年林大鼐、梅卿厚善。林驟得位至吏部尚書，薦諤自代，未及用，卒於官。所謂「尚書」乃如此。

夷堅丙志卷第十七（十一事）

沈見鬼

越民沈氏，世居山陰道旁。郡人奉諸暨東嶽廟甚謹，每三月二十八日天齊帝生朝，合數郡伎術人畢集祠下，往來者必經沈生門。紹興乙亥歲，三道流歸天台，以是日至門，少憩。一人老矣，衣服藍縷，二人甚壯，頗整絜，隨身齎乾糒及馬杓之屬。坐久，沈出見之，三人長揖求湯沃飯，沈併遺以蔬菜濁酒，皆喜謝。畢飯，老者從容告曰：「子將有目疾。」解腰間小瓢，奉藥三粒，云：「疾作時，幸可用此。」沈唯唯。須臾辭去，復言曰：「中秋日當再過此，千萬候我於門，若不相遇，後不復會矣。」沈亦唯唯。置藥佛堂隱奧處，未嘗以語家人，亦莫之信也。夏六月，真苦赤目，腫痛特甚，寢食俱廢。凡可用之藥無不試，有加無瘳，始憶道人語，而忘藥所在。命遍索之，經日，得於佛堂塵埃中。取一粒，沃之以湯，銅箸點入眼，如冰雪冷徹腦間，痛卽止，腫亦漸退。是夜熟睡，明旦起，雙目如常。所居去城十五里，城外石橋曰跨湖，頃兵難時，多殺人於此。一日，騎驢入城，過午而歸，經此橋，見橋上下被髮流血者，斬首斷臂者，三兩相扶，莫知其極，奇形異狀，毫毛不能隱。驚而墜，追起，復見之如故態。且驚且走，不敢開目，比至家，日已晡。暮出舍前，見田間水際亦如是，大怖而還。過數日，又入城，其歸差早，於前所見儼然。但正心澄念以待之，悸魄稍定。自是常有所睹，漸不加畏。鄉人頗知其事，多往訪焉。韓總管喪愛子，念之不忘，召問沈，沈云：「小人但見鬼物耳，若追召遣逐，不能也。」韓曰：「吾正不爲此，但恐兒魂魄尚幽滯，煩君一觀之。」引詣昔所居。沈初不識，具言容貌舉止，所衣之服，與生時了不異，立於室中，韓舉室大慟。其後問者不可以縷數，大抵皆如韓氏事，遂呼爲「沈見鬼」。五年之後漸無所睹云。所謂道人中秋之約，竟忘之矣，好事者爲惜之。嚴校：宋本空一行，是元人修版時剜去者。

仙巖三羊

建炎中，北方士大夫多寓南土。王顯道侍郎□陸本作「唤」。挈家來信州之貴溪，止于近郭仙巖下一山寺。里落相往還者，饋之生羊三。王氏素戒殺，亦不忍賣，放諸山間，無人牧視，任其棲止。羊逐食登高，遂至絶巘，既而不可下，留止巖穴，望之宛然，飲噍自若。凡三歲，王氏它徙，三羊尚存，後人遂目之爲仙羊，過二十餘年乃不見。仙巖距龍虎山不遠，靈跡甚多，蓋神仙窟宅也。張南仲說。

靈顯真人

建炎四年，張魏公在蜀，方秦中失利，密有根本之憂，陰禱于閬州靈顯廟，夢神言曰：「吾昔膺受王爵，下應世緣，故吉凶成敗，職皆主掌。自大觀後，蒙改真人之封，名雖清崇而退處散地，其於人間萬事，未嘗過而問焉。血食至今，吾方自愧。國家大計，何庸可知？」張公寤而歎異，立請于朝，復舊封爵，且具禮祭告。自是靈響如初，俗謂二郎者是也。

興元夢

紹興二年，劉彦脩子羽知興元府，往謁靈顯王廟，欲知秋冬間邊事寧否。夜夢入廟中，神召升殿，劉如所欲言扣之。神曰：「方請于帝，吾亦未知。」臨出門，使婦人持一盤示之曰：「賀廢劉。」視其物，唯猪肺一具，石榴一顆。覺而竊喜，知劉豫且廢矣。又四歲，豫果滅。

閣山獺

乾道辛卯歲，饒州久不雨，江流皆涸。閣山漁者三人，空手入番江捕魚。二人先出，其一覺兩股忽冷如冰，微有涎沫，懼獺穴其下，故急出。獨一人不見，告其家守之，至暮而還。後二日，尸浮於五里外，左股下一穴如拳大，舉體皆白，蓋爲獺所繞而吮其血也。獺狀全與鰻鱺魚同，長至八九尺，亦蛟類也。閣山民李十嘗捕得之。

安國寺神

饒州安國寺長老新入院，夜率其徒繞廊誦大悲呪。明夜，夢五偉人，衣冠森整，同列而拜曰弟。此下宋本闕一葉。嚴校：此條下尚有《雜肉饅頭》、《畏龍眼》兩條，不止闕一葉也。

王鐵面此目據目録補。

三衢人王廷，善相人，不妄許與，士大夫目爲「王鐵面」。乾道三年至臨安，以六月三日來見予，予時以起居郎權中書舍人，又權直學士院。廷曰：「君額上色甚明潤，自此三十二日及四十九日，有爲真之喜。」明日，予在漏舍，與從官言之，皆相託招致。予退以語廷，廷曰：「所言元未驗，遽見薦，使我何以藉口？俟君遷除了，它日復來，不失此約幸矣。」竟不肯詣。周元特權兵部侍郎，欲求去，邀之至局中，廷曰：「冬季當遷，異時典州未晚也。」户部郎中莫子蒙、□金部郎中何希深逢原適在坐，廷曰：「更一月，莫郎中當帶職帥邊，何郎中當作監司。」元特曰：「吾方求退，固無至冬反遷之理。」莫郎中縱補外，未應得職名；何郎中入蜀十年，持使者節多矣，還朝未半年，何由便去？」廷曰：「我信吾術爾，無柰公所言人事何也。」密謂元特曰：「何公明年禄盡，豈特一去邪！」廷留數日即歸鄉。至七月六日，予忝掖垣之拜，二十二日直院落權字，與所指兩日不小差；子蒙以八月除直徽猷閣帥淮東；希深出爲福建提刑，次年卒；元特以十一月拜吏部，又二年乃爲太平州，皆如其言。此蓋親見者，而所傳數事尤奇崛可紀。徐吉卿嘉侍郎，紹興三十一年宫觀在衢，廷見之曰：「公從今六十日，當召用。」吉卿曰：「與汝鄉里，勿見戲。」廷曰：「廷平生不諛人，安得此？姑以二事驗之。一月後得五百里外骨肉間凶訃，繼有登高顛墜之厄，則吾言應矣。」已而吉卿長女嫁馬希言者卒于臨安。吉卿因省先塋，登山而跌，礙樹間不至損。會朝廷擇使出疆，趣召之，日月皆脗合。其見予之歲，嘗至鎮江，謂通判毛欽望曰：「君終任造朝，得一虛名郡守。」金山主僧方入院，廷曰：「卽日游行二百里。」僧殊不信。甫二日，方務德自建康遣信招之，遂行，求決於廷，廷曰：「至彼且復來，來之日有小驚惱，然不關身也。」及歸，方弛擔，而西津火，寺之僦舍十餘家焚焉。欽望秩滿得全州，不及赴而致仕。又過姑蘇，見王俊陸本作「浚」。明□曰：「將羅伉儷之戚，自此賢閤雖小疾亦宜善爲之防。」浚明不敢答。妻宋氏竊於屏間，聞之，擊屏風怒駡而入。未幾，果以腹痛臥疾，訖不起。范至能方閑居，謂之曰：「今年縱得官，皆不成，俟入新太歲，乃極佳耳。」吳人耿時舉以恩科得文學，形模舉止如素貴，蒙胡長文力爲嶽廟。廷曰：「此人不得官，尚可活數年，食祿一日，死矣。」耿不旋踵而亡。至能除提舉浙東常平，命未出而寢，立春日差知處州，至郡數月，召還爲侍從。廷約再見予，予遲其來而竟不來，予亦罷去，得非知其如是未有可以爲予言者乎？凡徐吉卿事聞之胡長文，鎮江事聞之黃仲秉，姑蘇事聞之范至能云。

苕溪龍

莫子蒙在吳興，挈家游苕溪，時六月上旬，荷華極目，飲酒嘯歌，盡清賞之致。日下昃，望數里外火熠熠起，少焉漸近，陰風掠面甚冷，舟人曰：「此龍神過也，宜急避之。」子蒙與家人皆登岸入小民家。坐猶未穩，大風拂溪水而過，震霆隨之，飛電赫然，其去如激箭，驟雨翻盆。僅兩刻許，晴雲烈日如初。視向來所游處，幾不可識，荷芰洗空無一存，舟陷入泥中不可卽取，所攜器皿皆壞。非舟人先知，殆落危境矣。子蒙說。

劉夷叔

紹興二十九年閏六月，校書郎任元理質言暴卒，其官奉議郎，不應延賞，於是祕書少監任信孺與同舍議爲請于朝廷，以元理乃故諫官德翁之孫，乞特官其嗣，以勸忠義。予嚴校：「予」字疑誤。時諸公令予秉筆，正字劉夷叔望之摘予起言曰：「只如此意似不廣，宜增數語云：『亦使四方英俊知館閣養士，雖其不幸亦蒙哀恤如此。』」既如其言，然私訝之。任氏得一子官。相去僅月餘，夷叔因食冷淘破腹，一夕卒。其官亦奉議郎，遂符前志。同舍又請焉，湯丞相曰：「若更行此，遂成永例，恐議者不謂然。聞其生前多著書，若悉上送官，亦可持以爲說。」虞丞相時爲祕書丞，命其子盡録父遺文，合數百卷上之，下兩省看詳已。〔《建炎以來繫年要録》卷一百八十二載此事，末有「俄而思退去位事竟寢」九字，已非原文，未補。〕卷終

嚴校：此卷第三第四兩番係修版時刊去者，《劉夷叔》一條，其文未全，「卷終」二字亦元人妄爲之。

夷堅丙志卷第十八十二事

張風子

張風子者，不知何許人。紹興中來鄱陽，止於申氏客邸，每旦出賣相，晚輒醉歸。與人言，初若可曉，忽墮莽眇中，不可復問。養一雞一畫眉，冬之夜，熾炭滿爐，自坐牀上，而置二蟲於兩旁，火將盡，必言曰：「向火已暖，可睡矣。」最善呼鼠，申媪以爲請，張散飯于地，誦偈數句，少頃，衆鼠累累而至，或緣隙鑽穴，蓋以百數，聚於前，攫飯而食。食罷，張曰：「好去，勿得齧衣服損器皿，羣鳴跳踉。在東歸東，在西歸西，勿得亂行。苟犯令，必殺汝。」鼠默默引去，不敢出聲。或請除之，則用誦呪而遣往官倉中，云：「法不許殺也。」自光紺碧如鏡，旋溺時直濺丈許乃墮。好歌《滿庭芳》，詞曰：「咄哉牛兒，心壯力壯，幾人能可牽繫。爲愛原上，嬌嫩草萋萋。只管侵青逐翠，奔走後、豈顧羣迷？争知道，山遥水遠，回首到家遲。牧童，能有智，長繩牢把，短稍高攜。任從它入泥，入水無爲。我自心調步穩，青松下、横笛長吹。當歸處，人牛不見，正是月明時。」皆云其所作也，留歲餘乃去。

猪耳鐶

將仕郎宋衞自蜀道出峽，至雲安關，殺猪賽廟。洗牲時，見耳下一方鐶，墨色猶明潤，蓋必前身爲人而犯盜者也。

韓太尉

韓公裔太尉，紹興中以觀察使奉朝請，暴得疾。太上皇帝念藩邸舊人，遣御醫王繼先診之，曰：「疾不可爲也。」時氣息已絶，舉家發聲哭。上二字葉本作「哀」。繼先回奏，命以銀絹各三百賜其家。臨就木，適草澤醫過門，呼曰：「有偏僻病者道來。」韓氏諸子試延入，醫視色切脈，鍼其四體，至再三，鼻息拂拂，微上三字葉本作「微續」。能呻吟，遂命進藥，逗葉本作「追」。晚頓蘇。明日，具奏歸所賻，復賜爲藥餌費。宗室中善謔者至相戲曰：「吾家貧如許，若如韓太尉死得一番，亦大妙。」後韓至節度使，又三十年乃卒。

契丹誦詩

契丹小兒，初讀書，先以俗語顛倒其文句而習之，至有一字用兩三字者。頃奉使金國時，接伴副使祕書少監王補每爲予言以爲笑。如「鳥宿池中樹，僧敲月下門」兩句，其讀時則曰「月明裏和尚門子打，水底裏樹上老鴉坐」，大率如此。補錦州人，亦一契丹也。

星宫金鑰

甲志載建昌某氏紫姑神事，同縣李氏亦奉之甚謹。一子未娶，每見美女子往來家間，遂與狎昵，時對席飲酒，烹羊擊鮮，莫知所從致。父母知而禁之，不可，乃閉諸空室。女子猶能來，經旬日，謂曰：「在此非樂處，盍一往吾家乎？」即攜手出外，高馬文輿，導從已具。上二字葉本作「甚都」。促登車，障以帷幔，略無所睹。不移時，到一大城，瑤宮琚砌，葉本作「瑤臺玉砌」。佳麗列屋，氣候和淑，不能分晝夜。時時縱游它所，見珠毬甚多，上二字葉本作「錯雜」。粲絢五色，挂於椽間，問其名，曰：「此汝常時望見謂爲星者也。」留久之。一日，凭闌立，女曰：「今日世間正旦也。」生豁然省悟，私自悼曰：「我在此甚葉本作「固」。樂。當新歲節，不於父母前再拜上壽，得無詒親念乎！」女已知其意，悵然曰：「汝有思親之心，吾不可復留。汝宜亟還，亦宿緣止此爾。」命酌酒語別，取小襆納其懷，戒之曰：「但閉目斂手，任足所向。道上逢奇獸異鬼百靈祕怪從汝覓物，可探懷中者以一與之，切不得過此數，過則無繼矣。俟足踏地，則到人間，然後爲還家計。」生泣而訣。既行，覺耳旁如崩崖飛湍，響振河漢，天風吹衣，冷透肌骨。巨獸張口銜其袪，生憶女所戒，上二字葉本作「教」。與物即去。俄又一物來，如是者殆百數。摸索所攜，只餘其一。忽聞市聲嘈嘈，足亦葉本作「已」。履地，開目問人，乃泗州也。空孑一身，茫不知爲計。啓襆視之，正存上二字葉本作「唯」。金鑰匙一箇，貨于市，得錢二十千。會綱舟南下，隨葉本作「附」。以歸。家人相見悲喜，曰上三字葉本作「悲喜交集」。失之數月矣。李紹祖奉世說其族人也。

閬州道人

閬州故多蚊，廛市間寢者，終夜不交睫。某道人舍於客邸，主家遇之頗厚，時時召與小飲，雖𪗋直或齮，弗校也。留數月而去，臨去，別上五字葉本作「別去」。主人，愧謝再三，□明鈔本作「揖」。起至井旁，言曰：「吾在此久，君獨能見知，無以報德，當令君家永絶蚊蚋之患。」卽取瓢中藥一粒投井中，戒曰：「謹覆之，過三日乃可汲。」遂去。果如其言，每暑夕，蚊雷羣鳴於簷間而不能入室。張魏公宣撫川陝時，開府於閬，士人估客往來無算，駢集此邸，至於散宿户外。計所獲，視它邸蓋數倍焉。

煠蝦翁

建炎中，謝亮大卿使夏國，道漢江。晚泊，見岸上蟻子以千數，争入水，視之已化爲蝦，如是累累不絶。謝卿登岸，迹其所從來，乃自小冢間出。詢諸居者，云：「向一翁居此三十年，以煠蝦爲業，死數月矣，此其葬處也。」始驗其骸爲蟻所食而復墮蝦類云。

徐大夫

紹興初，韓叔夏璜以監察御史宣諭湖南歸，有旨令詣都堂白宰相。時朝廷草創，官府儀範尚疎略。兩浙副漕徐大夫者，素以簡倨稱，先在客次，視韓緑袍居下坐，殊不顧省，久之，乃問曰：「君從甚處至此？」韓曰：「湖外來。」徐曰：「今日差遣不易得，縱見得廟堂，亦何所濟？」少焉朝退，省吏從廡下過，徐見之，拱而揖曰：「前日指揮某事，已卽奉所戒。」吏方愧謝，望見韓，驚而去。徐固不悟，繼復一人至，其語如前，俄亦趨避。而丞相下馬，直省官抗聲言「請察院」，徐大駭，急起欲謝過。燎爐在前，袖拂湯缾仆，衝灰蔽室，而不暇致一語。是日韓除右司諫，卽具所見奏劾之，以爲身任使者，媚事胥徒，遂放罷。後數年，起知婺州。時劉立道大中爲禮部尚書，且夕且秉政，其父不樂在臨安，來攝法曹於婺，因白事遲緩，徐責之曰：「老耄如此，胡不歸？」劉曰：「兒子不見容，所以在此。」徐瞠曰：「賢郎爲誰？」曰：「大中也。」遽易嗔爲笑曰：「君精采逼人，雖老而健，法掾非所處，教官虛席，勉爲諸生一臨之。」卽以權州學教授。

桂生大丹

貴溪桂縝家兩事已載甲志，縝又言其叔祖原注：失其名。好道尤篤，常欲吐納烟霞，黄治變化，爲長生輕舉之計。有客過之，自云能合九轉大丹，信之不疑，盡禮延納，傾身竭家聽其所取，費不可勝計。踰年丹成，客舉置淨室，封以朱泥，外畫八卦、列宿、十日十二辰，極其嚴閟，而謂桂生曰：「吾今欲游二神山訪吾侶，三年而後還，及是時藥乃可服，毋背吾言。」遂去。桂日詣丹室，焚香設拜。歲餘，忽念曰：「仙家多試人，正使丹可服，或靳固不吾與，將柰何？」竊啓其藏，則全丹儼然其中矣。不勝喜，不與妻子謀，汲水徑服之。藥方下咽，外報客至。才入門，望見桂生，驚而走。桂遣僕追挽之，客曰：「吾藥雖成，而日月未滿，初未嘗告服餌法也，顧不聽吾戒，且吾豈真游三山乎?元未始離此也。今若是,旦夕必死矣。吾方從神仙久視之學,豈當與行尸共處耶!」竟去。是日暮,桂覺五藏間有如火灼。明日,不可忍,跳入門外沼中,不數刻,沼水皆沸,荷花盡萎。屋角樹高數丈,能騰立其杪,俄而復下,奔馳叫號。越三晝夜,七竅血流而死。

林靈素

林靈素傳役使五雷神之術。京師嘗苦熱,彌月不雨,詔使施法焉。對曰:「天意未欲雨,四海百川水源皆已封錮,非有上帝命,不許取。獨黄河弗禁而不可用也。」上曰:「人方在焚灼中,但得甘澤一洗之,雖濁何害!」林奉命,即往上清宫,勑翰林學士宇文粹中涖其事。林取水一盂,仗劍禹步,誦呪數通,謂宇文曰:「内翰可去,稍緩或窘雨。」宇文出門上馬,有雲如扇大起空中,頃之如蓋,震聲從地起。馬驚而馳,僅及家,雨大至,迅雷犇霆,踰兩時乃止。人家瓦溝皆泥滿其中,水積于地尺餘,黄濁不可飲,於禾稼殊無所益也。洪慶善説。

國香詩

建中靖國元年,山谷先生自黔中還,少留荆南,見里巷間一女子,以謂幽閑姝麗,目所未睹,惜其已適人,因作《水仙花》詩以寓意曰:「淤泥解出白蓮藕,糞壤能開黄玉花。可惜國香天不管,隨緣流落小民家。」命其客高子勉荷屬和。後數年,山谷下世。女在民家生二子,荆楚歲饑,貧不能自存,其夫鬻之於田氏爲侍兒。一日召客飲,子勉在焉。妾出侑觴,掩抑困悴,無復故態。坐閒話昔日事，相與感歎。爲請於主人，采詩中語名之曰「國香」，以成山谷之志。政和三年，子勉客京師，與表弟汝陰王性之銍〔原作「鉦」，今改〕會，語及之。性之拊髀歎息曰：「可流諸篇詠，爲異時一段奇事。」子勉遂作長句，甚奇偉，其詞曰：「南溪太史還朝晚，息駕江陵頗從款。才毫曾詠水仙花，可惜國香天不管。將花托意爲羅敷，十七未有十五餘。宋玉門牆迂貴從，藍橋庭户怪貧居。十年目色遥成處，公更不來天上去。已嫁鄰姬窈窕姿，空傳墨客殷勤句。聞道離鸞别鶴悲，藁砧亡賴鬻蛾眉。桃花結子風吹後，巫峽行雲夢足時。田郎好事知渠久，酬贈明珠同石友。憔悴猶疑洛浦妃，風流固可章臺柳。寶髻犀梳金鳳翹，樽前初識董嬌饒。來遲杜牧應須恨，愁殺蘇州也合銷。卻把水仙花説似，猛省西家黄學士。乃能知妾妾當時，悔不書空作黄字。王子初聞話此詳，索詩裁與漫淒涼。只今驅豆無方法，徒使田郎號國香。」性之用其韻，尤悲抑頓挫，曰：「百花零落悲春晚，不復園林門可款。待花結實春始歸，到頭只有東風管。楚宫女子春華敷，爲雨爲雲皆有餘。親逢一顧傾國色，不解迎入專城居。目成未到投梭處，後會難憑人已去。可憐天壤擅詩聲，不如崔護桃花句。坐令永抱埋玉悲，游子那知京兆眉？難堪别鶴分飛後，猶是驚鴻初見時。新懽密愛應長久，暫向華筵賞賓友。舞盡春風力不禁，困裏腰支一渦柳。坐上何人贈翠翹，蜀州風調尤情饒。歡濃酒暈上玉頰，香暖紅酥疑欲銷。佳人薄命古相似，先後乃逢天下士。但惜盈盈一水時，當年不寄相思字。宜州遺恨君能詳，瘴雲萬里空悲涼。無限風流等閑別，幾人鑒賞得黃香。」

張拱遇仙

汴人張拱，舉進士不第。家甚貧，母黨龔氏世爲醫，故拱亦能方術。置藥肆於宜春門後坊，仍不售。嘗晨起，披衣櫛髮，未洗頮。有道士迎日而來，目光冏然，射日不瞬，徑造肆中，顧而不揖，振衣上坐。拱頗忿其倨，作色問所來，答曰：「汝無詰吾所從來，正欲見汝耳。」拱意此妄人，京師固多其比，擲一錢與之，麾使去。笑曰：「吾無求於人，以汝有道質，故來誨汝。何賜拒之深？」拱悟起，冠巾而出。與之語及出家事，理致精微，聞所未聞。於是始愧悔曰：「拱鄙人，眼凡心惑，仙君幸見臨，願終教之。」道士曰：「汝何求？」曰：「家貧，飦粥不繼，儻使不食可飽，則上願也。」俄而鬻烝棗者來，道士取先所擲一錢買之，得七枚，顧謂拱曰：「神仙以辟穀爲下，然□粒則無滓濁，無滓濁則不漏，由此亦可以入道。張子房諸人乃以丹藥療飢，固已迂矣，汝欲得此道，自此不淫可乎？人不能淫，俗念自息，俗念既息，則仙才也。」乃取七棗熟視而噓之曰：「汝啗此，可終身不食。人或强使食，亦無禁。復欲不食則如初。但汝有老母妻子，未可相從。然既啗七棗，當應七夢，豫爲汝言。汝事親既終，昏嫁既畢，已能不食復又何求？宜脫身詣名山，於懸絶處尋石穴深廣有容者，自累石塞其門。一念不起，坐卧行立於其間，自有佳趣。僅及半紀，則汝之身如蟬出殼，逍遥乎六合之外矣。過此，非今日可以語汝也。」言竟，攝衣而起。拱固留之不可，起出門，無所見。拱乃知其非常人，悵然有所失者累月。聞飲食氣輒嘔，遂不食。踰二年，糞溺俱絶，神氣明爽，步趨輕利。每自試其力，從旦至暮，緣京城外郛可帀者五反，蓋數百里也。前後得七夢，如道士言，不小差。母病痔二十年，衆藥不驗，漫以七棗餘核進之，一夕而愈。拱既不御內，視其妻如路人。妻郭氏性剛果，忿恚而卒。家人益憂疑之，逼而餽之食，食兼數人，爾後或食或不食。朋友疑其詐者，扃諸室試之，不以爲苦。人或召毉，則攜藥而往，至則登病者之席，坐于旁，雖逾旬涉月，杯水粒粟無所須。喜飲酒，好作詩，行年六十而顏色如壯者。後其母没，不知所終。李方叔作傳。

夷堅丙志卷第十九 十六事

宋氏葬地

宋文安公白，開封人，葬于鄭州再世矣。方士過其處，指墓側澗水曰：「此在五行書極佳，它日當出天子。」宋氏聞之懼，命役徒悉力閉塞之，遂爲平陸。自是宦緒不進，亦不復有人登科。崇寧初，大水汎溢，衝舊澗成小渠，僅闊尺許。明年，曾孫渙擢第，距文安之没正百年。又六年，兄棐繼之。然渙仕財至郡守，棐得博士以没，其後終不顯。棐與予婦翁，同門壻也。

餅家小紅

張外舅寓無錫，買隙地數畝營邸舍。方役土工，老兵劉温戲拈塊紿衆曰：「我正獲黄金一塊。」衆争觀之，非也，笑而擲之。乃真得金環陸本作「玦」。一隻陸本作「雙」。於碎土中，賣得錢數千，即日感疾，半年乃愈。時張氏居南禪寺，鬼降于紫姑箕上，書灰曰：「我□陸本作「乃」。公家所營邸處土中人也，名曰小紅，居于西門。姊妹二人，吾父爲餅師。不幸後母無狀，虐遇我，我二人不能堪，皆自經死。今我重不幸，朽骨爲公隸人所壞，壙中物可直萬錢，劉老翁悉取之。我無所歸，今只在窗外胡桃樹下依公家以居，不可復去矣。」人曰：「汝坐後母以死，胡不求報耶？」曰：「已訴於天，既報之矣。」許以佛經，不肯受。人曰：「大仙方至，汝安得久此？」答曰：「如是且歸樹□，續當復來。」張氏多賂以佛事，及焚錢設饌祭之，乃絶。

棠陰角鷹

番陽棠陰寨西枕□□常有角鷹巢于近山上，每掠湖面捕鼉鶩食□。陸本作「之」。一日，用勢過當，雙爪搦鼉脊，陷骨中不可出。鼉抱痛猛入水，鷹盡力不能脱，少頃，二物皆浮死水上。人謂鷹之力豈遽不能勝一鼉？蓋亦業報也。

薛秀才

王荆公居金陵半山，又建書堂於蔣山道上，多寢處其間。客至必留宿，寒士則假以衾裯，其去也，舉以遺之。臨安薛昂秀才來謁，公與之夜坐，遣取被於家。吴夫人厭其不時之須，應曰：「被盡矣。」公不懌，俄而曰：「吾自有計。」先有狨坐挂梁間，自持叉取之以授薛。明日，又留飯，與弈棋，約負者作梅花詩一章。公先輸一絶句，已而薛敗，不能如約，公口占代之云：「野水荒山寂寞濱，芳條弄色最關春。欲將明豔淩霜雪，未怕青腰玉女嗔。」薛後登第貴顯，爲門下侍郎，至祀公於家，言話動作率以爲法，每著和御製詩，亦用字説。其子入太學，誇語同舍曰：「家君對御作詩，固不偶然。頃在學時，舉學以暇日出游，獨閉門晝卧，夢金甲神人破屋而降，呼曰：『君可學吟詩，它日與聖人唱和去。』今而果驗。」客李騏者，素滑稽，應聲蹙頞連言曰：「果不偶然，果不偶然。」薛子詰之再三，驥曰：「天使是時已爲尊公煩惱了。」蓋以薛不能詩，故戲之也。韓子蒼爲著作郎，人或譖之薛云：「韓改王智興詩譏侮公，其詞曰：『三十年前一乞兒，荆公曾爲替梅詩。如今輸了無人替，莫向金陵更下棋。』」薛泣訴於榻前，韓坐罷知分寧縣。其實非韓作。吴傅朋說。金甲事得之吴虎臣。

朱通判

紹興九年，邕州通判朱履秩滿，攜孥還家，裝貲甚富，又部官銀綱直可二十萬緡。舟行出廣西，朱有棋癖，每與客對局，寢食皆廢。嘗願得高僧逸士能此藝者，與之終身焉。及中塗，典謁吏通某道士求見，自言棋品甚高。朱大喜，亟延入。其人長身美鬚，談詞如雲，命席置局，薄暮不少倦。遂下榻留宿，從容言欲與同行之意。道士曰：「某客游于此，常扣人門而乞食，得許陪後乘，平生幸願也。」朱益喜。及解維，置諸船尾，無日不同食。別一秀才作伴，皆能痛飲高歌，頗出小戲術娱其子弟，上下皆悦之。相從兩旬，行至重湖，會大風雨，不能進，泊于別浦，飲弈如初。二鼓後，船忽欹側，壯夫十餘輩突門入，舉白刃嘯呼。朱氏小兒争抱道士衣求救，道士拱手曰：「荷公家顧遇之極，不得已至此，豈宜以刃相向？」命以次收縛，投諸湖，明旦分挈財貨以去。縣聞之，遣官驗視，但浮尸狼藉，莫知主名。而於岸側得小歷一卷，乃羣盜常日所用口食歷，姓第具在，凡十有七人，以告于郡。事至朝廷，有旨令諸路迹捕，得一賊者，白身爲承信郎，賞錢二百萬。建昌縣弓手數輩善捕寇，因蹤跡盜。海客任齊乳香者，請于尉李鏞，願應募。西至長沙，見人賣廣藥于肆，試以姓第呼之，輒回首，走報戎邏執之，與俱詣旅邸。一室施青紗廚，列器皿甚濟，訪其人，則從後户遁矣，蓋僞道士者也。獄鞫於臨江，因自通爲王小哥，乃同殺朱通判者。其徒就獲他處者十人，道士曰裴□，陸本作「三」。秀才曰汪先，皆亡命爲可恨。鏞用賞升從事郎，調饒州司法，與予言。

咸恩院主

婺源縣山寺曰咸恩院者，僧俱會主之，惟酒肉錢財是務，晨香夜燈略不經意，屋廬老壞不葺呲。沙門天王殿圮，即其柱爲牛欄，恣肆自若凡四十餘年，雖老不革。乾道元年，神降於法堂，呼俱會名，訶叱數其罪。一小童見巨人大面努目，朱衣長身，震怒作色，餘但聞其聲而已。自是，凡僧所有衣衾飲食、錢物器具，無不取去，棄擲山林間。村人或拾得之。庖刀至從廚下冉冉空行而出，箱篋匱櫝之屬不可提挈者，時時見煙出其中，急發視，悉煨燼矣。僧不勝窘憒，盡裒所餘，散寄檀施家。神夜詈其主云：「汝乃蔽罪人，禍且併及汝。」其人懼，不敢寢，待旦持還之，狼藉殆盡乃已。寺後巨竹數百挺，常時非三二百錢不能售一竿，悉中斷之。小童忽不見，越二日乃歸，云：「爲神攝至所居，室屋雄偉華麗，侍衞滿前，大人小兒皆青紫朱衣，亦有賓客往來，使我服事左右。次日晚，一婦人云：『久留此童亡益也。』揮我使去，恍惚如夢，乃得還。」他日又降法堂，呼僧出告曰：「汝罪上通於天，宜速去此，以弟子智圓繼主之。不爾，我將降大罰於汝。」僧涕泣唯唯，徙寓近村客舍，不數月死。

汪大郎馬

崇寧中，婺源縣市人汪大郎得良馬，毛骨精神，翹然出類。使一童御之。童又善調制，以時起居，馬益肥好。它郡塑工來，邑人率錢將使塑五侯廟門下馬。或戲謂曰：「能肖汪大郎馬則爲名手，致謝當加厚。」工正欲售其技，銳往訪此童，啖以果實，稍與之狎，日卽其牧所睥睨之，又時飲以酒，引至山崦，伺其醉睡，以線度馬之低昂大小，至於耳目口鼻、鬃鬣微茫，無不曲盡，并童亦然。已悉得其真，始詣祠下爲之。既成，宛然汪氏馬與僕也。擇日點目睛，才畢手，汪馬忽狂逸。童追躡乘之，徑赴城南杉木潭，皆溺水死。自後，馬每夜出西湖飲水，或往近村食禾穟。次日，湖畔與田閒必印馬□，陸本作「跡」。而浮萍猶黏著泥馬脣吻閒，禾穟零落道上。童亦有靈響，人詣祠祈禱者，多託夢以報。至宣和初，方臘來寇，廟遭爇焉，乃滅跡。今老人尚能言之。右二事皆李繒說。

濰州猪

宣和六年，强休父知濰州。屠者以猪皮一片來呈，上有六字如指大，云「三世不孝父母」，朱書赭然，表裏相透，郡中爭傳觀之。屠者亦卽日改業。宗子趙不設侍父爲儀曹，及見之。

婺州雷

紹興六年六月，趙不設在婺州與數人登保寧軍樓納涼，黑雲欻起天末，頃之彌空，雷電激烈，雨聲如翻江，衮火毬六七入于樓。不設輩悸慴，卧伏樓板上，以手揜面，但聞腥穢不可忍。稍定，竊視之，見三四人，長七八尺，面醜黑，短髮血赤色，蓬首不巾，執楇如骨朶狀，或曰「在」，或曰「不在」，或曰「只這裏，只這裏」，言訖，始聞辟歷聲。良久，雲散雨霽，起驗視，乃樓門□□震□□空格原本字形均不全，陸本作「大柱震裂踵」。至頂，一路直如線，傍有龍爪跡云。

雷鬼墜巾

紹興二年四月，婺州義烏縣驟雨，大雷電中墜一青布頭巾於村落間，非復人世頂製，惟四直縫之，持以冒三斗水罋，正可相稱。帶長三四尺，闊如掌，村民不敢留，以置神祠中。數日，因雷雨，復失去。右三事皆得之李鐩，云趙不設所説。

天帝召段瓌

段瓌，字德瑱，袁州萬載人。略知書，天性淳謹，未嘗忤物，然遇不平事則奮臂而前。建炎間，寇盜充斥，段氏族屬數十口皆爲所剽。瓌挺身持金帛往贖，賊歎重其義，皆付之使歸。紹興五年，東南處處大旱，斗米過千錢。瓌盡發宿藏，止取常直，又爲粥以食餓者，賴以活者不可計。後忽厭人事，結菴於巖田之山中，壁間多書「坦蕩」二字。一旦，召會親舊，與敍訣曰：「不久天帝召我。」人不以爲然。經數日，升樓□□□□□□□而去。鄉人走視所居，惟敝衣履存，衆□□□□上於朝，而邑官有不樂者，沮止之，遂已。

無町畦道人

馮觀國，邵武人。幼敏悟，讀書。既冠，意若有所厭，卽棄鄉里，游方外。遇異人，得導引内丹之法，凡天文地理、性命禍福之妙，不學而精，自稱「無町畦道人」。寓宜春二年，挾術自養，所言人吉凶及陰陽變化，盡驗。或有誚其醉飲狂怪者，觀國不與校，以詩謝之云：「踏遍紅塵四百州，幾多風月是良儔？朝來應笑酡顏叟，道不相侔風馬牛。」□陸本作「又」。述懷詩云：「落魄塵寰觸處然，深藏妙用散神仙。筆端間作龍蛇走，壺裏常挑日月懸。漫假人倫來混世，只將酒盞度流年。潛修功行歸何處？笑指瀛洲返洞天。」餘詩尚多，皆脫塵世離俗罔等語，人亦莫能曉也。紹興三十二年三月，遍辭知舊，且寄詩言別。至十四日，端坐作偈而逝。儀真李觀民爲郡守，聞而敬之，命塑其身於城東治平宫。右二事得之童宗說。

屈師放鯉

番城西南數里一聚落曰元生村，居民百餘家皆以漁釣江湖間自給。有屈師者，撲買他處魚塘，至冬，築小堰于外，盡放塘水，欲竭澤取魚。見兩大黑鯉越出堰外，復乘水跳入，如是者至再三，竊異焉。迹其所爲，乃新育小鯉數百尾，聚一窟中不能出，故雌雄往來，且銜且徙，寧其身之蹈死地而不恤也。屈生慨然歎息，爲以箕悉運出之，棄役而歸。後數年，病死，入冥，陰官語之曰：「汝漁者，以罔罟爲業，而有好生之心，其用意又非它人比，延汝壽一紀。歸語世人，勿殘害天物也。」蓋死一夕而復生。

青城監稅子

蜀人楊迪功，宣和中游太學，不成名，晚以恩得官，監青城縣稅。有子七歲，頗俊原闕二字，從葉本補。敏，延老儒蹇先生誨之學。邑人關壽卿過楊，楊留共飯，葉本作「飲」。與俱至書館。其子忽稱父字，長揖而言曰：「頗亦記上庠同舍之款葉本作「時」。乎？吾淛西人，姓沈氏，名某字原闕五字，從明鈔本補。某，自離亂出京，不復求舉。葉本作「仕」。今去世已十年，同齋原闕八字，從葉本補。數十人，獨吾與君爲知心友，一念之故，遂爲原闕六字，從葉本補。父子。雖形容隔生，非復可識，然方寸了如初，未原闕五字，從葉本補。嘗問斷也。」遂道舊所習經及誦所爲文，瀾翻出口，元不經意。時蹇老葉本無「老」字。方自作葉本作「擬」。《萬物皆備於我論》，試問之曰：「此論當作上二字葉本作「如」。何主張？」應聲曰：「天生萬物，唯人最靈。大而爲天地，高而爲山岳。流形動植，品彙散殊，而六尺之軀，厥理悉備，此其貴蓋與天地等。蚩蚩泯泯，自賤厥身，真可歎也！」蹇老葉本無「老」字。愕然，復詳扣其說，笑曰：「待汝一口吸盡西江水，向汝道。」蓋蜀人相傳，秦時葉本無「秦時」二字。爲西江害者，乃蹇角龍也，故舉此語以爲戲。楊君追憶舊事，與之言，無一不合。隆興元年，壽卿詣闕，此子年十有三矣，不知其後何如也。壽卿説。今記姓名不能審。末句明鈔本作「不知其終」。

虜亮死兆

紹興三十一年十□□□□□□屯于楊州，予從事樞密行府在建□□□□□□，有客詣府上書云：「以太一局□□□□□□□□□當以冬至前有蕭牆之變。」□□□□□□□□□十八日冬至，天重陰。提舉事□□□□□□能爲天文，告予曰：「昨夕四鼓，濃□□□□□□而東北，忽穿漏，一大星墜焉。」蓋□□□□□□□而報至。果符兩人之言。是時虜將戕其主，欲遣使報我，訪得瓜州所俘成忠郎張真，使持牒請和。真到家，妻子凶服而出，謂其已戰没，方命僧作四七道場。既相見，悲喜交集，真取靈几自焚之云。

青墩竅蛇

番陽蓮河村楊氏子，買永和鎮青墩四，甚愛之，置小室窗外。首春微暄，啓窗坐其上，覺如人肘其衣，回顧無有也。少焉又觸其股，稍痛，起視之，見有物宛轉于竅内，所觸處已瘇赤成創。急呼家人出，破墩以驗，蓋□□□□□□能動，沃之以湯，皆死。走□□□□□□□□□□越三日而亡。嚴校：此卷紙已浥爛，末卷尤甚。

夷堅丙志卷第二十 十五事〔陸本作十三事〕

九華山偉人

紹興三十一年，虜寇迫淮上，池州青陽人相率至九華山搜索隱邃，□□□家避地處。某秀才者，深入高崦中，見泓此下闕十字。練置斧，此下闕十五字。左臂舀斧，此下闕十四字。蓋丈餘矣，此下闕十四字。蛇也戰此下闕十五字。奔還不此下闕。

施聞詩夢

吳興施德初此下闕十三字。公廟夢此下闕十五字。角合一箇，言曰：相公此下闕十字。乃骰子六枚，皆成四采，揭□録至第三板，見施姓者，湖州長興人，而缺其名，疑問之，曰：「此是矣。」明日以語同舍，皆賀吉夢，曰：「子及第必居高甲，且爲博士。骰子者，博具也。」別一人往來牕外，應聲曰：「夢非今日事，其應尚遠。」施頗不樂，出外視之，無人焉。已而京城亂，歸故鄉，家問多故，不復就舉。後三十年而德初登科，以掌園司，牋表刊名正在第三板。時官年恰二十四，當紹興二十四年，始盡悟骰子六此下闕十字。未生。

劉希范

長興劉此下闕十五字。夜不能此下闕七十字。劉此下闕十四字。恩數視執政此□□存。

荆南妖巫

荆南有妖巫，挾幻術爲人禍福，横於里中，居郡縣者莫敢問。吴興高某爲江陵宰，積不能堪，捕欲杖之，大按：「大」字疑誤。吏泣諫，請勿治，葉本多「治之」二字。且掇奇禍。高愈怒，捽吏下與巫對杖之二十，巫不謝，嘻笑而出。纔食頃，高覺面微腫，攬鏡而視，已格格葉本作「漸漸」。浮滿，僅存兩眼上二字葉本作「眼縫」。如綫大。葉本無「大」字。遽呼吏，詢巫所居，約與偕往。吏以爲必拜謁謝過，乃告其處。徑馳馬出門，行三十餘里，薄暮始至，蕭然一敗葉本作「茅」。屋也。巫出迎，高叱從卒縛諸柱，命以隨行杖亂箠，凡神像經文等悉發葉本作「焚」。之。巫偃然自若。後入其室，獲小笥，破鐍觀之，□〔陸本作「茵」。〕蓐上九字葉本作「搜出小笥内有茵褥」。包裹數十重，得木人焉，又碎之。始有懼色，然毆掠無完膚矣。高面葉本多一「漸」字。平復如初，執以還。明旦，入府白曰：「妖人無狀，某不惜一身爲邦人除害。懼語泄必遁去，故不暇先言。今治之垂死，敢以告。」府帥壯其決，諭使盡其命而投之江。葉本多「仲秉説」三字。

時適及第

時適者，徐州此下闕十三字。鄉人夢見之，説朋友間事甚詳。鄉人問曰：「時仲亨如何？」曰：「劉豫牓中當及第。」寤而告適。適謂豫乃濟南人，既爲御史矣，未知與同姓名者復何在，固不信也。後十五年，當逆豫僭竊時，乃中其此下宋本闕一葉。

倆頭龜〔此目原闕，據目録補。〕

兩頭不能伸縮，惡之，以與潛山觀道士，使養於山間，不數日失去。是冬，棟妻趙氏卒，以爲不祥之兆，蓋亦偶然耳。右三事王嘉叟說。

張朝女

紹興十年，張此下闕十三字又八行。

鄭司業庖人

鄭明仲司業南，福州人，□□□□鄉里□□□師至丹陽，逢故舊數人，與同舟。隨行僕能設饌，諸人皆喜，願得同庖飲食。鄭呼僕告之，毅然曰：「所以來，但能服事一主人翁爾，不願雜他客也。」諭曉再三，至啖以利，竟不可。鄭怒逐使還，再拜而請曰：「遣歸，誠善也。恐吾鄉人不詳知，謂以過獲譴，願乞一家書言其故。」鄭亦欲寓安訊，即作書授之。又拜而去。至□□□□□寄書，驗其日，蓋當日所此下闕十一字。鄭聞之此下闕八行。

無一言，坐此下闕十四字。汙爐上，腥穢之氣逼此下闕六字。趨出，昱□閉户，掃除就寢。明夜，復至，睡愈熟，側身仰面，張口呀然。昱先以秤錘置火中，急取納其口，即號叫而遁，聲如老猪，衣襟曳餘火延燒落葉。時已昏黑，無人敢追視，竟不知何等怪也。後月餘，學生在窗下聞外間窸窣，穴窗窺之，霜月皎然，黑物如猴，蹲水溝小橋上。別一物正白，如三尺枯槎，相對箕踞，移時起，此下闕六字。黑者先吟曰：風定長此下闕十六字。霜此下闕十七字又七行。

蕭六郎〔此目原闕，據目録補。〕

六郎者，此下闕十三字。須髟原本字形不全如雪，從西偏户内此下闕七字。死尸何敢擅出？六郎有正庫錢萬餘貫，未曾請動，設使天命合終，猶當作茆山洞主。爾下愚暗鬼，不速去，吾將治爾。連叱之。嫗悲啼，復匍匐趨故處，叟亦不見。至夜半，注漸能呻吟食粥，數日而愈。伯英從容説所睹，注色動，乃言：汝不在家時，老婢不爲吾役，且以惡言相抗。吾擊以鐵鞭，即死，密埋之浴室下。此下闕十二字。□

長生道人此下闕八行

形骸已此下闕十五字。蓋真人真氣所此下闕十二字。麗類貴游，而言辭鄙俗無藴藉，甚惡之，冀其□去，曰：「雖然，終不願得也。老病缺於承迎，當令兒曹奉陪。」次客曰：「我專爲君來，君不欲丹，當復持以歸。但路絶遠，願借一宿，明旦晴即去，不然，須少留也。」不獲已，命館於松菊墅。時天久晴，五更大雨作，蘇意此下闕十三字又十三行。家人以頂暖，不忍斂。及明，諸子記前事，發笥視之，藥故在。取投口中，須臾即能起，洒然若無疾，飲啗自如。再令拾刺字并丹貼，欲燒末飲之，不復見。後數日，長子如京口，以客言，命圖黄象象此下闕十四行。

甲踊出，怖而死。予妻族入蜀時過其處，泊僧寺中，隨行使臣劉亨寢浴舍，見貧悴者十餘輩，伸□□錢，問何人，曰：采薪燒水，連晝夜不得息，凍此下闕十四行又十三字。

新鐍藏之戒此下闕十一字。開當以畀江十三□□□坐而絶，時年八十餘，紹興中造五輅此下闕。

嚴校：此卷爛脱過半，今據所存字録之，中更有奪葉，尤不可攷，故亦不補。

夷堅丁志序

凡甲丁四書，爲千一百有五十事，亡慮三十萬言。有觀而笑者曰：「《詩》、《書》、《易》、《春秋》，通不嬴十萬言，司馬氏《史記》上下數千載，多纔八十萬言。子不能玩心聖經，啟瞷門户，顧以三十年之久，勞動心口耳目，瑣瑣從事於神奇荒怪，索墨費紙，殆半太史公書。曼澶支離，連犿叢釀，聖人所不語，揚子雲所不讀。有是書不能爲益毫毛，無是書於世何所欠？既已大可笑，而又稽以爲驗，非必出於當世賢卿大夫，蓋寒人、野僧、山客、道士、瞽巫、俚婦、下隸、走卒，凡以異聞至，亦欣欣然受之，不致詰。人何用考信，茲非益可笑與？」予亦笑曰：「六經經聖人手，議論安敢到？若太史公之説，吾請卽子之言而印焉。彼記秦穆公、趙簡子，不神奇乎？長陵神君、圯下黄石，不荒怪乎？書荆軻事證侍醫夏無且，書留侯容貌證畫工；侍醫、畫工，與前所謂寒人、巫隸何以異？善學太史公，宜未有如吾者。子持此舌歸，姑閟其笑。」他日，戊志成。

嚴校：此序未全。元本取丁志中一卷尾頁補之，可笑。今空白一紙。又按：此序似是戊志之序，未詳其故。

夷堅丁志卷第一 十二事。按：實祇九事。

王浪仙

温州隱者某，居於瑞安之陶山，所處深寂，以耕稼種植自供。易筮如神，每歲一下山賣卦，卦直千錢，率十卦卽止，盡買歲中所用之物以歸。好事者或齎金帛，經月邀伺，然出未十里，卦已滿數，不復肯更占。郡人王浪仙，本書生，讀書不成，決意往從學。值其出，再拜於塗，便追隨入山，爲執奴僕之役。稍稍白所求，隱者亦爲説大概，又舉是歲所占十卦，使演其義。王疲精竭慮，似若有得，彼殊不以爲能，曰：「汝天分止此，不可彊進也。」遣出山。然王之學，固已絶人矣。有以墓域訟者求決焉，其卦遇賁，曰：「爲墳欠土，此不勝之兆。」後踰月，前人復來，又筮之，遇蒙，曰：「兆非先卦比，冢上有草，當卽日得直。」既而盡然。西游錢塘，時杭守喜方技，至者必厚待之，然久而乖戾，輒置諸罰，不少貸。王書刺曰「術士王浪仙」，守延入，迎問曰：「君名有術，曾聽五更城上鼓角聲乎？」曰：「聞之。」「其驗如何？」曰：「内外皆平寧，但今夕二鼓後，法當有婦人告急者。」王還客舍，廂卒數人已先在，曰：「君何苦來此？前後流配者不知幾人矣，今我輩相臨，何由得脱？」翌日未明，守招與言曰：「昨語甚神，夜適二鼓，通判之婦就蓐，扣門來求藥，真所謂婦人告急也。」自此館遇加禮，遂詢休咎，對曰：「今年某月某日午時，召命下。」守固篤信者，屈指以須。至期，延幕僚會飯，王生預席，守曰：「王先生謂吾今日忝召節，諸君試共證之。」食罷，及午，寂無好音，坐客皆悚。既過四刻許，促問至再，王趨立廷下觀日影，賀曰：「且至矣。」須臾，郵筒到，發封見書，果召赴闕。守謝以錢百萬，約與偕入京，王曰：「遠郡鄙人，願一識都邑，僥倖發身。但家貧特甚，俟送公上道，暫還鄉，持所賜與妻子，然後兼程而北未爲晚。」守許之。既行，或問其故，曰：「使君雖被召，而前程不見好處，殆難面君也。」守未至國門乃別除郡，踰年而卒。王生不知所終。

僧如勝

永嘉僧如勝，與鄉僧行脚至臨安，憩道店，見小兒鬻卦影者，勝筮之，兆云：「有玉在土中，至九月十六日當出土。」兒曰：「吉卦也。」鄉僧得兆，畫官人挽弓射一僧，兩矢不中，後一矢貫其足，下有龍蟠。兒不能曉。僧自推之曰：「我必將以薦作長老，至三乃效耳。又龍者君象，我且游京師，庶或幸遇。」未幾，鎮江太守具帖疏備禮，延如勝住甘露寺，正以九月十六日。鄉僧亦喜，謂且繼此得志。數年無所成，會杭卒陳通作亂，僧避入南山。嘗出至山腰，蔽樹視下，賊黨數輩行陿中，仰高亂射以搜伏兵，連發三矢，最後正中僧足。别一僧坐于傍曰隆上坐。乃始驗卦中象無一不應云。

左都監

修武郎左良，紹興二十八年爲婺州兵馬都監，赴幕官王作德日休晚集，歸家已夜。兩人隨之而入，至中堂乃覺。良怒曰：「汝何爲者，敢至此。」執其一痛棰之。首有兩角屹然，良知其陰吏也，猶不肯釋。其一從後捽良腰，仆坐，遂冥冥長往，將曉乃甦。言被追到冥府，二使方白其拒抗之罪。主者審姓名，對曰：「婺州都監左良。」主者曰：「吾命逮左琅，何關此人事？」即放還。良行十餘步回顧，則二使者已對縶於廡間矣。明日，同官來問良疾，具説其故。良嘗在張魏公府爲帳下，氣幹甚偉，自再生之後神觀索然，蓋人與鬼鬬，爲所傷云。

許提刑

靖康冬，金人再渡河，河北提刑許亢，坐棄洛口奔潰竄吉陽。會中原亂，不之貶所，與二子及從卒十餘人間關至南康，不欲與州郡相聞，但入廬山一小寺棲止。僕因摘園蔬與僧争鬨，僧密詣郡告云：「遭潰兵行刦，實繁有徒。」郡守李定信之，即調兵授甲，圍其寺，盡縛亢父子并從卒送獄。亢至廷下大呼稱枉，且具言平生資歷。定曰：「豈有曾爲監司，所至不出謁而避匿者乎？」諭獄吏研鞫，不得情，乃遣孔目吏入囚室，陽與好言探跡。具酒同飲，了無盜刼之狀。亢倉黄南來，妻妾淪落，告敕不一存，無以自明，定疑不可解。亢長子善占夢，亢語之曰：「吾夢父子持繖行雨中，已而大風起，吹三繖皆半裂飛去，是何祥邪？」子泣曰：「夢殊不吉，此父子離散爲三之象也。」

是夕，孔目又來，携酒殽甚盛，與三許劇飲，且滿飲陸本作「酌」。屬亢曰：「提刑勉一醉，少頃徙兩令郎它舍矣。」會罷，各分囚之，過夜半，悉以鐵椎擊死。定上奏，自言有除盜之功，未報而卒。凡豫其事者，一月内繼死，唯孔目獨存。鄢陵人周西瑞琥嘗知南康軍，與定先後隔政，其子穀聞之於孔目云。亢以武舉得官。

夏氏骰子

夏廑，字幾道，衢州汲縣人。崇寧大觀間，居太學甚久，未成名。家故貧，至無一錢。同舍生或相聚博戲，則袖手旁觀，時從勝者覓錙銖，俗謂之乞頭是也。一夕，束帶焚香，對局設拜曰：「廑聞博具有靈，敢以身事敬卜。今年或中選，願於十擲内賜之渾化，葉本作「花」。不然，將束書歸耕，無復進葉本多一「計」字。矣。」祝罷，卽挼莎擲焉，六子皆赤。夏愕喜不敢自信，又祝曰：「廑至誠齋心，以平生爲禱，恐適者偶然，願更以告。」復再投之，三采皆同，乃再拜謝神貺。是歲果於莫儔牓登科，後官至中大夫川陝宣撫司參議官。其家藏所卜骰子，奉之甚肅。右二事周穀說。

治挑生法

莆田人陳可大知肇慶府，肋下忽瘇起，如生癱癤狀，頃刻間大如盌。識者云：「此中挑生毒也，俟五更以菉豆嚼試，若香甘則是已。」果然。使搗川升麻爲細末，取冷熟水調二大錢連葉本作「速」。服之，遂洞下，瀉出生葱數莖，根鬚皆具，瘇卽消。續煎平胃散調補，且食白粥，經旬復常。雷州民康財妻，爲蠻巫林公榮用雞肉挑生，值商人楊一者善醫療，與藥服之，食頃，吐積肉一塊，剖開，筋膜中有生肉存，已成雞形，頭尾嘴翅悉肖似。康訴於州，州捕林置獄，而呼楊生令具疾證及所用藥。其略云：「凡喫魚肉、瓜果、湯茶，皆可挑。初中毒，覺胸腹稍痛，明日漸加攪刺，滿十日則物生能動，騰上則胸痛，沉下則腹痛，積以瘦悴，此其候也。在上鬲，則取之，其法用熱茶一甌，投膽礬半錢於中，候礬化盡，通口呷服，良久，以雞翎探喉中，即吐出毒物。在下鬲，則瀉之，以米飲下鬱金末二錢，毒即瀉下，乃碾人參、白朮末各半兩，同無灰酒半升納瓶內，慢火熬半日許，度酒熟取出，温服之，日一杯，五日乃止，然後飲食如其故。」

挑氣法

從事郎陳遹爲德慶府理官，鞫一巫師獄。巫善挑氣，其始與人有讎隙，欲加害，則中夜扣門呼之，俟其在内應答，語言相聞，乃以氣挑過。是人腹肚漸脹，日久，腹皮薄如紙，窺見心肺，呼吸喘息，病根牢結，藥不可治。獄未成而死。江璆鳴三作守，以事涉誕怪，不敢置於典憲，但杖脊配海南。此妖術蓋有數種，或呪人使腹中生鼈者，或削樹皮呪之，候樹復生皮合而死者，然不得所以治法。右二事陳遹説。

南豐知縣

紹興初，某縣知縣趙某，季子二十歲，未授室，與館客處於東軒。及暮客歸，子獨宿書院，聞窗外窸窣有聲，自牖窺之，一婦人徘徊月明下。方駭噩間，已傍窗相揖。驚問云：「汝何人，竊至此？」曰：「我東鄰女也，慕君讀書，踰牆相從，肯容我一聽乎？」欣然延入，留不使去。自是曉往夕來，子神情日昏悴，飲食頓削。父母疑而扣焉，不以告。密訊左右者，曰：「但聞每夜切切如私語，又時嬉笑，久欲白而未敢。」父母知爲鬼所惑，徙歸，同榻寢，即寂然。踰月，顏色膳飲稍復舊。一日獨處房中，忽大呼求救，似爲人捽髻而出，驅行甚速，舉家不知所爲。婢僕共牽挽，而力不可制。迤邐由書院東趨後園，纔出門，去愈速，將至八角大井邊，欻仆地不醒。家人共扶舁歸，移時乃能言，云：「實與婦人往還久，及徙室，不復來。今旦父母在堂上，忽見從外入，忿怒特甚，戟手肆罵曰：『許時覓汝不得，元來只在此！』便向前捽我髻，盡力不能脱，直造井傍，以手招井内，即有無數小鬼出，皆長三二尺，交拽我，勢且入井。俄一白須翁坐小涼轎，僕從三十輩，自園角奔而至，傳呼云：『不得，不得！』羣鬼悉斂手。翁叱曰：『著棒打！』僕從舉梃亂擊，皆還井中。翁責婦人曰：『我戒汝不得出，那敢如是？』婦低首斂衽無一言。又曰：『元有大石鎮井上，今何在？』僕曰：『宅内人與將擣衣矣。』咄曰：『不合動。』著鞭婦人數十，罵之曰：『汝安得妄出爲生人害？況郎君自有前程耶！』遂入井，命别扛巨石窒于上，告我曰：『吾乃土地也，來救郎君。郎君性命幾爲此鬼壞了。歸語家中人，此石不可動也。』語罷後，升轎去。」此子後得官，仕至南豐宰。

金陵邸

紹興初，朝士赴調臨安，過金陵，投宿官舍，從僕解擔散去，獨坐堂上。良久，東邊房門自開，一奴蓬首出，青衫白袴，瞠目視之，舉手指胸曰：「胸中有玉環，問君知不知？」瞥然復入。士駭怖不能支，幾欲墮地。驚魄小定，方攝衣正席，西邊房門又開，一婦人衫裙俱青，抱嬰兒以出，亦瞠目而視，指其兒曰：「官人殃殺我。」語訖，遽入房。士肝膽皆震，欲走而足不能步，欲呼而聲不能出。移時，僕自外至，急徙於客邸，迷罔者終日。

嚴校：此卷爲元人修版時芟去兩三則，卷尾八字亦元人補刻，故獨與各卷不同。

夷堅丁志卷第二三十事

鄒家犬

筠州新昌縣民鄒氏，豢犬極馴，每主翁自外歸，無問遠近，必摇尾跳躍迎于前。鄒生嘗負租繫獄，踰旬得釋，比還家，日已晚。犬喜異常時，爪誤罥主衣，衣爲之裂。鄒以爲不祥，語妻曰：「我恰出獄，犬乃爾。遼山寺方作屋，吾欲犒匠，可殺犬烹之，副以麪五斗往。」妻如其言。明日，鄒詣寺，命童負一合自隨，至則僧待於門，迎白曰：「勿啓合，得非以犬與麪來乎？」鄒愕然，問所以。僧曰：「檀越久〔陸本作「入」。〕坐堂上，兹事言之則不忍，不言則負所託。昨夜夢檀越之父曰：『我以貪戀故，不能超脱，託生爲本家犬，故見吾兒歸必出迎。適以其釋囚係而還，喜甚，誤敗其衣，兒遂與婦謀而殺我充饋。雖然就死，亦幸捨畜身，若得免刲臠之苦，師恩厚矣。生時有銀若干，密埋于竈外，恐爲人盜取，常睡卧其上。煩戒吾兒發取之，爲作佛事，以資冥福，持所餘尚足嘗生也。』」鄒聞言悲慟，且云：「犬日夜實寢于彼。」遂瘞之寺後。歸發其藏，果得銀如數，乃設水陸於寺中。

張敦葉本作「淳」，下同。夢醫

廬陵人張敦，精於醫術，浪跡嶺外。嘗僑寓潮州，夢人邀去，大屋沈沈如王居，立俟門左，吏導之使入。及廷下，望其上帝幕赫葉本作「穹」。然，主人冠服正坐。一少年著淺色衣，葉本作「水」。紅勒巾，引敦上診脈，敦云：「腎藏風虛，恐耳鳴爲害。」冠服者曰：「連日正苦耳痛，看得極好，葉本作「是」。且覓葉本作「製」。藥。」顧少年：「可與錢二十千。」敦未暇予上二字葉本作「及進」。藥，驚而寤，不省爲何處，疑必神祠也。明日徧訪求，至南海行葉本作「神」。廟，盡憶所歷。引而上者，蓋東廡小殿王子也。登正殿瞻視，神像左耳黄蜂巢焉。卽謹剔去，焚香再拜而退。又明日，郡之税官折簡來云：「客船過務敗税，抵言是君家物，果否？」敦念初無此，亟往證其妄。見舟人已繫梁閒，遥呼曰：「某乃劉提舉姻家蔡秀才田客，知君與提舉厚，又與監税游，故託以爲詞爾。」敦爲營解縱去。既而蔡來謝，且餉布帛之屬，正直二十千。提舉者，劉景也。

管樞密

縉雲管樞密師仁爲士人時，正旦夙興，出門遇大鬼數輩，形貌獰惡，叱問之。對曰：「我等疫鬼也，歲首之日，當行病葉本作「疫」。於人間。」管曰：「吾家有之乎？」曰：「無之。」曰：「何以得免？」曰：「或三世積德，或門户將興，或不食牛肉，三者有一焉則我不能入，家無疫患。」上九字葉本作「我不敢犯其家言畢」。遂不見。

小孤廟

呂愿中赴湖北轉運，舟行過小孤山，入謁廟，見案上古銅洗甚奇，有款識，愛之。白于神，以所用銅盆易去，置諸行李舟中，揚帆而上。薄晚繫纜，獨此舟不來。明日先行，達九江，商人繼至，言後一舟沉溺，方呼岸上人漉取輜重。呂亟遣往視，果也。篙師云：「離廟下未遠，便若有物繫柁底，百計取之不能動。初無風濤，正爾覆溺。」點檢所載，雖濕壞，皆不失，獨銅洗不知所如矣。他日，有客至廟中，蓋宛然在故處。

富池廟

興國江口富池廟，吳將軍甘寧祠也，靈應章著，舟行不敢不敬謁，牲牢之奠無虛日。建炎間，巨寇馬進自蘄黄度江至廟下，求盃珓，欲屠興國，神不許，至于再三，進怒曰：「得勝珓亦屠城，得陽珓亦屠城，得陰珓則并廟爇焉。」復手自擲之，上五字葉本作「乃自取擲」。一墮地，一不見。俄附著于門頰上，去地數尺，屹立不墜。進驚懼，拜謝而出。迄今龕護於故處，過者必瞻禮。殿内高壁上亦有二大珓，虛綴葉本多一「梁」字。楣間，相傳以爲黄巢所擲也。

濟南王生

濟南王生，參政慶曾宗人也。登第出京，行數十里間，憩道旁舍。主人亦士子，留飲之酒。望舍後横屋數楹，簾幙華楚，問爲誰，曰：「某提舉赴官闕中，單車先行，留家於此，以俟迎吏，今累月矣。」遥窺其内，隱隱見女子往來，甚少艾，注目不能去。抵暮留宿，主人夜與語，因及鄉里門閥。審其未娶，爲言：「提舉家一女，極韶媚，方相託議親，子有意否？」生欣然，唯恐不得當也。主人爲平章，翌日約定。女之母邀相見，曰：「吾夫遠宦，鍾愛息女，謀擇對甚久，不意邂逅得佳壻。彼此在旅，不能具六禮，盍相與略之。」乃草草備聘財，擇日成婚，且許生挈女歸濟南。須至閩遣信來迎，既別，不復相聞，生不以爲疑。女固自若，歷四五年，生二子，起居嗜好與常人不殊，但僮僕汲水時，只用前桶而棄其後，以爲不絜。自携一婢來，凡調飪紉縫，非出其手不可，夜則令卧床下。忽告生云：「我體中不佳，略就枕，切勿入房驚我。」生然之。俄頃，震雷飛電，大雨滂沛，火光煜然，盡室危怖。移時始定，女與婢皆失所在矣。初，生之入京，道經某處龍母祠，因入謁，睹龍女塑容端麗，心爲之動，默念他年娶妻如此，足慰人心。及出門，有巨蛇蟠馬鞍上，驅之弗去，始大恐，復詣祠拜而謝過。洎出，乃不見。後遇兹異，識者疑其龍所爲云。

海鹽道人

王觀復待制本，崇寧初爲海鹽令，當春月，啓縣圃賣酒，游人沓至。王長子鉞，字秉義，年十餘歲，亦縱目焉。逢一野道人，舉手前揖，呼爲「供奉」，談笑久之乃去。鉞惡其官稱，歸以白父，莫測所謂也。後十年，政和官制行，改西頭供奉官爲秉義郎，始悟道人之言，乃更名鈇，而字承可。

二鼇峨詩

王承可侍郎，建炎末居分寧田舍，夢黑衣男女僅葉本作「約」。三十輩，兩人如夫婦，立於前，餘皆列于後，泣拜乞命。夢中似許之。明日，縱葉本作「閑」。步門外，逢村民負鼈來，傾置地上，二大者居前，餘二十六枚在後。恍憶昨夕事，盡葉本作「遂」。買之，放諸溪流。是夜夢二黑衣來謝，且哦詩兩句云：「放浪江湖外，全勝沮洳時。」超然有自得之貌，喜色可匊。蓋向者處陂澤之間，而爲人所取也。

張通判

乾道六年，縉雲人張某爲韶州通判，隨行僕與婢通，事敗，擒付獄。陰諭録參吴君，使斃之，吴以白郡守周濟美舜元，周以爲不可，使正法具獄，杖脊，配隸嶺北。張意不滿，擇本廳軍校使護送，戒云：「殺之而歸，當厚賞。」校奉命就道，越二日，拉殺之于南雄境上。是夜，周夢僕泣訴曰：「某有罪，賴使君全活之恩，今竟爲通判所殺，幸使君哀之。」明日，窮治其事，軍校者已歸，趣治之，亦坐決配。張在書室，見僕立于前，方以未押行爲怒，忽無所睹，卽仆地，遂得疾暴下，踰旬而卒。

孫士道

福州海口巡檢孫士道，嘗遇異人，授符法治病，甚簡易，神應響答。提刑王某之弟婦得疾，爲物馮焉，斥王君姓名，呼駡不絶口。如是踰年，禳祀禱逐無不極其至，上九字葉本作「禱祀備至」。不少痊。

聞孫名，遣招之。孫請盡室齋戒七日，然後冠帶焚香，親具狀投天樞院。弟婦已知之，云：「孫巡檢但能治邪鬼爾，如我負寃何？」及孫至，邀葉本作「喚」。婦人使出。王曰：「病態若此，呼者必遭咄罵，豈有出理？」孫曰：「試言之。」婦欣然應曰：「諾。少須，盥洗即出矣。」良久，整衣斂容如平時，見孫曰：「我一家四人皆無罪而死於非命，既得請上葉本作「于」。天，必索償乃已，法師幸勿多言。」且披其胸示之云：「被酷如此，寃安得釋？」孫但開曉勸解，使勿爲厲，即再三拜謝而入。孫密告王曰：「公憶南劍州事乎？」王不能省。孫先已書四人姓名于掌內，展示之，王頷首不語，意殊悔懼。蓋昔通判南劍日，以盜發屬邑，往督捕，得民爲盜囊橐者，禽其夫婦，戮之。其女嫁近村，聞父母被害，亟來哭，悲號忿詈。上七字葉本作「亟來視」。王怒，又執而戮之。女方有娠，實四人併命葉本多「一時」二字。也。孫曰：「此寃於吾法不可治，特可暫寧爾。它日疾再作，勿見喚也。」自是婦稍定，越兩月復然，訖王死，婦乃安。

潮州孕婦

乾道三年，潮州城西婦人孕過期，及產，兒才如手指大，五體皆具，幾百枚，蠕蠕能動。以籃滿載投于江，婦人亦無恙。古今無此異也。

張注夢

邵武人張汪，紹興丁卯秋試，夢人以箸插于髻，曰：「子欲高薦，當如此乃可。」既寤，熟思之曰：

「吾名汪，若首加點，則爲注。」乃更名注，是年果薦送。將試春官，又夢緑衣小兒自褓中曳其衣曰：「勿遽往，可待我也。」既而不利，至乾道己丑始以免舉再行，而同里丁朝佐亦預計偕，二人同登科。朝佐正生於丁卯，始悟前夢，戲謂丁曰：「爲爾小子，遲我二十一年。」相與大笑而已。

劉道昌

劉道昌者，本豫章兵子，略識字，嗜酒亡賴，横□陸本作「市」。肆間。嘗以罪受杖于府，羞見儕輩，不敢歸，徑登滕王閣假寐，夢道士持一卷書置其袖，曰：「謹祕此，行之可濟人，雖父兄勿示也。」戒飭甚至。既寤，□陸本作「書」。在袖間，頓覺神思洒落，視其文，蓋符咒之術。還家即繪事真武像，爲人治病行醮。所書之符與尋常道家篆法絶異，凡所療治，或服符水、或掬香爐灰、或咒棗，殊爲簡易。且告人曰：「夜必有報應。」無不如□。陸本作「意」。以治牛疫，亦皆愈。郡人久而知敬，共作真武堂居之。初，將鑿池取水施病，盡，忽有泉涌于庭，極甘冽，及加浚治，正得一古井。今其術盛行，而道書不可得見，但以符十許道刻石云。

李家遇仙丹

豫章丐者李全，舊隸建康兵籍，紹興辛巳之戰，傷目折足，汰爲民，而病廢不能治生，乃乞於市。掖二拐以行，目視荒荒，索塗甚苦。每過王侍郎宅門，必與數錢，忽連日不至，謂必死矣。經半月復來，則雙目瞭然，步行輕捷，自説：「逢道人授藥方，且戒我：『服之有效，當貨以濟人，勿冒没圖利，日得七百錢便足。」問其姓，不肯言。我積所丐金，便成藥，服之十日，眼已見七分，而腳力如舊矣。即用其方賣藥，持大扇書『李家遇仙丹』，揭二拐于竿，服者皆驗，然所得未嘗過七百錢。一日，多至兩千，遂臥病不能出，錢盡乃安。」時乾道己丑歲也。

劉三娘

豫章狂婦劉三娘，病心疾，每持二木箠相敲擊，終日奔走于市，衣服藍縷垢汙，好辱罵人，夜或宿祠廟中，雖有子爲兵，然視之泊如也。宋鎮甫樞密樸獨識爲異人。張如瑩尚書澄作守，常呼入府舍，留三兩夕，與飲食，或棄廷下，或遺矢被中。久之，忽告常所往來者曰：「某日吾當死。」已而果然。其子瘞諸野。後半年，郡駛往長沙見之，擊箠如故，駛驚問曰：「三娘，爾死矣，那得在此？」笑曰：「寄語吾兒，在此甚安。」再三問，不對，亦不復再見。歸語其子，發視窆處，空空然。

興國獄卒

興國軍司理院有囚抵法，當陵遲。獄卒李鎮行刑，因告之曰：「死不可辭，幸勿斷我手，將不利於爾家。」鎮不聽，至市，先斷其二手，曰：「看汝將奈我何？」越二日，鎮妻生子，兩腕之下如截。時王濱稚川爲通判，親見之。

丘氏冢禍

乾道六年，南雄州攝助教丘悅家病疫。其家大猪育數子，或人頭、雞頭、豹首、馬首，儼如塑繪瘟鬼狀。遂殺豬祭而禳之，其禍愈甚，悅與妻皆死，長子如岡□魁鄉薦，亦夫婦併亡，凡八九喪。百計禱禬，久□乃定，此近冢禍也。

宣城死婦

宣城經戚方之亂，郡守劉龍圖被害，郡人爲立祠。城中蹀血之餘，往往多丘墟。民家婦任娠未產而死，瘞廟後，廟旁人家或夜見草間燈火及聞兒啼，久之，近街餅店常有婦人抱嬰兒來買餅，無日不然，不知何人也，頗疑焉。嘗伺其去，躡以行，至廟左而沒。他日再至，留與語，密施紅線綴其裾，復隨而往。婦覺有追者，遺其子而隱，獨紅線在草間冢上。因收此兒歸，訪得其夫家，告之故，共發冢驗視，婦人容體如生，孕已空矣，舉而火化之。自育其子，聞至今猶存。《荆山編》亦有一事，小異。

白沙驛鬼

南劍州東界白沙驛素多物怪，行客僕廝單寡莫敢宿。紹興甲戌，方務德侍郎滋帥閩，幕府七八人來迎，皆宿是驛。時當初暑，並設榻堂上，夜□陸本作「久」。方就枕。主管機宜王曉忽驚魘嘂呼，衆起，燭火視之，尚爲紛拏抵鬬之狀。良久乃醒，云：「適睡猶未熟，有白衣婦人來，就床見逼，驅逐不去，且挽吾衣不置。諸君起，方相捨耳。」衆視曉袒服，碎如懸鶉，爲之通夕秉燭不敢寐。

李元禮

福州福清人李元禮，紹興二十六年爲漳州龍溪主簿，攝尉事，獲强盜六人。在法，七人則應改京秩。李命弓手冥搜一民以充數，皆以贓滿論死。李得承務郎，財受告，便見寃死者立於前，悒悒不樂。方調官臨安，同邸者扣其故，頗自言如此。亟注泉州同安縣以歸，束擔出城，鬼隨之不置。僅行十里，宿龍山邸中，是夜暴卒。此卷皆王稚川說。

夷堅丁志卷第三十七事

武師亮

撫州金谿主簿武師亮，秩滿，泊家于近村龍首院。夜有擲瓦擊窗者，疑寺僧所爲，旦而詰之。僧不敢對，徐言曰：「此邑三郎神，響跡昭著，得非有所犯乎？」武未信。明日，行廊廡間，瓦礫從空而下，紛紛不絶。時方雪作，而擲者皆乾，殆若古墓中物。武始懼，召僧誦經禱謝，怪亦然，至飛石滿磬。其父取一塼題誌，擲而祝曰：「果觸犯三聖，願復以來。」頃之再至，題處宛然。不得已，自東廂遷於西，以避其怒。行李未定，擾擾如初，乃盡室入邑中，寓妙音道觀。怪益甚，呼道士設醮致敬，略不爲止。武怒，呼神名詬之曰：「汝爲神，當聰明正直，何暴我如是？吾之待汝亦至矣，曾不少悛，恣具邪佷。自今以往，吾不復畏汝矣！」語訖，音響寂然。先是，家之箱篋，雖無鎖鑰者，亦如爲物所據，牢不可啟，是日開闔如常。石害遂息。

王通判僕妻

撫州王通判，家居疎山寺。其僕之妻少而美，寓士周舜臣深屬意焉，而不可致。會王遣人篝火扣門，邀周夜話。及開門，乃僕妻也，顧周笑，吹燈滅，相隨以入，曰：「非通判招君，我作意來此爾。」周不勝愜適，遂留宿。明日再相逢，漠然如不識面，頗怪之。又疑與疇昔之夜所合者肥瘠不類，至夜復來，不敢納。堅不肯去，天未明，忽不見。周密扣寺僧，蓋鄰室有婦人蓏柩。旋得病，月餘乃愈。蔡子思教授者聞之，特詣其室，焚香致禱，求一見，欲詢鄉里姓氏爲誰，將爲訪其家，寂無所睹。

雲林山

臨川徐彦長，居金谿雲林山下，妻黨倪氏訪之，宿於外室。時天雨晦冥，夜半後，有物推門，門即開，徑入踞爐，吹火明而坐。倪從帳閒窺之，似羊有髯，遍體皆溼，下床叱之。物躍起，仆於倪身，倪大叫走出，得脱。不知何怪也。

孫光祿

鄭人贈光祿大夫孫俁卒，其家卜地以葬。長子恪夢與弟河東尉悚侍父及客張彦和者同遊山寺，光祿令煮麪，恪辭以飽，彦和亦不食而起，獨悚與對食。食罷，光祿曰：「此去小梅山只四五里耳。」彦和曰：「幾有十里。」光祿曰：「然。蓋楊妃村只四五里也。」夢後十日，河中報悚訃音至，亦相從卜葬，正與光祿同日。既過墳寺，寺僧饌麪以供兩靈几，宛然夢中事也。墓在小梅山南，相去十里，又四里有楊家莊云。

江致平

江致平與能相老翁善，翁忽告之曰：「君何爲作損陰德事？不一年死矣。」江，吉人也，應曰：「吾安得有此？」翁曰：「試思之。」江曰：「自省無他惡，但昔年爲試官時，置一親舊在高等，其實有私焉，獨此事耳。」翁曰：「是也。君以一己好惡而私天爵以授人，其不免矣。」未幾而卒。嗚呼！世人之過倍江公萬萬者比肩立，可不懼哉！

嵩山竹林寺

西京嵩山法王寺，相近皆大竹林，彌望不極，每當僧齋時，鐘聲隱隱出林表，因目爲竹林寺，或云五百大羅漢靈境也。有僧從陝右來禮達磨，道逢一僧，言：「吾竹林之徒也，一書欲達于典座，但扣寺傍大木，當有出膺者。」僧受書而行，到其處，深林茂竹，無人可問。試扣木焉，一小行者出，引以入，行數百步得石橋，度橋百步，大刹金碧奪目。知客來迎，示以所持書，知客曰：「渠適往梵天赴齋，少頃歸矣。」坐良久，望空中僧百餘，駕飛鶴，乘師子，或龍或鳳，冉冉而下。僧擎書授之，且乞掛搭，堅不許。復命前人引出，尋舊路以還。至石橋，指支徑，令獨去。才數步，反顧，則峻壁千尋，喬木參天，了不知寺所在。

陸仲舉

大觀中，太學生陸仲舉因上書論事，屏出學。後復游京師，夢神告云：「汝當發跡，何不上書？」明夜再夢。陸以嘗坐此謫，殊不信，乃遷舍避之。是夜又夢，猶未謂然。走謁故人高伸尚書丐歸資，相見甚喜，留之宿。翌旦朝回，謂曰：「天覺極惱人，欲作政典，令吾爲校證官。」陸曰：「此乃《周官六典》中一事耳，何不便作《六典》，而獨擧其一耶？」仲曰：「君好作一書言其事。」陸始思神言，亟草書論之。仲命楷書吏立謄寫以入，遂得迪功郎。時張天覺爲相。

洛中怪獸

宣和七年，西洛市中忽有黑獸，髣髴如犬，或如驢，夜出晝隱。民間訛言，能抓人肌膚成瘡痏。一民夜坐簷下，正見獸入其家，揮杖痛擊之，聲絶而仆。取燭視之，乃幼女卧於地，已死。如是者不一。明年而爲金虜所陷。

翁起予

翁起予商友，家於建安郭外，去郡可十里。上元之夕，約鄰家二少年入城觀燈，步月松徑，行未及半，遇村夫荷鉏而歌，二少年悸甚，不能前，但欲宿道傍民舍。翁扣其故，一人曰：「適見青面鬼持刀來。」一人曰：「非也，我見朱鬣豹禪持木骨朵耳。」翁爲證其不然。明旦，方入城，其説青面者不疾而卒。朱鬣者得疾，還死于家。翁獨無恙。

胡大夫

常州人胡大夫爲信州守，方交印，廳事大梁迮迮有聲，呼匠升屋相視。將加整葺，梁折廳摧，壓死者數人。不越數日，胡疽發于背。堂中湯爐内灰火無故飛揚，遍滿一室。巨蛇垂頭梁上，呱呱作兒啼。胡病三日而卒。右十事皆鄭人孫申元翰所録。

窗櫺小婦

常州宜興僧妙湍掌僧司文籍，與其輩二人以歲暮持簿書赴縣審核，宿于廡下空室。三僧同榻，二僕在門外，已滅燭就枕，湍善鼓琴，暗中搏拊不止，二僧亦未交睫。聞有敲窗者，問之，不對，以爲小吏故作戲耳。少焉一聲劃窗甚響，僧起，再明燈，卽升榻，望窗紙破處有婦人小面，正可櫺間。良久，入卓上立，形體悉具，僅高尺餘。僧喚僕不應，密相與計：「此亦無足畏，俟其至前，則兩人執之，一人啓門呼僕入，五男子當一女鬼，便可成擒也。」婦人稍下，據倚坐，已與常人等，遂揭帳而登。僧始聳然，如體挾冰霜，不暇施前策。婦人忽趨而下，自爲拚帳，取鉢便溺，其勢如傾斗水。退至火邊，大聲吼，雷從地起，物與燈皆不見。湍琴猶在膝，驚魄定，方復起，共坐達旦，明日告邑胥，皆莫知何怪，其室今爲吏舍云。

韶州東驛

王行中與兄克中自撫州金谿携僕卒十餘人往廣州省其父，過韶州東境，將入驛，驛卒白：「此有所謂七聖者，多爲往來之害，不若詣旅邸安静無事。」行中以謂卒憚於供承，故妄言恐我，且吾一行不爲少，正有物怪，豈不能禦，竟宿焉。衆僕處外，三僕在堂。夜且半，内外諸門忽同時洞開，燈燭陳列。行中又疑爲盜，杖劍膝上，須其入而殺之。克中但蒙被坐，誦楞嚴呪。良久，聞堂上兵刃戛擊，其呼譟應和之聲全與世間惡少年所習技等。行中窺于門，見七男子，被髮袒裼，各持兩刀，跳擲作戲，始大懼，徑登床，伏于兄後。衆鬼入室，盡挈箱篋出，并帳亦掣去，取行庖食物啖嚼。又竊窺之，已斷三僕首，并手足肝肺分挂四壁，益駭怖，不敢復開目，漸亦昏睡。俄鄰雞再唱，寂不聞聲，心稍定。天明而起，則籠帳之屬元不移故處，三僕悉無恙。略述所見頗同，但不深記屠割時事。其宿于外十輩亦有被此害者，雖皆不死而神氣頓癡，顏色枯悴，蓋血液已失故也。克中仕至肇慶通判，行中爲廣西幹官而卒。

海門鹽場

通州海門縣監鹽場劉某，生一男，夜睡驚啼。父母往視，見兒頭上有泥捻饅頭兩枚，揮去之，兒即愈，它日復然。自是常置坐側，或與乳媼介處，則怪復至。劉知祟所爲，責之曰：「汝能爲怪，胡不施吾夫婦間，但困嬰孩何也？」是夜故出宿外舍以驗之。明旦起，枕席及蹋牀上凡列泥饅頭三十餘，大小各異，又衣服器皿之類多無故而失，訪之無蹤，婢妾良以爲苦。一日，守門者語老僕曰：「兩尼童入宅甚久，可以遣出。」僕入白之，元無有也。少頃，門者見其出，即隨逐之，過牆角小廟而隱。劉具香酒詣其處禱曰：「自居官以來，於事神之禮無所曠，何乃造妖如此？今與神約，能悉改前事，當召僧誦經，辦水陸供，以資冥福。不然，投偶像於海中，焚祠伐樹，二者唯所擇。」再拜而退。才還家，前後積失衣皿六十種，宛然具存，兒疾亦不作。劉滿秩善去。代者到郡，郡守田世卿招飯，席間話此事。至暮更衣，久不返。遣官奴就視，已仆地氣絶，呼醫拯療，中夕始甦。既之官，兩子併夭。世卿聞彼大樹起孽，命卒伐爲薪。劉氏免其禍而代者當之，爲可憐也。

揚州醉人

建炎二年，鄭人孫宣仲甫侍父大夫君恪如揚州，舍於旅邸，周官人者亦寓焉。一客醉且狂，從外來，踞肆邸內，出穢惡語。周指孫居室謂曰：「此官員性猛厲，將執汝，盍去之！」客愈喧勃不可禁。良久，大夫君出謁，宣仲獨守舍。客徑入室，解索縛宣仲於案。時羣僕悉出，無救解者，周生亦閉户。客忽自捨去，登高橋語行人曰：「我適詣某店，遭孫大夫父子困辱，無面目見人。」遂取腰間小佩刀刺喉下，立死。邏卒以告兵官，亟逮捕孫、周諸人至，且將驗視死者。俄而復蘇能言，自索紙對狀云：「實以醉後狂言，元未嘗爲孫氏所辱。橋上云云，亦不能記。皆身之所爲，他人無預也。」於是盡得釋，其人旋踵竟死。非生前一狀，孫幾爲所累云。

海門主簿

通州海門縣主簿攝尉事，入海巡警，爲巨潮所驚，得心疾，謂其妻曰：「汝年少，又子弱，奈歸計何？」妻訝其不祥。簿曰：「有婦人立我傍，求緋背子，宜即與。」妻縫緋紙製造焚之。明日又言：「渠甚感激，但云失一裾耳。」妻詣昨焚處檢視，得於灰中，未化也，復爲製一衣。簿時時說：「見人從竈突中下，而居室相去遠，目力不能到。」凡月餘，預以死日告妻，奄忽而隕。官舍寓尼寺，妻不勝懼，倩兩尼伴宿。才過靈幃前，一尼遽升几坐，作亡者語，且命邀邑宰孫愬。孫來，與問答甚悉，又數小吏某人之過，乞箠之。孫如其戒，而諭以理曰：「君誠不幸，死亦命也。眷眷如是，何得超脱？」爲邀僧惠瑜説佛法，經一日，尼乃醒。及喪歸，又對衆附語，令其妻「欲嫁則嫁，切不可作羞汙門户事，吾不恕汝」。人或疑小吏之故云。

南豐主簿

閩人王某原注：不欲名。爲南豐主簿，惑官奴龍瑩，遣妻子還鄉，獨與瑩處。知縣孫懋諫止之，不肯聽，終竊負以逃。繼調湖南教授，瑩隨之官，飲食菜茹皆資於外庖。一日，瑩携粥來，勤渠異常時。王未暇食，忽有煤塵落盌内，命撤之。瑩曰：「但去其污處足矣，何必棄？」强王必使食，王怒曰：「既不以爲嫌，汝自啖之。」瑩亦不可，王愈忿。適一犬自前過，乃翻粥地上，縱使食，須臾間，犬吐黑血，宛轉而死。王詰其事，瑩曰：「粥自外入，非知其然也。」命呼庖者。庖者曰：「每日實供粥，且獨却回，云宅内已自辦之。元粥尚在，可具驗也。」遂窮搜室中，得所煮鉢，瑩始色變。執送府訊鞫，服與候兵通，欲置藥毒主翁，然後罄家貲以嫁。及議罪，以未成減等，杖脊而已。此可爲後生之戒，非落塵賜祐，王其不免。

謝花六

吉州太和民謝六以盜成家，舉體雕青，故人目爲花六，自稱曰「青師子」，凡爲盜數十發，未嘗敗。

官司名捕者踵接，然施施自如。巡檢邑尉數負累，共集近舍窮索之。其黨康花七者，家已豐餘，欲洗心自新，佯爲出探官軍，密以告尉。尉孫革又激諭使必得，遂斷其足來，乃遣吏護致。扣其平生，自言：「精星禽遁甲，每日演所得禽名，視以藏匿。如值畢月烏，則以月夜隱於烏巢之下。值房日兔，則當晝訪兔蹊。往來若與本禽遇，則必敗。家居大屋，而多棲止高樹上。是時與康七同行劫，事既彰露，課得觜火猴，乃往水濱猴玃所常游處。忽一猴過焉，甚惡之。明日復得前課，又明日亦如之。而猴無足，知必無脫理。見康七來，疑之，欲引避，爲甘言所啖，又念相與爲盜十年，不應遽賣我。纔相近，右足遂遭斫，尚能跳行數十步。得一草藥，解止血定痛，拔以裹斷處。又行百步，痛極乃仆，今無所逃死也。」是年會赦，亦以一支折得放歸。今猶存，雖不復出，但爲羣盜之師，鄉里苦之。右七事孫革說。

夷堅丁志卷第四 十四事

孫五哥

鄭人孫愈，王氏甥也，年十八九歲時到外家，與舅女真真者凭闌相視，有嘉耦之約。歸而念之，會有來議婚對者，母扣其意，云：「如真真足矣。」母愛之甚，亟爲訪于兄，兄言：「吾數壻皆官人，而甥獨未仕。若能取鄉薦，當嫁以女。」愈本好讀書，由此益自勤苦。凡再試姑蘇，輒不利。女亦長大，勢不可復留，乃許嫁少保趙密之子。愈省兄愬于臨安，因赴飲舅氏，真真乘隙垂淚謂曰：「身已屬他人，與子事不諧矣。」愈不復留，卽還崑山故居。遇姪革於道，邀同舟，問之曰：「世俗所言相思病，有之否？我比日厭厭不聊賴，腸皆掣痛如寸截，必以此死。」革宛轉慰解，且誚之曰：「叔少年有慈親，而無端戀著如此，豈不爲姻黨所笑？」既至家，館革于外舍，愈宿母榻。半夜走出，呼革起曰：「恰寢未熟，聞人呼五哥，原注：「愈第五。」視之，則真真也。急下牀，茫無所睹，此何祥哉？」革留旬日，過臨安，適真真成禮於趙氏。次日合宴，恍然見人立其旁，驚曰：「五哥何以在此？」便得疾，踰月乃瘳。是時愈已病，羸瘠骨立，與母謁醫蘇城，及門，爲母言：「此病最忌巇逆及嘔血，若證候一見，定不可活。」語畢，忽作惡，吐鮮血數塊而死。方女有所見之夕，愈尚無恙，豈非魂魄已逝乎？後生妄想，不識好惡，此爲尤甚，故書以戒云。女今猶存。

司命府丞

王筌，字子真，鳳翔陽平人。其父登科，兄弟皆爲進士。筌獨閑居樂道。一日郊行，憩瓜圃間，野婦從乞瓜，乳齊於腹。筌知非常人，問其姓，曰：「吾蕭三娘也。」筌取瓜置諸橐以遺之。婦就食，輟其餘，曰：「爾可嘗乎？」筌接取而食，無難色。婦曰：「可教矣！神仙海蟾子今居此，當度後學，吾明日挾汝往見。」及見，海蟾曰：「汝以夙契得遇我。」命長跪傳至道，授丹訣，戒以積功累行。遂還家白母，遣妻歸，周游名山。一時大臣薦其賢，賜封「沖熙處士」。元符三年，再游茅山。先是，中峰石洞忽開，《真誥》所謂華陽洞天便門者也，一閉千歲矣。又甘露□降，道士劉混康曰：「必有異。」既而筌乃來受上清籙。是夕，仙樂聞于空浮之上。留踰歲，晝夢二天人與黄衣從者數百乘，擁白虎來迎。跨虎而行，登危躡險，由中峰入石洞向所開便門，顧視左右，金庭玉室。兩青衣童入通，見茅君，再拜謁。君問勞甚厚，曰：「帝已勑汝華陽洞天司命府丞。」因賜金尺以還。及寤，別混康曰：「吾數將盡，且有所授，從此逝矣。」下投道人葛沖曰：「敢以死累公。」預言八月十七日當解化，及期，具衣冠端坐而卒。時建中靖國歲，春秋財六十一。

劉士彦

劉士彦自睦州通判替歸京師，艤舟宿泗間，遇乞人，可十七八，目瑩脣朱，光采可鑑。異而問之，對曰："吾賣豆，每粒千二百錢。"劉曰："吾適乏錢，只有所衣綿襖以奉償，如何？"曰："固可也，容取豆。"以紙一幅於兩乳間擦摩之，輒有黑豆數粒出，取一與劉，擲其餘汴水中。劉欲吞之，曰："未也。"又擦胸掖間，復有菉豆數粒出，亦取一與劉而擲其餘。劉併吞二豆畢，與所許衣，笑而不取。劉始病蠱不能食，即日食如初而益多，後面色如丹，但每歲一發渴必飲水數斗，覺二豆在腹中如棗大。乞人又約某年相見於淮西，不知如何也。右二事見《浮休集》。

蔣濟馬

乾道七年秋，大饑，江西湖南尤甚，民多餓死。八年春，邵州遣吏蔣濟往衡山岳市買朴硝等物造甲。乘馬以行，緣道踐人麥田，或以米飼馬。二月二十七日，至衡山境内櫟岡，忽天色斗暗，不辨人物，雷聲大震。良久開晴，濟與馬皆仆地死矣。邵州以事申轉運司，轉運判官陳從古牓揭一路以示戒。

皁衣鼈婦

婺源士人汪生，乾道六年春過常州宜興，爲周參政館客。季冬之夕，有婦人自外來，通身皆皁衣，頂爲兩髻，貌絶美，手捧漆盤，盤中盛果饌，别用一銀盂貯酒，徐步至前曰："夫人以天寒夜長，念先生孤坐，令妾進酒。"汪且喜且疑，謂夫人不應深夜遣美妾獨出，豈非宅内好事者欲試我歟？然服飾太古，似非時世裝，二者皆可疑，不敢舉首，亦不飲。婦人曰："此酒正爲先生設，何所嫌？」言之再三，汪遂飲。猶未半，婦人自取果恣食，又謔浪嬉笑，通綢繆之意。汪始愧恐，放酒走出。良久，復入焉，一無所見。明夜，其來如初，至于三。汪不得已，悉所見白周公。公曰：「家問「問」當作「間」。尋銀盂無處所，方以責婢僕，得非怪邪？」命徧索幽隱，至酒室，見古鐺甚朴，盤盂皆在內，周曰：「必此物也。」舉其腹視之，乃唐乾封年造，即碎之。自此無所睹。汪說。

沅州秀才

沅州某邑村寺中，僧行者十數輩。寺側某秀才，善妖術，能制其命。凡僧出入必往告，得覷施必中分，不然且受禍，雖雞犬亦不可容。紹興三十年，客僧旦過，方解包，會鄰村有死者，急喚僧誦經入殮。時寺衆盡出，唯此客葉本多一「僧」字。獨往，得錢七百以還。既而衆歸，知是事，相顧嗟愕，至暮悉捨去，客固不悟也。飢甚，入廚取食，畢，自閉三門，升佛殿，坐佛脚下，以袈裟蒙頭，誦楞嚴呪。夜過半，迅雷一聲起，霹靂繼之，而窻櫺間月色如晝。俄聞鈴鐸音，若數壯夫負巨□，葉本作「木」。欲上復下，如是三四反，又若失脚而墮，遂悄無所聞。天明出視，得四紙人於階下，旁一棺，亦紙爲之，漫摺於懷中。少頃衆至，見之驚，爭問夜所睹，具以本末告之，且云：「彼人習邪法，既不能害人，當自被其害。」試共往扣，則秀才果已斃，四體如刀裂。寺以告縣，遣巡檢索忠者體究其事云。王充老說。

德清樹妖

宋安國爲浙西都監，駐湖州，其行天心法猶不廢。德清民家爲祟擾，邀宋至其居，治不効，更爲鬼挫辱。宋忿怒，詣近村道觀，齋戒七日，書符誦呪，極其精專，乃仗劒被髮，入民居後大樹下，禹步旋繞。忽震雷從空起，樹高數丈，大十圍，從頂至根析爲兩，又震數聲，林榦無巨細皆劈裂如算籌，堆積蔽地。怪遂掃跡。

郭簽判女

湖州德清縣寶覺寺，頃有郭簽判，葳女柩於僧房，出與人相接，大爲妖害。後既徙葬，而物怪如初。寺中扃此屋三間，不敢居。久之，侍衞步軍遣將卒來近郊牧馬，宗室子趙大詣寺假屋沽酒，僧云：「無閑舍，獨彼三間，及鬼故不爲人所欲，然非所以處君也。」趙曰：「得之足矣，吾自有以待之。」即日啓門，通三室爲一，正中設榻，枕劍而卧。夜漏方上，女已颯然出，豔妝鮮服立於前，趙曰：「汝何人？何爲至此？」笑而不言。問之再三，皆不對。趙遽起抱之，頗窘畏，爲欲去之狀。俄頃間如煙霧而散，懷中了無物。自是帖然，趙居之十餘年，不復有所睹。

鎭江酒庫

歐陽嘗世爲鎭江總領所酒官，以酒庫摧陋，買民屋數區，即其處撤而新之。時長沙王先生赴召過鎭江，其人精治案魑魅，不假符水呪祓，蓋自能默睹。歐陽遇之於府舍，即往謁，邀至新居，具食以待，扣之曰：「此地有鬼物乎？」曰：「有二鬼，一以焚死，一以縊死，然皆畏君，不敢出。但一大蛇枉死，不知其故，當令君見其形。」左右聞者毛悚。飯罷，王語主人：「可視壁間。」視之，蛇影大如椽，長袤丈，自東而西。乃具詢主吏，對曰：「一酒匠因烝酒墮火中，一庫典以盜官錢自盡。」而不能記蛇事云。右三事皆歐陽僑說，此其父也。

胡教授母

處州胡教授母，年九十而終。前兩日，何按：何字疑誤。人來與語，使之告世人云：「大鼓不鳴，深水不流。六月降霜，蘆沉石浮。間隔寒泉，高山一丘。」且言冥司處處令人報世間，公直爲上，勿攘田土錢物，見專治此等事。更有數語，傳者以爲不可載。時乾道八年。何德揚說。

戴世榮

武翼郎戴世榮，建昌新城富室也，所居甚壯麗。紹興三十二年，家忽生變怪，每啓房門，常見杯盤殽饌羅列地上，羣犬拱立于傍，篋中時時火作，燒衣物過半而篋不壞。妻趙氏在寢，覺牀側如人擊破瓦缶數枚者，一室振動，塵霧滃然，尋即卧病。或擲甎石器物從空而下，門闔窗柱敲擊不暫停，其音亦錚淙可愛。驗擊處皆如繭栗痕，歷歷可數。醫者黃通理持藥至，奪而覆之，倉黃卻走，飛石搏其腦，立死。巫者湯法先跳躍作法，爲二圓石中其踝，匍匐而出。僧志通持穢跡呪，結壇作禮，未竟，遭濕沙數斗壅其頭項，幾至不免。親戚來問疾者，慮有所傷敗，皆面壁而行。

百種禳禬無少效。趙氏以所受張天師法籙鋪帳頂，裂而擲之地，竟不起。世榮足患小疽，遭怪尤甚，乃取魚網，離地數尺，徧布室中，以避投石之害。猶擲於網之下不已。相近三二十里人家，盌楪陶器無一存者，皆不知所以失，蓋其日夜所擊之物也。世榮疾篤，見異物立廷下，馬首赤鬣，長丈餘，須臾，首漸低，大吼一聲，拏空而去。不數日疽潰而死，家遂衰替。世榮雖富室子，然鄉里稱善人，殊不測所以致怪也。趙氏兄善宰說。

京西田中蛇

河中府老兵胡德，壯年往京西捕盜，晝過村野，遇大蛇於麥壠中昂首疾行，麥爲之靡。數卒挾槍刺殺之，其長丈許，分爲十餘臠，各挈提以去。德取其頭挂于槍，行未遠，村婦人望見，搏膺迎哭曰：「誰令兒輕出以速死？」率家人共挽德至所居哀訴，且買蛇頭瘞之。又一客以端午日入農民家乞漿，值其盡出刈麥，方小立，聞屋側喀喀作聲，趨而視，則有蛇踞屋上，垂頭簷間，滴血于盆中。客知必毒人者，默自念：「吾當爲人除害。」乃悉取血置其家甕甕內，詣鄰邸以須。良久，彼家長幼負麥歸，皆渴困，争赴厨飲虀汁。客飯畢，復過其門，則舉室死矣。外舅爲河中教授日，胡德爲閽者說此事。

建昌井中魚

大觀戊子年七月五日，建昌軍驛前大井水連日腥不可飲。居民浚治之，得一魚，可三指大，類鯽，而眼上赤紋色如金，頭有兩角，細而堅硬。民貯以巨桶，并買楮鏹，送于江。至暮，大風急雨，吹折大木無數，皆疑以爲龍類云。

王立爊鴨

中散大夫史忞自建康通判滿秩，還臨安鹽橋故居，獨留虞候一人，嘗與俱出市，值賣爊鴨者，甚類舊庖卒王立，虞候亦云無小異。上三字葉本作「良是」。時立死一年，史在官日，猶給錢與之葬矣。上七字葉本作「嘗給錢葬之矣」。恍忽間已拜于前，曰：「倉卒逢使主，不暇書謁。」遂隨以歸，且獻盤中所餘一鴨。史曰：「汝既非人，安得白晝行帝城中乎？」對曰：「自離本府即來此。今臨安城中人，以十分言之，三分皆我輩也。或官員、或僧、或道士、或商販、或倡女，色色有之。與人交關往還不殊，略不爲人害，人自不能別耳。」此句葉本作「人亦不知」。史曰：「鴨豈真物乎？」此句葉本作「鴨何自來」。曰：「亦買之於市，日五雙，天未明，齎詣大作坊，就釜竈燖治成熟，而償主人柴料之費，凡同販者亦如此。一日所贏自足以餬口，但至夜則不堪說，既無屋可居，多伏於屠肆肉案下，往往爲犬所驚逐，良以爲苦，而無可柰何。鴨乃人間物，可食也。」史與錢兩千遣去，明日復以四鴨至，自是時時一來。史竊歎曰：「吾，人也，而日與鬼語，吾其不久於世乎！」立已知之，前白曰：「公無用疑我，獨不見公家大養娘乎？」袖出白石兩小顆，授史曰：「乞以淬火中，當知立言不妄。」此媪蓋史長子乳母，居家三十年矣。史入戲之曰：「外人說汝是鬼，如何？」媪曰：「六十歲老婢，真合作鬼。」雖極忿愠，而了無懼容。適小妾熨帛葉本多「有火」二字。在旁，史試投石於斗中，少頃焰起，媪顏色卽索然，漸益淺淡如水墨中影，忽寂無所見。王立亦不復來。予於丙志載李吉事，固已笑鬼技之相似，此又稍異云。朱椿年說，聞之於史倅。

夷堅丁志卷第五十五事

三士問相

政和〔陸本作「政和初」〕建州貢士李弼、翁楶、黄崇三人偕入京師，游相國寺。時有術者工相人，平生禍福只明鈔本作「質」。斷以數語，其驗如神。共扣焉，曰：「李君卽成名，官至外郎。翁君須後一舉，官亦相次。明鈔本作「似」。黄君隔三舉乃可了，官亦與翁同。」既而弼、楶如其言，崇蹉跎恰葉本無「恰」字。九歲，方復葉本無「復」字。獲解。入京，相者猶在，見崇來大呼曰：「何爲至此？」崇詰疇昔事，且言李、翁二君已登科。相者曰：「往來如織，安能記省？姑以君今日論之，法當得陞朝官以上，柰何作不義事，謀財殺人？陰譴已重，速歸。非久當死，不必赴省試也。」又問幾子，曰：「三人。」曰：「行亦絶矣。」崇不樂而退，果下第，歸不一年而死。三子繼夭，妻改嫁，其嗣遂絶。初，崇母既亡，父年過六十，買妾有娠，臨就蓐，崇在郡學，父與崇弟謀：「晚年忽有此，吾甚愧。今將不舉乎，或與人乎？不然，姑養育，待其長，使出家，若何？」對曰：「此亦常理，唯大人所命。不若舉而生之，兄歸須有以處。」妾遂生男。弟遣信報崇，崇卽還，揖父於堂。父告以前事，命抱嬰兒出。時當秋半，閩中家家造酒，汲水滿數巨桶置廷內，以驗其滲漏。崇以手接兒，徑擲桶中溺殺之。父抆淚而已。蓋黄氏貲業微豐，葉本無「豐」字。崇畏兒長大必謀分析，故亡狀如此，宜其隕身絶祀也。李弼仕至朝奉郎宗子博士，翁粢至承議郎台州通判，相者可謂造妙矣。上二句葉本作「相者之術亦玄妙矣」。

陳通判女

興化陳子輝，紹興戊午，待南雄通判闕，居鄉里。當夏夜，家人聚飲，其妻顧長女使理樂，樂聲失節，怒而叱去之，女不復出。酒罷，問所在，得於後堂空室中，對燈把針，癡不省事，挾與還，臥床則已死。氣雖絶而心微温，醫巫拯療不効，凡奄奄百二十日。聞泉州有道士善持法，招之而至。先以法印印遍體，乃召其魂，云爲漳州大廟所録。後兩夕忽呻吟作聲，至旦，屈右足呼痛，視之，一指破流血。正晝，稍能開目。又明日，始言「外翁□我去」。女外家在漳州，元未嘗識，而説其舍宇不少差。且云：「外翁嫁我與大王作小妻，受聘財金釵兩雙，臂纏一雙，銀十笏，錢千貫，采帛不勝計，豬羊各二十口，酒數十缸。我入王宫，夫人極相憐，每日食飲必三人共坐，又令訓諸小婢音樂，留甚久。外報家人來欲取我，我未欲歸，王亦使逐去。比兩日間，又報或持官文書督取甚峻，王發怒，遣兵扞拒之。使者將舉火焚宫，通我身皆火焰，王欲相近不復得。羣吏曳我以出，王索轎送我，轎卒恐懼奔竄。不得已獨行，山路險确，腰股俱疲。過嶺下，小石損我足，仆地移時，至今猶痛不堪忍。」自是神采如舊，但每至陰雨則小腹必痛，後以嫁迪功郎郭某，辛酉歲成昏於南雄州。

四眼狗

建陽黄德琬買一犬，純黑，而眉下兩點白如眼然，因呼爲四眼。居三歲，田僕陳六來告曰：「宅主衆犬，屢齧殺羊。」驗之而信。家凡六犬，命悉擊殺之，勿令遺類以相教習。五犬死，獨四眼佚去。過兩夕，來夢於黄妻云：「官欲盡殺犬，我實無罪，平生不咬羊，只在後門夜守賊，願免一死。」妻言之於黄，明日再究詰，果不與同類混跡，心欲貸之，已復歸矣。自是真宿後牆下，又七年尚存。

師逸來生債

建陽醫僧師逸，好負債。嘗從縣吏劉和借錢十千，累取不肯償。劉憤曰：「放爾來生債。」自是絶口不言。後五歲，逸死。又二歲，劉之母夢其來，如平常，俯而言曰：「昔欠録公錢十貫，今日謹奉還。」遂去。母覺而告劉：「此何祥也？」拂旦，田僕來報：「昨夕三更，自牸生犢。」

張一償債

建陽鄉民張一，貸熊四郎錢兩千，子本倍之，經年不肯償。熊督索倦矣，好與言曰：「無復較息，但求本錢，可乎？」張愧謝，稍以與之，竟負元數八百，熊亦不復取。三年而張卒，卒之四年，熊夢張以八百錢來償，置地上，皆小錢。留與坐，啜茶乃去。覺而與妻説，方竟，一僕扣門曰：「牛生犢甚大，急欲酒作福。」熊喜甚。僅再旬，犢不疾輒死。鄰屠來就買，熊需葉本作「索」。兩千，屠笑曰：「是有何所直？剥而盡貨，豈不及此數！但有鬻牛之名，當先以酒及葉本作「炙」。杯羹啖里正，又以餉四鄰，乃取其贏。今唯有八百錢，幸見付，否則已耳。」解腰間囊擲于地，正張生夢中所償處，儼然小錢也。熊方悟前事，亟與之。

吴輝妻妾

紹興甲子五月，江浙閩所在大水，崇安縣黄亭鎮人百餘家，盡走登扣冰庵以避之，門廊堂殿皆滿。建陽人吴輝，娶黄亭藍氏，端午日妻歸寧，正值水禍，同一妾從父母棲于庵之鐘樓。睡覺，聞雞鳴，則身乃在山上松林中，莫知所以能至。迨旦觀之，蓋庵後山也。妾亦在旁，父母與家人皆不見。凡來庵中千口，其得生者十之一，悉若虚空中有人送出者。庵屋盡爲水蕩去，地面亦無復存。

句容人

紹興二十一年十二月，知建康府王仲道晌遣駛卒往茅山元符宫，限回程甚速。還次中塗，值夜寒甚，望山脚下園屋内爇火，亟就之。至則村民七八輩圍守一尸，云：「是人自縊於此室，吾曹乃里正及鄰保，懼爲蟲鼠所壞，故共守以須句容尉之來。」衆或坐或睡，駛卒不敢久留，獨出行。月色朦朧，方前趨，而屋内人有相踵者，與之語，亦相應答。可二里許，正逢一缺溝，駛躍而過。後者不能越，墜於溝中，其聲薑然。馳回步扶掖，則死矣。奔詣道旁舍，扣户告主人曰：「我欲還府，有山下守尸者相從，失足溝中，似不可救。幸爲語諸人，使視之。」舍翁燭火以往，正見數輩驚遽馳走，言失卻死尸。聞其報，隨以前，果得之。復舁還室，舉置繩綅中。明日，尉熊若訥始至。蓋强魂附尸欲爲厲，馳卒亦危哉。

荆山莊𧌐

秦氏當國時，金陵田業甚富。曰永寧莊者，保義郎劉穩主之。曰荆山莊者，陳某主之。紹興壬申，劉因事過陳舍，留宿。晚如厠，見羣豬環瓮飲米泔，瓮爲豬所摩，微露黄色，扣之，則銅也。還訪於陳，曰：「頃以瓦甕或木槽飼豕，屢爲所壞。前歲耕夫獲此於土中，吾以米五斗得之，質性堅重，庶其可久。」劉曰：「我欲買往句容，改鑄器玩，可乎？」陳曰：「細事耳。」劉償絹兩匹，命僕持歸，磨治瑩潔，光采粲然。是歲，齎租入詣秦府，試以獻相君。相君視之，乃真金也。蓋漢時生金所製，重二十四斤。即奏諸御府，而厚以錢帛犒劉生。

員家犬

員琦爲建康軍統領官日，部有四人善盜，晝解人衣，夜探雞犬，無虚日。琦諭隊將戒之，貸其前過，曰：「後勿復犯。」琦家養狗，黑身而白足，名爲銀蹄，隨呼拜跪，甚可愛。忽失之，揭牓募贖，凡兩日餘，老兵來報：「四偷方殺狗亨食。」亟遣驗視，狗已熟，皮毛儼然。琦命虞候湓埋，又以灰印印地面，使不可竊取。窮究曲折，果四人同謀，二人用索鈎罥之於東門外城下。琦呼責將官，猶以已□陸本作「微」。物，使勿深治。將官取同謀者杖背五十，正盜者鞭滿百，旬日內受鞭者皆死。一夕，琦門內聞狗爬聲，絶似銀蹄，家人皆笑曰：「豈狗鬼乎？」呼之卽應，及啓門，摇尾而入，銜人衣，且拜且躍，悦樂不勝名狀。明日驗瘞處，印如初，土亦不陷，但穴中空空。又疑向所殺者爲他人家畜，復具載形色遍牓外間，許人識認，亦無尋訪者，始知其寃業所召云。銀蹄再活十年方死。

威懷廟神

建陽縣二十里間蓋竹村有威懷廟，以靈應著。陳秀公升之少年時，家苦貧，朋友勉以應鄉舉，公雖行而心不樂，過廟入謁，祝盃筊曰：「某家貧，今非費數千不可動，亦無所從出，敢以決於靈侯。」舉三投之，皆陰也，意愈不樂。同塗者强挽以前，既入城，夢人白言，蓋竹威惠侯來相見。公出延之，具賓主禮，神起謝曰：「公惠顧時，吾適赴庵山宴集，夫人不契勘，誤發三陰筊。公此舉卽登科，官至宰相矣。」公驚寤。他日，齋戒密往禱，連得吉卜。如所占，果拔鄉薦，明年，登甲科，爲熙寧相。

靈泉鬼魅

王田功撫幹，建陽人，居縣境之靈泉寺。寺前有田，田中有墩，墩上巨木十餘株，徑皆數尺，藤蘿繞絡，居民目爲鬼魅，幽陰肅然，亦有歲時享祀者。王將伐爲薪，呼田僕操斧，皆不敢往。王怒，欲撻之，不得已而行。纔施數斧，木中血流，僕懼乃止，還白焉。王撻其爲首者二人，曰：「只是老樹皮汁出，安得血？」羣僕知不可免，共買紙錢焚之，被髮斫樹，每下一斧卽呼曰：「王撫幹使我斫。」竟空其林，得薪三千束，時紹興十三年也。經月，王疽發於背，自言見祟物。既死，祟猶不去。衆爲别栽木其處以謝之，今蔚然成林，祟始息。

魚病豆瘡

溧水尉黄德琬巡警至高淳鎮，見漁人艤舟十數泊岸旁，不施罔罟，貌有愁色，問其故，對曰：「今歲黄額魚遭疫，皆患豆瘡，數日以來無一魚可捕。」黄命取驗之，舉罔得數枚，熟視，果病瘡，正與人所苦無異。或遍身，或頭尾口眼間。云踰月方平復，然居人畏有毒，不敢食也。

石臼湖螭龍

溧水縣石臼固陽湖中淺處有官圩，亘八十四里，爲田千頃，名曰永豐圩，政和以來，歷賜蔡韓秦三將相家。紹興二十三年四月，爲江水所壞，朝廷下江東發四郡民三萬修築。時秦氏當國，州縣用命，督工甚整。次年四月十二日正晝，忽有巨物浮宣江而下，鼉浪蔽川，昂首游其間，如蛟螭之類。而戴角村民，老弱夾岸呼譟，争携罔罟籃畚，循水旁捕魚。邑尉黄德琬適董役，見之，問其人，皆云：「螭龍也，或一年、或二年、或三五年必一出，其體涎沫甘腥，故羣魚逐而唼食。但掠岸時，漁人所獲無百斤以下者。」是日此物穿丹陽湖而去。至歲暮，石臼湖冰合，舟楫不通。月望夜，又一螭自湖中徙丹陽，聲如震霆，堅冰裂開一丈二尺餘，鼓浪亦高。冰破處，經兩日不合。乃知圩隄決潰，蓋是獸所爲也。

陳才輔

建炎末，建賊范汝爲、葉鐵、葉亮作亂。建陽士人陳才輔，集鄉兵殺葉鐵父母妻子，賊猖獗益甚。紹興元年，遂據郡城。朝廷命提舉詹時升、奉使謝嚮同葉本多一「往」字。招安。羣盜皆聽命，獨葉鐵不肯，曰：「必報陳才輔，乃可出。」詹爲立重賞擒獲以畀之。鐵選葉本作「以」。一二葉本作「三」，陸本同。十輩監守，人與錢一千，戒之甚至，曰：「失去則皆斬。」欲明日邀使者及諸酋上二字葉本作首領。高會而甘心焉。監者以巨索縛陳腳，倒垂葉本作「懸」。梁間，葉本多一「以」字。大竹篾拳其手，劍戟成林，上二字葉本作「森列」。相近尺許，亩一刀甚利。至二更，衆皆醉，陳默禱曰：「才輔本心忠孝，爲國爲民，老母在堂，豈當身受屠害？若神明有知，願使此曹熟睡，刀自近前，爲破索出手，使得脫去。」良久，刀果自上上二字葉本作「忽近」。前，如神物推擁。陳以掌就斷其篾，兩手既釋，稍葉本多一「可」字。扳援割截，繫縛盡斷，遂握刀趨門。一人睡中問：「誰開門？」葉本無「開門」二字。應曰：「我。」其人不知爲陳也，曰：「不要失卻賊。」陳曰：「如此執縛，何足慮！」及出門，已三鼓，行穿後巷，約一里，聞彼處喧呼曰：「走了賊！」陳益窘，顧路旁坎下篁竹蒙翳，急藏其間。而千葉本作「十」。炬齊發，搜尋殆遍，坎中亦下槍刃百十，偶無所傷。諸人言：「必歸葉本作「走」。建陽，或向劍浦，宜分詣兩道把截。」陳不敢擇葉本作「由」。徑路，但屈曲穿林莽中。葉本作「行」。明日，抵福州古田境，賣所持刀，得錢買飯，直趨泉州，就其姊明鈔本作「妹」。壻黃秀才。踰八日而十卒持詹君帖至，復成擒。陳知不免，亟自碎鼻，以血汙身，佯若且死。十卒自相尤曰：「奈何使陸本作「便」。至此？」扛置邸中，真以爲困悴，不復防閑。又三日，黃生來視，適茶商置酒招黃及十人者，葉本多一「飲」字。商家相去稍遠，此句葉本作「商居稍遠」。唯七人往赴，留三人護守。陳又默禱如曩時，三人皆飲所餉酒，亦醉。買菜作羹，一坐房前，一吹火竈間，一洗菜水畔。陳乘間携棍棒揮擊，即死。上二句葉本作「陳乘間揮棍擊三人皆死」。南走漳州，竟得脱。明年，韓蘄王平賊，陳用前功得官。

張琴童

張永年居京師時，值暮冬大雪，家人宴賞，遣小蒼頭曰琴童者，持糖蟹海錯餉三里間親戚家。小兒輕捷，不憚勞，雪中往復三四反，雙足受凍，色紫黑。其母居門首，見而念之，呼入與湯使淋洗。凍已極，不知痛，少頃，八指悉墮盆中。母視之，皮內血皆成冰，爲湯所沃，故相激而斷。此卷皆黃德琬說。

夷堅丁志卷第六十四事

和州毛人

宣和中，和州一老婦人攜兩男，大者二十六歲，小者二十歲，云在孕皆二十四月乃生。遍體長黑毛，有光采，眼睛如點漆，白處如碧雲，脣朱如丹，皆善相術。嘗召赴京師，賜金帛，遣歸州。通判黃達如邀問相，大者曰：「可至大夫與州，生六子，其半得官。」黃呼長子出見，問：「有官否？」搖其首。問：「壽幾何？」曰：「將錢來數。」至四十四錢，顧其弟曰：「是麼？」弟曰：「是。」卽與之。又相長女，問：「有封邑否？」不對。問壽，得五十三錢。相次女，得二十七錢。凡閱數人，率如是而已，初無多言。是後二十餘年，黃仕歷御史郎，官至朝請大夫，知徽州而卒。六子，三人官。長子、長女享年如所得錢之數。次女以紹興甲子歲從其夫祝生赴衡山尉，溺死於江，恰二十七歲。

王文卿相

建昌道士王文卿，在政和宣和間，不但以道術顯，其相人亦妙入神。蔡京嘗延至家，使子孫盡出見，王皆唯唯而已，獨呼一小兒，謂曰：「異日能興崇道教者，必爾也。」京最愛幼子，再詢之，王拊所呼兒背曰：「俟此兒橫金著紫，當賴其力可復官。」京大不樂。小兒者，陳桷元承也，母馮氏，蔡之甥，故因以出入蔡府。紹興間，諸蔡廢絶，陳佐韓蘄王幕府，主徽猷閣待制，知池州。歲在辛酉，蔡京子孫見存者特叙官，向所謂幼子者，適來池陽料理，陳爲之保奏。陳行天心法，食素，真一黄冠耳。

奢侈報

紹興二十三年，鎮江一酒官愚騃成性，無日不會客，飲食極於精腆。同官家雖盛具招延，亦不下箸，必取諸其家，誇多鬭靡，務以豪侈勝人。嘗令匠者造十卓，葉本多一「器」字。嫌漆色小不佳，持斧擊碎，更造焉。啖羊肉，唯嚼汁，悉吐其滓，他皆類此。統領官員琦從軍於彼，每苦口諫之，反遭訕辱。後八年，琦從太尉劉錡信叔來臨安，謁貴人於漾沙坑。琦坐茶肆，向來酒官者直入相揖，裹碎補烏巾，著破布裘，裘半爲泥所污，跣足行，形容不可辨。久乃憶之，問其故，泣而對曰：「頃從京口任滿，到都下求官，累歲無成。挈累猥衆，素不解生理，囊橐爲之一空，告命亦典質。妻子衣不蔽體，每日求丐得百錢，僅能菜粥度日。」琦曰：「何至沾汙如是？」曰：「得錢糴米而無菜資，但就食店拾所棄敗葉，又無以盛貯，惟納諸袖中，所以至是。」琦惻然曰：「亦記昔時相勸乎？」曰：「天實折磨，何所追悔！」琦邀至所寓，餉以羊酒，又與錢十千，使贖告身，後不復見。又有郭信者，京師人。父爲内諸司官，獨此一子，愛之甚篤，遣從臨安蔡元忠先生學。信自僦一齋，好絜其衣服，左顧右眄，小不整卽呼匠治之。以練羅吴綾爲鞋襪，微汙便棄去，浣濯者不復着。

黄德琬以紹興己卯赴調，適與之鄰，每勸之曰：「君後生，未知世務，錢財不易得，君家雖富，亦不宜枉費。日復一日，後來恐不易相繼耳。」信殊不謂然。隆興甲申冬，黄再入都，因訪親戚陳晟，見信在焉。爲晟教幼子，衣冠藍縷，身寒欲顫，月得千錢，自言：「父已死，尚有田三百畝，家資數千緡，盡爲後母所擅。一夕徑去，不知所往。素不識田疇所在，無由尋索也。」黄與數百錢，捧謝而退。

陳元輿

陳元輿軒侍郎，建陽人，元名某。未第前，夢經兩高門，各有金書額，若寺觀然，一曰「左丞陳軒」，一曰「右丞黄履」。既覺，即改名，以嘉祐八年第二人登科。履真至右丞，而陳但龍圖閣直學士。暮年，謂諸子曰：「吾自屋起家，平生不作欺心事，今位不副夢，嘗思其由。昔年守杭州日，寄居達官盛怒一老兵，執送府，欲杖之，而此兵年餘七十，法不應杖。吾既聽贖，而達官折簡來相誚，不獲已復呼入。其家人羅拜泣請曰：『若杖必死。』吾不聽，亟命行決，果死於杖下，舁尸而出。至今二十年，吾未嘗不追以自咎也。違法徇情，殺人招譴，宜其不登大位，汝等宜戒之。」方陳夢時，左右丞乃寄禄官，其後始以爲執政，蓋幽冥中已知之矣。

高氏飢蟲

從政郎陳樸，建陽人。母高氏，年六十餘，得飢疾，每作時，如蟲齧心，即急索食，食罷乃上二字葉本作「入方」。解，如是三四年。畜一貓，甚大，極愛之，常置于葉本作「座」。旁，貓嬌呼，則取魚肉和飯以飼。建炎三年夏夜，露坐納涼，貓適叫，命取鹿脯自嚼而啖貓，至于再。覺一物上觸喉間，引手探得之，如拇指大，墜于地。喚燭照，其物凝然，頭尖匾類塌沙魚，身如鰕殼，長八寸，漸大，侔兩指，其中盈實，剖之，腸肚亦與魚同，有八子，胎生蠕蠕，若小鰍，人皆莫能識爲何物，蓋聞脯香而出也。高氏疾卽愈。

翁吉師

崇安縣有巫翁吉師者，事神著驗，村民趨向籍籍。紹興辛巳九月旦，正爲人祈禱，忽作神言曰：「吾當遠出，無得輒與人問事治病。」翁家懇訴曰：「累世持神力爲生，香火敬事不敢怠，不知何以見捨？」再三致叩，乃云：「番賊南來，上天遍命天下城隍社廟各將所部兵馬防江，吾故當往。」曰：「幾時可歸？」曰：「未可期，恐在冬至前後。」自是影響絶息。嘗有富室病，力邀翁，嚴絜祭禱，擲珓百通，訖不下。至十二月旦，復附語曰：「已殺卻番王，諸路神祇盡放遣矣。」卽日靈響如初。

陳墓杉木

建陽民陳普，祖墓傍杉一株，甚大。紹興壬申歲，陳族十二房共以鬻於里人王一，葉本作「乙」。評價十三千，約次日祠墓伐木。是夜，普夢白須翁數人云：「主此木三百八十年，當與黄察院作椁，安得便伐？」普曰：「誰爲黄察院？」曰：「招賢里黄知府也。」普曰：「渠今居信州，豈必來此？」翁曰：

「汝若不信，必生官災。況我輩守護歷載，雖欲賣，必不成。」普覺而語其妻，妻曰：「只爲此樹，常遭孫姪怒罵，切勿妄言。」明日，王一攜錢酒及鵝鴨來祀冢，罷，與葉本作「集」。衆聚飲於普家。葉本無「於普家」三字。飲畢，人分錢千有八十，尚餘四十錢，普取之曰：「當以償我薪直。」一姪素兇佷，奪而擲于地。普怒毆之，至折其足。王一猶未去，懼必興訟，不復買木，但從諸人索錢，四人不肯還，又相毆，遂詣邑列訴。初，諸陳各有田三二十畝，因是蕩焉，或竄徙它縣。後五年，黃察院卒於信州，其子德琬買椁未得，訪求於故里。有以陳杉來言，葉本作「有以陳杉木言者」。云：「願鬻已久，因校四十錢，數房蕩析，恐不能遽合爾。」試遣營之。則三日之前，在外者適還，是時已成十六家，各與千錢，皆喜而來就，竟仆以爲椁，普方話昔年夢。琬細視木理，恰三百八十餘暈云。察院名達如。

永寧莊牛

秦氏建康永寧莊有牧童桀橫，常騎巨牛縱食人禾麥。民泣請不悛，但時舉手扣額，訴于天地。紹興二十四年三月中，正食麥苗，風雨雷電總至，牛及童俱震死。同牧兒望見空中七八長人，通身著青布衣，於烈焰中提童去。又一人挈牛升虛，鑿其腦後，一竅闊寸許，舌出一尺，火燎其毛無遺。監莊劉穩命舁牛棄諸江，民竊攬取剥食之。劉詣尉訴，尉諭勸之，乃止。

犬齧綠袍人

崇安人彭盈納粟得將仕郎，既受命，詣妻家致謝。其家養七八犬，甚大且惡，居深山間素無官人登門。彭服緑袍，拜妻母，未竟，羣犬不吠，同時而出。一犬先齧幞頭，衆犬環搏之，面皮耳鼻皆破，滾轉于地。家人驚迫，以巨棒痛擊方退。彭已困臥血中，惛不能知人，兩日而死。犬吠所怪，蓋真有之。鍾士顯侍郎只一子，蔭補入官，往妻族講禮，斃於犬，其事正同。

葉德孚

建安人葉德孚，幼失二親，唯祖母鞠育拊視，又竭力治生。上九字葉本作「鞠養竭力治生撫以成人」。嘗語葉云：「術士言汝當得官，吾欲求宗女爲汝婦。」建炎三年，因避寇，徙居州城，而城爲寇所陷，時葉二十一歲矣。祖母年七十，不能行，盡以所蓄金五十兩、銀三十鋌付之，使與二奴婢葉本無「婢」字。先出城，戒曰：「復葉本作「急」。回挾我出，勿得上二字葉本作「汝若」。棄我。我雖葉本無上三字。死，必怨汝葉本無「汝」字。於地下。」葉果不明鈔本多一「獲」字。復入，祖母遂死寇手。及亂定，已不可尋訪。葉用其物買田販茶，生理日富。紹興八年，假手獲鄉薦，結昏宗室，得將仕郎。明年參選，以七月二日謁蜀人韓慥問命。韓曰：「必作官人，不讀書亦可。若詢前程，俟過二十二日立秋，別相訪，當細爲君説。」葉大怒，幾欲箠辱之，同坐黃德琬勸使去。後十六日，葉得病，卽嘔血，始以爲憂。同行鄉僧來貨茶，與之同歲，乃令具兩命，復詣韓，韓曰：「記得此月初曾看前一命，但過不得立秋，此日不死，吾不談命。」僧歸，不敢言。葉病中時時哀鳴曰：「告婆婆，當以錢奉還，願乞命歸鄉，勿陵遲我。」竟以立秋日死。葉不孝不義，鬼神當殛之，客死非不幸也。韓之術一何神哉！

茅山道人

丙志所紀秦昌齡咎證事，不甚詳的，今得其始末，復載於此。紹興癸酉三月，秦同其姪焞詣茅山觀鶴會，邀溧水尉黃德琬訪劉蓑衣於黑虎洞。林間席地飲酒，遣小史呼能唱詞道人。俄二十輩來。迨夜，步月行歌，至清真觀路口道堂，衆坐，諸人各呈其伎。忽空中如人歌四句，黃尉能記其二云：「四十三，四十三，一輪明月落清潭。」秦正四十三歲矣，大不樂，歷扣二十人，此誰所言，皆曰：「元未嘗發口。」乃罷酒而還，九月果卒。前一年，達真黃元道謂秦曰：「君有寃對，切忌四三。」秦懇求解釋之術。時幼兒弄磁瓢爲戲，黃取其一，呵祝以授秦。秦接之，手内如火，不覺撲于地。黃復拾取，歎息曰：「了不得。」回顧醫者湯三益曰：「君宜藏此物，遇有急則傾倒之，得青丸則不可服，紅丸則可服。」後三年，湯病傷寒甚篤，試傾其瓢，得紅藥一顆，服之即瘳，至今猶在。

泉州楊客

泉州楊客爲海賈十餘年，致貲二萬萬。葉本作「鉅萬」，明鈔本不疊「萬」字。每遭風濤之厄，必叫呼神明，指天日立誓，許以飾塔廟，設水陸爲謝。然纔達岸，則遺忘不省，亦不復紀録。紹興十年，泊葉本作「出」。海洋，夢諸神來責償，楊曰：「今方往臨安，俟還家時，當一一賽答，不敢負。」神曰：「汝那得有此福？皆我力爾。上二字葉本作「祐汝」。心願不必酬，只以物見還。」楊甚恐。以七月某日至錢塘江下，葉本作「岸」。幸無事，不勝喜，悉輦物貨置抱劍街葉本作「營」。主人唐翁家，身居柴垛橋西客館。唐開宴延佇，楊自述前夢，且曰：「度今有四十萬緡，姑以十之一酬神願，餘携歸泉南置生業，不復出葉本多一「海」字。矣。」舉所賫沉香、龍腦、珠琲珍異納于土庫中，他香布、蘇木不減十餘萬緡，皆委之庫外。是夕大醉。次日，聞外間火作，驚起，走登吴山，望火起處尚遠，俄頃間已及唐翁屋，楊顧語其僕：「不過燒得麄重，亦無害。」良久，見土庫黑煙直上，屋即摧塌，烈焰亙天。稍定還視，皆爲煨燼矣，遂自經於庫牆上。暴尸經夕，僕告官驗實，乃得槀葬云。

僧化犬賦

陳茂秀才，建陽人，工爲文，聚徒數十人於開福寺地藏院。院僧德輔，能誦孔雀經，主持水陸，戒律頗嚴。陳之徒擾之已甚，稍不副其欲，浸潤於陳，陳遂撰《德輔白晝化犬賦》播于外。其隔聯云：「飢噬米糠，幾度尋思於藥食，冷眠苕帚，這回抛棄於禪床。」闔邑士民驚而來問，四遠傳者皆以爲然。輔不勝忿，具疏告天地，旦旦登鐘樓，以額扣鐘，一扣一拜，日百拜乃止。已而陳得疾，瘡穢遍體，不復能聚徒，困悴以死。衆謂口業招譴，然僧之用心報復亦爲已甚矣。

張翁殺蠶

乾道八年，信州桑葉驟貴，斤直百錢。沙溪民張六翁有葉千斤，育蠶再眠矣，忽起牟利之意，告其妻與子婦曰：「吾家見葉以飼蠶，尚欠其半，若如今價，安得百千以買？脱或不熟，爲將奈何？今宜悉舉箔投于江，而採葉出售，不唯百千錢可立得，且徑明鈔本作「輕」。快省事。」翁素伉暴，妻不敢違，陰與婦謀，恐一旦殺蠶，明年難得種，乃留兩箕藏婦床下。是夕，適有竊桑者，翁忿怒，半夜持矛往伺之，正見一人立樹間，仰摏以矛洞其腹，立墜地死。歸語家人曰：「已刺殺一賊矣。彼夜入爲盗，雖殺之無罪。」妻矍然，疑必其子，趨視之，果也，即解裙自經明鈔本作「縊」。于樹。翁訝妻久不還，又往視，復自經明鈔本作「縊」。死。獨餘婦一身，燭火尋其夫，乃見三尸，大呼告鄰里。里正至，將執婦送官。婦急脱走，至葉本無「至」字。桑林，亦縊死，一家無遺。元未得一錢用也，天報速哉。此卷亦黄德琬説。

夷堅丁志卷第七十六事

戴樓門宅

顯謨閣直學士林邵，年二十歲時赴省試，入京師僦居戴樓門内。所處極荒僻，人多言彼宅凶怪，以其僦直廉，不問也。數日後，聞堂屋兩山小兒語聲，喚僕登屋視之，無所見。次夕三鼓，宿房内有盜至，盡揭蓋覆衣衾去，而門窗如初。須臾，一僕舉所卧薦席，其下若新坎穴，衣衾在焉。又次夕，陰晦中一物墜地，聲甚大，至曉，乃花紋石叚四五，各長數尺。里巷來觀，有識者云：「此州橋花石也。」時方修橋，往驗之，信然，遂徙出。

林氏壻婢

林顯謨長女，初嫁一武官，夫婦對飲，遣婢往堂後小圃摘菜。少頃，壻忽大叫仆地，如中風狀，至曉始蘇。婢亦方還，蓬頭垢面，衣服皆沾污。疑其乘隙有他過，詰之，云：「初入圃，放燈籠於側，以小刀掘菜根。方舉一窠，有小兒長尺許，自地踴出。揮刀斫之，應手成四五兒，愈斫愈多，牽衣而上，遂爲所壓墜，昏不醒。及覺，日已出。」度其見怪時，正壻得疾之際。壻自是感心疾死，林女後適中大夫任廱。

王厚蘿蔔

王厚，韶之長子，位至節度使，爲邊帥，晚年歸京師。一日家集，菜楪內蘿蔔數十莖忽起立，須臾行於案上，衆皆愕然。厚怒形於色，悉撮食之，登時嘔吐，明日死。幼弟寀，字輔道，宣和初爲兵部侍郎，坐天神降其家，被極刑，人以爲韶用兵多殺之報。

天台玉蟾蜍

蔡州城西軍營中有廟曰天台山廟，不知其義。廟中有石，高三尺，石眼有水，雖旱歲不涸。嘗爲人發地測之，愈深愈大，不可窮極。又有小白蟾蜍，雪色而朱目，常在水中，或至人家則爲吉兆。朱魯公丞相勝非，郡人也，崇寧四年春，得之於所居堂户限下，以淨器覆之，周圍封誌甚密，祝之曰：「若果通靈，當自歸廟。」至暮舉器，無見矣。徑往廟訪視，乃在水中。是歲朱公登第。

濟州逆馬

政和初，濟州村民家馬生駒，七日，大與母等，額上一目，中有二睛，鼻吻如龍，吻邊與蹄上斑文如虎，色正赤，兩膊皆起肉焰。一夕，食其母，皮骨無遺，逸出田間。民慮其爲患，集數十人追殺之。近邸畫工圖其形以示人，蓋獸中梟獍也。

南京龜蛇

靖康元年閏月，北虜南〔陸本無「南」字〕犯南京。合圍方急，有穹龜見城中，大如車輪，高三尺，骨葉本作「分」。尾九條，甲色黄如蠟。每甲刻一字，可辨者八，云「郭負放生千秋萬歲」，餘不可讀。葉本多「但見有」三字，明鈔本作「烜晃猶日光射人」。目光射人，頸鱗如錢，顧視殊不凡。留守朱魯公命置于城隍廟，郡人争往觀。公畏其惑衆，乃言：「龜不食，豈思水耶？」投之南湖，不復出。繼又雷萬春廟有大赤蛇蟠香爐中，累日不動，但時或舉首，人莫敢近。公作文祭焉，且言：「賊犯城，不施陰助，乃出異物以怖人，何也？」即日蛇亡。凡受敵踰半年，竟不能陷。

秉國大夫

張邦昌爲中書舍人使高麗，至明州謁東海廟，夜夢神告曰：「他日至中書侍郎，但不可爲秉國大夫。」後數年，當宣和末，果有鳳池之拜。靖康元年正月九日，圍城中拜少宰，出質於虜營，挾以歸燕山。明年，都城失守，虜脅立爲楚帝，遂坐誅。

朱勝私印

朱丞相留守南京，虜寇來攻，方修守備。夜巡城至南門，見壕外光照地，冏然如燭。遣人視之，無物也，謹識其處。旦而掘之，得一銅方印，大徑寸，古篆四字，曰「朱勝私印」，銅色深緑，製作甚精。朱公名勝非，而印曰朱勝私，亦異矣。右八事皆見朱丞相《秀水閒居録》。

乾道八年，予仲兄留守建康，亦發土得印，徑寸七分，其文十二字，曰「西道行營水陸諸軍都虞候印」，欲考其何時而未暇也。

大渾王

聞人輿祖，字餘慶，秀州人。博學有文采，魁伉豪放，不拘小節，居於近郊，自稱「東郊耕民」。爲州學録，與學諭婁虞友善。紹興丁卯夏，虞以疾卒。秋九月，輿祖夢一客來訪其居，緋袍跨馬，導從甚盛，諦視，乃虞也。謂輿祖曰：「幸當與君聯事。」呼後騎使升，曰：「此馬頃刻千里。」俛仰間身已據鞍，遂交轡而行。夾道列炬如晝，行數里，火光浸微。至大官府，中有殿，南向垂簾，簾内燈燭明滅。廷下吏卒或坐或卧，見二騎至，不爲起。二人轉而東，復少北，有聽事，對設兩榻，執事者鞠躬聲喏，虞揖就坐，曰：「此君治所也。」俄一小兒自屏間出，挽其衣。虞曰：「令嗣先在此矣。」蓋數年前所失稚子也。虞曰：「君且歸，徐當相迎。」輿祖方攬轡，蹶然而寤。明日，徧告常所來往者，疑爲不祥。未幾，因出謁，過婁氏之門，毛骨凜然俱竦，卽得疾。扶歸家，信宿而卒。卒後，其表弟陳振夢見之，與語如平生。振曰：「聞兄爲冥吏，信否？」輿祖唯唯。振又曰：「人持盃珓來卜者，兄能告以吉凶乎？」曰：「大渾王雅不喜此。」振曰：「然則兄爲大渾王官屬邪？」輿祖遽曰：「吾失言，吾失言。」號慟而去。振驚寤，尚依約聞其哭聲云。

張氏獄

政和初，宗室郇王仲御判宗正，其第四女嫁楊侍郎之孫。楊早失葉本作「喪」。父，其母張氏性暴猛，數與婦爭詈。楊故元祐黨籍中人，門户不得志，婦尤鬱鬱。張嘗曰：「汝以吾爲元祐家，故相陵若此。時節會須改變，吾家豈應終困？」婦以其語告郇王。王次子士矖妻吴氏，王荆公妻族也，每出入宰相蔡京家，遂展轉達於京。京以爲奇貨，卽捕張置開封獄。府尹劾以誹謗乘輿，言語切害，此句葉本作「言涉不道」。罪至陵遲處斬。明鈔本作「死」。二法吏得葉本作「持」。其事，曰：「婦人尚無故殺，法安得有大逆罪？」尹怒，並杖之，二人皆以瘡潰死。張竟抵法。行刑之日，郇王矍然，不謂至此。矖與兩弟入市觀，未幾輒相繼死。矖見婦人被血蹲屏帳間，又作鬼語曰：「我本不欲校，無奈二法吏不肯。」蔡京後感疾，命道士奏章。道士神游天門，見一物如堆肉而血滿其上。旁人言：「上帝正臨軒決公事。」頃之，一人出，問道士何以來，告之故。其人指堆肉曰：「蔡京致是婦人於極典，來訴于天。方此葉本無「此」字。震怒，汝安得爲上章？」對曰：「身爲道士，而奉宰相之命，豈敢拒之？」曰：「後不得復爾。」又曰：「適已有符遣京送潭州安置矣，汝可亟還。」道士寤，密以告所善者。又十年，京乃死於長沙，然郇王女及吴氏俱至八十。葉本「八十」下有「卒」字。

湯史二相

縉雲湯丞相、四明史丞相，紹興十五年乙丑俱在臨安。湯公以政和嚴校：政和二字模糊，元本潤寫成之。令赴詞科，史公以進士赴省試，同詣韓慥問命。慥時方葺所居，僅留一席地，每客來，立談卽逝。及二公至，各言甲子，慥呼小女設椅，〔原作「倚」，今改。〕延坐置茶，咨歎良久，拱手曰：「二公皆宰相，卽日亨奮矣。」皆不敢自謂然。是年並擢第，湯公由館閣翰苑登樞府，以丁丑歲拜相。史公方爲太學博士，常語人曰：「韓慥言湯公信神驗，何獨至於我而失之？今之相望，真天冠地屨也。」庚辰之冬，湯公自左揆免歸。史公正直講建邸，用攀附恩亟遷，癸未春拜相。

荆山客邸

韓洙者，洺州人，流離南來，寓家信州弋陽縣大郴村。獨往縣東二十里，地名荆山，開酒肆及客邸。乾道七年季冬，南方舉人赴省試，來往甚盛。瓊州黎秀才宿其邸，旦而行，遺小布囊於房。店僕持白洙，洙曰：「謹守之，俟來取時，審細分付。」黎生行至丫頭巖，既一驛矣，始覺。亟回韓店，徑趨卧室内，翻揭席薦，無所見而出，面色如墨，目瞠口哆，不復能言。洙曰：「豈非有遺忘物乎？」愀然曰：「家在海外，相去五千里，僅有少物以給道費，一夕失之，必死於道路，不歸骨矣。」洙笑曰：「爲君收得，不必憂。」命僕取以還，封記如初。解視之，凡爲銀四十四兩、金五兩、又金釵一雙。黎奉銀五兩致謝，拒不受。黎感泣而去。明年，游士范萬頃詢知其事，題詩壁間曰：「囊金遺失正茫然，逆旅仁心盡付還。從此弋陽添故事，不教陰德擅燕山。」又跋云：「世間嗜利爲小人之行者，比比皆是，聞韓子之風得無愧乎？」洙今見存。

夏二娘

京師婦人夏二娘，死經年，見夢其子杜生曰：「我在生時欠某坊王家錢十二貫，某坊陳家錢三十四貫，坐謫爲王氏驢而鬻於陳。王氏所得價錢償已足，而陳未也。日與之負麥，然一往反纔直三十八錢許，明鈔本作「計」。今日以外，尚欠十八千，非兩年不可了。吾昔日瘞銀百餘兩於堂内户限下，可發取以贖我。」其子曰：「即往尋訪，以何爲記？」曰：「明早從南薰門入，一騾最先行，别又一驢，次則我。汝來時，我自舉頭視汝。」杜生寤，掘地得銀，徑詣南薰待之，果遇麥馱聯翩來，第三者仰頭相視。杜雨泣，欲牽以歸，陳氏之役曰：「此吾主家物，汝何爲者？」杜曰：「吾母也，當還元價以贖。」其人不許，相與忿争。廂官録送府，府尹扣其説，命引驢至前，謂曰：「果識汝子，可銜其裾。」應聲而然。尹異之。時劉豫盜京師，尹具以白，豫呼入殿廷，復謂之曰：「能舉前兩足搭子肩上，則信矣。」應聲亦然。豫嗟異良久，欲官爲給錢。杜拜曰：「若爾，恐母債不得釋，願自出錢而丐驢歸。」豫許焉。杜掃一室謹事之，又二年乃死，買棺加衣衾以葬。後朝廷得河南，杜氏子來歸，居贛州，爲人話其事如此。

華陰小廳子

宣和間，陝西某郡守赴官，食於道上驛舍。一道人從外直入，閽者諭使去，不肯聽。家人望見亦怒，争遣逐之。獨郡守延問其故，但云：「尊官過華陰時，若見小廳子，幸留意，他無所言也。」語畢徑出。守欲扣其曲折，使追之，不可及。洎入關，浮舟泝渭，晚泊矣。從吏白：「有小史持刺，稱華陰小廳子，欲參謁。」拒以非時，則曰：『有一事將語使君，然吾祇役於邑中，來日朔旦不可脱身，故乘休假馳至此。』」此去邑尚百里也。守憶道人語，命呼登舟。則又曰：「所言絶祕，不顧傍近聞之，必移泊北岸乃可。」守又從之。舟人謂：「繫纜已定，無故而北，豈非姦盜設計乎？北又非安穩處。」不得已而行。迨至北岸，其人杳不來，盡室怨悔，業已爾，無可奈何。夜未半，大風忽起，如山頹泉決之聲，魚龍悲吟，波浪濺激，摇兀不得寐。兢憂達曉，望南岸，既崩摧數仞，客舟元同憩宿者淪溺無餘。及到縣訪求此吏，蓋未嘗有也。一家免葬魚腹，異哉！

武昌州宅

劉亞夫爲武昌守，始入州宅，望堂上若有人。及升堂，正見婦人在門扇内立，垂雙足于外。親往視之，蓋新被刖者，履襪皆鮮潔，不見上體，立而不仆。劉疑以爲姦人所爲，陰察中外，寂無聲跡。凡停留兩日，乃命埋藏之，竟不測其異。孫革說。

大庾疑訟

大庾縣吏黄節妻李四娘，素與人淫通。乘節出外，挈三歲兒奔之，與俱逃。行未久，兒啼不止，乃棄葉本多一「之」字。草間。縣手力李三者適以事到彼，見兒宛轉地上，心不忍，抱之歸，家人皆喜。節還舍，失妻子，求訪備至。李三居數里間，正挾兒爲戲而節來，葉本多「見之」二字。即告其鄰，共捕執送縣，窮鞫甚苦。李誣服云：「家無子，故殺黄之妻，沉尸于江，而竊兒以歸。今既成擒，甘就死不悔。」葉本作「辭」。獄成，且詣郡，正械立廷下，陰雲忽興，雷雹皆至。李杻械自解脱，兀兀如癡。稍定，則推吏已死，背有朱書字，似言獄寃。諸吏二十輩皆失巾，邑令亦怖慴。

良久，呼問李所見，但云：「眼界漆黑，不知所以然，獨長官坐青紗帳中耳。」令恐悔，亟釋之。而四娘與淫夫終不獲。時紹興十九年八月二十九日也。黄節、李三并此兒至今無恙。

夷堅丁志卷第八十四事

華陽洞門

李大川，撫州人，以星禽術游江淮。政和間至和州，值歲暮，不盤術。原注：俚語謂坐肆賣術爲□（陸本作「鉤」）司，游市爲盤術。正旦日，逆旅主人拉往近郊，見懸泉如簾，下入洞穴，甚可愛，因相攜登隴，觀水所注。其地少人行，陰苔滑足，李不覺隕墜。似兩食頃，乃坐於草壤上，肌膚不小損。睨穴中，正黑如夜，攀緣不能施力，分必死，試舉右手，空無所著。舉左手，卽觸石壁。循而下，似有微徑可步，稍進漸明，右邊石池荷花方爛熳，雖飢渴交攻，而花與水皆不可及。已而明甚，前遇雙石洞門，欲從右入，恐益遠，乃由左户而過。如是者三，則在大洞中，花水亦絶，了不通天日，而晃曜勝人間。中有石棋局，聞誦經聲，不見人。遠望若有坐而理髮者，近則無所睹。俄抵一大林，陰森慘澹，悽神寒骨，怖悸疾走。已出曠野間，舉頭見日，自喜再生，始緩行。逢道傍僧寺，憩于門。僧出問故，皆大驚，争究其説，李曰：「與我一杯水，徐當言之。」便延入寺具飯，悉道所歷。僧歎曰：「相傳兹山有洞，是華陽洞後門，然素無至者。」李問：「此何處？」曰：「滁州境。」「今日是何朝？」曰：「人日也。」李曰：「吾已墜七日，財如一晝耳。」僧率衆挾兵刃，邀李尋故蹊，但怪惡種種，不容復進。李還和州，訪舊館，到已暮夜。扣户，主人問爲誰，以姓名對，舉室唾駡曰：「不祥！不祥！」李大聲呼曰：「我非鬼也，何得爾？」遂啟户。留數日而歸，每爲人話其事，或誚之曰：「爾亦愚人，正旦荷花發，詎非仙境乎？且雙石洞門，安知右之遠而左可出也？」李曰：「方以死爲慮，豈暇念此？後雖悔之，何益？」李有子，今在臨川。陳鍔說，□聞之大川。

雷擊王四

臨川縣後溪民王四，事父不孝，常加毆擊。父欲訴于官，每爲族人勸止。乾道六年六月又如是，父不勝忿，走詣縣自列。葉本作「陳」。王四者葉本無「者」字。持二百錢，遮道與之，明鈔本作「父」。曰：「以是爲投狀費。」蓋言其無所畏憚也。父行未半里，大雷雨忽作，急避於旁舍。雨止而出，聞惡子已震死。趨視之，二百錢乃在其脅下皮内，與血肉相連。父探懷中所攜，已失矣。

南豐雷媪

南豐縣押録黄伸家，因大雨，墮雷媪于廷。擾擾東西，蒼黄失措，髮茁然，赤色甚短，兩足但三指，大略皆如人形。良久，雲氣斗暗，震雹閃爍，遂去不見。

泥中人跡

撫州村落間，一夕雷雨，居民聞空中數百人同時大笑。明旦，大木一本，連根皆拔出。其旁泥内印巨人跡絶偉，腰脽痕入地尺餘，足長三尺，闊稱之。疑神物盡力拔樹，遇滑而蹶，故衆共笑之云。

宜黄人相船

宜黄人多能相船，但父子相傳眼訣，而無所謂占書之類。乾道五年，縣民莫寅造大艦成，以大錢邀善術者視之。曰：「此爲雌船，而體得雄。一板如矛，嶄焉居中。其相既成，在法當凶。官事且起，災于主翁。」寅欲改更之，曰：「禍福已定，不可爲也。」寅持錢三百萬，將買鹽淮東，適州需船載上供錢，拘以往。至大孤山下，桅檣爲風所折，倉卒無可買，伐岸傍杉爲之。人或言：「此神樹，不暇恤。」是夕，滿船聞奇響震厲，莫測所以然。既過丹陽，盜夜入船，諦觀之，若甲士數十輩往來者。寅家藏古刀，累世矣，近年遇夜後光采發見，訝其異，取以自隨。乃攜此刀徑趨前，間值一人熟睡，手横腹上，奮刀連斫之，斷其右臂。救至得不死，蓋部綱官劉尉也。初，劉生以寅解事有膽，故處其舟中，元未嘗有纖介之隙。寅殊不知覺，遂就擒，鞫于鎮江獄。府官欲論以死，而劉尉持不肯，曰：「固他生宿寃耳，非今世事。吾幸存餘生，何必處以極典？」遂用疑獄奏讞，得減死，黥隸邵武軍。

頰瘤巨虱

臨川人有瘤生頰間，癢不復可忍，每以火烘炙，則差止，已而復然，極以患苦。醫者告之曰：「此真虱瘤也，當剖而出之。」取油紙圍項上，然後施砭。瘤才破，小虱湧出無數，最後一白一黑兩大虱，皆如豆，殼中空空無血。乃與煩了不相干，略無瘢嚴校：當是「瘢」字。痕，但瘤所障處正白爾。

胡道士

胡五者，宜黃細民，每鄉社聚戲作砑鼓時則爲道士，故目爲胡道士。以煮螺師爲業，必先揭其甲，然後烹之。及卧病，自舉右手一指曰：「一螺在此。」遂以針剔去其爪，流血被掌，呼叫稱痛。少焉又剔其次者，至并足甲皆盡乃死。

趙監廟

建昌寄居趙監廟，素有羸疾，或教之曰：「服鹿血則愈。」趙買鹿三四頭，日取葉本作「縛」。一枚，以長葉本作「尖」。鐵管插入其肉間，少頃血凝滿管中，乃服。葉本作「止」。鹿日受此苦，血盡而死。趙果膚革充盛，健飲啖，而所服葉本作「殺」。既多矣，晚得疾，遍體生異瘡，陷肉成竅，痒無以喻，必以竹管立瘡中，注沸湯灌之，痒方息。終日不暫寧，兩月而卒。

亂漢道人

乙志所載陽大明遇人呵石成紫金事，予於《起居注》得之，今又得南康尉陳世材所記，微有不同，而甚詳，故復書於此。大明者，南康縣程龍里士人，父喪，廬慕嚴校：「慕」誤「慕」。次。其明年，歲在壬戌，原注：乙志作「癸亥」。七月七日晨興，有道人從山下來。陽時與學童三四人處，一僕執炊。荒山寂寞，左右前後十里間絶無人居，扳緣蘿蔓乃得到。正無可與語，見客來，喜而迎之坐。客曰：「子八月當有厄，服吾藥可免。」取腰間小瓢，出藥一粒，令以水吞，且曰：「吾有求於子，其許我乎？」曰：「何求？」客指架上布衫曰：「以此見與。」陽欲許而頗疑其僞，未卽與。請至再，不得已付之。客捲納瓢中，瓢口倦嚴校：「僅」誤「倦」。容指。陽雖怪咤，然默念：「豈幻我歟？」既而言：「吾豈真欲衫？聊相試耳。便能見贈，爲可嘉也。」探瓢出還之，索椀水，置藥末一撮，撥旋久之，成紅丸如彈，揖陽曰：「能服此否？」陽曰：「身幸無病，不願服。」客卽自吞之，徐徐語曰：「子久此當窘用，吾有遺於子。」呼學童掬塊土，大如拳，握而噓之者三，顧陽曰：「意吾手中何物？」曰：「不知也。」置諸几，則爛然金一塊，歷歷有五指痕。曰：「可收此，以助晨昏之費。」蓋陽母尚存。陽方知爲異人，尚疑其以財利嘗試我，拒弗受。客笑擲之地，引脚蹴之，遂成頑石。起辭去，留與飲，不可，漫指壁間詩謂曰：「此皆諸公見寄者，願得先生一篇，如何？」客曰：「子欲詩，可矣。」取案上禿筆，就地拂數四，蘸椀水中，大書于壁，略無丹墨之跡，殊不可辨。既送之下山，回視，已若淡紫色，其詩云：「陽君真確士，孝行洞穹壤。皇上憐其艱，七夕遺回往。逡巡樂頑石，遺子爲饋享。子既不我受，吾亦不汝強。風埃難少留，願子志勿爽。會當首鼠記，青雲看反掌。」前題「亂漢道人」四字，字徑四寸許。俄又加赤色，正如赤土所書。明日遍詢村民，皆莫見所謂道人者。鄉之士共以告縣，縣告郡，郡聞於朝，賜束帛。後五年，世材自福州來爲尉，親見陽，談始末如此。訪程龍之廬，草屋摧頹，他詩悉剥落，獨道人者洒然如新。詩中云「遺回往」，疑必呂洞賓云。陽廬父墓終喪，母繼亡，亦此下宋本闕十二行。

吴僧伽

吴僧伽，贛州信豐縣僧文祐，本姓吴，落髮出遊，結庵於贛縣屼嶺。久而去之，客雩都妙淨寺之僧伽院中，遂主院事，故因目爲吴僧伽。佯狂市廛，人莫能測。每日必詣松林以嚴校：「以」字疑誤。扣之上三字葉本作「以杖扣之而歌」。曰：「趙家天子趙家王。」不曉其意。逢善人于塗，輒拱揖致敬；貪暴不仁者，率抵以上二字葉本作「詆爲」。狗彘不少屈。惡少年不樂，至羣輩譟逐之。嘗走避于某家園竹上二字葉本作「竹園」。中，疾呼求救，且拊其竹曰：「大大竹林成掃帚。」不旬浹葉本作「不旬日」，明鈔本作「不浹旬」。萬竹悉枯。此家固一凶族，自是衰替。寺後竹叢，一竿最巨，忽夜半造其下，考擊而歌，聲徹四遠。連夕如是，上二字葉本作「不已」。他僧爲之廢寢，上四字葉本作「厭惡」。怒而伐之。既而紫芝徑尺生橛上。邑民曾德泰，老無子，與妻議飯吴以祈。上二字葉本作「祈之」。未及召，旦而上三字葉本作「拂旦」。排闥來。曾大驚，謹饋之食。將去，曰：「當何爲報？唯有二珠而已。」果連生二子。縣市舊集于南洲，而縣治外但葉本作「爲」。曠野。吴過門，必言曰：「錢將平葉本作「半」。腰矣。」及洲没於水，市遂徙于邑門之陽。嘗求菜于民婦，戒使多爲具，明鈔本作「葅」。婦許諾。夫歸，怒其妄費。吴至，乞醢生啖之，若欲輟而□葉本作「強」，陸本作「噎」。食者再三，婦曰：「食飽則已，何必盡？」曰：「欲免汝夫婦責言耳。」民駭謝。學佛者孫德俊往汀州武平謁慶巖定應師，師曰：「雩川自有佛，禮我何爲？」孫曰：「佛爲誰？」曰：「吾法弟僧伽也。爲吾持一扇寄之。」舟檥岸，吴已至，曰：「我師寄扇何在？」孫以汀扇數十雜示之，徑取本物上二字葉本作「所寄」。而去。由是狂名日減，葉本作「盛」。多稱爲生佛。一夕，遍詣同寺諸刹門，鋪坐具作禮曰：「珍重！珍重！」皆寂無應者。中夕，趺坐而逝。時大中祥符己酉六月六日也。是日，邑大商在蜀遇之於河梁，問吴僧何往，痀僂急趨曰：「少幹，少幹。」商歸，乃知其亡。其亡也，葉本「其亡」二字不疊，也作「處」。異香滿室，數日不變。葉本作「散」。僉議勿火化，而塈葉本作「髹」。其全體事之。元豐乙丑冬，一僧來郡城訪桂安雅家，求木作龕，桂曰：「師爲何人？」曰：「雩都妙淨寺明覺院吴僧也。」桂許之，送之踰閾，遂不見。後乃審其故，云：「明覺卽僧伽也。」真身至今存。

何丞相

何文縝丞相初自仙井來京師，過梓潼，欲謁張王廟而忘之，行十里始覺，亟下馬還望，默禱再拜。是夕，夢入廟廷，神坐簾中，投文書一軸于外，發視之，全類世間告命，亦有詞語。覺而記其三句云：「朕臨軒策士得十人者，今汝褎然爲舉首，後結銜具所授官。」何公思之：「廷試所取無慮五百，而言十人，殆以是戲我也。」及唱第，果魁多士。第一甲元放九人，既而傅崧卿以省元升甲，遂足十數。蓋夢中指言第一甲也，所得官正同。葉石林書此。

鼎州汲婦

鼎州開元寺多寓客，數客同坐寺門，見婦人汲水。一客善幻術，戲惱之，卽葉本作「使」。挈水不動。不知彼婦蓋自能上三字葉本作「尤善」。幻也，顧而言曰：「諸君勿相戲。」客不對。有頃曰：「若是，須校法乃可。」擲其擔，化爲小蛇。客探懷取塊粉，急畫地，作二十餘圈而立其中，蛇至葉本無「至」字。不能入。婦人含水噀之，稍大於前，又懇言：「官人莫相戲。」客固自若。蛇突入，直抵十五圈中，再噀水叱之，遂大如椽，徑躐中圈。將向葉本作「嚮」。客，婦又相喻止，客猶不聽。蛇卽從葉本無「從」字。其足纏繞至項，不可解。路人聚觀且數百。同寺者欲走訴于官，婦笑曰：「無傷也。」引手取蛇投之地，依然一擔耳。笑謂客曰：「汝術未盡善，上二字葉本作「精」。何敢然？若值他人，汝必死。」客再拜悔謝，因隨詣其家爲弟子云。

瑞雲雀

邵武軍泰寧瑞雲院主僧顯用之師普聞，乾道六年十一月二十八日，巡堂殿焚香，至羅漢像前，方瞻禮次，一雀飛鳴盤旋，斂翼立爐上，歷一時久，凝駐不動。視之，已化矣。鄉人接跡來觀，了不傾側，正與像相對。顯用具白縣。縣宰趙善扛書偈于紙尾曰：「日日飛鳴宣妙旨，幻華起滅復何疑？可憐多少風塵客，去去來來只自欺。」寺僧圖其狀刻石。今經數年，雀羽毛不摧落，儼然如生，遠近起敬者不絕。予甲志所載鼠壞經事，亦此寺也。紹興初，宗本住泰寧之丹霞，亦有雀化之異。顯用持刻本來。

夷堅丁志卷第九 十二事

太原意娘

京師人楊從善陷虜在雲中，以幹如燕山，飲于酒樓。見壁間留題，自稱「太原意娘」，又有小詞，皆尋憶良人之語。認其姓名字畫，蓋表兄韓師厚妻王氏也。自亂離睽隔不復相聞。細驗所書，墨尚溼，問酒家人，曰：「恰數婦女來共飲，其中一人索筆而書，去猶未遠。」楊便起，追躡及之。數人同行，其一衣紫佩金馬盂，嚴校：「盂」字疑誤。以帛擁項，見楊愕然，不敢公招陸本作「召」。喚，時時舉目使相送。陸本作「從」。逮夜，衆散，引楊到大宅門外，立語曰：「頃與良人避地至淮泗，爲虜所掠。其酋撒八太尉者欲相逼，我義不受辱，引刀自剄不殊。大酋之妻韓國夫人聞而憐我，亟命救療，且以自隨。蒼黄别良人，不知安往，似聞在江南爲官，每念念不能釋。此韓國宅也，適與女伴出遊，因感而書壁，不謂叔見之。乘間願再訪我，儻得良人音息幸見報。」楊恐宅内人出，不敢久留連，悵然告别。雖眷眷于懷，未敢復往。它日，但之酒樓瞻玩墨蹟，忽睹别壁新題字并悼亡一詞，正所謂韓師厚也。驚扣此爲誰，酒家曰：「南朝遣使通和在館，有四五人來買酒，此蓋其所書。」時法禁未立，奉使官屬尚得與外人相往來。楊急詣館，果見韓，把手悲喜，爲言意娘所在。韓駭曰：「憶遭掠時，親見其自刎死，那得生？」楊固執前説，邀與俱至向一宅，則閴無人居，荒草如織。逢牆外打線媪，試告焉。媪曰：「意娘實在此，然非生者。昨韓國夫人閔其節義，爲火骨以來，韓國亡，因隨葬此。」遂指示窆處。二人踰垣入，恍然見從廡下趣室中，皆驚懼。然業已至，即隨之，乃韓國影堂，傍繪意娘像，衣貌悉曩所見。韓悲痛還館，具酒殽，作文祭酹，欲挈遺燼歸，拜而祝曰：「願往不願往，當以影響相告。」良久，出現曰：「勞君愛念，孤魂寓此，豈不願有歸？然從君而南，得常常善視我，庶慰冥漠；君如更娶妻，不復我顧，則不若不南之愈也。」韓感泣，誓不再娶。於是竊發冢，裹骨歸，至建康，備禮卜葬，每旬日輒往臨視。後數年，韓無以爲家，竟有所娶，而於故妻墓稍益疎。夢其來，怨恚甚切，曰：「我在彼甚安，君強攜我。今正違誓言。不忍獨寂寞，須屈君同此況味。」韓愧怖得病，知不可免，不數日卒。

許道壽

許道壽者，本建康道士，後還爲民，居臨安太廟前，以鬻香爲業，倣廣州造龍涎諸香，雖沉麝箋檀，亦大半作僞。其母寡居久，忽如娠娠，一産二物，身成小兒形，而頭一爲貓，一爲鴉，惡而殺之。數日間母子皆死，時隆興元年。

滕明之

臨安人滕明之，初爲諸司吏，坐事失職，無以養妻子，乃爲人管幹官爵差遣，規取其贏。且好把持人語言短長，求取無度，識者畏而惡之。紹興丁卯之秋，告其妻曰：「吾適夢至望仙橋，入馬胎中，驚怛而寤，此何祥也？」即得疾死。死之夕，家人皆聞馬嘶聲，妻後亦流爲倡云。

西池遊

宣和中，京師西池春遊，内酒庫吏周欽倚仙橋欄檻，投餅餌以飼魚。魚去來游泳，觀者雜沓，良久皆散。唯一婦人留，引周裾與言。視之，蓋舊鄰賣藥駱生妻也。自徙居後，聲迹不相聞。見之喜甚，問良人安在，顣頞曰：「向與子鄰時，彼謂我私子，子既徙去，猶屢箠辱我。我不能堪，與之決絶，今寓食阿姨家。聞子已喪偶，思欲遣媒妁□陸本作「言」。議而未及，不料獲相逢於此。」周愈喜，即邀入酒肆，草草成約，納爲妻。踰數月，因出城回，買飯于市，駱生適負藥笈過門，周以娶其出婦之故羞見之，掩面欲避。駱遽入相揖，周勉與語，且詢其室家。駱傷惋曰：「首春病疫死矣，吾如失左右手，悲念之不忘。」遂泣下。周寬譬使去，殊大驚。又疑駱諱前事而爲之説，立詣舊居，訪鄰里。皆言駱妻死明白，曰：「吾屬皆送葬者也。」周益自失，懼不敢還家，又不知所爲，縱飲酒壚，醉就睡，迨夜乃出，信步行，茫無所之。值當道卧者，絆而仆，沾溼滿身，復起行，財數十步，聞連呼「殺人」。邏卒躡尋，見周意狀蒼忙，而污血被體，共執送官。具説蹤跡如此，竟不能自明，掠死於獄。而真盜逸至京東，以他過敗獲，具言都城殺人事。移牒開封，則周既死矣，可謂奇禍也。其子子明，亦坐惡逆誅。

舒懋育鰍鱓按：目録作「舒懋鰍鱓異」。

臨安浙江人舒懋，以賣魚飯爲業，多育鰍鱓甕器中，旋殺旋烹。一日發甕，失所蓄，遍尋之，乃悉緣著屋壁，纍纍欲上，而無所屆，繚繞虯結可畏。懋甚懼，取投諸江，誓不復殺，而易爲蔬饌。經數月，所入殊薄，不足以贍家，乃如其故。俄又失二物所在，因汲水，見□葉本作「密」。蟠井中，不暇顧上二字葉本作「復悔」。省，拾取而烹之。時乾道五年春也。及秋，疫作，盡室皆死，懋獨不然。但遍身生瘡，每瘡輒有鰍鱓頭喙突出，痛楚特甚，後一月乃死。

陳媳婦

宣和四年，京師鬻果小民子夜遇婦人，豔粧秀色，來與語。邀至一處，相與燕狎，頗得衣物之贈。自是夜夜見之，所獲益多。民服飾驟鮮華，而容日羸悴，醫巫不能愈。有禁衛典首劉某，持齋戒，不食，但啖乳香飲水，能制鬼物，都人謂之「喫香劉太保」。民父母偕往懇祈。劉呼視其子，曰：「此物乃爲怪耶？吾久疑其必作孽，今果爾。」即共造産科醫者陳媳婦家。陳之門刻木爲婦人，飾以衣服冠珥，稍故暗則加采繪而更新其衣。自父祖以來有之，不記歲月矣。劉揭其首羃令民子視之，則宛然夜所見者。乃就其家設壇位，步罡作法，舉火四十九炬焚之，怪遂絶。

河東鄭屠

臨安宰豬，但一大屠爲之長，每五鼓擊殺于作坊，須割裂既竟，然後衆屠兒分挈以去。獨河東人鄭六十者，自置肆殺之。嘗挂肉於案鉤上，用力頗鋭，鉤尖利甚，傷其掌，刃透手背，痛逾月方愈。又臨竈燖豬，恍若有物挽捽入大釜中，妻子急拯之，半身煮爛死矣。

張顔承節

宣和間，京師天漢橋有官人自脱冠巾引頭觸欄柱不已。觀者環視，恍上三字葉本作「環堵視之」。莫測其由，不復可勸止，問亦不對。良久，血肉淋漓，冥仆于地。徼巡卒共守伺之。日晚小葉本作「稍」。蘇，呻吟悲劇，顲上二字葉本作「泣」。曰：「我張顔承節也，住某坊内，幸爲僦人舁歸。」既至家，遂大委頓，頭顱腫潰如盎，呼醫傅藥，累旬方小愈。家人扣其端，葉本作「故」。全不自覺。瘡成痂而痒不可忍，勢須猛爬搔，則又腫潰。才愈復痒，如是三四反，踰年不差，殆於骨立。盡室憂其不起。嘗扶掖出門，適舊僕過前，驚問所以，告之故，僕曰：「都水監杜令史施惡瘡藥，絶神妙。然不可屈致，當勉詣彼，庶見證付藥，可立愈。」張仗僕爲導，亟訪之。杜生屏上二字葉本作「屏生」。人曰：「頗憶前年中秋夜所在乎？」曰：「忘之矣。」杜曰：「吾能言之。君是年部江西米綱，以中秋夕至獨樹灣檥泊，月色正明，君杖策登岸百步許，得地平曠，方命酒賞月，俄而驟雨，令僕夫取雨具，怒其來緩，致衣履沾濕，抛所執拄斧，擲之中額。僕回舟謂妻曰：『我爲主公所擊，已中破傷風，恐不得活。然無所赴愬，卽死，汝切勿以實言，但云痼疾發作。此去鄉遠，萬一不汝容，何以生存？宜懇白主公，乞許汝子母附舟入京，猶得從葉本作「與」。人浣濯以自給。』上三字葉本作

「度日」。言終而亡。比曉，妻舉尸稾瘞于水濱，泣拜君曰：『夫不幸道死，願容附載。』君叱之曰：『舟中皆男子，豈宜著汝無夫婦人？』略不顧，促使解纜。妻拊膺大慟曰：『孤困異土，兼乏裹糧，進退無路，不如死。』抱幼子自投江中。僕既殞於非命，又痛妻兒之不終，訴諸幽府，許償此冤。去年君觸橋時，乃彼久尋君而得見也。」張震駭曰：「是皆然矣。某方欲丐藥，何爲及此？且何以知之？」上三句葉本作「某方欲丐藥耳公何自知之」。杜曰：「吾書執吏役，夜直冥司，職典冤獄，玆事正在吾手。屢爲解釋，渠了不聽從。自今四十九日，當往與君決。至期，可掃洒靜室，張燈四十九盞，置高坐以待之，中夜當有所睹。幸而燈不滅，彼意尚善；若滅其半，則不可爲矣。吾亦極力調護，但負命之冤，須待彼肯捨與否。有司固不可得而強，無用藥爲也。」張泣謝而歸，如其教。張燈之夕，獨坐高榻，家人皆伺於幕内。近三鼓，陰風勁厲，四十九燈悉滅，其一復明。亡僕流血被面，妻子相隨，猶帶水瀝漉，從室隅出，捽張曰：「可還我命！」即隕墜于下，葉本作「地」。頭縮入項間而死。

龍澤陳永年

乾道三年秋，臨安大雷震，軍器所作坊兵龍澤夫婦并小兒曰郭僧凡三人，震死於一室。初，澤父全既死，澤妹鐵師居白龜池爲娼。其母但處女家，遇子受俸米，則來取三斗去。澤夫婦頗厭其至，屢出惡言。郭僧者亦相與罵侮，以乞婆目之，故獲此譴。同時有嚴州人陳永年同其兄開銀鋪于臨安市，狂遊不檢。母私儲金十數兩，規以送終，恐永年求取無度，不使知。一日開篋，永年適自外來，見之，遽攫而走。母恚悶仆絶，兄追及争奪，僅得其半以歸母。母遂病卧。是夕，永年亦遭震厄。

錢塘潮

錢塘江潮，八月十八日最大，天下偉觀也。臨安民俗，太半出觀。紹興十年秋，前二夕，江上居民或聞空中語曰：「今年當死于橋者數百，皆凶淫不孝之人。其間有名而未至者，當分遣促之。不預此籍，則斥去。」又聞應者甚衆，民怪駭不敢言。次夜，跨浦橋畔人夢有來戒者云：「來日勿登橋，橋且折。」旦而告其鄰數家，所夢皆略同，相與危懼。比潮將至，橋上人已滿，得夢者從傍伺之，遇親識立于上者，密勸之使下。咸以爲妖妄，不聽。須臾潮至，奔洶異常，驚濤激岸，橋震壞入水，凡壓溺而死數百人。既而死者家來，號泣收殮。道路指言：「其人盡平日不逞輩也。」乃知神明罰惡，假手致誅，非偶然爾。

陝西劉生

紹興初，河南爲僞齊所據，樞密院遣使臣李忠往間諜。李本晉人，氣豪，好交結，人多識之。至京師，遇舊友田庠。庠，亡賴子也，知其南來，法當死，捕告之賞甚重，輒持之曰：「爾昔貸我錢三百貫，可見還。」李忿怒曰：「安有是？吾寧死耳。」陝西人劉生者聞其事，爲李言：「極知庠不義，然君在此如落穽中，奈何可較曲直？身與貨孰多？且敗大事，盍隨宜餌之。」李猶疑其爲庠遊説，然亦不得已，與其半。劉曰：「勿介意，會當復歸君。」李佯應曰：「幸甚。」庠得錢買物，將如晉絳，劉曰：「我亦欲到彼，偕行可乎？」卽同塗。葉本作「行」。過河中府，少憩於河灘，兩人各擕一擔僕共坐沙上，四顧無人，劉問庠鄉里年甲，具答之。劉曰：「然則汝乃中國民，嘗食宋朝水土矣。」庠曰：「固然。」劉曰：「我亦宋遺民，不幸淪没僞土，常恨無以自効。朝廷每遣人探事，多采道聽塗説，不得實。幸有誠慤如李三者，吾曹當出力助成之，奈何反挾持以取葉本多一「其」字。貨？」庠諱曰：「是固葉本作「嘗」。負我。」劉曰：「吾素知此，且詢訪備至，甚得其詳。吾與汝無怨惡，但恐南方士大夫謂我北人皆似汝，敗傷我忠義之風耳。」遂運斤殺之。僕亦殺其僕，投尸于河，并其物復回京師，盡以付李，乃明鈔本作「而」。告之故。李欲奉半直以謝，劉笑曰：「我豈殺人以規利乎？」長揖而别。李南還説此，而失劉之名，爲可惜也。

要二逆報

姑蘇村民要二，以漁爲業，凶暴不孝。紹興二十三年，妻生男，方在乳，民母抱持之，老人手弱，誤墮于地，死焉。母畏子之暴，不知所爲。民殊不以介意，他日白母曰：「久不到舅家，偶得大魚，欲往饋，能偕行否？」母慰喜過望，欣然從之。上九字明鈔本作「母喜從之」，葉本作「母不敢違」。襆被登舟，行數里，至寂無人處，則停棹持斧立母前，怒目葉本無「怒目」二字。駡曰：「母生我，既知愛惜，今我生子，那得不愛？奈何故墮地殺之？便當償子命。」母知不可脫，明鈔本作「免」。急引被蔽頭面曰：「聽汝所爲。」民奮斧將及母，母分必死，久乃寂然，舉被視之，不見其子，而舟已在所居岸下。既反舍，婦泣言：「適青天無雲，大雷一聲，夫震死于野，遍身皆斧傷巨創，不知何以至此？」母始話其事。元不聞雷聲，亦不覺舟之動搖復還也。民之家遂絶。此卷□忠翊郎馬□説。

夷堅丁志卷第十 十三事

鄧城巫

襄陽鄧城縣有巫師，能用妖術敗酒家所釀，凡開酒坊者皆畏奉之。每歲春秋，必遍謁諸坊求丐，年計合十餘家率各與錢二十千，則歲內酒平善，巫亦藉此自給，無飢乏之慮。一歲，因他事頗窘用，上三句葉本作「一日因他事頗急」，下無「又」字。又詣一富室有所求，曰：「君家最富贍，力足以振我，願勿限常數。」主人拒之甚峻，曰：「年年餉君二萬錢，其來甚久，安得輒增？寧敗我酒，一錢不可得！」巫嘻笑而退，出駐近店，遣僕回買酒一升，盛以小缶，取糞污攪雜，攜往林麓，禹步誦呪，環繞數匝，瘞之地乃去。此句葉本作「瘞之地中而去」。適有道士過見之，識其爲妖而不知事所起。巫還店，喜甚。俄道士亦繼來，上二字葉本作「至」。少憩，訪酒家，見舉肆遑遑憂窘，問其故。曰：「爲一巫所困，今酒甕成列，盡作糞臭，懼源源不已，欲往尋迹哀求之。」道士曰：「吾亦見此人，不須往求。吾有術能療，但已壞者不可救耳。」即焚香作法，半日許臭止。又言：「凡爲此法以敗五穀者，□□葉本作「必用」。糞穢，罪甚大。君家宜齋戒，當奉葉本無「當奉」二字。爲拜章上愬。」其家方忿恚，迫切趣營醮筵。葉本作「事」。道士伏廷下，踰數刻始起曰：「玉帝有勑，百日內加彼以業疾，然未令葉本多一「卽」字。死也。」自是巫日覺踝間痒，爬搔不停，忽生一贅，初如芡實，累日後益大，巍然徑尺如毬，而所係搖搖才一上二字葉本作「若絲」。縷，稍爲物棖觸此句葉本作「稍觸之」。則痛徹心膂，葉本無「膂」字，明鈔本作「肝」。不復可履地。子孫織竹爲簣，舁以行丐，飲食屎溲雜簣中，所至皆掩鼻，歷十年乃死。胡少汲尚書宰邑尚見之，其子栝說。

徐樓臺

當塗外科醫徐樓臺，累世能治癰癤，其門首畫樓臺標記，以故得名。傳至孫大郎者，嘗獲鄉貢，於祖業尤精。紹興八年，溧水縣巘山富人江舜明背疽發，扣門求醫。徐云：「可治。」與其家立約，俟病愈，入謝錢三百千。凡攻療旬日，飲食悉如平常，笑語精神，殊不衰減，唯卧起略假人力。上二字葉本作「扶持」。瘡忽甚痛且痒，徐曰：「法當潰膿，膿出卽瘉。」是夜用藥，衆客環視，徐以鍼刺其瘡，撚紙張「張」當作「長」。五寸許，如錢緡大，點藥插竅中。江隨呼：「好痛！」連聲漸高。徐曰：「別以銀二十五兩賞我，便出紙，膿才潰，痛當立定。」江之子源怒，堅不肯與，曰：「元約不爲少，今夕無事，明日便奉償。」徐必欲得之。江族人元綽亦在旁，謂源曰：「病者痛已極，復何惜此？」遂與其半。時紙撚入已踰一更，及拔去，血液交湧如泉，呼聲浸低。徐方詑爲痛定，家人視之，蓋已斃。膿出猶不止。不一年，徐病熱疾，哀叫不絕聲，但云：「舜明莫打我，我固不是，汝兒子上三字葉本作「汝子吝財」。亦不是。」如是數日乃死。二子隨母改嫁，其家醫葉本多一「道」字。遂絕。

符助教

宣城符裏鎮人符助教，善治癰疽，上二字葉本作「外科」。而操心甚亡狀，一意貪賄。病者瘡不毒，亦先以藥發之，前後隱惡不勝言。嘗入郡爲人療疾，將辭歸，自詣市買果實。正坐肆中，一黃衣卒忽至前，瞠葉本多一「目」字。曰：「汝是符助教那？葉本作「耶」。陰司喚汝。」示以手內片紙，皆兩字或三字作行，市人盡見之，疑爲所追人姓名也。符曰：「使者肯見容到家否？」曰：「當即取汝去，且葉本無「且」字。急□，葉本作「歸」，陸本同。以七日爲期。」遂不見。滿城相傳，符助教被鬼取去。及還，至鎮岸，臨欲登，上四字葉本作「欲登岸」。黃衣已立津步上，舉所執藤棒點其背，符大叫：「好痛！」黃衣曰：「汝元來也知痛！」所點處隨手成大疽如盌，凡呼譽七晝夜乃死。

水陽陸醫

宣城管內水陽村醫陸陽，字義若，以技稱。建炎中，北人朱莘老編修避亂南下，挈家居船間。其妻病心躁，呼陸治之。妻爲言：「吾平生氣血劣弱，不堪服涼劑，今雖心躁，元不作渴，蓋因避寇驚憂，失飢所致，切不可據外證投我以涼藥。」編修嗜酒，得渴疾，每主藥必以涼爲上，葉本作「主」。不必與明鈔本作「從」。渠議也。我有私藏珍珠，可爲藥直，君但買好藥見療。欲君知我虛實，故丁寧相語。」陸診脈，認爲傷寒陽證，煮小茈胡湯以來。葉本作「進」。婦人曰：「香氣類茈胡，君宜審細，我服此立死。」陸曰：「非也，幸寧心飲之。」婦人又申言甚切，陸竟不變。才下咽，吐瀉交作，婦遂原本字形不全，今從葉本補。委頓，猶呼云：「陸助教，與汝地獄下上三字葉本作「陰司」。理會！」語罷而絕。後數年，溧水高□葉本作「淳」。鎮李氏子病瘵，來召之。用功數日未効，出從倡家飲，而索錢并酒饌於李氏，李之兄怒叱不與。及歸，已黃昏，乘醉下藥數十粒，病者云：「藥在鬲間，熱如火。」又云：「到腹中，亦如火。」又云：「到臍下，亦如火。」須臾大叫，痛不可忍，自床顛悸墜地。至夜半，陸急投附子丹沙，皆不能納，潛引舟遁去。未旦李死。紹興九年，陸暴得病，此句葉本作「陸得暴疾」。日夜呼曰：「朱宜人，李六郎，休打我！我便去也。」旬日而死。

秦楚材

秦楚材梓，政和間自建康貢入京師，宿汴河上客邸。既寢，聞外人葉本作「間」。喧呼甚厲，盡鎖諸房，起穴壁窺之。壯夫十數輩皆錦衣花帽，拜跪于神像前，稱秦姓名，投盃珓以請。前設大鑊，煎膏油正沸。秦悸栗不知所爲，屢告其僕李福，欲爲自盡計。夜將四鼓，壯夫者連禱不獲，遂覆油于地而去。明旦，主人啟門謝秦曰：「秀才前程未可量，不然吾輩當悉坐獄。」乃爲言：「京畿惡少子數十成羣，或三年或五年輒捕人漬諸油中，烹以祭鬼。其鬼曰獰瞪神，每祭須取男子貌美者，君垂葉本作「鄰」。死而脫，吁其危哉！」顧邸中衆客，各率錢爲獻。秦始憶自過宿州卽遇此十餘寇，或先或後迹之矣。遂行，至上庠，頗自喜，約同舍出卜。逢黥面道人，攜小籃，揖秦曰：「積金峯之別，三百年矣，相尋不可得，誤行了路，卻在此耶。無以贈君。」探籃中白金一塊，授之曰：

「他日卻相見。」同舍讙曰：「此無望之物，不宜獨享。」挽詣肆，將貨之以供酒食費。肆中人視金，反覆咨玩不釋手，問需幾何錢，曰：「隨市價見償可也。」人曰：「吾家累世作銀鋪，未嘗見此品。」轉而之他，所言皆然。秦亦悟神仙之異，不肯鬻。以製酒杯、茶湯匕、藥器，葉本作「罨」。凡五物，日受用之，自此三十年無病苦。紹興十六年，在宣城忽卧疾，五物者同時失去，知必不起，果越月而亡。積金峯在茅山元符宫云。

建康頭陀

政和初，建康學校方盛，有頭陀道人之明鈔本作「入」。學，至養□葉本作「正」。齋前，再三瞻視不去。齋中錢、范二秀才詰之曰：「道人何爲者？」對曰：「異事，異事！八坐貴人都著一屋關了，兩府直如許多，便没興不唧溜底，也是從官。」有秦秀才者，衆目爲秦長脚，范素薄之，乃指謂曰：「這長脚漢也會做兩府？」客曰：「君勿浪言，他時生死都在其手。」滿坐大笑，客瞠曰：「諸君莫笑，總不及此公。」時同舍生十人，唯邢之綷者最負才氣，爲一齋推重，適從外來，衆扣之，曰：「也是箇官人。」略無褒語。遂退。後四十年間，其言悉驗。秦乃太師檜也。范擇善同、段去塵拂、魏道弼良臣，三參政。何任叟著、巫子先伋，兩樞密。錢端脩時敏、元英周材，兩從官，一忘其姓名，獨邢生潦倒，得一官即死。

洞元先生

沈若濟，臨安人，結庵茅山，以施藥爲務。宣和間蒙召對，賜封「洞元先生」。嘗指華陽洞之東隙地曰：「死必葬我於是。」其徒以地勢汙下爲言，不聽。紹興十五年卒，其徒用治命，掘地六尺許得石板，大書六字曰「沈公瘞劍于此」，觀者異焉。豈非先有神物告之者乎？佳城漆燈之說，信有之矣。右六事皆湯三益說。

天門授事

贛州寧都縣胡太公廟，其神名雄，邑民也。生有異相，顧自見其耳，死而著靈響，能禍福人，里中因爲立祠。崇寧初，邑士孫緦志康夢白鬚翁邀至其家，問曰：「如何可得封爵？」孫意其神也，告曰：「宜行陰功，無專禍人。」翁曰：「吾豈禍人者？吾爲天門授事，日掌此邦人禍福。必左右竊聞之，託吾所云，妄出擾惑爾。」孫曰：「歲時水旱，最民所急，若能極力拯濟，則縣令郡守必以上於朝，封爵可立致也。」覺而審其爲太公。五年丙戌，縣大火，禱於祠。俄頃，風雲怒起，如有物驅逐之，火即滅。縣以事白府，葉本多「府爲」二字。奏賜「博濟廟」，葉本多一「額」字。明年，遂封「靈著侯」。噫！神既受職於天，猶規規然慕世之榮名，唯恐不得，乃知封爵之加，固非細事。孫公夢中能曉神如是，可謂正士矣。黎珣作記。

大洪山跛虎

隨州大洪山寺有別墅曰落湖莊。紹興十二年，莊僧遣信報長老淨嚴遂師云：「當路有跛虎出，頗害人，往來者今不敢登山，殊懼送供之不繼也。」淨嚴卽命肩輿而下，至虎所過處下輿，焚紙錢。遥見其來，麾從僕及侍僧皆退避，獨踞胡床以待。少焉虎造前，蹲伏于旁，弭耳若聽命。時棗陽、隨兩縣巡檢張騰，適被郡檄就寺納二鄉税租，亦同往，且升高木諦觀之，不知嚴所説何語也。虎俄趨而去，自是絶跡不復出。見《漢東志》。

張臺卿詞

國朝故事，翰林學士草宰相制，或次補執政，謂之「帶入」。大觀三年六月八日，何清源執中登庸，四年六月八日，張無盡商英登庸，皆張臺卿閣草麻，竟無遷寵。時蔡京責太子少保，張當制，詆之甚切，爲搢紳所傳誦。京銜之，會復相，卽出張知杭州。明年六月八日，宴客中和堂，忽思前兩歲宿直命相，正與是日同，乃作長短句紀其事曰：「長天霞散，遠浦潮平，危欄駐目江皐。長記年年榮遇，同是今朝。金鑾兩回命相，對清光、頻許揮毫。雍容久，正茶杯初賜，香袖時飄。歸去玉堂深夜，泥封罷，金蓮一寸才燒。帝語丁寧，曾被華袞親褒。如今漫勞夢想，歎塵蹤、杳隔仙鼇。無聊意，强當歌對酒怎消。」觀者美其詞而訝其卒章失意。未幾，以故物召還，遽卒于官，壽止四十。臺卿，河陽人。吴傳朋説。

新建獄

豫章新建村民，夏夜羣輩納涼。有自他所疾走來，以手掩腹，叫號曰：「某人殺我！」奔趣及其家即死。家訴于縣。縣捕某人訊之，自言此夕在某處爲客，與死者略無干涉。鞫不成，悉逮納涼者二十輩，分囚之，使各道所見。皆曰：「實聞其言如是，他非所知也。」縣令必欲得其情，箠掠不可忍，乃共爲證辭以實之。引某人參對，不能勝衆，强誣服，仰天而呼曰：「某果殺人，不敢逃戮。若寃也，願天令證人死於獄以爲驗。」不旬日，獄疫暴起，凡十人相繼殂。縣令知其然，又畏凶身不獲，竟不釋，此人終亦死。

潮州象

乾道七年，縉雲陳由義自閩入廣省其父，提舶□過潮陽，見土人言：「比歲惠州太守挈家從福州赴官，道出于此。此地多野象，數百爲羣。方秋成之際，鄉民畏其蹂食禾稻，張設陷穽於田間，使不可犯。象不得食，甚忿怒，遂舉羣合圍惠守於中，閲半日不解。惠之迓卒一二百人，相視無所施力。太守家人窘懼，至有驚死者。保伍悟象意，亟率衆負稻穀積于四旁。象望見，猶不顧。俟所積滿欲，始解圍往食之，其禍乃脱。」蓋象以計取食，故攻其所必救。尨然異類，有智如此，然爲潮之害，端不在鱷魚下也。由義説。

劉左武

劉左武者，河北人。南來江西一邑，三十年而亡。數歲間妻及男女數人繼死，但餘子婦并幼子存。家貲本不豐，悉爲一僕乾没，至於五喪在殯不能葬。其姪宗奭，邑人涂氏甥也。内弟伯牛以奭故助之錢□千，且相率詣其家奠酹。奭頃隨父爲靖安宰，攜小史來，是日從行，忽升堂據几，爲劉君揖客狀，呼其僕罵曰：「吾一家五人未能入土，此爲何時，汝忍破蕩吾生計，使至此極？非涂親惠賜於我，當奈何？」拱手起，就伯牛欲致謝，牛避不與之接。遂罵子婦曰：「坐汝不解事，以及此，今復何言？」又罵僕曰：「汝乃愚人，無足問，吾亦不訴於陰司。所以責汝者，聊欲使汝知幽明雖異路，不可欺也。」僕但俛首不敢答。奭惡其久留，屢叱逐之，且高誦天蓬諸呪。即瞠目曰：「我少頃自退，何用作此！」凡五六刻乃去。小史蹶然而蘇，無所覺。伯牛説。

夷堅丁志卷第十一 十四事

田道人

田道人者，河北人，避亂南度，居京口。每歲三月茅山鶴會，欲與其徒偕往，必有故而輟。紹興壬午之春始獲一游，因留連月餘。將歸，足疾驟作，不可行，既止即愈，欲行復作，如是者屢矣。意其緣在此山，禱于神，乞爲終焉之計，自爾不復病。夢神告曰：「此非汝居也，汝自有庵在山中，其址東向者是，宜亟訪之。」固以爲想念所兆，未深信。越數夕，夢如初，猶未決。又念身赤立於此，縱得其基，雖草廬豈易能辦？是夕，夢神怒曰：「旬日不遷，必死茲地矣。」晨興，訪同類，且託尋跡之，杳不可得。或曰：「吾聞大茅君藏丹之處名丹沙泓，地勢正東，但知名耳，不識其所在，盍詢之耆老問乎？」亦竟莫有知者。旬日之期既迫，皇皇不敢怠，獨徘徊免徑。忽有村夫搦其胸，方恐懼，其人乃問曰：「汝非尋丹沙泓庵地者乎？我知之。」引至崦中，以足頓地，曰：「此是也。」田四顧，山林翔抱，正可爲東向居，喜甚，犒以百錢。笑曰：「我豈求此者？將安用之？」不顧而去。田沿路標誌而反，明日，往芟薙荆棘，以籧篨作屋宿焉。中夜，大虎來，倚卧于外，曉乃退。岩石下有蛇，微露脊膂，大如柱，皆不傷人。又明日，僦工斸畚臿平治，於積葉三四尺下得磐石，嶙峋嵌空，縱廣數尺，若爪所攫挐而穿者。發之，得石蓮華盆，有水浸丹沙一塊，重可二十兩，取而藏之。蓋前日村夫頓足處。是後蛇虎皆不見，疑爲衞丹之鎮云。隆興甲申乙酉歲，近境疾疫起，田以丹末刀圭揉成丸救之，服者皆活。所濟數千人，共以木石錢粟爲營一庵於泓中，去玉晨觀不遠，爲人布氣治疾亦多驗。乾道己丑，藍師稷爲江東提刑，過茅山，親見田說，及分得丹三錢。辛卯歲，以庵與楊和王之孫，奮衣出山，不言所向。

瓶中桃花

孟處義去非知楚州，元夕享客，以通草作梅花綴桃枝上，插兩銅壺中，未嘗貯水也。中春後，桃枝忽結花甚盛，數日方落。孟殊以自喜，至秋，乃有閨門之戚，明年而爲淮漕。

豐城孝婦

乾道三年，江西大水，瀕江之民多就食他處。豐城有農夫挈母妻并二子欲往臨川，道間過小溪，夫密告妻曰：「方穀貴艱食，吾家五口難以偕生，我今負二兒先渡，汝可繼來。母已七十，老病無用，徒累人，但置之於此。渠必不能渡水，減得一口，亦幸事。」遂絶溪而北。妻愍姑老，不忍棄，掖之以行，陷於明鈔本多一「泥」字。淖。俛而取履，有石礙其手，撥去之，乃銀一笏也。婦人大喜，語姑曰：「本以貧困故，轉徙他鄉，不謂天幸賜此，不惟足食，亦可作小生計。便當卻還，上二字葉本作「還家」。何用葉本多一「他」字去？」復掖姑登岸，獨過溪報其夫。至則見兒戲沙上，問其父所在，明鈔本作「問父何在」。曰：「恰到此，爲黄黑斑牛銜入林矣。」遽奔林間訪視，蓋爲虎所食，流血污地，但餘骨髪存焉。不孝之誅，其速如此。是時藍叔成爲臨川守，寓客黄彪彪父自豐城來，云得之彼溪旁民，財數日事也。右三事皆藍叔成説。

李衛公廟

温州城東有唐李衛公廟，州人每精禱祈夢，無不應者。紹興三十二年，郡士木待問蘊之得漕薦，謁廟扣得失。夢著紫衫獨立於田間，士子數千輩擁一棺馳去，皆回首視蘊之。明旦，以語同舍生潘樫。樫解曰：「君當魁天下，棺之字從木從官，君得官無疑，數千輩舁之，明皆出君下也。」果如其言。時同郡木子正亦夢神告曰：「明年本州再出狀元，其姓名曰木棐。」子正以爲神報己，必繼王十朋之後，遂更名棐。既而棐試下，蘊之登科，子正始悟木之身乃十字，移旁兩筆，合棐之上爲朋字，其下復一木焉，則十朋之後踵之者姓木，而非棐也。

天隨子

乾道六年，木蘊之待洪府通判缺，居鄉里。火焚其廬，生事垂罄，作忍貧詩曰：「忍貧如忍灸，痛定疾良已。餘子愛一飽，美疹不知死。步兵哭窮途，文公謝五鬼。百世賢哲心，可復置憂喜。誦經作飢面，偉哉天隨子。九原信可作，我合耕甫里。」踰年，夢一翁衣冠甚偉，來言曰：「若識我乎？我則天隨子也。以君好讀予文，又大書予《杞菊賦》於壁間，頃作詩用忍飢事，又適契予意，故願就見，爲君一言。予昔有田四頃，歲常足食，惟遇潦則浸没不得穫。忍飢誦經，蓋此時也。今子有回禄之禍，而窮悴踵之，是水爲我災，而火爲子厄也。然予田尚在，獨爲蠅蚋所集，不可耕，無有能爲予驅除者，不免慁子耳。」既寤，殊不曉其言。晨起，偶整比夜所閲書，而《笠澤叢書》一策適啓置桉上，視之，乃《甫里先生傳》，前日固未嘗取讀也。篇中有云：「先生有田十萬步，原注：吴田一畝，二百五十步。有牛減四十蹄，耕夫百餘指，而田污下，暑雨一晝夜，一與江通色，無别己田他田也。先生由是苦飢困，倉無斗升畜積。」正與夢中語合，而一田字上有二死蠅粘綴，嗟歎其異，爲拂拭去之。

鄭僑登雲梯 按：目録無「登」字。

莆田鄭僑惠叔，乾道己丑春省試中選，未廷對。夢空中一梯，雲氣圍繞，竊自念曰：「世所謂雲梯者，兹其是歟？」俄身至雲梯側，遂登之。及高層仰望，則有大石，蒼然如鏡面。正懼壓己，忽冉冉升騰，立于石上。驚覺自喜，但不曉登石之義。既而爲天下第一，其次曰温陵石起宗。先是，考官用分數編排，石君當居上，臨唱名始易之云。右三事皆木藴之説。

金溪渡讖 按：目録「溪」作「雞」，無「讖」字。

泉州南安縣金溪渡，去縣數里，闊百許丈，湍險深浚，不可以爲梁。舊相傳讖語云：「金溪通人行，狀元方始生。」郡人皆欲副其讖，姓金者多更名「通行」，姓方者更名「始生」，然莫有應者。江給事常自京師丁母夫人憂歸泉南，建炎丁未，卜墓地于渡之南岸。工役者日有履險之勞。南安宰事江公謹甚，命暫聯竹筏爲小橋，僅可輕單往來，未幾，復爲水所壞。是年實生梁丞相，所謂「通人行」之語，其應如是。

南安黄龍溪按：目録無「南安」二字。

泉州南安縣學前有溪名黄龍。乾道四年，邑令天台鹿何趨府歸，過學門，聞路人喧呼，轎卒皆駐足驚顧，怪問之，曰：「黄龍溪上龍見。」鹿停車熟視，波瀾洶湧中，一物高數丈，嶄然頭角，出没其間。須臾，雷聲大震，烟霧蔽蒙，騰空而上。人多有見其尾者。鹿爲之駭愕，知此地必有嘉祥，因賦詩勉諸生，得句云：「雖渡已符當日讖，龍溪仍見此時祥。」士大夫多屬和。明年，大廷策士，縣人石起宗，初爲牓首矣，既而列在第二。龍之爲靈，其非偶然？父老謂：「頃曾魯公擢第時，溪龍亦見。」公廷試第一，以一足微跛，降第二人。兩事甚相類云。右二事鹿伯可説。予案：曾魯公父會乃第二人，而魯公在宋郊牓爲第五。

蔡河秀才

鄉人董昌朝在京師同江東兩秀才自外學晚出遊，方三月開溝，亂石欄道，至坊曲轉街處，其一人迷路相失。兩人者元未嘗謁宿假，不敢躡尋，遂歸。經日始告于學官，訪之於所失處，無見也，乃移文開封府。府以付賊曹竇鑑，鑑到學，詢此士姓名，曰：「孫行中，字强甫，束帶著帽而出。」

鑑呼其隸，使以物色究索。衆謂江東士人多好遊蔡河岸妓家，則倣其結束，分往宿。月旦之夕，一隸在某妓館，妓用五更起赴衙參，約客使待己。妓去，客不復寐，見床内小板庋上烏紗帽存，取視之，金書「强甫」兩字宛然。客託故出門，遍告儕輩。伏于外，須妓歸，并嫗收縛送府。始自言：「向夕有孫秀才獨來買酒款曲，以其衣裘華絜而舉止生梗，又無伴侶，輒造意殺之，投尸于河。斥賣其物皆盡，只餘此帽，不虞題誌之明白，以速禍敗。寃魄彰露，何所逃死？」遂母子同伏誅。昌朝說。

桂林庫溝

静江府軍資庫溝，積爲物所窒，水不行。而金帛數失去，蹤跡其原，殊不測所以來處。主藏吏迭以賠償爲苦。庫官白府帥，撤而修之。當溝之中道有兩尸以首相值，仰卧其間，既槁矣。旁有束絹存，亦斷壞不可拾。其後聞他偷兒言：「向來每穿窬，皆由溝外以入。竇甚窄，僅能容身，必以頭先之，而足作勢乃可進。此蓋一人出，未竟，别一人不知而入之，邂逅相遇，進退皆不可，故卒於死云。」時外舅張公爲帥。

王從事妻

紹興初，四方盜寇未定，汴人王從事挈妻妾來臨安調官，止抱劍營邸中。顧左右皆娼家，不爲便，乃出外僦民居。歸語妻曰：「我已得葉本作「尋」。某巷某家，甚寬潔，明當先護籠篋行，御倚葉本作「倩」。轎取汝。」明日遂行。移時而轎至，妻亦往。久之，王復回舊邸訪覓，邸葉本無上三字翁曰：「君去不數刻，遣車來，葉本作「有轎來」。君夫人登時去，妾隨之葉本作「行」。矣，得非失路耶？」王驚痛而反，竟失妻，不復可尋。後五年，爲衢州教授，赴西安宰宴集，羞鼈甚美，坐客皆大嚼，王食一臠，停箸悲涕。宰問故，曰：「憶亡妻在時，最能饌此，每治鼈裙，去黑皮必盡，切臠必方正。明鈔本作「正方」。今一何似也，所以泣。」因具言始末。宰亦悵然，託更衣入宅。既出，卽罷酒，曰：「一人向隅而泣，滿堂爲之不樂。教授既爾，吾曹何心樂飲哉？」客皆去。宰揖王入堂上，喚一婦人出，乃其妻也。相顧大慟欲絶。蓋昔年將徙舍之夕，姦人竊聞之，遂詐輿至女儈家而貨於宰，得錢三十萬。宰以爲側室，尋常初不使治庖厨，是日偶然耳。便呼車送諸葉本作「詣」。王氏。王拜而謝，願盡償元直。宰曰：「以同官妻爲妾，不能審詳，其過大矣。幸無男女于此，尚敢言錢乎？」卒歸之。予頃聞錢塘俞倞話此，能道其姓名鄉里，今皆忘之。如西安宰之賢，不傳於世，尤可惜也。

沈仲墜崖

予叔父家養羊數百頭，放諸山上，多爲狼所食。嘗遣表姪沈仲迹尋之，值夜，未畢事，方獨行，忽逢家所使劉行者在前，戲呼其姓名。仲雖怒，而暗中喜得侶，卽相應答。劉曰：「此路甚險惡，宜隨我來。」乃踵以前。才數十步，遂墜落崖中，臂幾折，忍痛大叫。屠牛者居山下，識其聲，急張燈攜梯，掖之以上，扶還家。左臂穿穴透骨，猶能道所見，而劉行蓋未嘗出，始知鬼也。

沈緯甫

沈緯甫，温州瑞安人。久遊太學，不成名，罷歸鄉里，頗以交結邑官顧貲謝爲業。然遇科詔下亦赴試，每不利，必仰而詬人曰：「緯甫潦倒無成，爲鄉曲笑，五内分裂，天亦知我乎？」乾道六年，邑尉黃君遭民訟，使者遣官按究，得實矣。尉甚恐，載酒食訪沈，日夜謀所以脱免計。一日，挾兩妓，拏舟邀沈泛湖。將近其所居，使妓捧杯夾之曰：「可唱『平地一聲雷』之詞，爲沈學士壽。」沈謝曰：「得如此，五内不分裂矣。」即跪受之。飲未釂，雲霧斗合，風雨驟至，舟力挽不可前。時二月八日，雷始發聲，俄有霹靂震沈氏之堂。一柱飛揚如屑，屋脊穿透無全瓦。寢室文書盡焚，帷帳碎拆，屏榻若受萬斧，而四隅略無纖隙。莫知雷所自來。明日，邑人相率焚香告語曰：「惡事不可爲。沈氏之雷，其得不監？彼好言『五内分裂』，斯其應乎！」堂門有天篆數行，外人莫得見。黃尉驚悸得心疾，兩月小愈，出詣沈。沈猶舉手加額曰：「先生所謂『一聲雷』也。」了不省悟。黃後三年亦亡。瑞安主簿陳處俊説。

靈將軍

吴興士子六人入京師赴省試，共買紗一百匹，一僕負之。晚行汴堤上，逢黥卒，蓬首黧面，貿貿然出於榛中。見衆至，有喜色，〔原誤作「邑」，據陸本改。〕左顧而嘯。俄數人相繼出，挾槊持刀，氣貌兇悍。皆知其賊也，雖懼而不可脱。同行霍秀才者，長大勇健，能角觝技擊，鄉里目爲霍將軍。與諸人約勿走，使列立于後，獨操所策短棒奮而前。羣賊輕笑，視如几上肉。霍連奮擊，輒中其膝，皆迎杖仆地不能興。然後得去。前行十餘里，過巡檢營，入告之。巡檢大喜曰：「此輩出没近地，殺人至多。官立賞名，捕不可獲，何意一旦成擒？」邀諸客小駐，自率衆馳而東。儼然在地，宛轉反側，凡七八輩。盡執縛以歸，護送府而厚謝客。五士謂霍：「非與君偕來，已落賊手矣。」霍曰：「吾若獨行，亦必不免。諸君雖不施力，然立衛吾後，無反顧憂，此所以能勝也。」嚴康朝說。

夷堅丁志卷第十二十六事

龔丕顯

上饒龔丕顯，紹興十七年得鄉貢。明年省試後，夢入大官局，立廷下，與其徒數百人皆著白袍居西邊。王者坐于上，吏一一呼名訖，引居東。其宗人滂亦預選，丕顯隨呼且東矣。判官趨升殿，有所白，旋下，入東廊，抱文書葉本多「一」二字。巨沓而上，揭以示王。王繙葉本作「審」。閱移時，連頷首。判官復下，卻挽使西。愠而寤，憮然不樂。是年下第，滂獨登科。丕顯知夢已驗，但不曉坐何事嬰罰。自是無進取意，蹭蹬恰葉本作「殆」。一紀，用免舉到省，乃獲正奏名。既廷試，喜曰：「事畢矣。」尚以唱名係念。又夢適曠野，徘徊竚立，望神人冉冉由雲端下，顧己曰：「汝欲見及第勑乎？」出袖中小軸展示之，乃黄牒也。其前大書「龔丕顯」三字，又細書曰：「爲不合爭論昏姻事，展十二年。」驚起，具語所親曰：「不善事不可爲。頃時，鄉里有失行婦人與惡子通者，吾之甥聞而訐之。惡子懼，與婦人約，急葉本作「乃」。納幣結昏，吾甥亦强委禽焉。惡子不能平，訟於官。甥謁吾求援，吾與爲道地，竟得妻。一時良以爲得策，不謂陰譴分明乃如是，悔之何及也？」丕顯爲餘干尉，竟不達而卒。

遜長老

李似之侍郎彌遜爲臨川守，以父少師公忌日往疎山設僧供，與長老行滿共飯。滿年八十餘矣，飯且竟，熟睨李曰：「公乃遜老乎？」李不應，左右皆愕。俄又曰：「此老僧同門兄也，名上下二字皆與公同。自聞公出守，固已疑之。今日察公言笑動作、精采容貌，了不見少異，公其後身復何疑？」李扣其以何年終，則元祐戊辰，正李初生之歲也。李亦感異，還家，揭燕寢曰小雲堂，而賦詩曰：「老子何因一念差？肯將簪紱換袈裟。同參尚有滿兄在，異世猶將遜老誇。結習未忘能作舞，因緣那得見拈花？卻修淨業尋來路，澹泊如今居士家。」李初命名時固得於夢兆，甲志載之矣。

王寓判玉堂

九江人王寓，政和間爲洪州進賢主簿。將受代此下宋本闕一葉。下一葉嚴本於中縫注「補」字，文字與本條不相合，必係元人剜板，誤以他條列入。

福州人病目，兩瞼間赤溼流淚，或痛或癢，晝不能視物，夜不可近燈光，兀兀癡坐。其友趙以上三十四字據《名醫類案》補。子春語之曰：「是爲爛緣血風，我有一藥正原本空一格，據《類案》補。治此，名曰二百味草花《類案》作「花草」。膏。」病者驚曰：「用藥品如是，世上方書所未有，豈易遽辦？君直相戲耳。」趙曰：「我適有見上二字《類案》作「見有」。藥，當以與君。」明日，攜一錢七至，堅凝成膏，使以匙抄少許入口。一日淚止，二日腫消，三日痛定，豁然而愈。乃往謁趙致謝，且扣其名物，笑曰：「只是用一羯羊膽，去其皮《類案》作「中」。脂，而滿填好蜜，拌勻，勻《類案》作「蒸」。之候乾，則《類案》作「即」。入鉢研細爲膏。以蜂採百花，羊食百草，故隱其名以昡人云。」《類案》作「耳」。或云亦有它方證載云。

汀民呪詛按：目録作「詛」。獄

汀州民聶氏與某氏爲詛，久之，兩家數十口相繼死。唯聶氏子慶獨存，從長老法海住南巖寺。三年，海遷天寧，慶與之俱，中塗遇瘴疾，死而復甦，語海曰：「似夢中見五人來相逮甚遽，云：『追汝久矣。汝在南巖，吾不敢進，今須汝往圓案也。』」驅逐疾行。慶皇懼，念佛乞哀救。至麻潭渡遇白衣□主于道，五人俯伏屏息。巖主告之曰：「不必慶此下闕。原本下接《温大寶木》條「送死者唯此木爾」句，實係錯簡，陸本亦同。

温大寶木

乾道九年，贛州瑞金縣市橋壞，邑宰孫紹發錢授狗脚寨巡檢翟珪買木繕治。縣民温大家有杉木，其巨者一本，圍五尺。前二年其母伐以爲終身之用，未暇鋸斵也。子無狀，不與母議，徑詣里正胡璋、劉宗佃售之。得錢萬二千，悉掩爲己資。母悲泣曰：「吾年八十五，旦暮入地矣，百物無用，以上據葉本補。送死者唯此木爾。汝爲我子，何忍見奪耶？」翟珪遣軍校張有部役夫葉本作「張有部夫役往取」。方欲牽挽，木從山自衮下，其末斷折丈許，葉本多「不堪駕橋矣」五字。見者異焉。四月初，温在田蒔稻，忽大風雨作，雷擊仆于地。其身由鼻準中分，右畔如火所爇，煙色黲黲然，左畔半體仍舊而不死。今母子皆存。翟珪說。

陳十四父子

贛州興國縣村民陳十四，事母極不孝，嘗因鄰人忿爭，密與妻謀，牽其母使出鬬。母久病瞽，且老，不能堪，捽拽顛仆至於上二字葉本作「而」。死。遂告于葉本無「于」字。縣，誣云：「爲鄰所毆殺。」里巷及其妹共證爲不然。縣執陳繫獄，未及正刑而斃，時乾道六年也。後三年，陳妻度溪視女，遭震雷，擊死於水中。厥子聞之，奔至溪旁，采長藤入水纏母尸，挽而上之。上二字葉本作「登」。岸上葉本無「上」字。人勸以身負，上二字葉本作「負歸」。不肯聽。雷復震一聲，亦擊死，其家遂絕。知縣穆淮說。

西津亭詞

葉少藴左丞初登第，調潤州丹徒尉。郡守器重之，俾檢察征稅之出入。務亭在西津上，葉嘗以休日往，與監官並欄干立，望江中有彩舫，傣亭而南，滿載皆婦女，嬉笑自若。謂爲貴富家人，方趨避之，舫已泊岸。十許輩袨服而登，徑詣亭上，問小史曰：「葉學士安在？幸爲入白。」葉不得已出見之，皆再拜致詞曰：「學士雋聲滿江表，妾輩乃真州妓也，常願一侍尊俎，愜平生心，而身隸樂籍，儀真過客如雲，無時不開宴，望頃刻之適不可得。今日太守私忌，郡官皆不會集，故相約絶江此來，殆天與其幸也。」葉慰謝，命之坐。同官謀取酒與飲，則又起言：「不度鄙賤，輒草具殽醞自隨，敢以一杯爲公壽。願得公妙語持歸，誇示淮人，爲無窮光榮，志願足矣。」顧從奴挈榼而上，饌品皆精潔，迭起歌舞。酒數行，其魁捧花牋以請，葉命筆立成，不加點竄，即今所傳《賀新郎》詞也。其詞曰：「睡起聞鶯語。點蒼苔、簾櫳晝掩，亂紅無數。吹盡殘花無人見，唯有垂楊自舞。漸暖靄、初回輕暑。寶扇重尋明月影，暗塵侵尚有乘鸞女。驚舊恨，鎮如許。江南夢斷橫江渚。浪黏天、蒲陶漲淥，半空煙雨。無限樓前滄波意，誰采蘋花寄取？但悵望、蘭舟容與。萬里雲帆何時到？送孤鴻目斷千山阻。重爲我，唱金縷。」卒章蓋紀實也。此詞膾炙人口，配坡公「乳燕華屋」之作，而葉公自以爲非其絶唱，人亦罕知其事云。葉晦叔說。

吉撝之妻

岳州平江令吉撝之，唐州湖陽人。初娶王氏，樞密倫女弟也。既亡，復娶同郡張氏，居于長沙。張氏生女數日得危疾，醫不能治。其母深憂之，邀巫媪測視，云：「王氏立於前，作祟甚劇。」命設位禱解，許以醮懺，不肯去。巫語撝之曰：「必得長官効人間夫婦決絶寫離書與之，乃可脱。」撝之不忍從。張日加困篤。不得已，灑淚握筆，書之授巫。即雜紙錢焚付之，巫曰：「婦人執書展讀竟，慟哭而出矣。」張果愈。生人休死妻，古未聞也。張與予室爲同堂姊妹，今尚存。

胡生妻

尉氏縣富家子胡生，再娶張氏女，頗妬。胡嬖一尼，畜于外甚久。張知之，呼其夫歸，責怒捽挽，至欲以爐灰眯其目。胡脱手走，曰：「寧痛箠我，此豈得然？」張益忿，自投于庭，展轉咆擲。時有娠越八月矣，困劇間在地昏睡，夢胡之前妻來曰：「彼乃我夫，汝安得輒據？吾今殺汝兒。」卽舉拳築其腹。悸而寤，始道所見，扶痛入室，已不可堪。所居去縣四十里，亟呼乳醫，醫未至，胞墮地而死。

謝眼妖術

謝眼者，贛州寧都人，一目眇，而有妖術。嘗與客坐村店，遥望數婦人著新衣出遊，戲謂客曰：「彼方袨服，吾必使之跣行。」袖手良久，諸人果裴回窘撓，皆脱履襪，搴衣而過。既至前，問其故，曰：「沮洳被徑，殊爲妨人。」謝笑命反顧，則坦途自若也。一小兒負餅餌兩畚隨其母歸外家，謝就求之，兒不可。卽取青竹篾一條，密置後畚。兒覺擔頗重，行稍遲，母屢待之。俄而偏重不能舉，怪而發羃，但見小青蛇滿其中，大懼，悉棄之。又有民挈猪頭以過者，謝曰：「吾能得此以侑觴。」默誦呪數十言。民行至山下，訝血臭，視之，已變爲人首矣，怖而走。謝徐取以歸，與客煮食。每入酒家飲，無敢不致敬。或待遇小不愜，則抛擲葦杖而出，便有蛇出地上，酒徒皆避席。由是鄉里畏事之。後年老貧悴以死，其後亦絶。陳熙説。

薛士隆

薛士隆季宣家既遭九聖之異，其後稱神物降其居者尚連年不絶。乾道癸巳歲，自吴興守解印歸永嘉，得痔疾，爲庸醫以毒藥攻之，遂熏烝至斃。死之數日，其子沄病中聞若有誦禪氏所謂偈者，其語云：「議著卽差，擬著卽錯。挑起杖頭，將錯就錯。魚鳥飛沉，各由至樂。要知樂處，無夢無覺。」吁，亦異矣。士隆學無所不通，見地尤高明淵粹，剛正而有識，方向用於時，年財四十而至此極。善類咸嗟惜焉。官止通直郎，待常州闕，不及赴。

洞庭走沙

謝巽與權，乾道七年十一月，自澧州守受代，與其孥陸行抵巴陵，舍于岳陽樓。凡輜重之屬悉置兩大舟，又空一舟，規以自載。涉重湖，後三日乃至岳。是日，岳守王習爲具招之，宴郡齋。舟方西來，司法吕棐官舍在樓側，當冬至節假，乘間率妻妾登坡上，縱目遥望湖心，有黑物甚長，乍出乍没，尾三舟而下。初以爲龍，土人曰：「是名走沙，江湖中雖有之而不常見也。」良久抵岸，謝亦還，遂乘舟去。吕復觀焉，黑物隨之如初。既行三十里，至九龍浦，欲赴道人磯宿泊。沙忽猛漲成圍，漸束及舡半。篙師大恐，入白謝，請急出避。遽呼家人，由沙上跳登岸。少頃，一巨黿升舟，其身長闊丈餘，以首并足盡力壓舟頂。重載者皆平沉入水，獨所乘輕者無恙。其生生之具并衾幬裘褐盡没。暮寒方厲，遣信假衣衾於王守。王令道人磯巡檢募兵卒善没者下拯之。水深不可測，樯竿高數丈猶不見表。知無可奈何，乃止。一家亦僅脱死，危矣哉！吕棐説。

淮陰人

紹興三十一年，浦城葉桊良貴爲淮陰邑令。士人有死三日而活者，云："被追入冥，至官府，追者引從東廂過，見儀仗列屋，皆萬乘所用。異之，不敢問。既立廷下，主者曰：『汝未合死，宜亟還。』遂由西廂出，所見如初。方扣其人：『此何用？』答曰：『府君將迎新天子，故排比乘輿法物耳。』及門而寤。"他日，以告葉，葉戒使勿敢言。明年，皇上登極，乃印其事。

淮陰民女

淮陰小民喪其女，經寒食節，欲作佛事薦嚴而無以爲資。母截髮鬻之，得六百錢。出街，將尋僧，值五人過門，迎揖作禮告其故。皆轉相推避。良久，一僧始留，曰："今日不攜經文行，能自往假借否？"婦人遍訪諸鄰，得《金光明經》一部以授僧。方展卷啓白，婦人涕淚如雨。僧惻然曰："不謂汝悲痛若此，吾當就市澡浴以來，爲汝盡心。"既至，潔此下至卷末，宋本爲一葉，嚴本於中縫注「補」字。誠持誦，具疏回向畢，乃受錢歸。遇向同行四人者於茶肆，扣其所得，邀與共買酒。已就坐，未及舉杯，聞窗外女子呼聲，獨經僧起應之。泣曰："我乃彼家亡女也，淪滯冥路久，適蒙師課經精專之功，遂得超脱。閻王已勑令受生，文符悉具，但未用印耳。師若飲酒破齋，則前功盡廢，實爲可惜。能忍俟明日乎？"僧大感懼，以語衆，皆悚然而退。亦紹興末年事也。

李婦食醋

世人飲啄之物各有冥籍，傳記所載，及丙志所書材乂弟婦豬肉，皆是也。泉南爲海錯崇觀之地，杯盤之間，非醋不可舉箸。李氏一婦獨不能飲涓滴，其弟因夢入冥對事，臨放還，過廊廡諸曹局，見門上榜曰「食料案」，就視之，正得泉州一簿，白吏借檢視。於女兄之下，每日所食，纖細悉具，但無「醋」字，乃取筆書「醋半升」三字。及寤而病瘳。女兄自是日遂啖醋如常人。

夷堅丁志卷第十三十五事

邢舜舉

邢舜舉者，大觀間由武舉入官，爲虢州巡檢。平生躭好道術，凡以一技至，必與之友。嘗獨行郊外，逢婦人竹冠道服前揖曰：「君非邢良輔乎？」曰：「然。」「一生何所好？」曰：「好修養術，然學之頗久，了未睹其妙。」曰：「君雖酷好，奈俗情未斷何。吾與君一藥，用新水服之，非唯延齡，又能斷衆疾，亦修真之一端也。」邢喜謝曰：「幸甚。」固未暇卽服，又探袖中取一方，目曰「還少丹」，授之曰：「餌此當有益。」稍疑其異人，試問休咎，曰：「前程難立談，君中年將困戹，晚始見佳處耳。」復扣其姓氏居止，笑曰：「與君相從久，何問爲？獨不憶壁間畫卷乎？乃我也。今日故告君，必敬必戒，毋忘斯言。」忽不見。邢亟還舍，審厥象，蓋所事何仙姑，道貌與適婦人無少異。怏怏自失，取水吞藥，且如方治丹，謹服之，覺精力益壯，顏色潤好。曁南渡，出入岳少保之門，歷福建路鈐轄，坐岳事貶竄。不數年，併失三子。家道淪替幾二十年，方得隨州鈐轄知郢州，後致仕居襄陽。逮乾道癸巳，春秋八十九矣，略無病苦，目光如童兒，髮不白，猶能上馬馳騁，人指爲還丹之驗。後三年方病，病起三月，又大瀉。腹中出一物如升，按：「升」字疑誤。堅滑有光，無穢氣。邢慘然語旁人曰：「藥丹既下，吾無生理矣。」明日而卒。予弟景裴官襄陽，及見之。

高縣君

紹興二十四年，保義郎李琦監和州東關鎮稅，家頗豐贍。有高指使者，赴官舒州，與其妻來謁，願貸錢五萬爲行裝，約終任償倍息。李如其數假之。高既滿任，欲如約，妻曰：「百千不易辦，幸相去遠，彼未必來索，姑俟他日可也。」高然其計。歸塗過和州，不見李。後三年，李爲黄州巡轄官，方晝倦卧，見高妻披騾皮來，拜堂上云：「負公家錢久，今來奉償。」未及答，徑趨馬廐。李驚覺，廐卒報馬生牝騾，往視之，正卧母旁，未能動。李咨歎良久，與語曰：「高大夫借錢，我固不介意，那至此？若果縣君也，盍起行。」應聲跳躍，行數步。李大驚異，遣書扣高生，其妻正用是日死。李飼養此騾，不忍乘，外人或欲見，則徐徐牽以出，但呼爲「高縣君」云。

李遇與鬼鬥

無爲君指使李遇迎新郡守於城西，既行十餘里，闇尚遠，遂還家。忽百許小兒從路旁出，皆始四五歲，大呼而前，合圍擊之。李初不懼，與相毆，每奮拳必十數輩仆地。然才仆即起，已散復合，如是數四。有躍而登肩取巾搊髮者。李益窘，走不可脱，且擊且前。一老叟，布袍草屨，不知自何來，厲聲咄曰：「此官人常持《法華經》，若損他，豈不累我？」叱令退。小兒遂散，老人亦不見。李回及門，不能行，門卒扶以歸，至家惛不醒。諸子揭衣視，但青痕遍體，即就其處招魂，呼僧誦經。涉半年餘，始策杖能出。老人疑爲土地神云。時紹興二十八年也。

潘秀才

漢陽學士潘秀才，晚醉出學前，臨荷池，欲采蓮而不可得。見婦人從水濱來，行甚急，問潘曰：「日已暮，何爲立此？」潘曰：「汝爲誰？」曰：「東家張氏女也。今夕父母並出，心相慕甚久，良時難失，故來就君。」潘大喜，攜手同入。自是旦去暮來，未兩月，積以羸悴。同舍生扣其由，祕不肯答。學正張盥苦詰之，乃具以告。張曰：「子將死矣！彼果良家女，焉得每夜可出，又入宿學中？此非鬼即妖。若欲存性命，當爲驗治。」潘懼而求教。張取針串紅線付之，使密施諸衣裾上。是夕用其策。明日，一學人分道遍訪僧坊祠室，或於桃花廟壁上見繪捧香盤仙女，紅線綴裙間，即以刀刮去，且碎其壁。怪遂不復至。

周三郎

潁昌舞陽縣石柱村，去縣十餘里，路中素有怪。村民李順者，入縣酣醉，抵暮跨驢歸。出門未遠，或自後呼其姓名曰：「我乃汝比鄰周三郎，適往縣市幹事回，脚氣忽發，步履絶艱苦。汝能與我共載還家，當作主人以報。」順雖醉，尚亦記此地物怪，不敢應，亦不反顧。其人怒曰：「相與鄰里，無人情如此，吾必與汝同此驢。」語畢，已坐於鞍橋後。順甚窘，密解所服絛，轉手併繫之，加鞭亟行。漸近家，遽連聲欲下，曰：「須奏廁。」順復不對。又曰：「汝且回頭看我。」言至再三，順佯若不聞。到家，寂寂無聲，呼其子就視，乃朽棺板也。斧而焚之，路怪由是遂絶。

漢陽石榴

紹興初，漢陽軍有寡婦事姑甚謹。姑無疾而卒，鄰家誣婦置毒，訴於官。婦不勝考掠，服其辜。臨出獄，獄卒以石榴花一枝簪其髻。行及市曹，顧行刑者曰：「爲我取此花插坡上石縫中。」既而祝曰：「我實不殺姑，天若監之，願使花成樹；我若有罪，則花即日萎死。」聞者皆憐之，乃就刑。明日，花已生新葉，遂成樹，高三尺許，至今每歲結實。

昭惠齋

武昌村民共設昭惠齋，一牧童得饅頭二隻，以木葉包其一，置腰間魚𥱧中。將還家，天忽冥晦，雷電以風，童仆地，少頃復起行。見者問其故，童曰：「初不聞雷聲，但見神人數百疾驅至，頗相逼。有老人握我手曰：『汝何敢以齋食置魚𥱧中？』我答曰：『欲歸遺母。』老人喜，即揮衆使退。」

孔勞蟲

孔思文，長沙人，居鄂州。少時曾遇張天師授法，并能治傳尸病，故人呼爲孔勞蟲。荆南劉五客者，往來江湖，妻頓氏與二子在家，夜坐，聞窗外人問：「劉五郎在否？」頓氏左右顧，不見人，甚懼，不敢應。復言曰：「歸時倩爲我傳語，我去也。」劉歸，妻道其事，議欲徙居。忽又有言曰：「五郎在路不易。」劉叱曰：「何物怪鬼，頻來我家？我元不畏汝！」笑曰：「吾卽五通神，非怪也。今將有求於君，苟能祀我，當使君畢世鉅富，無用長年賈販，汩没風波閒。獲利幾何，而蹈性命不可測之險？二者君宜詳思，可否在君，何必怒？」遂去，不復交談。劉固天資嗜利，頗然其説，遽於屋側建小祠。卽有高車駿馬，傳呼而來，曰：「郎君奉謁。」劉出迎，客黄衫烏帽，容狀華楚，才入坐，盤飧酒漿絡繹精腆。自是日一來，無間朝暮，博弈嬉笑，四鄰莫測何人。金銀錢帛，贈餉不知數。如是一年，劉絶意客游，家人大以爲無望之福。他夕，因弈棋争先，忿劉不假借，推局而起。明日，劉訪篋中，所畜無一存，不勝悔怒，謀召道士治之。適孔生在焉，具以告。孔遣劉先還，繼詣祠所，炷香白曰：「吾聞此家有祟，豈汝乎？」空中大笑曰：「然。知劉五命君治我，君欲何爲？不過効書符小技。吾正神也，何懼朱砂爲？」孔曰：「聞神至靈，故修敬審實，何治之云？」問答良久，孔誚之曰：「吾來見神，是客也，獨不能設茶相待耶？」指顧閒，茶已在桌上。孔曰：「果不與劉宅作祟，盍供狀授我。」初頗作難，既而言：「供與不妨。」少頃，滿桌皆細字，如炭煤所書，不甚明了。」孔謝去，慰以好語曰：「今日定知爲正神，劉五妄訴，勿恤也。適過相觸突，敢請罪。」既退，以語劉，料其夕當至，作法隱身，仗劍伏門左。夜未半，黄衣過來，冠服如初，徑入户。孔舉劍揮之，大叫而没，但見血中墮黄鼠半體。旦而迹諸祠，正得上體於偶人下，蓋一大鼠也。毁廟碎像，怪訖息。

梁統制

鄂州選鋒軍統制梁興，嘗以廳前水斛竭，呼舍中卒訶問。卒謝罪，已而復然。梁大怒，欲加箠。卒曰：「每日滿貯水，其敢慢？有如公弗信，願至晚一臨視，可知矣。」乃釋之，但命輦水滿斛，然後退。明日復空，頗訝其異，戒使謹伺之。才二更，一大蟒從屋背垂首下飲，頃刻而盡，遽入白。梁遣小校迹其所往，歷歷見過江，至大别山下直入深窟中。居人咸言：「此物穴居有年，未嘗爲人害，人亦莫敢近也。」明旦，梁呼帳下趙諄，領數十壯卒，操勁弓、傅毒矢渡江，又令一人登山吹笛。少焉蟒出，立射殺之。數夕後，梁夢婦人來，作色言曰：「我何罪於君，枉見殺？今相從索命！」趨而前，欲搏梁。梁大窘，卽與之鬥。婦人不勝，曰：「姑以大郎君爲代。」未幾，長子果卒。諸兵死者數輩，餘亦大病。趙諄懼，晝夜焚香禱謝，僅得免。越四歲，梁亡。漢陽人謂蟒爲山神，故能報仇如是。然生不能庇其軀，捨江水不飲而遠戀斛中以自取禍，何也？

李氏虎首

乾道五年八月，衡湘間寓居葉本作「客」。趙生妻李氏，苦頭風痛不可忍，呻呼十餘日。婢妾侍疾，忽聞咆哮聲甚厲，驚視之，首已化爲虎。急報趙，至問其由，已不能言。兒女圍繞拊之，但含淚捫幼子，若憐惜狀。與飲食，略不經目，與生肉，則攫取而食。六七日後，稍搦在旁兒女，如欲啖食，自是人莫敢近。趙异置空室，扃其户，日飼以生肉數斤。邀其友樊三官來，告之故，欲除之。

樊曰：「不可。李爲人無狀，衆所共知，上天以此示警。若輒去之，殃咎必至。盍與之焚章告天，使得業盡而死，亦善事也。」趙如其言，命道士作靈寶度人醮數筵，李方絶命。生時凶戾很妬，不孝翁姑，暴其親鄰，趙生不敢校。及是，無人葉本無「人」字。憐之者。右十事皆梅師忠說。

張尚書兒

張克公尚書夫人劉氏生三子，皆不育。其狀甚異，一無舌，一陰囊有腎十枚。張公竟無子。劉夫人御婢妾少恩，每瞋恚輒閉諸空室不與食。晚年不能飲啖，十日共食米一升，銷瘦骨立乃卒。人以爲業報云。劉氏，予外姑之姊也。

閻四老

方城縣鄉民閻四老，得疾已亟，忽語其子曰：「我且爲驢，試視我打驟。」即翹足仰身，翻覆作勢，其狀真與驢等。又曰：「可剉細草和蒸豆來，我欲飽食而死。」家人泣而進之。據盆大嚼，略無遺餘。食畢復卧，少頃氣絶。閻平生蓋在鄉里作牙儈者。

葉克己

壽昌葉克己，年十歲時從其父大夫將居揚州，病赤目，繼以血利，久之，大小便皆結塞。遇一僧曰：「是服藥茹毒，元藏已壞，今當取而下之。」即出外，旋剉治藥十兩許，擣入，漬以酒使服，預戒其家具浴盆以俟。少焉，腸胃痛徹，亟踞盆，有物墜於內，乃腐腸也，長丈許。如是者再，氣息僅屬，父兄謂必死。至晚，忽呻呼索粥，旦而履地，一家驚異之。俄大疽發於陰尻間，穿七竅，糞溺自其中出，臭污不堪聞。僧曰：「此非俗人家所能供視，當隨吾以歸。」既而不勝其煩，復以還葉氏。蓋又十年，從其兄行己寓蘭溪，有道人過而語之曰：「汝抱疾甚異，吾能識之。但飲我酒，明日爲汝治，一錢不汝索也。」即取酒二升與飲。喜曰：「良醞也，所釀幾何？」曰：「五斗。」戒使悉留之，乃去。明日果來，燒通赤火箸剸入尾閭六七寸，晏然如不覺。繼以冷箸塗藥，隨傅之，數反。又燒鐵劊烙疽上，皮皆焦落，然後摻藥填六竅而存其一，曰：「不可窒此，窒則死。」兄在旁不忍視，掩袂而起。財兩夕，瘡痂盡脱，所烙處肉已平，六竅皆盈實，腹内别生小腸。自是與常人亡異，飲啖倍於他日，而所下糞全似雞。遂娶妻生子。年過五十，疽復發於臍下，洞腹乃死。凡無腸而活者四十二年，世間無此病也。二醫疑皆異人云。

臨安民

臨安民，因病傷寒而舌出過寸，無能治者。但以筆管通粥飲入口，每日坐於門。某道人見之，咨嗟曰：「吾能療此，頃刻間事耳，奈藥材不可得何？」民家人聞而請曰：「苟有錢可得，當竭力訪之。」不肯告而去。明日，又言之，會中貴人罷直歸，下馬觀病者，道人適至，其言如初。中貴固問所須，乃梅花片腦也。笑曰：「此不難致。」即遣僕馳取以付之。道人屑爲末，摻舌上，隨手而縮，凡用二錢，病立愈。右二事葉行己孝恭説。

雞頭人

徐吉卿侍郎嘉居衢州之北三十里。乾道六年間，白晝有物立於牆下，人身雞頭，長可一丈。侍妾出見之，驚仆即死。健僕或持瓦石揮擊，若無所覺，良久乃没。徐之次子官於秀州，數日後聞其訃，正此怪見之日。而徐公壽考康寧，固未艾，怪不能爲之祟也。徐公宗人説。

夷堅丁志卷第十四 十二事

武真人

武真人，名元照，會稽蕭山民女也。方在孩抱，母或茹葷，輒終日不乳，及菜食，則如初。母甚異之。年稍長，議以妻邑之富人，既受幣，照鞅鞅不樂。訓以女工，坐而假寐。母笞怒葉本作「怒笞」。之，謝曰：「非敢怠也。昨夢金甲神告以后土葉本多「夫人」二字。見召，與之偕往，入雲霄間廣殿下，見高真坐殿上，玉女列侍，招我升殿，戒曰：『汝本玉女，頃坐累暫謫塵境，三紀復來，汝歸休粮，遂葉本無「遂」字。棄人間事。』及覺，欲不食，而母見强。又夢神怒曰：『命汝勿食，違吾戒何也？』剖腹取腸胃滌諸玉盆，復納于腹而緘之，因授靈寶大洞法及大洞大法師回風葉本無以上八字。混合真人印，俾度世之有疾者。」母聞言驚悟曰：「兒，異人也，予爲兒絶姻事，俾遂迺志。」自是獨居淨室，問以符水療人疾，遠近奔奏明鈔本作「湊」。求符。或邀過家視病，則命二僕肩輿以行，不裹糧。至中塗，從者餒，但市桃兩顆，呵氣授之，人食一桃往數十里不飢。侍御史陳某居錢塘，以天心法治人疾。舍旁别圃建層樓，圃人告，有騎而行其上者，陳叱去曰：「焉有是？」薄暮，携劍印宿于下，亦聞葉本多一「人」字。馬聲。未幾，家人扣門趣之歸，曰：「幼女係空中，如物羈縻狀。」視之信然。女昏不知人累日。陳詣樓設醮厭葉本多一「禳」字。之，火起壁間，倉卒奔下，火亦止。又召道士攝治，及門，亡其巾。家人益恐，致書招元照。照衣冠造之，陳女起迎門，笑語若初無疾者。照携之宿樓上，越三晝夜無所睹，女亦泰然。韓子㞐太尉公裔官輦下，嘗自書章，擬奏于天，述遭遇太上與運事，人無知者。邀照奏之，俯伏良久乃起。誦章中語，無一非是，且曰：「上帝嘉公恬靖，無覬幸。葉本多一「意」字。批答云：『謹守千二日辨曹賞厥功。』」後皆應如照言。韓自幼患足疾，每作，至不得屈申。照爲按摩，覺腰間如火熱，又摩其髀亦熱，拂拂有氣從足指中出，登時履地，厥疾遂瘳。韓僕宿於廬側隘舍，夜夢鬼物壓其身，叫呼而出。值照至，不告之故，與葉本無「與」字。縱步至其處。照及户而返，曰：「室有自縊者，蓬首出舌，見吾求度。」卽書符，命僕焚之。夜夢人謝過曰：「吾得真官符超生，不復來矣。」啓闔而出。韓氏設榻留照寢，不聞喘息，徐見青雲起鼻端，一嬰兒長三寸許，色如碧流離，光射一榻，盤旋腹上，頃之不見。張循王家婢葉本作「妾」。有娠，過期不產，請照往。諸婢葉本作「妾」。雜立，照獨視孕者，咨嗟曰：「爾宿生爲樵夫，嘗擊殺大蛇，今故讎汝，在腹食爾五藏，盡乃已。」急白王出之，書二符授婢。婢上二字葉本均作「妾」。如戒焚符，以水飲訖，產一大蛇。王聞之大駭，敬禮之，欲贈以金繒，不受。復如韓氏，留歲餘欲歸，止之不可，涕泣而別，言：「予不再至矣。」衆疑其將羽化也。旦日，拏舟歸蕭山，至家無疾而卒。葉本作「端坐而逝」。先是，邑中十餘家俱見照衣道服各詣其家聚話，移時乃去。數日，或詣照家訪之，家人云：「死矣。」邑子數輩先後至者，同曰：「昨方至吾家，何遽爾？」驗其訪諸人日，乃尸解日云。時紹興十一年也。韓俁廷碩說。

存心齋

趙善璉與其弟居衢州，肄業城內一寺，牓小室曰「亦樂齋」。是歲獲解，而絀於春官。或爲言：「樂」與「落」同音，士子所深諱，而以名其居，宜不利矣，乃改爲「居易齋」。久之，夢老翁高冠雪頟來相訪，指而言曰：「子所以易此者，正以樂字爲不美，獨不思居易者，唐白樂天之名乎？白樂之稱，尤爲未韙。」璉謝曰：「然則何爲而可？」曰：「當命爲存心齋可矣。」覺而更之，遂以乾道五年登第，調章貢幕官爲予言。

明州老翁

明州城外五十里小溪村有富家翁造巨宅，凡門廊廳級皆如大官舍。或諫其爲非民居所宜，怒不聽。財成而翁死，其子不能守。先是，魏南夫丞相寓城中，無宅可居，及罷相來歸，空橐中得千萬買之。家人時時見老翁往來咨歎，如有恨者，共以白丞相。爲立小室，塑以爲土地，自是不復出。徐閎說。

千雞夢

新安郡士人，夢雞數百千隻飛翔庭中。時方應舉，疑非冲騰之物，以告所善者。或曰：「世謂雞爲五德，今若是其多者，千得萬得也，可爲君賀。」果登科。羅頡說。

武唐公

武唐公者，本閬州僧官，嗜酒亡賴。嘗夜半出扣酒家求沽，怒酒僕啓户遲，奮拳揕其胸，立死。踰城亡命，迤邐至台州國清寺，自稱武道人。素精醫技，凡所拯療用藥皆非常法，又必痛飲斗餘，大醉趺宕，方肯診視，然疾者輒痡。後浪游衢州江山縣，豪族顔忠訓之妻毛氏，孕二十四月未育。武乘醉欲入視，顔曰：「道人醉矣，須明旦可乎？」武曰：「吾自醉爾，病人不醉也。」遂入，又呼酒數升，乃言曰：「賢室非妊娠，所感甚異，幸其物未出，設更半月，殆矣。吾請言其證：平生好食雞，每食必遣婢縛生雞於前，徐觀其死，天明一飽食，終日不復再飯。審如是乎？」顔生驚曰：「誠然。」武與約，索錢至二十萬，始留藥一服，戒家人預備巨鉢及利刃，曰：「卽餌藥，中夕腹痛，當喚我。」如期，果大痛，急邀之入。入則毛氏正産一物，武持刃斷爲兩，覆以鉢，命婢掖孕者起，繞房行。明旦，啓鉢視之，蓋大鼈也。首足皆成全形，目亦開，特爲膜所絡，動轉未快，故不能殺人。顔生敬謝，欲償元約，且以所主酒坊與之。皆笑不取，曰：「吾特戲君耳。」建炎中卒於國清，年八十餘歲。國清僧道益從其學醫，話此事。

孔都

饒州獄卒孔都，素與酒家婦人游。一日過其門，用他故争鬨，郡牙校夏生適見之。明晨，婦人訴於郡，夏生頗左右之。孔受杖，心銜其事。後數日出，至永平監之東，欲買酒，而夏生又先在彼，望見孔入，從後户佚去。孔徑回，抵贍軍庫，以私醖告官。官亟追賣酒人，并比鄰送獄。獄成，釀者坐徒刑，且籍産拆屋，四鄰皆均賞錢。夏生亦被罪。釀者當出賞百餘千，無以償，至於鬻其女。不勝怨，率鄰人共詣東嶽行宫，具訴孔夏私隙遷怒破其家，祈神爲主。是日，孔在家，忽震恐不自持，呼妻子及里人聚坐，過夜半，乃言："遭十餘人見捕，賴此間黨盛，今舍去矣。"天未曉，索衫著出，曰："當往獄官廳。"是晚不還家。歷五日，或言有溺死於澮津湖者，孔妻驚疑必其夫，及廂官撈出尸，果也。蓋孔挾一時之忿，致諸家撓壞如此，故神殛之云。淳熙元年四月也。

白崖神

梓潼射洪縣白崖陸使君祠，舊傳云姓陸名弼，終於梁瀘州刺史，今廟食益盛。政和八年十月七日，蜀人迪功郎郭時自昌州歸臨卭，過宿瀨川驛，夢爲二吏所召。行數里，至官府，極宏麗，廳事對設二錦茵，庭下侍衛肅然。頃之，朱紫吏十輩擁一神人，紫袍金帶，引時對立。時愕眙未及言，神顧曰："且易服。"乃退如西廡。吏云："王自言與君有同年家契，當受君拜，曷爲不言？王甚不樂。"時曰："王爲誰？"曰："射洪顯惠廟神，昔年瀘南安撫使英州刺史王公也。其子雲，今爲簡州守。"時始悟與雲實同年進士，甚懼，曰："然則欲謝不敏，且致拜，可乎？"吏曰："可。"再揖至茵次，通敍委曲，因再拜。神喜，跪受勞問，如世間禮，遂就坐。神曰："吾入蜀踰一紀矣，曩過陸使君廟，留詩曰：『瀘州刺史非遷謫，合是龍歸舊洞來。』一時傳誦，指爲警策。暨以言事得罪，棄官謝世，獲居於此，獨恨王氏族人無知者。藉子之簡州，告吾兒。」時敬諾。寤後六日，至簡池，原本字形不全，今從陸本補。謁太守弗獲，不得告。明年，過資州，復夢神召見，責其食言，時愧謝，神曰：「是行必爲我言之，吾近數有功於民，不久亦稍增秩禮命矣。」時既覺，兼程至簡，以手書達所夢。太守感泣，訪手澤於家而得其詩。王公名獻可，字補之，自文階易武，仕至諸司使英州刺史知瀘南而卒。豈非代陸公爲白崖神乎？龍歸洞之事，見於廟記。宣和七年，宇文虛中與雲同在河北宣撫幕府，爲作記云。

慈感蚌珠

大觀中，湖州人邵宗益買蚌於市，烹而剖之。其一有珠，宛然成羅漢像，偏袒右肩，矯首左顧，衣紋畢具。觀者敬駭，遂奉以歸慈感寺。寺僧櫝藏，客至必出示。葉少蘊作詩云：「九淵幽怪舞垂涎，游戲那知我獨尊？應跡不辭從異類，藏身何意戀窮源。歸來自説龍宮化，久住方驚鷲嶺存。此話須逢老摩詰，圓通無礙本無門。」一時名流屬和甚衆。曾公袞紆云：「不知一殼幾由旬？能納須彌不動尊。疑是吴興清霅水，直通方廣古靈源。月沉濁水圓明在，蓮出汙泥實性存。隱現去來初一致，莫將虛幻點空門。」此寺臨溪流，建炎間，兩浙提刑楊應誠與客傳玩，不覺越檻躍入水中。四坐失色，亟禱佛，求之於煙波杳茫之間，一索而獲。葛常之立方説。

蔡郝妻妾

蔡待制之子某，建炎間自金州□陽令解官，避地入蜀。久之，得監大寧監鹽井，挈家之任。妻生男五歲，女三歲矣，同處一舟。而蔡私挾外舍婦人，別乘一小艇，日往焉。常相距數里，至暮或相失，妻密知之。平旦，遣童持合至蔡所，曰：「孺人送點心來。」啓之，則二兒首也。蔡驚痛如癡，止棹以須其至，至已自刎矣。蔡竟與嬖人之官，持身復不謹，爲郡守王君所按。其家多貲，悉傾倒以獻，僅得免，未幾亦卒。郝師莊者，嘗爲忠州墊江令，後寓夔府僧寺。妻先亡，一妾有子，專家政。郝生招同寺人飲酒，或指牆而笑曰：「此處獨無瓦，又光潔，得非僧徒夜踰垣至君內乎？」郝信以爲然，日夕訶責其妾，疑忌百端，雖小故不捨。妾不勝寃忿，伺郝曉出，即刃厥子，且藏刀衣下。郝聞變走還，及門欲入，適別婢擁篲在前，瞬目使去。凶妾知不可柰，亦自戕。婦人天資鷙忍，故殺子隕身而不憚，傳記中所載或有之。

郭提刑妾

政和末，陝西提刑郭允迪招提舉木筏葉大夫飲酒，出家伎侑席。一姬失寵於主人，解逢迎客意。葉乘醉謔之曰：「吾從主公求汝，必可得。當卜日遣車相迎。」姬大喜滿望，信爲誠說，窮日夜望之，眠食盡廢，遂綿綿得疾不能興。傍人往視病，輒曰：「葉提舉車馬來未？」明年元夕，忽自力新粧易衣，告人曰：「向正約今日，而肩輿果來，我卽去。」才舉步，奄然而隕。蓋葉君酒間戲言，旋踵不記憶，此姬乃用迷著以致死。二司皆在河中府，時外舅爲學官云。

劉十九郎

樂平耕民植稻歸，爲人呼出，見數輩在外，形貌怪惡，叱令負擔。經由數村疃，歷洪源、石村、何衝諸里。每一村必先詣社神所，言欲行疫，皆拒却不聽。怪黨自云：「然則獨有劉村劉十九郎家可往爾。」遂往，徑入趨廡下客房宿，略無飲食枕席之具。明旦，劉氏子出，怪魁告其徒曰：「擊此人右足。」杖纔下，子卽仆地。繼老媪過之，令擊左足，媪仆如前，連害三人矣。然但守一房，不浪出。有偵者密白：「一虎從前躍而來，甚可畏。」魁色不動，遣兩鬼持杖待之，曰：「至則雙擊其兩足。」俄報虎斃於杖下。經兩日，偵者急報北方火作。斯須閒㷊勢已及房，山水又大至。怪相視窘懼，不暇取行李，單身亟奔。怒耕民不致力，推墮田坎中。蹶然起，則身乃在牀卧，妻子環哭已三日。鄉人訪其事於劉氏，云：「二子一婢，同時疫困。」呼巫治之，及門而死。復邀致他巫，巫懲前事，欲掩鬼不備，乃從後門施法，持刀吹角，誦水火輪呪而入，病者卽日皆安。予於乙志書石田王十五爲瘟鬼驅至宣城事，頗相類。

雷震犬

淳熙元年六月十五日，饒州大雷雨。市店有客携獵犬來數日矣，是日正午，卧於茶桌下，忽濃雲蔽屋，店中漸暗。客妻出呼犬，爲一青面長人掣其手使去。少頃開晴，犬已死，毛皆焦灼直上，屋瓦碎者甚多。犬之罪無由可知，然雷威亦褻矣。

夷堅丁志卷第十五 十六事

譚李二醫 此下宋本闕二十七行。

夢龜告方

冀州士人徐蟠，因墜馬傷折手足，痛甚，命醫者治之。其方用一活龜，既得之矣，夜夢龜言曰：「吾惟整痛，不能整骨，有奇方奉告，幸勿相害也。」蟠扣之，云：「取生地黄一斤，生姜四兩，搗研細，入糟一斤，同炒勻，乘熱以布裹罨傷處，冷即易之。先能止痛，後整骨，大有神效。」蟠用其法，果驗。

田三姑

淄州人田轂女，嫁攸縣劉郎中之子。劉下世數年，田氏病，遣僕至衡山招表姪張敏中，欲託以後事，未克往而田不起。初，田有兄娶衡山廖氏女。女死，又取其妹。兄亦亡，獨後嫂在，乃與敏中同往弔，寓于張故居没嚴校：「没字恐譌。」山閣，時隆興甲申冬也。是夕，廖嫂暴心痛，醫療小愈，過夜半，欻起坐，語言不倫。張往省候，則其姊憑焉，咄咄責妹曰：「何處無昏姻，必欲與我共一壻？死又不設位祀我，使我歲時無所依。非相率同歸不可！」張諫曉之曰：「此自田叔所爲，非今嬸過。既一家姊妹，寧忍如此？」少頃，忽拱手曰：「叔翁萬福。」又曰：「慶孫，汝可上牀坐。」叔翁者，田三之季父翺，慶孫者，其稚子也，皆亡矣。蓋羣鬼滿室，左右盡悚。俄開目變貌，作田氏音聲，顧張曰：「知縣其爲姑來，姑生前有欲言者，今當具以告。」邀使稍前，歷道始死時，夫兄侵牟及婢妾竊攘事，主名物色，的的不差。且囑立所養次子爲劉氏後，復切切屏語，似不欲他人預聞。良久，洒淚曰：「我無大罪惡，不墮地獄道中，但受生有程，未能便超脫耳。」嗚咽而去。方附著時，廖氏眼頰笑渦，及十指纖長，全如田姑在生容貌。如是繼日來，訖于廖歸。明年春，將祔于劉塋，張與廖送葬，宿其冢次。方寒雨淒零，松風答響，皆起怖悸意。廖復爲所憑，張譙之曰：「必山鬼野怪假託，若真田三姑，何爲容色不與去冬等？」隨聲而變，宛然不少異，申言曩事，丁寧委曲然後已。迨廖氏還家，又來倩有禱於張，旁人曰：「張知縣居不遠，盍徑往白之。」曰：「宅龍遮我，雖欲入，不見容，我不免爲是。」後一年，廖卒，始絕。鬼附生人多矣，獨能使形狀如之，爲可怪也。

汪澄憑語

番陽人汪澄，家頗富，獨好以漁弋罣罦爲樂。年財三十，以乾道九年五月死。其妻，里中余氏女也，稍取其敖戲之具與人，或毀棄之。明年，七月旦初夜，妻在床未睡，覺四體悚淅，驚惴呼告其乳媪，媪亦然。俄頃，作澄語罵其妻曰：「賤人來！吾死能幾時，汝已萌改適他人意。二子皆十許歲，家貲殊不薄，豈不能守以終喪？吾甚愛鸚鵡、彫籠及雙角弓，何得便與三十五舅？」三十五舅者，妻之兄仲滔也，所居正比鄰，密覘壁間。澄厲聲曰：「何不入視我而顧竊聽？」滔懼，即舍去。又使招其仲兄，辭以疾。則歎息曰：「生時不相睦，固知其不肯來。吾父可得見否？」父老且病，扶杖哭而入。澄拱手而揖，爲恭敬聽命之狀。父曰：「兒既不幸早世，得不墮惡趣，寬吾悲心。無爲見怪於家，怖妻子也。」澄亦泣曰：「大人有言，澄當去。」媪遂厭然而默。如兩食頃，復附語呼其子曰：「我將出，而土地見阻，汝宜辦小祭，善爲我辭。」子遽殺雞取酒，詣祠禱解，媪乃蘇。□氏□客□□説。

聶進食厭物

北京人聶進，家世奉道，不茹犬雁鼈蒜之屬，唯進獨喜食。父常戒之，輒曰：「將止矣。」他日又如初。年二十二歲時，病傷寒，困頓，見青衣人來唤，遂隨以行。踰山涉水，乃抵大城門。門吏問：「此何人？」青衣曰：「聶進也。」吏曰：「來矣，可速行。」已而到一宫闕門下，復有吏，衣裾甚偉，亦抗聲問曰：「何人？」青衣復曰：「聶進也。」吏亦曰：「來矣，官人相候久，可速入。」進殊驚悸。引立廡下，或呼令升階。進密舉首，見三人皆王者服，據案坐，諭進曰：「汝嗜食厭物，雖父兄戒飭不敬聽，是何理耶？此等物亦有何好？」進伏地告曰：「兹蒙嚴旨，自此決當斷食。」王曰：「果能爾，當放還。」進曰：「苟復念此，罪死不赦。」王命吏送歸。冥行不知所之，及家，望孥累聚泣。吏推之，身投榻上，血汙從鼻出，約兩斗許，移時漸甦。進後由北方歸正得官，淳熙元年，年四十九矣，爲秉義郎，添監撫州酒稅，自言其事。

新廣祐王

邵武軍北大乾山廣祐王廟，攷圖記，乃唐末歐陽使君之神。距縣二十里，對路立屋數楹，以館祠客。有王道人者居其旁，躬洒掃事，頗謹樸戇直。乾道四年秋，夢車騎滿野，羽儀輿蓋如迎方伯連率而又過之，皆自廟中出。趨問何所往，一吏曰："遠接新廣祐王。"曰："敢問王何人？今居何地？"曰："在浦城縣，故臨江丞陳公也。"覺而記其語。明日，徑走其處詢訪之，果有陳丞，以進士登第，平生廉正，爲鄉里所稱，死方五日。道人驗夢可信，喜而歸，稍以告人，今猶處祠側。

詹小哥

撫州南門黄桓葉本作「柏」。路居民詹六、詹七，以接鬻縑帛爲生，其季曰小哥，嘗賭博負錢，畏兄箠責，徑竄逸他處，久而不反。母思之益切，而夢寐占卜皆不祥，直以爲死矣。會中元盂蘭盆齋前一夕，詹氏羅紙錢以待享。葉本多一「祀」字。薄暮，若有幽歎于外者，母曰："小哥真亡矣，今來告我。"葉本多一「乃」字。取一紉錢上四字葉本作「一陌紙錢」。祝曰："果爲吾兒，能掣此錢出，則信可葉本作「可信」。驗，當求冥助於汝。"少焉，陰風肅肅，類人探而出之。母兄失聲哭，亟呼僧誦經拔度，無復望其歸。後數月，忽從外來，伯兄曰："鬼也！"取刀將逐之。仲遽抱止，曰："未可。"稍前諦視，問其死生，弟曰：「本懼杖而竄，故詣宜黄受傭，未嘗死也。」乃知前事爲鬼所詐云。

晁端揆

晁端揆居京師，悦里中少婦，流眄寄情，未能諧偶。婦忽乘夜來，挽衣求共被。晁大喜。未明索去，留之不可，曰：「如是，得無畏家人知乎？」既去，蓐褥間餘血涴迹，亦莫知所以然。越三日，過其門，聞哭聲，扣鄰人，曰：「少婦因産而死，今三日矣。」晁掩涕而歸。

水上婦人

政和間，京西路提點刑獄周君原注：失其名。以威風隋直葉本多一「聲」字。震郡縣。嘗乘舟按部還，遥見水上若婦人，長尺餘，衣袂蹁躚，迎舟而下。洎相近，容色悽慘，頫有所愬。及相去只尺，迷不知所在，疑爲偶然也。次日所見復如之，其色益悲。周謂必寃魄伸吐，遂停棹，卽近縣追一倡，須語言稍警惠葉本作「慧」。者。衆莫測何爲。既至，衣冠焚香，祝之曰：「汝果抱寃，當憑此倡以言，吾爲汝直。」須臾，倡凛凛改容，哀且泣，音聲如他州人，云：「妾某州某縣某氏，爲某人謀財見殺，事不聞於官，無由自白，敢以遺恨告。」周隨録其語，密檄下彼郡捕得凶民，一問葉本作「鞫」。具伏，遂置諸法。周表卿尚書爲宜黄丞時，爲疎山長老了如説，而忘其名，或云卽茂振樞密麟之父也。

張珪復生

江吴之俗，指傷寒疾爲疫癘，病者氣才絶，卽殮而寄諸四郊，不敢時刻留。臨川民張珪死，置柩于城西廣澤庵。庵僧了燾夜聞撲索有聲，起而伺，則張柩中也。既不敢發視之，隔城數里，無由得言，但拱手而已。良久聲息，遲明奔告，其家亦不問。至秋，將火葬，剖柩見尸，乃側卧掩面，衣服盡碎裂，蓋曩夕復蘇而不獲伸也。吁，可傷哉！番陽亦有小民，以六月拜嶽帝祠，觸熱悶絶，亟柩厝于普通塔，其事正同。

張客奇遇

餘干鄉民張客，因行販入邑，寓旅舍，夢婦人鮮衣華飾求薦寢。迨夢覺，宛然在旁，到明始辭去。次夕方闔户，燈猶未滅，又立於前，復共卧，自述所從來曰：「我鄰家子葉本作「女」。也，無多言。」經旬日，張意頗忽忽。主人疑焉，告曰：「此地昔有縊死者，「者」字，葉本作「婦人」。得非爲所惑否？」張祕不肯言。須其來，具以問之，略無羞諱色，曰：「是也。」張與之狎，弗畏懼，委曲扣其實，曰：「我故倡女，與客楊生素厚。楊取我貲貨二百千，約以禮昏我，而三年不如盟。我悒悒成瘵疾，求生不能，家人漸見厭，不勝憤，投繯而死。家持所居售人，今爲邸店，此室實吾故棲，尚眷戀不忍捨。楊客與爾同鄉人，亦識之否？」張曰：「識之。聞移饒州市門，娶妻開邸，生事絶如意。」婦人嗟喟良久，曰：「我當以始終託子，憶埋葉本作「有」。白金五十兩於葉本作「埋」。床下，人莫之知，可取以助費。」葉本作「君」。張發地得金，如言不誣。婦人自是正晝亦出，他日，低語曰：「久留此無益，幸能挈我歸乎？」張曰：「諾。」令書一牌，曰「廿二娘位」，緘于篋，遇所至，啟緘微呼，便出相見。張悉從之，結束告去。邸人謂張鬼氣已深，必殞於道路，張殊不以爲疑。日日經行，無不共處，既到家，徐於壁間開葉本作「設」。位牌。妻詰其所事神，方瞻仰次，婦人遂出。妻詰夫曰：「彼何人斯？勿盜葉本多一「掠」字。良家子累我。」張盡以實對。妻貪所得，亦不問。同室凡五日，又求往州中督債，張許之。達城南，正度江，婦人出曰：「甚愧謝爾，奈相從不久何？」張泣下，莫曉所云。入城門，亦如常，及就店，明鈔本無「店」字。呼之再三不可見。乃亟訪楊客居，則荒擾殊甚。鄰人曰：「楊元無疾，適七竅流血而死。」張駭怖遽歸，竟無復遇。臨川吴彦周舊就館於張鄉里，能談其異，但未暇質究也。

吴二孝感

臨川水東小民吴二，事五通神甚靈，凡財貨之出入虧贏必先陰告。忽來「來」字，葉本作「一夕」。見夢曰：「汝明日午時當爲雷擊死。」吴乞救護，神曰：「此受命於天，不可免也。」吴雖下俚人，葉本無「人」字。而養母至孝，凌晨具饌以進，白云：「將他適，請暫詣姊家。」母不許。俄黑雲起日中，天地冥暗，雷聲填然。吴益慮驚母，趣使閉户，自出坐野田以待其罰。頃之，雲氣廓開，吴幸免禍，亟歸拊其母，猶疑神言不必實，未敢以告。是夜復夢曰：「汝至孝感天，已宥宿惡，宜加敬事也。」母子至今如初。

杜默謁項王此下至卷末，宋本作一葉，嚴本於中縫注「補」字。

和州士人杜默，累歲不成名，性英儻不羈，因過烏江，入謁項王廟，時正被酒霑醉，才炷香拜訖，徑升偶坐，據神頸拊其首而慟，大聲語曰：「大王，有相虧者！英雄如大王，而不能得天下；文章如杜默，而進取不得官，好虧我。」語畢又慟，淚如雨。廟祝畏其必獲罪，强扶掖下，掖之出，猶回首長嘆，不能自釋。祝秉燭入，檢視神像，亦垂淚向嚴校：「向」字疑誤。未已。接此條見三志辛卷第八。

龜鶴小石

王仲禮因作屋就隙地取土，遂成窪池。得黑石小塊，才廣二寸許，汲水滌之，上有白龜白鶴，形模宛然。鶴之尾、龜之背，則純黑，初謂前人染成者，稍刮磨之，實然，於是盛以磁器，置之書案，猶未覺其異。他日，夕陽透窗，正照鼎上，二物皆浮起於水中。取出諦視，元在故處，復置諸水，則亦如先所見，始加珍秘。時紹熙甲子歲也。至于乙亥，恰一紀，忽焉失之。嚴校：此葉亦元妄人補，非元文。

夷堅丁志卷第十六 十九事

胡飛英夢

淳熙二年，鄉士張玘赴省試，詣吴山□陸本作「廟」。□□□試罷，具酒炙約同往。此下闕十字。攜紙錢致謁，願此下闕十一字。□□上二格陸本作「何不」，此下闕十四字又六行。

蔡相骨字〔此目據目録補〕

□□□□上二格陸本作「公訓」，此下闕十四字。□陸本作「其」。後門人吕川作此下闕十一字。湖湘旱，府帥張安國此下闕十字。邦人或曰：「東明石像觀音，夙著顯應，□□□□説禱之果雨。」於是議飾殿宇，以備他日祈謁之地。蔡欑適在殿後，乃語其孫衛使徙之。衛喜於乘時得安厝，即卜地命役，及啟棺改殮，皮肉消□陸本作「枯」。已盡，獨心骨上隱起一卍字，高一分許，如鐫□陸本作「刻」。所就，聞者異焉。王師愈齊賢説。

鄭生夫婦

鄭毅夫内翰姪孫爟，爲林才中大卿壻，成親四年，生一男一女，伉儷甚睦。鄭因入京，遇上元節，先一日將游上清宫，偶故人留飯，食牛脯甚美，暮方至宫。才觀燈殿上，忽覺神思敞冈，明鈔本作

「悶」，葉本作「神思恍惚」。亟歸，已發狂妄語。手指其前，若有所見曰：「吾前生曾毒上五字原闕，今從葉本補。殺此人，當時有男子在旁，見用藥，亦同爲蔽匿。上五字原闕，今從葉本補。旁人乃今妻也。」呼問林氏，亦約略能記憶。中毒者責罵之頗峻，林氏曰：「本非同舉意，何爲及我？」其人曰：「因何不言？」自是鄭生常如病風，數毆詈厥妻，無復平時歡意，葉本作「愛」。不能一朝居。林卿命女仳離歸家，寃隨之不釋，遂爲尼。鄭訖爲廢人，後出家，著僧服，死於無錫縣寺。

黄安道

番陽士人黄安道，治詩，累試不第。議欲罷舉爲商，往來京洛關陝間，小有所贏，逐利之心遂固。方自京齎貨且西，適科詔下，鄉人在都者交責之曰：「君養親，忍不自克而爲賈客乎？」不得已，同寓一寺。夜夢人著道服仙衣據案坐，前有簿書，呼語之曰：「此先輩牓。」黄意其神也，再拜哀禱，求知姓名。仙問：「汝誰氏子？何許人？」具以對。乃啓簿累葉，指一「黄戛」示之，曰：「君也。」對曰：「姓是名非，恐必不然。」仙曰：「是矣。」至於再三。黄始沉思曰：「然則當易名應之耳。」謝而且退，仙又曰：「典謨訓誥，是汝及第時。」黄寤，與鄉人語，疑所治經復不同，或勸使併改經，遂名戛，而以書應舉。即預薦，到南省，第二道義題，問典謨、訓誥、誓命之文，果登第。

吴民放鱓

吴中甲乙兩細民同以鬻鱓爲業，日贏三百錢。甲嘗得鱓未賣，夢人哀鳴曰：「念我有子。」言至再四，驚而覺，無所睹。燃火照尋，聲在桶内。一鱓仰頭噞喁，審聽之，口中如云「念我有子」者。甲遽悟曰：「賣爾求利，本非善圖。」即默明鈔本無「默」字。發願改業。明日，又以常所贏錢與乙，而併買其所負明鈔本作「貨」。者放諸江。鱓迎水引首隨之，久而不去。甲祝曰：「我坐貧故，不念罪福。今既放爾，而相逐不捨，豈非葉本無「豈非」二字。尚有怨乎？」應聲而没。既空葉本多一「手」字。歸，其妻以失累日所得，上四字葉本作「利」。詬之曰：「必以上二字葉本作「爾必以錢」，又句末有「矣」字。供飲博費。」窮詰不已。始具告之，殊弗信。是夜，别夢數十人言：「汝欲圖錢作經紀，盍往某路二十里間，當可得。」既寤，憶所指非人常行處，試往焉。約二十里，草蔓邃密，中似有物，視之，得舊開元通寶錢二萬，如宿藏者。欣然拜受，負以還，用爲本業，家遂小康。

仙舟上天

馬忠玉隨其父爲金陵幕官。七月中，家一女一婦同登舍後小樓，天色約未申間。仰空寓目，見一舟淩虚直上，數道士環坐笑語，須臾抵天表，天爲之開，色正赤，舟徑由開處入，天即合無際，而開處尚絶絶如霞。忠玉聞而往觀，但猶見一道赤色耳。

雷丹

吴智甫知撫州崇仁縣，當七月下旬，晚坐廳治事，風雨忽作，雷電總至，霹靂相繼數十聲，庭中火塊迸走，有飛光葉本作「火」。大如燕，自敕書樓過而南，須臾稍息。外報縣南村中民饒相家貯穀倉遭爇。倉在田間故寺基上，火至此而燃，月餘方止，倉及穀皆燒變如甍狀。後數十日，上四字明鈔本作「後數日」。有商客類道人過其處，以石擊所燒倉。倉中敗穀堅如石，成五色，或如蜂、蝶、蚓、螘、龜、魚、蠶、蛾之類，或猶是穀穗。客取數品藏去，焚香□□葉本作「拜於」，陸本同。前，及取碎末葉本作「米」。於盌葉本作「盆」。內研細，酌溪水調服之。人問其故，曰：「此雷丹也，凡有禍有葉本無「有」字。病者，此悉能治。」遂去。邑人聞之，持以療病祟，葉本作「祟病」。輒愈。取之幾半，葉本作「年」。饒氏方知愛惜，設杙遮闌，衆乃不至。而自外至中心皆成佛像，侍衛羅漢儼然，徙歸居室供事。智甫遣吏往求，但於裂罅中得類物形者少許而已。饒相官爲率府率。

酒蟲

齊州士曹席進孺招所親張彬秀才爲館客。彬嗜酒，每夜必置數升於床隅，遇其興發，暗中一引而盡，無此物則不能聊生。一夕，忘設焉，夜半大渴，求之不可得，忿悶呼躁，俄頃嘔逆，吐一物□陸本作「於」。地。既乏燈可照，倦極就枕，安眠達旦。諸生畢□□彬未起，往視之，見床下塊肉如肝，而黃上□□□猶微動。諸生曰：「先生不夙興索飲，而困□□□□□出此蟲乎？」取酒沃之，唧唧有聲。□□□□□□彬起視試原本上二字形不全，今從陸本補。之，亦然，始悟平生。此下宋本闕一行。

牛舍利塔

恩州民張氏以屠牛致富。一牛臨命，上十四字原闕。跪膝若有請。張不肯釋，殺之。將取其肝上十一字原闕。食，血筒葉本多一「口」字。處忽水珠迸出，色如水銀上七字原闕。而圓，小大不等。張甚驚，尚葉本作「張正驚視」。疑是牛黃，始置未上六字原闕。食。及烹肉就貨，乃葉本作「刀」。不能切，皆有圓珠如上三字原闕。石滿其中，皮肉葉本無「皮肉」二字。胃藏盡然，始知葉本多一「是」字。舍利也。張卽日上三字原闕。罷業，哀從來所棄牛骨并舍利，作一塔葬「葬」字原闕。之。本條原闕四十五字，均從葉本補。

雞子夢

東平董瑛堅老之父知澤州凌川縣。縣素荒寂，市中唯有賣胡餅一家，每以飲饌蕭索爲苦。會將嫁妹，郡官寄餉乾寥牙雞子三十枚，大以爲珍味，食其七而留其餘，挂於堂內梁上。已而妹壻至，庖妾請以供晨餐。董夜夢二十三小兒自梁而下，同詞乞命。中一女著帬帔而跛足。旦起頮面，妾持叉取所挂物，得二十三枚，方憶昨夢，乃捨之。遍求牝雞於同官家分抱焉，皆一一成雛，唯一雌病脚。董自是不殺生。右八事皆董堅老相授，云其先君少保所記也，故皆遠年事。

浙西提舉

司馬漢章倬，紹興二十七年自浙西提舉常平罷。其幹官張某夢人告曰：「司馬復得舊物矣。」旁又一人言：「乃其弟季思伋也。」張馳以白漢章，且賀其擢序不久。繼邸報至，除國子監朱丞塡闕，名字正同，已歎其驗。朱公卽福州相君也，陛辭日，留爲右正言，而謝景思得之，與季思名同。鬼神善戲人如此。

胡邦寧

宜春人胡邦寧爲江西劇盜，出没吉州之西平山，官兵追捕不能獲，積爲民間巨害。累歲乃就擒，既磔死於豫章。本郡發夷其父冢，尸已槁，未盡壞，當心有白螘穴，宛然如一劍，但未脱鞘耳。其子盜弄潢池兵，宜伏斧鉞，異哉！二事皆漢章説。

祝鑰二刀

縉雲祝鑰，乾道壬辰春就銓，夢人來報，已中第三等，又有持二刀授之者。既榜出，中選如夢。追注官，射隆興之新建尉、建昌之廣昌、南劍之劍浦主簿，凡三闕，竟得劍浦，乃悟二刀之兆。

國子監夢

汪安行，徽州績溪人。既改官，調知廬州舒城縣闕。到而代者再任，汪欲走都下别謀之。到郡，見教授林文潛，同年生也，勸之曰：「二年缺，正自不易得，何以易爲？」汪即有歸志。夜夢人促其行云：「已得國子監差遣矣。」寤而喜，語其僕，復決行計。至都數日，乃被敕差充國子監别試所謄録對讀官，給本監講堂印一紐。所謂差遣者乃如此，孰謂小事非前定乎？

龍華三會

汪安行爲蘄州教授，乾道辛卯秋，校試廬州，得一卷，文理甚優，可居前列，而誤用一夔字。此下闕二字。黄州教授時俠，堅謂當此下闕九字。未有□陸本作「以」。○此下闕十五字又六行。三會也，此下闕十五字。旁僧解之曰：此微事，與此下闕九字。二方勉爲書庭謝去，遂覺，乃驗。

葉芮江舟

葉岳字子中，信州玉山人。自會稽渡錢塘，至江岸，同待渡二百人，其七十人立墩上，餘皆趑趄水濱。值潮勢甚大，水濱之人急回就岸，已爲濤所溺。潮將至墩，衆惶惑相視，無所逃命。俄一船從西來，有出舷邊促篙工急救墩上官人者，岳即登其舟，隨而登者三十輩，皆獲免。半濟，岳謝問姓名，乃芮國器祭酒之子。此下闕七字。何爲得得見救？芮云：衆此下闕九字。後數年，岳侍兄此下闕十二字。大江先已□陸本作「渡」。此下闕十三字。亂危此下闕十六字。□陸本作「來」。此下闕十七字。人皆倉卒。此下闕十四字。事皆祝養直説。

玉真道人

高子勉荷世居荆渚，多貲而喜客。嘗捐錢數十上七字原闕，今從陸本補。萬買美妾，置諸別圃，作竹樓居之，名曰「玉真道人」。日游其間，有佳客至，則呼之侑席，無事輒終日閉關，未嘗時節出嬉。歷數歲，當寒食拜掃，子勉邀與家人同出，辭不肯，强之至再三，則曰：「主公有命，豈得終違？我此出必凶，是亦命也。」子勉怪其言，但疑其不欲與妻相見，竟使偕行。玉真乘轎雜於衆人間，甫出郊，上冢者紛紛，適有獵師過前，真戰栗之聲已聞于外。少頃，雙鷹往來掠簾外，雙犬即轎中曳出之，齧其喉，立死。子勉奔救，已無及。容質儼然如生，將舉尸歸，始見尾垂地，蓋野狐云。此事絶類唐鄭生也。王齊賢說。

臨邛李生

邛州李大夫之孫，元夕觀燈，惑一游女，隨其後上三字原闕，今從陸本補。不暫捨。女時時回首微笑，若招令出郭。及門外，上三字原闕，今從陸本補。又一男子同途，適素所善者，以爲得侶，竊自喜。徐行至江邊，男子忽捨去，女不從橋過，而下臨水濱。李心猶了然，頗怪訝，亟往呼之。女從水面掩冉而返，逼李之身，環繞數四，遂迷不顧省，乃攜手凌波而度，徑入山寺中，趨廊下曲室。屋甚窄，幾壓其背，不勝悶，極聲大呼。寺僧固知所謂，秉炬來訪，蓋誰家婦葴堂，李踞臥于上，如欲入而未獲者。僧識之，曰：「此李中孚使君家人也。」急扶掖詣方丈，灌以藥，到明稍甦，送之歸。凡病彌月始愈。司馬漢章云，乃其妻鮮于夫人之外弟也。

吴氏迎婦

樂平吴璞女嫁德興余寧一，有子，娶婺原張氏女爲婦。余生死，吴繼改嫁，後十年亦亡。余家老婢晝夢人來，謂己曰：「吴夫人具采舟在江中，遣我迎婦及汝。」婢夢中固拒，不肯往。婦獨命車，隨其使登舟。未數月，小病，遽不起。時淳熙元年也。婢至今存。

嚴校：卷中所缺者，皆係撕破，非模糊也。

夷堅丁志卷第十七十二事。按：實祇九事。

甘棠失目

番陽鄉民甘棠，病失一目，十年矣。淳熙三年六月一日夜，夢僧持數珠誦經，珠色瑩黑，光耀可愛，試求之，得一珠而覺。後四日，以事入郡，出城東，於永平橋衆中見道人，頎而長，著黄布袍，顧棠來，徑前攬其衣曰：「與我偕去。」棠疑且懼，却之曰：「素昧平生，適未嘗相犯，何遽爾？」道人笑曰：「但來，當示汝好事。」既弗可脱，不得已隨行，百步至江岸，岸先檥巨舟，卽挽使登。鷁首掛金書牌，刻「敕賜職醫」字，左右侍女數人，美容麗服，向所未睹。道人云：「汝失明久，今夙緣相值，當爲汝醫。」棠謝曰：「眼壞十年，瞳子已枯，雖醫何益？」道人不聽，强令仰卧，使四女分執其手足，取銅箸捜攪眶間，痛不堪忍，泣而言：「感君恩意，吾尚存一眼，實不願醫。」乃掖之起坐，一女傾瓶中湯半杯與飲，頗覺甘美。正念少憩，復拉卧如初，棠知無可奈何，委命而已。箸再入眶，覺腦後如鉤出一物，徐以片紙掩其上。有頃去之，持鏡使照，則雙目瞭然，了無痛楚。棠驚喜，起拜謝，請暫還。既至邸，爲人言所逢，無不駭異。好事者十餘輩亟隨之及舟處，略無見矣。棠時年三十八，其所居爲崇德鄉，自初得疾，家人日誦觀世音菩薩名，香火供事甚謹，玆殆佛力云。

瑠璃瓶

徽宗嘗以北陸本作「紫」。流離膽瓶十，付小璫，使命匠範金托其裏。璫持示苑匠，皆束手曰：「置金於中，當用鐵篦熨烙之乃妥貼，而是器頸窄不能容，又脆薄不堪手觸，必治之且破碎，寧獲罪不敢爲也。」璫知不可强，漫貯篋中。他日行廛間，見錫工釦陶器精甚，試以一授之曰：「爲我托裏。」工不復擬議，但約明旦來取。至則已畢，璫曰：「吾觀汝伎能，絶出禁苑諸人右，顧屈居此，得非以貧累乎？」因以實諗之。答曰：「易事耳。」璫卽與俱入而奏其事，上亦欲親閲視，爲之幸後苑，悉呼衆金工列庭下，一一詢之，皆如昨說。錫工者獨前，取金鍛冶，薄如紙，舉而裹瓶外。衆咄曰：「若然，誰不能？固知汝俗工，何足辦此？」其人笑不應，俄剥所裹者，押原本字形不全，今從陸本補。于銀筯上，插瓶中，稍稍實以汞，擀瓶口，左右澒挏之。良久，金附著滿中，了無罅隙，徐以爪甲勻其上而已。衆始愕眙相視。其人奏言：「瑠璃爲器，豈復容堅物振觸？獨水銀柔而重，徐入而不傷，雖其性必蝕金，然非目所睹處，無害也。」上大喜，厚賚賜遣之。予又記元祐間，中官宋用臣謫舒州郡，新作大樂鼓甚華，飾以金采。既登架旁，鐶忽斷，欲剖之，重惜工費。宋命别爲大環，歧其股爲鎖鬚狀，以鐵固鼓腹之竅，使極窄，卽敲環入竅中，纔入而鬚張，遂不復脱。是皆巧思得之於心，出人意表者。前事劉子思說。

袁仲誠

丹陽袁仲誠孚自右正言外補，已而爲江東提刑。夢人告曰：「直而不倨，曲而不屈，其義如何？」夢中不能答。明日以語館客，范存誠，存誠曰：「下文蓋云命世亞聖之大才，真吉夢也。」未旬日，袁得風疾，卒于官。識者始解之曰：「二句之上云有風人之託物，二雅之正言。袁所歷官及所得疾，皆見於是矣。」何物黠鬼司夢，能戲弄人如此！時乾道三年。

閻羅城

襄陽南漳人張腆，居縣之鴈汊，世工醫。紹興十八年夏夜，夢自所居東行二里許過固城鋪北上，久之，入大城，出北門，登溪上高橋橋上，水中人往來如織。見其妻鄭氏亦涉水登岸，欲前同途，轉眄間已相失。俄別至一城，同行者莫知其數。腆已入門，回問户者：「此何郡縣？」曰：「閻羅城也。」腆知身已死，甚悲懼，彷徨無計，不覺又前進。至階北，見大門三楹，與衆俱入，過百許步復至一門，五楹，金碧照耀。頃之又過一門，塗飾益華，兩廡下對列司局，正殿極高大，垂黃簾。腆且行且觀，至東廡吏舍門内，顧舍中人悉冠帶，或朱或紫，前揖之，了不相應，獨一緋衣者微作答。腆立移時，緋衣頗相憫，以足撥一甎云：「可坐此。」坐未定，妻忽立於門外，相顧皆漠然。頃之，一人自殿簾出，著黃背子，背拱手，仰視屋桷，移步甚緩，若有所思，久而復入。腆問何官，緋衣摇手低語曰：「此閻羅天子也。」腆曰：「適觀狀貌，與人間所畫不同，却與清元真君甚相似。」言未既，殿上卷簾，呼押文字，羣吏奔而往。下列囚甚衆，或送獄，或枷訊，或即放去，度兩時許，人去且盡。腆在吏舍，遥見其妻亦決杖二十，但驚痛垂涕而已。須臾簾復垂，吏還舍解衣，半坐半卧。緋衣指腆謂同列曰：「此人無過，何不令還？」衆皆默然。又言之，乃曰：「公欲遣去，何必相問？」其中一人云：「渠雖欲去，三重門如何過得？」緋衣戒腆曰：「外面如有人相問，但云司裏令喚獄子。」腆遂謝而出，每及一門必有問者，如其言即免。復尋舊路急行，將近屋東橋下，跌水中而寤。雞既鳴矣，呼其妻，亦矍然驚覺，語所夢，無不同者。妻罵曰：「我方受杖時，君在旁略不顧我，情如路人，豈可復爲夫婦？」遂各寢處。才數日，鄭氏腰下忽微瘇，繼生巨瘡，痛不堪忍，凡十日膿始潰，又十日方瘉。腆慨然棄家，詣均州武當山，從孫先生者訪道，越十七年乃亡。穀城醫者王思明與腆相好，景裴弟官襄幕，得於思明云。

王積不飲

嚴州觀察判官王積，京東人。每與人燕會，酒不濡脣，同官皆疑爲挾詐，云：「得非陰伺吾曹醉中過失，售諸長官，以資進身計乎？」益久，稍以獨醒侵之。積長歎移時，愀然曰：「久欲祕此事，諸君既相疑，敢不盡言？」即袒衣示之。背兩瘢相對，如嘗受徒刑者，徐而言曰：「三年前疽發於背，甚惡，一日瘡劇，冥冥不知人。或呼使出外，到官府中，有據案見詰曰：『汝曾爲某州幕職乎？』對曰：『然。』曰：『某時某事某人不應坐某罪，汝何得輒斷之？』對曰：『此郡守之意。』積持之連日，嘗入議狀争辨，至遭叱怒，訖不能回。公牘始末具存，恨無由取至爾。』王者命左右云云，一卒趨而出，俄頃已持文案來。主者反覆閲視，喜曰：『汝果無罪，幾誤殺汝，今遣汝歸。』呼元追吏護送。吏頗賢，沿路款語，力戒曰：『回世間，切勿飲酒。』問其故，不肯言。及寤，腥血交流，瘡已潰，即日遂瘉。性本好飲，思冥吏之戒，不忍再速死也。」聞者皆慘懼自悔云。

淳安民

嚴州淳安縣富家翁誤毆一村民至死，其家不能訴。民有弟爲大姓方氏僕，方氏激之曰：「汝兄爲人所殺而不能訴，何以名葉本無「名」字。爲人？」弟即具牒，將詣縣。方君固與富翁善，諷使來祈己，而答曰：「此我家僕，何敢然？葉本作「爾」。當諭使葉本無「使」字。止之，彼不過薄有所覬耳。」爲喚僕面責，且導以利。僕敬聽，謝不敢。翁歸，以錢百千與僕，别致三百千爲方君謝。纔葉本作「未」。數月，僕復宣言，翁又詣方，方曰：「僕自得錢後，無日不飲博，今既索然，所以如是，當執送邑懲治之。」翁懼泄，乞但用前策，又如昔者之數以與僕。方君曰：「適得中都一知舊訊，倩市漆二百斤，倉卒不辦買，翁幸爲我市，當輦葉本作「挐」。錢以償直。」翁曰：「蒙君力如許，兹細事，吾家故有之，何用言價？」即如數送明鈔本作「納」。漆。明年，僕又欲終葉本作「與」。訟，翁歎曰：「我過誤殺人，法不至死，所以不欲至有司者，畏獄吏求貨無藝，將蕩覆吾家。今私所費將百萬，而其謀葉本作「求」。未厭。吾老矣，有死而已。」乃距户自經。踰三年，方君爲鄂州蒲圻宰，白晝恍恍，上二字葉本作「恍惚」。於廳事對羣吏震悸言曰：「固知翁必來，我屢取翁錢而竟速翁於死，翁宜此來。」亟還舍，不及與妻子一語，仆地卒。吏以所見白，始知其冥報云。

薛賀州

鄭人薛鋭仲藏爲賀州守，晚治事且退，意緒忽昏昏不佳，枕胡牀假寐。或揖其前請行，身隨以出到某處。他吏來言曰：「官人傳語使君，大期甚不遠，若自此不出仕，前程猶未艾也。」薛寓會稽久，生理從容，宦情素薄，聞之卽應曰：「願自此不復仕。」吏卽去，俄復來曰：「官人欲得一文書爲證。」薛索紙筆書授之，吏顧曰：「既已形於文牘，不可復悔矣。」遂去，已而又來曰：「官人甚喜，使君可歸。」薛惘然如夢覺，卽日上章乞祠官還越。時淳熙三年，官爲朝請郎，爲人言：「少須至大夫，經郊恩任子，當掛冠矣。」後二年薛致仕。

三鴉鎮

三鴉鎮在河北孤迥處，原注：汝州魯山縣亦有三鴉鎮。鎮官一員，俸入不能給妻孥，宦況蕭條。地多塘濼，捨蒲藕魚鼈之外，市井絶無可買，前後監司未嘗至。有運使行部，從吏導之過焉。入其治，則官吏已悉委去，無簿書可尋詰。徘徊堂上，顧紙屏間題字尚溼，試閲之，乃小詩，曰：「二年憔悴在三鴉，無米無錢怎養家？每日兩餐唯是藕，看看口裏出蓮花。」運使默笑而去，好事者傳誦焉。

蒙城高公泗師魯，紹興末，監平江市征。吳中羊價絶高，肉一斤爲錢九百。時郡守去官，浙漕林安宅居仁攝府事，其人介而嗇，意郡僚買羊肉食者必貪，將索買物歷驗之。通判沈度公雅以告師魯曰：「君北人，必不免食此，盍取歷竄改，毋爲府公所困。」師魯笑謝，爲沈話前説，且曰：「亦嘗倣其體作一絶句云：平江九百一斤羊，俸薄如何敢買嘗？只把魚鰕充兩膳，肚皮今作小池塘。」聞者皆大笑。林公微聞之，索歷之事亦已。右四事皆高師魯說。

劉堯舉

紹興十七年，京師人劉觀爲秀州許市巡檢，其子堯舉買舟趨郡，就流寓試。悦舟人女美，日夕肆微言以蠱之，女亦似有意。翁媪覺焉，防察不少懈，及到郡猶憩舟中，翁每出則媪止，媪每出則翁止，生束手不能施。試之日，出《垂拱而天下治賦》、《秋風生桂枝詩》，皆所素爲者，但賦韻不同，須加修潤，迨昏乃出。次日試論復然，既無所點竄，運筆一揮，未午而歸舟。舟人固以爲如昨日也，翁媪皆入市，獨女在。生徑造其所，遂合焉。是夕，生之父母同夢人持牓來，報秀才爲牓首。傍一人曰：「非也，郎君所爲事不義，天勅殿一舉矣。」覺而相語，皆驚異。生還家，父母責訊之，諱不言。已而乃以雜犯見牓。後舟人來，其事始露。又三年，從官淮西，果魁薦，然竟不第以死。

嚴校：此卷不全，止十葉。

夷堅丁志卷第十八 十二事

路當可

丙志載梁子正説路當可事，云：「其父爲商水主簿，路之父君寶爲令，故見其得法甚的。」滕彦智云：「當可乃其舅氏，蓋得法於蜀，而君寶是其叔祖，子正之説不然。」滕言嘗與中外兄弟白舅氏，丐一常行小術可以護身者。舅曰：「談何容易？吾平生持身莊敬，不敢斯須興慢心，猶三遇厄，當爲汝輩道之。其一事云，頃經嚴州村落間，過舊友方氏家，留飲款洽，日且暮，里豪葉氏介主人來言：『笄女未嫁而爲魅所惑撓，凡以法至者輒沮敗以去，敢敬請於公。』吾雖被酒，固不妨行法，即如葉氏，喚女出。既出，端麗絶人，默驚羨，以爲向所未睹。女忽奮而前，若爲人所驅擁。吾惘然變色，急趨避于佛堂中。女追逐，至門乃反。吾以鬼見困，從其家求閴静處，將具奏于天。主人引吾至西邊小圃一堂，前後皆巨竹，與所居相□，云：『此最絜清。』吾取篋笥朱丹符筆之屬置几上，未暇舉筆，俄蒙然無所知。閉目審聽，覺身在虚空，坐處摇兀不小定，蓋已見縻於竹抄。按：「抄」字疑誤。食頃，還故處，則几案窗户皆糞穢狼籍不可□。陸本作「處」。度未能與敵，急喚僕肩輿出外。行十許里，適得道觀，遂託宿。精神稍寧，始趨庭中，望斗下焚香，百拜謝過，退而焚奏章。留兩宿，微似有影響，遣一道流詣葉氏物色之。歸云：『火昨從圃中堂起，盡焫叢竹，延及山後高林，門前屋數十區并土地小廟皆煨燼。』吾知訟已直，自還扣之，一家長少正相賀云：『女經年冥冥不知人，今日如醉醒，說去歲在房內見一老翁來爲媒妁，出入數四，又數日，以金珠幣帛數合來，已而迎一少年人，與我爲夫婦，明日挾我歸謁翁姑，其他稱伯叔者又十餘人。翁甚老，呼謂衆曰：「吾家受葉氏香火幾世矣，汝等後生肆爲不義，禍必及我，何不取諸他處乎？」少年曰：「此憑媒納幣而取之，昏禮明白，何所懼？」後數聞術士至，必相與合力敵之，往往告捷。及路真官來，翁又呼謂衆曰：「吾聞路真官法力通神，非常人比，必不免。」衆亦頗懼。俄有喚□陸本作「我」。言：「真官叫汝。」我遂行，衆皆從于後，將至書院，忽呼笑曰：「真官誇汝好，盍往就之？」遂擁我以前。既退，翁問所以，歎曰：「事已至此，果能殺之則大善，今禍猶在也。」適方會食，門內火遽起，煙炎亙天，翁拊膺慟哭曰：「禍至矣！」以手推我出曰：「爲汝滅吾家！」我纔得歸。』火乃稍息，常時所見室宇臺觀，一切無孑遺。所謂行媒者，土地也。此事本末，可畏如此，吾幾受其害，豈汝輩所當學哉？」彥智舉此時，尚有兩事，未及言而卒。

饒廷直

饒廷直，字朝弼，建昌南城人。第進士，豪俊有氣節。紹興七年，以事過武昌，有所遇，自是不邇妻妾，翛然端居，如林下道人。自作詩紀其事云：「丁巳秋夜半，偶遊黃鶴樓，忽遇異人授以祕訣，所恨尚牽世故，未能從事於斯也，因作詩以識之。」其詞曰：「黄鶴樓前秋月寒，樓前江闊煙漫漫。夜深人散萬籟息，獨對清影憑欄干。一聲長嘯肅天宇，知是飧霞御風侶。多生曾結香火緣，邂逅相逢竟相語。倏然洗盡朝市忙，直疑身在無何鄉。回看往事一破甑，下視舉世俱亡羊。嗟予局促猶軒冕，知是盧敖遊未遠。他年有約願追隨，共看蓬萊水清淺。」後三年，歲在庚申，朝廷復河南，以爲鄧州通判。金人叛盟，鄧城陷，縊而死。載其柩還鄉，舁者覺甚輕，然無敢發驗者。或疑其尸解仙去云。東坡公作《黄鶴樓》詩，紀馮當世所言老卒遇異人事，王定國亦載之於書，疑此亦其流也。

史翁女

南城人饒邠，大觀間預貢西上，遂留近京，館于士人胡質夫家。胡亦貢士也。他日同入京，暮投道店，見老媼以黄羅帕髮，執青蓋過門外，類莊家人。别有少女絶姝美，相逐而去，且行且眄，光豔動人。胡生惑之，率邠躡其後。甫食頃，恍迷所如，益前進，可六七里，至一豪民居。登其門，老翁垂白負杖出，自言爲史氏，見客極喜，迎肅殊有禮節。廳事上掛觀世音像，香花奉事甚嚴，畫繪光彩，非人間筆。既夕留宿，休僕馬于外。二子請入拜其媪，許之，則逆旅所見者。詢其故，笑曰：「早攜孫女訪姻戚，薄暮歸，不知二君在彼，失於趨避，深負愧怍。」頃又呼孫女出，真國色也，言談晤黠，陸本作「默」。姿態横生，二子恍然心醉。須臾，引入中堂，供張華楚，治具豐潔，賓主酬酢歡甚。半酣，胡試挑其女，女欣然就之。邠起便旋，翁使乳婢秉燭從，姿色亦可悅。邠出，盥手，沃以水爲戲，皆大笑。酒罷，女侍胡寢，婢侍邠寢，皆熟寐。及寤，寒風襲人，披衣起視，東方已白，回顧無復華屋洞户，乃在楓林古木間。二子相視歎怖，羣僕亦莫知所以然。惝怳歸邸，竟不測爲何物妖魅也。

紫姑藍粥詩

臨州〔陸本作「川」〕謝氏，家城西，築圃蓺花，子姪聚學其中，暇日迎紫姑神，作歌詩雜文。友生江楠過焉，意後生僞爲之而託以惑衆，弗信也。一日再至，見執箕者皆童奴，而詞語高妙，頗生信心。於是默禱求詩，箕徐動葉本作「書」。曰：「德林素不見信，曷爲索詩？」漫贈絶句上二字葉本作「一絶」。云：「末豆應急用，屑榆豈充欲？嗜好肖趙張，蒼皇救文叔。」衆不曉所謂，復禱□陸本作「求」，葉本作「曰」，下無「神」字。神，願明以告我。又徐書云：「第一句見《晉書·石崇傳》，第二句見《唐書·陽城傳》，第三句見《史記·倉公傳》，第四句見《後漢·馮異傳》。」檢視之，皆粥事也。蓋是時，官妓藍氏者，家世賣粥，人以「藍粥」呼之。楠前夕方宿其館，神因以此戲之云。德林，楠字也。

劉狗麼

南城人劉生，別業在城南三十里，地名鯉湖。時往其所檢視錢穀，至則必留旬日，徘徊不忍捨。嘗赴鄰家飲，中夜未歸，守舍僕倦甚，就臥主榻。少頃，見婦人衣二紅衫，自外徑入，登牀熟視，審非劉生，罵曰：「爾何人，輒睡于此？」僕應聲推之，脱手亟去，翻身踰垣。時月色正明，隨逐之，化爲花狗走出。僕因是始疑主公留連不去之意，蓋爲所惑也。明日告鄰人，則其家所蓄者殺之，剖腹中已有異，方知其怪變如此。後鄉人目之爲劉狗婁。右四事南城人饒居中説。

張珍奴

張珍奴者，不知其所自來，或云吴興官妓，而未審也。雖落風塵中，而性頗淡素，每夕盥濯，更衣燒香，扣天祈脱去甚切。某士人過其家，珍出迎，見其風神秀異，敬待之，置酒盡歡而去。明日又至，凡往來幾月，然終不及亂。珍訝而問曰：「荷君見顧，不爲不久，獨不肯少留一昔，以盡相□□歡，豈非以下妾猥陋，不足以娱侍君子耶？」□曰：「不然。人情相得不在是，所貴心相知爾。」他日酒半，客詢珍曰：「汝居常更何所爲？」對曰：「失身於此，又將何爲？但每夕告天，祈竟此債爾。」客曰：「然則何不學道？」曰：「迫於口體之奉，何暇爲此？且何從得師乎？」客曰：「吾爲汝師何如？」曰：「果爾，則幸也。」起，更衣炷香，拜之爲師。既去，數日不至。珍方獨處，漫自書云：「逢師許多時，不説些兒个，及至如今悶損我。」援毫之際，客忽來，見所書，笑曰：「何爲者？」珍不答而匿之。客曰：「示我何害？」示之，即續其後云：「别無巧妙，與你方兒一箇：子後午前定息坐，夾脊雙門崑崙過，恁時得氣力思量我。」珍大喜，再三致謝，自是豁然若有悟。亦密有所傳授，第不以告人，然未知其爲何人也。累月告去，珍開宴餞之，臨歧，出文字一封曰：「我去後開閲之。」

及啓緘，乃小詞一首，皆言修煉之事，云：「坎離乾兑分子午，但認取自家宗祖。原注：此下失一句。煉甲庚更降龍虎。地雷震動山頭雨，要澆灌黄芽出土。有人若問是誰傳？但説道先生姓吕。」始悟其洞賓也。遂齋戒謝賓客，繪其象，嚴奉事，脩其説。行之踰年，尸解而去。

袁從政 按：目録作「袁孝顯」。

袁從政，宜春人。紹興庚辰登第，調郴縣尉。先是，筠州上高陳氏女新寡來歸，以妻袁，夫婦相歡，嘗有「彼此勿相忘，一死則生者不得嫁娶」之約。既之官，未滿秩，陳亡。不能挈柩歸，但殯道旁僧舍之山下。再調桂陽軍平陽丞，遂負前誓，更娶奉新涂氏女，相與赴平陽。道由是寺，同年有官於彼者爲具召之。才就坐，見故妻從外來，戟手罵云：「平生之誓云何，今反負約邪？不捨汝矣！」袁但向空咄咄，如與人言。又呼從史令回城隍牒，史駭愕，漫應云：「已回牒了。」袁終席不復顧主人，不告而起，歸與涂氏説其詳，中夜發狂出走。涂追照以燭，袁吹滅之，竟赴井死。

賣詩秀才

張季直，中原人。待湖北漕幕缺，寓居豫章龍興寺。嘗晝寢，恍惚間聞人拊掌笑曰：「休休得也□，陸本作「岡」。雲深處高卧斜陽。」驚起視之，無見也。再就枕，復聞之。張不敢寐，走出，訪寺僧。僧曰：「昔年有秀才以賣詩爲生，病終此室，豈其鬼乎？」張悚然，立丐休官，不半年亦死。及葬西山，其地名「得也岡」云。右三事李叔達説。

齊安百詠

黄州赤壁、竹樓、雪堂諸勝境，以周公瑾、王元之、蘇公遺蹟之故，名聞四海。紹興戊午，郡守韓之美、通判時衍之，各賦齊安百詠，欲刊之郡齋。韓夢兩君子，自言爲杜牧之及元之，云：「二君所賦多是蘇子瞻故實，如吾昔臨郡時，可紀固不少，何爲不得預？幸取吾二集觀之，采集中所傳，廣爲篇詠，則盡善矣。」韓夢覺，且愧且恐，方欲取《樊川》、《小畜》二集，益爲二百詠，會將受代不暇作，遂并前百詠皆不敢刊。

東坡雪堂

黄人何琥，東坡門人何頡斯舉之子也。兵革後寓居鄂渚，每歲寒食必一歸。紹興戊午，黄守韓之美重建雪堂，理坡公舊路，時當中春，琥適來游，夢坡公告之曰：「雪堂基址比吾頃年差一百二十步，小橋細柳皆非元所，汝宜正之。」夢中歷歷憶所指，不少忘。明日，往白韓。韓如其言，悉改定。他日，有故老唐德明者，八十七歲矣，自黄陂來觀，歎曰：「此處真蘇學士故基也。」右二事韓守說。

李菱遇仙

濟南李菱，字定國，寓臨安軍營中，以聚學自給，暇則縱游湖山。嘗欲詣淨慈寺，過長橋，於竹徑迷路，見青衣道人林下斸笋，菱揖之。道人問所往，曰：「將往淨慈，瞻禮五百羅漢。」道人曰：「未須去，且來同食燒笋。」食之甚美。俄風雨晦冥，失道人所在。芟皇懼，伏林間。少頃雨止，尋徑而出，至寺門下，覺身輕神逸，行步如飛。洎歸舍，不復飲食。其從兄大猷莫爲諸王宮教授，將之任，遣僕致書。見其顏如桃紅，且能辟穀，以語大猷。及大猷至，即已去，云游茅山矣。後又聞入蜀，隱青城山。大猷爲梓路提刑，使人至眉訪所在，眉守復書報：「數年前已輕舉乘雲而去，今唯繪像存。」

唐蕭氏女

殿前司遊弈軍卒李立，以貧隸兵籍，日爲主將刈馬芻。嘗至湖山深僻無人處，遇女子，秀麗姝少，類仕宦家人，自邀與合，仍以衣服遺之。自是日會其地，且時致錢帛給用度，立賴是少蘇。其徒積訝之，意必盜也，共白主將。密使察之，無他故，始疑其必有異遇，因善術者宋安國試扣焉。宋使呼立，立至，作法召女子亦來，曰：「妾非今世人，蓋唐時蕭家女。立宿生前乃白侍郎子，相許結昏，未嫁而妾不幸爲洛中神物所録，遂弗克諧。立福力淺薄，展轉墮爲馬曹，然妾一念故未嘗捨也。近者與神緣盡，得自由，遍求白氏子後身，到此乃知爲李立，遂與償夙契。憐其苦貧，是以賙給之爾。」宋曰：「汝所與物，得非竊取乎？」曰：「非也，皆取諸豪貴家有餘者。」宋曰：「汝可速去，勿復顧戀，恐詒後患。吾當移文東嶽，令汝受生。」女唯唯拜謝而退，後果不復見。立貧如初。右二事皆童敏德藻之説。

夷堅丁志卷第十九十五事

留怙香囊

衢人留怙彥彊，年二十餘進士及第，調官歸鄉，常獨處一室。其地濱水，水次皆芰荷，景趣奇迥。忽若有所遇，家人莫得而知也。第怪其入室即扃户，非温凊與賓客至，輒不出。人竊疑之，而不可問。後因易衣浣濯，家人得珠囊於帶間，皆北珠結成，而極圓瑩粲潔，非世能有。所串銀線柔軟光好，不可名狀，囊中香氣又特異。持以叩所自來，不肯言。伺間密聽之，時聞弈棊下子聲，遂作計啓關，掩其不備，乃一美婦人對局。見外人至，急趨入屏後。就視之，無所睹。父兄意其鬼魅，深以爲憂，呼方士巫者治禜百方，終不驗。而怙顔貌充壯，了不類困於異物者。及將赴官，始絶不至。所存珠佩，其父遺擲棄海中。怙生平康寧無疾，至老嗜欲不衰，年八十餘尚有少妾十輩。官至中大夫，年幾九十。晚年，人問昔所遇，曰：「水仙也。當時失不詢名氏，無得而傳，蓋得養生之術於彼云。」其曾孫清卿説。

英華詩詞

縉雲英華事，前志屢書，然未嘗聞其能詩詞也。今得兩篇，其詩云：「夜雨連空歇曉晴，前山重染一回青。林梢日暖禽聲滑，苦動春心不忍聽。」其惜春詞云：「東風忽起黄昏雨，紅紫飄殘香滿路。凭闌空有惜春心，濃緑滿枝無處訴。春光背我堂堂去，縱有黄金難買住。欲將春去問殘花，花亦不言春已暮。」殊有情致，故或者又以爲神云。公安尉蔡聰發說。

黄州野人

黄州麻城縣境有泰陂山，邵武人黄志從居之。其地多茂林絶麓，黄常自種蓺其間。百果粟豆成實，每苦爲物所竊食，密伺之。見如人而毛者，搏之則逝，追之不及，百計羅絡，因結繩罝攏間而獲焉。初不甚了了，養之數日始能言，乃實人也。云：「我某村陳氏子，年四十餘。靖康之難，全家死于兵，身獨得脱，竄伏山間。山有高嵓，可扳援藤蘿而上，上有草如毯可覆。飢餐屮實木葉，渴匊澗泉飲之。久而慣習，遍體生毛，亦無疾痛，忘其去家而居深山也。」且敏捷如猿猱，黄與之食，又强使受室。久之，膚毛皆脱，不復輕趫。人皆以爲若復縱之還山，或可不死，使之飲食者欲爲可惜，黄不從。時童邦直爲郡守，外孫王仲共垂侍行，見其事，爲作《野人記》并詩云。

史言命術

王垂仲共，南城人。紹興乙丑赴省試，聞術士史言方有聲，往謁之。史問知鄉里，曰：「旦者仙郡李鼎、周楠、余去病、石仲堪四先輩來問命，言獨不取石君，餘皆當高過。」又詢所業經，曰：「習《易》。」史曰：「適南劍鄧暐先輩亦云治《易》，此人今年當擢第。」語罷，始推王五行，曰：「毋諱吾說，君非但今茲不利，後舉亦不得鄉薦，歲在庚午當再舉，辛未必成就也。」王不樂而退。已而六人得失皆驗，所談王後來事，的的不差。既廷對，又與同年鄉人江秉鈞往謁，史已不憶前事，獨云：「二君復何問？豈非欲知高下耶？然科級皆不高，王君尚可居黃甲。更有一說，江君生乙巳，帶格角殺，必過房義養者。」二人相顧歎異。蓋江本甘氏子，來爲江翁後云。暨唱名，王第四甲，江末等。史生之精妙如此。右二事皆王仲共說。

玉女喜神術

邵武人黃通判，自太平州秩滿，寓居句容縣僧寺。寺與茅山接，一女未出適輒有孕，父母疑與人爲姦，然女常日不出，亦無男子往來其家者。密詰之，女泣曰：「兒實非有遇，但每睡時，似夢非夢，必爲一道士迎置靜室中，邀與飲宴，且行房室之事，以至有身。久負羞恨而不敢言也。」父意茅山方士所爲，乃託故具齋，悉集十里内道流，使女自帷中窺之。果某觀中道士，頎然秀整，頗有道者。擒問之，具伏，遂縛致于縣。縣令考其跡狀，曰：「某所行蓋玉女喜神術也。」命加械杻，囚諸獄。道士高吟數語，未絕聲，黑霧四塞，對面不相睹。少頃霧散，唯五木狼藉于地，道士不見矣。饒文舉說。

盱江丁僧

紹興初，盱江城北十五里間黃氏客邸有僧過其家，體貌軒昂，云：「俗姓丁。」留數日，白主人：「日入城中行乞，夜卽還。」凡數月，所得錢物，亦分以與黃。黃異待之，相處益久，出入無所疑。間遂挑其妻。妻年尚少，有容質，既喜僧姿相，又以數得財，故心許而佯拒之。迨闇，排僧闥而入。房内無燈而自然光明，僧衣金欄袈裟，坐壁間青蓮華上，類世所畫佛菩薩然。妻驚慕作禮，僧遽躍下，語之曰：「吾非世人，將度汝，汝勿泄。」卽留與亂。自是，每夫出必往。浸久，黃知而詰之，不敢隱，盡以直告。黃怒，設計將捕治，託故出宿，密反。人定後，妻又詣僧，摘語之曰：「我夫欲捉汝，爲之奈何？」僧曰：「汝無憂。」闔户就寢。黃伏户外側聽，愈怒，欲入而不可，但呼罵之。初亦相應答，已則其聲漸遠，俄寂然無聞。壞壁入，爇火照之，室已虛矣。四壁枵如，僧與妻及器物了不一存，而牕壁牖户無少損處。呼集鄰里，追尋到明，窅無音跡，竟莫知所向。建昌崇真隱士黃彦中説。

江南木客

大江以南地多山，而俗禨鬼，其神怪甚佹異，多依巖石樹木爲叢祠，村村有之。二浙江東曰「五通」，江西閩中曰「木下三郎」，又曰「木客」，一足者曰「獨脚五通」，名雖不同，其實則一。考之傳記，所謂木石之怪夔罔兩及山獠是也。李善注《東京賦》云：「野仲游光，兄弟八人，常在人間作怪害。」皆是物云。變幻妖惑，大抵與北方狐魅相似。或能使人乍富，故小人□□葉本作「好迎」。致奉事，以祈無妄之福。若微忤其意，則又移奪而之他。遇盛夏，多販易材木於江湖間，隱見不常，人絶畏懼，至不敢斥言，祀賽惟謹。尤喜淫，或爲士大夫美男子，或隨人心所喜慕而化形，或止見本形，至者如猴猱、如尨、如蝦蟆，體相不一，皆趫捷勁健，冷若冰鐵。陽道壯偉，婦女遭之者，率厭苦不堪，羸悴無色，精神奄然。有轉而爲巫者，人指以爲仙，謂逢忤而病者爲仙病。又有三五日至旬月僵卧不起，如死而復蘇者，自言身在華屋洞户，與貴人驩狎。亦有攝藏挾去累日方出者，亦有相遇卽發狂易，性理乖亂不可療者。所淫據者非皆好女子，神言宿契當爾，不然不得近也。交際訖事，遺精如墨水，多感孕成胎。怪媚百端，今紀十餘事于此。建昌軍城西北隅兵馬監押廨，本吏人曹氏居室，籍入于官。屋後有小祠，來者多爲所擾。趙宥之之女已嫁，與葉本無「與」字。夫侍父行，爲所迷，至白晝出與接。不見其形，但聞女悲泣呻吟，手足撓亂，叫言人來逼己，去而視之，遺瀝正葉本作「至」。黑，浹液衣被中，女竟死。趙不訥妾，年可三十許，有姿態。嘗奏葉本作「登」。溷欲起，髻忽爲横木所串，閣于屋梁上，絶叫求救，人爲解免，便得病，才數日死。南城尉耿弁妻吴有祟孕，臨蓐痛不可忍，呼僧誦孔雀咒，吞符，乃下鬼雛，遍體皆毛。陳氏女未嫁而孕，既嫁，産肉塊如紫帛包裹衣物者，畏而瘞之，女亦死。龔氏妻生子，形如人而絶醜惡，洎長，不畏寒暑，霜天能溪浴。翁十八郎妻虞，年少，乾道癸巳，遇男子，每夕來同宿。夫元不知，雖在房，常擲置地上或户外，初亦罔覺，但睡醒則不在床。虞孕三年，至淳熙乙未秋，産塊如斗大，棄之溪流，尋亦死。饒氏婦王，在家爲女時已有感，既嫁亦來，遂見形。顔色秀麗如婦人，鮮衣華飾，與人語笑。外客至，則相與飣餖蔬果，若家人然。少怫之，卽擲沙礫，作風火，置人矢牛糞於飲食中，莫不慴畏。後遣歸其父母家，禍乃息。王不知所終。李一妻黃、劉十八妻周，生子如猪狏，毛甚長，墮地能跳躑。一死，一失所在。黃氏妻是葉本作「謝」。夜遇物如蟇而長大，逼與交，孕過期乃生，得一青物，類其父。胡氏妻黃，孕不産，占之巫，云：「已在雲頭上受喜，神欲迎之，不可爲也。」果死。新城縣中田村民李氏妾葉本作「妻」。生子，軀幹矬小，面目睢盱如猴，手足指僅寸，不類人。三弟皆然，今五六十歲。南豐縣京源村民丘氏妻，孕十年，兒時時腹中作聲，母欲出門，胎必騰踏，痛至徹心，不出方止。後産一赤猴，色如血，棄之野，母幸獨存。宜黃縣下潦村民袁氏女，汲水門外井中，爲大蛇繳繞仆地，遂與接，束之困急，女號啼宛轉。家人驚擾，召巫。巫云：「是木客所爲，不可殺，久當自去。」薄暮乃解。舁女歸，色萎如蠟，病踰月乃瘳，顔狀終不復舊，成癡人矣。

鬼卒渡溪

紹興癸□，新城縣村渡，月明中漁人繫舟將歸，聞隔岸人唤船欲渡，就之，則皆文身荷兵刃者，二十餘輩。意其寨卒也，不暇問而載之。既濟，探囊予錢，登岸謝別而去。異時兵卒經過，未嘗有也。漁人既喜且訝。明日，視其錢，皆紙也，始悟其鬼。鄧漢說。

龍門山

南城縣東百餘里龍門山，山顛有寺，幽僻孤寂，人跡罕至，獨一僧居焉。客僧過之，留宿他室，與主僧房相去差遠。既寢，聞户外人呼聲，驚怪不敢起。須臾，門軋然自開。客悸甚，不敢喘息，急下床欲走，門已爲巨石所塞矣。大呼移時，主僧始應，甫問答間，石忽不見，而門開如初。客不復能寐，往卽主僧宿焉，且詢其怪，曰：「山鬼所爲也。前後見此事甚衆，但不能相犯云。」邑士鄧愷說。

郴卒唐顛

南城鄧某，宣和五年爲郴州户曹掾。時牢城卒唐勝，出處詭異，語默不常，若病風狂者，人目之爲唐顛。有母無妻子，嘗以過逃去，久乃從蘇仙山白鹿洞中出，言：「洞中大有佳境，山川邑屋，別一人間也。」或問：「爾何不遂留？」曰：「老母在，安可不歸？異時去未爲晚。」細扣之，則不答。喜飲酒，常以馬通及蛇置于懷，詣人索酒。若呼與之酒，雖副以糞穢亦不拒。嘗攜毒虺來掾廳，掾呼至庭下，酌大白飲之，唐欣然一吸而盡。取虺齧食，留其半，曰：「姑藏之以俟晚飲。」每醉後，輒坦其腹，使人以鐵椎撞之，如擊木石，顏色略不變，後不知所終。掾之孫植說。

復塘龍珠

豫章武寧縣復塘村，乾道己丑歲七月二十一日，白晝雷雨大作。數牧童放牛壠上，見西北方雹光中二龍鬬，良久，東南震霆數聲起，逐退之。二龍奔逃，墜一物於半空中，大如車輪，上下凡數十而不止。少頃，紅霞白雲盤旋圍繞，竟不得上，遂墮田間。其光漸微，僅若梟卵大，圓明如珠，衆童競取之。二樵者見其争不已，爲擊以斧，欲碎而分之，極力不少傷。相近富人余氏聞之來觀，見光采異常，知其龍珠也，易以數十錢。映空而視，中有仙女焉，遂爲所得。府帥吴明可芾給事聞而訪之，余氏以僞珠塞命，吴亦不復取。自此後，邑境連年水災，繼以荒旱，莫眹其故也。

建昌犀石

建昌縣富民有不肖子，常亡賴縱飲。因大醉卧路旁，既醒，見一石如盌大，巉嵓可愛，日光射其中，有物焉。審視之，則犀牛也。不甚以爲貴，持往江州。德安潘氏者奇之，餉錢十萬，取其石。後其父聞而索之，已無及矣。時乾道五年八月也。

陳氏妻 此下至卷末，宋本作兩葉，嚴本於中縫均注「補」字。

新淦民陳氏，所居在修德鄉之郭下里。隆興初，元妻爲物所魅，經數年，百方禳逐弗効。夫問之：「汝常日所見幾何人？厥狀何如？」妻曰：「先有白衣人强我同寢，我每績麻時，老嫗必來伴績，仍攜兩童爲執爨，無日不然。」姑亦苦之，謂婦曰：「若至，當報我。」婦奉教。會嫗入室，走白姑。姑挾刃徑往褰帳。嫗正理麻，卽斫之。嫗示以囊金曰：「所爲來，欲富汝家，安得殺我？」姑遂止。轉眼間，已滅不見。陳曰：「妖易治爾。」磨刀授妻曰：「白衣至，便斫之。」妻如言，舉刃中肩，怪走而嫗至焉，曰：「郎與相處許久，今乃謀殺之，何無人情如此？使在家受盡楚痛，展轉不能，亦不恨汝，令我來覓藥。」妻不應，刀猶在手，伺隙剚其脇。嫗奔大山，風掀裙起，狐尾露焉。俄兩女童哭而至曰：「汝已傷我郎君，又傷我婆婆，可謂無義。」妻連斫之，皆化爲石，自是絶不來。

謝生靈柑

温州民謝生母，老病不肯服藥，以夏月思生柑，不啻飢渴，謝生搏手無策。家有小園種此果，乃夜拜樹下，膝爲之穿裂。詰旦，已纍纍結丹實數顆。跪摘以奉，母食之，痼疾遂瘳。聞者傳爲孝感，遠近士大夫争賦詩詞歌誦其美，目曰「靈柑詩軸」。郡守王溉巽澤詒書它邦，誇廣其事。惜不上諸朝，揭之史策，使繼姜詩孟宗之芳塵以示不朽。時淳熙十四年也。按：此條見三志壬卷第五。

許德和麥

樂平明口人許德和，聞城下米麥價高，令幹僕董德押一船出糶。既至，而價復增，德用沙礫拌和以與人，每一石又贏五升。不數日貨盡，載錢回。甫及家，天氣正好晴，或變陰暗，雷風掀其身於田畈間，即時震死。

夷堅丁志卷第二十 十五事

郎巖妻〔「郎」，目録作「郭」。〕

臨川畫工黄生，旅遊如廣昌，至秩巴寨卒長郎巖館之。中夕，一婦人出燈下，頗可悦，乘醉挑之，欣然相就。詢其誰家人，曰：「主家婦也。」自是每夕至，黄或窘索，必竊資給之，留連半年，漸奄奄病悴。巖問之，不肯言。初，巖嘗與倡暱，妻不勝忿妬，自經死于房，雖葬，猶數爲影響。虚其室，莫敢居，而黄居之。巖意其鬼也，告之故，始以實言。巖向空中唾罵之，徙黄出寓旅舍。是夕復來，黄方謀畏避，婦曰：「無用避我，我豈忍害子？子雖遁，我亦來。」黄不得已，留與宿。益久，黄終慮其害己，馳還鄉。中途憩泊，納涼桑下，婦又至，曰：「是賊太無情，相與好合許時，無一分顧戀意，忍棄我邪？宜速反。」黄不敢答，但冥心禱天地，默誦經。婦忽長吁曰：「此我過也，初不合迷謬，至逢今日。没前程畜産何足慕？我獨不能别擇偶乎？」遂去，其怪始絶。

黄資深

黄資深秀才，廣昌人，館于鄉里王氏。去主家百步許，有婦人，自言主家女，來與亂。既久，遂病瘵，主人疑焉。子弟於薄暮見牝狗銜酒器人立而扣館門，匿跡窺之。黄啟户延入，俄聞飲食語笑聲，亦未敢呼問。明日，密詢之，諱拒甚力。是日且晚，狗趨屋後山間，久不返。子弟隨覿其所爲，乃入破冢中，戴髑髏而出。急逐之，棄而走。追擊以杖，殺而曳歸。剖其腹，似有孕，一物如皮毬，膜裹皆精液，凝結如乳。卽煮熟之，加鹽醯，託爲野物以啗黄，婦人遂不至。黄他日始知其詳，大驚愧，然所患瘵疾亦愈。廣昌黄襄說。

蛇妖

蛇最能爲妖，化形魅人，傳記多載，亦有真形親與婦女交會者。南城縣東五十里大竹村，建炎間，民家少婦因歸寧行兩山間，聞林中有聲，回顧，見大蛇在後，婦驚走。蛇昂首張口，疾追及，繞而淫之。婦宛轉不得脱，叫呼求救。見者奔告其家，鄰里皆來赴，莫能措手。盡夜至旦乃去。又壕原本字形不全，從葉本補。口寶慈觀側田家胡氏婦，年少白晳，春月餉田，去家數里，負擔行山麓，過叢薄中。蛇追之，婦棄擔走，未百步驚顫而仆，爲所及。以身匝繞，舉尾褰裳，其捷如手。裳皆破裂，淫接甚久。其夫訝餉不至，歸就食，至則見之，憤恚不知所出，呼數十人持杖來救。蛇對衆舉首怒目，呀口吐氣，蓬勃如煙。衆股栗，莫敢前，但熟視遠伺而已。數日乃去，婦困卧不能起，形腫腹脹，津沫狼藉。舁歸，下五色汁斗餘，病逾年，色如蠟。宜黄縣富家居近山，女刺繡開窗，每見一蛇相顧，咽間有聲鳴其傍。伺左右無人，疾走入室，徑就女爲淫，時時以吻接女口，又引首搭肩上，如並頭狀。女啼呼宛轉不忍聞。家人環視，欲殺蛇，恐并及女。交訖乃去。遂妊娠，十月，產蜿蜒數十。南豐縣葉落坑，紹興丁丑歲，董氏婦夏日浴溪中，遇黑衣男子與野合。又同歸舍，坐卧房内。家人但見長黑蛇，亦不敢殺，七日而後去。婦蓋不知爲異物也。此四女婦皆存。士人傅合寶慈道士黄師肇說。

二狗怪

按：目録無「怪」字。

臨川縣曹舍村吴氏女，未嫁而孕，父母責之。女云：「每夕黄昏後，有黄衣人踰牆推户入，强我與交，因遂感孕。」家人密伺之，果如女言。將入，迎搚以刃，卽死。取火照視，乃鄰家老黄狗也。以藥去其胎，得異雛焉。南城竹油村田家嘗失少婦，尋捕無迹，半月而後歸，云：「爲烏衣官人迎入山，處大屋下，飲宴相歡，不知何人也。」自是常常去之，或至旬日。家人以爲山鬼，率鄰里壯男子深入探逐，正見大石穴如屋，黑狗抱婦酣寢，不虞人至，無復能化形。遂擊殺之，以婦歸。

紅葉入懷

撫州金溪士人藍獻卿妻，頗有姿貌。與夫歸寧母家，肩輿行塗中，風雨暴作，空中飄紅葉，冉冉入懷，鮮紅可愛，撫翫不捨。至夜，恍惚間有人登床與接。及明告其夫，俄得狂疾，言語錯亂，被髮裸跣不可制。藍大以爲撓，醫巫無所施其伎，了不知何物爲妖也。朱樫說。

楊氏竈神

南城楊氏，家頗富。長子不肖，父逐之。天寒無所向，入所貯牛藁屋中，藉草而寢，霜重月明，寒不得寐。忽一虎躍而來，翼從數鬼，皆倀也，直趨屋所，取草鼓舞爲戲。子不敢喘。俄黑雲勁風，咫尺翳暝，虎若被物逐，倉黄走，衆倀亦散。既，神人傳呼而至，命唤土地神。老叟出拜，神人責之曰：「汝受楊氏祭祀有年矣，公縱虎爲暴，郎君幾爲所食，致煩吾出神兵驅之，汝可謂不職矣！吾乃其家竈君司命也，汝識乎？」土地謝罪而退。明日起視，外有虎迹，草皆散擲地上。後其父怒解，子得歸，具言之，由是事竈益謹。縣士羅大臨説。

姚師文

姚師文，南城人。建炎初登第，得宜春尉以死。家之田園，先以歲饑速售，産去而税存，妻弱子幼，莫知買者主名，閲十餘年，負官物葉本作「租」。至多。邑令李鼎，治逋峻，繫姚子於獄累月。會歲盡，鼎憐其實窮，使召保任，立期暫歸。子至家，除夜無以享，葉本多一「祀」字。獨持飯一器祀其父，告以久囚不能輸税之故，哀號不已。屋上忽有人呼小名，驚視之，父衣公服立，索紙墨筆硯。子欲梯而上，止之曰：「幽明異塗，不宜相近，第置四物簷間可也。」子退，上二字葉本作「子如言」。忍淚屏息遥望之。上三字葉本作「以聽」。姚稍步及簷坐，就膝書滿紙，擲下。俯拾之際，父遂不見。新歲，持死父書至邑，邑宰讀所書：某田歸某家，税當若干。遂逮葉本多一「各」字。人至，皆駭異承伏，子乃得免。子婦之父董，在臨川，素相善，亦往訪之。空中揖語，相勞如平生，且請具酒席葉本作「食」。敍款，上二字原闕，從葉本補。而不見形。董曰：「以何禮爲席？」曰：「與生人等耳。」

董如言，相對盡敬，不敢少慢。又語及教子，爲出論題，説題意，主張有條理。罷酒始辭去，仍囑善護其子，自此寂然。

徐以清此下宋本闕十一行。

朱承議

南豐朱氏之祖軾，字器之，就館於村墅。嘗告歸邑居，中道如廁，見一農夫自縊而氣未絶，急呼傍近人共救解之。既得活，詢其故，曰：「負租坐繫，葉本多一「貧」字。不能輸，雖幸責任給限，竟無以自脱，至於就死。豈予所欲哉？」葉本作「至就死地豈所欲哉」。問所負幾何，曰：「得數千錢便了，特無所從出。」朱隨身齎挾，僅葉本作「適」。有此數，悉與之，不告姓名而行。歲夕，明鈔本多一「至」字。無以祭神，上二字葉本作「供祭」，下無「亦」字。亦不悔也。後以累舉恩至承議郎，生五子。京至國子司業，彦終待制，襃爲郎官，襄至郡守，皆知名當世。朱公清健康寧，及見諸子達官，上二字葉本作「顯達」。享廿旨，年八十有餘乃卒。里中人至今能言之。

巴山蛇

崇仁縣農家子婦，頗少艾，因往屋後暴衣不還，求之鄰里及其父母家，皆不見，遂詣縣告。縣爲下里正，揭賞捜捕，閲半月弗得。其家在巴山下十里，山絶高峻。樵者負薪歸，至半嶺，望絶壁嵓崖間若皂衣人擁抱婦人坐者，疑此是也，置薪于地，尋磴道攀援而上。稍近，兩人俱入穴中。

穴深不可測。樵歸報厥夫，意爲惡子竊負而逃者，時日已夕，不克往。至明，家人率樵至其處偵視，莫敢入。或云：「穴深且暗，非人能處，殆妖魅所爲，宜委諸巫覡。」聞樂安詹生素善術，亟招致之。詹被髮銜刀，禹步作法，先擲布巾入。須臾，青氣一道如煙，吹巾出。又脱冠服擲下，亦爲氣所却，詹不得已，倮身持刀，躍而下。穴廣袤如數間屋，盤石如牀，婦人仰卧，大蛇纏其身，奮起欲鬭。詹揮刀排墮床下，挾婦人相繼躍出。婦色黄如梔，瞑目垂死。詹爲毒氛熏觸，困卧久乃蘇，含水噀婦，婦即活。歸之，明日始能言。云：「初暴衣時，爲皂袍原本字形不全，今據陸本補。人隔籬相誘，不覺與俱行，亦不知登山履危，但在高堂華屋内與共寢處，飢則以物如餳與我食，食已即飽，心常迷蒙，殊不悟其爲異類也。」鄉人共請詹盡蛇命，詹曰：「吾只能禁使勿出，不能殺也。」乃施符穴口鎮之，自是亦絶。

興國道人

劉大夫子昂爲贛州興國宰，一子年十七八歲，嘗出書館中，見醉人酣寢于階下，令掖出，則常日在市貨藥道人也。明日復然，疑其異人，命扶入齋舍，揖使坐，焚香作禮。道人曰：「郎年少，拜我何爲？且何所求也？」劉曰：「某觀先生必非尋常人，願求秘術爾。」道人笑探布囊，取文字三卷，緘其二，皆長二寸許，僅如指大，堅緊若木石，悉以授之。戒曰：「謹守護，勿遺失，勿泄於人。先取不封一卷敬行之，餘以次啓視，書盡則事成矣。」丁寧反復乃去。劉大喜，退發其書，皆符籙呪術也，依法稍行之，無不立驗。呪一棗置水缸中，試飲病者，無新故癃篤輒愈，請水者雲集。父聞之，大以爲憂。詢小吏，得其實，索書欲觀。子不敢隱，取以示，即命焚之。火畢，室有聲如雷，少頃，神將數輩如世所繪天下力士者，涕泣辭訣，謂子昂曰：「明府誤矣！賢子當積功行而得道，今乃如此，何不祥甚邪？豈惟不得道，將致禍，某年受大難，不可禳也。」言訖，隱不見。及期，子果死。

陳磨鏡

衡州陳道人以磨鏡爲業，中年忽盲，但日凭妻肩行於市。嘗到衡州，覺有拊其背曰：「陳翁，明旦出郭相尋，無失約。」明將往，妻止之曰：「蠻寇方擾，安撫李尚書以重賞募級，或有殺平人以應令，汝設遭此，奈何？」遂已。明日復遇之，約如初，且責其失信。陳語其故，曰：「明日但出，無害也。」乃如之。至則一道人，攜陳手行官道上，詣粉牆後附耳語，俄頃別去，不知所言何事也。自是陳不復出，獨令妻自行磨鏡以取給，而閉户端坐。過百日，雙目瞭然復明，顏色潤澤如少年時，頗能談人未來事。至今猶往來湖湘間。右二事余翼說。

烏山媪

新建烏山村，乾道辛卯歲，邑境饑疫。有田家十餘口盡死，唯老媪與小孫在。未幾，媪亦死。孫力疾出，哀祈鄰里，丐掩葬。皆畏病染，不肯往。越五日，媪手足微動，俄體煖目開，遂復活。孫掖起坐，問之曰：「數日何所往？若外人肯相助，則入土矣。幸而不至，豈非天乎？」嫗曰：「我了不覺知，但見人喚我去，仍擔我破籠隨行。到橋邊，一人自橋而下，令留住行李，使行橋上。顧來者紛紛，在泥在水，舉足如陷。不暇問，前詣官府，朱扉洞開，門内朱紫衣冠，緇黄男女，被驅逐甚衆。路逢縣中舊識吏，問是何處，吏曰：『非汝所知，汝不合來此。皆是劫會中人，五百年當一小劫。吾掌綾絹紙三等簿，紙簿勾已盡，絹簿亦勾半。汝係簿内人，然未當至，宜急回。』使人引出，復過橋，守者舉手加額曰：『還爾籠。爾有善心，脱此劫會，吾爲爾喜。今速歸，救爾屋宅。』遂失脚墮橋下，乃甦。」齊徹說。

陳巫女

南城士人于仲德，爲子斲納婦陳氏。陳世爲巫，女在家時，嘗許以事神，既嫁，神日日來惑蠱之。每至，必一犬踔躍前導，陳則盛飾入室以須。衆皆見犬不見人，踰時始去。于氏以爲撓，召道士奏章告天。陳稍甦，自言：「比苦心志罔罔，不憶人事，唯覺在朱門洞户宫室之中，服飾供帳，華麗焕好。一美男子如貴人，相與燕處。如是甚久，其母忽怒，呼謂子曰：『不合留婦人於此，今上天有命，汝將奈何？盍以平日所積錢爲自脱計？』子亦甚懼，遽云：『急遣歸！』自爾復常。」于氏父子計，以婦本巫家，故爲神所擾，不若及其無恙時善遣之。遂令歸父母家，竟復使爲巫。王三錫說。

雪中鬼迹

紹興庚午歲十一月，建昌新城縣永安村風雪大作。半夜，村中聞數百千人行聲，或語或笑，或歌或哭，雜擾匆遽，不甚明了，莫不駭怪。而凝寒陰翳，咫尺莫辨。有膽者開門諦視，略無所睹。明旦，雪深尺餘，雪中迹如兵馬所經，人畜鳥獸之蹤相半，或流血污染，如此幾十許里，入深山乃絶。自十八卷至此，除《路當可》一事外，皆建昌士人鄧植端若轉爲予言。

夷堅支甲序

《夷堅》之書成，其志十，其卷二百，其事二千七百有九。蓋始末凡五十二年，自甲至戊，幾占四紀，自己至癸，才五歲而已。其遲速不侔如是。雖人之告我疏數不可齊，然亦似有數存乎其間。或疑所登載頗有與昔人傳記相似處，殆好事者飾説剽掠，借爲談助。是不然，古往今來，無無極，無無盡，荒忽眇綿，有萬不同，錙析銖分，不容一致。蒙莊之語云：「惡乎然。然於然。惡乎不然。不然於不然。」又曰：「是不是，然不然。是若果是也，則是之異乎不是也，亦無辯；然若果然也，則然之異乎不然也，亦無辯。」能明斯旨，則可讀吾書矣。初，予欲取稚兒請，用十二辰續未來篇帙。又以段柯古《雜俎》謂其類相從四支，如支諾皋、支動、支植，體尤崛奇。於是名此志曰支甲，是於前志附庸，故降殺爲十卷。紹熙五年六月一日野處老人序。

夷堅支甲卷第一 十二事

張相公夫人

錢履道，字嘉貞，京兆咸陽人。北虜皇統中，遊學商、虢。過鄠縣，貪程不止。獨一僕相隨。天曛黑，不復辨路，信馬行。到一大宅，叩門將託宿，遇小妾從内出，驚語之曰：「此地近山，多狼虎，豈宜夜涉？」錢曰：「適不意迷塗，敢求棲寓一夕之地，但不知爲何大官第宅？」妾曰：「是河中府尹張相公之居。相公薨後，唯夫人在，須禀命乃可。」遂入白之。少頃，延客相見。高堂峻屋，明燭盈前，已羅列盃盤。夫人容色端妍，冠服華盛，便與同宴。侍兒歌舞之妙，目所未睹，自謂奇逢，若游仙都，情思蕩摇，莫知身世之所届。拱手敬坐，不輕交一談。諸人以爲野戇，相視笑侮。罷席就枕，俄而燭至，夫人者復又來，衆擁之登床，錢趨下辭避。強之再三，於是共寢。明旦，留之飯。錢本漂泊旅人，既稱愜懷抱，累日不言去。一夕，正歡飲間，聞户外傳呼呵導之聲云：「相公且至矣。」夫人遽起，諸妾皆奔忙而散。錢竄伏暗室，不敢喘怖，〔當作「怖不敢喘」〕因假寐久之。狐嘷鴉噪，東方既明，人屋俱亡，但己身卧于棘叢古塚耳。狼狽而出，逢耕夫，始得官道。衣上餘香芬馥，經月乃歇。

樓煩道中婦〔目録作「樓煩道上婦人」〕

嵐州宜芳縣飛鳶保村民難言，往樓煩縣，中道少憩，逢婦人，素衣高髻，年二十許。揖而問曰：「我自樓煩來，欲往嵐州，獨行迷路，不知從何爲便。」言指示之。將分首，婦人長吁一聲，遂仆地。掖視之，死矣。言就邸舍求湯飲灌救，竟不起。傍人過者見婦死不明，畏爲己累，執以告保伍。遭繫縣獄訊治。雖自誣云殺而取其貲，然僵尸無痕傷，又不能供所掠何物。郡遣曹掾明生者審究，呼問言曰：「汝實殺人耶？」對曰：「難言也。」明生不悟其姓名，再問之，復然。以爲疑，乃曰：「然則所謂難言者非汝耶？」又對曰：「然。」明還郡，具白太守。别選吏啓壙驗之，但得朽木一片於柩中。無從鞫勘，因縱釋使去。言在家事父極孝謹，爲鄉社所重，至是蓋獲天佑云。

普光寺僧

武城之東普光寺行童元暉，近村王大葉本作「氏」。子也。既作僧，爲街坊化士，嗜酒不檢，一意狎遊。年二十五歲，得疾甚惡。還其家，困卧閲一寒暑，忽昏不知人，舉室環泣。少頃，仰首長鳴，頓仆於下。葉本作「地」。問其所苦，稍能言曰：「腰脊之下尾骨痛不可忍。」呼瘍醫孔彦璋視之，乃短驢尾自皮膚間崛出。父畏醜狀宣播，急掩其衣，痛愈切，復裸以示人然後止。明日，長尺許。又明日，遍體生毛，首面已肖驢形。數日後，蹄鬣俱備，兩耳翹翹然，哮吼悲鳴，四肢據地卓立，儼成真驢。家人議欲殺之，寺僧云：「不可，此天所以示戒，彰其惡報，以懲後來。如殺之，是逆天背理，將爲君家不利。」於是畜于厩中而弗施轡勒。驢嘶嗷葉本作「鳴」。不已，且亂齧人。試舉鞍置前，則聳耳以待，若有喜意。負重致遠，能日行二百里。凡十年方死。

劉將軍

金虜據齊、魯之地，改奉符縣爲泰安軍。其皇統二年，累月不雨。漢兒劉將軍爲守，禱于岱岳，不應，繼致祭龍潭，赫日滋熾。劉怒，令丁夫運石負土，欲填潭使平。夜夢神告曰：「天久無雨，非吾之罪。方今四海之內，凡一勺之水，則有神主之，吾弗得預，又豈敢上違天律，輒將膏澤耶！幸使君察之也。」劉寤而愈怒。黎明，率千餘卒，益輦土石，投置潭內，比暮，遂平。然到曉復如故。劉了不警悟，但竭人力而爲之。當晝隆熱，寒風倏起，而雷電從潭中出，山阜皆震，吏民懼甚，劉猶督役不已。數日間，暴卒，雨乃沛然。

淑明殿馬

顔亮正隆中，泰安守不窒里始到郡，款謁東嶽廟，遍禮羣祠。至淑明寢殿，地有流血，大驚，躬率從吏周行檢視，見后塑像一指折，血淋漉弗止，而首飾臂釧及供床黄白器皆亡失。即捕典掌者繫獄訊治，雖加以峻刑，終不得其實。後因月旦再詣廟，備牲幣奠享，炷香敬禱曰：「后宮嚴閟深固，詎容穿窬可入。今獄久不決，必累無辜，唯神至聰極明，願顯示誅殛，以快民意。」祝罷回車。明日晚，閽卒走報云：「殿西廊素壁間舊繪馬四匹，早忽不見，山下人盡聞馬足響而不睹其形。久之，各銜一人至：一僧、一童行、兩胡奴。」不室里急策馬往，先謝神威，然後驗問。四囚絣械廡下，如有物執持者。是時有女真千户阿失打，虐斂所部，誅求貨賄。其二人無以應命，與竹林寺僧同謀，自殿屋山翼鑽瓦斷椽，經旬日始斬得達，故外人莫知。藏其物於僧所，童行與聞之。于是具奏虜廷。亮令杖殺千户，兩奴放爲良呂本作「民」。黔，竄僧童於遠裔。

生王二

生王二，隴州人。其居在黑松林跑谷，世以畋獵射生爲業，用是得名。因與衆逐鹿至深崖，迷失道。正徬徨次，遇女子渡水來，年少貌美，而身無衣衵，視王而笑。王平生山行野宿，習見物怪，雖知爲非人，殊無懼色，咄之曰：「汝鬼耶？怪耶？」女又笑而不答。良久，乃問王曰：「爾何人？」王始稍敬異，揖而言：「本山下獵徒，今日逐虎失蹤，至墮兹處。生死之分，只在須頃，願娘子哀之。」女曰：「隨我來，當示爾歸路。」遂從以行。登絶高巉巖之峯，涉回環過膝之水，塗徑犖确，足力不能給。女不穿履，步武如飛。到一洞，有大石室，境趣邃寂，如幽人居，不聞烟火氣，寢室尤潔雅。王顧傍無他人，戲言挑之，欣然相就。夜則共榻，晝則出採果實以啖之。居月餘，王念母乏供養，以情泣告女曰：「我欲暫歸，徐當復相尋。」女許諾，送出官道乃别。王感其意愛，他日再訪焉，試與之語，邀同歸，略不謙呂本作「嫌」。拒，携手抵家。王妻趙氏，既育三男女矣。此女又生兩子，與趙共處，甚雍睦。逢外客至，必驚訝斂避。或獨走入山，經月不返。終不火食。王亦任其去留，後二十年猶存。

河中西巖龍

虜皇統中，河中府大旱，太守李金吾祈禱未效。聞巖西寺僧慈惠戒律精高，爲緇徒所仰，乃往請之。僧曰：「老身無以動天地，但每日説法之時，必有一老叟來聽講，莫知所從來，疑爲龍也，當試扣之。須金吾明旦至此，潔誠以待。」李曰：「諾。」如期叟至，李正從僧語，望其入寺，既焚香設席，命左右掖之，再拜致詞。叟驚，止之曰：「使君屈膝于山翁，敢問何以？」李曰：「亢陽爲災，五種（呂本作「穀」）。不入，（呂本作「熟」）。萬民將無以生，願龍君慈仁，亟下甘澤。當肇建祠宇，歲時奉祀，以彰顯大神之威靈。唯神念之。」叟無言，頃顰蹙而嘆曰：「噫！泄吾天機者師也，吾死無日矣。」遂告李曰：「使君勿憂，誓以死報。」又顧僧曰：「吾今以師故獲罪上穹，立（呂本作「定」）。降誅罰，吾即死，尸墜于地，然不出此境中，乞爲作證明，使合郡民爲行壇七晝夜，庶幾藉此功德可獲超昇。」僧許之而去。于是一雨三日。外邑虞鄉報有死龍墮山下，李盡率士庶召浮屠千人詣其處，築壇場，延慈惠演法。事畢，龍見于空，作人言謝曰：「吾雖蒙天誅，而賴法力救助，乘無上妙因，得爲菩薩龍矣。」李爲建廟，請額於朝，且名其地爲「蒼龍谷」。唐小説載釋玄照講《法華經》於嵩山，有三叟日來諦聽，自言是黑龍。照以天旱，令降雨，叟曰：「雨禁絶重，儻不奉命擅行，詬責非細，唯孫處士能脱弟子之禍。」照爲謁孫思邈致懇，是夜千里雨足。三叟化爲獺，匿于孫所居後沼，遭使者捕執，孫使解而釋之。事頗相類。

燕王遷都

虜天德二年五月，以燕山城隘而人衆，欲廣之。其東南隅曰通州門，西南曰西京門，各有高丘，俗呼爲燕王塚，不能知其爲何代何王也。及其立標埒，定基址，東墓正妨礙，議欲削其北面，以增雉堞。工役未施之數日，都民於中夜時聞人聲云：「燕王遷都。」皆出而觀之，見鑾輅儀衞，前後雜遝，燈燭熒煌，香風襲人，羅列十里，從東丘至西冢遂滅。明夕復然。民以白府留守張君，爲請於朝廷，乃迂枉其壘以避之。

五郎君

河中市人劉庠，娶鄭氏女，以色稱。庠不能治生，貧悴落魄，唯日從其侶飲酒。鄭饑寒寂寞，日夕咨怨，忽病肌熱，昏冥不知人，後雖少愈，但獨處一室，默坐不語，遇庠輒切齒折辱。庠鬱鬱不聊，委而遠去。鄭掩關潔身，而常常若與人私語。家衆穴隙潛窺，無所睹。久之，庠歸舍，入房見金帛錢綺盈室，問所從得，鄭曰：「數月以來，每至更深，必有一少年來，自稱五郎君，與我寢處，諸物皆其所與，呂本作「貺」。不敢隱也。」庠意雖憒憒，然久困於窮，冀以小康，亦不之責。一日，白晝此客至，值庠在焉，翻戒庠無得與妻共處。庠懼，徙於外館，一聽所爲，且鑄金爲其像，晨夕瞻事。俄爲庠別娶婦。庠無子，禱客求之，遂竊西元帥第九子與爲嗣。元帥賞募尋索。鄰人胡生之妻因到庠家，見錦綳嬰兒，疑非市井間所育者，具以告。帥捕庠及鄭，械繫訊掠，而籍其貲。獄未決，神召會鬼物，辟重門，直入獄劫取，凡同時諸囚悉逸去。帥大怒，明日復執庠夫妻，箠楚苛酷。是夜神又奪以歸，而縱火焚府治樓觀草場一空，瓦礫磚石如雨而下，救火者無一人能前。帥無可奈何，許敬祀神，不復治兩人罪。五郎君竟據鄭氏焉。

宋中正

魏人王員外以納粟得州助教，家富而性狠戾自暴。出遇神祠，未嘗加敬，或指而詈侮。虜亮正隆初，有士人通謁，曰宋中正。既進見，爲縱陳禍福，其言似涉譏戒。王不悦，答之曰：「天生德于予，禍福其如予何！」客曰：「君恃力愎諫，匪朝伊夕，熒惑真君將不日臨君家，速禳之，尚可免戾。」王曰：「使禍可禳而去，則福亦可禱而來，子勿以不根之辭誑惑於我。」客咄咄不已，王叱遣之。經旬，又一客，緋衣，亦稱姓宋，與王語如中正之辭。王曰：「旬日前一宋秀才相訪，意欲相恐脅，吾固拒不聽，君豈其黨耶？吾平生直心，於鬼神之事無所畏敬，君衣朱衣而姓宋，得非熒惑之精乎？」復叱之。其人出外，仰天大呼，卽有塊火從空飛下，衆争赴救。王猶鴟張大言曰：「不足救也，此不過能爇廬舍耳。」俄頃火焰旋轉，散爲數十炬，王屋邸無遠近，一切蕩然。金玉堅白，俱爲煨燼。其居之側，故有火星廟，略無所損。

七娘子

大河之流，截太行而東注，峻灘數十，水勢湍悍，魚鼈不能停居。其一曰七娘子灘，山巔有龍女廟，山下民千家。當夏潦稽天，歲有隄防之勞，淪墊之慮，父老雜議，將徙聚落于他所。士人韓元翁者，老成博雅，爲黨里所信，乃往謀焉。元翁曰：「吾曹世世居此，墳墓廬舍，其傳已久，一旦委去，于心終不安。試瀝懇於龍祠，視其從違，乃隨事爲計，亦未晚也。」于是醵錢具牲牢酒醴，擇日詣廟，求遷其祠於河濱。擲盃珓以請，得吉卜，衆拜而歸。方撰財慮費，是夜雷風大作，聲如頹山，暴雨傾河，狐嘯鬼哭，山下人盡起，皆以爲貽神怒。比曉，霽色融怡，一廟儼在平地，尺椽片瓦，無有壞墮。至於壁泥塑像，一切妥貼，面勢平正，基宇堅牢，絶勝於其舊。由是淫漲抵廟岸即止，民無復憂。

護國大將軍

紹興二十六年，淮、宋之地將秋收，粟稼如雲，而蝗蟲大起，翾飛蔽天，所過田畝，一掃而盡。未幾，有水鳥名曰鶖，形如野鶖而高且大，脰有長嗉，可貯數斗物，千百爲羣，更相呼應，共啄蝗，盈其嗉，不食而吐之，既吐復啄。連城數十邑皆若是。才旬日，蝗無孑遺，歲以大熟。徐、泗上其事於虜廷，下制封鶖爲護國大將軍。

夷堅支甲卷第二十四事

陽武四將軍

黄河之南陽武下埽，在汴京西北，數爲湍潦所敗，每一修築，至用丁夫數十萬工。虜皇統中嘗決溢，發卒塞之，朝成夕潰。汴守募能溺呂本作「没」。者探水底，一漁叟自言能潛伏一晝夜，遂命備牢醴，先祭河神，然後遣之入。半日而出，曰：「下有長蛟爲害，故埽不能堅，非殺之不可，須得寶劍乃濟，蛟方熟寢於百丈之淵，斬之易也。」守取鎮庫古劍付之。將入，又言曰：「願集衆舟於岸滸以相俟，至午水變赤色，則令至中流。」及期，水赤，漁携蛟首，奮而登舟，洪流陡落，卽時埽寧。守欲奏與武爵，辭不受。多與金帛，亦辭。旋踵而死。守爲立祠於其處，請于朝，封爲四將軍。以爲龍女三娘子之子，塑像立於傍，靈應甚著。訪漁之家，無有知之者，亦不曾詢其姓第，識者疑爲神云。

杜郎中驢

杜涇葉本作「經」，下同。郎中，河葉本多「中」字。府滎河縣上源村人也。世爲醫，貲業稍給。明鈔本作「裕」。買里人王氏驢，僅高四尺，然有力，善鳴，能馳遠。涇日夕乘跨，而好醉後上二字葉本作「酒後」。驟騁亡度，稍緩則痛鞭之。于是每施鞍，輒縮栗悲嘶，爲恐懼意。上四字葉本作「若恐懼者」。初不知其有懷恨思報之心，嘗往下村晚飲，回及中途，距家猶十里，欲急歸，加鞭愈切，小童不能追，葉本多一「隨」字。負衣藥笥居後。驢忽蹶，墜涇於地，未暇起，爲所踶齧，食其股且盡，氣未絶。驢俍俍獨還，家人驚異，謂必遭狼虎之厄，而視驢口吻皆有血。諸子秉炬到其處，涇尚負痛能言，舁之到舍而死。

黑風大王

汾陰后土祠在汾水之南四十里，前臨洪河，連山爲廟，蓋漢、唐以來故址，宫闕壯麗。紹興間陷虜，女真統軍黑風大王者，領兵數萬，將窺梁、益，館於祠下，腥羶汙穢，盈積如阜，不加掃除。一夕，乘醉欲入寢閤觀后真容，且有媟瀆之意。左右固諫勿聽，率四十餘奴僕徑往。未及舉目，火光勃鬱，雜烟霧而興，冷氣激人，立不能定。統軍懼，急趨出，殿門自閉，有數輩在後，足踁爲闗闑翦斷。統軍百拜禱謝，乞以翼旦移屯。至期，天宇清廓，杲日正中，片雲忽從祠上起，震雹注雨，頃刻水深數尺，向之糞汙，蕩滌無纖埃。統軍齋戒致祭，捐錢五萬緡以贖過。士卒死者什二三。

王德柔枯蟹

青州益都人王德柔，營新第于北郭。既成，百怪交興，白晝出没，煙氛蓊蔚之中，神形鳥面，見人紛紜往來，偃肆自若。邀喚道術者施法攝治，歷數輩皆無效。不可寧居，於是還舊舍，而揭榜於市，訪膽智者就驗之。狗屠范五，素以兇悍著，詣德柔求酒饌，獨往宿。夜且半，西廡下砉然大聲起，一人從地踊出，短身縮項，著朱衣，形貌充腯，似年三十許，兩手相擊，歌舞庭下。范握刀逐之，至東南隅失所在，范記其處。明旦發土，獲一枯蟹，大而赤，椎碎投諸水。其後帖然。王厚謝范屠，遂得安處。

李婆墓

下邳境内有古丘，相傳爲李婆墓，莫知其何時人。又言多藏珍寶，積爲亡賴惡子所睥睨。紹興丁巳歲，僞齊之末，羣盜肆行，焚廬發冢，略無虚日。遂從事於李墓，呼聚三百人，畚鍤備集，自晨至午，啓鑿及於埏中，棺槨皆露，衆疲困憩卧，或餐乾糧。俄一媪長七尺餘，髮白貌黑，形極醜，素練寛衣，端坐槨上，彈指長嘯，響振林壑，溪谷洊流，一切沸涌。衆怖而散走。須臾，煙靄四合，神鬼出没，或聞闐闐車馬聲，或隱隱如雷。移時開晴，一盜有膽者復往視，已失棺槨所在，但存空穴，嗟悔而歸。五旬中，多暴死及無故顛隕者。里民爲悉力掩壙，且致祭焉。

宿遷諸尹

宿遷大姓尹氏，當離亂時，聚其族黨起兵，劫女真龍虎大酋之壘，獲祖宗御容與宫闈諸物，置于家。以道路梗塞，未暇貢於朝。同里周、郭兩秀才，從求貨弗愜，誣告有司謂私蓄禁省服御，將謀不軌。獄吏不復究質，於是諸尹皆棄市。周以功得本縣令，郭爲丞，助之謀者皆補右列。後避虜禍，邑人多播徙京口，周、郭亦南來。嘗同其友朱生輩閱市，朱之子從龍，方六七歲，見壯卒五人，著青紫袍，張弓挾矢，顧而怒憾，當通衢欲射人，周、郭趨入酒肆，朱生不覺也。從龍密以告，乃出窺之，皆相引從西去。諸人飲罷，過南畔小巷，到一隙處，遇向者五卒，正身發鏃，中周、郭之胸，同行者了無所睹。二子卽稱心痛，仆坐不能起，衆扶以歸。經宿，疽生於背，前後洞徹，至膈膜，見五藏，月餘而死。

小珠山遺卵

密州之東百二十里接海濱有山曰小珠，雙峰嵯峨，高入雲際。中間一水，清泚可鑒，目爲團頂㝱。原註：呼官切。虜正隆三年秋雨，民行山之隈，至㝱側，見一卵在地，可盛粟二石，斑爛光彩，異而甎之。乃取葛藟絆倒縛舁下山，舉村來觀，嘆爲耳目傳聞。未幾，呂本無「幾」字。有數少年攫取而去，卽煮食之。後旬日，颶風夜作，震撼天宇，居者百餘家爲風掀舉，躋于山巔。旋落團頂畔，少年食卵者撲死，餘老弱千計皆無所傷。敗瓦朽木，到今猶有存者。

吴皐保義

吴皐十一保義者，符離人。紹興初，從楚州鎮撫使趙立軍，得將尉。長六尺二寸，勇健有力。至三十年庚辰，寓居北神堰，往盱眙，聚亡賴，潛度淮，入泗東城，刧富室王氏，獲金貝二萬緍。時

顏亮方桀驁，移文對境詰索，州縣繪形立賞格甚厚。皐恬不知畏，與其黨入楚城，呼畫工趙四

者，指圖語之曰：「汝所畫全與我不類，宜易之。」郡守藍師稷使人招致，欣然應命，答對如流，舉止自若。藍以爲奇士，壯而釋之，曰：「異時邊上緩急，斯人真可用。」明年，盱眙守周淙擇效用使臣來捕之，始奔淮北兔屯莊。淮民素嚴憚之，莫敢問，獨王雲者蔑視皐，奮願出力。淙檄捕盜官喬順領戍兵三百，直抵其所。天將曉，皐聞有呼者曰：「官捕汝！」如是至於三。已而兵至，尚率兇徒拒戰。其一人曰李四，叛而從雲，持矛刺其鼻，流血暈倒，遂成擒。雲斬其首，雙目不閉如生，顧衆斜視，切齒鴉鴉作聲，見者毛髮竦立。時當劇暑，越兩夕方到盱眙，擲首郡庭。三日，怒目乃瞑。

胡煌僕

霸州文安縣人胡煌，居莫金口，家稍豐，好義忘利。一僕曰嚴安，執役二十八年，恭謹有信，未嘗輒受傭值，煌與之，則云姑儲於主家，須欲用乃取。愛惜主物，不妄費分毫。煌待之如弟，嚴亦呼煌爲兄，而謂其妻爲嫂。紹興庚辰，虜正隆某年也，歲之中春，嚴把煌袂入浴室云：「有一密事。」煌笑曰：「非從我索積歲雇直乎？」曰：「否。」「嫂與外人私乎？」曰：「否。」「然則捨兩者外，何等可密？」嚴曰：「兄將死，又不以善終，自今七十日，當遭雷震於縣市。弟有一術可救，能信之乎？」煌素重其人，告於妻子，皆憂窘莫知所出。後六十三日，扣嚴曰：「若果如弟言，天期已逼，

所謂術者云何？」即授以秘呪，曰：「才脱兄厄，吾亦從此逝矣。」及期，天宇澄霽，四野無雲。嚴垛疊桌凳數層，假僧袈裟蒙其上。至午，烟霧坌興，迅雷激電。引煌入伏桌下，使急誦呪。須臾，火光迸裂，旋繞左右，若有所尋索。一天神披甲仗鉞，呼諸鬼物曰：「胡煌無處求，今已失時，此人既免天誅，且延一紀之壽，吾曹將奈何！」霍然而散，猶未晡。嚴旋不知所在。煌至壬辰歲始亡。

丹州石鏡鼓

丹州之境有兩山寨，曰東池、西池。西寨懸崖百丈，嶄嵓峭峻，人不可陟。下有石鏡石鼓，其傍勒銘云：「石鼓響，兵雲屯。石鏡明，面南尊。」紹興中，地雖陷虜，而秦民聚衆起義欲歸本朝者未嘗絶，此寨常屯萬人。來者必擊鼓，寂無聲；照鏡，則昏暗。郡人曹布子，少貧困，以紡績養父母，故里俗以布子呼之。虜天眷三年秋，歸身於西寨。或邀之詣石所，試扣鼓，聲鏗鏗然，遠近皆震；洎臨鏡，鏡倐明。傍觀者見布子容貌自若，而冠冕若王侯，遂相率羅拜，奉以爲主。久之，東寨亦聽命。關中羣寇，蟻聚無時，戰争輒敗衄而退。歲餘，勝兵至十萬，遂據延安稱王。然未能二年，卒戕於虜，石銘乃爲祟云。

九龍廟

潼州白龍谷陶人梁氏，世世以陶冶爲業，其家極豐腴。乃立十窰，皆燒瓦器，唯一窰所成最善，餘九所每斷火取器，率窊邪不正，及粥〔當爲「鬻」之誤〕於市，則人爭售之。凡出盡然，固莫知其所以也。谷中故有祠曰白龍廟，蓋因谷得名，靈響寂寂，不爲鄉社所敬。梁夢龍翁化爲人來見曰：「吾有九子，今皆長立，未有攸處，分寄身於汝家窯下。前此陶甄時，往往致力，陰助與汝。」梁曰：「九窯之建，初未嘗得一好器物，常以爲念，何助之云！」龍曰：「汝一何不悟，器劣而獲厚利，豈非吾兒所致耶？」梁方竦然起拜謝。龍曰：「汝苟能與之創廟，異時又將大獲福矣。」許之而覺。即日呼匠治材，立新祠於舊址，設老龍像正中坐，東西列九位以奉其子。迨畢功，居民遠近和會，瞻禮歡悅。其後以亢陽禱祈雨，不移日而降。梁之生理益富於昔云。

衞師回

衞淵，字師回，鄆府東阿人。嗜酒成疾，敏慧過人，而懶讀書，年餘四十未仕。當盛夏，偕朋輩投壺聚飲，醉卧牖下，夢身游他所，或報沉湎國入寇，居民挈老稚散走，淵蒼忙伏竄。既還家，盡室皆已遭俘掠。獨行山間，徬徨累歲，無地駐足。忽遇故人閻中孚、李亨嘉、王勉夫三人，相問存没，告以其〔明鈔本多一「妻」字〕。孥無恙。淵大喜，語之曰：「吾厄困三年，饑寒漂蕩，朝不謀夕，每念平生歡會，一吸數斗，今願一盃救渴，亦無由致。諸君寧有意乎？」中孚曰：「過此數里，有青帘酒肆，二姝當壚，絶姸麗，盍共訪之？」淵益喜。到市，〔上二字葉本作「遂往」〕。果如所言。淵先釂一巵，又令添酒。别一鬟執器愁慘，淵誚之曰：「酒家人見客當融怡笑樂，何乃如是！」鬟泣曰：「先輩上二字葉本作「尊官」。不知也，適所飲者非麯糵醞成，皆人之精血爾。世人居陽間，抛踐餘瀝，崇積殃咎，死則漬其骨髓而爲之。」淵昧昧不信，姝乃引入後室巡視，見大屋中羅列醡槽，傍有百餘人葉本作「數百人」。裸坐，男女淆雜，兩大鬼持戟，以次叉置槽内，大石壓醡之，血自口流溢，俄而成酒。淵怖慄而覺，小童在側，賓客踞坐，壺矢之聲方鏗然。遽詬所夢，元不移一時，憶其經歷，殆數歲矣。唐人記南柯太守、櫻桃青衣、邯鄲黄粱，事皆相似也。呂本多「《聞善録》所載張生入冥事頗類此」十三字。

常琉牛

常琉，晉州平陽人。父爲里胥，蚤死，母攜之再嫁富民康德休。爲人落魄亡賴。德休與錢三千緡，使爲區肆，由是生理自給，而琉事繼父略不知恩。經數年，德休死，視如路人，盡竊其貲。甫三十歲，強壯無疾，忽作牛鳴一聲而斃。是夕，康氏牛産犢，一蹄出背上，朱書其姓名二字於脅間。德休二子讀書識義，不忍露其醜蹟，匿之舍後。牛鳴吼叫跳，觸籓而出，奔迸邑市，觀者以故盡知之。康氏遣數健僕闌逐，不可得，徑趨深谷中，不復至。

野牛灘

野牛灘在洛京之白波，與九女廟相接。虜皇統中，秋夜水暴漲，居民遭没溺者十室而七。灘下人見羣蛟激躍崕谷間，摧峯破岸，觸處成淵澤。屋廬如洗，田禾一空，大雨五晝夜不止。俄有牛數十，出乎峻巔，乘流而下，與蛟鬬於山麓，黑霧縈繞，火光迸射。經一夕乃霽，水循故道。一蛟長十丈，死於樹下。洛都守孟君，率洛陽、河南兩郡士民精潔奉牲，臨河致祭。頃之，有龍見於雲端，驤首如赴。萬衆仰觀，乃知其化爲牛而殺蛟也，於是於其地立祠。右二卷皆朱從龍所傳。

夷堅支甲卷第三十三事

呂使君宅

淳熙初，殿前司牧馬於吳郡平望，歸途次臨平，衆已止宿，後軍副將賀忠與四卒獨在後三里，至蔣灣，迷失道，詢於田父，曰：「可從左邊大路行。」方及半里，遇柏林中一大第，繫馬數匹，皆騏駿可愛。問閽者：「此誰之居？」曰：「前邕州呂使君，今已亡，但娘子守寡。」又問：「馬欲賣乎？」曰：「正訪主分付。」於是微賂之，使入報。良久，娘子者出，澹裝素裳，倚倚然有林下風致，年將四十，侍妾十數人。延坐瀹茗，扣所欲，以馬對，笑曰：「細事也。」俄而置酒張筵，歌舞雜奏。既罷，邀入房，將與寢昵。賀自以武夫朴野，非當與麗人偶，固辭。娘子嘆曰：「吾嫠居十年，又無子弟，只同羣婢苟活。今夕不期而會，豈非天乎？宜勿以爲慮。」遂留館，凡三宿始別，贐以五花驄及白金百兩，四卒各沾萬錢之賜。又云：「家姊在淨慈寺西畔住，倩寄一書。」握手眷眷而退。賀還日，違軍期，且獲罪，窘怖無計，奉馬獻之主帥，託以暴得疾，故遲歸。帥見馬，喜而不問，仍陞爲正將。後數日，持書至湖上，果於淨慈西松徑中至其姊宅，相見如姻親，仍約明日再集，亦留與亂，金珠幣帛，稛載以歸。自是每三四日一往。賀妻以獲財之故，一切勿問。嘗歡洽迨暮，外報呂令人來，姊失色，無以拒。妹至，三人鼎足共坐。令人者上三字呂本作「少間」。招賀入小閣，峻辭責之。賀拜而謝過，哀懇三夕呂本作「四」。乃釋。經半歲，賀妻亡，窀穸之費皆出於呂氏。乃憑媒妁納幣，正爲繼室。踰三年，賀亦亡。先有三子，一居廛市，二從軍，令人詣府投牒，分槖裝遣之，而乞身去姊家同處。明年寒食，賀子上父冢，因訪姊家。姊云：「妹已歸臨平矣。」又明年，復詣其處，宅舍俱不知所在，唯松林有兩古墳。賀子悲異，瞻敬而去。

闘氏女子

永州民闘十三，居司理院側。妻閔氏，生女極婉秀，不類市井間處子，因名曰韻奴。乾道丁亥，年十三歲矣，正與祖母同榻寢，夢一道士至，父母具饌延之。既食，呼女前，謂曰：「我尋爾久，乃在此耶。」探懷出小磁瓢，取藥一粒，如豆大，青碧可愛，置於掌中曰：「此丹之功，力能回天機，奪造化，易陰陽，變寒暑。爾有夙緣，當服食，可速吞之。」女喜接，才下咽，異香馥郁。道士辭去，女恍惚而覺，藥猶在鬲，而香不少歇，以告祖母。有頃，起便旋，則已化男子形矣。予是時卽聞其事，書於《景志》中，與此差不同，且以闘氏爲文氏，然大略非誕也。

劉承節馬

浙西明鈔本作「江」。人劉承節，自贛州稅官回赴調，寓家於贛，但與葉本作「從」。一子一僕乘馬而東。至信之貴溪，午駐逆旅，逢數賈客，攜廣香同坐，相與問從所來，呂本作「問所從來」。欲買客香，取視殊不佳。劉曰：「吾所齎雖不富，勝此物多矣。」出篋發示之，中蓄銀可百兩，客密窺見。會日暮，皆留宿。諸人乃盜也，夜久，操杖入劉室。劉本從軍，有膂力，揮刃斷其一臂，衆懼而散走。主人蓋同謀者，紿曰：「彼不得志，必別邀黨侶來，不可安寢，不若未曉啓塗以避之。」劉不疑其詐，促僕起，不謀葉本作「俟」。具食卽去。至高岡下，與盜遇，雖與拒鬭，而寡不敵衆，并子僕死焉。適一郵卒過，亦殺之，投尸坎中，分所獲而遁。所乘馬躑躅於道。適主簿出按田，馬迎之車前，局足如拜，已退復進，凡六七返。主簿異之，曰：「是必有寃訴。」遣數輩隨馬行，到岡畔坡陀下，馬跑土凝立，滿地血點，腥觸人，四尸在穴，肢體尚暖。立督里正訪捕，不終朝盡成擒，並坐殊葉本作「誅」。死。

虞主簿

虞主簿，建安人，學問超卓。登第後，注官宜興，臨赴任暴卒。經日復蘇，云：「初病困迷罔時，見一吏揖庭下曰：『府君有命。』遂從以行，且百里，足力不能支，懇求少憩。良久，復進到一所，如世間嶽廟。引入門，望主者冕旒正坐，乃扣頭請曰：『某死無所辭，念父老無兼侍，乞賜以餘生，終父天年，無所復恨。』主者曰：『汝知前生之事乎？』對曰：『不知也。』王呂本作「主」。曰：『汝昔姓名爲陳朝老，今藉其宿學，故聰悟絶人，但一生無絲髮善事，是以福淺。上帝憐汝讀書之勤，與汝一第，所以不食祿而早世者，正由不曾作福耳。憫汝有養親之志，吾奏於天曹，許延七日，可歸與父別也。』遂得還。」自知不永，持父以泣。越七日果死。

王宣太尉

西邊大將王宣，紹興末禦虜寇立功，乾道中爲襄陽帥而卒。後半歲，其麾下故部曲蔣訓練出城至澶溪，飲於水濱，一黄衣卒持令字旗大呼曰：「都統喚。」蔣問何人，曰：「王太尉也」。蔣憶其已死，熟視黄衣，蓋舊識，久亦不存，疑不欲往，爲所促，乃隨之行。登南門樓上，宣在焉，參伍兵衛，視生時無異。蔣再拜，宣勞問勤至，曰：「汝家安樂否？」以無恙對。又問：「汝馬在否？」曰：「被員都統獻了。」宣曰：「可惜！可惜！」又曰：「汝曾見我馬乎？」對曰：「未曾見。」顧左右牽青師子來，少頃而至，則青驄也，極神俊。使蔣騎之，攬轡而上，其去如飛，足不踐地，過人廬舍徑從屋脊超驤。蔣驚怪，忽忽如醉夢中。既還，卽使別去，且命一校送下城。瞢騰歸舍，與妻子語未竟，有五兵負錢五萬、酒五尊，云太尉賜訓練。蔣將犒以官券，已失所在。次日得疾，越五夕始愈。

熊二不孝

興國軍民熊二，稟性悖戾。父明爲軍卒，年老去兵籍，不能營生理，妻又早亡，惟恃子以爲命，而視如路人，至使乞食。明垂泣致懇，肆罵弗聽，將訴之於官，復不忍，但每夜焚香，仰告神天，冀其子回心行孝。如是二年。惡子方從其徒縱飲聚博，長空無雲，忽變陰慘，雨脚如麻，雷電交至，諸人對面翳暗，莫能舉目，聞有呼熊二者。良久開霽，不見其人，相率尋覓，得尸於郭門外，剜其眼，截其舌，朱字在背，歷歷可認，曰「不孝之子」。時淳熙三年九月七日也。

張文寶

建康遊弈軍將李進，健勇有力，爲隊旗頭。年財三十，染時氣，得熱疾，此句葉本作「染時疫渴熱」。主將命醫職張文寶療之。張素不精此伎，徒欲藉軍中名字以庇門户，診脈切證，不能辨温涼，謂爲虚陰，投以附子大劑。才下咽，進覺五藏如沸湯澆沃，煩悶痛劇不堪忍，駡張曰：「附子燒殺我矣，我必死，當訴汝於九泉之下。」已而奄然，肌體皆斑葉本作「紫」。黑。葬之三日，家人具酒餚復墓，進附幼女言曰：「張文寶用藥殺我，葉本多一「我」字。今還魂。」其妻奔告於統制，遣一校率匠發家破棺，則尸已朽穢不可近。自是張日夕見其在側，兩月而死。

方禹寃

鄱陽縣人方禹爲郡吏，與凶子楊五有隙。楊從事於駔儈，禹每爲所凌。嘗因酒酣相值，即執其裾，禹度力不能敵，卑辭請命，楊弗顧，曳之于地，恣行箠踢，傷已甚，傍人勸諫，猶搦之不釋。衆舁禹寸步歸家，困惙殆絶，謂妻子曰：「我與彼有宿世寃，今爲所毆，萬一不起，切勿訴於官呈驗吾尸，空播羞痛，但置紙筆於柩中，自當理諸上蒼。」言訖遂没。妻子銜茹寃恨，不復彰聞。楊自以爲得志，愈肆兇虐。歷數月，當秋末時，日正中，見禹從遠來，二鬼隨其後。俄至前，叱楊曰：

「爾無故殺我，我赴愬於幽冥，蒙助我二使，共捕爾。」楊欲走，禹捽其髻，鬼又從而擊之。楊哀懇謝過，禹曰：「昔爾苦我時，荒窘之狀亦如此，殺人償命，欠債還錢，豈悠悠閑言詞所可救解！」路人過者，見楊垂頭慄慄往復自語，且以手摑面，流血不止，爲報其家來視之，尚能道所遇。頃之而死。

汪乙黿

鄱陽市民汪乙，居倉步門外，販魚鼈以供衣食。乾道三年秋至湖上，以錢兩千從漁者買一黿，其重百斤。還家，置諸室內。夜聞呻吟聲甚哀，明燈照之，乃黿也。見汪來，昂首作人言曰：「願救殘命，放歸江湖，當思所以報。」汪愚而忍，以爲怪，持大杖鞭之數十，猶乞命不已。鄰叟聞而異焉，披衣起，喚汪，勸其縱之於水，不聽。明旦，叟又率他居者同勸止，且欲衆出錢償所直，竟不可。後三日，殺之。未幾，坐事繫獄遭杖，家日以貧，與妻皆餓死。

段祥酒樓

鄱陽郡胥段祥，主酒務榷酤。縣治之南舊有酒店，重樓頗潔，素爲山魈所據，歷歲久，人莫敢登。每陰晦之夕，則抛擲瓦石，擊壞罌甕，翻潑水漿。淳熙三年，祥實董其事，深以爲慮，乃與他少年羣議之，密蓄利刃，散伏户外及壚側，數人入室守視，又縛大雄雞置甕邊。祥親執短矛，顒坐以俟。時當秋八月，二更後，聞有喘息聲。頃之，一物身長六尺餘，裹軟脚唐巾，緑袍角帶，曳黑韡持手板，從樓而下，搢板揎臂，欲至甕滌器。聞鷄振翼，化爲狸，俯伏于地，將搏雞。祥運矛揰其喉，聲如狐嗥，衆共擒殺之，剥其皮，斑爛可愛，煮肉分食無餘。樓怪遂絶。

姜彦榮

鄱陽醫者姜彦榮，淳熙十二年，遷居豐泰門内。因夜歸，停燭獨坐，尋繹方書，見老人拊户而立，注目視之，已不見，知其爲怪，而未暇窮其迹。他夕，赴市民飲席醉歸，復遇之，灼然可識，龐眉白首，髭髯如雪，著皁緑素袍。姜大呼叱之，没於地。姜曰："是必窖藏物欲出耳。"遲明，發土二尺許，獲銀小錠，重十有二兩。復劚之，鏗鏗然聞金革之聲，堅不可入。姜慮無望之福或反致禍，乃止。

張鮎魚

鄱陽陶器店駔張廿二，醜面闊口，廛市呼爲鮎魚。乾道癸巳，因逋負稅直多不能償，與妻相繼自經死。有子幼，贅壻陳昉主其家。淳熙庚子，昉偕同里朱生往都昌魚池索漁户債，正飲酒于肆，見張從一黄衣急足來。方怪愕，已至前，厲聲叱昉曰："知汝在此，故來需汝性命。"昉再拜拱手，邀入坐，不許，曰："我更唤丈母來共汝理會。"少頃，果同妻抱嬰兒復來，揮鐵尺擊昉，朱奪其尺，告之曰："爾女兒分付丈夫隨我，今若殺之，如何出手？"張曰"吾死七八年，因繫陰司，受無量苦，壻全不救拔，此嬰兒亦因渠一拳而夭喪，安得素呂本作「索」。休！"適尉曹兩弓兵過，睹其紛争，不知爲鬼也，亦語之曰：「汝無故白晝打殺，定當累我。」張乃顧黃衣曰：「爲我追此人去。」黃衣曰：「須是先於泰山府君處下狀，得文牒方可追人，豈得專擅。」擾擾薄暮，張夫婦及黃衣就買酒處僦宿，昉與朱并弓兵鄰室而處，略無人鬼之辨。張終夕詬昉，又使黃衣返其家取錢。良久，負二千至。弓兵問所自，對曰：「在張家桌下取來，初時左門神見拒，而右尉爲我通報，故得之。」明旦，與朱、陳復同塗到鄱城西北蠙洲，忽不見。昉抵所居，猶歷歷聆張聲音。旋臥病，踰旬獲安，幸不死耳。

包氏僕

鄱陽包氏，居蠙洲門内，買一馬，付其僕程三養視，日浴之於放馬渚。常爲白頸鴉登背拋糞，深患之，逐去復來。於是敲針作小鉤，貫以長縷，從馬腹旋繞致背，挂餌於表。鴉啄餌，吞鉤不可脫。程剔其雙目睛，懷歸舍，求酒於主家而吞之。自此眼力日盛，能歷覽鬼物於虛空間。嘗與包婢在厨，見一鬼瞠目拖舌，項下纏索，履門閾窺瞰。程持杖擊之，呻吟窘怖，冉冉入地而滅。蓋向時有縊死於彼處者。後每出野外，必有所睹，雖似人形，而支體多不具足。厲怪望之，往往奔竄。或人謂千歲鴉目能洞視，程所吞者其是歟？此卷亦得之朱從龍。

夷堅支甲卷第四 十六事

共相公

南康都昌縣盧衝民劉四秀才，紹興四年十一月暴卒，爲兩吏領至幽冥中，入閻王殿庭下。仰望陛基，可高一丈許，王憑几坐其上，其前立巨牌，碧字標云「共相公至此」。劉默念：「世間安得有此姓。」初未嘗發言，王顧語左右，似有生人氣。吏質劉曰：「汝適所説何事？」劉不敢答，辭曰：「未曾啓此齒。」再三逼之，乃道所念。吏叱曰：「不得洩漏！此是饒州洪右相，今作閻羅王。」少頃，王命吏押回。劉歸，經歷數獄，見罪囚苦楚，驚悸之極。吏舉袖掩其面，遂蒙無所睹，行三十餘里始釋手。別又有一殿巍然，僧合掌升高坐，前有黑光，桌鋪白紙一張，紙上數蟲蠕動。僧下坐，執隨求法環，摇撼作響，問劉曰：「汝在生修何善業？」對曰：「無可紀者，僅能持《高王觀世音經》耳。」對曰：「只此是也，放汝去。汝來已經三日，恐汝妻壞了宅舍，宜亟還。」吏卽引行，過澗水兩重，躍而寤。次年二月，劉生鄰人葉百一至憲臺投牒，館於逆旅黄氏，與人説此，予不暇親審也，因記文惠公頃遊廣府，府帥方務德滋，因留攝幕屬，與其弟稚川同官。稚川名洪，胥吏倡優避其名，呼公爲共通判。而洪氏所出本共工氏之後，故《左傳》有晉共華、魯共劉，皆讀曰恭，至漢乃於左方增水云。

張鎮擲斡

鄱陽張鎮者，忠定參政之孫，爲湖北安撫司幹辦公事。紹興四年十一月，參議官張廣滿秩，鎮送之於沙頭，留飲至二更乃還城。方就寢而府市火作，鎮起，從主帥樞密出視，歸已夜分。天未明，忽連聲稱「救，救」，妻秦氏呼問之，瞑目不語，頃之而絶。先是十日前，遣一䭾持信罨至德興，半塗覺肩重，自是日日頓增，殆不可負。嘗擲之於地曰：「莫是裏面盛着死人頭，如何更擔不起。」過江山渡，以語舟人，舟人試擧之，亦云未嘗有遠路信物如此重者。既到張氏宅，䭾納書於鎮父通州使君埏。啓罨，但鹿脯耳。才出外，便爲物所擊，爲鎮音聲責之曰：「汝在路如何得罵我！」䭾謝不敢。俄直入至父母處，泣而言曰：「死生定數，無所復恨。鎮未有子，新婦難以守寡，畢喪後乞遣歸其家。大姊嫠居歲久，雖有一兒，亦非久遠計，願別爲謀終身之託。」䭾旋仆地，移時乃蘇。通州愕然憂疑，鎮正其室范氏所生，尤以爲戚。又兩日，凶問至。然則䭾西來時，鎮之神識已憑之矣。悲哉！死時方三十五歲。秦氏，堪之女也。

雙頭蓮

鄱陽高嵲，就館於邑宰，以無訟堂爲學舍。池中蓮生花雙頭，丞賈𤑳見之曰：「此嘉祥也。先君大觀二年在吳興鄉校肄業，直廬後産此花，守兵白教授，率諸生來觀之，折取諦翫，葉間隱隱有金書先君姓名三字，諸人共致慶語，勉令力學，以來歲大魁相期。輕薄子翕然笑曰：『賈癩子作狀元，是天下無士人也。』時正病瘡瘍遍體，故云。至秋獲薦送，廷對爲第一。」賈名安宅。

華延年

處州士人華延年，字慶長，入太學，肄業禔身齋。嘗與同舍聚坐廬亭上，齋僕報處州陳官人參齋，華奮躍而起，喜色可掬。衆異而扣之，曰：「往歲過三衢，詣老劉卦肆求占，得詩曰：『郯鑑總龜如往學，未見才名能廣博。希點若來參學時，同年從此不須疑。』今陳君者正名希點。蓋比歲葛、鄭、蘇三先生爲學官，吾三試南宮皆不利，而陳亦阻憂患，不得到省，茲其有同年之兆乎？」果以淳熙辛丑同登第。希點字子與，爲第四人。

項明妻

餘干洪崖鄉㟝峎山民項明，取倡女胡氏爲妻，十有餘歲，生一女而死。隆興二年，有巫從他鄉來，言能致亡者魂魄。項令召其妻，隨命卽至，項無所睹，女已十二歲，獨見之，眞其母也。遂留止不去，夜與夫同榻異衾，而與女共處。凡所需索，悉憑女以告。兩月後，忽云父母來，仍攜僕從，欲飲食，項卽辦供具。初同席鋪設，妻曰：「主僕不當均禮。」乃別置焉。繼言：「吾父室廬損敝，擬建新居，求錢助費。」亟焚紙鏹數百束。又云：「錢甚多，無人輦送。」乃喚畫工作兩力人，既成，嫌其矬弱，復易之。俄告去，曰：「欲偕二親治屋，經月餘再來。」所親李媪訪其夫，失不瞻問，女云：「已被阿娘於腰間打一杵。」媪歸，腰大痛，不能行。卜者占胡氏爲祟，禱之始愈。相處一年，漸縮小，其竟也殆如嬰兒，遂不見。右三事高峽景山說。

嚴桶匠妻

饒州民嚴翁，爲桶匠，居城外和衆坊。妻生三子，皆娶婦。嚴死累歲，妻以淳熙庚子四月亦亡。三子有孝心，停柩於家。七日，方作齋會，姻戚咸集。一蝮蛇俗稱鱉鼻者，長五六尺，忽從柩下出，蜿蜿蜒蜒，了無害人意，見者異而視之。蛇昂首向子點首者三四，眼中流淚，若欲悲訴者。或擬舉杖加箠，子遮止之。鄰媪乃問之曰：「爾是嚴婆耶？」點其首。又問：「何處是汝靈坐？」即直赴其所，良久復出。又問：「三婦房何在？」皆隨聲而往。問三子亦然。既罷，徐徐入户限内，不知所之。

劉十二

劉十二，鄱陽城民也。居槐花巷東，以傭書自給，爲性倔強。當夏夜，與妻子露坐於小庭下，見一物從外門而入，狀類人而頭如斛大，無肢體手足，雙眸睥睨，睛光閃爍，竦耳侈口，勃窣造庭際。劉氏大小駭走，旋失所在。明夜復然。自是數來，家人慣見之，稍不怯畏，隨伺其何往，乃至屋後大木下入地而滅。凌晨，命鍤掘其處，於三四尺底得古石碧，齒多缺落，獨兩眼存。取斧椎碎之，戢戢流清血。舉而擲諸江中，怪不復至。

張待制

鄱陽市民李十五，買屋一區於他巷。移居未久，每朝暮常睹室中變怪，或星光㶿鬱，若撒沙之狀，霍辣有聲。李家人畏有奇禍，别僦舍徙焉，而以其居轉鬻于人。張南仲待制以百千得之，自往督夫力葺治，見中堂大石清徹温潤，遣僕舉之，獲白金器數百兩，或云二十錠。咸謂地寶自有所係，葉本作「屬」。非李所能葉本作「當」。享納也。

李柔

衢州倡女李柔，以慧黠善歌舞爲士大夫往來者所稱賞。年才二十餘，遇疾而死。郡駛卒王先與之同里居，時被命詣錢塘，回至壽昌縣，相值於道，訝其獨行，詢之曰：「今欲何所往？」曰：「欲到臨安看郊祀。」卒曰：「何以不攜婢僕，又不乘轎，但一婦女單孑遠塗，豈得爲便？」柔笑而不答。既分手，柔曰：「君到吾家，爲寄聲父母，言我在路平安。」卒許之。及還，首訪李氏，乃知所見者鬼也。

詹燁兄弟

臨川士人詹燁，淳熙丙午春，夢人告云：「汝欲獲鄉貢，須遇當世之賢者乃可。」燁寤而思之，列郡秋闈考官，不過州縣一命之吏，渠知孰爲當世賢者。遍以語人，弟燮戲對曰：「試官若考中吾之程文，則可謂賢矣。」相與大笑。迨入試，乃《文帝敬賢如大賓賦》，燁悟向來葉本作「者」。之夢，儻用以破題，既爲的當，且不陳腐，不雷同，遂於第一韻領聯云：「凡當世之賢者，如大賓而禮之。」

及揭榜，燁爲賦魁，燮亦與薦送。是歲以賦求舉者三千人，惟二詹兩句擅場，信非偶然者。

蘄守妻妾

蘄春太守原注：不欲記姓名。妻晁氏，性酷妬，遇妾侍如束溼。嘗有忤意者，既加痛箠，復用鐵鉗箝出舌，以剪刀斷之。妾刮席忍痛，不能語言飲食，踰月始死。後其家設水陸齋會，僧方召孤魂，晁窺屏間，正見故妾手持刀鉗二物，流血滿身，就位享供饌。怖而奔歸，爲傍人言，深有悔懼意。尋得疾，呻吟之際，但云：「妾督寃責償，勢必不免。」蘄守許以佛經及多焚楮鏹釋其怨，晁云：「切不可。」數日而卒。

南城驛

孟必先子開爲建昌教授，淳熙十年，將受代，暫假南城驛寓居。侍妾張燈於卧室，課其子讀書。孟子房才隔一窗，子忽見一物，如貓而有毛，潔白如雪，自室突走出外。報其母，共持燈跡探所向。孟聞紛紜，亦疾趨往視之，甫下廊廡，兩室皆摧壓，器皿椅桌，當其下者已悉糜碎。非白貓示變，孟氏一家且併命。嘻，其危哉！孟今除桂陽守。此驛素多怪，前後處者皆不寧，茲乃能爲人福，可洗積愆矣。

錢塘老僧

錢塘民沈全、施永，皆以捕蛙爲業。政和六年，往本邑靈芝鄉，投里民李安家寓止。彼處固多蛙，前此無人采捕。沈、施既至，窮日力取之，令兒曹挈入城販鬻，所獲視常時十倍。一日，施先歸李館，逢老僧扣門謂曰：「吾鄉羣蛙之受釣，發端自汝。今汚瀦所産，萬計皆空，暴殄天物如此，將招業報，速從此改業，尚堪贖過。不然，非吾所知。」申戒再三，施了無悛意。僧去而沈來，具以告。沈曰：「野和尚如何敢預我經紀事，使我見，當與痛打一頓，你却縱使去，何也？」施言尚可追及，乃相率逐之。行一里許，無所值，責其妄語紿己，咄咄嫚駡。施不能堪，與争鬩。沈益怒，就取常用剥蛙刀刺之，中脅卽死。保正擒送縣，東平鞏庭筠時爲邑宰，鞫其獄。衆證既孚，物色逮老僧，杳不可得。沈竟坐殺人，尸於市。

九里松鰍魚

鞏廷筠爲錢塘宰，與杭州士曹張顯正、縣尉錢紹彭同游天竺。過九里松，見流水中小鰍魚相銜逐隊而嬉，才長二寸許，戢戢可愛。從者以器攬取，鞏邀二客下馬步觀之。行百餘步，到水際，得一穴，穴中水溢溢，羣鰍迸出如雲，其多不可計。傍側有酒壚，試訪其故，答云：「向有陳翁者，專爲貨鰍主人，凡自餘杭門入者悉經其手乃敢售。晚年遷居此地，自賣炙鰍。夫妻近日併亡，無男女治後事，里巷爲掩瘞於一穴。比以積水所漬，冢土傾摧，每見鰍從中出。常時未省有之，不知何爲也。」鞏與客憮然驚嘆，正此翁媪墮鰍類以償業債，卽命里正取其骸付漏澤園，送鰍於西湖。予所記煠鰕翁亦爾。右二事見鞏廷筠《慈仁志》。

鄧如川

將仕郎鄧增，字如川，建昌諸鄧也。以父武岡太守昌國恩得官。爲人疏雋少檢，頗工製小詞，作大字。娶宗室朝議大夫子浧季女，絶有色，未及從宦而亡。家素貧，趙無以守志，才服闋，携其二兒適南豐富室黄氏子。甫一月，黄夢鄧至，誚之曰：「汝何人！乃敢娶吾妻。吾今受命爲瘟部判官，汝宜速罷昏。不爾，將行疫癘於汝家，至時勿悔也。」黄驚寤而懼，雖甚慕戀趙，不得已亟與決絶。踰年後，趙益窮匱，或日高無炊煙，又嫁南城童久中。越數月，亦夢鄧來責數，且云：「當以我臨終之疾移汝身。」童方溺愛，不以爲然。果得風勞之疾，如鄧所感時，二年竟死。

黄文明

崇仁士子黄文明、吴如松二人相與友善，皆獲鄉薦。紹熙辛亥，黄居家卧病，與往别業就醫。歷數月，不覺勝常，夢與吴同抵一處，遇黄衣走卒持官文書來追逮。取視之，其上有黄文明、吴如松姓名，相顧愠怒，謂州縣不應無故呼舉人，又斥誨如此。始猶力拒，俄已隨之行。到大第宅，壯麗如官府，闞其户，寂無一人，走卒亦不見。進至中堂，入一室中，望其間設榻，兩人共被而寢。近而觀之，皆犬首人身，怖汗奔出。轉而之他，遇一道人，與之揖，問此爲何地，曰：「此往生之所也。」未及再語而寤，以告父及告妻子，深訝朕兆之異。已而病甚，遂卒。如松亦繼亡。里中論者以爲黄、吴儒生，操持無顯過，而身後疑墮異類，若云隱慝，則非外間所知也。

夷堅支甲卷第五 十五事

唐四娘侍女

右從政郎楊仲弓，習行天心法，視人顏色，則知其有祟與否。乾道中爲道州録事參軍，受代未去，因出行市里，逢小胥，呼問之曰：「汝必爲邪鬼所惑，不治將喪身。」胥謝曰：「無有。」連日三遇之，皆不肯言。楊曰：「汝不怕死耶？告我何害。此祟非我不能治也。」胥聞其語，始悚懼曰：「實與鄰室女子私通耳，相從已久，雖不識其家，但舉措嗜好，一切與人不少異，無復可疑。官所云若此，豈其物乎？」楊曰：「是矣。汝祕之勿洩，宜預備長采線，串以針，今夕來時，密縫其衣裙，仍匿彼冠履一二種，正使是人，固足爲戲笑。不然，便可推驗矣。」胥敬奉戒，女至，悉如之。雞鳴女起，而失翠冠及一履，意狀慌擾，尋索勿得。胥但佯寐，陰察其所爲。天且明，怫然而去。胥視二者，乃揑泥所製，卽攜示楊。楊行法考訊，遣吏徧訪羣祠，蓋城北唐四娘廟侍女也。胥往驗之，真所偶者，頭上無冠，一足只着襪，采線出於像背。楊誦呪舉火焚厥軀，胥得無恙。唐四娘者，淫祀也。楊終於郴州理掾。營道尉史何明鈔本作「可」。信、九疑道士李道登皆見其事。葉本多一「云」字。

舒嫩四

淳熙元年，道州寧遠縣民蕭淳禮與故吏歐陽暄等數人，共率邑里錢，就九疑觀建黃籙醮。仍約以餘貲作鐘樓壇屋，往往虛數乾没，衆莫得稽考。後五歲間，主事者多死。小民舒嫩四被逮入冥所，見皆本邑人，其親戚先亡者亦或在。到一官府，一囚桎梏繫廊下，傍側積錢甚多。近視之，則淳禮也。問所坐何罪，嚬眉而答曰：「正治九疑醮事。」曰：「是役也，惟君用力最勤，於公家何預，反見拘執？」淳禮曰：「此陰府耳，吾實于斯有欺隱，故獲譴獨重。」舒方悟其已死，亦自悲愴。又遇舊識卜人蕭諄，相與揖語曰：「汝勿恐，當得還。」旋踵而甦，蓋已奄然三日矣。是時同邑黃中立亦會中人，臨病篤，言爲黃衣卒來追，理對九疑醮事，隨語而殂。

龔輿夢

潭州士人龔輿，乾道四年冬，與鄉里六七人偕赴省試。過宜春，謁仰山廟祈夢。輿夢至官府，見柱上揭帖紙一片，書「龔輿不得」四字，而不字上下稍不聯接。既覺，殊不樂，自意必下第。及春榜至，輿中選，餘人盡黜，始以語人，謂夢不驗。好事者曰：「不字斷續如此，乃一個也。神言龔輿一個得舉，豈不昭然？」

游節婦

建昌南城近郭南原村民寧六，素蠢樸，一意農圃。其弟婦游氏，在儕輩中稍腴澤，悍戾淫泆，與並舍少年姦。寧每側目唾罵，無如之何。游嘗攘鶏欲烹，寧知之，入其房搜索，得鷄以出。游遽以刃自傷手，走至鄰舍大呼曰：「伯以吾夫不在家，持隻鷄爲餌，强脅污我。我不肯從，懷刀欲殺，幸而得免。」寧適無妻，鄰人以爲然，執詣里正赴縣獄。獄吏審其情實，需錢十千，將爲作道地。寧貧而嗇，且自恃理直，堅不許。吏傅會成案，上于軍守戴顗，不能察，且謂閭閻匹婦而能守義保身，不受陵偪，録事參軍趙師景又迎合顗意，鍛鍊成獄奏之。寧坐死，而賜游氏錢十萬，令長吏歲時存問，以旌其節，由是有節婦之稱。郡人盡知寧寃，而憤游氏之濫。竟以與比近林田寺僧通，爲人所告，受杖，未幾抱疾，見寧爲祟，遂死。時淳熙四年六月也。其後顗爲提點刑獄延璽劾罷，趙贓敗去官，軍縣推吏，一死一黜，皆相去年歲間耳。

周三蛙

南城田夫周三，當農隙時，專以捕魚鼈鰍鱔爲事，而殺蛙甚多，至老不輟。淳熙十年得疾，不能名其證狀，初覺腹中一物往來胸臆間，漸痛楚攻劇，食飲不復入口。家人引手摩拊之，隱隱若數蛙蠕動於内。久之登侵，呂本作「益𨈆」，周本作「益擾」。宛轉一榻上，跳擲簸頓，呻吟哀鳴，與蛙受苦時不異。凡一歲乃死。

妙智寺田

建昌新城縣妙智寺，有田皆上腴。會寺僧盡死，寓客呂郎中方來郡城卜築，垂涎其産，囑諸邑宰張君，欲承佃。呂之女嫁軍守孔搢之弟，張畏其挾勢，遂給與之。寺以是廢，並屋室亦毁撤無遺。張臨受代，夢客通謁，自言爲妙智寺土地，以田爲請曰：「可令呂公見還，而別命僧主持香火，修理院舍。不然，且速禍。」凡三夕，連夢皆然。及罷去，復夢來謁而加懇切。張悔懼，具告呂，呂殊不顧省。張調湖北安撫幹官，未赴而卒。呂夢張服緑袍如平生，偕寺土地來，斥數其貪，仍警以咎譴，申言再三，呂竟不聽，其長子又從而羽翼之。未幾，除守蜀中郡，行至武昌而死。長子繼亡。

湯省元

瀏陽湯璹君寶，爲士人時，游學於清江，每往來必過宜春。淳熙甲辰，謁仰山二王祈夢，是夕夢行通衢，遇兩士同塗，揖問姓字，其前人云姓王，其後人云歐陽。少頃，一吏如典謁者，邀赴公燕。到一處，崇閣華屋，二少年衣冠燁如，若貴游子弟，與之坐，置酒高會。席罷徑起，但一僧在傍相問訊，拉詣别館，見一鐘絶大，掛于架。湯拊摩之，謂僧曰：「試扣之如何？」僧曰：「鐘雖成，俟經洪爐陶鑄乃可擊。今未也。」又問其故，曰：「今擊之，其聲止聞一方。若得洪爐坯冶之力，然後鳴蒲牢以撞之，當播宣四方，非兹日比也。」遂驚寤。歲在丙午，潭州秋試，以第三名中選，舉首則王顔，次爲歐陽門。丁未南省，湯魁多士，予實典貢舉，乃悟洪爐之兆，蓋默寓姓字，夢中二少年疑爲王子，僧者小釋迦云。湯作記刻石，兹僅傳大略耳。

雷州雷神

淳熙丙申，桂林連月不雨。秋冬之交，農圃告病，府守張欽夫栻遣駛卒持公牒詣雷州雷王廟，問何時當雨。既至，投牒畢，宿於祝官之家。是夜駛、祝同夢神令具報云：「明年上元前三日方有微雨。」仍以錢二千與來使，且命于牒中併言之。又諭駛曰：「錢須令左司見。」駛拜謝。旦往辭，得牒及錢于案上。歸塗乏使，遂用所犒錢。至復命，張視牒，問錢何在，時纔餘百錢，探懷取呈，猶銅錢也，張顧左右轉接諦翫，則變爲紙灰矣。至正月十二日，果得小雨，僅能洒塵，於沾丐殊無補。

劉畫生

建昌新城劉畫生，因往近村鶴源寺，歸次山崦間，值雨，趨避道側樹下。聞人咄咄語聲，顧見二婦女冒雨偕行，一老一少，遥謂劉曰：「我輩從汝索命，于今五十年，天涯海角，尋求且遍，元來乃在此。」劉曰：「我平生不曾殺害人，又年未三十，汝乃稱五十年相尋，真是錯也。」二婦同辭云：「曩實爲汝所殺，安有錯誤！今必不相捨。」劉甚懼，奔至旅店，具爲主人言。方共嗟異，而已在傍，主人略無所睹，以爲病獨，吕本作「狂」。引詣一室少憩。俄復出如廁，解衣帶欲自經，人急救之得免。左有廣祐王行廟，主人使拜禱祈福。二婦隨之不置，笑而語曰：「汝欲謁大神，而買香不費一錢，如何感應。」劉徑入懇請，才出門，即仆地昏卧。移時醒吕本作「洒」。然，云似夢非夢，見神緋袍象笏，據案治事，命吏檢簿，既而曰：「劉生持十關齋至誠，特與展一紀，立放還。」二婦拱候廷下，相視掩泣，若不從狀，神叱責乃止。遂平安如常，自是絶不茹葷。時淳熙初元，不知今存否也。

景德寺酸餡

南城張遷善知縣家老僕姚卓，次子爲景德寺僧，一孫年十許歲，問至叔處。淳熙丁酉三月望夜，夢詣寺如常日，嬉游到佛殿前，遇長身僧，與之一酸餡，納於袖中。睡覺，儼然在手，以告母，欲食之。母疑其異，轉語卓。卓頗駭，亟攜孫往質其事，乃昨夕張提刑來塔院設水陸供食也。他僧取所餘者比校，無少差。卓復懷歸，置佛堂香盒内。次夜，孫又夢前僧來責曰：「我與汝酸餡，何故不喫？汝既無用，當以還告。」孫不能答。迨旦，視盒中，失之矣。

劉承議

劉旦，字德遠，新城人。紹興十四年預鄉貢，得一夢，不以語人。至三十年登科，踰二紀始改京官，才至奉議郎，不考課。妻子催迫，姻朋勸勉曰：「若執志如此，安得延賞及後人乎？」於是勉自陳，遂轉承議。俄遇光堯慶壽，例賜磨勘，謂從此爲員外，只旬月事，殊過望慰喜。未幾，自通判陳州代歸，卒於九江舟中。方無恙時，取所被敕誥緘封之，而書其上曰：「俟吾瞑目後可開。」及没後，家人乃啓視之。蓋述宿夢，言見一異人戒我曰：「君仕宦至承議郎卽止。」殆是神告，故向來深不願遷此秩。然賦分既定，懼非人力所能轉移，子孫宜用爲鑒。聞者以劉爲知命，恨其不踐初心云。

劉氏二妾

從事郎劉恕，吉州安福人，歷陽守子昂之子也。喪其妻，使二妾主家政，一既生子，又娶于高氏，攜媵婢四人。淳熙初爲道州判官，高氏妊娠，是時妾子年一十二明鈔本作「十一二歲」。矣。妾性悍狡，慮正室得雄，則異日將分析貲産，且己寵必衰，密以淫邪之説蠱惑之。而高志操潔清，復不妬忌，無疵玷可指，謀不得施，但日夜教其子，伺乃父出外治事或對客，輒啼嘑奔叫。恕甚愛此子，每歸拊之，子無言，而於屏處訴云爲母所箠，恕固已疑焉。一日，饋食，妾親手作羹，倩一媵持以與子。有針貫于菜莖中，子微爲所刺，吐之，大呼曰：「人欲殺我！」恕驚問，見針，窮詰所來，二妾共證，謂媵承主母意規兒性命。恕以爲然，盡執四婢，送獄訊鞫，不得情。郡守念閨門茫昧，難以置法，只撻杖而逐之。高氏竟罹決絶，外間皆明知其誣，恕獨弗之悟，旋用他事罷去，葉本多一「甫」字。還鄉而卒。

張調夢

張調，字和中，宣徽使堯佐之孫，以戚里補官。初筮仕，夢登三層閣。其高層緣壁上下列漆牌數百，書人官職姓名，以雄黄塗飾。其一牌刻曰「右朝某郎通判某州張某」，凡「某」字處皆爲煙霧隱蔽，不可辨識。是時文階寄録未帶左右字，竊異之，一人在傍言曰：「此乃元祐新制也。」嗟嘆而寤。又三年，左右之制始行。張後歷知撫州崇仁縣，官朝奉郎，繼通判南劍州，以母憂不赴，後調龍陽軍使，自是無宦情，凡十年不求陞轉。故人適爲尚書省都事，徑爲陳牒於吏部，再遷右朝請郎。思名位已溢，默默不樂，果終此官。崇仁鄧鞠爲張撰行狀，載其始末。

灌園吴六

臨川市民王明，居廛閒販易，貲蓄微豐，買城西空地爲菜園，雇健僕吴六種植培灌，又以其餘者俾鬻之。受傭累歲，紹熙辛亥，力辭去，留之不可，王殊恨恨。未幾，夢其至，趨役如平常，責之曰：「汝既告去，何爲復來？」對曰：「自九月六日到此矣。」覺而疑焉，俄聞其已死。他日詣圃，見傭耕者，言數夜前犬生兩子，其一不存，王始悟得非吴僕乎。問何時，曰：「初六日也。」以夢告之，傭曰：「近鄰圃人妻，當夜亦夢如此。」因往視，新犬方開目，試呼吴六郎，呦呦若應然。王氏謂其生前貨蔬隱其直多，故受此報。

石叔獻

石叔獻，南城巨室也，娶濮王宫諸孫女得官。幹僕吴榮者，爲之掌錢穀出納，積爲欺弊，訴於單軍守趙不流子和，其婦近族也，窮治其罪，杖而編隸泉州。淳熙六年，叔獻卒于家，榮弗知之，嘗出行廛次，遇一白袍商客，宛然主翁也。趨前拱揖，問：「何日至此？」曰：「偶以事亟來，未暇與汝欵語。」遂分手去。榮詣旅舍訪之，遍城皆不見。因按「因」字疑衍。榮因赦恩還鄉，詣石氏，始聞其亡，方在泉相值時，去世已久矣。未幾，榮亦死。

夷堅支甲卷第六十四事

西湖女子

乾道中，江西某官人赴調都下，因游西湖，獨行疲倦，小憩道傍民家。望雙鬟女子在內，明豔動人，寓目不少置，女亦流眄寄情，士眷眷若失。自是時時一往，女必出相接，笑語綢繆，挑以微詞，殊無羞拒意，然冀頃刻之歡不可得。既注官言歸，往告別，女乘間私語曰：「自與君相識，彼此傾心，將從君西，度父母必不許，奔而騁志，又我不忍上二字葉本作「所恥」。爲，使人曉夕勞於寤寐，如之何則可？」士求之于父母，啖以重幣，果峻却焉。到家之後，不復相聞知。又五年再赴調，亟尋舊游，茫無所睹矣。悵然空還，忽遇之於半塗，雖年貌加長，而容態益媚秀。即呼葉本作「相」。揖問訊，女曰：「隔闊滋久，君已忘之耶？」士喜甚，扣其徙舍之由，女曰：「我久適人，所居在城中某巷。吾夫坐庫務事，暫係府獄，上四字葉本作「繫獄」。故出而祈援，不自意值故人，能過我啜茶否？」士欣然並行。二里許，過士旅館，指示之，女約就彼從容，遂與之葉本作「款」。狎。士館僻在一處，無他客同邸。此句葉本作「無客與隣」。女曰：「此自可棲泊，無庸至吾家。」乃攜手入其葉本無「其」字。室。留半歲，女不復顧家，亦問出外，略無分毫求索，士亦不憶其有夫，未嘗葉本多一「復」

字。問。將還，議挾以偕逝，始斂衽顰蹙曰：「自向來君去後，不能勝憶念之苦，厭厭感疾，甫期年而亡。今之此身，蓋葉本作「實」。非人也，以宿生緣契，幽魂相從，歡期有盡，終天葉本無「天」字。無再合之歡，葉本作「道」。無由可陪後乘，慮見疑訝，故詳葉本作「明」。言之。但陰氣侵君已深，勢當暴瀉，惟宜服平胃散以補安精血。」葉本作「神」。士聞語驚惋良久，乃云：「我曾看《夷堅志》，見孫九鼎遇鬼亦服此藥。吾思之，藥味皆平平，何得功效如是？」女曰：「其中用蒼朮去邪氣，上品也，第如吾言。」既而泣下。是夜同寢如常，上二字葉本作「盡懽」。將旦，慟哭而别。暴下服藥，一切用其戒。後每爲人説，尚悽悵不已。予族姪圭子錫知其事。

蔣良輔

南城人蔣良輔，業儒不成，老於鄉校。淳熙十年病卒，半日復蘇，語家人曰：「適被追到冥府，竚立庭下，偶閻羅王未出廳，我故得暫還，亦不能久也。」越二時頃，竟長逝。

遠安老兵

峽州遠安民家篤信仙佛，嘗作吕公純陽會，道衆預者頗盛。此句葉本作「道流盛集」。齋供既葉本無「供既」二字。罷，一老兵從外來，著敝青布袍，躡破麻鞋，負葉本作「挑」。兩篛籠，弛擔踞坐，呼叫索食。却之不可，葉本作「去」。其家尚有餘饌，隨與之。既又求酒，畀以小尊，一吸而盡，至於再三皆然。主人駭其量，語之曰：「尚能飲乎？」曰：「固所願也，但爲葉本無「爲」字。君家費已多，不敢請耳。」酒至，到手卽空，不遺涓滴。徐問今日所作齋會云何，告以故，客曰：「儻呂眞人自來，必不能識。」葉本作「亦識之乎」。主人指壁間畫像示之，客注視微葉本無上三字。笑曰：「我却曾識他，狀貌結束，全然與此別。與我絹五尺，當爲追葉本作汝。寫一本。」主人喜，卽付之。上二句葉本作「主人喜甚，卽取付」。客接絹不施粉墨，但置手中挼莎，俄而大吐，就以拭殘污。此句葉本作「以絹拭之」。主始惡焉，度其已醉，無可柰何。旁觀者至上二字葉本作「皆」。唾罵引去。良久，納絹于空瓶，笑揖而出。一童探瓶中葉本多「出絹」二字，下「取」字作「展」。取視，則仙像已成，衣履穿束，宛與向客無小異。其家方悟眞人下臨，悔恨不遇，標飾置淨室謹事之。上八字葉本作「表飾懸奉之」。時淳熙七年，筠州新昌人鄒兼善爲邑主簿，傳其事。

巴東太守

余紹祖，奉新人，登紹興丁丑進士第。淳熙末通判江陵，當赴官，以道遠不挈家，惟二子、一館客同塗。啟行次日，抵分寧縣境毛竹山，晚宿僧寺。纔入松徑，主僧率其徒迎揖甚肅，別有一道人居其中。既下車，憩坐法堂上。余以僧禮意勤厚，問之曰：「適間元不曾遣馹卒先至，師何以知吾之來？」僧曰：「山村寂寞，本不預聞外事，偶今早見道人，說夜夢大官當到此，故終日掃灑敬事，而吾官果至，異日必爲貴人矣。」余默喜，僧退，命邀道人，與之酒，審厥夢，曰：「果然，但不暇爲僧語其詳，今請畢其說：昨夢貴客至寺，徑入寺後古木朽穴中，而木甚茂盛，方訝其異，旁有一人云：『是某郡太守也。』」余聞之，謂正爲倅貳，距郡守只一間，且身樓木穴，殆非吉兆。子以丁固夢松事，與館客同寬釋。余意頗自慰，與道人衣一領、錢一千，謝使去。暨到官，將受代，適巴東缺守，荆帥趙丞相薦其姓名，朝廷從其請。命既下，趙公就遣吏卒送之西，未行感疾，趙諭幕客張鎮爲挾醫治療，醫言脈已絶，趙餌以金丹，似少間。一日正晝，呼其子曰：「天色已夜，何不張燈？」子答以日當晝，余叱之。其僕燃兩燭至，又云了不見有光。須臾，增至十餘條，亦如初。子疑爲失明，近而瞻視，雙目瞭然。俄頃而卒，蓋將亡時精神消散，所謂眼光落地者此歟。

林學正

福州老儒林君，自少力學，而終身不偶，以教授生徒爲業，累衆食貧。居州之南境，與莆田接。陳魏公與之有舊，及爲相，貽書招之詣闕，欲有所成就，辭不行。王瞻叔參政帥閩，魏公言林平生行義，不妄取予，使加禮重。王訪其所止，遣五兵一車，齎錢三萬，聘以爲學正。林受帖甚喜，館使者於旁舍，置酒具饌，約以卽治裝，黎明戒塗。是夕無疾而卒。鄉人嗟嘆其窮，謂無此横財，當未入鬼録，乃知踰分躁求，固有定數。筠州通判李善學嘗在其席下，備言本末。

高周二婦

南城鄧禮生子，雇田傭周僕妻高氏爲乳母。時其夫已亡，高與惡少年通姦至於孕育，慮爲人所訟，溺殺兒。後數年，得蠱病，腹漲彭亨，面色如梔蠟，徹日夜呼痛，至不可忍聞。淳熙十四年七月病亟，家人環視，高曰：「天氣毒熱，我身如火，何更抱嬰孩來相惱亂我！」俄伸足爲蹴踏狀，又曰：「爾輩不爲我除去，我已自踏向床下了。」少頃，復爲搪觸之勢，且望空紛拏辯數，皆知其殺子之冤，生受此報。明日死，其女在傍目擊之。既嫁，因産女，患其已多，貧無以贍給，卽漬諸水盆內。明年再懷姙，見異物入房，驚而成疾至困。臨終譫語累日，略與母死時同。

趙岳州

朝散大夫趙善宰，字彦平，居於建昌。淳熙丁未除岳州守，未及上，以十一月卒于家。明年，其子汝昌夢到官曹，徐行抵庭下，望乃父朝服據案決事。見昌至甚喜，未及相語，視四隅文書充塞棟宇，父曰：「吾才去世，卽受命作陰官，權力不減在生爲郡時，特苦於省閲文牘之繁，卒無斯須之暇，吾殊不樂居此也。」昌曰：「大人既不樂，何不求脱去？」曰：「已除代者兩政，吾獲免不久矣。」昌曰：「代者爲誰？姓名可得聞乎？」曰：「乃周昭卿童伯虞二鄉人也。」言畢而寤。詰旦，白母戴氏及弟妹，皆悲泣。因徧傳一城，聞者謂不應連用三同郡士夫爲一職，不以爲信。昭卿者，朝奉郎周熺，方調坑冶贛州主管官，次年冬，當赴而卒。伯虞者，朝請郎童括，聞此説深惡之，時自吉州萬安縣解印，卽詣闕注此官，且以禳趙夢，云若已與周爲代者，卽之任。紹熙壬子滿秩，吏部差知雷州，客都城待班陛對，買二少妾，滯留頗久。歲將盡，卒邸中。三君子在建昌稱善類，聰明正直，爲神不誣，其相去亦只二年或三年，幾如世間資考也。《甲志》記孫點、石倪、徐楷相踵爲泰山府君，三人同一櫢，甚與兹事類。但此皆鄉人接武，爲小異云。

豐城下渡

豐城縣界三港口新開河一津，名下渡。紹熙庚戌八月，岸上居者王媪，夢一客衣服不潔清，（吕本無「清」字。）形容瘦瘠，若平生素相識，來致謝云：「寓此經年，煩擾多矣，數日間當捨去，故專告別。」媪覺，以語其子，莫知何謂。後五日，同邑苦竹村民嚴克誠二子，往西山玉隆宫謁許真君，過而登舟，未濟，俱溺死。道俗奉許真君極肅敬，二嚴沿途飲酒食肉，疑以是獲譴云。

兜率寺經

分寧縣兜率寺有張天覺所書《圓覺經》，兵火後爲近居民黄生所得，寺僧求之，不許。黄，愚人也，不知爲可貴，視其紙堅淨，遂毁以爲卧榻單。久之得癩疾，痛苦穢腐，數年乃死。

吴滲二龍

鬱道士人吴沂，淳熙丙午獲鄉舉。丁未下第，夢二龍挾其體，又夢人令更名滲，則當再獲薦。至己酉春，上登寶位，吴自謂且平揖一第，每語人曰：「二龍夾吾身，蓋來歲龍飛策士，吾必魁天下爲龍首也。」遂更名，果再預選，乃居末綴，牓首蓋其叔應龍，而待補小榜有石應龍，遂符其兆。洎庚戌省試，吴訖不偶，鞅鞅成疾。還家，忽具緑袍鞾簡服之，入揖祖母及母氏。家人怪問之，答曰：「冥司請我作判官，今便赴上。」遽再拜叙别而出，徑赴井傍，直墮其中而死。

資聖土地

建昌孔目吏范荀爲子納婦，貸錢十千於資聖寺長老。經二十年，僧既死，荀亦歸攝，因循失於償逋。荀後得疾且篤，呼其子觀光謂之曰：「憶汝娶婦時曾借資聖寺錢，今本處伽藍神遣人押長老來索取，可急買紙錢燒與之。」又指示家衆曰：「土地之使偕長老見在此拱立，汝輩不見耶。」洎焚楮訖，又曰：「兩人已去，欲往報恩寺前尋徐省幹理會事也。」至夜荀死。徐生名以寧，萊州人，方自吉州監贍軍酒庫替回，未幾亦卒，時淳熙七年。先是，徐父奉直大夫者寓居彼寺，寺之人用常住物假其名以規利，奉直因是頗擀有其貲，以寧與聞之，故致然。僧祖珏說。

張尚書

張彥文尚書大經，長者也。布衣時與建昌景德寺僧紹光厚善，後爲諫議大夫，紹光死於鄉，張公蓋未知也，夢其荷械立庭下，泣訴曰：「紹光以某月某日死，緣生前罪業深重，沉淪地獄，無從脱免，顧公不忘平生，時爲救釋，倩作佛事，以濟冥塗。憶有金一兩，在弟子姚和尚處，幷有錢二十千，在市上某家，儻索而用之，庶可獲助。」張許之。他日，遣僕歸，詢其事皆合。乃命其子元晉取金與錢，爲誦經轉輪，仍塑觀音像一軀于太平興國寺，燃長明燈以供，且刻石紀以示人。當淳熙初，張提舉湖南常平，巡歷屬城至道州北境三十里，宿於杏園寺，夜夢婦人求葬己，言甚懇切。旦以告主僧，得其柩，以屬營道宰瘞諸原。蓋其惻隱之心類如是也。

七姑子

乙志載汀州七姑子，贛州亦有之，蓋山鬼也。遍城郭邑聚，多立祠宇，其狀乃七婦人，頗能興禍咎。淳熙十年，臨安人王大光爲坑冶司幹辦公事，閽卒白曰：「今早啓户未幾，有賣豆乳者來，數女婦從宅出就買，謂之曰：『汝少須於此，當持錢以還。』久而不出，不知誰人。敢以告。」大光駭曰：「我家人不應侵晨自買物，必妄也。若或有之，殆鬼物假託。但白日昭昭，寧得如是！」閽以姑子爲言，遂往視其祠，豆乳正在香几上。大光卽命烹熟以薦，而代償所值。

甄錡家醮

甄錡知南康軍，感疾遂亟，醫者已束手。其子曰倜，曰儻，延天慶觀道士卽軍治建醮筵請命，備極誠敬，至供獻器皿七箸皆易以新者。既畢事，錡與二子及主醮道士俱夢入大官府，見一神呼曰：「甄錡大數已盡，上帝以二子孝誠可嘉，幷齋筵精潔如法，特與延壽一紀。」明日皆欲言之，倜曰：「果獲嚮答，宜以紙筆具述，勿形口説，庶幾可信。」於是如其言，所夢悉同，咸爲甄氏致慶，意老人壽算當時所增之數。此句疑有脱誤。然至明年是日而卒，計其時恰十有二月，識者謂一紀爲十二歲，陰司不欲明言，故以一月爲歲，天限之不可逃如此。

夷堅支甲卷第七十四事

蔡箏娘

陳道光，字不矜，南城人。自桂林罷官歸，過洞庭，夢綵衣童子，自言是洞中龍子，奉命告君："勿食蒜韭及犬，後三年當有所遇。"及期六月，在河中幕府，沿檄如商州，道經藍田，宿於藍橋驛，夢向所見童子執節而來曰："仙子候君至。"遂導以行，到一處，峻崖峭壁。童以節扣石壁，聞鎗然掣鎖聲。俄入洞户，棟宇華焕，金璧絢赫，佳花美木，世所未睹。稍進，抵中堂，望一麗女方笄歲，姿態縹緲，宛若神仙中人，正隱几寫佛書，顧客至甚喜，延相對席，談詞如雲。陳乘間調之曰："獨居悶乎？"笑曰："神聖無悶。"既而置酒同飲，累十觴，引生于室。室中皆錦綺文繡之飾，燒蠟炬大如椽。女子曰："人間方三伏，此處則無暑氣。"陳但覺清涼如深秋。從容言："吾蔡真人女。今住吉邑，以塵緣未盡，當與人會。我之氏族見于《春秋》，名嬑，字婧娘，小名次心。幼時善秦箏，父母以其與彭氏女名嫌，更字曰箏娘。得與君接，幸矣。君仙材也，但世故膠膠，不容久居此。"又言："司命不欲與君大官，恐復墮落爾。"因出白玉牌授之，請曰："君既游物外，不可無紀。"陳操筆立成十絶句，其一曰："玉貌青童洞裏回，洞中仙子有書催。書詞問我何多事，何不驂鸞早早來？」其二曰：「長恐凡材不合仙，喜逢神女報因緣。雲中隱隱開金鎖，路人麻姑小有天。」其三：「海石榴花映綺窗，碧芙蓉朶亞銀塘。青鸞不舞蒼虬卧，滿院春風白日長。」其四：「沉沉香霧映房櫳，剪剪簷頭盡日風。汗雨頓稀塵慮息，始知身在蘂珠宮。」其五：「老聃西逝卽浮屠，莫怪窗間貝葉書。長哂楊妃仙格劣，却教鸚鵡誦真如。」其六：「常怪樂天《長恨詞》，叙鈿寄語太傷悲。于今始信蓬山上，肯憶人間有問時。」其七：「一到仙宮白玉堂，氛氳薌澤滿衣裳。非龍非麝非沉水，疑是諸天異國香。」其八：「玉女倚天多喜笑，素娥如月與精神。假饒不許長年住，猶勝人間不遇人。」其九：「瓊漿飲罷日西沉，瞬息歡游直萬金。塵累滿懷那住得，鳳簫休作別離音。」其十：「玉水本流三島上，蟠桃生在五雲間。若非此處皆凡猥，劉阮昏迷錯往還。」寫畢復飲，女命侍兒以簫度《離鳳之曲》，曲終而寤，簫聲故在耳。復兩夕，復夢童擕詩牌白曰：「仙子謝君：『玉女』卽天女也，素娥月精以見況，甚無謂。劉、阮、太真，列仙也，常相往還，君何訾詆之甚？老子爲九天最尊，奈何輒斥其名？今爲易『老聃』二字爲『道家』，『仙格劣』三字爲『苦輕肆』，『皆凡猥』三字爲『那真實。』」陳悉依其語，童遂去，且行且言曰：「人間文士輕薄，好譏毁人。」回頭微笑而去，自是不復再逢。陳自作文記其事。女與陳飲款終宵，曾不及亂，非唐稗説所記諸仙比。其真玉妃輩乎？

章澄娶妻

臨川士人黃則，字宗德，乾道五年登科，調監衡州安仁縣酒稅，待次鄉居。同郡黃祖清秀才，夢其友章澄娶則妻朱氏，明日以語澄，澄笑且慍曰：「黃宗德方盛年，而吾婦固無恙，烏有是事，毋戲我。」未幾，則赴官，踰歲而卒。已而澄亦喪偶，其後竟聘則妻爲繼室。

姚迪功

建昌新城姚叟，政和三舍法行時爲軍學生。嘗謁夢於神以卜窮達，夢已著公服設香案於所居門外謝恩，覺而不曉其旨。或云老生當受恩科而不及赴者，例門賜敕牒以爲諸州助教。於是憮然自念曰：「豈吾旦夕預貢還而蹉跎不第，至於特奏名乎？」已而累舉不登籍，遂束書歸，絶意榮路。紹興己卯，皇太后慶八十，霈澤錫類，姚以孫思賢獲鄉薦，得迪功郎。實祇命於家，距昔者之夢恰五十年方驗。

趙善待

宗室善待，居建昌城南之麻洲，與其子汝泰皆常取應薦名，該遇己酉覃霈，當補右列。父子俱詣闕料理，留滯旅舍，行囊將竭，捨而西歸，倩鄉人傅庸俟告命。既還舍，父夢子告至而已未也。寤而疑惑，謂途中或有失墜之患。越數日，又夢往所居二里間林田寺，四顧無人，獨子婦鄭氏同在，夢中亦以爲嫌，局脊不安。旦起語其家，皆嬉笑。後兩日，忽苦咽間痺痛，粥藥湯飲皆不能進，信宿而卒。及告至，則已亡，不獲拜命。俄而鄭婦繼死，雙柩並寄攢於林田云。

鄧興詩

建昌鄧希坦，娶朝奉郎李景適女，生二男一女。女嫁承議郎徐宗振長子大防。次男名興詩，於女爲兄，好學有雋譽。夢爲人召至一處，高閎華宇，三美男子坐庭上，置酒張樂，侍姬十數輩，皆頂特髻，衣紅寬袍，如州郡官妓，分立左右，或歌舞。興詩諦視不捨，久之始認妓中一人乃厥妹也。妹亦頻屬目流盼。須臾，一男子呼興詩來前，命擊戲鼓，辭以素爲書生，略不諳此藝，其人強之曰：「但隨汝意撾擊，雖不合音調，無害也。」覺而惡之，以語父母兄妹，不謀而同，蓋皆感此夢也，相與嗟異。未幾，宗振赴行在惠民藥局，鄧女隨夫侍行，卒於臨安。興詩繼没於鄉里。三少年者，所謂木下三郎者也，建昌多其祠宇。希坦所居，尤與一廟相近，故被其孽。

童漢臣

衢城童漢臣，士人也，生二十年而夭。厥後故友蔡掞夢其來，問訊交際，宛如平日。已而連夕或間一夕必見之。掞頗懼，乃徙寢它室，夢之亦然，且泣曰：「自古皆有死，吾獨寃屈不可言。」掞曰：「君不幸正盛壯下世，但以善而終，何得云爾？」曰：「君試視我形相如何。」視之，乃成大蜈蚣，累身赤足，長尺餘，延緣壁間。掞驚而寤，自是不復夢。

建昌王福

建昌郡兵王福，乾道中輪宿後圃巡警。半夜後，逢女子於宅堂之北便門外，年少姝美，笑謂福曰：「我乃知軍宅婆婆之女，慕爾已久，故乘夜竊出，欲陪爾寢。」福驚喜過望，即挾之至鋪所，雞鳴始去。自是眷戀不釋，雖當下直，亦代人守宿。歷數月，羸瘠如鬼，正晝熟睡，父母憂之。父隨其所往，雜居衆中伺察，見女來就福，綢繆歡聚。明日，呼扣之，且問其病，不肯言，但云元未嘗有疾。父怒，欲施杖責，方以實告。父爲謁假，使在家治療，又密詢郡舍老兵，果有孀婆一女，訝其安得常常出外，且信且疑。它夕，因福再上直，復詣彼審視，女又來。父持燈逐捕，女狼狽起走，入天王祠而没。拂且驗之，蓋捧裝奩侍女也。引福至前，低首不語。於是擊碎其像，福掩面嗟惜墮淚，踰旬而死。

徐防禦

吉州吉水人羅欽若、楊主簿與眼醫徐遠同游邑野外，遇一客，注目熟視不已。三人同詢之曰：「汝豈能説相乎？」曰：「然。」因試扣之，謂羅曰：「君異日可至大夫。」謂楊曰：「君命禄粗爾，却當以子貴，如能早致仕，可生封員郎。」末乃謂徐曰：「君真貴人也。」三人相視錯愕，雖童奴亦皆哂其妄。或誚之曰：「羅楊皆是及第官人，徐生只一醫者，負笈盤術，日得百錢，他無資身之策，如何能貴？」客曰：「非爾所知。日近清光者始名貴人，此公行將遭遇矣。」衆一笑而散。其後羅、楊爵秩如其說，徐旅泊臨安，棲棲不得志。適顯仁太后患目疾，訪草澤醫，遂獲展效，補官與宅，錫賚不勝計，稱爲徐防禦。有子登科。

黄左之

黄左之，福州人，爲太學生，預淳熙七年薦書。是歲冬，池陽士人王生亦赴省試，其家甚富，以錢百千與黄，招之結課。王生事某神極靈驗，黄致禱。夢神告曰：「君來春必及第。」指一女子示之曰：「此君之婦也。」黄視女狀貌不甚長，簪羅帛花於髻，恍惚間以爪掐黄手。既覺，手猶微痺，自念：「若牓下娶妻，豈無珠翠之飾，顧簪羅帛花乎！」王與黄游處頗久，相得益歡，遂約曰：「君若登科，當以息女奉箕箒。」明年，果中選，遂爲王壻，得奩具五百萬。成禮之夕，儼是夢中所見者，簪花亦然。黄初調南城尉，爲人道此。

青童送筆

上饒余禹疇，待次全州教授。淳熙己酉科舉時，王溪門外李篙師夢青衣小童持筆五枝授之曰：「煩汝送去余教授處。」李接視，但三枝有筆頭，其二只空管耳。明日往告，余不能曉也。洎貢闈揭榜，余氏子弟三預薦，二中待補選。次年，姪鑄登科。

徐達可

承節郎徐達可，臨安人，監行在榷貨務門，以淳熙五年卒。其兄伯禄，素友愛，哀念之甚切，招臨江閤皂山道士譚師一至家，建設黄籙醮。中夜後，達可憑□小兒索紙筆，就燈下書三紙，其一云：「達可平生躭酒迷戀，荷兄同骨肉開戒，乘此功德，還家瞻仰。聖恩深重，不可思議。」其二云：「得荷天恩。」其三云：「達可平生無不了心願。」道衆共觀其揮毫，百禄與家人捧以泣，視字畫全與生時書札等。爲之鏤版，傳示於人，使知章醮感格如此。

鍾世若

紹興二十六年，宜春郡士鍾世若謁仰山乞夢，以占秋試得失。是夜夢自廟外門進抵庭下，顧見廊廡間背縛一人於柱，回望鍾，欣然有喜色，且笑且語。因驚寤。爲朋友言，不能曉其指意。迨入試，出《反身而誠樂莫大焉賦》爲題，始默念昨夢：背縛者，反身之義；顧笑者，樂也。神既告以題，必可中選，乃精思運璝。第五韻押「焉」字，欲用《孟子》「有三樂，而王天下不與存焉」及「仰不愧於天，俯不怍於人」等語，慮無他經句堪對，不覺伏几假寐，髣髴見黄衣一吏叱之曰：「場屋日晷有限，豈汝晝寢時耶！」鍾曰：「正爲尋索故事作對未得。」吏問其故，具以告。吏曰：「胡不用孔子『不怨天，不尤人』，與『飯疏食飲水，樂亦在其中』爲對乎？」鍾洒然而起，遂綴緝成隔聯云：「孔不怨尤，飯疏食在其中矣；孟無愧怍，王天下不與存焉。」書畢自喜，爲得神助，持卷而出。考官閱讀，批其旁云：「隔對渾成，可以冠場。」置之首選。洎揭榜，經義爲都魁，鍾居其次。

黄達真詩

乾道元年乙酉，黄達真過建昌，士大夫多往謁，必與之詩。又修職郎鄧珪詩云：「柳緑桃紅春晝永，家童喫起睡中忙。偶然日下音書至，回首江城又夕陽。」珪既得詩，又問享壽之數，達真瞪視久之曰：「五十七。」珪時年四十四矣，以來日無多，且嫌「夕陽」之語，但以「日下音書」之説，恐或有中都薦召。後四年，乙按：「乙」字應作「己」。丑夏五月十七日，夙興，盥櫛如常。時近午，覺體中微不快，就榻偃息，呼小奴奚童拊摩，俄頃間遍身皆冷，手足亦僵。童撼，不之應，急報家人出視，則已死，纔得壽四十八，去達真所許尚九年。蓋所謂五十七者，指其卒之月日耳。珪居宅在城下，入斂時日正矄，乃「江城夕陽」之謂也。

羅維藩

羅維藩字价卿，吉水人。乾道五年省試罷，夢其父告曰：「爾在舉場，不可與福唐杜申争，緣爾家校杜申虧了二十八年陰德也。」兩人皆以治詩有聲。暨榜出，杜爲經魁，羅同奏籍，而在杜之下二十八名。殿廷唱第，杜居第二甲，羅第四甲，相去甚遠。右三卷皆建昌鄧直清説。

夷堅支甲卷第八十四事

戴之邵夢

戴之邵，字才美，吉州人。少涉獵書記，無所成名。貧不能自養，傭書於里中富家。一夕，夢荷鋤入其圃斸地，才一揮，得銅印一顆，方徑二寸，有繆篆若彝器款識，視之，其文曰「日方伯連率」，凡五字，懸諸肘後。再揮鋤，得一板，類今時所用漆札，題詩兩句曰：「愁絶江梅開嶺岸，不知失脚到南塘。」至三，得銅天尊像九軀，攫而懷之。至四，得小印八九，悉拾取而歸。見其家方祀神，禮畢徹饌遂寤。夙興頗喜，謹誌於主家書册之末。自是感激思展奮，顧無以資身，放浪江湖，學作大字，爲市井寫扁額。薄游抵長沙，適張魏公居彼，顧見無因，稍掃隸人之門，以希一眄。值其誕日，宿造廳事，以紅粉書「壽」字于地，廣長二尺許。公出見，問爲誰，隸以戴道人對，命呼至前，犒以緡錢尊酒，辭不受曰：「之邵妄意功名，所望於相公者固不在此，輒衒奇以自售。」公壯其言，遣書屬之軍帥。帥收隸行伍，且多與之金，俾偵邊廷息耗。既行，過期不反，疑其亡去。經數月乃還，帥問稽留之故，曰：「昨乘間潛入中原，馳至洛都，躬謁永安陵寢。」扣其證驗，曰：「有碑刻在。」出諸袖中而示之。帥轉聞於朝，不没其實，仍加推薦。高宗正以諸陵爲念，遽命召見。戴敷奏詳盡，音吐如流，天顔悦懌，詔補保義郎。戴以本諸生，不願右列，遂换右承務郎。已悟昨夢第一印「日」字者，面君之像也；九天尊者，祖宗也。未幾，擢守均州兼管内安撫，又悟「方伯連帥」之應。罷官歸鄉，訪故傭主，餉遺累千緡，求其所誌書册以自表。旋起知雷州，地居嶺外，有地名南塘，又合前詩句。其後歷太府丞刑部郎官，則小印之驗也。久之，言者論其所得山陵文刻，乃北方義士齎來欲獻納者，而爲戴戕殺，掩有其功，因是被絀以卒。戴亦倜儻負俠氣，或言所殺者蓋一僧，臨死一歲間睹其爲祟，未得其本末也。

錢塘縣尉

政和中，提舉兩浙路學事楊通貫之按部婺州，往訪一異人。坐間，典賤吏以錢塘尉書至，未啓緘，異人曰：「得非求舉削乎？」楊曰：「然。」方欲論薦，曰：「無益也。渠爲五百鵝訴寃，非久於世者。」楊未之信。明日，遣駛卒持薦牘往，比至，則已殂。楊後到錢塘，呼尉吏問其狀，對曰：「以病死。」曰：「嘗殺鵝乎？」曰：「平生不曾殺生，數月前，平江朱太尉託造鵝鮓，遂買五百頭醢之。」楊深加悼嘆，疑異人者通知幽明之故云。

符離王氏蠶

《酉陽雜俎·支諾皐》篇載：新羅國人旁㐌，求蠶種於弟，弟蒸而與之，㐌不知也。至蠶時，有一生焉，日長寸餘，居旬大如牛，食數樹葉不足。弟伺間殺之，百里内蠶飛集其家，意其王也。是說殊怪誕。近宿州符離北境農民王友聞，葉本作「詢」。居邑之蔡村，與弟友諒同處，娶邑人秦彪女，天性狠戾，日夜譖諒，竟分析出外，或經年不相面。諒嘗乞蠶種於兄，秦以火熇而遺之。諒妻如常法煖浴以俟其出，過期亦但得其一。已而漸大，幾重百斤。秦氏疑妬焉，伺諒夫婦作客東村，但留稚女守舍，秦呼其夫同詣之，詐女往庖下，直入蠶房，見蠶卧牖畔，喘息如牛，食葉如風雨聲，秦鞭以巨梃，每一擊，輒吐絲數斤。秦震怖，魂魄俱喪，急促夫歸。因病心顫，踰月而死。及諒蠶成繭，皤然如甕，繅之，正得絲百斤。

王揖雙鷄

鄱陽卜者王揖，僦旅邸一室畜雙雞，一牝一牡，牝生子，正抱啄於栖中。揖有客，喚童取其牡，將殺而烹之。牡叫呼，牝聞聲走出栖外，孜孜注眄，哽咽悲鳴，若欲訴揖而免牡之死。揖弗悟，竟殺之。牝躑躅哀鳴，不復顧羣雛，終夕唧唧，晨起不復食，凝立砌下，沉沉如醉然。少焉氣溢其吭，遂喘而死。此下呂本多三十八字。夫雞，一物耳，至哀其偶而與之同死，有貞婦之節。彼有視其夫死，肉未冷而即背去者，此雞羞之矣。

哮張二

鄂州大吏丁某死，妻年方三十，與屠者朱四通。其子二郎尚少，不能制。至於成立，朱略無忌憚，白晝宣淫，反怒丁子不揖，以爲見我無禮，蓋以假父自處也。丁憤懣，以母之故，且慮醜聲彰著，隱忍弗言。有哮張二者，密州諸城人，遭亂南徙，亦以屠爲業，壯勇負氣。丁意其可屬此事，每與儔輩詣市飲酒。張擔肉過前，輒呼買之而厚酬厥價，久或至數倍。他日，邀之飲，問何以不作區肆而行賈僕僕，張曰：「非不能之，但赤手乏本耳。」丁乃付之數百緡，默念彼當感我恩誼，必可使，從容曰：「君知我心中有不平事乎？」曰：「不知也。」丁以乞毆朱爲請，張艴然曰：「訝汝貸我錢，蓋欲陷我于争鬬。」奮衣而起。自後相遇，邈然如不相識，迨於絶交。衆哂丁不知人而下交非類，丁亦銜之。未幾，張拉朱同渡江，買猪於漢陽，争舟相毆擊。既歸，夜入朱室，殺朱與男女幷三人。自縛告官，終不及丁一詞。時岳少保領大兵駐鄂，嘉其志義，移檄取隸軍中，不問其罪。後以功補官。

王公家怪

鄱陽人王公，居魏家井側，好事邪神以求媚，至奉五侯泥像於室，香火甚謹。忽聞屋底有異聲，俄如人音，晨炊未熟，飲食器皿自厨冉冉而行，直入後隙圃。人取之回，復去如故。舉家不能安迹，乃徙舍于茶場巷。物怪仍前不止，或盜冠珥，亡衣衲，以至牀榻茵蓐若扶舁而出，布列庭下，煙焰蓬勃，起於衽帳隱處，急往撲救，則已穿穴。後招道士治之，且禳且禱，爲遷像置城隍祠，於是始息。

寧行者

樂平明溪甯居院爲人家設水陸齋，招五十里外杉田院寧行者寫文疏，館之寢堂小室，村刹牢落，無他人伴處。時當暮春之末，將近黄昏，覺有婦女立窗下，意其比鄰淫奔夙與僧輩私狎者，出視之。一女子頂魚枕冠，語音儇利，容儀不似田家人，相視喜笑曰：「我只在下面百步内住，尋常每到此，一寺上下無不稔熟者。」寧居鄉疃，平生夢想無此境像，惟恐不得當，乃曲意延接，遂同入房，閉户張燈。寺童以酒一甖來餽，甯啟納之，女避伏床下。寧謂童曰：「文書甚多，過半夜始可了，吾至是時方敢飲。」乃留之而去。復閉户，女出坐對酌，胸次挂小鏡，寧取觀之，問何用，曰：「素愛此物，常以隨身。」所著衣皆新潔，而襞褶處不熨帖，俜俜露現。寧曰：「衣裳有土氣，何也？」曰：「久置箱篋，失于晒暴，故作蒸浥氣耳。」已而就枕，月色照燭如晝，女色態益妍，繾綣歡洽。寧終夕展轉不成寐，女熟睡鼾齁。將曉出門，寧送之，又指示其處曰：「此吾居也。汝若未行，當復來。」才别，而主僧相問訊，駭曰：「師哥燈下寫文書但費眼力，何得辭氣困憊如此。」寧唯唯，未以實告。僧顧壁間插玫瑰花一枝，大驚曰：「寺後舊有趙通判女墳，其前種玫瑰，當花開時，人過而折枝者必與女遇，或致禍。其來已久，今爾所見，是其鬼也，宜急歸勿留。」寧愧懼而反，然猶卧疾累日。後還俗爲書生，今在淮南。

簡寂觀土地

都昌人陳彦忠，伉質好義，疏財倜儻。嘗有党大夫者，自河北來，同寓居西陳里，將赴調，無資力可行，彦忠餉以百千，且館其老稚於家，待之如骨肉。其賙人之急類如此。乾道三年十月，以疾亡。臨卒前一夕，夢告其父曰：「彦忠不得終養，玆受命爲簡寂觀土地矣。」父未以爲信。已而其子亦夢如所言。踰歲後，再見夢曰：「自爲簡寂土地，今一年久，而室宇摧敝，每天雨則面目淋漓，不可寧居，四體殆無全膚，宜爲我繕理。」明日，乃父乃子相與語，卽往彼處視之而信，乃爲一新之。

鄂渚王媪

鄂渚王氏，三世以賣飯爲業。王翁死，媪獨居不改其故。好事佛，稍有積蓄則盡買紙錢入僧寺，如釋教納受生寄庫錢。素不識字，每令爨僕李大代書押疏文。媪亡歲餘，李猶在竈下，忽得疾仆地，不知人。經三日乃蘇。初呂本作「云」。爲陰府逮去，至廷下，見金紫官員據案坐，引問鄉貫姓名訖，一吏導往庫所，令認押字。李曰：「某不曾有受生錢，此是代主母所書也。」吏復引還，金紫者亦問，李對如初，曰：「汝無罪，但追證此事耳。汝可歸。」既行，將出門，遇王媪與數人來，李見之再拜，媪大喜曰：「荷汝來，我所寄錢方有歸著。汝□到家日，爲我傳語親戚鄰里，各各珍重。」遂復生。時乾道七年三月也。

隗六母

鄱陽小民隗六，居城北五里，家甚貧，爲人傭作。淳熙十年夏，與同里史五乘夜入柴氏盜牛，隗適先至，以短槍刺牛死。柴覺之，持杖來闌外，隗即逃去。史續至，遂遭痛箠，歸舍數日而殂。其妻以夫因盜而遇害，不敢聞於官，隗之過無復有知者，自以爲得計。歷一歲，隗母病亡，經夕復生，語其子曰：「汝向來同史五謀柴氏牛，史死而汝脫，雖人間不敗露，而陰府須汝對證，汝不可免矣。」言畢奄然。又三日，隗死。

山陽癡僧

楚僧行欽，建炎中落髮於州之龍興寺。紹興兵亂，去而之他方。久乃復歸里閭，道俗舊嘗接識者十無一存，昧然如癡醉，逢人縱語，莫能曉其意。常負佛像一軸於背，每詣市，買熟肉飽食，留其餘滓，取佛出，挂於人家廁旁，以滓濼灑之。如是累年，□卷丹粉益鮮明，褾飾牢潔，人多疑其異，但無有識其所止。郡中喪葬，必持冥贐往獻。羣僧設法事亦預焉。衆吹螺擊鼓，梵唄喧闐，欽蒙首倚户，鼻息雷鳴達旦，無一言徑趨出。主人邀挽就飯，勉食之。才退，即擕米麪鹽醯椒菜之屬置其家，倉忙而去。辛巳之秋，顔亮將犯邊，先期不見。明年虜退，楚民漸還，欽已至。或詢其故，答辭殊妄誕不根。唯日日馳走街陌中，呼之不應，亦未嘗從人乞食，郡目爲癡僧，不知所終。

晁氏蟇異

濟北晁生，寓居撫州五福寺。閑步寺後沼上，見一蝦蟇伏草中，大如盤，異而殺之。纔還舍，聞鵲噪簷間，繼而滿空如雷，移時不止。出視之，蓋無所睹，但盈耳之聲如初，亦未以爲怪。是夜，其子讀書窗下，燈忽自滅，有物立于旁，子暗中擊以界尺，反爲所奪，奔而出。晁始悟蟇爲祟。遣就寢，睡未熟，覺牀微動，舉手捫之，已離地丈許，幾接屋桷。自是嘻笑于梁，歌舞於空，變幻百端，招師巫禳，卻無一驗，遂徙居他所，怪復然。於是旋原作「施」，黄校改「旋」，疑「施」字不誤。繪真武像，朝夕香火甚飭，過數月乃已。

朱諷得子

下邳朱諷，往京師赴省試。至宋城，逢日者占軌革影，邀而卜之，遇《益》之《姤》，其像畫一猴子，上有葉本無「有」字。望字，上四字明鈔本作「上望竿」。一人衣紫腰金，執笏若進揖狀，婦人以箕盛嬰兒於前。日者曰：「君此行必登科，他日仕宦亦顯，但捧箕饋子事爲不可曉。」遂別去。到京入試之次日，二僕挈笥送至貢闈而反，行穿曲巷，聞兒在地上啼，視之，見故帛裹一初生嬰孩，因相謂曰：「是必人家非正所出。此句葉本作「是必人家偏房所生，主母不容而棄之者」。吾主公未有子，不妨葉本作「若」。收養之。」乃抱歸邸舍。適邸婦有乳，倩使哺育。迨暮朱來，僕迎以告，朱大喜，雇乳母，與之還家，詢所棄處，「正名籔箕巷。朱果擢第，名此子曰省郎。朱終身無子，遂葉本多一「以」字。

爲嗣。

絳州骨堆泉

絳州骨堆有龍女祠，其下泉一泓，方數丈，可灌民田萬畝左右。農家恃以爲命，歲時祭享甚謹，不敢微有媟汙。由是每經大旱，未嘗憂饑凶。女真人菩察爲郡守，以絳地形穹崇，艱於水利，思欲導泉入圃。博議雖久，竟以高下勢殊，不能遂，乃敬謁祠下懇禱。其夕夢神告，使速浚渠。菩察痞，併力治役。渠成，水終不可致。又夢之曰：「吾有三子，今皆成人而未有血食，已敕令守渠運水，以成使君美意。」菩察許爲立祠，神喜謝而去。比曉，圃吏來白：「昨夜三更後，水從新渠入圃矣。」菩察即率僚屬往祭其廟，以報神惠，爲三子立祠，且奏請虜廷，爵之爲伯。一郡遂賴其利。

夷堅支甲卷第九　十二事

宋道人

豫章楊秀才，家稍豐贍，有丹竈黄白之癖。凡以此術至，必行接納，此句葉本作「必款納」。久而無所成，則聽自去，由是方士輻湊。一日，小童報有客，稱曰：「燒金宋道人欲入謁。」楊喜，束帶迎之。其人清瘦長黑，微有髭，兩耳引前如帽，着黄練單袍，上七字葉本作「方帽黄單袍」。容儀洒落。即延款葉本作「入」。書室，朝夕共處，上二字葉本作「款待」。稍稍試小方輒驗，然未嘗暫出嬉游。楊乘間扣以要法，歷旬始肯傳，葉本作「言」。當用藥三十餘品，悉傳葉本作「條」。疏所闕，買之於市。楊請與偕行，不可，曰：「吾習静惡囂，豈應却投鬧處？君宜獨往。」楊且行，又曰：「君出後，小兒曹必來惱人，幸爲扃户，使得憩息。」楊如其言。訪數藥肆買諸物，最後到一肆，望其中有默坐者，衣製葉本作「冠」。顔狀全與宋生等，頗驚。葉本多一「訝」字。正擬問訊，坐者摇手止之。楊遽歸，室户扃鎖不動，上二字葉本作「如故」。啓而視之，則宋瞑目燕坐，凝然如初。上二字葉本作「不動」。楊幾欲上二字葉本作「即」。下拜，以爲雖薊子訓、左元放分身隱現，神游變幻，不能過也。自是益加禮遇，隨所需即應。未幾，不告而去。取所買藥以治鉛汞，不能就分葉本作「錙」。銖，計供億餽謝及藥直不啻千縉，自謂親逢神上三字葉本作「遇」。仙，不少悔。又徽州婺源武口王生者，富甲鄉里，爲人頡恨可憎可憎，衆目爲王蜇齒，俗語指惱害邑落之稱也。性吝嗇，尤惡僧輩，行化至，必駡斥，不與一錢。有頭陀茁髮獰醜，伺其居內，直造門，鳴鐃唱佛，厥聲震響。王聞之怒，持杖擊走之。甫自外還，前頭陀又在廊下，鳴唱如昨。王愧怖，敬爲羅漢聖僧，摶頰悔過，立取白金二十兩與之，猶悚然盡日。兩州人說，宋生與頭陀皆兄弟雙生相似，故各售其詐，以欺楊、王二人耳。

益都滿屠

益都屠兒滿義，賦性獰烈，力能扛鼎，絶不畏鬼神，醉經叢祠，輒指畫嫚駡，習以爲常。巫祝袁彦隆者，詐人也，密與其黨最厚者謀曰：「清元真君廟摧敝歲久，吾主其香火，將一新之，而邑人莫肯相應和。滿屠兇猛不信向，衆耳目所共知，倘因之以假靈，必可成也。」於是邀義飲於家，酒酣，謂之曰：「我欲擇某日致禮于清元廟下，至期當有觀者，子能乘酒力呼譟而來，揮斥衆人，登堂正坐，以神自居，空呂本作「飲」。其酒，食其肉，且大詈其神，使萬目傾駭，可乎？」義曰：「此正我所願爲者，又何難哉！」袁遂以其日收合數百少年，旛旂旌幢，夾列道上，饌具牲幣，種種豐腆，鼓震樂作。義直趨祠所，毅然踞坐，自言：「吾神也。」取牢醴悉啗之，而詈神。梗口良久，義忽狂作，口鼻耳目皆流血，仆地而死。皆謂義觸神之怒而致禍，怖畏靈威，争捐金錢入廟，祠宇大興。數歲而後，袁之徒因分賄不平，詣府縣告其事，盡捕鞫而刑之。

從四妻袁氏呂本作「元氏」。下同。

符離人從四，居濉上，家素肥饒，好事口腹，多釀酒沽賣，炰鱉膾鯉，朝暮飫食。妻袁氏，解逢迎其意，每親執刀刃，所戕物命，不復可殫記。袁因産死，從四念之不忘。里人春月朝岱岳，從欲薦拔厥妻，持供具往獻。既至泰安，三日未登廟，縱步市中，白晝與袁遇，數人隨之，恍惚間且悲且喜，交敍暌闊。袁哽咽而言：「我以臠割魚鱉之故，積業極深，日受楚毒，爾倘見憐，宜思所以救拔之。」從泣下曰：「吾所爲不善，致汝如此，吾生亦不如死耳。至於道佛修嚴，雖罄蕩家貲，固所不惜。」袁曰：「無用多言，明日申酉之際，可獨至廟中，詣西廊之北一處看我，當可信也。」從遂還寓舍，齋戒。如期而往，見袁荷械加桎梏，帶簾按：「簾」字疑誤。曳索，羣鬼驅以前，脱械去衣，束以薦，用鐮刀剉截如縷，流血塗地。須臾，一鬼持盃水，呼其名而噀之，卽還故形。俄又復然，凡六七反，然後施械擁去。從悲怖出門，晝夜不寐。又明日再遇，袁曰：「信乎？」曰：「信矣。」曰：「所禱勿負約也。」大慟而别。從歸後極力營善果，終其身不復殺生。

史省幹

史省幹者，本山東人，後寓居廣德軍興教寺。寺側有空宅，頗寛廣，而前後居者率爲鬼物惱亂，不能安處。宅主欲售於人，亦無敢輒議。史貪其價賤，獨買焉，姻友交勸之，不聽。乃擇日命匠緝葺，自往監視。方坐堂上，一叟烏幘白衣，揖於庭。史素不之識，趨下謝之曰：「翁爲何人？何事至此？」對曰：「予乃住宅土地神也。今聞足下治第舍，願貢誠言。」史曰：「敢問何謂也？」曰：「此屋爲怪魅所據，其類甚繁，然豈亦能與人競，但向來處者皆非正直有德之士，故不能勝邪。君既正人，居之何害，特當徙房于東南隅，而以故房爲庖廚，必可奠枕。」語畢不見。史悉從其戒，且一新土神宇，其後帖然。

關王幞頭

潼州關雲長廟，在州治西北隅，士人事之甚謹。偶像數十軀，其一黄衣急足，面怒而多髯，執令旗，容狀可畏。成都駛卒王雲至府，巫祝喻天祐見之，以爲與廟中黄衣絶相似，乃招至其家，飲之酒，賂以銀，行吕本作「盃」。且付錢五千，并大幞頭範樣，語之曰：「市上耿遷開此鋪，倩爾爲我與錢，使製造一頂，須寬與數日期，冀得精巧。」雲不解其意，以意外有獲，即從其戒，至耿氏之肆。耿默念安得有人頭圍如是之大者，亦利五千之入，約爲施工。而雲持公家符帖，不得久駐，捨之而歸，竟不以喻生所囑告。耿候其來取而杳不至，後數月，因出郊，入關王祠，見黄衣塑像，大駭曰：「此蓋是去年以錢五千令造大幞頭者也。」陰以小索量其首廣長，還家校視，不差分寸，悚然謂爲神，立捧獻之。事寖淫傳，一府争先瞻敬。天祐正爲廟史，藉此鼓唱，抄注民俗錢帛以新室宇，富人皆樂施，凡得萬緡，天祐隱没幾半。歷十年，雲復來潼，人見者多指點笑語，怪而問其故，或以告之。雲曰：「此喻祝設計造詐，借我以欺神人。吾往謁之，當得厚謝。」於是走詣之。

天祐恐昔詐彰敗，了不接識。雲恨怒，訴于官。天祐坐鯨竄，盡籍其貲。朱從龍以爲潼州乃北方致按：「致」字疑誤。同州所立名者，恐無因可通成都使，按：「使」字似「便」字之誤。當質之蜀客。

尹二家火

楚州山陽縣漁者尹二，家于北神堰新河之東，累世網捕，稍能足衣食。有室廬，一旦遭火焚蕩，又營之，復罹煨燼，頻年至于三，無力可爲，但結攬蘆葦束縛，以泥補葺，徒蔽風雨而已。每至中夜，聞外閙行人窸窣之聲，慮爲寇害，出視之，見十餘輩着白衣，皆執火炬。尹大呼奔逐，閴然而散，略無影響。良久復然，尹氏懼，暫投駐親舊之室，禍至如初。嘗正晝在户，望六七人往來空際，以線繫紅炭置屋上，亟行撲救，俄相繼起焰於側。如是半年，尹生業盡廢，妻子愁悴染疾，怪猶弗已。邑人畏回禄移災，就其地作福禳謝。後雖帖息，而其家人十死其八矣。

蔡乙兇報

陳州人蔡乙者，家素貧，父母俱亡，受雇於獄級陳三之門，遂習其業。稟性既兇忍，而目之所見又皆不善事也，久而爲惡徒所推，凡囚入其手，雖負罪至微，亦遭毒虐。容貌絶可憎，郡中目爲取命鬼。年至四十餘，一夕，守囚於獄，夜過半，衆聞若有呼蔡乙聲甚振，起視之，已倒挂於壁間，儔侶多疾其爲人，方快之，佯睡弗問。明旦，則見四體九竅，浥浥流血，始掖以歸。是夜復然，呻吟悲哀，如受鞭笞，或闊步撐挂，全類緝縛。祈死不能，痛苦經歲。臨命作牛鳴，嘔血數斗，然後大叫而絶。

張翯義僕

楚州東漸民張翯，家巨富，好施與，務濟民貧，不責人之報。年方壯，遭亂流離，骨肉散落，獨與一僕羈栖于射陽湖中，乞食以活。爲賊所掠，求貨不得，縛於大木之下，將生啖之。已刲股數臠，僕竄既脱矣，見之，慟哭而出，舉身遮護而拜賊曰：「此是我主，雖本富豪，今赤身逃難，尚無飯喫，豈得更挾財貨。如欲飽其肉，則又瘦瘠，願膾我以代之。」賊雖嗜殺人，亦爲義所激，聞言嘆異，亟解翯縛，并僕釋去，且遺以錢帛。迨紹興中，淮上安定，翯歸里，事呂本作「故」。業貲産尚贏百萬。僕亦存，翯以弟待之，張氏子弟皆事之如諸父。

梁小二

解州安儀葉本作「邑」。池西鄉民梁小二，家世微賤，然皆耕農朴實，至梁獨狠戾，其母寡居，事之尤悖。妻王氏，性恬静，所以奉姑至謹。北虜皇統之中，河東荒飢，疫癘薦臻，上二字葉本作「尤甚」。流徒滿道路。梁挾母葉本多一「與」字，呂本同。妻并稚子四人，偕行至孤山之東陵，就野人乞食以哺其子。王氏念姑久不食，減半以葉本無「以」字。與之。梁見之怒甚，詐使妻抱子前行，自與母在後，相望百步許，即仆母在地，葉本作「即推母仆地」。曳入道側，掬泥沙塞其喉，然後去。稍進遇妻，妻問姑安在，曰：「老人舉足遲，但先到大家丐晩餐以須其到可也。」久而杳然，妻疑爲夫所害，還訪之，上二句葉本作「妻疑夫害之，乃還訪」。見尸已僵，拊膺悲泣，急取水扶灌，氣竟絶不蘇。乃奔告里保，執梁送于縣。才及中塗，風雨暴作，霾曀不辨人，迅雷震耀，鬼神飛焰，雜還出没。衆懼散，亦不暇顧梁所之。少選澄霽，梁乃上二字葉本作「見梁」。卧土窟，頭目皆爲天火燒爛，惟腦骨僅全，儼成髑髏，肢體如故，目睛暗淡無光而不死，能别識人物，上十四字葉本作「眼目無光，不能視别人物」。飲食語言皆無妨，常謂人云：「有三鬼守我，每得食，必先祭之而後敢食。」官愍其妻子，給粟養之。梁經數年尚存。

魯晉卿

徐人朱彪赴官宿遷之崔鎮，到任累月，有客魯晉卿來見，丰姿洒落可愛，因留止外館，異待之。每逢人輒出小戲劇資歡笑，而略無所求，見之者無不悦喜。彪會族友飲於後圃，酒方行，晉卿至。彪曰：「今日無以爲樂，先生能效古人化鮮鯉作膾與衆享之，可乎？」笑曰：「此甚易事，但雖得魚鱗一片爲媒則可。」彪命僕取數片授之。乃索巨甕，滿貯水，投鱗於中，幕以青巾，時時一揭視。良久舉巾，數鱗騰出，一座大驚。庖人受魚治膾，鮮腴非買于市者可比。猶以爲幻術所致，不深信也。會郡治一新，移文鎮吏，令製鐵鉤鈕珓具之屬，合數百斤，期限峻迫，倉卒未能辦。彪意緒窘撓，晉卿問故，彪訴之，笑曰：「何不早告我，是何足言：且飲我酒。」酒至，連酌六七觥，遣人輦黃土汲水，拌和爲泥，揑諸物成坯，暴日中，預熾炭以待。稍乾，悉置爐中，呼鍛工扇以鞲。經時鉗出之，皆如精鐵所就，不假磨錯，無一不堅好。工相顧駭嘆，彪始敬服，乘醉丐其法，晉卿無言。翌日，失所在。

董小七

董小七，臨川人，因避荒流落淮右，爲海陵陳氏操舟。嘗獨宿其中，天氣盛寒，董糊窒罅隙，置熅火，飲村醪一杯而就寢。熱甚，氣不宣洩，遂悶絶，傍無知者，乃見夢于陳曰：「將悶死於船倉，急救尚可活。」陳覺以語妻，妻曰：「彼既云未死，如何解託夢，不足信也。」於是復睡，夢如前而加苦切曰：「主人若來遲，定應不救。如肯來，乞勿張皇，仍勿用燈燭照見，魂魄遇之，必逝去不還，更須先屏爐火，俟某少醒，徐扶起則可。」陳驚寤，遂出，喚僕視之。既登舟，上五字呂本作「與之俱登舟」。董如魘死之狀，口鼻氣息僅如綫不斷，乃依其說，果復生。董以生人能入夢以脱性命，亦異矣。世言夜呼被魘者不得執燈，若誤用之必死，其說誠然。

夏義成

樂平北村人夏義成，生計給足，一意行善，不與閭里校短長，未嘗以争訟到官府。有四子，作兩宅分處之。優游就養，至八十八歲，康寧無疾。飲啖僅取適口，惟日飲酒二三升，悠然獨酌，有自得之趣。紹熙四年盛夏，微有不愜，語家人具殺饌，盡集子孫甥姪共席。酒三行，赴浴，令一子揩背，甚以舒暢爲樂。浴罷更衣，踞胡床，拱手端坐遂亡。時正隆熱，未斂前二日，手足皆柔軟，隨人屈伸，口鼻氣雖絶，無一點腐穢。道俗來觀，以爲大善知識所不能然，蓋吉德之報。

夷堅支甲卷第十十三事

海王三

甲志載泉州海客遇島上婦人事，今山陽海王三者亦似之。王之父賈泉南，航巨浸，爲風濤敗舟，同載數十人俱溺。王得一板自托，任其簸蕩，到一島嶼傍，遂陟岸行山間，幽花異木，珍禽怪獸，多中土所未識，而風氣和柔，不類蠻嶠，所至空曠，更無居人。王憩於大木下，莫知所屆。忽見一女子至，問曰：「汝是甚處人？如何到此？」王以舟行遭溺告，女曰：「然則隨我去。」女容狀頗秀美，髮長委地，不梳掠，語言可通曉，舉體無絲縷襆楸蔽形。王不能測其爲人耶，爲異物耶，默念業已墮他境，一身無歸，亦將畢命豺虎，死可立待，不若姑聽之，乃從而下山。抵一洞，深杳潔邃，晃耀常如正晝，蓋其所處，但不設庖爨。女留與同居，朝暮飼以果實，戒使勿妄出。王雖無衣衾可換易，幸其地不甚覺寒暑，故葉本多一「亦」字。可度。歲餘，生一子。迨及周晬，女採果未還，王信步往水涯，適有客舟避風於岸隩，認其人，皆舊識也，急入洞抱兒至，徑登之。女繼來，度不可及，呼王姓名罵之，極口悲啼，撲地葉本多一「氣」字。幾絕。王從蓬底舉手謝之，亦爲掩涕。此舟已張帆，乃得歸楚。兒既長，楚人目爲海王三，紹興間猶存。

山明遠

山明遠，滄州人，字彥德。其先亦衣冠之族，至明遠益貧，無室家可依，乃行游濱、棣間，以干謁爲習。或終朝不得食，兩足蹎困，偃休呂本作「傴僂」。於道傍，冀一飽不可致。而又爲渴所驅，出飲水濱，回坐大木下。良久，一兔過前，疾步擒取之，剥啖不遺臠肉，殊覺甘美。因自念：林麓之間，熊虎狼豹專以搏噬狐鹿豚兔豢養其軀，山顛谷口，其樂無極，吾爲人而顧不如，可憐也哉！既飽出行，值日暮，訪野老黄若虛家求宿。黄嘗入道，素好客，見之喜，置酒延留，劇談滾滾不倦。酒酣，遂言食生鮮之適。黄聞而疑懼，細視其面目，頗與人殊，以爲畜類變怪，潛起呼羣犬譟逐之。明遠趨下堦，呼嗚數聲，化爲黑狼，攫一犬而去，不復可尋迹。黄後至滄州，詢其族冑，茫不知所在矣。

蔣堅食牛

日者蔣堅，金陵人。乾道元年，游術江左，至鄱陽，就邸舍赴卜肆，其學精於六壬，爲士大夫所稱道，遂留之不去。有母存，事之甚謹。淳熙癸卯四月，堅抱疾，當昏困間，見數人皆持火炬造其室，喧呼雜閙，大呼其姓名，出文牒一通曰：「奉命來拘堅。」堅欲拒而不能，隨之去。至中塗，有六七十人偕行。約兩時頃，到王者所居，一使引由西廂過，幽暗不可辨，入立庭下。王端坐殿上，吏高唱云：「追某人某人到。」逐一前點名，朱衣吏呈閱案牘，皆押而西。望東廂光明如晝，悄無人得往。王獨留堅，問曰：「汝平生好食子母牛肉，罪業深固，今當受其苦楚。」堅驚怖答曰：「雖好此味，但遇屠者市肉則買之，未嘗親殺也。」王曰：「以汝嗜此，故屠人宰殺以奉汝，烏得無罪？而敢飾詞抵諱，何也？」堅曰：「堅雖有罪，死不足惜。但老母年七十六歲，自是無人給飦粥，爲將奈何？」王笑曰：「予亦知汝孝於母，特放汝還，從今不得再食牛矣。」堅再拜謝，王敕一卒送之歸，瞿然而蘇，母與妻正相對垂泣。後四年乃死。其初來鄱陽之歲，以布三幅，書「金陵蔣堅」四字，盤術於街。十二月四日，予詣東圃，呼之爲文惠公論命。公時參知政事，堅曰：「此命方超陞，如是秀才便及第，選人便改官，庶僚則爲侍從，從官則入兩府，執政則拜相，仍即日有加呂本作「嘉」。音。」予語之以實，對曰：「若然，則做大事無疑矣，恨不耐久遠。然明年三月，宜自勇退。」予曰：「既云正拜，不應進退太速。」因以知樞密院汪明遠、僉書葉子昂兩命併扣之，堅曰：「皆當遷，亦甚緊。然葉不過四月，汪不過五月，皆當去。」予弗之信。已而正以是日文惠拜右僕射，汪進樞密使，葉參大政。明年二月文惠去位，三月葉去，四月汪去，皆如其先後各差一月云。是年六月，予以知吉州奏事，堅同他客送至小渡，衆意予必留中，堅曰：「未也，秋末乃佳耳。」果入對訖，付以郡事。於是以委曲授邸吏，使報州發迓卒。及還家，擇用九月二十日西赴官。先旬日出舍於圃，喚堅占課，堅曰：「有面君吉神入傳，未必往。」才數日，召命下，乃以所擇日啓塗。二事既驗，戊子科舉，士人登其門如織，幾獲錢百五千，呂本作「五百千」。從此小康。厥後聲譽頗滅，以至于亡。

羽客錢庫

金陵雨花臺下居民甄氏，葉本多一「子」字。牧牛於野，值兩人東西相逢迎，如今羽客衣冠，擎拳對揖。其一曰：「錢庫後門久已潰葉本作「隤」。壞，宜急倩一夫整之。」其一曰：「諾。」遂散去。良久，甄獨行至山側，峻巖下見崖傍一穴，大如斗，中有散錢溢出，卽解衣包之。欲還家報父兄併力來葉本作「輦」。取，且慮他人得見，乃搏泥窒塞穿處。上二字葉本作「穴口」。回至中塗，復遇前二客。其一又問：「錢庫門已葺未？」其一曰：「方用錢三百葉本作「三百三十一文」，吕本作「三百貫」。按：每貫七十七，似當作三貫。倩雇一牧童填補訖。」甄時年十七八歲，葉本多一「頗」字。曉其語，歸爲父言之。數其錢，正得二百三十一文。洎葉本作「率」。家人集元處，穴不復可尋矣。

龍鳳卵

河府滎河縣北鄉鎮有孤峯峭絶，名曰鳳凰山。山之西一僧舍曰鳳凰寺，塔曰鳳凰塔。蓋嘗有鳳棲其上，故得名。秦地既陷於虜，僧紹洪主持累年，其後遷化，寺衆議立塔葬之，發地，獲一物，長六七尺，非石非木，其狀如卵。衆睹之驚異，擲諸河，滔滔巨川，水不能没。少頃，飛濤激浪，幾與雲接，皆委去疾走。迨至元處，卵若爲人扶翊，復在焉。衆不能隱，告於郡。旋遞送燕山，俗目爲鳳凰卵。

薦福如本

饒州城下六禪刹，東湖薦福寺最大，信州貴溪人如本住持，頗爲叢林歸向。淳熙八年正月感疾，數日弗愈，至二十八日，呼侍者謂曰：「老僧今夕當别。」侍者泣曰：「和尚歸西天，弟子緣薄，不知再遇師于何日？」曰：「明日便可相見。」侍者曰：「會於何所？」曰：「城裏崇福院門外王太醫家也。」侍者出，鳴鼓告衆，坌入寢室問訊，其言如初，皆莫能悟旨意。甫黄昏而亡。先一夜，醫者王太醫吕本作「大辨」。妻姜氏，夢挾他醫熊彦誠妻游寺，見本老卧於廡下龕中，前問之曰：「長老何不在方丈？」笑而不答。但覺耳畔如有人啜泣，既醒，則其子坦婦汪氏以臨蓐艱苦，放聲而哭。至明日午時，生一子。迨旦，數僧來詣王氏，具説本老遺語。大辯吕本作「辨」。亦告以妻夢。事既符合，引僧入視，嬰兒卽張目吕本作「口」。大笑。自是絶不茹葷，其家呼爲僧老。

復州菜圃

湖北罹兵戎燒殘之餘，通都大邑剪爲茂草，復州尤甚。子城内有廢地，稍除蕩瓦礫，治作菜圃，丁鉏斸種植，以供蔬茹。簽判官舍在其東，録曹在其西。紹興四年四月，予兄子棹爲僉判，赴王録曹飲席，日銜山後，小童見女子頂冠著紅背子笑入圃，以爲官娼也，但訝其黄昏不脱上服。與録曹一童言之，蓋羣僚清燕，元未嘗用佐尊者，乃知爲鬼。《庚志》所載傅旺夜見女鬼，正此處云。皋姪説。

陳體謙

南城陳氏子體謙字德光，始爲士人，後出家削髮，法名體謙。素不檢，嗜酒及色，既爲僧，故態不少悛，雖居報恩光孝寺，而常常在家，且竊污鄰比婦女，外間盡知，謙處之自若。至于酣醉食肉，特其小小者耳。乾道末年，染疫疾，未甚困篤，夢被追到官府，主者公服怒而責之曰：「汝口誦般若，而身犯戒律，死有餘罪！」叱獄卒械之。謙稽顙謝過，竟不許。驚寤顫悸，爲人言所見，曰：「悔無及矣。」旬日死。

褒忠廟

乾道元年六月，郴盜李金、黄谷犯道州，破寧遠縣，焚官民居室皆盡。湖南安撫使檄衡、道、郴、桂四州都巡檢使王政會合他將兵討捕，至邑下，寨柵未立，政出於軍中，恃勇輕敵，單騎馳鬭挑戰，遂爲所擒。初欲活之，政肆駡不屈，乃斬首，棄屍路旁。方盛暑，同死者血肉狼藉，臭穢腐爛，政屍獨不壞，蠅蚋螻蟻亦不集。然雖營營擾擾，勢若欲前，如爲物所驅，莫能進。死處距其官舍二百里，所乘馬奔而歸。家人疑有變，走問之，收拾遺骸，尚猶可識。帥以忠義之節上於朝。詔贈廣州觀察，推官其親屬五人。就戰地立廟以祀。賜額曰「褒忠」。

甘林二命

人之賦命，歲月日時同，則壽夭榮悴亦大略相似。豐城甘同叔、莆田林直卿，皆以紹興甲寅年、丙寅月、甲子日、甲子時生，皆爲士人，同中淳熙戊戌省科。年四十有五矣，林以母服不及廷試，甘先擢第，調靜江府司户參軍待闕。林以辛卯還試，得監某州稅郎，之官。甘方赴任，踰歲而卒。林蒞事僅一考，用他故去，未幾亦卒。其所享禄食均，甘但多披青袍三年耳。

王仲共

王埀仲共，淳熙中以朝奉郎知武岡軍。湖南安撫王宣子薦其材，有旨與知州差遣。既受代，枉道詣潭府謁謝，次衡陽。其子萬石夢人告曰：「尊公已降秩宫觀矣。」晨起語父，以爲凡夢中所云貶降，蓋遷也。仲共笑曰：「吾方以年勞當轉散郎，且無罪，何由絀削？又正被陞郡之命，吾不與閑，安有奉祠之理。汝夢不足信。」洎到闕登對，論谿猺事甚悉，詔以知邕州。俄上薦士豪楊某，當平鑾洞時，宣力可用，乞與推賞，而奏劄誤書其名，朝論謂不謹，遂鐫一官。仲共殊不樂，乃上祠，請得武夷沖祐觀，盡如夢兆。仲共初登第，嘗夢出行長塗，先驅者負占牌，上有「邕」字。寤而爲人言，再調必作令，邕者小邑也。及除是州，恍思前夢，疑仕宦止此，絶惡之。還南城，未幾，疽發背而死。萬石竟不霑遺澤。

艾大中公案

紹興三十一年，葉伯益爲臨川守，以剛猛疾惡布政。豪宗大姓過惡被罪者，必籍人家貲，甚者汚瀦其室。崇仁縣富民艾大中，資給劫盜，因以起家。既抵法，郡命以牛車蹋其魚塘，得人骨頭顱幾百數。又嘗呼兩匠合大木爲巨凳，而中實以金銀數千兩，甫訖工，則殺匠以滅口。所爲不道，大率皆然，凶桀强獷之狀，足以滅族。一時無不稱快。後三十年，當紹興辛亥，吴人楊遷深道出首〔「首」字疑誤〕，方晝寢，夢一吏喏於庭，稱索本州崇仁縣某鄉某里艾大中籍没案祖要照證公事。楊未及答而寤，不知所爲，姑取近歲所治獄訟一一驗之，皆無其事。以夢甚了了，不能自已，遍詢老吏，乃有知向來本末者，命檢牘經日始得之，擇小吏楷書者繕録，凡數百幅，具香紙併焚之。乙志所載宣州何村公案，蓋是寃死。若艾氏之罪，情法相當，豈得尚有訴訟幽冥之間，當必有故，特世人未知耳。

扣冰堂僧

程虞卿，建安人，嘗爲他郡幕僚。受性剛豪，多結里中輕俠，椎牛釃酒，畋獵博塞。乾道三年春月，赴一宗室家宴飲。酒酣，與同坐者入大中寺，至扣冰堂，繪匠方畫佛壁，内一侍者貌古怪，程指哂笑侮之。是夜，歸舍醉寢，夢偕其友丁子和行抵别館，逢兩僧持梃大呼，向前肆擊，奔趨欲避，而前迫室屋，不可進。度事窮勢逼，乃俯伏作禮，引咎哀祈，僧怒少霽，謂曰：「汝更食牛乎？」對曰：「願自此永斷。」僧曰：「汝若再食，來吾堂中，必刖汝足。且縱汝歸。」程再拜而出。夢覺，流汗浹於枕席，心怖營不寧，坐以待旦，詣丁生之門。方擬談説，丁錯愕止勿言，先敍所以，無一詞異。於是相率往扣冰堂，正見兩像，即夢中僧也，怖悸益甚，遂絶意太牢，而餘事亦從斂戢。

夷堅支乙集序

紹熙庚戌臘，予從會稽西歸，方大雪塞塗，千里而遥，凍倦交切，息肩過月許，甫收召魂魄，料理策簡。老矣，不復著意觀書，獨愛奇氣習猶與壯等。天惠賜於我，耳力未減，客話尚能欣聽；心力未歇，憶所聞不遺忘，筆力未遽衰，觸事大略能述。羣從姻黨，宦游峴、蜀、湘、桂，得一異聞，輒相告語。閑不爲外奪，故至甲寅之夏季，《夷堅》之書緒成辛、壬、癸三志，合六十卷，及支甲十卷。財八改月，又成支乙一編。於是予春秋七十三年矣，殊自喜也，則手抄録之，且識其歲月如此。慶元元年二月二十八日，野處老人序。

夷堅支乙卷第一 十一事

王彦太家

臨安人王彦太，家甚富，有華室，頤指如意。忽議航南海，營舶貨。舟楫既具，而以妻方氏妙年美色，不忍輕相捨。久之，始決行。歷歲弗反，音書斷絕。當春月，杭人日游湖山，方氏素廉靜，獨不肯出，散步舍後小圃，舒豁幽悶。經呂本作「忽」。花陰中，逢少年，衣紅羅裳，戴襞金帽，肌如傅粉，容止儒緩，潛窺於密處，引所携彈弓欲彈之。方氏罵之曰：「我是良家，以夫出年多，杜門屏處。汝爲何等人，擅入吾後圃，且將挾彈擊我，一何無禮如是！」少年慚懼，擲弓拱手，揖而謝過。方正色叱之，恍然不見。方奔歸，呼告羣婢，覺神宇淆亂，力憊不支。迨夜半，少年直登堂。方趨走欲避，則伸臂挽其裾，長數呂本作「幾」。丈餘，羣婢盡力援奪不能勝，遂擁升榻，與款接。自是晚去暮來，無計可脫。心所欲物，未嘗言，不旋踵輒至。方念彦太〔原作「大」，今改〕。殊切，報于親故，招道士行五雷法，乃設醮，又擇僧二十輩，作瑜珈道場，皆爲長臂摇擊，莫克盡其技。後數月，少年慘蹙語方曰：「汝良人自海道將歸矣，如至家，相見時切勿露吾事。苟違吾戒，必害汝！汝知吾神通否？雖水火刀兵，不能加毫末於我也。」未幾，王生果歸。方垂泣曰：「妾有彌天之罪，君當卽吕本作「寸」。斬我以謝諸親。」王驚問故，具言之。王曰：「是乃山精木魅，吾必殺之。」乃藏貯利劍，以俟其來。一夕，儼然而至，王拔刀襲逐，中其背，鏗鏗若金玉聲，化爲白光，熠熤亘數丈，銜虚去。其後聲滅響絶，王夫婦相待如初。

張四妻

徽州婺源民張四，以負擔爲業。其妻年少，在輩流中稍光澤。張受傭出十里外，一白衣客過其家，語言佻捷，葉本多一「視」字。四旁無人，語葉本作「誂」。妻欲與姦，袖出白金數兩爲賄，妻因就之，葉本作「妻喜而就之」。荏苒頗久。張歸，密聞之，詐語妻曰：「我又將往池州，旬日乃可回。」妻益喜，以爲適我願。逼暮，張潛反室，持短矛伏户側。夜且二鼓，見白衣從窗檻越入，迎刺以矛，其人呦呦作聲，奔而去，視矛刃有血及細白毛數十莖。張念人安得有毛，此必怪也，又復窮詰妻，妻始肯言所見。卽具一牒述始末如供狀式，詣道士混元法師董中蕭自訴。董依科作法，至張舍發符，拱立以俟。少選，有大鷹盤空，可五六尺許，旋繞屋上。觀者闐溢。俄飛落古溝中，徑搏巨白鼠，啣擲于前。董命沸油以烹之，怪乃絶。

定陶水族

曹州定陶縣之北有陂澤，民居其傍者，多采螺蚌魚鱉之屬鬻以贍生。虜亮正隆二年中春，女真人阿失里爲邑宰，夢一客，緑袍烏幘，皂鞾革帶，握手板入謁曰：「吾種族世居治下，子孫蕃衍，皆獲依仁芘，不幸爲細民捕殺充食，且又轉售於人，將使無噍類矣。願賢令尹慈憐，少加禁止，則恩流無窮，當思所報。」失里夢中諾之，而不暇扣其何物，居於何所。旦起深念，不能曉測。明夜復夢，遍詢吏士及訪道術人酌詳，亦莫知所謂。迨春暮，天清氣暄，澤邊相率什百爲羣，脱衣入水，網箕羅取，數倍常日。忽曀霧迷空，波涌如山，雷聲振動，一巨物長六七丈，狀若蛟螭，噴薄雲煙，摧壞岸滸，冷氣慘烈逼人。皆捨棄所獲，争赴平地，已爲巨物攫拏者十二三，溺死者殆半。衆始悟邑宰之夢，自是無復敢漁。

朱琪家兒

下邳朱俊者，習武事，從韓蘄王軍，爲探報司統領，與虜騎戰于沭水上，死焉。朝庭録其忠，命長子琪以官。時下邳已陷，琪在宿豫倡朋儔來歸，江淮都督府補爲忠義軍偏將。嘗乘間入海州，既而失之，坐罷（吕本作「罪」）。處散秩。琪一妾曰喜奴，懷妊六七月，嬰兒啼於腹中，盡（吕本多一「室」字）。駭怪。數日後能語言，至或笑，或泣，或厲聲呼父母。及其生，齒髮畢備，形模可愕，見者疑非吉祥。次年，琪遂應羊舜韶海道之舉，事不濟，與其徒開德郭世興輩皆死。亦以恩得延賞，乃名此子曰忠，而與之官，不知其後存亡也。

顧端仁

顧端仁秀才，本河北人，後從父海來南，居於錢塘修文巷，未娶妻。一日，會食堂上，恍恍間見一少女，顏貌光麗，從外入，徑造其前，舉手掩食器。欲啐嚼而莫能，二親疑焉，問其故，託以他事，隱弗言，蓋已墮溺色愛。自是鬱鬱不樂，殆如癡人，而女子每夕必至。嘗獨行西湖畔，遇之，前攬袂笑曰：「子念我乎？」顧作怒叱之曰：「汝乃邪鬼爾，何念之云！」女曰：「何由知我爲邪？」曰：「適視汝行晝日中而無影，非陰魅而何？」女曰：「子既有疑心，試相隨詣四聖觀。」遂攜臂而往，洎入觀門，忽不見。盤泊良久而出，則立於道傍，顧誚之曰：「汝畏四聖，其邪可知。」女曰：「子未悟茲理邪，貞聖亦婦人爾。」顧曰：「何謂也？」曰：「《道經》不云乎：『太陰化生，水位之精。』」各大笑，復同塗往來。人訝其獨行語，然無敢問。須臾，邂逅友人張仲卿，女又避匿。顧始以告之，仲卿曰：「姑置鬼事，且同飲酒。」於是往旗亭酌飲。仲卿歌《杏花過雨》詞畢，女不知從何來，已坐顧右，顧生命置杯添酒。仲卿無所睹，嘆唖不已，仍罵顧，以爲挾魍魎俱行，徑舍去，報其父。父驚懼，俟其還家，率之投閉門黃法師。黃持法罕出，故有此稱。黃曰：「此爲妖孽所憑，必貓精也。明日當爲誅絶。」先書二符授之。其夕，女不至。迨旦，黃又與三符，使佩其一，焚其一，以一榜於門，遂絶不復來。經數月，因送喪車于菜市門外歸仁寺，女蹁躚而入，咄曰：「汝太無情，使黃法師害我。今三符在我手。」展示之。顧曰：「此非吾之意，迫於父命耳。」女曰：「汝若不說，父何由知我？我亦不怨汝，但從吾行。」才到市橋，顧遽跨欄赴水，適有草橋黃校：「橋」字疑誤。在下，急拯之，獲免。詢其所以，曰：「但見美人相引，造一宮宇，赫奕如王居。正擬從游，而爲諸君喚回，殊爲耿耿。不料幾淪幽趣，救護余生，恩有所自矣。」然浸抱迷疾，少時而殂。

聶公輔

聶公輔，博州高唐縣人。家本南劉鎮，徙于北郭。富有倉箱之積。性好鬼神，凡有所往，無論路遠近事大小，必扣諸神，神以爲可則行，不可則已。又酷信巫祝，奉淫祠尤謹敬。歲月滋久，禱請多不驗，於是懈怠之心生，翻成毁悖。嘗以六月正午坐堂上，僕妾在旁，忽聞訶叱聲，注目凝視，見數少年，黄衫小帽，玉帶緑鞾，振袖過庭下，人物才尺許，而歷歷可觀。聶震駭，呼家衆悉至，所睹儼然，皆驚走出外。少年者冉冉騰空駕雲。顧從吏以線一縷，繫通紅炭一挺，長三尺，置于屋上。其去稍遠，聶遣僕升梯取之，炭洞赫不可嚮邇，而一線自若。繼此後百怪競作，中夜車馬憧憧，蠟炬旁羅，照耀奪晝。鄰里聚觀如織，殊不爲止。雖邀善法者考治，莫能絶。擾擾累月，聶不勝愁撓，遂得疾，竟至不起。

董成二郎

董成二郎者，居楚州北堰蝦疃巷，以商販斛米自業。賦性險僻，而面狀冷峭，有不可犯之色，里巷無不惡之。紹熙庚午歲夏五月，陰雨大作，董正坐中庭，方具飯，天氣陡暗，霹靂一聲，火光赫然，覺有巨物墜地，視之，乃一大雹，高三四尺，上有二竅空洞，形如耕犂之偃土者在坐側，盡室褫「褫」當作「謕」。怖，亟邀道士建醮以禳之。自是得氣疾，不能食，奄奄半歲。一夕，月下見一白鵝，其大比常一倍，從砌間飛入房中。妻執炬訪求，無所睹，而董以此時殂。既殮，家人用俚俗法，篩細灰于竈前，覆以甑，欲驗死者所趨。旦而舉之，二鵝足跡儼立于灰上，皆疑董墮畜類。其家日以淪敗，妻女至爲娼云。

管秀才家

信州永豐縣管村，皆管氏所居。淳熙七年秋，有怪興於某秀才家，幻變不常，或爲男子，或爲婦人，抛擲磚石，占據堂宇，污穢床席，毁敗什物，不勝其擾。唤巫師驅逐弗效，又命道士醮禳，復邀迎習行法者，各盡術追究，雖即日稍若暫息，迨去則如初。前後若是者屢矣。管益患之，乃多萃道流，設壇置獄，劾治甚峻，羣怪不爲動，厲聲詬駡於室中曰：「汝幾個村漢，上二字葉本作「科頭漢」。討葉本多一「得」字。錢足了。我不怕汝！」皆知其不可爲，相與謝去。久之，化一美女，夜造僕夫寢處，欲加銜惑，僕知爲魅也，而庸奴貪色，竟留與接。凡歷數夕，極綢繆婉孌之款，然終慮其致禍，陰磨利刃以待之。迨復至，盡力斷其首，擕出外，呼告衆曰：「我已殺鬼。」管氏之人争來觀看，蓋一大狸也。

馬軍將田俊

臨安步軍司錢糧官公廨淳熙中爲祟孽所擾，不可居，遂廢爲馬院。第二將下田俊，常隸宿其間。一日，羣輩盡出，俊獨單，繫所乘馬於廡下，且取隨身衣物貯於小篋，挂梁上，以防草竊。方解原本此下接「其馬絆俊大聲叱之，鬼捨馬趨寢所，俊怖甚，解衣將寢，忽一鬼朱髮青軀高七八尺自外入解」三十六字，係舛錯，今從呂本改正。衣將寢，忽一鬼朱髮青軀，高七八尺，自外入，解其馬絆。俊大聲叱之，鬼捨馬趨寢所。俊怖甚，欲趨避而無路可投。鬼捽俊髻至寨門，呼閽者啓櫝。閽者曰：「統制約束，軍門不許夜開，兼已下鎖了。」鬼曰：「汝不開門，我自從門上過。」卽扶俊騰空出，至西湖畔方家谷龍母池邊大木下，自坐盤石，而置俊股上，沃池水濯洗，又掬泥塞其口，若欲啖食。俄一老叟，白帽呂本作「袍」。方帽杖策來，咄鬼曰：「汝陰黃校：「陰」字疑誤。下小鬼，輒欲恣食生人，豈不累我！」紛爭不已。叟舉杖擊之，鬼搦杖與相拒。良久，叟力不能勝，□呂本作「撑」。拄未決。復見一長僧，貌古怪，頂僧袈帽，持錫原本此下接「所服者須臾而至，皆篋中物也，俊未暇致謝，叟杖擊鬼，始棄而鬼竄，俊時裸袒無衣，叟命取其」三十六字，係舛錯，今從呂本改正。杖擊鬼，始棄而竄。俊時裸袒無衣，叟命取其所服者，須臾而至，皆篋中物也。俊未暇致謝，叟與僧俱不見矣。明日，院中失俊，遍尋訪之，得於昨夕水次，扶以歸，病十餘日乃愈。寨内由此建立僧伽塔相而奉事焉。

翟八姐

江、淮、閩、楚間商賈，涉歷遠道，經月日久者，多挾婦人俱行，供炊爨薪水之役，夜則共榻而寢，如妾然，謂之嬸子，大抵皆猥娼也。上饒人王三客，平生販鬻於廬壽之地，每歲或再往來，得居嬸曰翟八姐。翟雖爲女婦，身手雄健，膂力過人，其在塗，荷擔推車，頳肩繭足，弗以爲勞，壯男子所不若也。性又黠利，善營逐什一，買賤貿貴，王獲息愈益富，錙銖收拾，私所蓄藏亦過千緡，密市黄白。而更無姻眷，年且四十，欲謀終身計。王客，狡詐大駔也，雖醜鄙其色，而以財貨動心，誘之爲妻，翟罄橐中物畀付。他日，將渡江，先一夕，同宿旅舍，未旦先起，挈裝齎登舟，趣解纜。及翟至水濱，其去已遠，悲慟移時，念進退無門，徑赴水死。王遥望見，良自以爲得策，遂歸故里，治生業，建第宅以居，移時上二字呂本作「奉養」。侈於其舊。有二稚子甚敏悟，正戲舍傍，一僕宿怨其父，操刀盡殺之。自是家内怪興，見婦人軀幹絶偉，儼類翟氏，道羣鬼嘯妖，黄校：「妖」字疑誤。或中夕擊鼓鏘金，千態萬狀，室中几格器皿，羅列于庭。長子頗憤怒，命術士治之，不息。肆言呼天，迨于謗侮，因醉毆人死，貸命黥配嶺南。獨次子在，又與衆不逞爲腹心交，杯酒忿争，亦爲所害。王衰頽愁苦而終，妻貧餒餓死，暴尸不克葬，屋廬入于宗人之家。

吴太尉

觀察使吴超，河北人，從韓蘄王軍，爲大將。乾道中知楚州，都統淮東。賦性戇直，而不與人作怨仇。庚寅歲，自京口遣馹卒李文往錢塘。文還至常州之西境，遥見旌麾塞道，如戎帥威儀，趨避路左。忽聞人呼其姓名，文匍匐再拜，仰視之，乃使主太尉也，笑語問勞備至。文曰：「不審太尉欲何往，得非奉詔入朝乎？」曰：「吾被上帝命，差充平江府崑山土地，即日赴任。汝速歸爲傳語宅中，説吾路上安樂，一行人都平善。」教衆宣贊各向前，又命從使持官券兩千，犒文作路費。文謝退，兼程而行。及家，則知吴已下世數日矣，方悟所見皆陰兵云。此卷朱從龍説。

夷堅支乙卷第二十二事

大梵隱語

常熟縣寓客曾尚書，下世已久。有四子。淳熙元年春，夢告其長縣丞曰：「我被天符爲福山嶽廟土地，方交承之始，闔府官僚當有私覿，禮不可廢。吾東書院黑廚内藏佳紙數千張，可盡付外染黄，印造大梵隱語，敬焚之，毋忽吾戒。」丞既覺，未以爲然。又見夢於仲子，仲以扣所知鄭道士曰：「大梵隱語，是爲何經文？吾不識也。」鄭曰：「此乃《度人經》之末章。」取示之。仲笑曰：「無甚緊要，顧何足爲冥塗助。」亦不肯用父言。已而叔、季同夕感夢，二子嗜酒荒怠，略不經意。邑有陳秀才，素游曾公門，夢尚書至，怒駡諸子以不孝，欲愬於上帝痛治之。陳不待旦，趨往告，猶且信且疑。至三月二十六日，邑人羣詣廟下。曾之季子與三四少年縱觀，行經四廂，遇一婦人，絶美，注目諦視，乃尚書也，凝立庭下，顧兩鬼捽仆地，剥其衣，叱曰：「不孝子，尚敢來此！」四傍往來人皆見季呻呼楚痛，若不可堪。主廟吏炷香爲致禱，命左右送以歸。迨反室，昏無所知。舍中百物皆無故自相觸擊，必碎乃止。明日，縣丞邀法師陳國潛至家，使施法禁禦逐。陳召集將吏測問，曰：「非祟也，乃尚書公以四子違命，請于天而罰之。」陳令排備酒饌，設席堂上，祝而祭焉。

家人悉見亡靈出現，與陳對席，陳懇祈數四，於是得釋。季良久而寤，流汗遍體，盡以所見爲三兄及陳言之。卽日印此經五百本，焚獻謝過。

茶僕崔三

黄州市民李十六，開茶肆於觀風橋下。淳熙八年春夜，已扃户，其僕崔三未寢，聞外人扣門，問爲誰，曰：「我也。」崔意爲主公，急啓關，乃一少年女子，容質甚美，駭曰：「娘子何自來？此是李家茶店耳，豈非錯認乎？」曰：「我是只左側孫家新婦，因取怒阿姑，被逐出，終呂本作「中」。夜無所歸，願寄一宵。」崔曰：「我受傭于人，安敢自擅。」女以死哀請，泣不肯去。崔不得已引至肆傍一隅，授以席，使之寢。久之，起就崔榻，密語曰：「我不慣孤眠，汝有意否？」崔喜出望外，卽留共宿，雞鳴而去。繼此時時一來。崔以人奴獲好婦，愜適所願，不復詢究本末。一夕，女曰：「汝月得顧直不過千錢，當呂本作「常」。不足給用。」袖出官券十千與之。其後屢致薄助，崔又益喜。兄崔二者，素習弋獵，常出游他州，忽詣弟處相問訊，寄寓旬餘，女不至。崔思戀篤切，殆見夢寐，乃吐情實告兄。兄曰：「此地多鬼魅，慮害汝命，宜速爲之圖。」崔曰：「弟與之相從半年，且賴湶拯恤，義均伉儷，難誣以鬼也。」兄曰：「然知我至則斂跡，何邪？」崔曰：「正以兄弟妨嫌，於禮不可。」兄曰：「彼每至從何處出入？」曰：「入自外門，由樓梯而下。」兄是晚捨去，取獵具捲網數枚散布之。抵暮，乃俯伏於隱所。三更後，戛然有聲，急篝火照視，得一斑狸，長三尺，死焉。兄曰：

「是物蓋惑吾弟者也。」爲剥其皮而烹其肉。崔慘沮悽淚，不能勝情。異日獨處室中，覺異香馥烈，女已立燈下，大罵曰：「吾與汝恩意如此，兼數濟汝窘乏，何爲輕信狂兄之言！幸吾是時未離家，僅殺了一婢，壞衫子一領而已。」崔遜謝，女笑曰：「固知非汝所爲，吾不恨汝。」遂駐留如初，至今猶在。右二事朱從龍説。

羅春伯

羅春伯，撫州崇仁人。淳熙甲午，僦館于邑人吴德秀家，受業者數輩。吴夢館之西偏，有物類狗，起於芭蕉叢下，已而兩角嶷然，奮身飛躍，歷舍東，升于天，光采粲然，照耀遠邇，遺鱗脱甲，委墜滿地，方審爲龍也。覺而喜，徧以告人，不知爲誰祥應。比秋試，獨羅中選，其所居正在邑西。未試前，與一友同行占響卜，約以首語爲友證，次者爲羅證。約方定，聞路人回顧曰：「來不得。」友即失色。又有相謂曰：「桂枝香。」蓋用四平語呼其侣共歸也。是歲友黜，羅次年廷策爲第二人。初名維岳，字伯高，肄業於郡城西南之别墅，夢報榜者至，名乃點也，遂更之，以乾道戊子獲鄉薦。又夢到官府閲金書扁榜，中有「兩舉登科，四遭薦達」八字，竟兩到省闈，幾魁多士。春秋四十五，超佐樞庭，然未兩月，終于位。所謂四達之兆，兹未能曉。

楊証知命

臨川楊漢卿，幼年習童子舉，無所成名。侵尋弱冠，夢人自門呼曰：「楊証也做官。」覺而自喜。適淳熙庚子秋試，遂書同音數字，信手拈其一，得「証」字，卽更名，而字諫，呂本作「字子諫」。是科果中貢籍，明年擢第。証數能談命，所見出他術士意表。是時東赴省，數與同途樂紹先言曰：「吾必登第，正恐死不久；脱或下第，庶可少延。」然爲功名之心所驅，卒入試。試罷還家，夢促裝復東，恚曰：「吾跋涉千里，息肩未幾，而又行役，其何以堪！」母釋之曰：「我爲汝辦轎乘以往，勿憂也。」俄而捷音至。証文思如傾河，日能作萬言，廷對前忽因目赤痛，僅得成章而出。鄉人之善者相爲惜之。迨唱名，墮于末甲，才壓一名，待銓竟調潭州善化主簿須次。及到官，數月而卒。

黄若訥

黄若訥，字敏仲，邵武人，寓居臨川。淳熙十三年冬，入都赴省試，中途貪程，暮到旅邸，行商走卒，充滿其間，無可棲泊之地。黄謂主店者曰：「昏暗如此，欲前進不得，苟不見容納，將使我安之邪？」主者不得辭，旋空一室與之處。室距主翁家不遠，翁夜夢黄龍從外至，以爪抉門入，蟠踞中堂，光焰赫奕。驚而寤，疑必有貴客在邸，未黎明而起訪焉。歷視十數客，皆不足當，獨黄君爲士子，意其兆應是也。又問知姓黄，益自信，戒僕俟盥櫛畢，茶湯詣之，爲語宵夢，乞誌之于壁。黄固心喜，然亦不敢率爾，力拒却弗聽。翁退，復遣二兒來，皆儒衣冠，度不可已，乃勉書數語而去。暨來春揭榜，則遭黜。或人云：「龍雖貴證，尚爾沉鬱，蓋未卽日騰趠飛天也。」黄失意留連，舍于張定叟侍郎之館，時有南舉先生者，道命術多中，往扣之，卦成，南曰：「好命，只是事遲好，更三年後却做官。但有一慮，尊府君恐有不測，宜急歸。」是時黄老父在家，適得信報其抱疾，聞南語，瞿瞿不自安，卽日西還。至仲冬，父果卒。黄當勉舉可應庚戌試，而正月在禫制中，計無由可及。會有旨，以首春雪寒，恐遠方布衣來者愆期，特展鎖院半月。於是兼程而往，于大院期已不及，鄉人爲委曲作道地，以門客避嫌，試别所，遂登科。黄龍之祥，未知驗于何日也。

吴虎臣夢卜

吴虎臣曾博聞强識，知名江西。爲舉子日，謁夢於仰山，欲知科第遲速。其夜，夢紅袖女子執板而歌，覺而不能省憶，但記一句曰：「尋春不是探花郎。」是後竟不第，而以獻書得官。吴奉紫姑神甚謹，每言事多驗。邑人吴仲權鎰將調官，請扣所向，箕箸既具，但畫龍與羊各數四。虎臣曰：「龍者，君象；羊者，仕塗禄料也。子必面君登朝矣。」仲權曰：「鎰乃一選人，名位甚卑，安得有此望。」虎臣曰：「曾以布衣，猶被召對，况於已在簪裳之列乎！神言有證，當不謬矣。」仲權私謂辰未年或可奮發，及赴部，乃注龍陽丞。

黄五官人

紹興辛亥歲，豐城縣農夫夢一道人持龍錢一文付之曰：「倩汝送與黄五官人。」農對曰：「本鄉秀才姓黄第五者非一，不知將與誰。」道人曰：「某里某巷居者是已。」既覺，茫然不曉其旨，亦不爲人言。翌日，采薪於山，果得錢，蓋俗工所鑄符篆相屬者。猛憶夜夢，雖異之而未暇持送。次年壬子，將逼秋試期，復夢前人告曰：「吾向時托汝送龍錢與黄五官人，何得遺亡？當即送之。若不如吾戒，必加禍於汝。」農驚懼而寤，四體洒淅，若被疾然。悟此錢爲祟，立往彼處。所謂黄生者，名竑，捧接甚喜，謂青錢中選而神龍變化也。未幾，赴府請解。竑習《春秋》，已爲考官所黜，同院建昌教授包履常得其論卷，愛之，欲置諸待補小榜，令均前後兩場草卷參讀。見首場經義批抹數十條，不可復收，乃携謂呂本作「謁」。本考官，共議將令再謄録。其人閲所黜義，大悔前失，而當在薦級者已定。包曰：「舉人燈窗勤苦，一戰殊弗易，亦可深惜。」其人曰：「前以所見一時謬誤致爾，非君見臨，幾失一士。過不憚改，遑恤其他。」遂取已入等者摘其疵病，置于待補之冠，而以竑居第三。竟登癸丑第。

邵武試院

淳熙十三年秋八月，邵武解試。十五夜謄録院遺火，舉子文卷亦多被焚爇。明日，入試者相率共治羣胥，簾内亦令捕捉，皆奔迸隱處。或跧伏梁上，至夜不敢喘。俄見一黑物從空而下，狀貌如鬼，携當三錢二十餘，遍歷試案，時有喜色，輒置一錢於案頭而去。既畢，持杖繞廊擊諸坐人之不得錢者，或身仆，或筆墜，而舉子了不覺。吏自念：「豈非得錢者預薦，而遭擊者當黜乎？」因默志其平日知識十數人以爲驗。迨揭榜，果與所料同。然則名場得失，當下筆作文之時，固有神物司之於冥冥之中，無待於考技工拙也。

涂文伯

宜黄涂四友，字文伯，幼喪母，其父光不再娶，與四友及長子四岳皆清居，陋巷茅簷，蕭然自足。紹興庚午之春，四友晝寢，夢婦人姿容靚麗，引右手示之，乃金字題詩兩句曰：「秋舉君須中，危科子必登。」又引左手示之，亦金書六字曰「文伯之妻杜氏」。既寤，以白父兄。是歲，秋闈榜出，果中選。郡人杜學諭遺媒妁來，議欲妻以女，資裝殊不豐，悟夢告先兆，葉本作「悟先夢已兆」。即就其約。遂登辛未科，仕柳州守，與杜氏偕老焉。

王茂升

王益，字茂升，崇仁士人也。紹興庚申，與其兄茂謙盈祈夢于仰山廟，夢人語之曰：「君姓名不在張九成下。」覺而甚喜，謂異時科第巍峨，當如張公。既獲薦，以壬戌春赴省。呂本多一「試」字。是時貢闈在下天竺寺，暨入試，其設案處有前人題名「張九成」三大字，適當坐右，意必符昔夢，愈益喜。然是歲乃不利，蓋神所告但指坐次云。初，茂升父國光尚賓，嘗夢室中挂巨榜，一人從旁言曰：「此君家子孫及第時賦題也。」杳茫髣髴，不可盡睹，僅識其末一「美」字，乃諭子弟，凡「美」字可作題目者皆當牢籠。又作《適堯舜文王爲正道論》，意若未愜，更易者數四。茂升蹭蹬，至丙子歲旦〔原作「且」，今改。〕，得開元一錢于道中，光潔可愛，私念曰：「吾今年當免舉，而以元日得錢，豈省場策問及此邪？」於是精考錢幣本末，廣爲之備。丁丑到省試，其賦曰《兼聽盡天下之美論》，題正昔日所作，策首篇問泉貨，遂登科。國光茂謙，前此擢第矣。父子繼踵，爲儒家所歆豔，惜其宦塗不大也。

周氏三世科薦

撫州懷仁，小邑也，士人獲鄉薦者前後惟三人，而皆出周氏，曰召字彦保，其子曰龍章字冠卿，孫曰孝若吕本多一「字」字。君舉。孝若初名某，淳熙丙午春，夢報榜者至，以杖荷席囊，聲喏拱立于右階之所。既揭榜，乃不在選中。友人袁公輔，夢有送解帖兩道至，其一爲袁世成，一爲周孝若，且託袁致之于周所。袁以語周，己酉秋闈，皆易名入試，遂俱薦送。而持榜惡少，衣裝舉止與所立處，儼同昔夢，無小差。

黄溥夢名

崇仁黄溥，初名某，久游場屋。淳熙九年秋七月夜，夢報榜人至，亟出視之，惟著燕服，不類走卒狀，而二兄皆白袍列立，黄詢仲兄曰：「得者爲誰？」曰：「汝也。」「名爲何？」曰：「溥。」夢中不曾問若何書字，旦而識諸壁，念同音非一，莫知所從，擬欲用「普」吕本作「溥」。字而未決。冬十月，宜黄李元功來訪之，喜而語曰：「疇昔之夜，夢人持解榜報予長子預薦書，崇仁惟得一人，黄姓而名從水。」黄私自賀曰：「李君之夢，其造物欲贊吾『溥』字之疑耶！」次年更此名，請舉，遂中選。李之長子果同升云。右十事臨川劉君所記《夢兆録》。

夷堅支乙卷第三十五事

安國寺僧

饒州安國寺據莊園田池之入，資用饒洽，勝於他剎，名爲禪林，而所畜僧行皆土人相承，以牟利自潤。僧妙辨者，尤習爲不善，于持戒參學，略無分毫可稱，衣鉢差厚，寶護之如頭目。紹熙甲寅五月，以病死。臨命之際，喉中介介，若貪戀不忍捨之狀。寺衆在傍觀之，知其昏於篋櫝精神混亂所致。既絶就殮，行者法珍守其柩。未及舉焚，六月旦日將黄昏，法珍方爇燭炷香，覺左右前後履聲窸窣，四顧無所睹，頗疑懼焉。且二鼓，寐未熟，見妙辨從壁畔徐徐而來，貌如生時，手拍供案，彈指長吁，又往發遺篋，周視所貯，復闔之，繼撤關啓户，旋亦闔之，作怒推壁，兩堵砉然而摧。珍大駭呼救，乃滅。由是感疾，幾死。主僧命厥侶奉柩出城焚之，而悉斥賣其物，爲修薦畢，怪變始息。

劉氏僦居

忠順官王成爲饒州指使而卒，其妻劉〔原作「白」，據標目改。〕氏，自故居城隍廟西巷徙於牌樓南，僦鍾氏邸舍。先是，郡吏李生寓焉，病瘵癘，不勝煩燥，赴井死，鬼數出空屋爲怪，鄱民多知之。劉氏以賃直少，且不審前事，既徙入，便聞剥啄嗟吁之聲，始訪得其故。於是取《北斗經》置井蓋上，舉家盡夕不寐，明燈待之。二鼓後，見井蓋自舉起，一人從中伸兩手攀闌裸出，拈經戲弄，大笑曰：「縱使是《北斗經》，將如我何！」復反諸元處，緩步往前門，咳嗽數聲而還。劉家人怖懼，相抱而坐。良久，隔窗扯人衣裾，彈指長歎，盤旋過夜半，乃奄由黃校：二字疑誤。趨井中。次夕復然。劉亟捨去，自是無人敢卜居。

景德鎮鬼鬭

淳熙元年初夏，浮梁景德鎮漁者設網於鄱江，天色亭午，景物清和，水波不興。正往來投餌，俄頃迅風大作，冷氣葉本無「氣」字。如深秋。漁急拏舟趨伏岸滸，忽見偉男子百餘輩，皆文身椎髻，容貌魁昂，盤旋於沙渚。一巨人青巾緑袍，褐韡玉帶，持金瓜，坐繩床，指呼羣衆分爲東西兩朋，各執矛戟刀仗，互前鬭擊，此句葉本作「往來格鬭」。其勇如虎，格格有聲。久之，東朋獲勝，退立少息。西朋負敗而走，悉化爲牛，浮鼻渡水。東隊葉本作「朋」。鼓譟追襲，振摇太空。牛既得葉本無「得」字。渡，縱横散佚，不知其所如。是歲近境疫癘，從縣鎮以西比屋抱疾，而東村帖然，始悟漁者所見向日葉本無「向日」二字。争鬭而勝者，里社之神，其奔敗化牛者，瘟鬼也。右三事朱從龍説。

猛十一郎

淳熙庚子秋，余鏞仲庸赴饒州鄉舉還家。貢闈未啓之前，其僕程信夢報榜數人懷小帖云：「至余知府宅。」才入門，又出曰：「錯了，錯了，自是猯十一郎耳。」明日以語鏞，鏞不樂。十一郎者，其族子知權，雖能作程文，然學藝出鏞下。猯者，里俗戲相標詆憨癡之類也。及九月十日榜至，果先訪鏞家，徐以爲誤，而適知權處，得酒一壺，飲竟，而持正榜者來，乃鏞薦送。蓋造榜之際，偵人例以小紙疏舉士姓名，匆匆探賾，或預選，則葩搯黄校：二字疑誤。吕本無「葩」字。爲證，以故妄謬者多。有頃，知權來賀，鏞慰拊之，而償其所犒酒。

余榮古

樂平余榮古，乾道中，以歲饑流泊淮上，偶得五雷法，稍習行之。時村落耕牛多病疫，往治輒愈，頗獲酬謝，可以糊口，因定居焉。淳熙乙巳，暫還鄉。其族姪知權妻詹氏者，父母適如淮地，知權與妻送之，妻還舍感疾，妄言譫語，如狂如癡，不復省人事，乃招榮古視其狀。及行法考召，蓋詹之先亡也。榮古顧曰：「可縛起。」病者時卧房内，便舉手前向，宛若受縛，繼使鞭訊，則又叫呼服罪，徐諭之曰：「汝是詹家祖先，自合隨子孫往處受香火，如何敢擅入人門庭，且作殃禍！吾念汝係姻親，未欲致法，宜速去。」即謝過請釋放，許之。俄頃間病者平安如常。

余尉二婦人

樂平余嘉績，再娶徐氏，攜故夫程氏子來，爲娶婦。徐氏性嚴急，日夜詈責苛峻，婦不能堪，遂自縊死。又一婢，因爲小兒烘鞋，火誤爇幫帛，遭痛杖，亦縊死。後數歲，當紹熙五年六月，嘉績將赴峽州遠安尉，庖妾於屋末置梯覆醬缶，甫登一級，失足墜，即不作聲，但兩手執梯，舉頭拄梯齒。老媪見而呼之，弗應，就視之，面色或青或赤，痰喘如曳鋸，屹然不動。扶以歸，與呂本作「灌以」。湯飲，到曉略不寤。余族子泰亨，頗能行符法，使之驗治，喘雖稍定，而瞢騰如昔。泰亨曰：「是爲鬼所祟，非我所能驅禳也。去此二十里有彭法師者，精習三壇正法，宜急呼之。」于是走僕竟夜邀致。彭篆符噀水，步罡誦呪，移時乃蘇，言：「記得纔上梯時，見兩個婦女來，便搦我咽喉，捽頓于地，覺神志迷罔，冥冥隨之去。抵大宅，庭宇高煥，堂上鋪設筵席，酒器羅列，盡金銀也。引我入厨，貯鍋内菜羹與我。聞賓客飲笑聲甚歡，如經一晝夜。俄外人奔入呼曰：『天師喚。』乃得歸。」始悟二鬼，蓋故婦及婢也。

董綷兄弟

余鎰伯益之女嫁餘干董綷。綷赴鄉舉，泊舟東湖，嘗謁余娣壻徐大聲。徐往報之，董僕辭以出，徐望綷故在船上，偃然自若，以爲皆余氏壻，已爲尊屬，而無禮如是，怒駡極口，其人儼若不聞。徐還至城門，則與綷遇，相迎揖敍致，徐猶懷憤不已，但訝其適方坐船上，何以能遽來。朋輩爲言，綷兄弟相生顔狀如一，偃然者乃兄耳，始愧而大笑。此與前志所書豫章道人、婺源行者事，甚相似也。

周狗師

岳州崇陽縣村巫周狗師者，能行禁禱小術，而嗜食狗肉，以是得名。最工於致雨，其法以紙錢十數束，豬頭雞鴨之供，乘昏夜詣湫洞有水源處，而用大竹插紙錢入水，謂之刺泉。凡以旱來請者，命列姓名及田疇〔原作「禱」，今改。〕畝步，具于疏内，不移日，雨必降，惟名在禱疏者得雨，他或隔一塍越一塹，雖本出泉處，其旱自若。村民方有求時，先持錢粟爲餉，未能者至牽牛爲質，及應感，則賫錢贖取之。周所獲不鮮，然但以買酒肉飲啖，所居則茅屋一區而已。其所刺泉穴，或源水即時乾竭，懼爲彼民所抑，故必夜往。邑宰常苦旱，並走羣祠，了不響答，呼周使禱。周曰：「請知縣與佐官皆詣某所，須攜雨具以行，恐倉卒沾濡，無以自蔽。」宰勉從之。施法甫畢，雨大至。臨川眼醫鄭宗説嘗游行到岳，識其人，侮不捐囊裝傳其術也。刺泉之法，方策不載，他處亦未之有。

妙净道姑

余仲庸初病目，招臨川醫鄭宗説刮障翳，出次於舍傍徐氏庵廬，蓋法當避囂塵以護損處。時十一月中，憩泊甫定，立於門，遇一道姑，負月琴，貿貿然來，僅能辨衢路，向前揖不去，問爲何人，何自而至，對曰：「妙淨，只是餘干人。尋常多往大家求化，不幸有眼疾。見鄉里傳説官人迎良醫到此，是以願見之。但妙淨行丐苟活，囊無一錢，乞爲結一段因緣，使得再見天日。」余惻然，命僧童引入竈下，留之宿。時已昏暮，將俟旦拯視。童見之甚喜，燒湯與濯足，時時以微言挑謔。迨夜，置榻偕宿。明日，呼之出，鄭曰：「此名倒睫毛入眶，所以不能覷物，治之絶易，然亦須數日乃可了。」余語之曰：「汝是女子，住此有嫌。汝不過有服食之慮，吾令汝往田僕家暫歇，以飯飼汝。」其人笑曰：「妙淨乃男人，非女也。」余察行步容止語言氣味，爲男子無疑，不欲逆詐，竟喚僕導至彼舍。徐徐訪之，果一男子耳。平日自稱道姑，徧詣富室，或留連十餘夕，其爲奸妄，不一而足。至是方有知之者。

龍漩窩

樂平縣西三十五里，地名龍漩窩。相傳以爲昔有龍從地出，陷爲污池，不知其何歲年也。紹熙甲寅七月十八日，天大雷雨，白晝晦暝，人對坐不相覿，皆謂昏暮。已而廓然開霽，日脚啣山，視官道傍桑園中一穴，氣蓬勃如烟霧。少頃，有從二里外至者云，正見此處一大龍，夭矯幾百丈，騰空而升，觀者頸縮，驚懼累日始定。以繩數十丈矴石墜入穴中，不得所止。是歲十一月，余仲庸過焉，聞父老言，卽詣其所，穴口徑可二尺許，涵水極清澈，愈下愈廣，猶有白氣出於外，距舊渦才百步。此地去江湖遠，而神龍居之，不可曉也。右七事余仲庸説。

小隱蛇

文安公小隱園在妙果寺南，其西偏地勢敻僻，久不平治，蔓莽極目。紹熙五年七月二日，圃人徐三以正午酌水於甕，見二犬共擒一蛇，大如柱，其長五六尺。蛇回頭反齧其頷，一犬徑啣蛇頭吞嚼，喉間滯礙，不能伸縮，復爲蛇齧舌，遽吐之。俄頃犬死，其一遭毒。不踰時，三者俱斃。蛇體黑花、方紋間之，遍身生毛茸茸然，名爲鐵甲五步，蓋蝮也。

朱五十秀才

朱仲山者，鄱陽人，本憲臺小吏，後謝役讀書爲士，稱五十秀才，居于上巷。紹熙五年八月四日晚風雨，雹光雷聲，繞其室甚久。一更後，聞空中語曰："「往田頭收禾了。」又有問曰："「在甚處？」應曰："「章田也。」語畢，倏然黑氛如曳帛，穿西北去，光響浸息。家人旦起，見屋瓦皆破碎。是時朱乃在莊數日，監刈稻。妻慮必致天譴，邀天慶道士張在一往禳謝，張曰："「是天威也，吾不敢行。」午後一僕來言："「秀才昨夜遭雷震死矣。」朱平生臨財慳吝，不與人爲周旋，然未聞顯惡，既罹禍酷，或疑爲胥時必有隱慝云。其胥「胥」當作「壻」。陶生在城中聞之，奔往視，還家兩日亦死。朱將葬之日，送喪者行田塍畔，忽遭雷怖，皆捨而竄伏。至十月六日，雷復震出其柩。妻命僧誦經作懺哀祈，輒有變異，久而未息。

諸湖僧

鄱陽諸湖寺僧，夜夢人告曰："「須用三盌水煮過。」言之至再，寤而不能曉。明日，一童持白蕈來，大如桶，曰："「得于後山樹下。」僧喜，即命煮之。初用水一升許，踰時皆乾，蕈偃然如生。又益以水，至于三，不熟。僧忽憶昨夢，疑其異物，喚童負鋤就劚所生處，才二尺，見一菜花蛇蟠穴內，已死腐，而口中猶出氣，正蒸薄於上，遂成蕈。傍有小枵甚多，村民采食之，一日間死者三人。寺僧盡脱此厄，夢之靈如此。

洪季立

洪烜季立生于元符己卯，至紹興丙子歲，五十八矣。六月某日，蚤起，招館客從姪喬語之曰：「吾夜得佳夢，宜賀我。昨夕正熟睡間，見神人拊背而笑曰：『爾壽數本止于六十八歲，緣近有陰德，幽冥所重，遂增十年。』未暇扣其何事，瞿然而寤。然則吾春秋幾至八十，自今以往，猶有二十年優游田地，可謂無望之福矣。」喬相與誦歎，方擬召親黨，置酒爲慶，是夕鷄鳴時，忽得疾暴下，迨明日午不起，視神告之數，乃減十年。惡鬼侮人如此。喬說。

彭婦棺

從姪孫佋之婦彭氏，紹熙五年八月下旬生子不成而死。彭婦得病危甚，佋之父以事留金陵，陸伯父蒙之爲買棺，且預漆飾，凡爲錢百千。經旬，病少間。蒙念凶具留家不祥，議轉鬻之，以供藥餌費，既有王三郎者酬直矣。九月七日正午，蒙假寐，夢老叟長七尺，自外策杖來謂曰：「此器便欲用，切勿妄動，爾何性急若此，萬一不如意，倉卒間如何尋覓。」蒙覺而駭之，急遣童問訊，則病者勢已變，後三日而亡。蒙之說。

夷堅支乙卷第四 十事

衢州少婦

衢州人李五七，居城中，本巨室子弟，後生計淪落，但爲人家管當門户。紹熙戊辰歲三月夜，天氣清潤，微雲遮月，獨卧小軒，若有捫其面者。驚而起，以爲天且明，適欲詣郡陳牒，即具衣冠疾步抵譙樓下，聽更鼓纔三通，覺神宇不寧，彷徨無所居，往來於班春堂前。驀聞奇香襲鼻，俯仰窺覘，見堂内隱隱有燈光亮，益怪之，謂夜半間安得有此。登堦就望，乃一少婦，約年十八九，自攜小燈籠，倚柱獨立，姿態絶豔，含笑迎揖曰："郎君萬福。"李巽謝應諾。呂本作"喏"。婦問曰："今日使府放詞狀否？"李曰："然。不審娘子爲誰家人？何爲而至？"曰："我即城東丘秘校妻也。嫁纔數月，不幸夫亡，居室一區，遭鄰里凌暴，欺我孀婦不能訴，故不免告官。儻非冒夜以來，必將爲所邀阻，於勢當爾。"李正悦其貌，又言語楚楚可聽，四顧無他人，情不能遏，試出微詞挑之。欣然相就，攜手入室繾綣。少焉東方已白，郡既領訟牒矣，兩人俟判畢别去，婦約今夕再用此時來。及期復遇，遂荏苒踰三旬。李生家訝李連日宵行，疑必有淫泆之過，以告亡賴輩，俾捕之。得於班春堂後，恰與婦寢。呼譟共前，皆就擒。婦掣臂呦呦作聲，化爲青狐，奔而出。衆駭追之，茫無所睹矣。

人遇奇禍

人有遇奇禍，非思慮防虞所及者。紹興中，諸大軍在淮浙，每歲五六月，則出庫甲磨瑩之。鎮江將官某，正以鐵錐穿竅，同列在傍戲爬其腋下，某將不覺舉手引避，錐遂入左眼中，貫其睛，血出悶絶。移時稍蘇，竟以失明落軍籍。頃予見之於建康，親聞其語。饒城民嚴四，治圃澹津湖之南，蹲踞種韭，布裩穿破，一犬忽從後攫其陰囊，食一腎，嚴隕於血中。鄰人奔救，越兩日方能知痛。福州閩清縣小兒，年八九歲，遺糞野田間，猪來食穢，遂并兩腎遭嚙，僅得不死。瘡既愈，一竅如箸大，便溺皆從中出。黄雍父養以爲僮，攜之來鄱陽。

小紅琴

天台王卿月，字清叔，生於紹興戊午，敏悟多藝，能琴棋、卜筮、音律、射醫，無所不妙解。有琴一張，絶佳，殊自寶惜。自起居舍人出牧淮西，至淳熙庚子，年四十有三矣。在鄉里夢一道士，霞裾雲顴，氣拂霄漢。才見，即與之琴，王驚喜捧翫，乃己物也，笑謝之曰：「是吾家所藏，何必爾。」道士曰：「舍人徒有此琴，未識其意。」因覆琴底龍池示之，中刊八字曰：「一紀之年，事在小紅。」方擬扣其旨而寤，漫書于策，亦不復省録。紹熙壬子，自瀘南召還爲宗正少卿，從牙儈得一善弈小鬟，問在家時名爲何，曰：「小紅也。」猛憶昔夢，而相去恰一紀。鬟既工於技，又能七絃，遂倍常價買之，而畀以所寶者，嬖寵甚至。才兩月，被命使金國，王固精五行，以是歲運限衝擊，不願往，辭之再三不獲。至七月七日，乃出國門。到姑蘇，疽發背間，至京口浸劇，未及揚州十里而卒。臨終遺言報其家，使卽遣鬟歸父母處。淮人諺云：「揚州十里小紅橋。」又與夢合。初在瀘南，好激賞兵卒，浸淫無藝，其去也，府藏爲之枵空。後政張孝芳不能繼，每從鐫減，坐此遭奇禍。淮、蜀東西數千里，而兩人之亡皆七月十二日。吁，亦異矣哉！陳宋卿說。

優伶箴戲

俳優侏儒，固伎之最下且賤者，然亦能因戲語而箴諷時政，有合於古矇誦工諫之義，世目爲雜劇者是已。崇寧初，斥遠元祐忠賢，禁錮學術，凡偶涉其時所爲所行，無論大小，一切不得志。伶者對御爲戲，推一參軍作宰相據坐，宣揚朝政之美。一僧乞給公憑遊方，視其戒牒，則元祐三年者，立塗毀之，而加以冠巾。一道士失亡度牒，問其披戴時，亦元祐也，剥其羽衣，使爲民。一士人以元祐五年獲薦，當免舉，禮部不爲引用，來自言，卽押送所屬屏斥，已而主管宅庫者附耳語曰：「今日於左藏庫請得相公料錢一千貫，盡是元祐錢，合取鈞旨。」其人俯首久之，曰：「從後門搬入去。」副者舉所持挺扶其背曰：「你做到宰相，元來也只好葉本作「要」。錢。」是時至尊亦解顏。蔡京作相，弟卞爲元樞，卞乃王安石壻，尊崇婦翁，當孔廟釋奠時，躋于配享而封舒王。優人設孔子正坐，顔、孟與安石侍坐側。孔子命之坐，安石揖孟子居上，孟辭曰：「天下達尊，爵居其一。

軻僅蒙公爵，相公貴爲真王，何必謙光如此。」遂揖顏子，顏曰：「回也陋巷匹夫，平生無分毫事業，公爲名世真儒，位號有間，辭之過矣。」安石遂處其上。夫子不能安席，亦避位，安石皇懼拱手葉本多一「云」字。不敢，往復未決。子路在外，憤憤不能安，葉本作「堪」。徑趨從祀堂挽公冶長臂而出，公冶長爲窘迫之狀謝曰：「長何罪？」乃責數之曰：「汝全不救護丈人，看取別人家女壻。」其意以譏卞也。時方議欲升安石於孟子之右，爲此而止。又嘗設三輩爲儒、道、釋，各稱誦其教。儒曰：「吾之所學，仁義禮智信，曰五常。」遂演暢其旨，皆採引經書，不涉媟語。次至道士，曰：「吾之所學，金木水火土，曰五行。」亦說大意。末至僧，僧抵掌曰：「二子腐生常談，不足聽。吾之所學，生老病死苦，曰五化。藏經淵奧，非汝等所得聞，當以現世佛菩薩法理之妙爲汝陳之。盍以次問我。」曰：「敢問生。」曰：「內自太學辟廱，外至下州偏縣，凡秀才讀書，盡爲三舍生。華屋美饌，月書季考，三歲大比，脱白掛緑，上可以爲卿相。國家之於生也如此。」曰：「敢問老。」曰：「老而孤獨貧困，必淪溝壑。今所在立孤老院，養之終身。國家之於老也如此。」曰：「敢問病。」曰：「不幸而有病，家貧不能拯療，于是有安濟坊，使之存處，差醫付藥，責以十全之效。其於病也如此。」曰：「敢問死。」曰：「死者人所不免，唯窮民無所歸，則擇空隙地爲漏澤園，無以殮，則與之棺，使得葬埋，春秋享祀，恩及泉壤。其於死也如此。」曰：「敢問苦。」其人瞑目不應，陽若惻悚然。促之再三，方葉本作「乃」。蹙額答曰：「只是百姓一般受無量苦。」徽宗爲惻然長思，弗以爲罪。

紹興中，李椿年行經界量田法，方事之初，郡邑奉命嚴急，當其職者頗困苦之。優者爲先聖、先師鼎足而坐，有弟子從末席起，咨叩所疑。孟子奮曰：「仁政必自經界始。吾下世千五百年，其言乃爲聖世所施用。三千之徒，皆不如我。」顏子默默無語。或於傍笑曰：「使汝在世非上三字明鈔本作「不是」。短命而死，也須做出一場害人事。」時秦主李議，葉本作「時秦檜主張李議」。聞者畏獲罪，不待此段之畢，卽以謗褻聖賢，叱執送獄，明日杖而逐出境。壬戌省試，秦檜之子熺、姪昌時、昌齡皆奏名，公議籍籍而無敢輒語。至乙丑春首，優者卽戲場設爲士子赴南宮，相與推論知舉官爲誰，或指侍從某尚書某侍郎當主文柄，優長曰：「非也，上三句葉本作「優長者非之曰」。今年必差彭越。」問者曰：「朝廷之上，不聞有此官員。」曰：「漢梁王也。」曰：「彼是古人，死已千年，如何來得？」曰：「前舉是楚王韓信，信、越一等人，所以知今爲彭王。」問者嗤其妄，且扣厥指，笑曰：「若不是韓信，如何取得他三秦？」四座不敢領略，一鬨而出。秦亦不敢明行譴罰云。

葉氏庖婢

永嘉葉正則爲湖北安撫參議官，有庖婢忽懷妊，疑其與童僕私通，而此婢爲人村戇，持身甚謹，置不問。已而滿十月生子，暗中不作聲，捫其體，冰冷無氣，亟取火燭視，爲葉本作「則」。泥塑所成者。將擲棄之，一老翁踉蹡而至，連呼曰：「吾兒也，不可殺。」就地抱撫，挾之而去，乃知其爲土地祠中鬼物云。葉氏亦不復扣所以。

三朵花

《東坡集》云：房州通判許安世以書遺余，言吾州有異人，常戴三朵花，莫知其姓名。能作詩，皆神仙意。又自能寫真，人有得之者。上五字呂本作「有求之者」。許欲以一本見惠，乃爲作詩曰：「學道無成鬢已華，不勞千劫漫蒸砂。歸來且看一宿上二字原闕，從呂本補。覺，未暇遠尋三朵花。兩手欲遮缾裏雀，四條深怕井中蛇。畫圖要識先生面，試問房陵好事家。」房人至今稱爲三朵花先生。或云姓李氏，隱于州之福溪巖，每戴紙花三朵入市，市人圍繞争呼之，但笑云：「休打裹。」休打裹者，房人方言，猶云「莫要如此」也。有二三老翁常從之游，間入山，邀之入城飲酒，輒語使先去，我當便來。翁還到城，李已先在。追同詣酒家，所沽錢盡而興未已，探手於腰間小竹篋中取錢索酒至醉。三翁竊視其篋，空無所有，及李自取，依然隨手滿案。如是久之。忽與諸人告别，不知所届。元隱處石壁塑像猶存，郡人誦其一詩云：「戴花三朵鎮長春，誰識玄中不二門。醉裹自傳神似活，終當不老看乾坤。」尾句或云：「不知不覺到黄昏。」蓋每醉時必寫真，雖兵戈之後，民家尚有藏之者。紹興初，江淮劇盜張琦亦稱三朵花，意欲冒其名以惑衆也。

焦老墓田

房州西門外三十里有石崖極高峻，其下爲石室，道觀在其側，曰九室宫，士呂本作「土」。人相傳云：陳希夷隱於華山時，亦嘗棲此地，石室乃卧窩也。民焦老者，居山下，陳每日一訪之，且至，則二鶴翔空，飛舞而下。焦氏以此候之，傾家出迎，具茶果延佇，經歲常然。一日告去，焦曰：「先生將何之？」曰：「吾欲歸三峯耳。」焦父子強挽留之不可，而問曰：「汝家何所欲？欲官邪？欲富邪？」焦曰：「窮山愚民不願仕，倘得牛千頭，志願足矣。」陳笑曰：「易事也。」携與俱行。入山後，指一穴言：「異日葬於此，當如汝志。」遂別去。及焦老死，其子奉柩窆於所指穴，數年間貲産豐裕，耕牛果及千頭。迨今二百年，子孫尚守舊業，牛雖減元數，然猶豪雄里中。鄉人名其處爲焦老墓田。二事張玘子温說。

再書徐大夫誤

景志所載徐大夫二誤，謂都堂客次遇諫官，及在婺州稱司法爲清健老子，每用爲戲笑。偶閲王彦輔《麈史》，其末紀乖繆二事，其一曰：「京西憲按行至一邑，辱縣尉張伯豪，斥使不騎而步，且行且數其所爲，既入傳舍，有白直虞候者，憸黠人也，前白曰：『提刑適罵者官員乃五「五」字疑誤陶中丞女壻。』矍然曰：『何不早告我。』亟召尉，與之坐，茶罷，乃曰：『聞君有才，適來聊相沮，君詞色俱不變，前途豈易量邪！』卽命書吏立發薦章與之。」其一，呂本作「其二曰」。「某路憲至一郡，因料兵，見護戎年高，謂守倅曰：『護戎老不任事，何可容也？』守倅並默然，戎抗聲曰：『我本不欲來，爲小兒輩所強，今果受辱。』憲問小兒謂誰，曰：『外甥。』復問其人，曰：『章得象也。』蓋是時方爲宰相。憲乃曰：『雖年高，顧精神不減，不知服何藥？』戎曰：『素無服餌。』憲曰：『好個健老兒。』惠酒而去。」此兩者全與徐大夫相似，信知監司上官，輕薄郡縣僚吏，卒貽譏誚，從昔有之。故備載其語，以資好事者談助。

劉氏女

吉州士人劉伯山之女弟將嫁，前一日，家人置酒話別。天宇晴廓，忽驟雨傾注，雷隱隱發聲。女覺有物觸身，驚仆坐上。少頃即醒，舉體及衣裳悉無所傷，惟左足失履。衆爲尋索，得之户外，履幫帛已裂，剔出紙一片，闊三寸許，有天字滿行。蓋此女用小兒學書紙爲襯托，雷神以爲媟慢，故取示以伸警戒云。女因是感疾，失姻期。又歲餘，乃克成禮。羅正臣說。

李商老

廬山李商老，因修造犯土，舉家無問男女長少皆病腫。求醫不效，乃掃室宇，令家人各齋心焚香，誦熾盛光呪以禳所忤。未滿七日，商老夜夢白衣老翁騎牛在其家，地忽陷，旋旋没入。明日病者盡愈，始知此翁蓋作祟者，疑爲土宿中小神云。

夷堅支乙卷第五十三事

張小娘子

秀州外科張生，本郡中虞候。其妻遇神人，自稱皮場大王，授以《癰疽異方》一册，且誨以手法大概，遂用醫著名，俗呼爲張小娘子。又轉以教厥夫。吴人章縣丞祖母，章子厚侍妾也，年七十，疽發於背，邀治之。張先潰其瘡，而以盞貯所泄膿穢澄滓而視之，其凝處紅如丹砂，出謂丞曰：「此服丹藥毒發所致，勢難療也。」丞怒曰：「老人平生尚不喫一服暖藥，況於丹乎！何妄言如是。」母在房聞之，亟呼曰：「其説是已。我少在汝家時，每相公餌伏火丹，必使我輩伴服一粒，積久數多，故儲蓄毒根，今不可悔矣。」張謝去。章母旋以此終。婁夏卿之妾，項生一瘡甚惡，村醫爲灼艾，俄努肉隆起如捲，頗類捲成花萼，或誤爲物觸，則痛徹心膂。張曰：「此名翻花腦痔，人世患者絶少。吾方書亦不載治法。」即捨之而去。村醫復塗藥線繫扎，半日許，捲隨線墮，然轉手再結，至于四五，訖不痊。凡數旬，妾竟死。

張花項

建炎、紹興之交，江湖多盜，張花項、戚方尤兇虐。張破池州，駐軍於教場，所掠婦女無數，爲官兵所逐，不忍棄之，乃料簡其不能行者得八百人，諭其徒曰：「各納脚子。」須臾閒則八百女雙足剟疊於庭，然後去。刖者未卽死，皆叫呼號泣，經日乃絶。戚在宣城廣德，盡戕官吏不遺餘。張循王與之苦戰，二盜力不敵，始就擒。循王數其罪，戚曰：「主此衆者，張統制也。方係副將，奉其指揮耳。」循王置之。繼問花項，花項笑而對曰：「命運使得如此，今當以不倒獻相公。」循王怒其不屈，叱斬之，首斷而尸不仆。戚繼獲免，竊位至節度使。暮年抱疾，困頓中唯與花項應答，花項所言，亦只出於戚口，大要憤其賣己，戚曰：「自是統制一時對得錯了，以致隕命，方何預焉！」紛紛終日，竟不起。此事張幾仲爲景裴說。

顧六耆

秀州之東三四十里，聚落曰泗涇。其傍有大聖寺，長以佛殿燈油付一行者，率月給若干斤。久之，輒不及期而告罄。主僧責其乾沒，屢遭鞭箠，殊以爲苦。蓋初未嘗爲欺也，然無由自明，但寅夜伺之惟謹。一夕，聞啓扉，遽入視，逢一偉人，脱所著金甲，正取油遍塗四體。驚問其故，答曰：「汝勿怨我，我乃近村顧六耆家方隅禁神，所謂金神七殺者。爲此老恃富無義，廣營舍宇，穿掘井地，無時暫寧，觸我忌步甚多，使我舉身成瘡痏，非藉膏油滋潤，則痛楚不可言。亦知汝無辜受罰，今幸向愈，自此不復來，當陰佑汝，俾數數爲人脩供得財，用以相報。」行者謝曰：「顧老既有犯於明神，葉本作「神明」。胡不加諸禍譴？」曰：「彼方享頑福，未可問也。」遂隱不見，其後果無失油之患。顧老爲人獷悍，豪於里閭，且御諸子嚴甚，嘗呼語之曰：「吾聞人死之後，祭祀多不克享，盍及吾未瞑目時，借行喪禮。汝輩各衰麻如儀，排比靈席，爲吾朝晡哭拜設奠，竟百日而止。」其子不忍豫凶事，泣而諫請，叱怒弗聽，卒如其戒。又十餘年始死。

南陵蜂王

宣州南陵縣舊有蜂王祠，莫知所起，巫祝因以鼓衆，謂爲至靈，里俗奉事甚謹。既立廟，又崇飾龕堂貯之，遇時節嬉游，必迎以出。紹興初，臨安錢讜爲縣宰，到官未久，因閔雨有祈，吏民啟曰：「此神可恃賴。」乃爲具儀導入縣治，才升廳，錢焚香致敬，望其中無他像設，獨一蜂，大如拳，飛走自若。錢素習行天心正法，知爲怪妄，于是大聲語之曰：「爾爲蠢蠢小蟲，當安窟穴，那得憑托妖祟，受人血！食吾今與汝約，此日之事，理無兩全，爾實有靈，宜即出螫我，雖死不憚。苟爲不然，當焚爾作灰，以洗愚俗。」語畢，蜂如不聞。錢固已蓄乾荻，命積於庭下，緊閉龕户，舁出加爇，蜂在内喧咆撞突，聲音哀怨，頃之煨燼無餘，遂并火其廟，邑人自是不敢復言。讜字允直，女嫁方子張。裴弟，方壻也，談其事。

楊戩館客

楊戩貴盛時，嘗往鄭州上冢，挈家而西，其姬妾留京師者猶數十輩，中門大門，悉加扃鎖，但壁隙裝輪盤傳致食物，監護牢甚。有館客在外舍，一妾慕其風標，置梯踰屋取以入，恣其歡昵。將曉，送之去。次夕，復施前計。同列浸聞之，遂展轉延納，逮七八晝夜，路監院奴，使勿言。客不勝困憊，而報戩且致，亟升至葉本無「至」字。屋，兩股無力，不能復下。戩還宅望見，訝其非所處，殆爲物所憑祟，遣扶以下招道士禩治。因妄云：「爲鬼迷惑，了不自覺。」經旬良愈。戩固深照其姦，故葉本作「姑」。置酒敍慶，極口慰撫，客謂已秘其事弗泄矣。一日，召與共食葉本作「飲」。竟，令憩密室，則有數壯士挽執縛於卧榻上，持刃剖其陰，剥出雙腎，痛極暈絕。戩命以常法灌傅藥，此數士者，蓋素所用閹工也。後十餘日，僅能起坐，唤湯沃面，但見墮鬚在盆無數，日以益多，已而儼然成一宦者。自是主人待之益厚，常延入内呂本作「寢」。閤，與妻女葉本作「妾」。同宴飲，蓋知其不必防閑，且以爲玩具也。客素與方務德相善，每休沐，輒出訪尋。是時半歲無聲跡，皆傳已死。偶出游相國寺，遇之于大悲閣下，視形模容色，疑爲鬼。客呼曰：「務德，何䚯然無故人意？」乃前揖之。客握手流涕，道遭變本末，深自咎悔，云：「何顔復與士友接，特貪戀餘生，未忍死耳。」後不知所終。

譚真人

衡州道士趙祖堅，初行天心法，時與鄉人治祟，既止復作，不勝怒，攝附體者責問之，對曰：「非敢擅來，乃法院神將受某賂，是故敢然。今去矣。」趙默自念：「吾所以生持正法降伏魑魅者，賴神爲用也。兹乃公受賄託，吾將何所倚仗哉！」欲狀其罪申東岳。是夜夢一介胄武士，威容甚猛，拱手立於前曰：「弟子卽法師部下神將也，生時爲兵，有膂力，衆呼曰陳鐵鞭。死得爲神，得隸壇席，不能自謹，致納鬼賂，聞法師欲告岱岳，則當墮北酆無間獄，永無脱期，願垂哀恕，請得洗心自新。」趙曰：「吾不忍言汝罪，只云不願行此法，使汝自回耳。」其人拜謝而退，趙竟上章反術，議改習五雷，而無其師，但焚香於譚眞人像前，冀獲警悟。越數年，復爲人考召，方使童子照視，忽躍然而起，被髮跣足，仗劍厲聲曰：「吾卽譚眞人也，憐汝精勤，故教汝法。汝曾有所得否？」對曰：「止得四符，乃眞武傳於世者。」神曰：「吾五雷符當有七十二道，此才十八分之一，如何可以攝服邪妖！宜取百幅紙置几上，當爲汝傳。」卽插劍於地曰：「仰五雷判官速傳七十二符，限只今畢。」初不見有所作爲，僅一食頃，曰：「符已足。」命趙取之，揭示其紙，凡六十八幅，每幅畫一符，天篆粲然，非世間書也。趙驚喜，捧用拜起，童子亦悟，自是符驗通靈。《癸志》所書治衡廟一王者，卽此也。趙秘其事，不爲外人説。其徒游淳僕道人者備言之。

傅選學法

傅選爲江西副總管時，邀臨川王侍晨來豫章，從學雷法。王甚惡其人，然念凶德可畏，不敢不與，但教以大略，在朋輩中已爲高妙。選藝成，將有所試，望僧剎一塔，嶄然高出四鄰，卽焚符治之。少焉火從中起，爇爲煙燼，而塔無所損。既而憤王傳術不盡，欲募刺客加害，王已先知之，怒曰：「彼爲我弟子，而謀射羿，豈宜使滋蔓得志哉！」於是以法飛檄，悉追其所部靈官將吏，還所行法從此不復神。

趙不易妻

趙不易爲江陰軍僉判，其妻得奇疾，烟火食不向口，惟啖生肉，服飾明鈔本呂本均作「食」。起居與平日無異，而與夫別室寢處。趙秩滿，調知桂陽監。妻疾愈甚，一婢供其使令，便覺瘦瘁短氣，面如蠟色，不半年輒死。又換一人往，亦然。凡死於彼者三。葉本多一「人」字。每老兵持肉來，或從戟門入，必怒曰：「何得經鼓角樓下過！」棄而不納。若自後圃入，則受之。其後趙君待知封州闕，寓居衡州常寧。洎到官，妻白晝化爲虎，騰吼而出。錢允直與趙爲江陰交代，聞其事甚詳，及守桂陽，吏輩尚能言。判官侯孝友者，亦居於常寧，云趙妻乃中官家女，不知本何人，容貌姝美，未嘗妊娠，性好潔，夫每至其室，坐于椅上，才去卽令洗滌。三婢之亡，皆遭其乘夜吮血，故浸淫絕命。

東湖荷菱

鄱陽東湖，蓮藕菱芡甚盛，薦福寺賴以贍其徒。淳熙中，忽蔫然如悴，所產花實才得十之三。景裴弟游浮洲，與院僧法聰納涼柳下，叩其故，曰：「爲一村巫所焚，是以若此。」裴怪其語不經，頗出言蚩責。聰曰：「向者某村有行法巫，術已成，而弟子從之學者必欲觀試，乃買一生魚，持祭所事神。咯白未竟，魚正撥刺，遽翻白以死。巫愠見於色曰：『溪之北有枯木，爲精所憑，吾未暇祛逐，爲德已厚，而不顧正法之臨，故呈此悔。詎容不加誅！』卽寫符飛擲，俄頃間，遥望火起木中，從巔至末，悉焚燼，魚復活。弟又求再詣他所，於是爲此來寺中，人但覺微煙蓬勃，繚繞湖面，旋卽煙止。明日往視，荷菱一切菱黄校：「菱」字疑誤，按似當作「萎」。倒，更不可救。其爲人禍，亦云烈矣。天地神祇，昭布在上，山川之靈固見之，了不致誅，何也？」

紫姑詠手

吉州人家邀紫姑，正作詩，適有美女子在其明鈔本作「箕」。傍，因請詠手，卽書曰：「笑折夭黄本作「櫻」，《賓退録》同。桃力不禁，時攀楊柳弄春陰。管絃曲裏傳吕本作「歌」。聲慢，星月樓前斂吕本作「禮」。拜深。綉幕倫回雙舞袖，緑衣《賓退録》作「窗」，葉本同。閑整小眉心。秋來幾度挑羅襪，爲憶相思放却針。」葉本作「却放針」。信筆而成，殊不思索，頗有雅致也。

秀州棋僧

秀州兜率寺僧師豫，能醫術，而酷嗜弈棋，與人賭賽，品格甚低，然好之，窮日夕不厭。乾道九年染疫疾，死而復生，言：「被追至官府，立庭下，有大井當前，王者曰：『誤追汝。汝既是僧，能誦多功德經否？』對曰：『受性愚懵，不知有此經。』曰：『乃世間所謂《金剛經》者是已。』對曰：『此則固能之。』王者顧左右取經，卽於井中汲出以相付。誦至數分，王者及一府人皆稽首作禮。既畢，命一吏送還，過廊下，吏語之云：『此亦有可觀覽處，宜相從一行。』遂到一室，案上列棋局，兩奩貯黑白子，而大小極不等。吏曰：『師能此乎』？應之曰：『甚愛之，正以太低爲苦。』吏曰：『吾爲爾作計，但吞一子，則進乎技矣。』吾欲取白而大者，吏不可，探一黑而小者，使吞焉，隨即驚悟。」明日病愈，常時對弈者來視之，索局較藝，果頓增數等。

黄巢廟

柳州宜章縣黄沙峒，山勢嶮惡，盤紆百餘里，爲溪峒十八所，皆剛夷惡獠根株窟穴之處。出峒口，地稍平，山上有黄巢廟，不知何時何人所立，其前一杉木合抱。山下人每聞廟内聲喏，若有數百人受令唯喏者，則峒民必嘯聚而叛。淳熙中，王宣子尚書爲湖南帥，留意治寇。適有作亂者，命統制官楊欽領兵討平之，因發火箭焚其廟，且伐其樹。臨欲仆，有大黑蛇長丈許，頂上披髮，呀然躍出，爲搏噬之狀，衆環以弓矢射殺之。呂本多一「平」字。治其地爲寨，以屯戍卒，金鼓之音，朝暮響震，自是一方獲寧。將官張某預是役，備説其異。已上皆景裴説。

一年好處

吴中士大夫園圃多種橙橘者，好采東坡詩「一年好處君須記，正是橙黄橘緑時」之語，名之曰好處。惟陳彦存損魏塘所居之前一圃，獨標曰「一年好處」，頗爲新奇。時彦存自中書檢正官丐外爲江東轉運副使，到任恰滿歲而卒，殆成讖云。然韓退之詩曰：「天街小雨潤如酥，草色遥看近却無。最是一年春好處，絶勝煙柳滿皇都。」則「好處」二字，難專以歸橙橘也。

夷堅支乙卷第六十四事

建康三孕

建康醫者楊有成説目擊三事，皆婦人異産者。桐林灣客邸主人王氏妻，年二十九歲，紹熙三年八月懷妊，臨産生大蛇五六於草上，乳醫及夫皆驚走。蛇徑出赴秦淮水中，遇夜復入其家，訪母飲乳，天明始去。在店居人悉徙避他舍，凡七日乃絶跡。鹽商劉一妻，當産不下，氣厭厭且死，有成爲診脈曰：「腹内必有怪，宜救其母。」與藥灌服，至于四。中夜生子，頭甚大，茁髮長五寸許，兩肉角隆起，滿口十餘牙，白而銛利，其家殺而投諸江。又斗門橋河船張大奇之婦，産一雞，夫持刀呂本多一「欒」字。剉未竟，婦仍稱腹痛，復誕一猴，亦殺之，包以布，縋之以大石，舉而擲之於深淵。三母幸無恙，而不能測致怪之由。

羅伯固腦瘤

《春渚紀聞》載：何次翁生瘤于鼻，日以益大，遇道人于襄陽，授以藥如粟米粒，使是夜經用針剔小穴置藥焉。俄頃，覺藥在内旋轉若遊行然。迨曉，瘤已失去。吾鄉羅伯固輩爲士人時，腦後生一瘤，數月後大如半升器，不可櫛髮。聞婺源有瘍醫，藝絶精，遣僕邀迎於家。醫塗藥綫繫瘤際再匝，縛其末，剪斷之而出，憩外舍。踰兩時久，繫處痛甚，至齩齕衫袖弗堪忍，呼其子去線，曰：「寧逐日受苦，此痛殆徹骨髓。」子將奉戒，而斷線無餘地，欲施手不克。方冬月，困卧火閤席上，遂熟睡。及醒，枕畔皆如水沾濕，有皮囊一片在傍，捫其瘤，已不見。諸子秉燭就視，腦外略無瘢痕，蓋附着成贅，初不相干也。

閻義方家雷

汴人閻義方隨父官於鄱陽，因買宅以居。義方死，其子黻習行五雷術，而爲人儇薄，少誠敬。先娶嚴陵余氏女，經數歲，仳離之而蓄妾，每數月無娠孕，即逐去。前後七八人，日夜躭著酒色，不復於法籙介意。紹熙五年十月六日，正晝大雨，氣「氣」字疑誤。霧蒙蔽其室。黻之女年十二三歲，見白衣老翁，長丈許，伈伈而入，袞大火毬于庭戸。女駭顫欲仆，翁挈之歸房，震雷轟擊，一柱一梁皆有損臂痕，侏儒盡碎。其家先事四聖，繪立像，嘗爲廄下兩馬鬭齧至挂處，傷像雙目，乃令畫工復寫別本爲坐像，而捲束舊物，覆以東坡石刻墨竹，是日悉捽碎無餘。一轎拆析如粉，椅桌之屬皆然。燈檠二枚，一長一短，短者碎而長檠不動。庖婢遭火敗面，鄰居郭氏一婢亦爲殘焰所灼。灰埃積地厚寸許，若累年無人居者。附近數家屋宇皆摇動。黻憂降罰未艾，招王仙壇楊道士醮謝。楊蓋素行雷法者，語之曰：「此法中神祇威猛，吾以羽流清浄，猶常常戒惕，豈君塵俗輩所應用心！凡所傳文書之類宜以付我，不然，將獲大戾。」黻懼而從之，且上章謝罪，繳納法式，誓不復敢行。初，瓛之女兄爲母楊氏鍾愛，招樂平洪懋將仕作贅壻，是歲秋以病亡，臨終與母訣曰：「此宅蹀躞已久，必生變怪，宜急徙以避之。」母不暇如其說，未幾，有雷禍。

茅君山隱士

元豐中，金陵大水，溪壑暴溢。有一大木可及尋，泛泛出茅君山中，蘿荔蒙冪，被以蒼蘚，遇者不覺其有異也。有漁者遇於曲渚，其氣薰然，就視之，人也，亟走告茅山觀主劉混康。劉率其徒至，驗之信然，爲遷于岸側，剔荔去蘚，從而浴之，弊衣凋落如網罟然，紺髮玉色，方瞳炯炯，蹶然而興，顧謂衆曰：「飲吾以水。」既飲，復問歲曆，對以今某年，悵然曰：「二十年矣。余昔歲客真州，遇二僧，語予曰：『觀子風標清峙，有方外之趣，可以學道。然通都囂塵非棲養之地，宜游茅君山，以練真觀。』予以無資可遊爲解，僧曰：『但從吾行。』遂同塗以來，寓洞中，授我收視反聽之術，臨别以方板見授，且戒曰：『融神寂慮，勿撓勿畏。他日當復見汝。』自居於此，茫不知晦明寒燠風雷霜雪之變，人間得喪去取欣戚之累，方翺翔廣漠之鄉，莽蒼之野，悵悵吕本作「佷佷」。然如偃于巨室而無所覺。今寤而偶俗，詎可見吾師邪！」道流驚異，延致齋室，朝夕奉香火，盥沐謹甚。吕本作「慎」。鄉閭奔趨，浸浸聞於郡邑。金陵守備禮迎置館舍，達官搢紳日造謁，曲奉跽拜，以蘄養身之方。流傳他邦，聞者以不得見爲恨。而此人本無所悟入，歲餘，志日僑汰，間有遺之果實者，稍取啖食，或饋以素羞，亦喜而弗拒，衣衾錢帛，到則受之，至于服靡嚼肥，耽嗜醇酒，情欲所肆，漫不省擇。未幾病死，略無他異。上官彥衡作傳書其事，嘆其以俄頃之間敗累年之養，畔師教，捐初心云。

因揭尊者

邵武光澤縣龍興院僧師滿，紹熙十四年十一月夢老僧百衲支筇跏趺而坐，曰：「來自南岳，將赴上官氏供。」翌日，聞近村富田郴寺作供十六尊者，繼有雲遊比丘至彼室，言：「方適遠塗，而行資不裕，欲以所藏武洞清畫羅漢及中尊碑本售於人。」取視之，至第十三因揭尊者，則宛然疇昔入夢之人也。滿大歎異，謂諸佛慈悲，將以堅其信心，遂空囊易之，别置于定光圓應堂之兩壁。因欲少加潤色，爲供槃巾鉢之類，而力未能及，於是宣說夢證，丐諸檀越。甫及卿士上官之才之門，則亦先見夢矣。之才謂滿曰：「子貧無資，吾爲子作佛事，子勤香火可也。」乃償其初贖之價，爲設標飾，益之以家所常事惠應、圓覺二像，且增葺其堂，李郁光祖作記。

英州野橋

先公謫居英州，無祿粟以食，日糴於市。郡人或云：「去城七十里曰東鄉，有良田。」於是空旅裝買百畝，令季弟景徐往驗校。方冬獲稻，而先公忽被疾，遣僕走報。徐弟得信，時已黄昏，急馳馬歸。行半道，馬忽踡局縮栗，若有所畏，馭者曰：「必有虎在近。」適月色朧明，遥望數百步外叢薄中，果有一虎弭耳而過，馬蓋已見之。徐亦怖，然思親念極，强加鞭。將届城五里許，值斷港，無船可渡，臨淵上下，得横木徑水中，謂爲野橋，遽踐之，甚滑，不可移足，乃跨之而進，手所托處，黏腥如飴餳。暨到家，東方明矣。他日再經彼處，元無所謂橋，蓋曩夕蛟螭睡熟，以故人履其背而不知覺。咸呂本作「或」。謂誠孝所感，得濟港善還，且免搏噬之害，其危如此。

單于問家世詞

東坡《送子由奉使契丹》末句云：「單于若問君家世，莫道中朝第一人。」用唐李揆事也。紹興中，曹勛功顯使金國，好事者戲作小詞，其後闋曰：「單于若問君家世，説與教知，便是紅窗迥底兒。」謂功顯之父元寵，昔以此曲著名也。後大璫張去爲之子安世，以閤門宣贊爲副使，或改其語曰：「説與教知，便是中朝一漢兒。」蓋京師人謂内侍養子不閹者謂「漢兒」也。最後知閤門事孟思恭亦使北，或又改曰：「便是鹽商孟客兒。」謂思恭之父爲販鹺巨賈也。張才甫説。

真揚戇倡

江、淮、閩、浙，土俗各有公諱，如杭之「佛呂本作「福」。兒」，蘇之「豉子」，常之「歐爺」呂本作「爹」。之類，細民或相犯，至於鬭擊。宣和中，真州倡迎新守於維揚，揚守置酒，大合兩邦妓樂，揚州諱「缺耳」，真州諱「火柴頭」。揚倡自恃會府，意輕屬城，故令茶酒兵爇火而有烟焰，使小鬟戒之，已而不止，呼責之曰：「貴官在大廳上張筵，如何燒火不謹，却着柴頭。」咄詈再四，真倡笑語曰：「行首三四度指揮，何得不聽，汝是有耳朵邪！没耳朵邪！」揚倡大慚。乾道中，滁州教授考試於揚府，既出院，赴郡集。帥命妓侑觴，教授者，傒子也，呼一倡歌於側，怒其不如指，謂之曰：「大府樂籍，却山野如此。」倡徐徐答曰：「環滁皆山也。」此客愕然，終席不復敢出一話。

合生詩詞

江浙間路岐伶女，有慧黠知文墨能於席上指物題詠應命輒成者，謂之合生；其滑稽含玩諷者，謂之喬合生。蓋京都遺風也。張安國守臨川，王宣子解廬陵郡印歸次撫，安國置酒郡齋，招郡士陳漢卿參會。適散樂一妓言學作詩，漢卿語之曰：「大守呼爲五馬，今日兩州使君對席，遂成十馬。汝體此意做八句。」妓凝立良久，卽高吟曰：「同是天邊侍從臣，江頭相遇轉情親。瑩如臨汝無瑕玉，暖作廬陵有脚春。五馬今朝成十馬，兩人前日壓千人。便看飛詔催歸去，共坐中書秉化鈞。」安國爲之嗟賞竟日，賞以萬錢。予守會稽，有歌宮調女子洪惠英正唱詞次，忽停鼓白曰：「惠英有述懷小曲，願容舉似。」乃歌曰：「梅花似雪，剛被雪來相挫折。雪裏梅花，無限精神總屬他。梅花無語，只有東君來作主。傳語東君，宜葉本作「且」。與梅花做主人。」歌畢，再拜云：「梅者惠英自喻，非敢僭擬名花，姑以借意。雪者指無賴惡少也。」官奴因言其人到府一月，而遭惡子困擾者至四五，故情見乎詞。在流輩中誠不易得。

了爽應夢

鄱陽永寧僧了爽，初行脚往廬山，將參天池長老行機法席。方入室，機逆問曰：「汝非某人乎？」

對曰：「和尚所問，乃了奭祖師，今亡久矣，不審何以知之？」機曰：「吾夜夢此人來作禮，今而汝至。汝得非乃祖後身耶？」蓋奭之祖以試經得僧，而奭亦然，聞者證爲後身之兆。機自稱簡堂，名震叢林，不妄接納。奭于弟子中最爲上首，後嗣法出世，住持圓通。始入寺之夕，夢延衆僧會茶，而己居第六位，覺而莫曉。纔閱六月，移涖他刹，乃悟第六之義。久之，歸薦福而終。

永悟侍者

福州僧永悟，屢住禪刹，每一駐錫處，必携其親姪爲侍者。悟規矩峻整，他人有犯必治，惟此姪過舉，一切優容，未嘗少加訶責，人莫敢言。後住台州國清寺，姪愈恣不律，諸上首羣起攻之，詣方丈白曰：「若是人不出，大衆當散去。」悟始慘然曰：「此事久不忍言，今度不可隱，此僧乃吾母也。」衆拱問其說，曰：「吾雖出家，然多在故居一室打坐，時母氏已亡。一夕，見其掩面入吾兄之舍。方驚怛欲起，則聞孕嫂免身生男。既長，遂爲買牒落髮，常以自隨，故雖知其犯禪禁，不忍問也。」衆皆嘆悔摧謝，悟曰：「事既彰露，彼不宜復留。」遂遣出院。未幾，悟亦避席，與之黄校作「與」，是。呂本作「畢之」。姪過南康，見兜率長老法端說。

廣福寺藏

江州彭澤縣北四十里廣福寺有輪藏，極華壯妥潔。紹興初，巨盜李成犯江西，駐軍寺下，留一宿，將以質明焚燒而南，且欲盡戕縣人。是夜成設榻藏殿，睡正熟間，藏轉動不止，疑其下有寺家所伏僕隸將爲己害，起呼健將在帳前者。秉炬伏劍，接續入視，則寂無一人，而藏聲愈響，旋運愈速。成甚懼，卽具衣冠詣佛所，焚香謝過，隨卽闃然。迨旦，引衆行過縣，秋毫不犯，百里賴以全活。

復州防庫犬

復州僉判廳主管諸司錢物，故蓄犬以警盜，名爲防庫。一黃犬在彼十餘年，吴興周礪居官，尤加意飼養。犬亦知感恩者，常坐卧其傍。洎滿秩，予姪臯之代之，以小兒女多，慮或爲所驚嚙，牽以附按：「附」字似「付」字之誤。浮橋之南二十里外蓮臺寺，明日復來，又執拘以往，已而復爾。周未去間，嘗謁臯，犬認所乘轎，識爲故主，迎繞馴伏，摇尾戀戀，伺其退，卽隨以行。臯解其意，語周使置于船中。後數日，船至巴河，吕本多一「犬」字。登岸未返，而船人解纜東下，犬望見，跳躑嗥鳴，奔隨不置，凡三四十里。周顧見之，命小艇呼載，既得上，不勝喜，遂至湖州。右四事臯姪説。

夷陵嬰兒

峽州夷陵縣數十里間村民家，以紹熙元年生一子，纔周晬，忽頓生髭數莖。及三歲，遂蔚然滿頷。雖頭如瓠壺，咿鴉學語，只是嬰兒，然長鬚已過臍，多可把握，色極黑。嘗抱入郡城，予仲子簽書判官事見之，將從其父買以歸，未及而夭，曾不登五齡，亦云異矣。

夷堅支乙卷第七十五事

岳陽呂翁

淳熙十六年，章騆爲丘陽守，聞城南老松之側有呂公祠宇，因往瞻拜睹其塑像，袍色黯黮不鮮，命工整治，未暇扣其訖工與否也。一夕，家人夢一道流，衣新黄袍，遮道立於郡圃。趨而避之他所，則又相遇，問其姓名，曰：「我仙者也。」家人曰：「若是仙者，何不游天上而反行地下乎？」曰：「我地仙也。」翌日以語章，章出視事，吏前白云：「向者奉命易真人袍，今繪已呂本作「繪事已全」。畢。」章深異之，且念一潤色其衣服，而形於夢寐若影響。乃以故所藏《呂公金丹祕訣》刻於郡齋，冀廣其傳。其書呂自爲序，稱紫微洞天純陽真人，曰：「喦幼習儒教，長好玄門，志慕清虚，心游雲外。原本作「雲外水」，黄刪「水」字，呂本作「雲水」。尋師訪友，往來無憚於馳驅；切問近思，終始不生乎懈怠。陰陽升降，取法於二儀；性命根基，歸源於一氣。無形無象，來時止一婦一夫；有姓有名，去後存三男三女。九宫臺畔，金童探得黄芽；十二樓前，玉女收成白雪。水中起火，當分八卦之才；陰内煉陽，自别九州之氣。三花和會，化火光直出昏衢；千日功成，驂鶴駕先遊蓬島。天機深遠，不敢輕言；道體淵微，難爲直説。今以平日建功之法，尊師已驗之術，集成口訣十八首，密示後進。凡金丹小成法七訣：天童不老法第一，聚火煮海法第二，匹配陰陽法第三，聚火還元法第四，聚火煉形法第五，龍虎金丹法第六，周天火候法第七；金丹中成法六訣：河車肘後法第一，肘後飛金晶法第二，玉液還丹法第三，玉液鍊形法第四，金液還丹法第五，金液煉形法第六；金丹大成法五訣：集成朝元法第一，煉炁成形法第二，内觀交換法第三，神仙出入法第四，分形超脱法第五。」其書合三千言，每訣四句，句四字，明白易曉，實修真妙旨也。

張二大夫

張二大夫者，京師醫家，後徙臨安。官至翰林醫痊黄校：「痊」字疑誤。免退，居吉州，啓藥肆，技能不甚高，而一意牟利，累資數萬緡。屋後小圃，廣袤不能十丈，日往縱步，忽垣牆頽仆，正壓右足，腕折骨破，痛不堪忍。市民范接骨以外科著名，亟招之。范視其骨脛中，但黄膜存，歎曰：「凡人上自頭，下至足，皆以髓爲主，故能恃以久長。方盛壯之時，或有毁折，苟精髓充盈，則可施板夾掖傷處，乃用外藥塗傅，隨其輕重淺深，刻日復舊。今大夫髓枯矣，無復可接，是病非吾所能醫也。」卽捨去。張宛轉榻上，呻呼幾半年而死。羅正臣説。

彭氏池魚

鄱陽彭仲光，有魚湖在郡三十里外。當秋暮水落，與仲子大辨往其處，觀漁人設網罟，終日不得一鱗，甚訝之。留宿岸傍村舍，大辨夢黄衣卒數輩持杖驅罪囚數千人，皆麋吕本作「束」。縛駢聯，男女相雜，羸形悴態，以次入水，悉拊膺大哭，若不得已而墜。辨驚覺，以告父。明日舉網，魚充滿其中。仲光感之，爲之不忍食。

姚將仕

文惠公總領淮東日，攜幼弟迅在官，其所生母病，療治無良醫，乃載詣常州。時從兄景高爲晉陵宰，畏其疾傳染，使往節級范安家。招醫巫診治，竟不起，殯於僧舍。明年正月望夜，高兄之子㭩，年十歲矣，與親識兩人觀燈于東嶽行廟，范安之居在廟外，邀啜茶果，歸而被疾，信口妄語，不省人事。郡人姚將仕者，納粟買官，能行五雷天心法，命視之。先敕神將呼土地詰問，有降神小童見，至咄咄自語：「官府嚴整，如何得有邪祟？恐是他家婢妾之屬所爲，那可責我！實無鬼可捕。」姚謝去，自於其家飛符噀水，凡十餘日，攝出一女子，蓋迅母也，不肯言所以來，姚牒城隍寄收。他日再呼問，始云：「因小官人到范家，故隨入縣舍。」於是以酒饌香楮遣之，而申泰山府乞注生具，焚其柩，㭩即愈。

澧州判官

故郭郡州汧之子林，字伯宗，紹熙二年自鄱陽赴澧州判官。涖事數月，直宿兵卒見本衙土地廟判官踞坐廳上，或以告林，林意諸卒相戲侮，不以爲怪。次夜復然。陰察之，了無迹，但杖閽者，而親往閉廟門，且選一謹信者宿其側。此人懼譴。終夕不敢寢。將五更，見一人身軀頎偉，髭髯如戟，從外來，踐履其衺席而過。至旦，則儼然據主位偃蹇。林亟驗封鑰，門開〔「開」疑「閉」字之誤〕如故，始大駭訝曰：「得非奉事不肅，招致此異！」乃具牲酒拜禱謝過。俄報手詔至，林乘馬出郭郊迎，中途墜鞭，若中風狀，馭者拾鞭復進，已頹仆馬背，扶掖以下，僅能拜詔，甫歸家卽死。廳吏方云數日前夢本官與廟判官爲代。林本雅素吉人，而邂逅至此，雖没而爲神，亦眇末矣。澧州巡檢馬燧說。

臨江二異

臨江軍相傳有二怪：其一，軍治内野貓，雙目如丹，出則以前足抱頭而睢盱人立。其一，省倉内白犬，不知其幾何時，凡見之者必有災咎。紹熙二年，予壻錢蘩黄校：「蘩」字疑誤。爲守，嘗見貓，繼而老兵報已生六子，而不得其處，俄銜其二往通判廳嚙食。是時景韋兄在職。未幾，而錢以言章、韋爲漕使所劾，同日罷。從姪㰖爲清江尉，暫攝録曹，入倉支馬穀，羣卒忽向敖黄校：「敖」字疑誤。按：似當作「廒」。叩稽連拜，驚問之，曰：「白犬正在穀堆上望外而立。」出視之，果然，亦爲致敬。㰖數月卒於官。

朱司法妾

朱琮司法者，處州麗水人，以祖大卿恩得官。紹興戊午，再調臨江軍法掾。有一侍妾，其妻王氏不能容，日夜楚毒凌虐。至於自刎。朱君坐卧食息，無時不見之，頗懷憂畏。招閤皂山道士行法禳遂，當作「逐」。牒付城隍廟拘縻，仍戒云：「尊官從今日以後不可往岳殿。」自是不復睹。他日，郡寮偕出禱，呂本多一「晴」字。中塗值雨作，適到岱廟之前，衆轎悉入避，朱亦隨之。少焉雨止出外，忽逢故妾來前，略無恭敬之禮，忿恚溢面。朱語之曰：「自汝之死，我哀憐到今，汝當亦知，非干我事。」妾曰：「若不做官人侍婢時，安得致此！」朱還舍，以告妻。未幾，遇疾卒。王氏旋踵併亡。凡生三男子，大者纔六歲，無人主喪，族姻有從官鄰邦者聞之，亟沿徼上二字黄校疑誤。來，爲料理後事。亦嘗招道流考召，見朱着袍執簡立，二女因荷枷拷訊。此句呂本作「妻因荷枷被訊」。迨棺柩出門，鄰家室女見兩棺後一婦人蓬頭敝衣，拊掌大笑相續去。女驚異，爲父母説，卽時病喑，竟不復能語。朱里人黄祥主簿説。予謂一妾之死而主君主母償其命，岳廟之嚴而不能攝制一鬼，使之出入自若，小女子話其異卽病喑，是皆可疑也。

弋陽女子

弋陽陳秀才與其友以元夕觀燈於市，有人家女子，年十三四歲，坐僕肩右，墜髻花一枝，正落陳巾上。陳甚喜，携歸示妻，妻疑其游娼館所得，奪而擲於地。陳邀其友證所以，妻愀然不樂曰：「果若汝言，當是異時兆祥，我死不久矣。」後數月竟卒。陳鰥居十年始別娶，復因燈夕遊觀，戲舉前事，蓋墜花者也。

勸善大師

饒州東岳行宫遭火蕩盡，後來草創修理，僅有屋一二十間。紹熙五年十二月，判官孟滋同妻往謁，至外舍小室，見一僧，像貌彩飾皆剥落，問何神，祝吏曰：「勸善大師也。」滋顧其妻有整治之意，而未嘗出言。是夕，夢一長吕本多一「身」字。僧來丐衣服禦吕本多一「冬」字。寒，且云：「不過費君家錢三千耳。」覺而驚異。明日，即令工往，裝繪一新，正用楮幣三千。

荆南猴鼠

淳熙某年，荆南官道上十五里間，忽有鼠以千萬計，蔽塞通逵。其色或黑，或白，或黄，或青，其狀或如鷄，如烏，人行其間，略不知避，遭車馬踐踏而死者不可勝數，凡兩三月乃息。復有一猴，高二尺許，隱于高木之上，乘間爲人害。是時正暑天，婦女露坐者多爲戲侮，不敢輒出。居民膽勇者百方取之，久而墮一網中，民納之布囊，將負往八渠山，投於江流。未明登塗，到城西，遇一老叟，髯鬢如雪，笑問之曰：「囊中物豈非猢猻耶？」民曰：「然。」曰：「彼實有罪，願貸其死。吾適有官會三千道謝汝，使獲脱去，不復敢更來。吾二人同詣八渠，放之深林足矣。」即於袖間取楮幣付民，民以無望之獲，喜而從之。自是猴果絶跡弗至此。叟豈猴之翁祖耶？

陸荆門

紹熙三年，姪孫伋爲荆門簽書判官，臨川陸九淵子静作守，携貴溪醫士周禮者同行。是年十一月，夢伋著毛衫坐于便齋，左右侍直皆呼爲知軍。且以告伋，旬餘又夢，且聞人言：「不久當交印。」歲未盡十日，子靜感疾不起，伋正著毛背子，在書室暫領印符，旋被帥檄攝軍事。先是，子靜閱《荆門志》，見王瞻叔紹熙庚午十月所作《惠泉亭記》云：「庶幾九淵之靈有所憑依，以惠澤斯民。」甚惡其語，亟掩卷。未幾而卒。伋說。

桂巖驚獸

族弟仲堪居洪源，往祖居桂巖赴從兄飯，歸已中夜。一僕持炬火行前，覺有物追隨在後，凡三四里。將到家，家間人又持炬出，乃見一豪豬，蓋乘火光而至者。兩下以矛交刺之，豬從坡下跳登岸，正直眢井，墜焉，爲衆擊殺。通身皆帶箭，箭如小玳瑁筒，其表尖鋭，可以治頭痒，尋常與人遇，則竦而激之，中輒成創，或著要害處，亦久久方愈。杓黃校：「杓」字疑誤。按：似當作「村」。民程卞八者，能射虎，里人稱爲程大蟲。其法惟煮草烏頭汁以淬箭鏃，拖窩機，伺於虎出入道上。嘗有一虎，爲箭所傷，不能行，倚樹蹲立。程曰：「虎死不倒地，此已死，無足懼。」徑前欲取之，虎尚未絶，忍痛哮吼，舉兩足搏程，奮臂拒撑，力且竭。其徒望見，争奔救，僅得脱，腦後及背皮皆遭爪攫，臥病幾月乃起。

潘璋家僧

樂平醫士潘璋居于縣市，有商客詣門曰：「早上遇一僧買我紫羅兩疋，酬葉本作「議」。價已定，置諸袖間，使我相隨取錢。到君宅徑入，今移時矣，願爲一言促之。」璋曰：「吾家欲縑帛，何必仗僧爲市？且未嘗有此徒來往。此句葉本作「且吾未嘗與僧來往」。汝亟去。」客不肯去，力言之，仍葉本作「具」。述其形貌及衲衣穿敝之狀，璋始悟，亟往所事上四字葉本作「是本家所奉」。泗州菩薩堂驗視，則上三字葉本作「往視之」。兩縑正在坐側。蓋常時崇奉甚敬，被以真服，祈禱獲葉本作「靈」。應。歷年多，積爲塵坌鼠齧，未暇更新。是日爲之矍然，盡室焚香謝過，以錢償客，而喚匠治衣易之。

喻氏招醫

鄱陽士人汪㰎，居于郭外數十里間。妻喻氏，以紹熙五年初秋感疾，伏枕兩旬，更數醫治療弗效，其家議欲招劉䄍。䄍者世爲醫，用叔蔭補右列，嘗爲江東提刑司緝捕官，因寓處城中。是夜，㰎夢一異人，授以金刃，光采粲然，長徑尺。覺而默喜，自念：「金刀者，劉也。當付於䄍，無所疑。」夙興，命僕且行，方啓門，而其友宋震適至問疾，云：「昨晚人從郡中來，言新駐泊醫官劉舜臣，其技甚高，盍使視之。」㰎始悟己夢驗爲神告，卽易書遣僕焉呂本無「焉」字，疑「馬」字之誤。邀致。到時日將暮，喻氏已困篤，舜臣投以兩藥，及旦灑然頓蘇，信宿而愈。至後再無染患之事矣。

王牙儈

乾道七年，鄱陽鄉民鄭小五合宅染疫癘，貧甚，飦粥不能給。欲召醫巫買藥，空無所有，但得一氈笠，倩牙儈王三鬻之，可值千錢。王乃呂本作「輒」。隱其半，才還家，卽得病，昏不知人。六七日，鄰里以爲必不起，忽大聲疾呼，如受杖痛苦之狀。妻扣之，能言所見，云：「恰被黄衫承局追出，到近理胡家步下，見巨船艤岸，大官正坐，左右擁侍皆朱紫，儀衞光赫，全如官府。承局領吾臨岸，大官問：『爾何敢匿留鄭小五錢？』吾不敢諱，遂遭皮鞭一百，擲置草中，痛不可忍。大官令以凉藥與吾。旋移船過下岸，左右教我就水内取兩甕，使飲一盞，乃悸而覺，便得汗有瘳，臀痛愈劇。」妻視之，生赤丁瘡約滿百。困卧幾月，始復初。既而下岸大疫，蓋所睹者瘟部云。右三事周貴章説。

夷堅支乙卷第八十三事

湯顯祖

湯顯祖，池州石埭人，兵部侍郎允恭之孫也。紹熙五年爲涇縣宰，初交印，主吏白：「三日當謁廟。」湯叱之曰：「吾行五雷法，神祇在掌握中，豈當屈身拜于土偶之前！」但令具飲饌兩席設于祠宮，而命車呵殿，直造其處，與神分賓主抗禮對酌，且言當官籍庇之意。吏民見者切怪而憂之。是夜暴風歘起，山水溢溢，縣治洊浸七八尺，至于卧牀之下，文書籠篋，大半入水，僅不傷人，皆以爲慢神之咎。湯以屋廬損敗，伐木于林藪，一新之。又命畫工王生繪神將大象七十二軀，舉事香火，極其虔敬。至次年春，爲提舉官李唐卿子勉所按罷去。

水陽二趙

宣城水陽鎮，宗室寓居者四十餘人。師恭、師珏者，從兄弟也。其廬在空相寺側，相距數百步。淳熙中，兩人同毆殺一僧，恭以計脱，獨珏任其罪，坐鎖閉泉南外宗司，用己酉霈恩得自便。其父伯冷爲平江府將領，珏留家治母墓，嘗抵暮還舍，聞門外有呼趙三者，連聲甚厲，恐，避入室，族姻數輩在彼亦聞之。明日，再往墓次，誤蹴伐下一木遭壓。扶以歸，得疾，痛楚不能興，遂死，時紹熙壬子秋也。衆知爲僧寃報，而師恭自以向來免禍，姓名不經案牘，了無所懼。至癸丑之秋，因訟事逮赴府，舟楫已具，戒使先解纜待于前步。少頃獨行就舟，似當疊「舟」字。人訝久弗至，其家望溪畔亦未見擧棹，然皆不疑有他故。有兩行客過官道，怪其癡立于草間，撼之再四，始應曰：「恰爲三哥邀去飲酒一盃，頗覺昏醉。」兩客噀其面曰：「渠死已一年，汝定見鬼。」方悚悟。即詣寺命僧設供席禮懺〔原作「讖」，今改。〕竟夜，冀消宿愆，不旬日亦卒。

陳李寃對

水陽民李氏、陳氏有争訟，李氏爲秦府幹者，挾勢力，歸曲于陳，陳翁死於獄。經數歲，其少子在田間，爲一白犬所窘，持杖逐之，犬走入李氏之堂，忽不見。是夜翁託夢于妻曰：「我抱寃憤歷年，今訴理得直，故來報汝。明日可爲我設奠以賀。」妻覺而悲泣，如其戒。未幾，長子入李山掘榾柮，李適在山下，聞丁丁聲，趨視見之，取巨梃奮擊，曳至平地，又使僕併力痛箠，支體無全膚，即死。旋斫竹數束，疊於蓁莽間，唱云陳持刀爲盜，與之格鬭。監鎮官汪杲驗其尸，具以實白縣，李生係獄，旋亦死焉，乃昔歲陳翁絶命處也。

嚴州女子

嚴州士人家女子，年未及笄，一夕睡醒，枕畔得果實如桃者，取食之。旦起，見飲饌之屬輒掩鼻，凡可啖之物，皆不向口。父母嗟異，訪醫召巫，莫能展力。歷十餘年矣，而肌體不覺羸瘠，一切如平常，但不敢議及婚姻事。忽索酒，其家與一杯，即飲之。繼稱餒甚，索飯，自是悉復故，乃以嫁郡士洪生。洪之二弟琰、璞，俱登紹熙庚戌科。琰爲南陵主簿。

徐南陵請大仙

吴興徐大倫，紹興四年知南陵縣。次年初秋，有舊友來訪，能誦訣邀大仙，因注香酌酒，驗其術。俄頃箕動，書曰「張紫微」。自是遇請輒至，隨所禱即書。徐每召會賓僚，必設虚位，凡酒之美惡，杯之遲速，亦書之。嘗出金觥禱獻，乃書曰：「此吾家舊物。」莫能曉，已而忽憶頃侍父次游守淮郡，張公過之，開宴延待，以此觥勸侑，欲舉贈之，而張辭去，拂旦告行，不及與，始知其説不妄。賦詩度曲，信筆立成，殆盈數十軸。徐闢便坐，揭張存時所書「冰壺」兩大字，從之求記，即揮數百言，筆勢遒勁，全類平生翰墨。徐寶玩不忍捨，唤工標飾，置于壁間。又爲表軒之南曰「歌寓」，北曰「琴寄」。徐妻周氏以故冬卒，悲慘殊甚，張作《鼓盆歌》以解之。徐扣周今安在，曰：「以無過得托生江州王太尉家三宣贊位作男子。」復扣其月日名第，曰：「便爲物色，明當奉告。」次日云：「吾爲君御風而往，得其實。蓋今年四月某日生，小名榮郎。將誕之夕，母夢一婦人搴帷而入，覺即免身。君或道過九江，試訪之，當相顧一笑。」徐徧問同官休咎，曰：「邵尉有綺語之過。」未幾，邵不疾而死，蓋其人素爲吕本多一「口」字。吻士。徐由是愈敬信。復云：「子有道骨，異日當相從爲蓬萊三島之遊，宜淨掃一室，密加糊飾，列茶果，用綵帛蒙小箕，插筆其上，挂諸梁間，俟九月甲子日召予，予當聞命而至，凡爲請禱，悉爲書之，但不可容外人到耳。」徐一一如所戒。及期，所謂舊友者已去，忘其請訣，遂絶弗至。

南陵美婦人

宣之南陵，在漢爲春穀縣，古邑也。民某生者，就邑治大門之内開酒店。嘗以月夜出户，逢美婦人，若自宅堂而來，見生即與笑語。時東平郭堯高叔爲宰，生謂姬妾浪遊，不敢應。婦呂本多一「人」字。前執其手，徑趨店中。生固市井屠沽兒，迷于色，便留之寢。旦而去，他夕復至。如是數月。每至必有贈餉，初但得錢，久而携銀盞，浸浸及於瓶罍，所獲不勝多，益疑爲竊主家物，然貪財溺愛，不以爲虞。偶往郊外行幹，遇道人乞錢，見生顏色枯悴，語之曰：「汝滿面是邪氣，將死于鬼手。」生驚悟，弗隱，盡以告之。道人就近舍求紙三寸許，書一符，使貼于房門。是夜聞婦呂本多一「人」字。怒駡曰：「吾以至誠待汝，汝受吾物亦不爲薄，將終身是托，何乃遽起妄心，一旦如是？吾非畏符不敢入，以汝背義忘恩，誓將棄汝。」即怫然而去。經數夜，復扣門言曰：「汝不義已甚，使人不堪，明日夜當治汝。」又去。生始大怖，坐而須曉，始徙于他坊，由此遂絶。後三年，縣宰徐大倫妻周氏死，其弟從吴中來唁，寓治後堂。夜登廁，忽身傾且仆，涎出不止，一僕携燈在下，急挾歸室。徐奔視之，灌以湯藥，移時乃醒，云：「恰溷畢，見一女子，相引詣別館，几榻華赫，置酒歌謳，未暇款昵，而爲人喚覺。」縣吏言宅素有妖祟，前後造怪非一。於是虚其處，但處西偏。徐字子至，湖州人。右六事汪果茂明説。

胡朝散夢

華亭胡朝散亶，夏夜納涼，因踞胡床而睡，夢一偉丈〔按：原作「大」，據周本改。〕夫，着白道服，撼之使起，曰：「居家有不恰好一事，宜急起理會。」胡驚寤，亟出户，果見一人自經于廊下，往視之，其子婦房中使妾也。婦者同邑張氏女，賦性慘妬，此妾少有過，杖之百數，不能勝楚毒，乃就死。胡使呼婦就傍熟視，婦略不動色，徐云：「他人不須管，若不可救，我自當其責。」即取凳登之，解縊索，移時復甦。胡氏供事廣德張王甚嚴敬，舉家不食猪肉，故蒙神力云。張婦之惡，猶不少悛也。

楊政姬妾

楊政在紹興間爲秦中名將，威聲與二吴埒，官至太尉，然資性慘忍，嗜殺人。帥興元日，招幕僚宴會，李叔家按：「家」字似「永」字之誤。中席起更衣，虞兵持燭，導往溷所，經歷曲折，殆如永巷，望兩壁間隱隱若人形影，謂爲繪畫，近視之，不見筆蹤，又無面目相貌，凡二三十軀。疑不曉，扣虞兵，兵旁睨前後，知無來者，低語曰：「相公姬妾數十人，皆有樂藝，但少不稱意，必杖殺之，面剥其皮，自手至足，釘于此壁上，直俟乾硬，方舉而擲諸水，此其皮跡也。」叔永悚然而出。楊最寵一姬，蒙專房之愛，晚年抱病，困卧不能興，于人事一切弗問，獨拳拳此姬，常使侍于側，忽語之曰：「吾病勢洴黄校：「洴」字疑誤。滬如此，決不復全生。我傾心吐膽只在汝身上，今將奈何？」是時氣息僅屬，語言大半不可曉。姬泣曰：「相公且强進藥餌，脱若不起，願相從往黄泉下。」楊大喜，索酒與姬，各飲一杯。姬反室沈吟，深悔前言之失，陰謀伏竄。楊奄奄且絶，瞑目，所親大將誚之曰：「相公平生殺人如掐蟣虱，真大丈夫漢。今日運命將終，乃流連顧戀，一何無剛腸膽決也！」楊稱姬名曰：「只候他先死，吾便去。」大將解其意，使紿語姬云：「相公唤予。」按：「予」字疑誤。呼一壯士持骨索伏于榻後，姬至，立套其頸，少時而殂。陳尸于地，楊即氣絶。

宜興官人

宜興官人吴琯，紹熙五年春得目疾頗劇，乃挈妻子來餘杭，謂爲避災。吴嘗仕于此縣，因買小宅，爲往來寓泊之所，于時盡室居之。月餘，一旦忽起歸心，妻以遣人市物於臨安未反，欲少留之，吴堅不可，若有促其呂本作「之」。使去者。但令一僕守舍，即登塗，亦不與交遊告别。明夜，天目山發洪，川流暴至，平地水深數丈，吴之居没於中，僕溺死，是時民罹其禍者十萬餘人。

張元幹夢

張楠，字元幹，福州名士也，入太學爲學録。既優列解籍，而省試不利，乃詣土地祠禱曰：「楠雖不肖，自覺學業程文不在儕輩下，今而失意，其必有説。敢以請于神。」是夕夢神來謁，語之曰：

「君當登科，緣以比者受無名之錢四百三十幾貫幾百幾十文，爲此遣黜。」楠覺而默然，念身爲寒士，安有是哉。時諸生從受業者聞師赴省，各隨力致助，然度其數亦不能多，意其必用此故，試取記事小册逐一算計，與神言合，貫百分文畸零不少差。然後大悟，遍以告人，使知非己之財，不可妄得如此。續以上舍賜第。

駱將仕家

淳熙癸卯歲，張晉英濤自西外宗教授入爲敕令删定官，挈家到都城，未得官舍，僦冷水巷駱將仕屋暫處，駱自居其傍。數日後，駱妻謁張氏，問無恙甚勤，自是每見輒云然，意以爲相勞苦常談爾。其地卑濕特甚，不數月徙去，而黄景亨涣自滁州來爲太學録，復居之。經旬月，吕本作「日」。婢妾夜叫云：「有賊。」已而房門洞開，竟夕擾擾。明旦點檢，無所失亡，獨新洗衣四種元在廚間，皆不見。遍索之，其二在牆頭，猶以爲盜携去而誤墜者，其二乃壓于積薪之下。黄雖疑怪，而不欲形言。後數日，又復見怪，元置四甆盌於桌上，悉頓疊壁下，亦不之問。黄母夫人病，侍藥至三更，持燈上廁，則庖内器皿數十，皆排列廁板上，懼而亟出，於是亦去之。訪其事，乃一年前駱之長子以狂遊弗謹爲父母所責，自經於廚，從此變怪百出。晉英聞之，始悟駱妻所問，蓋爲是云。黄母旋亦捐館。右四事張晉英説。

陳二妻

金華縣孝順鎮農民陳二者，其妻懷妊將產，詣鎮市太平寺，請僧於佛前許《孔雀明王經》一部，以祈陰護。既而生男，久不償初願，妻遂雙瞽，凡衣裳縫紉，皆倩鄉里。男能移步，但匍匐而行。妻夢一僧來言：「與我千錢，吾爲汝治眼病。」且以告厥夫，夫云：「得非所許經卷未還故邪？」妻曰：「家間赤貧，尚無飯喫，何暇及此！佛亦不應屑屑與吾較也。」是夜陳二所夢亦同。偶到太平寺，閱僧房功德簿，頓憶其事，乃焚香禱告，乞放妻眼光明，呂本多一「候」字。秋成還賽，時紹熙癸丑歲也。及秋暮，始踐前約，恰費錢一千文。纔及新春，妻雙目如平生時，了無患苦。

江牛屠

婺源姦民以屠牛爲業者，或能用藥毒牛，但慢火焚烏頭汁，濟以他藥，浸鐵針長三寸餘，插于牛脅皮中，不經日必死，則喚之使宰剥，肉既非帶疫，呂本作「疾」。人食之無害，謂爲良殺，厥價差高。數年前，鄱陽村屠頗傳習之。有江六三者，居城東十五里，常得此伎。農民見牛不病而斃，莫能曉，悉付鬻賣，雖鄰里鄉曲，皆無一人知其事者。紹熙五年十二月十三日出外，至昏暮不歸，妻子遍詣平日所來往處訪尋，彼人皆云不曾見。明日過午，妻見羣鴉及鵝呂本無「鵝」字。鷹翔噪居舍百步間污池畔，試往視之，江已溺死于中，水才深尺耳。臨棺殮，仵匠於其腰囊得鐵鍼兩枚，方知行詐已久，時將謀適何人家而爲鬼所誅也。

夷堅支乙卷第九十二事

宜黄老人

紹興中，撫州宜黄縣宰徐君聽訟，有老人曰侯林，哀哭陳牒，云居于社壇之旁，遭弓手夏生縱火焚蕩所居，遂并三子爲灰燼。徐受詞駭愴，即捕夏送獄，訊鞫之甚苦。夏不知所對，泣涕弗食。縣吏共言：「夏爲人素循理，安得有白晝放火殺人之事，願追詞首究其本末，仍委佐官往本處驗實，當可得情。」徐用其説。及詣壇下物色，並無侯老住止與火煬之跡，乃夏生以祀社之故，奉命汛掃壇宇，薙除榛穢，悉薙枯藁，置一空穴而焚之，蓋妖狐所窟也，三雛死，老狐因是假公力以復怨云。夏始得釋。又别有牝者，化形爲美女，往來令丞廳，民吏盡見之。女面左頰有黑痣如豆大，爲所惑以死者非一，多據丞廳碧瀾堂，小吏屢窺見其從事於針紉，聞人聲則没。庚辰歲，衢人祝君爲丞，時至此堂獨寢，逢之而喜，挾與同衾，已而并其子相繼殞命。

宜黄丞廳蛇

宜黄丞廳與縣治相連，有大蛇長二丈，鱗甲青黑，行地有聲，父老傳言，每出遊一廳，則主人者必罹禍咎。紹興庚辰春，出於丞廳後東牆蓮池側，隱半身牆内，尾垂於池。丞祝君適以亭午到池上，見之，呼乞子能捕者穴牆取之。蛇蟠屈不動，命數健力，舁致郭外，過百丈橋數里，縱之莽中，意其已遠，不能復至矣。次日，祝仍以午到昨處，則蛇乃在元穴，欲殺之，吏士皆不敢承命，曰：「此禍至大，寧受杖責。」不得已但令舁去，如是者至于四五，追祝死，乃絕不見。

宜黃縣治

宜黃縣後有游觀處，曰望月臺，曰馴雉堂，曰百步亭，皆依山爲之。紹興初，巨盜入邑，民奔赴逃命，盡死其中，以故鬼物爲厲，十政令宰不敢居正寢，多宅西偏船齋。戊寅歲，南昌李元佐到官，始開户掃塵，撤空治牖而居之。盡夕安處，寂無所見，獨僕輩棲船齋之西，距馴雉堂不遠，或白日聞撼鈴聲，往視之，乃巡夜卒所持者，自鳴於空，倏往倏來，初無攜控懸繫之物也，揮杖擊之而墜。他日，又有束竹出自堂，夭矯如蛇行。僕迎斷以刃，投諸火，以白李，李斥勿言。在職三年，始終如一日。臨受代，徙寓驛舍，將葺故治，以待新令尹，什器運致未盡，明旦往取，皆爲鬼堆疊，無細無大，至與屋脊平，甚費人力收拾。後政至，聞其異，復處西偏云。

張保義

靖安張保義者，本邑村朝山屠兒，以建炎扞寇功得官，資産甚富，乃《戊志》所書爲寶峰主僧景祥所識者。寺既焚燬，張一力重營之，又置田數千畝，以贍常住。張藏錢不勝多，至築土庫數十所作貯積處，平生享用自如。閱三十年，暮歲忽聞庫内錢唧唧有聲，自往户外審聽，持杖擊其錢呂本無「錢」字。門曰：「汝要去，須是我死後始得。如今大驚小怪，待作甚麽！」卽寂無影響。又數年乃死，鄉里咸見其庫錢晨夜飛出，如蝴蝶然。未幾，居室百間一爇而空。寶峰相去數十里，旬日間亦煨燼不遺。張氏子孫雖存，而生理不能百一矣。

九梁星

陰陽家有九梁星煞之禁，謂當其所值，不可觸犯，或誤於此方隅營建，則災禍立起，俚俗畏之特甚。靖安縣寶峰寺，僧堂蠹敗，不堪安衆，長老景祥欲以呂本作「一」新之。羣僧合言：「今年正值九梁所棲，毋爲空取禍。」祥獨以爲不然，曰：「人神一也，皆欲安居，烏有人不可處而神可處乎？」卽率衆往誦經，白請神煞暫遷法堂，候修造訖役日還。踰月〔原作「月踰」，據周本改。〕工畢，乃如前說，復率衆誦經，迎神歸故處。後皆無他，時紹興丙寅歲也。至紹熙庚戌，鄉寺大梓院議葺僧堂，衆又以犯九梁爲言，主僧用景祥故事，禱誦迎徙。未一年，僧行數輩相繼亡没，堂迄不就。鄉人輕薄者或因相傚詈駡，至以兩寺爲口實云。

鄂州總領司蛇

鄂州總領司，故州治也，後逼城，城有園，園有大蛇，長數丈，徑尺許。乾道中，韓總領者欲于東北隅建楚望亭，而築基不成，至於數圮。或言此處蛇所穴，儻爲立祠，當可就。韓如其說，作小廟於數十步前，基卽成。蛇往來東西，或入教場大井内，或從府倉氣黄校：「氣」字疑誤。樓中，垂頭而下食米。嘗蜕皮於竹林裏，一兵得之，貯以布囊，時時出示人。蜕廣長如其身，左肋下有一足。郡民楊八，賃撲城下濠種菱芡，就壖地縛葦舍，母子處之，以察監摘者。夏夜過半，聞水聲，母以爲盜也，出視之，見蛇在女牆上，而頭濠中，此句疑有脱誤。昂起睨母，母駭叫，楊生至，僅能舉手指示，即仆地死。楊懼，捨之去。已而蛇不復出入，按：「入」字似「人」字之誤。疑其入大江去。

宜黄青蟇

宜黄縣獄有廟，相傳奉事蕭相國，不知所起如何也。縣人言神多化爲青蝦蟇而出，惟以小爲貴。如體不踰寸，則邑宰必薦召，或以治最飾黄校：「飾」字疑誤。擢，胥吏按堵，不罹黜逐。如大至尺許，則反是。紹興中，蟇屢出，至如扇，如盤，如大龜鼈，宰不經歲輒非意而斥，或遭憂去。己卯年，忽徧於廳廡林園，無吕本多一「慮」字。萬數，僅若小錢，狀類青蛙而狹匾，足差長，色白，身色如翠羽，每足有五爪，能緣壁升木至一二丈不墜。舉邑歡忭，指爲吉證，競置酒殺，詣廟答謝陰貺而去；共享膰胙，以爲慶喜。共白于宰李元佐，乞備享禮。元佐獨不信，叱使去。明日，皆隱不見。竟三載，百里晏然。元佐以薦解組，馴至侍從。

鄂州遺骸

鄂州地狹而人衆，故少葬埋之所。近城隙地，積骸重疊，多輿棺置其上，負土他處以掩之。貧無力者，或稍經時月，瀕於暴露，過者惻惻焉。乾道八年，有以其事言於諸司，於是相率捐庫錢付勝緣寺僧，治具焚瘞。先揭牓衢路，許血肉自陳，爲啓壙甃甓，舉而藏之，且書姓字于外。如無主名者，則爲歸依佛寶，一切火化，投餘骨於江。其數不可勝計。内一骸獨骨節相聯不絶，色狀與他尸不類，僧拈説金沙灘鎖子公案，以爲一段勝果。俄又于積骸下得小鬟，度可十四五歲，青衣紅襦，塗澤艷冶，儼若生存，輿置寺門外三日，市民無遠近争來諦觀，莫有知者。時方秋初，容不少變，萬衆驚異。乃别治兩棺，易衣改葬，仍立塔其塚上，表而出之。但無有記於圖志者，懼久遠泯没爲可惜也。右八事李大東仲詩説。

全椒貓犬

紹興中，樂平魏彦成安行爲滁州守。全椒縣結證一死囚獄案，云縣明鈔本多一「郭」字。外二十里有山庵，頗幽僻，常時惟樵農往來，一僧居之，獨雇村僕供薪爨之役。養一貓極馴，每日在旁，夜則宿於床下。一犬尤可愛，俗所謂獅狗者。僧嘗遣僕買鹽，際暮未反，凶盜乘虚抵其處殺僧，而包裹鉢囊所有，出宿於外。明日入縣，此犬竊隨以行，遇有人相聚處，則奮而前，視盜嗥吠。盜行，又隨之，至于四五，乃泊縣市，愈追逐哀鳴。市人多識庵中犬，且訝其異，共扣盜曰：「犬如有恨汝意，葉本作「聲」。得非去庵中作罪過乎？」盜雖明鈔本多一「數」字。强辨，然低首如怖伏狀。卽與俱還庵，僧已死。時正微暑，貓守護其傍，故鼠不加害。執盜赴獄，不能一詞抵隱，遂受刑。此犬之義，甚似前志所紀無錫李大夫庵者也。蠢動含靈，皆有佛性，此又可信云。

王瑜殺妾

江東兵馬鈐轄王瑜者，故清遠軍節度使威定公德之子也，天資峻刻，略不知義理所在。居於建康，嘗延道人嚴真于家，使之燒金，怒真跌宕失禮，多所求索，諷親校飲以酒，至極醉，揮鐵椎擊其腦殺之。婢妾少不承意，輒褫其衣，縛於樹，削蝶梅枝條鞭之，從背至踵，動以百數；或施薄板，置兩頰而加訊杖；或專捶足相黄校：「相」字疑誤，按：似當作「指」。皆滴血墮落，每坐之雞籠中，壓以重石，暑則熾炭其旁，寒則汲水淋灌，無有不死，前後甚衆，悉埋之園中。妻鄭氏亡，妾何燕燕濟其惡，顓房擅愛，僞作正室受封。紹興〔「興」當作「熙」〕五年九月，妾李遭撻委頓，瑜捽付後院，自遍鎖其門。李氣息僅屬，心念此家殺人多矣，何得全無影響，便怳怳若有值遇，門忽豁開，天未明，負痛徑出。謂主人見之，均爲一死，洎過堂門及外門三重，皆無人焉，遂奔歸其家。瑜方覺，遣卒還追躡。李父挾女詣府。時總領使者趙從善攝府事，聽其訟，呼廂官往究質，得兩夕前燕燕手殺一婢，猶未掩藏，乃令吏輩監守瑜，而執燕出，下獄鞫治，盡得衆尸，械繫兩人而上其獄。慶元元年四月，詔削除籍，編置朱崖。燕杖死於市，瑜至萬安軍死。

徐十三官人

湖州城北徐朝奉之子十三官人者，自爲兒童時，資性誠質。既長，念親戚間有被妖鬼作祟者，遂刻意奉道，行天心考召法，爲人洎極，黄校：「洎極」二字疑誤。按呂本作「治極」，似「治拯」之誤。靈驗絶異，而略無求需，至于香火紙錢，率皆自辦。不以貧富高下，應時決遣，未常到病者家睹其面目，只令具狀投訴，旋扣神將，俟鬼物現形鞫伏，然後繳回施行，濟人之功，積有歲月。淳熙中，市民張翁女遭物憑附，邀道士數輩驅逐，械杻鞭箠，視之若無，特不敢用刀仗，畏或傷女身。女但訕罵極口，無術可制。翁詣徐致懇，徐許之而語之曰："翁去，勿與人說道曾見我。"翁不諭。會其鄰亦以被祟來求符，徐知其與張比屋，往攝祟至壇，鐫之曰："汝當緣乏食，故出爲怪。汝必知張家祟鬼本末，盡以告我，可錄功贖過，我捨汝。"對曰："是鐵鑽精也，所以不怖笞掠。"徐乃呼張翁，使備畚鍤炭醋，令持一符歸，就房左方掘土，才呂本多一「尺」字。得物即熾火焚之而沃以醋。翁還未及門，女已哀鳴乞命，涕淚滂沱。果掘得一鑽，如言焚鎔，女遂愈。

普靜畢山三異

湖州烏鎮普靜寺，本梁沈休文父墓也。當武帝時，休文貴盛，每歲春一來拜掃，其反也，帝必遣昭明太子迎之遠郊，因就築館宇。休文不自安，遷葬金陵，而捨墓域爲寺。昭明亦以館爲密印寺。其後二寺各祀以爲土地神。宣和間，普靜遇火災，僧尚奎將改塑神像。方擇工，有道人詣奎，言從建康來，素精此藝，不較直，但勿使人窺覘。奎喜而用之。數日工畢，長揖而去。衆異之，始入祠瞻翫，於壁閒忽見絶句云："昔作梁朝相，今爲普靜神。千年英魄在，代代護僧人。"共證爲休文不疑。奎傳法於慧斌。建炎初，京師三藏道法師奉陳留闡教寺釋迦佛牙至鎮，有三朝御封，盛以玉匣及金銀再重。始護以木函，斌偕僧俗致禱以求舍利，七日勿應，人皆懈怠。斌拜祈愈力，誓言今夕無驗，當捨此身。三更後，銀盆内鏗然有聲，舍利流出三十餘顆，五色晃耀，其半露半隱于匣無數，亟貯於蕃琉璃瓶。先是，太湖漁者於波中得檀香七級塔，高二尺，上刻佛像，精巧之極。一僧贖得，是夜夢神告曰：「釋迦佛分身今在烏鎮，汝宜捨塔奉安。」明旦，捧以來。斌持缾入塔，闊狹深淺無差。因建禮塔會，關子開、子東皆作文記其事。斌傳法於妙心。郡之景山寺，唐覺聞禪師道場也。紹興壬午，妙心挂錫書記寮，欲南遊，夢二偉丈夫，着古衣冠，排闥入謁，執禮甚恭，曰：「昔日聞禪師至此，某輩七十二村土地聽説法，忍虔受大戒，永斷葷酒，以護正法。禪師授記，五百年後再來興此山。時已至矣，和尚欲何之邪？」心覺而未信。連夕見夢，挽留苦切，心謂之：呂本多一「曰」字。「此寺頹弊，常住枵然，將何力復興？且二公何人，鄭重若此？」對曰：「我伽藍主者。自有大檀越爲師維持，玆非所慮。」心終不然之。住持僧師範亦夢神託留之，不得已故爲度夏計。至六月，師範下世，適張恭壯公詣寺爲功德院，邀心主席，一坐三十臈，百廢興舉，焕然一新，距覺聞開山，恰五百年。慧斌姓沈氏，傳曜侍郎之弟也，心乃其姪云。三世皆感一異，善緣深矣。右二事沈端叔説。

夷堅支乙卷第十 十六事

趙主簿妾

潭州貧民某人，無夫，上二字呂本作「死妻」。挾二女改嫁。稍長，悉售之爲人妾，次者入湘陰趙主簿家，歲滿不得歸。繼父死，厥母經官取之。方在趙時，爲主簿之子所私，雖已出，猶竊詣之弗已。母寓城下客邸，無僦直，主人逐之去，乃徙東街易二十三店中。趙生不復至。女懷孕，易妻問曰：「爾未有夫，何以孕？」曰：「自爲繼父所賣，抱氣成蠱，故腹皤然，非孕也。」後數月，腹愈大，母又不償僦直，遂詣府誣訴易之子姦其女。府逮易并女，係右司理獄。易受杖呂本作「榜」。笞月餘不肯承，而女以娠重，不可訊。一日正午，囚者困睡，女亦睡，忽驚覺，則有大白蛇纏其腹三匝，首尾翹然相向，女惟叫呼求救，同室相視怖栗。伴媪出語推吏，吏驗之而信，走白理掾。掾具衣冠，焚香楮，拜而禱，蛇解縛，緣壁登屋，遂不見。女旋誕一男，方道本始，蓋趙生之子也。易乃獲脱。母受杖，女以産故免。時淳熙十六年閏五月間也。

王尚書名紙

南城陳元，字長卿。淳熙十年，再以鄉薦赴省試，寓貢院前旅館，夢一吏呼曰：「王尚書送名紙。」

時王宣子爲户部尚書，元與之無雅素，且未嘗往謁。既覺，殊以爲疑。越三日，王被命知貢舉，元遂登第。

何氏魚子

金谿士人何少義，乾道九年冬取池魚爲鮓醢，剖腹得子盈盆，置諸廡下室中。夜半，聞盆内唧唧有聲，謂爲鼠齧，起視之，喧愈甚，敲其盆即止，既而復然。明日以語人，或勸之使投於江河。妻不聽，悉烹食無餘，次年春妻死。初，少義嘗夢烏衣婦乞命，覺而妻家遺僕以均按：「均」字似「筠」字之誤。籠盛巨鼈來餉，因感昨夢，即親詣江濱出放之。惜其妻不能然也。二事臨川黎仲明説。

桂林兵

淳熙十六年，桂林守應孟明仲實遣效用兩兵督匠伐木于臨桂山中。夜宿民家，一兵夢神人持刀割去其腎，夢中叫呼，傍兵亦驚覺，問所以，急秉炬照視，則兩腎已墮床下，流血如注，恍莫測何以致此。民與傍兵掖以歸城中，且白于府。仲實疑弗信，送獄根治，使權節度推官修仁主簿梁輈詣效用軍審究。傷者吐曲折，出腎示之，囚者始獲免。傷兵不茹葷凡半年，創乃愈，狀貌全如宦官。既而食肉，遂亡。

梁主簿書院

梁輈，潭州人，居聚星門外，僦大街索將軍廟前吕氏空宅以爲書院，其徒從學者三十人。一夕，梁還家，諸生六七輩同坐廳上，未燃燭，見有披髮自浴堂出者，初疑同舍許國梁爲戲以相嚇，既而非也。國梁走登樓，餘人繼踵而上，未及半，爲鬼物所擊。邵陽士人劉開遂與講禮云：「卽日恭惟樣木大王萬福。」且云不干開事，鬼又擊之。良久，諸生至樓上，恍惚間有肥肉一臠、鷄頭子數包在案，衆迷罔不自知，共食二物，俄頃嘔吐滿板。唯國梁在床帳內，不遭擊，隱隱見諸人食鷄頭，每擘一枚，各撥拏之，至長尺餘，猶相詫曰：「此乾脯香也。」鬼手大如烏鴉扇，倏焉没於壁隙。事定，始就枕。旦起視所吐，了無一跡，競磨礪呂本多一「白」字。刃以待之。後數日，讀書燈下，復見大手自窗櫺入，戡以刃，不中而遁。於是百怪俱集，然皆相約，勿與先生言。居之凡七閱月，逮罷館，方以告云。梁輈子忠直說。

一明主簿

建寧劉策，字獻卿，乾道丙戌赴省試，已考中魁本經而以《孟子》小義失一出處被黜。又二舉，復就試，與臨川黄日新邂逅信州道間，云：「嘗乞靈邵武廣祐王廟，夢神人書字其手曰『一明主簿』。豈非他日官至此乎？吾若登科，決不敢注是缺也。」是歲下第。後六年，中省闈第十一名，不得爲教官，遂擬鄰州司户以歸。時春秋已高，侍從中有矜其潦倒者，爲移書漕臺，得攝松溪主簿。到邑一月，適言者上章論權局之弊，丞尉皆不許，卽日罷歸，未幾而卒。

黄講書禱子

黄廓講書者，興化人，徙家信州。未有子，携妻施氏及侍妾詣佛寺，禱於羅漢堂。是夜夢與妻妾同數羅漢位次，相視而笑。羅漢忽發言顧之曰：「前後各三年。」既寤，歷歷能憶。妻妾同時亦感此夢，俱莫曉旨意，但謂當相去各三年孕育耳。已而同歲得男。廓卒後，施氏教之讀書甚力。妾之子曰燾，爲長。施之子曰杰。淳熙甲辰，杰登第。至丁未榜，燾繼之，方悟前後各三年之說。廓亦別有四字呂本作「子」，似均誤。云。燾字子元，其婦翁饒大中爲黄曰新說。

劉堯夫

劉堯夫，字醇叟，撫州金谿人。本名單，將詣郡赴春補，夢有以文卷示之，題曰：「太學饒堯夫」。覺而思之，以姓氏不類，姑先易名，既而中選入學。偶家急，不暇請假，倩友人嚴泰伯具狀，嚴誤書「劉」爲「饒」。他日再至，見而恍然，元未嘗以昨夢語人也。後補入太學，臨當私試，忽苦頭痛不可忍，歎曰：「吾必死。」前一日，鄰齋生夢人來告云：「劉堯夫作魁。」視其試卷，塗注五百餘字，以報劉，劉謝曰：「感君愛我厚，然吾今日不知死所，豈復計校功名事哉！」鄰生退，密爲投卷，薄暮始告之。明旦，强起，以巾遮腦扶掖坐，信筆塞白。洎日中，洒然而醒，讀程文而笑，悉抹去，凡數百言，而改爲之。揭榜，果第一。既陞上舍，鄰生又夢學門洞啓，從者傳呼而來曰：「劉吟詩釋褐。」劉聞之曰：「邵先生詩有『堯夫非是愛吟詩』之句，此殆爲我也。」遂以兩優賜第。初，劉爲兒時，夢覘牌上題云「劉通判宅」，親誌於庭柱，以故不用高遠自期。由太學博士倅貳豫章，其後暴得疾，危甚，家人環泣。劉曰：「吾久知必止此，獨不閱吾柱上所誌乎。」且死，手疏家事數紙，乃作偈曰：「不到清泉白石邊，却來城市走喧喧。夜來一派銀潢水，瀉向瓊臺玉檻前。」蓋平生未嘗參禪也。

劉暐做官

劉暐、黄則，皆宜黄士人。乾道戊午，黄冠鄉書，劉免舉，偕赴己丑省試。邵武人謝極者，精地理學，嘗遊術臨川，與二子相識，是時在其鄉士張德庸家宿，夢人告曰：「黄則及第，劉暐做官。」覺以語張，張曰：「劉君當恩科乎？」曰：「然。」「然則可知矣，渠必不正奏名，故只説做官也。」已而黄登科，劉特恩入第三等，補文學。謝生喜其夢應，他日到撫州，爲言之，皆抵掌一笑。黄調分寧主簿，臨當赴而遭母憂。再調衡州安仁酒官，在家須次，晨起開門，一鵬飛入，立主位屏風上，急擊之，已失所在。妻適卧病，黄憂之。既而愈，而安仁遣吏來報，見任者物故。黄曰：「鵬兆殆爲彼邪。」亟上道。到縣一歲，忽自唱解官詞，其夕無疾而卒。劉注官得韶州司户，當待六年闕。在臨安，適與新太守同邸，韶吏云：「司户久無正官，一在任以憂去，及迓後政，則死矣。」劉遂之任，首尾凡五考。再調象山武仙令，閲考亦如韶。嘗攝倅攝郡，歸家買田致仕，改京秩，年幾八十乃終。談者論謝生之夢，所謂黄則及第，蓋止於策名，而劉暐做官也。黄族子日新言之甚詳。

王妲求酒

建昌葉氏極多内寵。一妾王，妾病死，亦無子，故雖葬於墓園，而春秋薦奠勿及。淳熙己酉，葉自昭州終詣闕，攜二妾行，俱夢王妲來求酒，且愀然曰："吾没後幽魂無歸，欲自取覆官人，又近不得。爾兩人幸爲我一言。"既寤，白于主翁，亦爲悽惻。逮還家，即命祀其墓，仍以中元日爲設齋位云。

張詡夢名

建昌新城士人張詡，淳熙十六年初夏，夢遊鄉先達葉昭州氏呂本作「民」。極園，逢白髯老叟告曰："君今秋應舉，但用葉使君名，必可得也。"詡覺而異之，以謂身爲晚輩，豈得輒犯長者名，然私心竊喜，惟恐〔此下疑脱「失」字。〕之，乃只用下一字，更爲「極」。是歲中解試第二人，謁謝昭州，自言其夢以謝過。此二事皆邑子王揆聞之於葉云。

吴中小經

新城吴中，字克明，紹興己卯赴鄉舉。其兄在邑，於初場之夜夢克明歸云："小經義第四句，言『神聖有作』，大是愜意。今兹中定發舉。"覺而書於壁。克明試歸，兄據問曰："汝作小經義，得無用『神聖有作』之句乎？"克明駭然，念所爲程文元來未嘗示人也，兄何以知之。即引觀壁間所書。未幾預選，後十年登科。

陳氏貨宅

陳玠者，建昌人，生計本厚，將新所居明鈔本多一「之」字。門，爲木工所欺，葉本作「謏」。日趨于侈，自門至廳堂，葉本「自門而廳，自廳而堂，自堂而廊」。一切更建，浸淫及於什器。歷數年，輪奐整潔，而膏腴上田掃空無餘。其始從事於葉本無「於」字。土木也，當乾道丙戌之春，妻蔡氏夢人告曰：「聶君及第矣。」蔡曰：「他人及第，何預我事！」告者不復言，但以錢二千緡置於地而去。蔡寤，以語夫。聶君，同郡人也，是時方赴省，俄葉本多一「報」字。登科。十年後，玠家益以葉本無「以」字。貧，蔡氏又死，略無一錢可活，遂以宅售於聶，恰得二千餘緡。追悔勿及，自爲人説如此。

楊壽子

唐小説所載：吴郡漁人張胡子，于太湖釣得巨魚，腹上有丹書曰：「九登龍門山，三飲太湖水。畢竟不成龍，命付張胡子。」近建昌一事亦然。淳熙八年春，南城縣境久雨溪漲，漁者於岸葉本作「溪」。辯設網罟。前此郡上三字葉本作「溪素」。無大魚，江中所得，極不過一二斤，他皆池塘中豢養者耳。是歲民楊壽子置網於章山支港，上四字葉本作「草茭港」。及舉之，覺其太重，獨力牽挽不能勝，遂爲所困，幾墜而溺，叫呼求救。同業者三人共助舉之，乃一魚絶大，騰躍於中，徐徐曳出岸，百計攻刺死，死字葉本作「幾斃」。凡重百斤。熟視之，額上隱隱有紅字。衆漁皆村甿，無有識者，一士人至，爲識呂本作「釋」，葉本作「辯解」。之曰：「三渡入潮葉本作「湖」。門，四度遭大水，下梢却逢楊壽子。」彼村多楊氏，取此魚者正楊壽子云。

陳如塤

陳如塤，字伯和，南城人。其父適用，曾與山谷先生倡和，名見集中。塤雖不讀書，而爲人剛烈，嗜酒使氣無忌憚。一妹嫁遠鄉何屯田之孫。嘗往其家，見一樓寬敞，弛裝欲宿。妹曰：「此中多鬼怪，何氏之人尚不敢登，兄毋取禍，已洒掃書房延待矣。」塤弗聽，遣僕伴入直，又却之。妹憂甚，而不能回奪。夜將半，一女子盛飾含笑，迤邐從他處來。塤知其爲鬼也，佯若熟寐。女稍前趨牀，元未交一談，即推呂本多一「其」字。股，時時移足向下至地推轉。塤奮身起立，大聲叱之，隨没不見。復上床，理衾安枕，迨曉寂然。妹急問訊，乃詳告之，聞者服其勇。凡留連旬日，不復有影響。爾後亦無人敢再寢于彼者。

傅全美僕

紹興十七年七月，建昌軍管下箬嶺士人傅宗道置酒延客，方就席，聞鑼聲錚錚然，遥望乃羣盜也，其徒數十人。因急唤壯僕治禦備，婦人皆登山。盜入門，見酒饌，恣飲食焉，掠財物四千緡而去。隔保聞寇至，盡持刀矛來，盜已醉，所攘半爲諸人所得。近村厚平里有傅全美家兩田僕亡命邀擊，死於盜手，其魂每夕至主人之門，寃憤呼叫。全美之父怒甚，開門厲聲叱駡之曰：「汝自利賊財，至於喪身，何干主家事，而來恐嚇人如此！吾念汝積年奔走之勤，不忍加治，今將繪汝形於近廟，俾汝受香火，待時託生，宜速去。」自是其聲日遠。及繪畢，遂寂然。此卷皆得之臨川黃日新齊賢。

夷堅支景序

歲二月支乙成，十月支景成，書之速就，視前時又過之。昔我曾大父少保諱，與天干甲乙下一字同音，而左畔從火，故再世以來，用唐人所借，但稱爲景。當《夷堅》第三書出，或見驚曰：「禮不諱嫌名，私門所避若爲家至户曉，徒費詞説耳。」乃直名之。今是書萌芽，稚兒力請曰：「大人自作稗官説，與他所論著及通官文書不侔，雖過於私無嫌，避之宜矣。」於是目之曰支景，懼同志觀者以前後矛盾致疑，故識其語。慶元元年十月十三日序。

夷堅支景卷第一　十三事

陽臺虎精

自鄂渚至襄陽七百里，經亂離之後，長塗莽莽，杳無居民。唯屯駐諸軍每二十里置流星馬鋪，轉達文書，七八十里間則治驛舍，以爲兵帥往來宿頓處，士大夫過之者亦寓託焉。乾道六年，江同祖爲湖廣總領所幹官，自鄂如襄，由漢川抵陽臺驛，夜爲蚊所撓，不得寢，戒從卒雞初鳴即起。驛吏白曰：「此方最荒寂，多猛虎，而虎精者素爲人害，比有武官乘馬未曉行，并馬皆遭啖食，今須辨色上道爲佳耳。」江如其言。歸途過郢州，復當投宿於彼，與皂隸共三騎及兩卒前行，起差早，覺人馬辟易，遥望一黄物馳草間，中心絶怖。漸近，蓋巨鹿，其大如牸牛，固已悚然。行半程，忽見一婦人在馬前，年可四五十，綰獨角髻，面色微青，不施朱粉，雙目絶赤，殊眈眈可畏，著褐衫，繫青裙，曳草履，抱小貍貓，乍後乍前，相隨逐不置。將弛擔，乃不見。江心念豈非所謂虎精者乎？秘不語人。拂旦欲東，鋪卒云：「昨於道左見二虎雛，尚未能動步，吾官欲之否？顧以獻。」江笑曰：「吾豈應養虎自遺患？」却弗取。又信宿，從漢陽濟江，同載數人，彼婦在焉，容貌衣服，一切如初。江謂女子獨行而能及奔馬，益懼，坐轎中，下簾閉沓，「沓」字疑誤。不敢正視。還舍且一月，聞門外金鼓叫譟聲，士庶環集者幾千數，若捕押兇盜然。出視之，則又彼婦也。問其故，皆言南市人家連夕失猪狗并小兒甚多，物色姦竊，無有也，獨小客店内此婦人單身僦止，三經旬矣，而未嘗烟爨，囊無一錢，但謹育一猫，望其吻，時有毛血沾污，疑必怪物，是以訟於官。令戎邏執送府，婦人氣概洋洋，呂本多一「殊」字。無怖色。既入郡，郡守李壽卿侍郎使至僉廳供狀，婦自能把筆作字，云：「姓屠氏，是士大夫家女，父嘗任遠安縣知縣，嫁夫不稱意，亦已死，無嗣續，孤孑一身，客游苟活，市上惡少年交相侮困，翻抵爲異類，寃苦情極，願侍郎做主。」壽卿不忍窮治，姑令責戒勒狀押出境。遂入咸寧茶山，與采茶寮户雜處。久之，又因搏食畜犬，爲人所見，箠而逐之。後不知所在。

京山鹿寨

江同祖過郢州京山，晚抵村驛，人言鹿在前結寨，即出觀之，彌望可數里，巨鹿無數，四環成圍，以角外向，凡數十重，而呂本作「兩」。麑麀處中，勃跳嬉戲，民田相近者悉遭蹂踐，禾苗爲之一空。獵户雜沓其傍，云不可近，近輒觝觸，遭之者多死。明旦引去，獵人操弓矢戈矛追隨之，伺巨者行前稍遠，乃敢捕射其稚弱，亦各有所獲而還。

王宣樂工

紹興初，岳少保制閫於荆襄。是時墟落尤蕭條，虎狼肆暴，雖軍行結隊伍，亦爲所虐。有士人言猛獸畏樂聲，若簫鼓振作，當自退避，由是頗采其說。乾道中，王宣子爲副都統制，自襄陽往鄂渚，途次荆郢間，從馬直以百數。日猶啣山，衆樂競奏，候吏報一𥶄策部呂本多一「頭」字。爲虎於衆中馬上忽銜去，正驚怖未已，又報笛部頭一人亦然。其處距宿驛幸不遠，争策馬赴之。解鞍良久，𥶄策者奔喘而至，顔無人色，少定始能言：「初爲虎所搏，置之穴中，復往取笛工，至則啖食，度已飽，故未見傷害，但與二雛繞弄作戲。忽憶得腰間有所執器，急取出大聲噴吹之，巨虎駭震，不暇挾其子，踉蹌遽走，不反顧。望之極目，乃敢歸，幾不免虎口也。」時呂彦升守襄。

餘干縣樓牌

餘干縣治之南有二樓，前曰鼓樓，後曰敕書樓。後樓牌縣宰杜師旦所書。乾道初，「敕」字左畔有黄蜂結窠頗高，邑人言：「此吉兆也，吾邑當出貴人，或士子巍掇科第者。」是時趙子直家居縣市，赴省試，已而大廷唱名爲第一。後三十年，紹熙甲寅，復見一窠綴於「力」字之上，人又益喜，趙公遂拜相。次年春，窠忽爲人觸墮，不踰月，趙罷歸。是三者豈皆偶然耶？其異如此。

朱忠靖公墓

朱忠靖公，蔡人也。渡江之後，卜居於湖州，薨而葬於妙喜山下。既數年矣，術者過而歎曰：「山勢甚吉，恨去水太遠，秀氣不集，子孫雖蕃昌，恐不能以科名自奮。」朱公諸子皆知之，固不暇徙，而後死者復以昭穆次第祔窆。乾道中，公次子侍郎夏卿亡，子翌用治命，捨祖塋而别訪地，唯以水爲主。羣從諫止之，不納，竟如其志。得一穴，前臨清溪。既葬二十年，侍郎幼子爰及翌之子儕遂擢丁未進士第，已而儕弟偃及甲繼之，殊衰衰未艾也。

江陵村儈

江陵民某氏，世以圈豕爲業。有村儈居五十里外，每爲鉤販往來，積有年矣。民長子嘗攜銀券，其直百千，并一僕，出鄉間貿易，經宿不歸，浸淫至累月。荆土市廛子弟，多因挾貲在手，飲博浪游，耗折父錢，無以反命，不敢歸，或迤邐適他境者，民蓋用此疑厥子，不深以爲憂。村儈者以冬月農事畢，牽猪過其門。留少憩。别一僕視其挽索，驚曰：「此我家大郎所自搓者五尺，安得在汝手？」五尺者，土人稱挽畜產繩絆之名也。儈色變，抵云：「昨於某處大路上拾得之，誰人無此物，何爲誤認？」僕以告主人，强拉儈偕往昨處。方舉手指畫，聞林莽間尸臭異常，掩鼻就視，則厥子與僕兩尸跧仆敗溝内，雖暴露過盛夏，而枯骸不損，略不爲狼狐齧啖，的的可識。遂執儈以還。始言因見其有所齎，乃醉以酒而殺之。歷日已久，意謂無由發覺，豈料用一索之故，自投寃網，今無所逃矣。竟伏刑於市。

峽州泰山廟

峽州城東有泰山廟，蓋以他處東岳行宫者，頹敝歲久，土人謀改作。峽境雖饒於林木，而多去江遠，正有力可買，猝難挽致。紹興癸丑之冬，一夕大風雨，五十里外深塢中如發洪水，吕本作「狀」。

浮出巨材千數，皆串貫成排吕本作「簰」。筏，順流而下，至門郭按：「門郭」二字似誤。外，無所闌礙而止。民共告於郡，咸謂神明所賜，請以爲新廟。緣門擊鉦，集衆牽綍，置之寬閑處。梓匠審視，大自棟梁，小至榱桷，一切備具。凡可爲梁者，本末著地，而當中隆起；可爲柱者，充滿端直，或長或短，各應所用，又已剥削木皮，於工力甚省。見者嗟異，證冥冥賜佑，無敢小爲欺隱。即日命役，踰數月廟成，一區耽耽，遂爲夷陵壯觀。仲子時僉書郡幕，實見之。二事仲子說。

員一郎馬

荆門軍長林縣民蹇大，居郭北七八十里間。有一女，納同里鄒亞劉爲贅壻。鄒愚陋不解事，薄有貲業，且常爲人傭，跋涉遠道，在家之日少。蹇據其屋，耕其田，又將致諸死地而掩取其産。少年李三者，數至蹇氏，浸浸與女通。蹇常諷之曰：「苟能殺鄒郎，以女嫁汝。」李欣然承命，特未得間。紹熙四年秋，城人員一販牛往襄陽，鄒輔行。畢事南還，蹇遥見員生跨馬，鄒負擔在其後，急呼語李，使持刃出迎之。纔相值，奮斫員背，墜馬死。繼又戕鄒，亟舁置道側。是時適無人行。里正稍稍集會，倉卒之際，莫知凶變所起。員之姻家爲義勇部將，所居距彼數里。員馬既失主，徑趨其門，與厩駒相踶齧。部將出視，驚曰：「此是員一郎馬，吾恰見其騎而歸，安得到此？必有故。」即詣前塗訪測，見二尸，認其一爲員，其一尸衆識爲鄒。固已略聞陰計，徑往嚇蹇曰：「汝何得白晝殺人？」蹇面赤聲嘶，不能答，李正在焉，遂皆受捕。明年春，獄成，蹇、李以謀殺，女因與人姦致夫於死，皆當伏誅，以殺時無證具奏。予姪孫伋僉書判官，見其故。已而去職奔母喪，至七月，覃赦下，此三人正典刑及漏網皆不及知。原是事因馬而覺，天理昭昭，當不但已也。此句疑有脫誤。

張十萬女

郢州京山境，地名辦頓，豪民張祥，雄於鄉里，名田藏鏹，金銀布帛，皆以億計，故里俗目之爲十萬。紹興初，巨盜桑仲横行漢、沔間，所過赤地。張聞其且至，以貲財孥累之衆不能遠避，於是整頓舍館，烹牛屠豬，多釀酒，先路邀迎之。桑甚喜，爲之駐留。於是累月凶徒相隨，日夕醉飽，仍各有縑銀之贈。桑約飭丁寧，秋毫不犯。張有笄女，從簾下窺覘，桑見其少艾，欲得之，張不許，桑怒曰：「吾業爲不義，殺人如踐螻蟻。今全爾一家，可謂恩惠，而眷惜一女子耶！」張懼，亟以嫁之。留既久，哨聚數萬衆，無物可食，遂盡戕其家，猶以妻故，收拾其骸，瘞於堂中，作大冢。掩畢而去，獨挈妻俱行。别一女，奔出外得脫，存亡消息，無復與人相聞。既四五十年，鄉人樵采山下者猶或見之於巖穴中，容貌只如二十歲者。亦間至故居，隱隱有哭聲，到今猶然。爲鬼爲妖，或云遇仙得道，皆不可知也。張屋基址尚存，有奇石高丈餘，嶽巒穿穴，宛然天成。宣和時，花石綱欲取以入京，重不可移，亦會兵亂而止。今士大夫過，見之未有不瞻翫咨嗟者。堂記石刻猶存，范謙叔所作。呂本作「又」。有《蘭軒記》，朱子發所作。故屋唯門樓在，彼人徙以爲東岳行宫小殿，其大可知矣。二事姪孫仮子中説。

贑州雷

慶元元年三月二十七日，贑州大雷雨。贑丞張履信既受代，〔原作「代受」，據周本改。〕赴同僚餞席於縣治静暉堂。日晡時，廷中忽有火毬十數，旋轉上下，其勢可怖。坐者皆起曰：「迅雷風烈必變，此非吾曹所應高會也。」相與散歸。至暮開霽，聞郡市一書鋪史林三者震死，左脅下有朱篆「三」字。是時憲司大吏劉昭在家晚飯，亦見火毬滚踔於堂，徑入弟房内。弟亦小胥也，正登床視漏處。其妹在房，見朱衣神十餘輩，皆長丈許，睢盱往來。妹喪膽，盡力大叫救人，一神捽其髻以出曰：「不干汝事。」則已相去二丈矣。雷斧從屋脊碎椽瓦而下，搦弟至門外首門限，然後擊碎其腦。俄一婢亦隕於庖下。蓋同死者三人云。

章籤判妻

婺人章濤，德文侍郎之子，娶永嘉盧氏，生一男。數歲之後，忽不飲食，初意其有所嫌惡，或小疾爲梗，而起居笑語固自若。明日復然。章問之，不肯言。姑鄭夫人，出語譙詰，但斂袂唯唯。於是疑爲鬼魅，遍扣婢妾，乃知近嘗往後院游觀，謂侍妾曰：「桃枝上有一顆如盆呂本作「盃」。大，必甜美可食，爲我摘取。」妾望之，滿樹纍纍皆常品，無所謂絶大者。盧氏自以竹打作叉，夾取入手而爲啖食之狀，女伴有同游者皆訝之。自是日遂不食，猶時時飲酒涓滴及果實之屬，雖幹理家務如初，而與夫異寢。歷十五年後，并酒果不入口，唯飲冷水。又七年亦已。紹熙五年，章簽書贛州判官，妻偕來，其弟越適爲江西副都監，官舍在贛。越嘗病，更數醫弗愈，盧氏問疾，坐其榻，爲按摩所患苦處。次日，宿痾如洗，呂本多一「始」字。驗其感遇云。張履信因邀同僚室家宴集，獨盧氏不肯來，時年七十矣。

玉環書經

章濤從外祖鄭亨仲資政入蜀，過京西道間，入一僧寺，舍宇極蕪陋。其傍有一堂，奉觀音龕像，左右列《華嚴經》數函，多散亂不全整。龕下有抽替，試啓之，得小軸，乃朱書《金剛經》也。卷軸差不甚損，然已故暗，字畫勁楷可觀。展視其末，則云「玉環刺血爲皇帝書」。蓋楊太真遺跡，血色儼然，非朱書也。鄭之子取而寶藏之。

信豐巨樟

贛州信豐縣水南有瑞蔭亭，前兩巨樟，相去百餘步，其高拂雲，枝幹扶疏類烟霄中物，亭以故得名。紹熙癸丑之秋，贛境大水，至浸淫於縣鼓樓、兩樟之間，爲所淘洗，露出一連理枝，自東徂西，長四十五丈，枝下去地丈許。蓋其生已多歷年所，因水暴乃表見，遂爲一邑奇觀。右四事思順説。

夷堅支景卷第二（十五事）

孔雀逐癘鬼

撫州宜黄人鄒智明，家饒於財，暴得癘疾，昏昏不知人。一日少間，語其妻，使請師叔。師叔者，其族叔也，爲僧，住持臨江寺，能誦《孔雀明王經》，至則曰：「可於房内鋪設佛像，而即床前誦經。」妻如其戒。僧誦兩卷畢，出就飯。智明望見挂像處，一孔雀以尾逐癘鬼。僧竟經呂本無「經」字。讀疏去，日將暮，一小鬼來告曰：「我輩佩佛敕，行當去此，但公頭上有釘未拔，願多燒冥錢與我，便相爲除之。」於是呼幹僕饒山散買楮幣，聚焚於庭，諸鬼奇形異狀以十數，舞謝歡喜。其先告者徑登床拔釘而去，且言曰：「我明日往縣市曾打銀家行病矣。」先是智明最苦頭極痛，登時豁然如失，平旦即能起。欲驗其事，走介扣曾匠家，果云忽害傷寒。

雲門僧鬼

建昌麻源第三谷，山水清邃，爲江西勝處，有僧寺道觀各一所。僧姓陳者自縊死，其弟子邦彦，鄒氏子也，代掌寺事。嘗謁三里外民家作緣會，徒衆盡行，旋募村農陳三守舍。甫二更，明燈獨坐，聞户外咄咄有聲。方疑怖間，一僧揭簾入，吐舌至地，陳驚奔走厨，握庖刀望空亂斫，殆如失心。夜過半，寺衆歸，覺屋内呼擾撼鬧，趨視，陳已昏惑，良久乃蘇。臨川漆匠陸生者，常爲僧役，然至暮則寓宿觀中。南城王三錫時在觀讀書，謂之曰：「汝就彼用工，何不擇一室休憩，乃挈來此。」陸笑曰：「吾往來兩處久矣，向者元不知有變怪，昨携小子以暑月宿於寺廡，因爲蚊蚋所撓，避之於法堂中屏内。時夜方半，月色滿庭，望呂本多一「見」字。一僧繫皂裙，曳鞁鞋，從東廊上，西廊下，口呼邦彦不已，如是者數次。吾父子恐甚，憂其且來，屏息不敢喘，幸而自去，從此不復夜往云。」

蓬頭小鬼

雲門寺又有一魑鬼怪，頗幻嚇人。嘗有游客至，主僧邦彦館之於三門旁小室。冬夜附火，不覺昏睡。及開目，見一物長三尺，蓬髮鬅鬙，正相對坐。客驚呼出户，邦彦聞之，徐行笑視曰：「何害！何害！只是蓬頭小鬼耳。」麻源巡檢鄧琓來治小亭，館於寢堂。時表兄王三錫在道觀，常相過。王告之曰：「深山多怪異，須益置僕從，以備不虞。不然，徙入僧房，乃可安寢。」琓弗信。一日，折簡召飯，遽言便欲還家，王訝其怱怱，琓曰：「不聽兄教，昨夕只一小吏伴直，琓寢於大床上，夜分熟寢，聞左榻上如人持重物敲擊者數四，倉惶呼吏，吏固已怖慴，遂相攜開關而走，歷階十餘層，不暇躡級，衮攧趣下。驚魂至今未定，豈容更留哉！」是晚辭去。

鄧富民妻

邵武光澤縣村疃曰牛田烏陪，富民鄧生買一妾，嬖愛殊甚。妻不能堪，遂自經而死，即日響怪百端，鄧苦之，而無計可息。召墓師兩人爲卜葬，館於書室，鄧不可周本作「敢」。徑就枕，且傍壁寢，令客處外。夜月正明，聞窗下芭蕉林風敲撲蔌聲，失驚曰：「又來也。」客方問其故，死妻已披髮立帳邊，漸逼枕席，客口舌間爲髮所沾絆，三人呼駭起走，不復寢於彼矣。妾當晝入酒庫，見主母垂髮立其側，卽悸倒地上，幾至隕命。訖於妻葬，乃已。右四事臨川黄日新說。得之王三錫。

會稽獨脚鬼

方子張爲會稽倉官，僦民屋作廨舍。庖中炊飯熟，婢舉甑時，忽三分失其一。已而殽饌亦然。陰伺之，了無所見。主母疑婢盜與人，屢加鞭笞，而竟不能得其實。一老媼嘗至彼，遇異物，一足踸踔。不暇細睹容狀，悸而出，以告子張。子張異焉，謀徙居以避他禍。偶步至鄰家，望小室內一龕帳極華潔，試往視，正晝一巨脚，略無相貌。扣其人，但窘撓不答，若無所措，乃悟常日盜飯者此也。郡士姚縣尉，精法籙，善治鬼。語之故，姚曰：「是名獨脚五通，蓋魈類也。君欲治之乎？」子張曰：「幸不爲大過，無用深懲，只令絶跡勿相犯足矣。」姚爲飛符約敕之，自此寂不至。

孫判官

孫判官者，汴京人，南渡後居於秀州魏塘。氣質軒舉，好談修身養生之事。每歲初夏，輒昇一桌置庭前烈日中，偃卧其上，又以一桌覆之。當食時略起，食已復然，自旦迨暮乃罷。如是者竟三日。劇暑不渴，凡所謂暑藥，未嘗向口。專啖冷虀粟飯，亦無藏府瀉泄之疾。常自矜詑，言可以不死，識者亦以得道當享上壽期之。乾道五年，官於毗陵，恃色力盛壯，與娼女媟狎無期度。訖喪其軀，年才六十餘。

孫儔擊鬼

孫儔大夫者，鄧州人，在金國爲千户長。紹興末歸正得官，淳熙中爲京西兵馬副都監，因買田築室於穀城。其人甚勇，庖婢嘗報：「比夜入厨，輒有一物蹲竈下，蓬頭垂髮，不可認面目，呼之不應，逐之不退，必鬼也。」孫曰：「此後再來，當告我。」明夕又至，孫往視之，信然，笑曰：「是桑仲軍吃了底人魂魄耳。」即奮拳揕其頂，立没於地。迨早命僕發土，得遺骨一具，乃輦而棄諸野。

孫儔寶劍

孫儔家藏寶劍絶異，夜置庭下暗處，則星象皆燦列其上。襄陽前軍統制趙嚴者，亦自北來，爲予弟景裴言：「頃遼主天祚在位日，有星隕於燕，光徹禁廷。既入土，猶熒熒然。召太史訊其占，對曰：『其下必有異。』立遣掘視之，深入七八尺，得鐵鑛一塊，其重百餘斤。命付入作司，鑄作十劍，欲試其利鈍，唤獄中一死囚出，被以厚甲三重曰：『我今赦汝。』囚喜而拜謝。即舉劍斫其腰，并三甲皆斷。其堅利如是。嘗以一與駙馬都尉，孫君蓋得此云。」裴弟屢求觀，力拒之，曰原未嘗有，其意畏人奪取之也。裴時官襄帥幕府。右四事景裴説。

易村婦人

慶元元年五月，湖州南門外，一婦人顔色潔白，著皂弓鞋，踽踽獨行，呼賃小艇，欲從何山路往易村。既登舟，未幾即偃卧，自取葦席蔽其上。上三字葉本作「以蔽」。舟纔一葉，展轉謦欬必相聞，而寂然無聲。舟人訝焉，舉席視之，乃見小原本作「一」，從明鈔本改。烏蛇，可長尺許，凡數千條，蟠繞成聚，驚怛流汗，復葉本多「以席」二字。覆之。凡行六十里，始抵岸步，葉本作「乃」。扣舷警之。奮而起，則葉本無「則」字。儼然人形，葉本作「矣」。與初來上二字葉本作「下船」。時不少異，腰問取錢二百，償顧直。舟人不敢受，婦問其故，曰：「我適見汝如此，那敢接錢。」笑曰：「切莫説與人，我從城内來此行蛇瘟，一個月後却歸矣。」徐行入竹林，數步而隱。彼村居人七百家，是夏死者殆半。初，湖、常、秀三州，自春徂夏，疫癘大作，湖州尤甚，獨五月少寧，六月復然，當是蛇婦再還也。吁，可畏哉！沈清臣女嫁閩帥詹元善，老嫗來福州説此。

潘仙人丹

高州茂名縣，本唐潘州也。縣界有黄尖嶺，父老言昔有仙人姓潘，居此鍊丹。近十數年來，土人入山鑿石，乃得樹木屏於石中，蓋仙所遺丹劑墮地融結者。一層復一層，殆可揭取，但枝葉端正者百無一二。民黄氏擅此山，外人欲采伐，則先以鹽綵與之，然後入山，祀土地吕本作「神」。畢，徐徐施工。朱子淵爲巨吕本作「桂」。帥，致兩屏遺予，老幹扶疏，上挾雲氣，下臨廣漠，混然天成，略無斧鑿一跡。非若祁陽所產，籍「籍」當作「藉」。人力磨治，故痕斷高下，失其自然也。又云海涵萬族，無所不有。范石湖《虞衡志》嘗載石柏，今方得一株，自海底石塊上生，根株盤錯，枝葉如畫，其色紫，其根白，其質皆石也。天陰雨時，必有水珠在葉上，枝間亦有柏子，皆石脂凝結而成。子淵賦詩云：「海物難窮造化奇，後凋惟有歲寒知。誰將修月黃金斧，斲就凌雲紫玉枝。直幹豈容塵點涴，靈根偏與石相宜。天然不假栽培力，肯逐春風盛與衰。」予和之云：「海底靈根石効奇，山經地志不曾知。凝紅幻出珠千顆，染紫裝成玉一枝。鶴骨龍姿隨質見，鸞棲鳳宿與香宜。元戎高唱真難和，愧我年來筆力衰。」又有石梅、石松，則未之見也。子淵說。

余氏蛇怪

樂平余六七郎者，娶程氏女，才一年。嘗白晝欲登榻，見一蛇蜿蜒於上，僅長丈餘，而匾闊三寸許。程駭怖，呼家人共取杖□逐之。蛇躍下，徑出房門，遂不見。里俗相傳，山木間有所謂旺神者，魈類也，頗能見妖怪邀索祭享，然其威靈亦殊不章赫，雖村巫社覡，亦能去之。甚者化爲人，或爲蛇，與婦人亂。於是余氏疑焉。程意狀罔罔，稍與平日異，亦莫知其遺祟與否也。踰月而死，方斂尸於地，蛇復來，踞其腹，形模全似前所睹者。人攜杖至，亟奔趨而出，不知所在。此蛇蓋名曰猪豚云。是時慶元元年二月也。

蜀中道人

張魏公宣和中爲成都士曹，母卜冀夫人奉道，每日齋道人一員，不問所從來，或親出焚香加禮。嘗有一客至，嘆曰：「夫人當有貴子，今安在？」曰：「見爲曹官，方在州倉納粟。」客徑往就謁，既相見，熟視不語。公呼小吏有所言，乃揖公起行數十步，卽呼爲相公，拱白曰：「公之貴相在語聲與行步間。從此不十年，海内將呂本多一「大」字。亂，公當出入將相，掌握兵柄，爲國家立事建功。願自愛。」公竦然謝不敢當，客亟趨出，不暇扣其何處人，何姓氏也。所言既驗，每託蜀士陰訪求之，莫能得。後謫居和州，爲秦丞相所忌，必欲置諸死地，公絶憂之，未知所以自脱。此客忽排闥而入，望其儀貌，儼與三十年前無少異，迎語之曰：「吾昔求先生不可致，正爾牢落，肯惠然相顧，何耶？」客曰：「知公以時相爲憂，故來奉告，彼乃死人耳，何足慮？異時公當復舊物，福未艾也。」公長子欽夫杖出揖，客熟眎良久曰：「兩眼視物欲裂，好處正在阿堵中。他日爲西南帥臣，名滿天下。」時次子定夫杓方數歲，在寢未起，公曰：「尚有稚兒，欲丐題品，但正睡熟，不可喚覺。」客秉燭就視之，笑曰：「大有福，勝如哥哥，未易量也。」少頃告去，訖不復再見。余仲庸聞此事於欽夫。

應山槐

德安府應山縣治南半里許，過小溪，有野寺。寺外數十步間，一槐樹高可二丈，闊稱之，根株與常槐等，但遍體柔條纏結，若藤蔓然，莫見其所起處。每枝必分兩歧，葉葉皆背面而生，無一相對，雖孫枝數寸者亦然。婆娑茂蔚，士民相與愛護，故露植空曠之野，未嘗翦伐。士大夫經此，必往賞翫。政和中，花石之役興，有欲徙置禁苑者，而盤踞牢甚，不可發掘，乃止。鄱陽張君爲邑宰，命畫史睥睨，將寫爲圖以寄餉四遠，竟不能落筆，亦止。

牙兒魚

應山縣外大龜山，高峻可二十里。其上有小寺，寺外一池，泉源未嘗少竭，産一種魚，形模與常異，名曰牙兒魚，有四足，能登岸升木，作聲咿嚘，全如嬰孩，大者亦重一斤許，相傳云不可網釣。常爲寺頭陀捕取其一，欲烹而食之，傍人苦詞勸止不聽，未幾疫死。自是人莫敢害。張芸叟《南遷録》云：「過武昌見蘇子瞻，言近獲一魚，似鮎而有四足，能履地而行，不敢殺，復縱之江中。或曰：『此鯢魚也。』」殆亦此類。王聞禮立之過雅州，有饋一枚，如前所説。

蘄州三洞

蘄州境有三洞：一曰龍洞，在蘄水縣三角山下，神龍居之，禱雨多應，而光景變化，未嘗表露；二曰龜洞，在近郊廣教寺，龜生其中，品類不一，而緑毛者尤多；三曰蛇洞，在蘄口鎮側，蓋白花蛇所聚，今不復有矣，土人捕采，乃出羅田山谷中。施小路温舒自信陽守解印造朝，舟抵蘄口，詣近處龍峰寺游觀，距蛇洞不遠，詢於寺僧，皆言徒有其名耳。因信步到方丈後，躡石級百層，得一堂，方疊足坐憩，傍人驚曰：「一巨蛇正蟠屈於下。」相與持挺擊逐，施遽下榻，蛇徑入山，見者無不汗駭。此蛇之毒甚於蝮，或爲所傷，須急剜出吕本作「其」。肉，少緩則遍體盡生白紋方花，如其形，不踰時必死。施到闕除蘄春守，蓋且將爲地主，故山川之靈陰相之，特令此物出異以示衆。吁，其危哉！言之使人毛豎。右五事余仲庸説。

夷堅支景卷第三十九事

王嘉賓夢子

吴人王彦光葉本作「禮」。御史之子嘉賓，頃隨侍入蜀，在漢川夢至一處，樓閣臺觀，上侵雲霄。葉本作「表」。中垂珠簾，有三四人相對，盛服玉帶，風格清奇。訪其葉本作「諸」。左右：「此皆何人？」曰：「帝王子孫也。」又至一大宅，垂楊夾道，朱紫秉笏者三十輩，列坐聽事。曰：「此公侯貴人家也。」行過曠野，見小兒可數千萬計，一吏曰：「此貧弱之葉本無「弱之」二字。民子孫也，汝可於此中隨意抱上二字葉本作「取」。一兒歸。」葉本作「時」。嘉賓正以未有嗣息繫念，上六字葉本作「未有子嗣」。聞言甚喜，遽取葉本作「抱」。其一。及寤，甚異之。次年，生一子。既長，愚魯不解事，蓋來處寒陋也。嘉賓字仲賢，淳熙十二年監左藏封椿庫，爲同官説此。

永日亭鬼

乾道二年，吕彦升知鎮江府，所親李伯魚來訪之，授館於府治錦波堂西偏。當四月初暑，開窗夜坐，時永日亭兩邊櫻桃正熟，於月明中望見有竊食之者，意以爲直吏諸卒耳，叱問之，乃二白物從木杪而下，皆長丈吕本作「尺」。許，蓋鬼也。呼衆起，譟而追逐之，向西南十餘步而没。且以告呂，呂命法籙道士王洞先書鐵符埋於所没處，自是怪不復出。

武康二叟

湖州武康山谷中有二野叟，一人姓楊，一人姓徐，皆年八九十歲，狀貌偉碩，蒼鬢白髮，步履如飛。結廬於山之絶頂，占上下巖，居相去可百步，疊石爲垣，繚繞半谷，松竹四面干霄，小軒古壇上各植瑞香一本。二月十一日花盛開，呂義卿自嘉禾至邑中，適當生朝，一客素不相識，自通爲沈道人，訪之旅舍，青巾布袍，人物修整，目光奕奕如神仙中人，語笑殊不凡。因劇談叟廬之勝，即相引往謁。到花下，見平闊皆丈餘，吴中固多此品，然亦未嘗睹也。道人曰：「君欲之乎？可致敬二叟以求之。」叟漠然有難色，云：「吾此花久爲神物所護，培養成就，未省令俗士輒見，豈容浪求。雖高官顯貴，齎持錢帛，吾亦弗與也。」既而從容延顧，頗相親洽。道人爲言：「呂官人賢者，非奔趨勢利之流，與之何害！」二叟相視皤然，有和悦色，徐云：「與君似有宿契，若花得所托，吾何惜哉！但恐到人間，栽蓄不以道，將貽吾憂耳。君善自愛重。」即唤集僮奴樵丁，移置竹畚，自山顛舁而下，至村市，不交一談，委之而去。沈道人亦長揖告别，不費一錢。於是買舟載歸，花益以鬱茂，柯蘂倍於他種。義卿自爲記，疑彼三士者皆異人云。時淳熙三年也。

吴江鄭媪

淳熙元年，吴江長橋側居民鄭氏媪，年八十餘歲，獨處茅簷之下，日丐於市，頗爲人所憐，敝衣糲食之外，蓄其賸錢於藏瓶，欲以畫觀音像。夏四月，鄰火延燒，所積一空。明日，泣理故處，於燼中得故瓶，略無壞缺，而錢吕本多一「自」字。鎔成寶像，高一尺許，冠衣瓔珞楊枝淨瓶皆以上十九字原闕，從吕本補。具，工製妙巧，塑匠驚嘆，以爲不能及。巨室王氏取去，營一室嚴奉，留媪事香火，壽過百歲，紹熙中猶存。頃吴斗南書明州民媪一事，全相似，已載《庚志》中。佛力不可思議，普欲示化，不嫌於同也。

何百九

贛州石城縣豐義里小民何百九，强悍亡賴，以屠牛爲業。嘗坐事編隸南安，遇大赦得歸，不改舊態。紹熙四年春，主簿鄭綰因審究公事到彼里，適見何鼓刀解牛，有粗皮小片僅三寸，割而擲之。其子五孜適從旁過，正著其右目上，揭之不落，卽時生合，不可脱，黑毛森然，才爲指誤觸則痛楚異常。此子蓋與父同惡者，人以爲業報。

水精環

《邵氏聞見録》載：洛陽楚氏所寶水精枕，其間有半開杏花一枝，自北方攜之來南。建炎中，胡騎犯淮甸，委於山澤，今不知所在。錢塘闕子東博士家於秀州，其孫出乃祖所藏水精條環，表裏瑩徹，中有生竹葉一片。二者皆異物也。

應夢寶塔

吕大年德卿欲訪《法華經》善本，久而未得。乾道九年初秋夜納涼於中庭，如睡醒間，夢白衣少年奉一金塔，高三尺，光采照人，置其前方，顧盼咨嗟，塔與人俱不見。失聲而寤。明旦飯竟，有攜是經求售者，其人與夢中所見無小異。試拈一卷揭一板視之，則《寶塔品》也，始悟前異，用倍價得之。經乃寫本，字法端勁，夏文莊公作序，金填標目，乃貯以黑厨。吕置於佛堂，奉之甚謹。

大錢村

湖州城外十八里曰大錢村，乾道十年春，農民朱七爲人傭耕，一日，天氣陰晦，見一青物自東北乘風飛過，狀若籧篨，墜下散錢如雨，俯拾之，得七百餘枚。俗所謂錢龍者，疑此是也。

吕氏畫扇

吕椿年夏日晝寢，夢到大宫府，日色正午，見千葉白蓮兩盆在砌下，傍值木樨十餘株。廳上屏風有草書數行，不可讀，小妾秉燭引一少婦從内出，容貌嫺麗。方注目諦觀，忽聞堂前翻棋局聲，驚而覺，不曉所謂，自以爲神遊仙境也。轉盼間枕畔得一畫扇，視其上，皆夢中所睹者。爲家人言，乃稚女置扇於彼，吕元弗知。

邵武酒家女

謝用光源明，邵武人。所居在城內，嘗以夏夜獨步其門首，見鄰家門外燈燭熒煌，賓從雜沓，擁一輿而進。疑此家微下，不應有衆呂本作「重」。客來，趨前視之，無有也，乃審爲鬼物，遽還舍。迨旦，聞鄰婦正以此時生女焉。後十二年一夕，所見復爾，但肩輿却從其中出。謝緩行躡其後，過十四五家，徑入一舍而寂，認彼處，蓋酒家也。明日詢之，乃鄰女昨夕已死，而酒家誕一女云。

緋袍官人

紹熙癸丑，呂椿年夢四皂衣吏踰牆而入，自稱鄉司。驚而寤，猶髣髴在目也。三鼓後，又夢一緋袍官人秉笏稱通判，直前設拜，呂遜謝，將致答，傍若有贊者曰：「君是他主人，宜端受。」堅握其臂，不容屈膝，遂四拜而退。覺而異焉，念之悚惻，達旦不能寐。天甫明，守園人來告，五更時後圃犬生五子，扣其毛，四皂一赤，悉與夢契，爲之憮〔原作「撫」，據周本改。〕然者終日。

三山陸蒼

傅敞，字次張，濰州人。爲士子時，以紹興二十年過吴江，縱步塔院，見僧房竹軒雅潔，至彼小憩。其東室有殯宫，問爲誰，僧云：「數歲前知縣館客身故，聞其家在福建，無力歸窆，因權厝於此。」敞惻然憐之。既還舟次，是夜夢儒冠人持名紙來見，曰三山陸蒼，自叙蹤跡，與僧言同。將退，拱白曰：「旅魂棲泊無依，君其念我。」明旦，敞以告邑宰，亦有舊學院小吏知其事者，遂遷葬於官地上，仍修佛果資助之。至七月，敞赴轉運司試，寓西湖小刹，復夢陸生來，再三致謝，且云：「舉場三日題目，蒼悉知之，謹奉告，切宜勿泄。若泄之，彼此當有禍。」敞寤而精思屬槁，洎應試，盡如其素，於是高擢薦名。

王武功妻

京師人王武功，居𨻶栁葉本作「㑭」。巷，妻有美色。緣化僧過門，見而悦之，陰設挑致之策而未得便。會王生將赴官淮上，與妻坐簾內，一外僕頂合置前云：「聰大師傳語縣君，相別有日，無以表意，漫奉此送路。」語訖卽去。王夫婦亟起葉本作「啓」。合，乃玉葉本作「肉」。璽百枚。剖其一，中藏小金牌，葉本多一「餠」字。重一錢，以爲誤也，復剖其他盡然。王作色叱妻曰：「我疑此髠朝夕往來於門，必有異，葉本作「故」。今果爾。」卽訴於府縣。僧元無名字及所居處，已竄伏不可捕，獨王妻坐獄受訊，但泣涕呼天，不能答一語。王棄之而單車之任。妻囚繫累月，府尹以曖昧不可竟，命録付外舍，窮無以食。僧聞而濳歸，密遣針婦説之曰：「汝今將何爲？且餓死矣，我引汝往某寺爲大衆縫紝度日，以俟武功回心轉意，若之何？」王妻勉從其言。既往，正入前僧之室，藏於地穽，姦污自如。久而稍聽其出入，遂伺隙告邏卒，執僧到官，伏其辜。妻亦悵恨以死。

西湖庵尼

臨安某官，士人也。妻爲少年所慕，日日坐於對門茶肆，睥睨延頸，如癡如狂。嘗見一尼從其家出，徑隨以行，尼至西湖上，入庵寮，卽求見啜茶。自是數往。少年固多貲，用修建殿宇爲名，捐施錢帛，其數至千緡。尼訝其無因而前，扣其故，乃以情愫語之，尼欣然領略，約後三日來。於是作一齋目，列大官女婦封稱二十餘人，而詣某官宅邀其妻曰：「以殿宇鼎新，宜有勝會，諸客皆已在庵，請便升轎。」卽盛飾易服珥，攜兩婢偕行。迨至彼，元無一客。上二字明鈔本作「人」。尼持錢犒轎僕，遣歸，設酒連飲兩婢，婦人亦醉，引憩曲室就枕。移時始醒，則一男子卧於傍，駭問爲誰，旣死矣。蓋所謂悅已少年者，先伏此室中，一旦如願，喜極暴卒。婦人不暇俟肩輿，呼婢徒步而返，良人適在外，不敢與言。兩婢不能忍口，頗泄一二。尼畏事宣露，瘞死者於榻下。越旬日，少年家宛轉訪其蹤，訴於錢塘。尼及婦人皆桎梏拷掠，婢僕童行牽連十餘輩。凡一年，鞫得其實，尼受徒刑，婦人乃獲免。

建陽驛小兒

王崧壽茂與弟嵎季夷紹興十五年入閩，經建陽道中驛舍投宿。四更後，見十數小兒入，從窗隙跳躍，鼓舞於前後，呵叱不退，爲之驚擾不得寐。一僕寢户下，持帚向前擊之，始相率奔出。拂旦審測所來，蓋驛之東有小廟，睹泥孩子排列於神像前，不成行綴，宛是昨夕爲怪者。不忍毁擲，但歎異而去。

觀音二贊

臨川王瓘瑩夫，和甫左丞曾孫也。平生不以仕宦屑意，於文筆甚高。晚學禪釋，洒然有所悟解，嘗作《入定》、《水月》、《觀音》三贊，《入定贊》云：「大士法身，猶如虛空，寧有動静，可以形容。隨衆生心，應所知量，袈裟蒙頭，現此定相。定上人者，三昧密圓，毫端所向，奇觀炯然。我贊一言，如風過水，二俱無情，偶然成理。」《水月贊》云：「一月當空，影涵衆水，至人應物，亦復如此。億萬維生，其欲不同，我毋汝心，感而遂通。其感伊何，元汝精明，不湛不摇，所能皆成。汝陰高人，得大自在，毫端高明，普周妙吕本作「沙」。界。百千妙義，不假言宣，稽首十方，妙相現前。」皆爲人士所傳諷。年至六十，晏無病苦，趺足而化。時居於越之諸暨。

莫氏庵蟻

湖州月河莫氏，衣冠大族也。祖塋在卞峰之西南，曰齊山，古木千章，巨竹萬挺，一郡形勝，無與比論。乾道二年正月，僧庵中堂忽有大蟻聚焉，往來營營，不見其止，未覺爲有異也。明旦視之，甃磚上蛀成大樹一株，根榦壯實，枝葉扶疏，觀者靡不嗟賞，謂圖畫之工有所不逮。僧飾以朱欄，護惜甚謹。到今三十年，闘尚存也。

瓦上冰花

《筆談》及《夷堅景志》皆有冰花事，今亦間見之。濟南吕援彦能，居秀州西門之内，淳熙初除知和州，未上。其廳側元置瓦數百，爲雪所壓。迨雪消冰澌，皆結成樓觀、欄檻、車馬、人物，并蔕芙蓉、重臺牡丹、長春萱草及萬歲藤之類，妙華精巧，經日不融。彦能令其子述卿施墨搨印十餘本，以爲傳翫。

海中真武

婺士葉昉，登乾道己丑進士第。因往明州訪親故，爲航海之役。方升舟，見一物漂漂隨流赴舟所，試勾取視之，乃故紙一幅，畫真武仗劍坐石上，一神將甚雄猛，持斧拱立於傍，後書「道子」兩字，疑爲吴生筆也。紙略不沾濕，若初未嘗著水者。葉徙居嘉禾，此像爲其姪宜之所得，供事於神堂，極有靈驗。葉再調舒州懷寧令，終於官。此卷皆吕德卿説。

夷堅支景卷第四 十六事

姜處恭

淄州姜處恭，年二十四歲時，以妻龔氏之兩兄謫南安及桂陽，往省之。從南安上猶縣問道適桂陽，行峻嶺曠谷，敻無人烟，經日纔得一村落，又無旅舍。涉大溪外二里，有屋三間，標曰如歸館。主翁隔溪居，聞有客始來啓户，已而復歸，更無人可給薪水。姜遣僕詣疃買酒肉，俄遇三武士至，兩人持長矛，一人執大刀，色白如銀，執刀者最豪健，姓名爲薛忠，云分往某處屯駐。時當暑天，姜汲水調暑藥分食，酒至復共飲，欲取刀切肉，薛忠於左足腕抽匕首授僕，又於左足畔解刀磨潤石上。迨夜，共坐納涼，薛曰："我輩邂逅相逢，既喫公藥，又飲公酒，無以爲樂，請觀擊刺。"於是袒裼距躍，良久方止，歎曰："明日囊無一錢，奈何？"姜固疑其非佳士，既就寢，但危坐榻上，不暇寐。甫夜半，聞館門劃然蕩開，心愈顫掉，呼問之，答曰："我不能安眠而起，公勿訝。"天未明，辭去，猶以刀摩戛窗檻十數番。姜平明登塗，未及五里，見三尸卧於道，狀如商客，乃武士所戕也。又一程，迷失路，日向夕，無人往來，時時見紙錢纏搭草樹。頃之，嵐霧翳合，對面不分誰何。冥行過深夜，埃翳漸吕本作「頗」。散，稍窺明月，傍側若虎嘯聲，急置擔杖，與二僕升高木自縛，移時乃下。復前進，得一草舍，翁媼出揖，驚賀曰：「官人定有後福，憶所過挂紙錢處乎？魑魅魍魎，白晝牽人衣，嶺上下又多猛虎，豈容平行安步，略無困惱！真可賀也。」他日，歸至南安，則薛忠輩既事敗就擒，戮於市矣。處恭字安禮，工爲詩，予前志書之。後錫山士人陳善爲記其事，以爲姜平生爲人行義孝友，故值兇盜，行鬼區，蹈虎境，履危如此，皆獲免云。

琴臺棊卓

乾道初，内侍陳源坐罪謫郴，詔籍其家貲出鬻。將作吕丞義卿得二物：其一琴臺，虢州月石所作，色紫而理細，茂林修竹，江村小景，工巧不可名狀，四脚各以緑絲條繫降真香刓子一枚；其一象棋桌，高一尺五寸，闊二尺五寸，空中以貯棋合，四圍有闌，沉香爲局面，牙柵界之，其外用烏木花梨白檀數匝緣飾，以降真香刻水浪加金填，而浪頭填以銀，芬薌襲人。他物一切稱是。其居在祕書省東，連牆起樓，樓下築露臺，每延客張樂，必於其處。有閩士獻書警之曰：「宅西正是三館，職[職上疑脱「館」字]多窮寒措大，羨人富貴，於心常弗堪。稍遷則爲臺諫給舍，或能害我。」是後遂不復至。此書雜於故紙中，故外間得見之。貂璫僭侈之極，罪不可勝誅，尚爾漏網。高宗閱其鈿榻水精盤，謂宫禁所無有。

吕氏緑毛龜

吕德卿家畜一緑毛龜於盆池中，久而甚馴。每至日午，以小竹杖擊水面，必應聲而出，即就杖頭插生猪肉數小臠飼之，食盡復入。凡如是兩歲，未嘗少差。稚兒欲爲戲，用此時擊水，出而取之，置於定盆。次日歸之，至午不復出。經六七日，使童子没臂求索，則死矣。此一介蟲之微，愠於失信，寧不食而死，異哉！又魯子禮書室石斛中育白龜，僅若小錢大，背文皆黄金色，有光采，雙目如漆，後因以鰕醢與食，金文脱落而斃。秀州市民杜會有一龜，若藥瓢然，詢其人，云自始得時，以鐵捲束其腹，故如此。又一道人盆養二龜行丐，背狀如鼈而龜文，喙若鸚鵡，尾之長與身等，鱗甲斑斑然。此四者皆與常異也。

吴法師

吕椿年幼子年三歲，以紹熙癸丑夏得痰疾，父母憂之，醫禱備至。或言有吴法師者，符水極精，宜使治之，乃亟往邀請。復以百錢顧廛市一小兒，令附語。吴訶責詰問，敕神將縛其手，即徐徐高舉手爲受縶之狀，繼令縛兩足，亦然。叱之曰：「汝是某鬼乎？」俛首曰：「是。」凡所扣數條，皆呫囁應喏。又曰：「吾不忍治汝，汝要某功德乎？」兒頷首謝曰：「幸甚。」旋叱使去，兒冥然仆地，少頃而起。法師退，吕氏詢小兒：「適間所見，尚能省憶否？」答曰：「我貪百錢之利，故一切從彼言。其執縛對答，皆我自爲之，仍以久立脚力疲盡，是以隨問掂頭，且欲事了後出外睡一覺耳。」衆相視大笑而罷，幼子亦自愈。

人生尾

臨安薦橋門外米市橋之傍有賣䫻豆者，腰間生尾，長四尺餘，每用索纏縛數匝乃得出。常爲市中小兒窘逐，必求觀乃止。又一丐者亦有之，然才長數寸。

陸思俊犬

秀州吕氏老幹陸思俊家蓄一犬，甚馴。凡七八年，陸夫婦繼亡，遂空其室而扃之，犬猶日卧户下傫傫然。間葉本無「間」字。往來他處，已復歸。常作聲烏烏，若有所尋索而悽咽者。鄰人不忍視，或以糟糠呼飼之，亦不食。久之，肉消骨立，長號數聲而斃。

完顔亮詞

建康歸正官王和尚，濟南人，能誦完顔亮小詞。其《詠雪·昭君怨》曰：「昨日樵村漁浦，今日瓊州小渚。山色捲簾看，老峰巒。錦帳美人貪睡，不覺天花翦水。驚問是楊花？是蘆花？」其《中秋不見日·鵲橋仙》曰：「持杯不飲，停歌不發，坐待蟾宫出現。片雲何處忽飛來？做許大、通天障礙，愁眉怒目，星移斗轉，懊惱劍鋒不快。一揮揮斷此陰霾，此夜看、姮娥體態。」讀其後篇，凶威可掬也。

寶積行者

台州仙居縣寶積寺，雖小刹而從來規矩整嚴。紹興中，僧圓悟主寺事。園人陳甲常種蔬菜來鬻，直堂行者慶修竊其一畦，陳妻王氏知之而不克與競，但仰空呪云：「我所失菜，直一貫二百錢，數你做畜生還我。」已而慶修病傷寒，因自汗失音，困乏欲絶。人問所苦，不能言，唯墮淚而已。寮衆以粥飲彊灌之。奄奄幾一歲，忽矍然而起，語人曰：「向來實不合取陳家菜，遭彼設誓。憶昨病瘖時，見黄衫公人來云：『王大伯叫汝。』即以黑衣加我體，大伯者，王氏兄也，遂被驅入其舍，後先已有七八人在彼矣。約月餘，復獨挈我至陳園，顧視自身，乃成一猪，窘急思歸，而爲縶縛，且以糟食餵飼我。數月後肌膚充腯，持貨於張屠，正得錢千二百。屠施刀猛刺喉下，痛不可忍，大叫一聲，欻如夢覺。」自是疾瘳。徐以其事詢諸人，所説皆同。傳記中載死而償債者多矣，若慶修生而爲猪，未之有也。紫囊長老清可親見之。

何左司

何萬一之、陳謌蹇叔皆福州名士，平生最相厚善，雖爲鄉里交游，而情好不異骨肉。淳熙十三年，同爲宰屬。是歲之冬，何出守姑蘇。才數月，陳爲左司郎官，其家媪夢何來言：「我如今不做平江知府，别受得好差遣，官況極勝前時，又與爾官人同官，我心甚喜，可先次爲報知。」寤而告陳，莫曉所謂。俄報何下世，媪復夢其金章紫綬，乘白馬，導從溢目，謂媪云：「我先去赴任，爾説與左司，治疊行李了，早早來。」媪再以告陳，陳始憂窘，不知所以爲計，遂卧病，少日而卒。吕德卿時監封椿庫，陳爲提領官，自爲吕説。

清塘石佛

湖州周司户幹僕陶忠，掌收掠僦債之直。每日暮，必經由清塘門裏，常見河畔髣髴有光自水際出，凡數十夕皆然，漫記其處。旦而往訪，尋得一方石，四面皆鐫釋迦佛像，卽取以歸，香火供事甚謹。石理細潤可愛，遇天將雨，先一夜必有水珠出，以之候陰晴，未嘗不驗。時乾道初年也，陶氏自此儲積稍以豐腴。至淳熙甲午，其子顯置黄頭雀籠於佛室相近處，遺矢污像，不加拂拭。忽風雷中夜暴震，迨曉，失佛所在，窮人力搜索，不復可得。未幾，顯病痁，夢爲黄衣卒逮至獄廟。神斥數其罪，命與杖二十。驚覺視之，臀無膚矣。醫者以杖瘡膏貼，傅月餘乃愈。明年夏，頓苦煩悶，赴水而死。家日以貧窶，一切如初。

趙葫蘆

宗室公衡居秀州，性質和易，善與人款曲，但天資滑稽，遇可啓顔一笑，銜口輒嘲之。里閭親戚以至倡優伶倫，無所不狎侮，見之者無敢不敬畏。素寡髮，俗目之爲趙葫蘆，遂爲好事者作小詞詠之曰：「家門希差，養得一枚依樣畫。百事無能，只去籬邊纏倒藤。幾回水上，輒捺不《詞苑叢談》作「百」。翻真箇彊。無處容他，只好炎天噉《詞苑叢談》作「照」。作巴。」讀者無不絶倒，蓋亦以謔受報也。

扈亶贊

戚方既罷鎮江都統制，謫竄長沙，後自汴卜居湖州。乾道七年，苦腰股沉重之疾，藥石鍼艾俱弗効。既而奇癢不可忍，乃置甑熾火，横股其上，使熱氣蒸噓，方得稍解。如是累月而死。正困棘時，侍妾秉燭進藥，見燈焰上現人頭數十，已則滿帳皆然，殆以千計。其一差大，指戚曰："此扈宣贊也。"蓋戚爲巨寇時，破廣德軍，凡官吏自太守以下，皆舉室屠戮。每斬首竟，則剖其腹，折其股，而實之以錢。獨教授一家得免。扈君任兵鈐，罹禍尤酷，妻卞氏色美，戚以爲妻。逮命絶之際，人皆知爲寃業云。卞氏亦繼死。子世顯，坐殺人於都城，掠其楮幣，受極刑云。

榮侍郎墳

榮茂實侍郎嶷，葬於湖州卞山之西南。後十年，道人徐存真至其處，謂庵僧曰："此地本佳，但近來佳呂本作「旺」。氣已走了。其家衰替，當只在三二年間，急卜它兆域改遷，猶可救一半。儻因循不問，禍至無日矣。"僧以告榮之子簡，殊不屑意，蓋事緒至大，非指日可辦也。既而簡殂，諸孫鉛山主簿撫辰、南康司理應辰、仁和知縣授辰相繼而亡，諸女婦輩死者十七人，今唯桃源主簿拱辰存。墳墓之所係如此，豈偶然耶！存真者，亦異人矣。

王雙旗

忠翊郎王超者，太原人。壯勇有力，善騎射，面刺雙旗，因以得名。嘗隸劉武忠軍爲步隊小將，後解兵籍，得湖南巡檢。坐贓削官，編置鼎州，遂入重湖爲盜，𢦤奪人貨，至於黥配。然惡習不悛，曾遇道人授以修真黄白之術，乾道庚寅、辛卯間，年八十矣，時岳陽民家遭劫，被害者數人，且姦穢其婦女，累歲捕賊不獲。福州連江人黄士宏爲平江尉，正鄰壤也，悉意蹤跡之，得凶盜十輩，而超爲之首。既成擒下獄，尉見其春秋已高，而精采腴潤，小腹已下如鐵而常暖，呼問之曰：「知汝有異術，信乎？」對曰：「無他技，唯得火炙力耳。每夏秋之交，輒灼艾數千炷。行之益久，全不畏寒暑。能累日不食，或一食兼數日之饌，皆不覺大飢大飽。豈不聞土成磚，木成炭，千年不朽，皆火力致然耶。」鞫其過犯，略不諱隱，結正赴郡論斬刑。劊者剖其腹，得一塊，非肉非骨，凝然如石，蓋其炙火之効。惜其不自檢束，至於觸大惡，抵極典，翻爲養生之累，其無識甚矣。士宏説。

金鷄老翁

趙師輴居湖州武康上柏圓覺寺，乾道九年春，爲父謀葬地，久而未得。夏五月，夢一翁，雪髯白衣，右手抱金鷄，與語云：「吉卜只在三十里内，明日便可得。」時所營茫然無緒，未敢以爲信。明日正午寢，寺知事僧來謁，言有一道人持經帳爲某家售地，輴卽令呂本多一「引」字。入詢之。迨晚偕詣其處，問山名，乃金鷄峯也，頓悟昨夢。唤主至，商價須百千，喜而酬之。成券之日，又適辛酉，窆穴坐壬向丙，於青囊家指爲佳城。葬之次年，輴以進士登第。

慶喜貓報

呂德卿親戚家一庖婢曰慶喜，置兔臘於厨，爲貓竊食，而遭主母責駡，不勝憤憤。擒貓，擲於積薪之上，適有木叉與腹值，簽刺洞腸胃流出，叫呼彌一晝夜而絕。後一歲，此婢因暴衣失脚仆地，爲銛竹片所傷，小腹穿破，洒血被體，次日卽亡，殊似貓死時景象，蓋寃報也。此卷亦呂德卿說。

夷堅支景卷第五 十四事

臨安吏高生

朱思彥則淳熙初知臨安縣，因鉤校官物，得押録高生盜侵之過。其妻尤貪冒，每攬鄉民納官錢，詐給印録呂本作「抄」。而私其直。時高以事上府，先逮妻送獄。高歸，詢詰之，應答殊不遜，遂併鞫治。因繫月餘，日加栟訊。一夕，丞巡牢，二人哀泣，言楚毒已極，恐無生理，丞惻然憐之，會朱延過客飲宴，席未散，乃爲破械出之，使潛竄跡。明日，丞詣縣與朱言：「高某爲胥長，而夫婦盜沒民錢，且對長官咆哮，誠宜痛治，然久在囹圄，昨夜呼其名，已困頓不能應，不免責出之，旋聞皆到家卽死。幸不隕於獄，不必彰聞，其子亦願殮瘞，既從其請矣，失於顓擅，此情悚然。」朱喜丞之同嫉惡，又處事委曲無跡，致詞言謝。迨反室，復念彼罪不至死，一旦併命，異時豈不累己，正不然，將有陰譴寃祟之擾。自是寢食爲之不寧，遂見二鬼，裸形被髮，箠痕遍體，徑前挽衣裾曰：「我罪不過徒隸，乃淪冥塗，又使縣丞屏去體骨，慘忍如是，非得爾往地下證辨，斷無相捨之理。」朱噤不得對，遂感疾，鬼朝夕在傍。丞來問疾，朱告之故，且曰：「思不忍一時之憤，至不可悔，今又奚言？」丞笑曰：「兩人實不死，吾憫其困而脫之，匿諸邑下親戚家，而給以亡告耳。」朱曰：「若是則日日呂本作「日夕」。現形吾前者爲何人？」丞曰：「此憂疑太過所致，當呼使來。」甫經宿，果至，拜於堦下。朱登時心志豁然，厥疾頓愈，命高復故役焉。或又言朱所治胥真死而常出爲厲，任漢陽復州守時，恍惚見高入府，猶怒閽人不誰何及兵校不捉搦，皆決杖，有黥配者。郡民知曩事，莫敢白。至今未能安泰云。

許六郎

湖州城南市民許六者，本以鍋葉本作「貨」。餅餌蓼糤爲生，人呼曰許糖餅。獲利日給，稍有寬餘，因出子本錢於里閭之急缺者，取息比他處稍多，家業漸進，遂有六郎之稱。乾道六年，病死。其甥女嫁秀州魏塘陳氏，鄰家牝犬生三子，其一白色，腹下有褐毛五字曰「湖州許六郎」。甥女往視，信然，使其夫持千錢買之，未忍報許子。而許氏爲亡者設三七齋會，一家皆夢見之，泣訴云：「我在生無顯過，只緣放錢取利，葉本多「太多」二字。致貧民不能償，或鬻妻賣子，坐此墮犬身。猶幸生於陳婿之鄰，外甥已贖我，可便取歸。然不過一百日，則業緣盡矣。」明日，其子卽遣僕往陳氏，甫到，乳犬已迎門搖尾。僕以絮窩負之歸，至家，據主席而坐，兩眼淚落。妻子不勝悲惋，豢育盡志，滿百日果亡。

童七屠

台州近城三十里葉本多一「外」字。有小寺，亦明鈔本作「名」。曰徑山。路口有屠者童七，累葉本作「家」。

世以刺豕爲業，每歲不啻千數，又轉販於城市中，專用以肥其家。淳熙初元歲夕，家人夢葉本多一「其」字。先亡祖考盡集，云：「因小七不改故業，我等皆已十餘次作豬，葉本多「來宰」二字。死於其手。今圈中所蓄，總是我輩。然還債已足，切勿更加殺害。」至旦，往視之，羣豕首悉變爲人，若祖，若父，若伯叔，若姑姊妹，葉本多一「姪」字。皆悲酸出言，大略與昨夢所告等，而下體固畜類上三字葉本作「則猪」。也。頃之復故，而外人無所見。童遽空羣上四字葉本作「童以屋」。捨入寺，且飯僧懺佛，痛自洗悔，而改貨紗帛以自給，至今猶存。

淳安潘翁

紹興二十五年，忠翊郎刁端禮隨所親邵運使往江西，經嚴州淳安道上，晚泊旅邸。日未暮，乃縱步村徑二三里，入一村舍少憩，見主家夫婦舂穀，問其姓氏，曰：「姓潘。」婦瀹茗以進，聞旁舍窸窣有聲，試窺之，乃一無頭人織草履，運手快疾。刁大驚愕，扣潘生，生曰：「此吾父潘翁也。宣和庚子歲，遭婺源方賊之亂，斬首而死。某偶逃外得脫，還訪尸於積骸中，尚可辨認，舁而按：此句似有脫誤。葉本無「而」字。以歸，手足猶能動，肌體皆溫。不忍殮殯，唯造小函，置首埋於屋後，而用藥傅斷處。其後瘡愈，別生一竅，欲飲食則啾啾然，徐灌以粥湯，故賴以活。今三十六年，翁已七十矣。」刁亟反館邸，神志恍然不寧者累日。後每思之，毛髮輒洒淅也。《已志》所書廣民亦如此焉。

湯教授妾

湯衡平甫，臨安人。登進士第，待某州教授闕。就上饒王侍郎家館舍，攜帑〔「帑」當作「孥」〕寓於門屋之側。乾道中，王氏遭火災，焚燒俱盡。湯妻得驚疾致亡，窆於彼處。湯後至都城買一妾，頗有色藝，悉取故妻箱筥首飾付之。嘗以清明節上冢，將偕遊山，未及行，白晝見妻舉手搦妾，碎其冠珥裳衣，肆擊移時乃没。舉室怖駭，又不敢招邀巫法毆禦。湯於是爲檢拾遺物，可直千緡，盡付寺觀，追營薦焉。妾病踰月方愈，影響亦絶。

高子潤

文林郎高子潤，淳熙庚子歲爲真州判官。因被疾，夜夢神人告云：「汝生前作官，誤斷公事，陷一平人於死。今雖隔世，猶日日伺隙欲償寃對。以吾衞護之故，未能前，然恐終不能庇汝。若能急納禄，不獨可以延年，兼此鬼亦不復爲祟矣。」高寤，以告妻子，使治歸裝。明旦白郡守，乞致仕，守留之甚力，高詳舉昨夢云：「儻知而不去，恐不能脱死。」守愴然，即從其請，上諸朝，時相嘉其恬退，奏於合遷秩上更加一官。歸秀州，居東門之外，一意治生，遂爲富室，且賦性倜儻，有氣義。高氏巨族也，姻黨至多，以窮來言者必蒙其惠。或云方夢神人時，他有緒訓，既不能爲人言，故不能審。

鄭四客

鄭四客，台州仙居人，爲林通判家佃户。後稍有儲羡，或出入販貿紗帛海物。淳熙二年，偕其僕陳二負擔至摘星嶺，鄭有姑，嫁於嶺西十里間，將由徑路往訪之。日色已晚，忽值暴雨，不能前。遇一空屋，趨入泊憇，旋敲石取火，拆葦籬炊燃。呂本多一「覺」字。積蒿下若有物蝡動，視之，乃三乳虎，亟以隨身矛刺殺之，而用他木撑閉門户。少焉，聞撞扉聲極猛，窺諸隙中，蓋兩大虎，其一銜物長數尺，頓於地，其一舉爪穿閾下，意欲突入。鄭以利刃斷其三爪，兩虎皆捨去。良久審聽，如人呻吟，莫敢啓關。迨旦出視，乃通判之女，爲虎所搏，幸無損傷。鄭負以下山，迤邐回縣，送歸林氏。一家方聚哭，不勝喜，厚謝鄭生。鄭因此小贍，亦懲虎暴，不復爲商矣。

聖七娘

建炎初，車駕駐蹕揚州。中原士大夫避地來南，多不暇挈家。淄川姜廷言到行在參選，以母夫人與弟孚言已離鄉在道，久不得家書，日夕憂惱，邦人盛稱女巫聖七娘者行穢跡法通靈，能預知未來事，乃造其家，焚香默禱。才入門，見巫蓋盛年女子，已跣足立於通紅火磚之上，首戴熱呂本多一「鏊」字。神將方降，卽云：「迪功郎，監潭中南岳廟。」姜跪問母與弟消息，「更十日當知，又三日可相見。」姜聞語敬拜，積憂稍釋。恰旬日，果得書。又三日，家人皆至。姜悲喜交集，厚致錢往謝。一切弗受，唯留香燭幡花而已。姜後爲工部侍郎，每爲客道此。

呂德卿夢

呂德卿自贛州石城宰滿秩赴調，夢人持牓子來謁曰：「前信州通判洪朝奉。」其字廣長二寸許，蓋予大兒也。前此無一面之雅，敍致但云：「以家君於門下託契，故願識面，今亦將相與周旋矣。」覺而熟念，不能測。時大兒已除倅福州，既還鄉里。後數月，呂受甲寅覃霈遷秩之命，告中乃載云：「洪梓等五人擬官如右。」遂同轉朝散郎，始憶前夢。右九事皆呂德卿說。

范諤妻

范諤，字昌言，夷陵人。好學工文。娶白雲郭先生頤正女爲妻，夫婦絶相歡。年過三十而郭氏死，諤夢之如平生，挽其裾曰：「與我同行。」諤謝曰：「汝不忘疇昔，恩義至厚，吾亦何辭？但親老子弱，勢難如願耳。」郭曰：「既不可同歸，須勿赴省試乃可。」自是諤屢舉於春宮，（「宮」當作「官」）每在塗，惴惴然恐蹈不測，雖無所患苦，竟坎凛（「凛」當作「壈」）不第以没。勿赴省試之語，斯其兆與？順正姪李勇說。

伍相授賦

建昌李朝隱，字兼美，其家素事伍子胥之神甚謹，民俗呼爲相王，有禱必應。李在太學，以寇至守城得免舉，夢神遣駛卒示以賦一首，其題曰《光武同符高祖》。夢覺，不能記憶。次夜再夢，且使熟讀，遂悉記之。紹興辛亥，江東、西舉子類試於饒州，正用前句作賦題，遂奏名。後官至左通直郎。

董性之母

饒州德興縣常豐村士人董性之，母李氏，淳熙十二年五月，苦腹疾，是時村墅間多嬰此患。李疾勢日進，七月九日夜半，氣息不續。家人相守啜泣，棺殮衣衾，悉已辦治。天時正暑，須明卽就木。翌日卯刻，微若欠伸，扶起坐，乃言曰：「吾始落冥境，初行平陸曠野數里許，入大城，聞人聲嘈嘈，而眼界絶闇，一無所睹。自分必死矣，以口語心曰：『吾受持《觀音普門品經》凡三十年，未嘗少懈，今一旦入鬼録，佛如有靈，不無覬幸。』於是大聲疾呼救苦觀世音菩薩，僅百聲，恍若有以右手把吾左臂而偕行者，纔三十餘步，漸覺光明如晝。乃一婦人，瓔珞被體，璀璨照耀，香氣芬郁，好相端嚴。吾知爲菩薩示現，告使救命，應曰：『爾數已盡，緣善根素具，故來相援，宜急歸勿留，更半紀復相見。』吾方作禮敬謝，則舉步愈高，相距愈遠，指西方而去。遥望幡蓋導前，金碧輝晃，使人蕩心駭目，旋如夢覺，不知身之卧此榻也。」自是康樂安平。後五歲，紹熙元年八月十七日，無疾坐逝。性之自爲文記其事云。

董參政

廬陵董體仁參政德元，累舉不第，用特恩得州助教。貧甚，無以自養，乃從富人家書館。紹興丁卯秋試，諸生有赴漕臺請舉者，欲使偕入貢場，董年時已高，無復有功名奮飛志，不肯往，强挽以東。道過臨江，郡守彭子從合，鄉人也，視其刺字曰：「老榜官耳，何足道。」略不加恤。是歲預薦選，次年南省奏名，廷試居第一，以有官之故，詔升王宣子居上，而董次之，恩例與大魁等，得左承事郎，僉書鎮南軍判官。歸次臨江，彭守遣介持公狀迎候，董批絕句於紙尾曰：「黄牒初開墨未乾，君恩重許拜金鑾。故鄉知己來相迓，便是從前老榜官。」彭聞之慚悔。自是六七年，董驟進用爲侍御史，彭不敢出求官。已而董執政，適揆路虚席，遂行相事，起彭爲廣東使者，人善其能捐怨云。

南岳廟梁〔「岳」目録作「嶽」〕

淳熙中，南岳廟火，詔潭州重修，命湘潭令薛大圭督役。所用材木絕大，深山窮谷，求取殆遍，而正殿缺一梁，當長五丈而徑五六尺者乃中度，搜訪不可得。或言湘潭境内黄岡白馬大王廟前有巨杉，其高戛雲，他處所產皆莫及，今將集事，非此木不可，但廟神靈威怖人，那復敢近。薛審訪得實，即具文牒，遣邑尉王以寧焚於廟下，然後領工匠百輩，厲斤斧伐木。至其傍，見長蛇蟠踞根株，匠手顫股栗，拱立相視。尉遣人馳報薛，薛策馬親詣廟，致牲牢酒醴，敬禱曰：「此方壤地，皆嶽帝所司。今崇建宫宇，出於制敕，區區一木，當以爲棟梁之用，尚何愛惜哉！」取杯珓擲之，得吉卜。於是百斧並進，聞樹杪鏘然如劍戟聲，匠懼欲止，薛不聽。明日，樹根汁出如血，迸流滿地，大聲如雷，樹既斷，而盤空旋繞，欲墮不墮。薛麾衆趨避，復白神云：「既已許我，願勿以聲響靈異動人。」如是者踰時方仆。還謁廟奠謝，神像徧體悉折裂，觀者落膽，疑樹蛇是其精魂云。

薛之子天騏說。

夷堅支景卷第六十四事

富陵朱真人

安處厚，廣安軍人，爲成都教授。嘗過太「太」字疑誤。慈寺，主僧待之甚至。寺據一府要會，每歲春時，遊人無虚日，僧倦於將迎，唯帥守監司來始備禮延竚，視他官蔑如也。安蒙其異顧，怪而問之，僧曰：「昨夜三鼓，外人傳呼云：『中書相公且至。』凌晨而公來，知他日必貴，所以奉待。」安以上書論學制，召拜監察御史，後爲湖南轉運判官。頓聞詩自御史謫監潭州税，夢於江岸迎中書相公，識其面目甚悉。是夕報安入境，明日見之，宛然夢中人也。安又自言爲諸生時，夢人導至大宮闕，望真官被冠服坐殿上，時江瀆神先在廷下，與同班神居其上。良久，真官命吏引神却立，揖已居上。既拜謁，召升殿賜坐，某請曰：「江瀆尊神，蜀人素所嚴事，何故班在下？」真官曰：「鬼趣安得處神仙上？汝生前乃富陵朱真人，今生當爲宰相，但恨鼻準不正爾。」覺而默喜，嘗作絶句以記所見云：「夢游仙館逢真侶，爲説生前與此身。本是富陵朱隱士，暫來人世秉陶鈞。」孫宗鑑著《東皐雜録》，書此事，且謂安位止同知樞密院而贈特進，蓋寄禄文階，舊爲左右僕射也。予以其説爲不然。安當紹聖中爲諫議大夫，一意附章子厚及蔡京、卞，故有「大惇小惇，滅人家門」之語，至指司馬公、吕汲公、劉莘老、梁況之爲大逆不道，士大夫以訴理書牘被禍者七八百人，可謂元惡大憝。神仙宰相之夢出於其口，而妄自尊大，冀聞之者不敢議己耳。清都絳闕之人，雖謫墮塵世，必不如是也。唐小説載李林甫、盧杞皆稱爲上仙，殊與安相似。安小子郊坐指斥誅，次子邦竄流涪州，其祀遂絶。上天昭昭，疏而不漏也。

葉祖義

葉祖義，字子由，婺州人。少游太學，負雋聲。天資滑稽不窮，多因口語謔浪，所至遭嫌惡。嘗曰：「世間有十分不曉事，吾以一聯詠之曰：『醉來黑漆屏風上，草寫盧仝月蝕詩。』」後登科，爲杭州教授，輕忽，生徒及同僚無不斂怨。一旦以事去官，無一人祖餞，獨與西湖僧兩三人差善，至是皆出城送之。葉與之酌酒敍别，半醉，酣歌曰：「如夢如夢，和尚出門相送。」聞者絶倒。

醴陵尉

醴陵縣尉者，失其姓名，舊嘗有風疾，既而平愈。後到官，因受檄往衡陽，方自入山谷深處，無肉可買，見從者捕得穿山甲烹食，乃嘗數臠，病遂作，左手足俱廢，於是謁歸。孫少魏赴永州，遇之於塗，憐其困苦，搜篋中藥一兩種漫與之。纔旬日，聞其人一旦强健，沉疴脱然，意以爲藥之效。暨至永，閲圖經云：「穿山甲不可殺於堤岸，其血一入土，則堤心潰壞，不可復塞。」蓋此物性能透地脈也。始悟彼尉宿恙暫作而愈者，亦氣血通暢致然。吾鄉多此蟲，而無滴血壞堤之説。

道州侏儒

道州民侏儒，見於白樂天諷諫，今州城罕有，唯江華、寧遠兩縣最多。孫少魏過其處，詢諸土人，云皆感獮猴氣而生者也。猴性畏竹扇聲，富家婦每妊娠就寢，必命婢以扇鞭扣其腹，則猴不敢近。貧下之妻無力爲此，既熟睡，往往夢猴來與交，及生子，乃矮小成侏儒。兩縣境接昭賀，去九疑山五十里，皆瘴癘之地，山嶺之上，猴千百爲羣相挽引，殊不畏人。其精魂又能爲人害如此。

開福輪藏

潭州城北開福寺，五代馬王時所建，殿宇宏麗，唯經藏未作轉輪，邦人前後欲營之，輒不果。政和四年甲午，住持僧文玉始拆舊藏欲新之，於棟間得一板，題四十五字云："「吾造此藏，魔障極多，初欲爲轉輪，衆議不可。後二百年，當有成吾志者。是時住院者荆山璞，化緣者中秋月，匠人弓長玉。」傳示於衆，莫能曉。有識者解之曰："「荆山璞，即文玉也；中秋月，即化緣僧智圓也；弓長者，塔匠張其姓也。」推考立寺之歲，當梁正明元原本無「元」字，從葉本補。年己亥，正馬氏有國時，恰二百年矣。

李綬祝火

觀察使李綬，雖生戚里，而律身甚嚴，不妄語笑，交游間稱爲法度士。所居在東京報慈寺西。一日，寺中火延燒於外，將及綬宅，家人童奴荒窘奔走，徙置箱篋希藏。綬叱之不聽，出而索公服，焚香再拜祝曰：「若李綬家有贓賄，願天速焚之。」火將近數步而滅。嘗大書屏間曰：「布施不如還債，修福不如避罪。」真格言也。唐時王參元遇火災，家無餘儲，柳子厚貽以書，謂：「京城人多言足下家有積貨，士不敢道足下之善，一出口則嗤嗤者以爲得重賂，今乃幸爲天火之所滌盪，是祝融回禄之相吾子也。」噫！世之以官爲家而建干霄連雲之大第，視李君之事，可不慎葉本作「懼」。哉！右六事孫少魏《東臯雜録》所（疑有闕字）予頗潤飾而論之。

文迪家蛇

餘干縣潤波巡檢寨兵文迪，善捕盜，以功積遷都虞候。死後十餘年，妻亡。其子百一者，奉喪於家，忽見巨蛇如人臂，長可丈許，纏其棺，莫知所從來。一家怖懾，不敢近。越兩日乃去，徑入鄰卒張進之室，張殺之。甫數日，張死，百一亦繼之。紹興四年五月也。

孝義坊土地

慶元元年正月，平江市人周翁瘧疾不止。嘗聞人説瘧有鬼，可以出他處閃避，乃以昏時潛入城隍廟中，伏卧神座下，祝史皆莫知也。夜且半，見燈燭陳列，兵衛拱侍，城隍王臨軒坐，黄衣卒從外領七八人至廷下，衣冠拱侍。王問曰：「吾被上帝敕令此邦行疫，爾輩各爲一方土地神，那得稽緩。」皆頓首聽命。其中一神獨前白曰：「某所主孝義坊，誠見本坊居民家家良善無過惡，恐難用病苦以困之。」王怒曰：「此是天旨，汝小小職掌，只合奉行。」神復白曰：「既不可免，欲以小兒充數如何？」王沉思良久曰：「若此亦得。」遂各聲喏而退。周翁明旦還舍，具以告人，皆哂以爲狂譫，無一信者。至二月，城中疫癘大作，唯孝義一坊但童稚抱疾，始驗周語不誣。迨病者安痊，坊衆相率斂錢建大廟，以報土地之德。

西安紫姑

吴興周權選伯，乾道五年知衢州西安縣，招郡士沈延年爲館生，吕本作「客」。邀至紫姑神，每談未來事，未嘗不驗。尤善屬文，清新敏捷，出人意表。周每餘暇，必過而觀之。嘗聞窗外鵲噪甚急，周試扣曰：「鵲聲頗喜，未審報何事。」卽書一絶句，末聯云：「窗前接接緣何事，萬里看君上豹關。」周笑曰：「權乃區區邑長，大仙一何相奉過情邪。」是日，周與一小史執箕，箕忽躍而起，奮筆塗小史之頰，大書云「不潔」。周表姪胡朝舉在旁，因代其事。俄又昂首舉筆，向周移時，若凝視狀，諸人皆悚然，徐就案書數十字，大略云：平時見令尹神氣未清，面多滯色，今日一睨犀顫，日月角明，天庭瑩徹，三七日内必有召命之喜，當切記之，毋謂誰語。時十月下旬也。至十一月十三日，大程官自臨安來報召命。越二日，省帖下，以周捕獲僞造楮券遷一官，仍越「越」當作「赴」都堂審察，距前所説十有八日云。後三年，周從監左藏西庫擢守婺，沈生偕往。周欲延鄉僧智勇住持小院，白山「山」當作「仙」曰：「此僧絶可人，工琴善奕，仙能爲作請疏否？」援筆立書，其警句云：「指下七絃，彈徹古來之曲；局中一着，深明向上之機。」詞既藻麗，且深測禪理。通判方粢宴客，就郡借妓，周適邀仙，從容因求賦一詞往侑席。仙乞題，指瓶内一捻紅牡丹令詠之。又乞詞名及韻，令作《瑞鶴仙》，用「捻」字爲韻，意欲因險困之，亦不思而就。其語云：「睹嬌紅細捻，是西子、當日留心千葉。西都競栽接，賞園林臺榭，何妨日涉。輕羅慢褶，費多少、陽和調燮。向曉來露浥，芳苞一點，醉紅潮頰。雙靨姚黄國艷，魏紫天香，倚風羞怯。雲鬟試插，便引動，狂蜂蝶。况東君開宴，賞心樂事，莫惜獻酬頻疊。看相將紅藥，翻階尚餘侍妾。」既成，略不加點。其他詩文非一，皆可諷翫。周以紹熙甲寅爲福建安撫參議官，大兒仵按：「仵」字似誤。貳福州，得其説如此。

黄陂丞

黄州黄陂丞某者，爲人甚粹謹，居官無過。嘗晝坐書室，繙閲文史，忽見一頂冠女子立於傍，其色憤怒，言曰：「官人，我相尋許久，又却只在此，且得見你。」别一嫗若乳母，抱嬰兒同來，出語勸解云：「許多時事，何如且休。」冠者應曰：「來日却相見。」如期復至，色愈怒，猛批丞右頰十數。嫗又勸止，俄以嬰兒授冠者，亦批丞頰十掌。自是逐日一來，必批頰至腫，痛不堪忍。縣宰建昌李德叟率主簿尉偕視之，二婦了不避隱。德叟祝之曰：「丞公有母垂老，何不少緩之。料必前世宿寃，當令具大功果相資薦，庶得解脱。願夫人哀念。」皆謝曰：「長官聰明，一見便測知本來。然此事不可索休，今且去。」遂寂無影響。縣爲申郡，乞解官尋醫。踰月，吏部符下，乃治舟將東歸，吳中同僚祖餞於江亭。臨分袂，丞愕然曰：「又來也。」而他人皆無所睹。丞大聲呼叱曰：「剜眼睛。」即舉手自剜雙目，繼剖出肺腸滿地而絶。時宣和中，德叟名秉。

水太尉

李邍，字夷曠，建昌公擇尚書子也，爲發運司幹官。嘗捧檄河北，晚抵一驛，候吏先至，見已有牌曰〔原作「白」，改從周本〕「水太尉」。召問驛吏此何處官員，亦不能知所自。審聽其中，聞按「聞」字似當作「閩」。無人聲。候吏以發幹牌掛於柱，李亦至，則聞有詬罵者曰：「彼此是仕宦，安得相逼。我蓋某官之孫，某官之子，舅舅係某人。」所稱皆將相大僚，而姓名乃唐時貴達者。李不答，亦不與競，姑就廡下憩泊。俄又聞有語云：「待遷出還發幹正位。」少頃，一髽髻兒裸跣唯著犢鼻褌，身如金色，年可十五六，攜兩空桶先出，繼一婦人椎髻曳皂裙，牽白馬如雪，最後一老翁裹圈脚幞頭衣黃衫，挑馬杓並爬刷之屬若圉者然，喝云：「太尉揖。」髽髻兒鞠躬一揖，徑趨去，俱至驛門外，入大池水心而没。予頃聞王嘉叟嘗説此事。右二事南昌裘万頃无量説。

胡秀才

樂平梅浦胡秀才，爲人愿慤，讀書應舉，鄉黨稱善人。處骨肉鄉里間，無纖芥嫌怨。家事付之子弟，未嘗關心。忽若有不懌，語其妻余氏曰：「吾欲自縊。」妻聞言駭愕，百端解釋之，終怏怏不領略。妻竊以爲憂，凡房内絛繩衣帶之屬，悉密加藏隱。夜則使卧於床裏，且命一婢宿踏蹬上，所以防閑之甚至。踰年後，稍益厭怠。一夕，失之，急吹燈繞屋遍索，乃在織室中，用絲一巨握紐爲索，繫頸於機上，體冷舌出，死矣。

楚陽龍窩

吴興鄭伯膺監楚州鹽場曹局，與海絶近，常睹龍掛，或爲黄金色，或青，或白，或赤，或黑，蜿蜒夭矯，隨雲升降，但不睹其頭角。土人云最畏龍窩，每出則必有漲潦，大爲鹽鹵之害。一旦，忽見之，乃平地竇出一巨穴，傍穿深竅，蓋龍出入處也。場衆往視，無復踪跡，滿穴皆龜鱉螺蚌。或於蚌内作觀音像，姿相端嚴，珠琲纓絡，楊枝淨瓶，無不備具。又於蟹捲内刻一鬼，毛髮森立，怪惡可怖。如是者非一。鄭取數物藏貯之，今爲浮梁令，間以示客。

朱顯値鬼

饒卒朱顯，爲吾家養馬二十年，謹畏無過。慶元元年六月，以事往樂平程氏，與他卒同歸。至白鹿岡，於二十六日白晝，忽拱手向左方三揖，同行者問其故，曰：「見三四個官員聚坐，如何不唱喏。」而彼處通逵，了無所睹。方疑其恍惚冥罔中，俄頃即低頭稱腦痛，僅能扶至旅店，已不能語，追夜而亡。居人言顯拱手之處，舊有小廟，疑其鬼爲厲也。

夷堅支景卷第七十三事

鄂州綱馬

秦蜀買馬入東方，率以五十四爲一綱，遣兵校部押。馬多道亡，於是置監漢陽，憩泊五日，以俟三衙江山諸軍取發。先赴湖廣總領所，對驗毛色齒數，與四川馬司者無異，然後卽路。乾道九年，殿前程副當此役。至漢陽，卜日將濟江，卒長云：「舊例必具牲酒詣城隍廟謁賽乃行，則長塗無他慮。」程不答，再言之，忽怒詬曰：「我取官馬，何預於神！」叱使去。是日晚絶江宿城下驛，才五鼓，悉控馬往總司，須啓關而入，忽聞馬蹄聲從西來，諸卒謂他綱至，起立相戒，各謹持控，以防相遇鬭觸之害。俄頃間已至前，暗中不能測其多寡，卽衝突踶齧不可制。如是兩刻許，天且明，視它馬了無，而一行綱馬死者幾半，皆折脅流腸，若遭矛戟，衆以爲程將慢神之咎。時李元佐爲總領。

鄂總二犬

李元佐在鄂州得襄、漢間二犬，軀榦獰猛，迥與它異，命畜於後圃。慮其或傷人，常加維縶。一日，守卒暫解縱之，使自如，猶束其頸。圃與禁卒營柵爲鄰，牆垣不固，營犬十數成羣，競至其傍，肆意侮詈，裹犬以頸索拘縻之故，不能敵，俱遭搏噬。守卒擊逐羣犬去而曳以歸，復繫諸故處，遂數日不食，若忿恨然。衆卒或相與言：「此二犬非儕輩可比，反遭傷害，今而弗食，豈亦懷報復之志乎？盍爲去其縛，使得逞威，以決勝負。」僉以爲然，乃縱之。營犬望見，謂如前可欺，羣吠而至。二犬奮迎之，勢若猛虎之視羊豕，或絕其咽，或破其脅，皆立死。凡殺四五犬，餘悉奔遁。衆卒烹食死者肉，厭飫之外，復以歸遺妻子。經旬日，顧念得肉之利，又解縱如初，徘徊抵暮，略無一來者。俄有兩龍類犬，呂本作「兩虎龐頗大」，周本同，但「頗」作「且」，均不可解。按似當作「兩龐頗大」。出不意而至，雖持梃毆逐，不肯退。少焉客主各隕其一，存者流血呻呼而散，不越夕併死。蓋四犬競鬬，皆不獲免，畜產銜怒不可解如此。

竹林院鸕鷀

洪府奉新縣之東三十里，有僧舍曰竹林院。院有松岡，巨松參天，禽鳥羣栖其上，鸕鷀最多，每歲字育，及秋乃去。鄰邑建昌控鶴鄉民王六者，能緣木，常升高取其雛以供饌。積十數年，罹其虐者以千計。紹熙甲寅夏，率其徒至松下，繫小笯於腰間，攀挾喬枝，履虛而上。將及木杪，老鸕鷀在焉，悲噪苦切。已而羣飛競集，繞王生之身，啄其股，攫其目。王盡力挾松，兩手皆不可釋。其徒仰視之，爭呼曰：「勿取雛，且亟下。」未能及半，啄攫者猶不捨，遂顛墜死，舉體如斧斫然。

汝嶺牛虎

建昌縣控鶴鄉有汝嶺，絶高，從顛至麓且十里。民居於嶺西者，蓄一水牛甚大，每旦則命小兒牧於嶺下，聽其齕草，至暮牽以歸。淳熙己亥之冬，忽失所在，一家長幼山中遍索，無有也，意爲盜所竊，聞於保伍。後三日，有樵夫言曰：「爾牛過嶺東方，與虎鬬，且遭食矣。」於是聚衆，鳴鑼持矛，越嶺赴救，正見牛倚石崖下臨虎，虎作勢相拒，衆莫敢逼。民子頗勇壯，奮刃直前，將刺虎，則牛虎皆已立死。時方盛寒，故僵而不仆。民與二畜還，屠剥之，視其内，虎無他異，獨牛之心膽皆破裂，蓋雖力可格虎，而振懼至是云。

王宣二犬

紹興二十九年冬，撫州宜黄縣劇盜謝軍九聚衆百輩，椎埋剽劫，至戕殺里豪董縣尉家。知縣李元佐適在郡。尉遣弓兵出討捕，都頭劉超者，領數十人前行。翌日，王宣者繼之。與盜遇，超即遁，宣所部不及盜之半，大呼索戰，鏖鬬黄山下。宣素蓄猛犬二，每出必從，是時亦奮呼噬齧。盜死者且二十人，遂奔潰。宣退休山上。已而盜復還，盡斷死者首攜以出，蓋慮爲官兵所得，識其形狀姓名，累及親族。宣望之甚怒，曰：「我殺之而縱彼取頭顱去，則何從藉手，必取之！」於是率衆趨下，再戰移晷，翻爲所敗。宣與二兵得三級，馳取徑路，絶田而西。方穿槔桔中，陷於淖，盜追及，俱遭屠臠，二犬猶存守其尸。保伍環集，以事白於縣。元佐回邑，厚恤三家，命治棺往殮，仍即彼處立小廟。犬凝立經日不食，見家人來，摇尾迎導至尸所。宣既歸葬，犬亦死。邑人嗟異，爲塑於廟内，以彰其義云。

南昌胡氏蠶

淳熙十四年，豫章蠶頓盛，桑葉價直過常時數十倍。民以多爲憂，至舉家哭於蠶室，命僧誦經而送諸江。富家或用大板浮籧篖其上，傍置緡錢而書標云：「下流善友，若饒於桑者，願奉此錢以償，乞爲育此蠶，期無愧於天地。」他不得已而輂棄者，皆慼（「慼」當作「蹙」）額起不忍心。獨南昌縣忠孝鄉民胡二，桑葉葉本作「柘」，呂本同。有餘，足以供餵養，志於鬻葉以規厚利，與妻議，欲瘞蠶，妻非之，胡不顧，喚厥子攜鉏，劚桑下爲穴，悉上二字葉本作「大坑」。窖之，且約遲明采葉入市。自以爲得策，飲酒醉寢。三更後，聞床壁嘖嘖聲，謂有盜，舉火就視，蓋蠶也。以帚掃去之，隨掃隨布，竟夕擾擾，一家駭懼，妻尤責言曩愆。胡愈憤怒，決意屏滌盡，明日昏時乃定，殊不自悔，但恨失一日摘鬻之利。俄又聞嘖嘖聲，胡呼曰：「莫是個怪物又來也？」亟起明燈，足才下地，覺爲蟲所齧，大叫稱痛。其子繼起，亦如之。妻急奔視，則滿榻上下蜈蚣無數。父子宛轉痛楚，數日，胡二死，蜈蚣悉不見，子幸無他。而外間人家，蠶已作繭，胡桑葉盈園，不得一錢也。

天王院古冢

隆興府城北望雲門外三里許有天王院，院有舍利塔，舊傳隋仁壽中分布舍利於五十州，建置寶塔，此其一也。初到院日，有白脰烏前道，故又以烏遮名之。罹建炎兵盜，塔毁基存，其徒僅立屋數椽以居，莫能復舊觀。淳熙七年，杭人俞紳來爲府鈐轄，其妻徐氏，夢一異僧引詣廢寺，有故塔遺址，羣烏聚焉。徐氏素崇禮西方甚謹，覺以語紳，使訪測厥祥。或以天王院告，因過之，儼然夢境也。徐少時爲韓蘄王妾，後乃嫁紳，饒於財，盡捐橐中所藏以造寺。寺既久廢，多爲人寄藏其間，紳白府帥悉起之，凡十數冢。其一已歷年久，絶深堅，甃石縝密，石外列小石人，與近世明器相類，高數寸，形相各異，工製亦精巧，役人争取之。又得小石碑，高不盈尺，廣半之，細視，蓋陶埴所作，範其上爲蓮葉，下爲荷花，中有真書印文曰「神武聖文皇帝之廟」，兩傍夾書曰「貞元二十一年」。紳睹之而懼，但留一石人一碑，復掩其竁，而高築其處。今爲法堂。紳不敢言於人，久之，始密與李仲詩説，約使勿廣。按「貞元」乃唐德宗紀年，以二十一年正月終，十月葬於崇陵，其生時稱聖神文武，没謚神武孝文。此四字雖略同，然本葬長安，又碑在地中而印文曰廟，不可曉也。紳再任兵鈐，與妻皆死於後。

李氏乳媪

李元佐以紹興十六年監建州豐國監，生女子，買民妻陳氏爲乳母。女既長，因不復肯言歸。媪賦性獷戾，常與人競，視同列蔑如也。乾道四年，女嫁王氏，以其好駡，弗與之俱。後三年，李爲户部郎，陳死於臨安，赴殯僧舍，旋命僕泣按：「泣」字似「蒞」字之誤。火化，將以其骨歸。明日，僕往收燼未出，聞喧呼聲甚衆，視之，則有老幼數十人，聚立火所曰："火尸香如蓮花，聞於外，是異人也，故來觀之。"僕爲留一宿。黎明，呼僧誦經。未明，呂本作「集」。遠近已湊奔，視灰中，皆舍利，衆競取之。僕切於拾骸，不暇尋覓，只得十餘顆以歸，色如泥金而光明可鑑，其形若小兒，高不盈寸，李始嘆異。訪諸姨嫗，此媪平日險惡，有何功力致然，皆云無它善業，但每朝早起即誦《蓮花經》十餘遍，不能記全文，唯止憶三兩句，有「蓮花盆裏坐着玉仙人，每日清鍾淨不聞」，如是而已。媪前生罵人，當積口業，而用二十六年誦經之故，獲報乃爾，亦其善念堅固所致云。

范隅官

乾道辛卯歲，江浙大旱，豫章尤甚。龔實之作牧，命諸縣籍富民藏穀者責認糶數，令自津般隨遠近赴於某所，每鄉擇一解事者爲隅官，主其給納。靖安縣羨門鄉范生者在此選，其鄰張氏當糶二千斛，以情語范曰："以官價較市值，不及三之二。計吾所失，蓋不勝多矣。吾與君相從久，宜蒙庇護，盍爲我具虛數以告官司。他日自有以相報。"范喜其言甘，且冀後謝，諾其請，爲之委曲，張遂不復捐斗升。閭里皆知之，而畏二家力勢，弗敢宣泄。壬辰秋大稔，前事頓息，范、張由此愈益交歡。癸巳之春，范以微疾卒，將殮復蘇，呼謂其弟曰："我適到一公府，殿宇嚴峻，官吏森列，使我供責減壽二紀狀。我念平生無過惡，拒而不從，吏云：『前年汝爲隅官，虛申張家賑糶米二千石，至餓死者若干人，非過惡而何？』我記得向時張家認只一千石，今所言乃倍之，哀祈此吏放回取干照，遂得暫歸。當來應千文書，盡置篋中，汝爲檢索，恐可藉手。」弟亟往取視，果二千石，范卽瞑目，是時年三十有八。踰歲，張亦死。右九事本李仁詩說。

劉方明

潮陽劉昉方明，《甲志》所書開元宮主允之子也。臨生時，允夢人自誦其詩兩句云：「仗摇楚甸三千里，衣惹秦川一帶雲。」既而生昉，後仕至太常少卿，三帥潭州，一臨夔府，符其夢。

九月梅詩

紹興三十八年九月，潮州揭陽縣治東齋梅花盛開，嶺外梅著花固早於江浙，然亦須至冬時乃有之，邑人甚以爲異，士子多賦詩，大抵皆諂令尹。時梁鄭公正爲館客，寓此齋，亦作一篇曰：「老菊殘梧九月霜，誰將先暖入東堂。不因造物於人厚，肯放梅枝特地香。九鼎燮調端有待，百花羞澀敢言芳。看來水玉渾相映，好取龍吟播樂章。」語意不凡，殊類王沂公「雖然未得和羹用，且向百花頭上開」之句。明年還泉州，解試第一。又明年遂魁天下，致位上宰。右二事見潮人王中行教授所作《圖經》。

程氏樟木

鄱陽松子源民程氏，家山有大樟木一株，傳二三十世矣，族系益熾，莫適爲主，故不加翦暴，其高至侵雲霄。慶元元年，族長知萬與衆議，以與薦福寺，使自伐之。監寺僧紹禧往涖其事。木半生癭，隆起三四尺，一匠先升高削其癭，既脫，中直泓水澄湛，一蛇蒼褐色，見人若驚，躍空而下。匠以語禧，禧懼，欲捨之，知萬不可，曰：「吾舉宗聚謀，發心施佛，渠可中止。」卒仆之，悉芟刈枝幹，獨留木身，矯然如斷虹長隄。時農人種稻在田，乃擊鼓喚集，飲以杯酒，挽拽。未十步，木展轉東西，五人遭壓，知萬姪亦死，其傷股敗面者又十餘輩。死者家欲訴於官，知萬曰：「不幸及此，吾自茹猶子之痛，尚何忍復相困乎？」竟載木歸寺。紹禧以他事爲郡倅所治，囚械獄户，將受杖而聽讀。木今爲大雄殿柱。

清塘發洪

慶元乙卯歲夏五月中旬間，饒州大雨七晝夜，江湖皆溢，水入城者過六尺，鄱陽浮梁尤甚。清塘村去州九十里，劉氏擅其地，是時庭中數處穿穴，濺水跳珠，其家謂積水固然，弗以爲慮。至二十二日午未之際，忽成兩大竅，泉湧出其中，方知必有水禍，悉收拾箱篋縛置梁上，而率家人登舟趨後山。甫及山半，水大至，回望故廬，已蕩然隨流而去，無尺椽片瓦存。迨水退往視，則陷爲汚澤，了無向來居室形體，生生之具掃空。識者謂蛟螭輩乘水勢與人爲害，然亦不可奈何矣。

夷堅支景卷第八〔十五事〕

諸暨陸生妻

諸暨縣治有湖四，饒民陸生者，居縣後湖墋上，以打鑿紙錢爲業。一旦黄昏，方畢事，倦而就寢。妻懷娠過期兩月，夫未睡時覺腹痛，因卧其傍。有頃，陸睡覺，不見妻，而房門元未曾開，知墮怪境，急籠燈出外呼索，且邀鄰居人窮訪之。半夜後，聞湖内人應聲，月正明，望之，乃妻也，率一少年共往取之。妻執少年衣袂曰：「將孩兒還我。」既登岸，陸挾以歸，胎已失去，始能言云：「見數人來房内，唤出到一處，引入小室，排設薦褥如産閤然，不覺免身。既洗滌加襁褓，觀者滿前曰：『男兒也，真可喜。』我未及就觀，驀無所睹。今思之，殆與死爲鄰，亦幸而存耳。」明日，起居泰然，一無患苦。湖雖不廣，而外與江連，疑婦人向來受胎之時，必夢蛟螭輩來與交接而不肯言。時慶元元年中元後也。

茅山道士

揚州名醫楊吉老，其術甚著。某郡一士人，狀若有疾，厭厭不聊賴，莫能名其何等病苦，往謁之，楊曰：「君熱證已極，氣血消爍且盡，自此三年，當以背疽死，不可爲矣。」士人不樂而退。

聞親識問說茅山觀中一道士於醫術通神，但不肯以技自名，未必爲人致力，士人心計交切，乃衣僮隸之服，詣山拜之，願得執薪水之役於席下。道士喜，留置弟子中，誨以讀經，晝夕祗事左右，頤指如意。歷兩月久，覺其與常隸別，呼扣所從來，始再拜謝過，以實白之。道士笑曰："世間那有醫不得的病，汝試以脈示我。"纔診視，又笑曰："汝便可下山，吾亦無藥與汝，但日日買好梨一顆，如生梨已盡，則取乾者泡湯飲之，仍食其滓，此疾當自平。"士人歸，謹如其戒。經一歲，復往揚州，楊醫見之，驚其顏貌腴澤，脈息和平，謂之曰："君必遇異人，不然，豈有安痊之理。"士人以告，楊立具衣冠，焚香往茅山設拜，蓋自咎其學之未至也。《北夢瑣言》載醫者趙鄂云："一朝士疾危，只有一法，請剩吃消梨，不限多少，如咀齕不及，捩汁而飲，或希萬一。"用其言遂愈。此意正同。

黄顏兄弟

吴郡黄顏兄弟，從事科舉。顏元名某，其父夢人告曰："汝子若以『顏』爲名，必遂意。"即從之。是歲獲鄉薦，來春擢第。至次舉，叔季將試，父又夢人使二子亦名「顏」，覺而相與語，以爲安有兄弟三人同名之理。後再入夢，於是析「顏」字爲二，叔名彦而季名頁，果同榜登第。王順伯、李仲詩皆與顏之孫姻舊。

平陽王夔

永嘉士人，或夢至大山下，見嵓穴豁開，祠廟赫然。一神正中坐，而緑袍判官持文書前白曰：「呈今年舉人解榜。」士人逼而觀之，僅見「王夔」二字。判官指之曰：「此平陽王廷用也。」士人固與廷用善，答：「彼不名夔。」判官曰：「須用改名乃可。」夢者覺而喜，以書告之，使更名，廷用曰：「士子得失，蓋自有命存，豈應信他人一夢。」不肯改。旬日，夢復如初，又以告，其意確然不移，遂至於三。判官頗怒曰：「王秀才執志頑悍如此，我必要他改了。」夢者以屢遭沮卻，不復言。會秋闈不遠，舉人各納試卷，連粘家狀，廷用手寫十紙，皆錯誤不堪用，瞿然而悟，卽書爲「夔」，一上中選，繼登第於丁丑王十朋牓中。右四事王順伯說。

陽春縣

嶺南大抵皆瘴毒，而春州最甚。自唐以來，北客謫徙者罕得生還。本朝廢爲陽春縣，以隸南恩州。蓋既爲一邑，則士大夫竄逐，罪囚黥配，皆獲免至彼，亦建議者持心近厚云。凡調注縣令，如滿三年，許不用舉主由選階改京秩，去者莫得歸，然貪嗜榮進，率冒昧以往。惟淳熙中莆田葉元卞獨終，更與妻室無恙，而家人子盡死。一婢正病卧於別室，夜聞其呻吟聲，俄如喉間痰涎喘擁之狀。迨旦視之，乃自縊於梁，梁去床猶丈許，無階梯可升。蓋從前不善終者從而爲厲，非專以瘴而隕命也。余千鍾宏爲惠州歸善巡檢時，正睹其事。葉名子昂丞相之姪也。〔「子昂」上疑有缺字。」

汪氏庵僧

徽州城外三里，汪朝議家祖父墳庵在焉。紹興間，招僧惠洪住持。僧但飽食安坐，未嘗誦經課念，於供事香火亦極簡略，僅能循循自守，不爲他過，主家上下皆安之。凡歷歲二十，乾道二年病終，汪氏葬之於近山。元有大楮樹，鬱茂扶疏，數月後頓以枯死，經雨生菌，汪僕牧羊過之，見其肥白光粲，采而獻之主人。用常法煠治，味殊香甘，殆勝於肉。今夕摘盡，明旦復然，源源不窮，至於三秋。浸浸聞於外，或持錢來求糴買，悉拒弗與。又畏人盜取，乃設短牆闌護之。鄰人嫉憤，夜半踰牆入，將空呂本作「斧」。其根枿，楮忽作人言曰：「此非爾所得食，強取之必受殃災。我卽昔時庵主也，坐虛受供施，不知慚愧，身歿之後，冥司罰爲菌蕈以償。所以肥美者，吾精血所化也。今謫數已足，從此去矣。」鄰人駭而退，以告汪。汪猶不信，自往驗之，不復有菌，遂伐以爲薪。

資福院僧顯章說。

希韓大正

梁起道知虔州，有王宗愈者，由大理丞坐事送吏部，注雩都知縣。初到，詣郡參謁，旣畢，當趨下循廊而出，梁以其方爲朝士，且與之有舊，留使升車。王辭避不敢，梁呼其字曰：「希韓，不須如此。」言之再三，客將謂其爲官稱，卽傳聲曰：「請希韓上轎。」客主皆解顏。梁雖賦性嚴毅，而察其愚野，不之問。李正之提點坑冶，巡歷廣西，過長沙，郡僚具迎牘，稱曰「提點大正」，蓋不知其名，而亦誤以爲官稱若寺正之類者。李怒，移文潭府治諸曹書吏。時張欽夫居於潭，其緘亦如是，府主劉共甫笑曰：「他人容或不曉，君何爲爾？」張愧笑。及李至，引咎謝不敏焉。

小樓燭花詞

紹興十五年三月十五日，予在臨安試詞科第三場畢出院，時尚早，同試者何作善伯明、徐搏升甫相率游市。時族叔邦直應賢、鄉人許良佐舜舉省試罷，相與同行。因至抱劍街，伯明素與名娼孫小九來往，遂拉訪其家，置酒於小樓。夜月如晝，臨欄凡炳上二字呂本作「望月」。兩燭結花燦然若連珠，孫娼固黠慧解事，乃白坐中曰：「今夕桂魄皎潔，燭花呈祥，五君皆較藝蘭省，其爲登名高第，可證不疑。願各賦一詞紀實，且爲他日一段佳話。」遂取吳牋五幅置於桌上。升甫、應賢、舜舉皆謝不能，伯明俊爽敏捷，即操筆作《浣溪沙》一闋曰：「草草杯盤訪玉人，燈花呈喜坐添春，邀郎覓句要奇新。黛淺波嬌情脈脈，雲輕柳弱意真真，從今風月屬閑人。」衆傳觀歎賞，獨恨其末句失意。予續成《臨江仙》曰：「綺席留歡歡正洽，高樓佳氣重重。叙頭小篆燭花紅。直須將喜事，來報主人公。桂月十分春正半，廣寒宮殿葱葱。姮娥相對曲欄東。雲梯知不遠，平步揖東風。」孫滿酌一觥相勸曰：「學士必高中，此瑞殆爲君設也。」已而予果奏名賜第，餘四人皆不偶。

汪仲嘉謫南康，寓處僧舍。嘗招郡僚宴集，官娼咸在，有姓楊及李者，於羣輩中藝色差可采。理掾主李，户掾主楊，席間時時相與嘲戲，理掾顧謂户曰：「『爾愛其羊，我愛其禮』，固載之《魯論》，無用相笑也。」坐客哂之，而求所以爲對者。教授糜糜周卿正與汪公對奕，糜争劫思行，星子沈令從傍呫囁，汪曰：「我已有對矣：『傍觀者審，當局者迷。』」衆擊節嗟賞，以爲名對，各爲之滿飲一觴。一時戲語，遂爲風流清話。

泗州邸怪

安定郡王趙德麟，建炎初自京師挈家東下，抵泗州北城，於驛邸憩宿。薄晚呼索熟水，即有妾應聲捧杯以進，而用紫蓋頭覆其首。趙曰：「汝輩既在室中，何必如是。」自爲揭之，乃枯骨耳。趙略無怖容，連批其頰曰：「我家不是無人使，要爾怪鬼何用！」叱使去，掩冉而滅。趙不以語家人，留駐竟夕，天明始登塗。

汀州通判

紹興中宗室，忘其名，當范汝爲亂後，添差汀州通判，無官舍可居，暫寓推官廳。吏士多言有怪，偶正員缺，因暫寓其處。此廳正自有七姑子之擾。方冬初薄寒，獨坐火閤内，忽有吏捧十餘刺納謁，視其官位姓名，皆稱前任通判汀州軍州事。趙生心知爲厲，扣吏曰：「此諸客何爲悉集於此？」對曰：「並是累年以前做通判者，各終於任所，故魂魄無歸，棲泊度日，聞尊官來，相率求見。」趙又曰：「汝復何人？」曰：「亦故客將，今已死矣。」趙〔原作「起」，據周本改。〕曰：「客既多，若一番相見，無緣欵曲，汝自以先後之序，逐一爲吾延請。」吏拱手曰：「諾。」於是引一客至。趙接以賓禮，歷詢其鄉里并所歷官，今眷屬安在，客如言對答，殊不他談，頃刻告退。再一客，如前語之。盡十人，乃遍謝曰：「日晚茶酒兵不在，不得具茶湯，且無由報謁，幸勿責笑。」皆唯唯揖別，已而寂然。人謂趙以一生人而對十鬼，其膽勇可敬，禄位當未艾也，然自從汀五年，僅得某州通判卒。右二事王季光說。

張三娘

德興醫者葉吉甫妻張氏，行第三，乾道中暴得熱疾卒。未殮，復甦，云：「被一公皂追去，行郊野間，杳杳冥冥，莫知處所，久而到一官府，趨赴庭下立。一貴人正中坐，皂通呈文書，貴人振怒，命捽皂於地，一獄卒以荆杖訊其足，叱曰：『我本令汝追樂平縣金山鄉許門張氏三娘，今乃差誤，何也？此婦人合更有一紀壽，生兩男，豈得遽引來。』即別遣人送我還，遂寤。」吉甫喜其再生，而不暇詢許門之事。後張氏果誕兩男，恰十二年乃亡。吉甫今尚在。

樂平民

樂平縣押録梁傑有罪，爲刑獄使者逮送州院，死於獄。一市民爲證左者，相繼亦以疫隕。既而兩經檢驗，箱卒用葦席束尸，埋諸芝山寺亂冢之側。越三日，寺僧到彼處，見所瘞土露一手，白於衆，命僕啟之，則已活。扶出外，與之湯粥，民蒙蒙然略不能説所見，但云若夢中。雖然〔呂本作「然雖」〕。復得爲人，而面色全如梔蠟，殊無血液滋潤，四體皆黑。洎還家，其妻已爲他人所據，不復肯歸原夫。此民棲棲行乞，至今猶存。

眉壽庵僕妻

樂平何衝程國老，自作生塋，築庵舍，名之曰眉壽，延〔原作「寺」，據周本改。〕僧主之。其後僧去，只令一僕挈家居其中。僕出田間，歸時已黄昏，不見厥妻，呼外人遍往尋訪，山巖榛莽，無處不至，倦極而反。悶睡未熟，聞㢠㢢内似有人轉動啾唧之聲，審聽之，則妻也。急燭火登梯，發壁取之，正卧於笪上，四傍無隙縫，雖雀鼠不可入。扣妻所見，蚩蚩不能言。後亦無他。右三事余景度説。

上官醫

醫者上官彦成，本邵武人，自稱北京駐泊，云宣和中在京師試針灸，得翰林醫學，轉至副使，皆妄也。乾道初來鄱陽，其技亦平平，而能大言。宗室公頤頗滑稽善謔，因坐羣客次，有言某人病勢可慮，一客云：「可招上官駐泊。」公頤慼然曰：「上官來則下官去矣。」坐皆笑倒。蓋州郡每日申時兵校交番，其當直軍員必大聲曰：「上番來。」當下者繼之曰：「下番去。」故用此以爲戲。彦成聞而甚病其語，聲譽日削焉。

夷堅支景卷第九十二事

王縣尉小箱

呂叔炤爲太平宰，攝尉王生同僚，以憂去，臨行，持一黑板箱并他篋數隻寄與呂宅，丁寧謹護此箱，無致失壞，言之于再于三而未已。呂既受其託，爲置諸床内板閣上。初時聞其中呫囁窸窣，但以爲鼠，拊席嚇之則止。箱鎖處向外對南，久之，忽面壁，謂妻妾移動，復正之，明日，又横轉南北向，始微怪訝。數月後王生來，即取去，且求一舟至江津。徐扣其所留，乃在邑日與一娼密暱，未幾娼死，王親詣瘞所，焚化其柩，而包燼骨著小函，箱中所貯蓋此也。是日拋於江流，則向來現小怪者爲娼鬼無疑。呂氏追思悚淅，撤去板閣，忽忽若有所睹。叔炤説，不欲書王名。

建康三聖廟

建康士俗多事三聖，所在立廟，而塑像唯一軀，莫知爲何神，靈威頗著，吏民奉之尤謹。句容縣一廟在丞廳大門内之東，每歲春月，邑人祭享沓至，宰猪烹羊，往來必經廷下，從朝至暮，叫呶冗雜。紹熙辛亥，吴人顔景宴爲丞，欲塞其户，吏卒交勸，以爲必興禍殃，顔勉爲止。次年，竟不奈其喧，乃築短垣於傍以限之。自是出入者必迂枉經吏舍後轉而之廟，前來者視舊日益少矣。顔將滿秩，求檄還家，時甲寅六月也。縣人詣廟焚香告曰：「言按「言」字疑誤。前所以斷隔祭祠，皆顏縣丞之意，願勿以爲吾民罪。」顏到家，忽病泄痢，一夕而卒。顏名叔平，魯子侍郎之子，蔭補登科，年少儁爽，遽至隕命，士友嗟惜。豈其受命於天，而爲一神所夭奪，得非偶然耶？江寧尉司一廟亦如此。凡居官者，至必祀謁。丹陽劉平國宰，獨不肯加敬，每轎過其前，且舉袖掩面。一弟隨侍，未幾以小疾終。妻陶氏懷妊而病，夢神言：「汝夫無禮於我，我已取厥弟。苟爲不悛，當復取汝。」陶氏以告劉，劉不之信。陶果死，劉始悔懼，躬往禱謝乃已。

范成績

范成績，石湖參政弟也。賦性桀暴，每從其兄居藩方，輒爲所困。紹熙甲寅爲建康通判，冬至之夕，庖妾報甑鳴，一家皆懼，欲求僧巫禳謝，置不問。既而益甚，至或哮吼作鷄犬百禽之聲，其音嚮厲，外間悉聞之。范親以刀破其甑，卽日聲出釜中，又碎釜毀灶，於是諸怪互作。正對客坐，卓椅昂然自舉，烘籠奮而行，蹴之不仆，舞躍自若。凡擾擾數月，習慣爲常。次年四月八日，與同僚在都廳，忽覺疾眩，不復能支吾。從吏掖登車，僅到家，喉中涎如泉湧，咿嚘有聲，其家人云全與向來相似。衆醫切脈下藥，皆不可納。俄大叫一聲而殂。

陳待制

陳元承待制楠，閩中人，天資好道。紹興中，常從韓蘄王宣撫幕，後爲秦丞相所惡，屏處累歲，遂絶意宦塗，誅茅結廬於句容大茅峯之傍。盡屏妻妾。築八卦臺，晨夕朝禮星斗。暇則存神內視，恬澹寡欲。買田數十畝於山下，以贍方外遊士。每歲春二月大茅君生朝，士庶道流輻輳，凡宮觀十七所，供醮無虛席，惟山北元符萬寧宮香火最盛，陳日往致敬。逢一客，頎然而長，碧眼方瞳，標韻洒落，衣槲葉衣，持八角扇，遮道化緣。陳篋中有崇寧大錢一文，即投與之，客欣然接去，既而曰：「君與我錢，我不可無報。」復以所得錢付陳。陳訝而視之，則成兩錢矣，回顧客已不見。及還庵取出，皆金錢也，益大驚異。是夜夢其人來告曰：「予乃呂洞賓。以子有仙姿，故相戲耳。子學道之志雖切，而及物之功未著，盍勉之。」因教以服氣煉真飛符治疾之法，且約三十年復相見。陳既寤，絶不茹葷飲酒，習行天心正法。奇祟異殃，得其符水立愈。又爲人行持齋醮，効驗甚多。山居歷歲，步武輕健如飛，道俗翕然歸重。秦亡之後，當軸者與之故舊，勸其復出，始猶執志拒卻，竟奪於子姪之請，即家奉祠。劉信叔制置江淮，以爲參議官，旋一再典州，還元職。道心益怠，方術不復驗。暮年仍蓄姬妾，腰背龍鍾，視聽晦昧，了非昔比。因入浴，熾炭於傍，髣髴見神靈叱責，遂墮爐中，半身灼爛以死。其孫壻李勳，紹熙末爲句容主簿，爲人言。右三事余忠卿稷思說。

林夫人廟

興化軍境內地名海口，舊有林夫人廟，莫知何年所立，室宇不甚廣大，而靈異素著。凡賈客入海，必致禱祠下，求杯珓，祈陰護，乃敢行，蓋嘗有至大洋遇惡風而遥望百拜乞憐見神出現於檣竿者。里中豪民吴翁，育山林甚盛，深袤滿谷。一客來指某處欲買，吴許之，而需錢三千緡，客酬以三百，吴笑曰：「君來求市而十分償一，是玩我也。」無由可諧，客卽去。是夕，大風雨。至旦，吴氏啓户，則三百千錢整疊於地。正疑駭次，外人來報，昨客所議之木已大半倒折。走往視其見存者，每皮上皆寫林夫人三字，始悟神物所爲，亟攜香楮，詣廟瞻謝。見羣木多有運致於廟壖者，意神欲之，遂舉此山之植悉以獻，仍輦原值還主廟人，助其營建之費。遠近聞者紛然而來，一老甿家最富，獨慳吝，只施三萬，衆以爲太薄，請益之，弗聽。及遣僕負錢出門，如重物壓肩背，不能移足，惶懼悔過，立增爲百萬。新廟不日而成，爲屋數百間，殿堂宏偉，樓閣崇麗，今甲於閩中云。

謝樞密夢

謝子肅，台州臨海人。元名某，爲舉子時，夢人告曰：「君若改名某則小吉，名深甫則大吉。」紹興己卯歲，先用某名赴州學春補，教授金華季翔喜其文，既中選。自是月書季考，連占前列。及應舉試，始更爲深甫，已而不利。至壬午秋復然。私自笑曰：「鬼神戲我如是，豈非當止於州學生乎！」乾道乙酉歲，議別更名，逼期復夢前人告曰：「終不成這回又不得。」驚而寤，仍以深甫投牒，遂預計偕，明年登第。久之，夢一卒如皇城親事快行家者，攜一牌，刻曰「御史中丞」。紹熙初，謝自左史尹臨安。鄉人或聞昨夢，語其友曰：「此去獨坐不遠矣。」蓋以其嘗爲諫官也。友答曰：「吾所知一士子，夢得省榜一册，乃市井遂急印賣者，其上列人姓名盈版，而謝公在焉，於名下白書刊一『相』字，若墨刻。以是推之，中丞不足賀也。」繼而果拜此官，擢登樞密，相位固可涉級而進也。

丁逢及第

常州士人丁逢端叔，紹熙二十九年夢人告曰：「汝若逢丁可則及第矣。」覺而改名爲「逢」。是歲秋闈不利，乃嘆曰：「安得有人姓丁而名可者，吾必不第。」如是又兩舉。至隆興元年，省榜出，果有天台丁可姓名，雖竊自喜，然度其調官須次，尚猶數載，未必出其衡鑑之下。乾道元年秋試，丁可待闕家居，漕使念其貧，檄爲常州考試官。逢洒然自慶，知必中程。而可於貢院被病出，逢大失望。迨揭榜，乃在選中。後謁謝主司，諸人皆言：「丁主簿臨去時，手執一卷程文授吾輩云：『自得此卷，便擬置諸前列，會以疾不克如志，願諸同院勿遺此人，可雖死不憾。』及會卷之際，各有所主，不暇爲他人計。適點檢一試卷犯諱當黜，倉卒難訪尋，遂以充數，蓋吾子也。」逢始以昔夢告之。右二事宋之瑞伯嘉說。

李三妻

饒州市人李三妻楊氏，郡吏之女也。紹熙五年春染時疾，招里醫鄭莊治療，未愈。數日後，忽覺然起坐，語言舉止若男子，呼李生曰：「吾爲中堂神王。汝家從來香火嚴潔，吾念汝至誠，聞婦病困，故來相救。如何叫汝姓名不得？可唤醫者來。」少頃醫來，楊斥其姓名，莊曰：「何得遽爾見輕？」楊曰：「我是神道，如何叫汝姓名不得？汝平日用附子入藥，煞損了人性命，復敢然邪！」莊拒以未常用，楊曰：「昨日所下某散實有之，而欺我，何也？」莊始悚怖。又曰：「便煮竹葉石膏湯飲之，使我至少緩，已無及矣。」莊辭曰：「不知此藥所用幾種？」楊大怒，叱之曰：「醫人不識此个藥方，真可笑！」即歷舉名品分兩，無分毫差。莊於是以一服進，接而飲之。飲訖，冥然就睡。及醒，再服一盃，明日遂安。次年春又病，亦有憑附者，自稱張大王，而所言略不效，但時時注視枕屏破紙處。李疑其異，揭紙觀之，乃畫寫一神像未竟者，亟焚諸城上，病旋愈。

丘鼎入冥

宜黄人丘鼎，病困中爲二吏持符逮去。至官府，諸吏駢列廷下，俟主者出坐，引而前。旋呼一女子，手挾凉衫，脚曳長帛，若與丘有所證。口未及言，而肩傍自有咄咄與女辨者，女詞屈，吏命之去其纏帛，扯其衫。丘默寤，乃少年日與此女雜居，朝夕往來，因與之合，後嫁某氏子，多以其貲布施道釋，未數年而死。冥司課其功，宜受男身，但有舊與丘淫通事，須得直乃可，故逮丘以證。丘未言，而傍咄者曲折已白，蓋向時私意實出於女，女坐是不得轉男。女既麾去，丘方辭行，見吏呈文書，探首窺之，全如世間州縣追引，列人姓名二百餘，不能識，僅即見兩郭氏字。吏遽掩之，顧卒導丘出。抵大門，則已揭示一榜，曰某人，曰某人，其弟在焉，名下注「十七日」字，末後繫銜，乃里中新逝官員署押，官稱殊與世異。屆中途，導卒私禱曰：「他人到此必有賄贈，君那得無。」丘曰：「吾固貧士，且來時不持一錢，何以爲謝？」卒曰：「候還家，請道士誦《度人經》百遍足矣。」丘許之，恍然而寤，則已死一日，家人環泣，具棺衾，僧寺擊無常鐘，聲歷歷在耳。爲母妻言之，喜其復生，而母妻皆郭氏也，愀然不樂。越數日，同時卧病不起，弟果以十七日亡。

姚宋佐

姚宋佐，郴州人，乾道八年登第，爲靜江府教授。能詩文，頗擅名其鄉，而舉措多失之輕易。嘗赴經略司幹官宴席，坐客受勸觴，適當酌主人，姚見酒黑色，而侍妾所執樽又非適所用者，疑爲紫蘇水，作色而起曰：「客則飲酒，主人則飲水，何哉？」主人曰：「此亦酒也，安得有二？」姚以所疑對，主人笑謝不然，終不之信，別酌以酬之，而自掠取所斟者，一飲而盡，始知是酒，但云：「比向來者味差醇。」未幾，覺腹大痛，急歸。俄臟府洞下，繼之以血，旦而死。一城皆傳姚教授遭經幹所毒，府帥深疑焉，謂彼方有京秩之請，而爲姚所先，怨恨必出於此，即劾罷之。已乃審其實，蓋執樽之妾，本顓房擅愛，其後寵稍替，將不利於主公，故置毒藥於中，而姚攘臂掇其禍。帥逮此妾鞭殺之。幹官旋亦病廢。

熊雷州

崇仁熊某，通判廣府，攝守雷州。至之日，吏白當致敬雷廟，熊曰：「吾知有社稷山川之神，學宮之祀而已，烏有於雷祠。」言未訖，烈風驟雨，震霆飛電，四合而起。一橫板從空墜前，取觀之，乃其家以限倉户者，所題則熊手筆，不勝恐，急致香幣謁謝。續馳書質家人，果以其日失此板。竟没於郡。予在西掖時，曾行雷神加封制，其廟曰顯震，其神曰威德昭顯王，其廟神土地曰協應侯。然則名載祀典，渠可忽哉！

丘秀才

撫州民張生，以財雄鄉閭，訟輒得勝。所居茲龜嶺，其田與艾氏鄰，當歲旱，陂塘涸，攘艾水以溉灌，因致争，毆傷艾僕。交訴於郡縣，累歲不得直。一漕使至，艾往披訴，乞以事付清强官，且與張共約，立罪賞訖，以今所定爲據，無問是否，彼此勿得再言。漕委宜黄丞，邑士丘秀才善於丞，受艾餌往禱。丞先入吏語，置不領略，丘陳情以告曰：「此無累君德，而吾所白理正如是。願君平心處之，使滯屈獲伸，吾亦可以少霑補助，於計爲兩得。」丞爲之感動，如其請。裁決以報，張氏三僕逮繫獄，姓李者病死，二受杖。張憤甚，而不可復競，唯歲設僧供具，列其事，若詛呪然。淳熙丁未，張竟怏怏以終。丘秀才就館於鄉豪，正對主人坐，忽瞢騰如分辯狀，久之始言：「吾且死矣。適被吏追我至一王者居，見張老及李僕索命。吏稱舊名喚吾前，吾拱曰：『自名爲某，與所指不同，可證其妄。』王令訊張、李，叫呼曰：『果此人不謬。』吾執前説，仍引去年秋試中待補生爲驗，言未已，一吏負大簿前，題曰《丙午年諸州軍待補簿》，檢視至撫州，有今姓名。張、李曰：『汝斷送我命，何得以改名故輒欺冥王。』王使釋兩人，而引吾聽判語，吏讀示云：『本界土地契勘，限十五日到。』吾揖退，遂得蘇。」因念雖以計獲寬，度必不免，求解館歸訣妻孥。主人强留之，然覺其氣息奄奄。迨十四日始歸，未到家而卒。右四事吴垂永仲說。